D0645358

COLLECTION « BEST-SELLERS »

DU MÊME AUTEUR

Chez le même éditeur

LA MÉMOIRE DANS LA PEAU
LA MOSAÏQUE PARSIFAL
LE CERCLE BLEU DES MATARÈSE
LE WEEK-END OSTERMAN
LA PROGRESSION AQUITAINE
L'HÉRITAGE SCARLATTI
LE PACTE HOLCROFT
LA MORT DANS LA PEAU
UNE INVITATION POUR MALTLOCK
SUR LA ROUTE DE GANDOLFO
L'AGENDA ICARE
L'ÉCHANGE RHINEMANN
LA VENGEANCE DANS LA PEAU
LE MANUSCRIT CHANCELLOR
SUR LA ROUTE D'OMAHA
L'ILLUSION SCORPIO
LES VEILLEURS DE L'APOCALYPSE
LA CONSPIRATION TREVAYNE

RV

ROBERT LUDLUM

LE SECRET HALIDON

roman

traduit de l'américain
par Dominique Defert

ROBERT LAFFONT

Titre original : THE CRY OF THE HALIDON
© Jonathan Ryder, 1974 ; Robert Ludlum, 1996
Traduction française : Éditions Robert Laffont, S.A., Paris, 1998

ISBN 2-221-08123-4
(édition originale : ISBN 0 00 225348 8 Harper Collins Publishers, Londres)
Publié avec l'accord de l'auteur, c/o Baror International, Inc., New York

À tous ceux qui, voilà de nombreuses années, m'ont aidé, avec une confiance sans faille, à la préparation de ce livre. À vous tous, qui vous reconnaîtrez, merci pour la vie.

Introduction

Il y a plusieurs années — vingt-cinq, pour être précis —, un auteur entrant dans la quarantaine, transporté de bonheur après avoir publié deux romans, savourait d'avance, comme un drogué, l'idée de pouvoir s'adonner sans retenue à son vice préféré. Fort heureusement, il s'agissait du vice de l'écriture, chimiquement sans danger, mais psychologiquement compulsif. Cet obsédé de la plume, qui n'était autre que moi, est à présent beaucoup plus âgé et à peine plus sage. Je vivais donc heureux sur mon petit nuage jusqu'à ce qu'une escouade de spécialistes de l'édition bien intentionnés y aille de leur petit sermon. Je suis resté sous le choc, les yeux écarquillés et sans voix.

Apparemment, il existait une règle d'or : tout auteur vendant plus de livres que la dizaine achetée traditionnellement par la famille et les proches ne devait pas écrire plus d'un roman par an ! S'il dérogeait à cette loi, l'écrivain était automatiquement considéré comme un « tâcheron » par l'« ensemble des lecteurs et de la critique » (entité bicéphale à qui je vouais un véritable culte). Je pensais à bon nombre de grands écrivains du passé, tels Dickens, Trollope ou Thackeray, qui ne cessaient de noircir du papier pour des magazines mensuels ou hebdomadaires, la plupart de ces écrits étant en fait des extraits de leurs romans en cours. Peut-être que dans leur cas, me disais-je, « tâcheron » prenait alors un sens plus noble, signifiant tout simplement qu'ils travaillaient à la tâche, déjouant ainsi l'autre sens manifestement péjoratif. Je ne savais plus que penser. Étant sans voix, comme je l'ai dit plus haut, je me suis abstenu de dire quoi que ce soit.

J'étais toutefois le petit dernier de la maison, je veux dire de la maison d'édition Publishers Row. J'écoutai donc scrupuleusement mes aînés, plus expérimentés, et, sitôt leur vigilance endormie, je leur soumis *Le Secret Halidon* sous le pseudonyme de Jonathan Ryder — prénom d'un de mes fils et contraction du nom de scène de ma femme lorsqu'elle était une actrice populaire de New York et de ses environs.

Il serait absurde de nier l'influence que ce livre a eue sur mes suivants ; c'était la première fois que je m'obligeais à mener des recherches sur des domaines occultes, à tenter de retrouver les origines de certains mythes, au lieu de me nourrir de faits historiques tangibles et richement documentés, même s'ils pouvaient être difficiles à exhumer. Ce travail m'enthousiasmait. Ma femme, Mary, et moi nous sommes rendus en Jamaïque, où se situait l'action principale de mon roman. Je me sentais comme un enfant dans un magasin de jouets géant. Il y avait tellement de matière, tant de choses à apprendre ! J'ai même emprunté divers noms de personnes existantes, ignorant alors qu'il m'aurait fallu leur autorisation préalable. Par exemple, Timothy Durell, le premier personnage que nous rencontrons dans le roman, était à cette époque le jeune et brillant directeur d'une chaîne d'hôtels internationale ; Robert Hanley, qui est pilote dans le livre, l'était aussi dans la vie. Il avait promené, entre autres, Howard Hugues dans les Caraïbes, et avait été le pilote privé d'Errol Flynn quand la star vivait en Jamaïque. (J'ai également pris d'autres libertés qu'il serait, de l'avis de mon avocat, suicidaire de révéler.)

Bien entendu, les recherches ne sont qu'une mise en bouche, comme un apéritif avant le dîner ou une délicieuse salade de crevettes avant le plat de résistance. Elles sont à la fois un piège et un tremplin. Un piège, car elles risquent d'enfermer celui qui s'y adonne dans un monde illusoire de probabilités, et un tremplin, car elles stimulent l'imagination, ouvrent les portes à d'infinies possibilités, vertige enivrant pour un écrivain.

J'eus pour la première fois un aperçu de la force des courants religieux et mystiques animant l'âme jamaïquaine sur le marché d'un village indigène, à Port Antonio, où je me trouvais avec ma femme, ma fille et la cuisinière élégante comme une reine qui préparait les repas dans notre maison de location. Notre petite fille était très blonde et très belle (elle l'est toujours). Elle devint immédiatement le centre d'attention des habitants de ce lieu reculé, où il était inhabituel de voir une petite Blanche aux cheveux blonds. Les autochtones étaient charmants, comme le sont généralement les Jamaïquains — gentils, doux, souriants, et attentionnés envers ceux qui visitent leur île. Un homme, cependant, faisait exception. Il était costaud, grossier, et faisait sans cesse des remarques déplaisantes qui auraient révolté n'importe quels parents. Les gens le réprimandaient, beaucoup lui criant d'arrêter son manège, mais il devenait de plus en plus injurieux, à la limite de l'agression physique. Je n'en pouvais plus.

Étant un ancien marine — et bien plus jeune qu'aujourd'hui —, je m'approchai de cet individu belliqueux, l'immobilisai d'une clé de bras dans le dos et le traînai sur la route poussiéreuse jusqu'au bord d'un ravin. Je le plaquai sur un rocher et lui fis savoir toute ma colère de père.

Il devint soudain doux comme un agneau, en proie à une sorte d'extase, et se mit à psalmodier à la manière d'un prêcheur : « Le Hollydawn, le Hollydawn, tout pour le Hollydawn. » Je lui demandai de quoi il s'agissait. « Tu ne le sauras jamais. Ce n'est pas un secret pour toi ! Vive la sainte Église du Hollydawn ! *Obeah ! Obeah !* Donne-moi de l'argent pour la magie du Hollydawn ! »

L'homme était visiblement sous influence — herbe, alcool, comment savoir ? Je lui ai donné quelques dollars en lui demandant de continuer son chemin. Un vieux Jamaïquain aux yeux noirs, le regard triste, semblant plein de savoir, s'est alors approché de moi.

— Je suis désolé, jeune homme, a-t-il commencé. Nous le surveillions de près et nous serions venus à votre secours en cas de danger.

— Vous voulez dire qu'il avait peut-être une arme sur lui, un pistolet ?

— Un pistolet, non. Jamais personne ne laisserait faire cela — mais, une arme, c'est bien possible. Il y a souvent une machette cachée dans le pantalon.

Je déglutis plusieurs fois et devins sans doute encore plus blanc que ma pâleur naturelle. Mais cet épisode avait enflammé mon imagination. À partir de ce moment, et grâce à l'amabilité de Bob et à son avion, j'ai sillonné les jungles monstrueuses du Cockpit, volant au plus bas, et j'ai vu des choses qu'aucun touriste ne verra jamais. J'ai voulu arpenter les fronts de mer mal famés de Kingston, au grand dam de Bob (j'étais beaucoup, beaucoup plus jeune, je le rappelle.) J'ai exploré les criques, les baies et les ports de la côte nord, posant des questions, encore et encore, rencontrant souvent des regards amusés ou des yeux levés au ciel, mais jamais d'hostilité. Je suis même allé jusqu'à entamer des négociations pour acheter la vieille demeure d'Errol Flynn, mais Bob versait également dans les clés de bras et m'avait reconduit manu militari à l'avion. (J'étais vraiment très jeune !)

Je m'amusais tellement qu'un soir, alors que nous sirotions des cocktails sous un magnifique coucher de soleil rougeoyant, Mary se tourna vers moi et me demanda, d'un air délicieusement entendu :

— Tu voulais vraiment acheter la maison d'Errol Flynn ?

— Tu sais, il y a une succession de jolies cascades qui rejoignent une piscine et…

— Bob a ma bénédiction pour te rompre tous les os — pourvu qu'il te laisse la main droite indemne [celle avec laquelle j'écris] ! Tu comptes le commencer quand, ton roman ?

— Quel roman ?

— Sérieusement. Je crois qu'il est temps de rentrer à la maison.

— Quelle maison ?

— Là où sont tes autres enfants ; je te rappelle que tu as des fils !

— Je le sais bien. Comment pourrais-je oublier mes chers fistons ?

Vous voyez le tableau ? Appelez ça fièvre des îles, insolation des tropiques, ou névrose obsessionnelle de l'écrivain en phase de préparation. Mais ma douce et tendre avait raison. Il était temps de retourner chez nous et d'attaquer le plat de résistance.

En relisant ce roman pour les besoins de la réédition, j'ai été sidéré par le nombre de choses que j'avais oubliées ; une foule de souvenirs m'est revenue en mémoire. Sans vouloir présager de la qualité du livre — il appartient aux autres d'en juger —, il reste que les instants que j'ai vécus en Jamaïque ont nourri en profondeur ce récit, avec ses personnages hauts en couleurs, ses routes de l'arrière-pays flanquées de demeures superbes, reliques d'un autre temps, ses vendeurs ambulants de *cocoruru*, sur les plages de sable blanc, décapitant les fruits pour les remplir de rhum — et, surtout, ses innombrables grands yeux noirs, gardiens de secrets séculaires.

Ce fut une époque heureuse de ma vie, et je remercie tous ceux qui l'ont rendue possible. J'espère que vous aurez autant de plaisir à lire ce roman que j'en ai eu à l'écrire.

Robert Ludlum
Naples, Floride

Première partie

Port Antonio / Londres

1.

Port Antonio, Jamaïque

Les gerbes d'écume blanche de l'océan jaillissaient derrière la barrière de corail, comme suspendues dans l'air, sur la toile de fond bleu nuit de la mer des Caraïbes. Puis l'écume retombait en cascade sur le récif, s'insinuant entre les myriades de crevasses acérées de son corps de pierre, avant de retourner à sa source et se fondre avec l'océan.

Timothy Durell contourna la grande piscine aux formes fantaisistes taillée dans le corail et se posta à l'extrémité du solarium pour admirer le combat grandissant entre les vagues et les rochers. Dans cette région isolée de la côte nord de la Jamaïque, l'homme et la nature avaient trouvé un terrain d'entente. Les villas Trident avaient été construites sur un promontoire de corail cerné par l'océan sur les trois côtés, avec une unique petite route pour rejoindre le reste de la côte. Les villas étaient fidèles à leur nom et à leur vocation : des résidences de vacances, faisant face à la mer et aux récifs. Chacune d'entre elles était unique et à l'écart des autres, à l'image du village de vacances tout entier, savamment éloigné de la tutelle de Port Antonio.

Durell était le directeur des villas Trident, un jeune Anglais diplômé du College of Hotel Management de Londres, avec de sérieuses références qui indiquaient qu'il avait beaucoup plus d'expérience et de savoir que son jeune âge aurait pu le laisser supposer. Durell était doué ; il le savait, et le propriétaire des villas aussi. Il était capable d'anticiper les problèmes futurs, flairant et traquant l'inattendu, tout en sachant assurer le quotidien sans accroc — vertus indispensables des grands directeurs d'hôtel.

Il venait justement de trouver quelque chose d'imprévu. Et cela le troublait.

Il s'agissait d'une impossibilité mathématique. Ou, du moins, d'un événement quasi improbable.

Une chose qui dépassait l'entendement.

— Mr. Durell ?

Il se retourna. C'était sa secrétaire jamaïquaine, une métisse dont la peau et les traits témoignaient de l'ancienne coalition entre l'Afrique et l'Empire britannique, qui l'avait rejoint sur la terrasse pour lui communiquer un message.

— Oui ?

— Le vol 16 de la Lufthansa en partance de Munich arrivera en retard à Montego.

— C'est la réservation de Keppler ?

— Oui. Du coup, ils vont rater la navette.

— Il aurait mieux fait de venir par Kingston.

— Je sais, concéda-t-elle, avec toutefois moins d'amertume que Durell. À l'évidence, ils n'ont aucune envie de passer la nuit à Montego. Ils ont fait téléphoner par la Lufthansa. Il va falloir leur trouver un avion privé.

— En seulement trois heures ? Les Allemands n'ont qu'à s'en occuper ! C'est leur compagnie qui a du retard.

— Ils ont essayé. Il n'y a plus rien sur Mo'Bay'.

— Évidemment !... Je demanderai à Hanley. Il doit rentrer de Kingston avec les Warfield vers cinq heures.

— Peut-être n'acceptera-t-il pas de...

— Il acceptera. Tout ça ne me dit rien qui vaille. J'espère que ce n'est pas un avant-goût de la semaine qui nous attend.

— Pourquoi dites-vous ça ? Quelque chose vous tracasse ?

Durell se retourna vers la rambarde, face à l'océan et aux récifs de coraux. Il alluma une cigarette, joignant les mains en coupe pour protéger la flamme de la brise marine.

— Plusieurs choses, à vrai dire... Des détails curieux... C'est encore un peu flou, mais il y en a un qui saute aux yeux, continua-t-il en la regardant d'un air absent. Il y a en gros un an, on a ouvert les réservations pour cette semaine. Un mois après, nous affichions complet. Plus une seule villa de libre..., justement cette semaine.

— Les Trident sont très connues. Je ne vois pas ce qu'il y a de si curieux.

— Vous ne comprenez pas ce que je veux dire. Depuis onze mois, toutes les réservations ont été confirmées. Pas une seule annulation, pas le moindre décalage dans les dates. Même d'une journée.

16

— C'est autant de soucis en moins. Vous devriez être content.

— Ça ne vous choque pas ? C'est une aberration mathématique, un illogisme, tout au moins ! Il y a vingt villas. Admettons qu'ils viennent en couple, cela fait quarante personnes. Tous ces gens ont une famille, mères, pères, tantes, oncles, cousins… Et, en onze mois, rien ne leur est arrivé qui puisse leur faire réviser leurs projets. Pas un seul décès — alors que nous n'avons pas une clientèle particulièrement jeune. Pas de gros coup dur, pas même un simple impératif professionnel, ou bien une rougeole, les oreillons, ou encore un mariage, un enterrement, une maladie prolongée. Tout de même, il ne s'agit pas du couronnement de la reine mais d'une simple semaine de vacances en Jamaïque.

— Vous êtes obsédé par les chiffres, Mr. Durell ! reprit-elle en riant. Ce qui vous énerve, c'est que la superbe liste d'attente que vous avez tant bichonnée va rester dans un fond de tiroir.

— Et la manière dont ils arrivent tous ici ? poursuivit le jeune directeur en accélérant son débit. Ce Keppler est le seul à avoir un problème, et comment le résout-il ? Il envoie un appel radio depuis un avion en plein vol au-dessus de l'Atlantique. Il ne mégote pas sur les moyens, vous en conviendrez, non ? Et les autres ? Pas un ne réclame qu'on vienne le chercher en voiture, pas de demande de réservation pour la navette, rien à propos des bagages ou du trajet, rien de rien ! Ils arrivent, c'est tout.

— Il y a quand même les Warfield… Hanley a dû aller les chercher à Kingston.

— On n'était même pas au courant ! Hanley était persuadé du contraire, mais c'est faux ! Tout a été arrangé depuis Londres, directement. Hanley croyait que c'était nous qui avions donné son nom, mais non. En tout cas, pas moi.

— Personne d'autre n'aurait pu…, rétorqua la jeune femme avant de marquer une pause. Mais tous ces gens… viennent des quatre coins du monde, n'est-ce pas ?

— Oui. En proportion quasi identique, d'ailleurs. États-Unis, Grande-Bretagne, France, Allemagne et même… Haïti.

— Qu'est-ce que vous en concluez ? demanda la jeune femme, voyant le visage soucieux de Durell.

— J'ai l'étrange impression que nos chers pensionnaires de la semaine se connaissent. Mais qu'aucun d'eux ne veut qu'on le sache…

Londres, Angleterre

Le grand Américain aux cheveux clairs, son trench-coat Burberry ouvert, sortit de l'hôtel Savoy, côté Strand, et s'arrêta un instant pour regarder le ciel anglais entre les immeubles de l'esplanade. Rien de plus normal à Londres que d'examiner le ciel pour apprécier le temps qu'il fait lorsque l'on met le nez dehors. Mais l'homme ne se contentait pas du rapide coup d'œil habituel, associé à la simple estimation de la température ambiante.

Il observait réellement le ciel.

N'importe quel géologue passant sa vie à exploiter les ressources géologiques pour le compte de gouvernements, de compagnies ou de fondations, sait que le temps vaut de l'or. Car la bonne avancée des travaux en dépend.

Un réflexe, chez lui.

Ses yeux gris étaient enfoncés sous de grands sourcils sombres, et des mèches rebelles de cheveux châtains lui tombaient sans cesse sur le front. Il avait le teint hâlé d'un homme exposé aux intempéries, la peau rendue mate par le soleil, sans être brûlée. Les rides qui entouraient ses yeux semblaient dues davantage à son travail qu'à son âge — le visage d'un homme, encore une fois, en prise avec les éléments. Il avait les pommettes hautes, la bouche charnue et la mâchoire presque ronde ; car il y avait de la douceur aussi chez cet homme... qui contrastait avec son allure sévère et professionnelle.

Cette même douceur se lisait dans ses yeux — non pas de la faiblesse, mais de la perspicacité —, le regard de quelqu'un sondant les choses en profondeur..., jugeant peut-être ne pas l'avoir fait suffisamment dans le passé.

Tant de choses lui étaient arrivées...

Quand il eut fini d'observer le ciel, il salua le portier d'un sourire et lui fit un signe négatif.

— Pas de taxi, Mr. McAuliff ?

— Non, merci, Jack. Je vais marcher.

— Il fait un peu froid.

— C'est vrai, le temps s'est rafraîchi. Mais je ne vais pas loin.

Le portier le salua en posant son index sur sa casquette, puis se retourna, reportant son attention sur une Jaguar qui arrivait. Alexander McAuliff traversa l'esplanade, longea le théâtre et le bureau de l'American Express, sur le Strand, puis se fondit dans la foule qui allait en direction du nord, vers le pont de Waterloo. Il boutonna son imperméable, releva son col, prêt à affronter le vent glacé de février.

Il était bientôt une heure ; il devait se trouver au croisement de Waterloo à une heure pile. Une petite marche l'attendait, l'affaire de quelques minutes.

Il avait accepté de rencontrer le type de la société Dunstone de cette manière, mais il avait laissé entendre par le ton de sa voix que cela

18

ne lui plaisait guère. Il était volontiers prêt à prendre un taxi ou à louer une voiture avec ou sans chauffeur, au besoin. Mais, puisque la Dunstone devait passer le prendre, pourquoi ne pas le faire directement au Savoy ? Ce n'est pas le fait de devoir marcher qui l'ennuyait ; mais il détestait l'idée d'un rendez-vous dans une voiture, au milieu des embouteillages. C'était franchement déplaisant.

Le type de la Dunstone lui avait, à ce propos, donné une explication on ne peut plus succincte, qui semblait lui suffire dans tous les cas de figure :

— C'est le souhait de Mr. Julian Warfield.

McAuliff repéra immédiatement le véhicule — sans doute la voiture de la Dunstone et/ou de Warfield. Une Rolls-Royce Saint James, noir métallisé, sa carrosserie faite main, fendant l'air majestueusement, anachronisme de métal au milieu des Austin, MG et autres voitures européennes, soucieuses de la pérennité des réserves pétrolières. Il resta immobile sur le trottoir, à trois mètres du croisement avec le pont, ne faisant aucun geste ni signe de reconnaissance vers la Rolls qui approchait lentement. Le chauffeur se gara en face de lui, et la vitre arrière s'abaissa.

— Mr. McAuliff ? demanda impatiemment un homme, au visage trop marqué pour son âge, dans l'encadrement de la portière.

— Mr. Warfield ? répondit McAuliff, tout en sachant que ce probable quinquagénaire aux allures de cadre bon teint ne pouvait être le *big boss*.

— Grands dieux, non ! Je m'appelle Preston. Montez ! Je crois que nous sommes en train de bloquer la circulation.

— C'est le cas, en effet, affirma Alex en pénétrant à l'arrière du véhicule tandis que Preston se poussait pour lui laisser la place.

L'Anglais lui tendit la main.

— Enchanté. C'est à moi que vous avez parlé au téléphone.

— Mr. Preston...

— Je suis vraiment désolé du dérangement qu'a pu vous causer ce rendez-vous, j'aurais préféré vous rencontrer en de meilleures circonstances. Le vieux a parfois des lubies, je vous l'accorde.

Peut-être avait-il mal jugé cet homme, au fond ? songea McAuliff.

— Cela me paraît juste un peu tiré par les cheveux, annonça-t-il. S'il s'agit d'être discret — et je n'en vois pas la raison —, c'est, de toute façon, raté avec cette voiture !

— C'est vrai, répondit Preston en riant. Mais, vous savez, j'ai appris au fil du temps que les voies de Julian Warfield, comme celles du Seigneur, sont impénétrables, mais non dépourvues d'une certaine logique ! Il sait ce qu'il fait. Vous êtes censé déjeuner avec lui, ça vous ira ?

— Très bien. Où ça ?

— À Belgravia.

— Ne va-t-on pas dans la direction opposée ?

— Les voies de Julian Warfield et du Seigneur, toujours… Tout s'éclairera en son heure…

La Rolls s'engagea sur le pont de Waterloo, roula plein sud jusqu'au Cut, tourna à gauche vers Blackfriars Road, puis à gauche de nouveau, sur le pont Blackfriars, pour remonter finalement au nord, vers Holborn. C'était un itinéraire pour le moins chaotique.

Dix minutes plus tard, la voiture s'arrêta devant le fronton d'un immeuble de pierre blanche. À droite de la double porte vitrée, une plaque de cuivre portait l'inscription SHAFTESBURY ARMS. Le portier les accueillit avec un grand sourire.

— Bonjour, Mr. Preston ! lança-t-il gaiement.

— Bonjour, Ralph.

McAuliff suivit Preston dans un hall décoré avec goût, jusqu'à une rangée de trois ascenseurs.

— Warfield habite ici ? demanda-t-il, plus pour dire quelque chose que par réelle curiosité.

— À vrai dire, non. Nous allons chez moi. Bien que je ne me joigne pas à vous pour déjeuner. Mais j'ai toute confiance en ma cuisinière, elle sera aux petits soins avec vous.

— D'accord, je ne cherche plus à comprendre… Les voies de Warfield et du Seigneur…

Preston lui lança un sourire poli tandis que la porte de l'ascenseur s'ouvrait.

Julian Warfield était au téléphone quand Preston introduisit McAuliff dans l'élégant salon. Le vieil homme était assis à une table ancienne devant une imposante fenêtre donnant sur Belgrave Square. Les dimensions de la fenêtre, avec ses grands rideaux blancs, accentuaient la petitesse de Warfield. C'est un nain ! songea Alex, tandis qu'il répondait d'un sourire au salut de Warfield.

— Commencez par jeter tous les chiffres à la figure de Macintosh, annonça Warfield avec autorité. Je suis sûr qu'il va les contester ! Et puis débrouillez-vous. Au revoir !

Le petit homme raccrocha et regarda Alex.

— Mr. McAuliff, n'est-ce pas ? demanda-t-il avant de pousser un petit rire. Voilà la base de toutes les affaires ! Engager des experts dont les points de vue divergent totalement, et retenir de chacun d'eux les meilleurs arguments pour en faire un compromis.

— C'est assurément une bonne formule, répliqua McAuliff. Pour autant que le désaccord des experts se limite au cadre professionnel, sans être épidermique.

— Vous comprenez vite. J'aime ça. Je suis content de vous voir.

Warfield se dirigea vers Preston. Sa démarche était semblable à sa façon de s'exprimer : volontaire et posée. Celle de quelqu'un qui se sent mentalement fort, mais physiquement en défaut.

— Merci de nous prêter ton appartement, Clive. Tu remercieras également Virginia de ma part, bien sûr. Par expérience, je sais que le repas sera succulent.

— C'est tout naturel, Julian. Je vais vous laisser.

McAuliff se tourna brusquement vers Preston. Il ne s'attendait pas du tout à une telle familiarité de sa part avec le vieux Warfield. Clive Preston sourit et sortit rapidement sous le regard ahuri d'Alex.

— Pour répondre à votre interrogation silencieuse, annonça Warfield, sachez que Preston, bien qu'il ait été votre interlocuteur au téléphone, n'a rien à voir avec la Dunstone.

Alexander se retourna vers le petit homme d'affaires.

— Chaque fois que j'ai essayé de vous joindre à la Dunstone, j'ai dû laisser un numéro pour être rappelé.

— Mais toujours dans les minutes qui suivaient, l'interrompit Warfield. Nous ne vous avons jamais fait attendre ; cela aurait été incorrect. À chacun de vos appels — il y en a eu quatre, je crois —, ma secrétaire en informait Mr. Preston. À son bureau.

— Et la Rolls appartient également à Mr. Preston, conclut Alex.

— Exact.

— De cette façon, au cas où l'on m'aurait suivi, j'étais censé discuter affaires avec Preston. Et il en est ainsi depuis mon arrivée à Londres.

— C'était effectivement le but recherché.

— Pourquoi ?

— Cela devrait vous sauter aux yeux. Nous tenons à ce que personne ne sache que nous sommes en contact avec vous. Je pense que nous avons été très clairs sur ce point lorsque nous vous avons téléphoné à New York la première fois.

— Vous parliez d'une affaire confidentielle. Tout le monde dit la même chose. Si ça l'est à ce point, pourquoi, dans ce cas, avoir utilisé le nom de la Dunstone ?

— Auriez-vous fait le déplacement jusqu'ici, sans cela ?

McAuliff réfléchit un instant. Sans parler de la semaine de ski à Aspen qu'il avait dû annuler, il avait pour cette période plusieurs autres projets. Mais la Dunstone était la Dunstone, l'une des plus grandes sociétés sur le marché international.

— Non, probablement pas.

— C'est bien ce que nous pensions. Nous savions que vous étiez en négociation avec ITT pour un petit contrat au sud de l'Allemagne.

Alex fixa le vieil homme du regard. Il sourit malgré lui.

— Vous n'ignorez pas, Mr. Warfield, que cela aussi était supposé être confidentiel.

Warfield lui retourna son trait d'humour.

— Nous savons donc qui est le plus doué dans le domaine de la discrétion. ITT n'est visiblement pas à la hauteur. Venez, nous allons prendre un verre avant de déjeuner. Je sais ce que vous appréciez : whisky avec glace. Même si, à mon avis, l'abus de glace est à déconseiller pour l'organisme.

Le vieil homme eut un petit rire et guida McAuliff vers un bar en acajou. Il prépara les boissons, ses gestes vifs et précis contrastant avec sa démarche hésitante. Il tendit un verre à Alex, en lui désignant un siège.

— J'ai appris quelques petites choses à votre sujet, Mr. McAuliff. Vous êtes vraiment un homme très intéressant.

— Je me doutais qu'on enquêtait sur moi.

Ils étaient assis dans des fauteuils, face à face. Warfield releva les yeux à la remarque de McAuliff, et son regard se durcit.

— Cela m'étonnerait.

— Aucun nom ne m'a été donné, mais j'étais au courant qu'on me surveillait. Huit personnes au total. Cinq Américains, deux Canadiens et un Français.

— Aucune de ces sources ne pouvait vous mener à la Dunstone, affirma Warfield, son petit corps se raidissant; McAuliff comprit qu'il venait de toucher un point sensible.

— N'ai-je pas dit qu'aucun nom n'avait été mentionné ?

— Vous-même, avez-vous par la suite cité la Dunstone dans quelque conversation que ce soit ? Dites-moi la vérité, Mr. McAuliff.

— Je n'ai aucune raison de vous mentir, rétorqua Alex d'un ton légèrement désagréable. La réponse est non, je ne l'ai pas fait.

— Je vous crois.

— Vous faites bien.

— Si ce n'était pas le cas, je vous dédommagerais grassement pour le temps que vous avez passé ici et vous suggérerais de rentrer en Amérique et de reprendre vos affaires avec ITT.

— C'est peut-être ce que j'ai de mieux à faire. J'ai encore le choix.

— Vous aimez l'argent.

— Beaucoup.

Julian Warfield posa son verre et joignit ses petites mains décharnées.

— Alexander T. McAuliff. T pour Tarquin, prénom que vous ne mentionnez jamais, à ma connaissance. Il n'apparaît pas même sur vos papiers à en-tête, et la rumeur prétend que vous vous en fichez.

— C'est vrai. Je n'y attache aucune importance.

— Alexander Tarquin McAuliff, trente-huit ans, docteur ès sciences, mais le titre est cité aussi rarement que la lettre T. Les départements de géologie de grandes universités américaines, dont la California Deck and Columbia, ont perdu un excellent chercheur lorsque le professeur McAuliff a décidé de consacrer ses talents à des fins plus... lucratives, annonça-t-il en souriant, avec l'air de quelqu'un qui s'attend à produire son petit effet.

— Il n'y a pas moins de pression dans les facultés et les laboratoires que dans l'industrie. Alors pourquoi ne pas être payé en conséquence ?

— Bien sûr. Nous savons tous les deux que vous aimez l'argent.

— Pas vous ?

Warfield, amusé, se laissa gagner par un rire franc et sonore qui agitait encore son petit corps quand il tendit son verre à Alex.

— Excellente réplique. Vraiment.

— Je ne vois pas ce qu'elle a de si irrésistible...

— Mais vous m'avez interrompu, reprit Warfield en regagnant son siège. J'ai bien l'intention de vous impressionner.

— Rien de personnel, j'espère.

— Non, juste quant à notre perfectionnisme... Vous venez d'un milieu universitaire, une famille très unie...

— Est-ce vraiment nécessaire de parler de ça ? lança McAuliff en tapotant son verre.

— Oui, ça l'est, répondit Warfield simplement, poursuivant sa pensée comme si rien n'était venu l'interrompre. Votre père est un éminent professeur d'agronomie à la retraite — il vit toujours ; malheureusement, votre mère, un être délicieusement romantique adoré de tous, est décédée. C'est elle qui vous avait donné le prénom de Tarquin, que vous n'omettiez jamais de mentionner avant sa mort. Vous aviez un frère aîné, qui était pilote. Il a été abattu durant les derniers jours de la Seconde Guerre mondiale ; vous-même avez été très remarqué pour vos exploits au Viêt-nam. Après votre doctorat, tout semblait vous prédestiner à poursuivre la tradition familiale. Jusqu'à ce qu'un drame personnel vous éloigne des laboratoires des facultés. Une jeune femme — votre fiancée — fut assassinée dans les rues de New York. En pleine nuit. Vous ne vous l'êtes jamais pardonné…, ni à vous, ni aux autres. Vous aviez rendez-vous avec elle. Mais un appel de dernière minute, vous priant de vous joindre à un colloque sans intérêt, vous a empêché de la rejoindre. C'est ainsi qu'Alexander Tarquin McAuliff tourna le dos au monde universitaire. Est-ce que mon tableau vous paraît fidèle ?

— C'est une ingérence dans ma vie privée. Et ces informations à mon sujet sont certes personnelles mais n'ont rien de top secret. N'importe qui pourrait en savoir autant. Je trouve, en outre, ce genre de pratiques parfaitement détestable et je n'ai plus guère envie de déjeuner avec vous.

— Encore un peu de patience. Ensuite, vous déciderez.

— Ma décision est prise.

— Bien sûr. Juste quelques minutes encore… Le Dr. McAuliff embrassa donc une nouvelle carrière avec une extraordinaire efficacité. Il loua ses services à plusieurs sociétés de prospection géologique, où son travail fut remarqué, puis il démissionna, emportant avec lui les contrats en cours. Le monde de la construction industrielle ne connaît pas de frontières : Fiat fait bâtir à Moscou ; General Motors à Berlin ; British Petroleum à Buenos Aires ; Volkswagen dans le New Jersey, aux États-Unis ; Renault à Madrid — je pourrais continuer ainsi pendant des heures. Et tout commence toujours par une petite liasse de feuillets remplie de descriptions techniques annonçant ce qu'il est possible ou non de bâtir sur le terrain pressenti. Une simple formalité, en somme. Mais, sans ce petit dossier, tout le processus est bloqué.

— Votre temps est pratiquement écoulé, Warfield. Et je vous remercie, au nom de l'ensemble des géologues, de reconnaître l'utilité de notre travail. Comme vous l'avez dit vous-même, il est trop souvent considéré comme une simple formalité, conclut McAuliff en reposant son verre avant de se lever.

— Vous possédez vingt-trois comptes en banque, dont quatre en Suisse, annonça Warfield calmement. Je pourrais vous en citer les numéros, si vous le désirez. Il y en a, entre autres, à Prague, Tel Aviv, Montréal, Brisbane, São Paulo, Kingston, Los Angeles et, bien sûr, New York.

Alexander s'immobilisa sur le bord de son fauteuil, fixant le vieil homme du regard.

— Vous avez fait du bon travail.

— Nous sommes des perfectionnistes, je vous l'ai dit. Il n'y a rien là de franchement illégal, aucun de ces comptes ne contient de grosses sommes. Vous possédez au total deux millions quatre cent mille dollars et des poussières ; c'était encore le cas lorsque vous avez quitté New York pour venir ici, voilà quelques jours. Malheureusement, cet argent est pratiquement inutilisable. À cause des taxes sur les transferts financiers, vous ne pouvez pas centraliser votre argent à New York.

— Maintenant, je suis sûr de ne pas vouloir déjeuner avec vous.

— Peut-être. Mais que diriez-vous de deux millions de dollars supplémentaires ? Disponibles en Amérique et nets d'impôts ? Déposés sur un compte dans la banque de votre choix ?

McAuliff avait toujours le regard rivé sur le vieil homme. Il attendit un moment avant de répondre.

— Vous êtes sérieux ?

— Tout à fait.

— Il s'agit d'une étude de terrain ?

— Exactement.

— Il y a à Londres cinq entreprises de prospection irréprochables. Pour une pareille somme, vous pourriez faire appel à l'une d'entre elles. Pourquoi moi ?

— Nous ne voulons pas passer par une entreprise. Nous voulons un individu. Quelqu'un que nous connaissons parfaitement. Un homme que nous estimons capable d'honorer l'aspect le plus important du contrat — la discrétion.

— Tout cela me paraît bien louche.

— Pas du tout. C'est une nécessité financière. Si l'information filtrait, les spéculateurs accourraient. Le prix du terrain monterait en flèche, et le projet deviendrait irréalisable. Toute l'affaire tomberait à l'eau.

— De quoi s'agit-il ? Je veux le savoir avant de vous donner ma réponse.

— Nous avons l'intention de construire une ville. En Jamaïque.

2.

Warfield proposa à McAuliff de le faire raccompagner à l'hôtel avec la Rolls-Royce de Preston. Alex déclina l'offre ; il préférait rentrer à pied. Marcher lui éclaircissait les idées, comme si le froid hivernal l'obligeait à se concentrer davantage.

Il n'y avait pourtant pas tant de choses à considérer. En un sens, sa quête était finie. Il voyait enfin le bout du tunnel, après onze ans d'errances. L'argent n'était pas si important en soi mais il était la meilleure voie vers l'indépendance.

Une liberté totale. Absolue. Il n'aurait plus jamais à faire quoi que ce soit contre son gré.

La mort d'Anne — le meurtre — avait été le détonateur. Elle avait été à l'origine de la prise de conscience…, mais le mal avait des racines bien plus profondes, au-delà du choc émotionnel. Ce colloque de chercheurs — très justement qualifié par Warfield de « sans intérêt » — était symptomatique du milieu universitaire.

Toutes les activités des laboratoires étaient orientées en vue de l'obtention de subventions. Mon Dieu ! Que de recherches inutiles ! Que de colloques sans but ! Combien de travaux précieux étaient abandonnés parce qu'une subvention n'arrivait pas ou parce que le comité d'administration accordait la priorité à des études aux résultats plus immédiats, pour caresser les fondations dans le sens du poil et adhérer à leur définition du progrès.

Ne pouvant ni se battre contre tout le système universitaire ni faire le dos rond devant ces politiques aberrantes, McAuliff avait préféré partir.

Les sociétés n'étaient pas non plus une sinécure ! Seigneur ! Un autre jeu de priorités dictait ses lois, ayant pour seule base le profit. Uniquement le profit. Les projets qui ne présentaient pas un taux de rentabilité optimal étaient immédiatement abandonnés sans le moindre regret.

Les affaires d'abord — *pas d'états d'âme.*

Alors McAuliff avait démissionné pour se mettre à son compte. La seule possibilité pour un homme de décider lui-même de la valeur des choses. De pouvoir estimer ce qui a ou non de l'importance.

Tout bien considéré, l'offre de Warfield n'était pas seulement correcte ou acceptable : gagner deux millions de dollars en toute légalité, pour un travail dont il se sentait parfaitement capable, c'était royal !

Il connaissait vaguement la zone à étudier en Jamaïque : à l'est et au sud de Falmouth, de Duncan's Bay jusqu'au cœur même du Cockpit. C'était en fait ce dernier secteur qui intéressait plus particulièrement la Dunstone : de vastes étendues de montagnes et de jungle inhabitées — parfois même non cartographiées. Des kilomètres de terrain inexploités, à dix minutes d'avion des fastes de Montego Bay, à un quart d'heure de New Kingston, cité tapageuse en pleine expansion.

La Dunstone lui indiquerait l'endroit exact dans trois semaines, délai durant lequel il devait recruter les membres de son équipe.

Il était de retour sur le Strand, à quelques pas du Savoy. Il n'avait pris aucune décision, en fait, si ce n'est celle de commencer à chercher du personnel dans les universités. Il était persuadé que les personnes intéressées ne manqueraient pas ; il espérait seulement trouver celles qui avaient les qualifications nécessaires.

Tout allait pour le mieux. À tout point de vue.

Il traversa l'esplanade, sourit au portier et passa les grandes portes vitrées du Savoy. Il bifurqua sur la droite, vers la réception, pour demander s'il avait des messages.

Non. Pas de messages.

Mais un détail attira son attention : l'employé en smoking derrière le comptoir lui posa une question.

— Vous comptez monter dans votre chambre, Mr. McAuliff ?

— Oui... oui. J'y vais, répondit Alex, médusé. Pourquoi ?

— Je vous demande pardon ?

— Pourquoi me posez-vous cette question ? insista-t-il en souriant.

— C'est pour le service d'étage, Mr. McAuliff, répondit l'homme de sa voix douce et posée à l'accent britannique, une lueur dans le regard. Au cas où vous auriez des affaires à donner au pressing. Ils sont débordés en ce moment.

— Je comprends. Merci.

Alex sourit de nouveau, acquiesça d'un hochement de tête, et se dirigea vers le petit ascenseur grillagé de cuivre. Impossible de savoir ce qui se cachait derrière le regard pétillant de l'employé du Savoy. Il devait pourtant y avoir quelque chose. Depuis six ans qu'il séjournait régulièrement dans cet hôtel, personne ne lui avait jamais demandé s'il avait l'intention de «monter dans sa chambre». Une indiscrétion inconcevable en Angleterre, et a fortiori dans un établissement aussi bienséant que le Savoy.

Mais peut-être n'était-ce que la paranoïa de la Dunstone qui déteignait sur lui.

Dans sa chambre, McAuliff enleva son pantalon, passa un peignoir sur son caleçon et commanda de la glace au garçon d'étage. Il lui restait une bouteille de whisky à demi pleine sur le secrétaire. Il s'assit dans un fauteuil près de la fenêtre et ouvrit un journal mis gracieusement à disposition par le service de chambre.

Il entendit frapper à la porte d'entrée et songea à la rapidité légendaire du personnel du Savoy. Il se leva de son fauteuil, puis se figea soudain.

Les employés du Savoy ne s'annonçaient jamais ainsi, ils pénétraient directement dans le vestibule pour y déposer les commandes. Si l'on désirait de l'intimité, il suffisait de fermer la porte donnant sur la chambre.

Alex alla ouvrir d'un pas rapide. Pas de garçon d'étage. À la place, un homme de grande taille, au physique agréable, dans un pardessus de tweed.

— Mr. McAuliff?

— Oui?

— Je m'appelle Hammond. Puis-je vous parler un instant?

— Mais oui…, bien sûr, répondit-il en jetant un regard dans le couloir, tandis qu'il faisait signe à l'homme d'entrer. J'ai commandé de la glace. Je pensais que c'était le garçon d'étage qui frappait.

— Dans ce cas, puis-je aller attendre… dans votre salle de bains? Je suis désolé de vous demander une chose pareille, mais je préférerais ne pas être vu.

— Pourquoi? Vous venez de la part de Warfield?

— Non, Mr. McAuliff. Je suis membre des services secrets anglais.

3.

— C'était une déplorable façon de me présenter, Mr. McAuliff, je suis navré. J'aimerais reprendre depuis le début, si vous n'y voyez pas d'inconvénient, annonça Hammond en se dirigeant vers le coin salon de la chambre tandis qu'Alex jetait quelques glaçons dans un verre.

— Au contraire. C'est la première fois qu'un inconnu frappe à ma porte en m'annonçant qu'il est un agent secret et qu'il a besoin d'aller se cacher dans ma salle de bains. C'est pour le moins original. Un whisky ?

— Avec plaisir. Un petit, s'il vous plaît. Avec un doigt de soda.

McAuliff suivit les consignes et tendit un verre à Hammond.

— Retirez donc votre manteau. Et asseyez-vous, je vous en prie.

— Vous êtes d'une remarquable hospitalité. C'est très aimable de votre part.

L'Anglais ôta son pardessus et le posa soigneusement sur le dossier d'une chaise.

— Je suis surtout curieux, Mr. Hammond, répondit McAuliff en s'installant dos à la fenêtre, face à son visiteur. Le réceptionniste était au courant…, il m'a demandé si je montais dans ma chambre. C'était pour vous, n'est-ce pas ?

— Exact. Mais il ne sait rien. On lui a dit que le directeur voulait vous voir discrètement. Cela arrive souvent. Généralement pour parler argent.

— Charmant !

— Nous pouvons lui faire savoir qu'il s'agit d'une erreur, si cela vous chagrine.

— C'est inutile.

— J'étais au sous-sol lorsque j'ai appris votre arrivée. Je suis monté par l'ascenseur de service.

— Ingénieux.

— Nécessaire, surtout, répliqua l'Anglais. Depuis ces derniers jours, vous avez été sous surveillance rapprochée. Mais je ne veux en aucun cas vous inquiéter.

McAuliff, qui s'apprêtait à porter son verre à sa bouche, suspendit son geste.

— C'est raté. Dois-je donc en conclure que cette surveillance n'est pas de votre fait ?

— Disons que nous observions — de loin — les espions et leur proie, répondit Hammond avec un demi-sourire, avant de boire une gorgée de whisky.

— Je ne suis pas sûr d'apprécier ce genre de petit jeu de cache-cache, déclara McAuliff.

— Nous non plus. Pour éclairer votre lanterne, j'aimerais me présenter plus complètement.

— Faites, je vous en prie.

Hammond sortit une pochette de cuir de la poche de sa veste, se leva de son siège et s'approcha de McAuliff. Il ouvrit la pochette, révélant une plaque d'identification.

— Il y a un numéro de téléphone sous l'insigne. Appelez pour demander confirmation à mon sujet, je vous en prie, Mr. McAuliff.

— C'est inutile, Mr. Hammond. Vous ne m'avez rien demandé encore.

— Mais cela peut venir…

— Dans ce cas, j'aviserai.

— Comme vous voudrez, répondit Hammond, en retournant s'asseoir. Comme le prouve cette plaque, je suis un agent de la Military Intelligence, les services secrets britanniques. Ce qu'elle ne dit pas, c'est que je travaille pour le ministère des Affaires étrangères et le fisc. Je suis en fait un analyste financier.

— Dans les services secrets ? s'étonna Alex en se levant pour aller remplir son verre — il montra les glaçons et le whisky à l'intention de Hammond, qui secoua la tête —, c'est pour le moins surprenant. S'il s'agissait d'une banque ou d'un bureau de courtage, je comprendrais, mais chez les barbouzes…

— Le gros des affaires d'espionnage repose sur la haute finance, Mr. McAuliff. À des niveaux plus ou moins occultes, certes…

— Sans doute, concéda Alex en remplissant son verre.

Il y eut un moment de silence. Hammond attendait que McAuliff revienne s'asseoir pour poursuivre.

— À bien y réfléchir, reprit Alex en s'exécutant, je vois à quoi vous faites allusion.

— Vous m'avez demandé tout à l'heure si je travaillais pour la Dunstone.

— Ah bon ? Je ne m'en souviens pas.

— Vous avez parlé de Julian Warfield — ce qui revient au même.

— Ce doit être une erreur. Je ne vous ai rien demandé du tout.

— Bien sûr. Je sais que c'est une part essentielle du contrat. Vous ne devez en aucun cas mentionner le nom de Warfield ou de la Dunstone, ni y faire quelque allusion que ce soit. Nous comprenons parfaitement. À vrai dire, nous approuvons sans la moindre réserve cette précaution. Pour de multiples raisons ; entre autres, rompre le sceau du secret reviendrait pour vous à signer votre arrêt de mort.

McAuliff posa son verre et regarda fixement Hammond, qui venait de prononcer ces paroles avec un flegme tout britannique.

— C'est absurde, articula-t-il.

— Ce sont pourtant les méthodes de la Dunstone, répondit tranquillement Hammond.

— Vous pourriez être plus clair ?

— Je vais essayer. Tout d'abord, sachez qu'avant vous il y a déjà eu une autre équipe embauchée pour cette prospection géophysique.

— J'ignorais ce détail, lança McAuliff.

— Évidemment. Ils sont tous morts. Disons, morts ou disparus, pour être précis. Personne n'a jamais pu retrouver les Jamaïquains, mais les Blancs, eux, sont bel et bien morts.

— Comment le savez-vous ? Qu'est-ce qui vous permet d'affirmer une chose pareille ?

— Une raison triviale et évidente, Mr. McAuliff. L'un des membres de l'équipe était un homme à nous.

McAuliff était envoûté par l'assurance et le calme de l'agent secret. Il avait l'impression d'entendre un cours magistral d'un professeur d'Oxford analysant les liens de causalité d'un drame élisabéthain, dénouant patiemment chaque nœud d'une intrigue tortueuse et obscure. Pour chaque lacune, chaque zone d'ombre du récit, il proposait une hypothèse, veillant constamment à ce que son auditoire ne confonde pas faits et conjectures.

La Dunstone n'était pas simplement une société de développement industriel ; ses objectifs dépassaient de loin ceux d'une simple multinationale. Ses vues ne se limitaient pas à la seule Grande-Bretagne, comme aurait pu le laisser supposer la nationalité de ses différents directeurs. En réalité, la Dunstone de Londres était la tête pensante d'un consortium international de financiers visant à édifier des cartels échappant au contrôle politique et économique de l'Union européenne. Le but recherché, selon toute vraisemblance, était de court-circuiter les gouvernements — Washington, Londres, Bonn, Paris, La Haye et autres places fortes sur l'échiquier des finances, de les débouter de leur position de chefs d'orchestre omnipotents pour les réduire au niveau de simples clients.

— En d'autres termes, vous êtes en train de me dire que la Dunstone cherche à instaurer son propre gouvernement.

— Exactement. Un gouvernement fondé sur les seuls facteurs économiques. Une concentration d'argent jamais vue depuis l'ère des pharaons. Hormis cette catastrophe économique, il y a le risque, tout aussi grave, de l'absorption du gouvernement jamaïquain par la Dunstone. La Jamaïque serait le camp de base de la Dunstone outre-Atlantique. Ils peuvent arriver à leurs fins, Mr. McAuliff.

Alex posa son verre sur l'appui de la fenêtre et regarda les toits d'ardoise surplombant l'esplanade du Savoy, cherchant ses mots.

— Selon vous, commença-t-il avec lenteur, la Dunstone prévoit d'investir de gros capitaux en Jamaïque. Très bien. C'est une affaire entendue. Et la somme doit être astronomique. En échange de ces investissements, ils s'attendent à ce que Kingston leur renvoie l'ascenseur. Du moins, c'est ainsi que je raisonnerais si j'étais à leur place — exonérations d'impôts, concessions, allègements de charges, biens immobiliers..., toutes ces sortes de petits cadeaux. La routine, quoi. McAuliff se retourna vers Hammond. Je ne vois pas où est la catastrophe financière..., si ce n'est pour la Grande-Bretagne.

— Bien vu, concéda Hammond, mais vous n'y êtes pas tout à fait. J'apprécie néanmoins votre perspicacité. Il est vrai que notre inquiétude est d'abord d'ordre national. Une perversité anglaise, si vous voulez. La Dunstone pèse lourd dans la balance commerciale du pays, et nous détesterions la voir nous échapper.

— Alors vous échafaudez un plan pour...

— Pas si vite, Mr. McAuliff, l'interrompit l'agent britannique, sans toutefois élever la voix. Dans les sphères supérieures du gouvernement britannique, personne n'échafaude quelque conspiration que ce soit. Si la Dunstone était une simple compagnie, comme elle veut le faire croire, Downing Street pousserait simplement un coup de gueule pour défendre les intérêts de la nation. Malheureusement, je crains que ce ne soit pas le cas. La Dunstone a infiltré les plus hautes fonctions à Londres, à Bonn, à Paris, à Rome... et à Washington, c'est évident. Mais je reviendrai sur ce point plus tard. Pour le moment, cantonnons-nous au problème jamaïquain. Vous parliez de concessions, d'exonérations, de petits cadeaux. Moi, je parlerai d'annexion pure et simple.

— Vous jouez sur les mots.

— Je parle de lois, Mr. McAuliff. De souveraineté nationale, un droit ratifié par le Premier ministre, les ministères et les chambres parlementaires. Réfléchissez à ce que cela implique. Un gouvernement authentique et viable, situé dans une nation indépendante, en un lieu stratégique de la planète, phagocyté par un grand trust industriel contrôlant les marchés mondiaux. Ce n'est pas de l'anticipation. Le risque est réel.

Alex réfléchit effectivement à la question. Pendant plus d'une minute, au fil des précisions « techniques » données par Hammond d'une voix calme et assurée.

Sans jamais dévoiler les méthodes d'investigation du MI 5, l'Anglais expliqua le *modus operandi* de la Dunstone. De gigantesques capitaux avaient été transférés de Suisse vers la King Street de Kingston, quelques pâtés de maisons où se concentraient les grandes banques internationales. Pas une livre, toutefois, n'avait été déposée dans une banque britannique, américaine ou canadienne — à leur grand dam. C'étaient les banques jamaïquaines, pourtant moins fiables d'un point de vue financier, qui avaient eu les honneurs de cet afflux massif de capitaux — une première dans l'histoire du pays.

Rares furent ceux qui supputèrent que la Dunstone se cachait derrière cette manne tombée du ciel. Mais, pour cette poignée d'observateurs aguerris, le ballet des transferts de fonds migrant à travers un millier de comptes en l'espace d'une seule journée en constituait la preuve irréfutable.

Des regards étonnés s'étaient tournés vers la Jamaïque. Quelques-uns seulement. Des hommes dans les plus hautes sphères du pouvoir furent avertis qu'une puissante armada venait d'envahir Kingston, une armée capable de faire chanceler les places fortes de Wall Street et de Whitehall.

— Si vous étiez si bien informés, pourquoi n'êtes-vous pas intervenus ?

— Impossible ! répondit Hammond. Toutes les transactions étaient anonymes, l'identité du commanditaire savamment dissimulée ; aucun coupable à désigner du doigt. Le labyrinthe de la finance est trop complexe. Et Warfield est un maître dans l'art de la dissimulation. Pour lui, une société est d'autant plus efficace que chaque département ignore ce que fait le voisin.

— En un mot, vous n'avez aucune preuve…

— C'est exact, poursuivit Hammond. Nous ne pouvons révéler ce que nous ne pouvons prouver.

— Vous pourriez essayer les menaces ? Avec ce que vous savez, vous avez de quoi faire pousser l'hallali ! Mais c'est trop risqué, j'imagine. Cela aurait des répercussions fâcheuses dans les hautes sphères à Bonn, Washington, Paris, etc., n'est-ce pas ?

— C'est effectivement le cas.

— Elles doivent donc être sacrément élevées, ces hautes sphères.

— Des sphères, à notre avis, où se croise tout le gratin des hommes de pouvoir de la planète.

— Jusqu'aux gouvernements ?

— Associés à de grands groupes industriels.

— Par exemple ?

Hammond vrilla ses yeux dans ceux d'Alex.

— Ce ne sont encore que de simples hypothèses, vous savez, annonça-t-il.

Le message était clair.

— Bien sûr. De toute façon, je n'ai aucune mémoire.

— Parfait. Hammond se leva et se planta derrière son siège. Son ton resta calme et posé, avec toujours cette pointe d'autorité. Dans votre propre pays, par exemple, le vice-président ou un membre de son cabinet, et certainement des membres du Sénat et du bureau présidentiel. En Grande-Bretagne de grandes figures de la Chambre des députés et certains responsables du Trésor public. En Allemagne, des *Vorsitzenden* éminents du Bundestag. En France, des ténors de la droite... Tous ces gens doivent, vraisemblablement, travailler avec Warfield. L'expansion de la Dunstone aurait été impossible sans ces appuis haut placés. C'est l'évidence même.

— Mais vous ne savez pas qui exactement.

— Non.

— Je ne vois pas en quoi je pourrais vous être utile.

— Détrompez-vous, Mr. McAuliff.

— Avec tous les moyens dont vous disposez, vous voulez faire appel à moi ? Je vous rappelle que j'ai été embauché par la Dunstone pour une simple prospection, rien d'autre.

— Pour eux, c'est le deuxième essai.

Alexander soutint un moment le regard de l'Anglais.

— Vous dites que les membres de la première équipe sont tous morts.

Hammond revint s'asseoir.

— Oui, Mr. McAuliff. Ce qui signifie que la Dunstone a un adversaire. Un adversaire aussi redoutable et dangereux que Warfield. Et nous n'avons pas la moindre idée de qui — ou de quelle entité — il peut s'agir. Tout ce que nous savons c'est qu'ils existent. Nous voudrions que vous entriez en contact avec ces gens qui poursuivent le même objectif que nous. En contrepartie, nous garantirons votre sécurité et celle de votre équipe. Vous êtes un élément clé pour nous. Sans votre concours, nous sommes bloqués, et, sans nous, vous et vos collaborateurs risquez d'avoir de sérieux ennuis.

McAuliff se leva d'un bond de son fauteuil et se planta devant l'agent britannique. Il respira profondément, à plusieurs reprises, contenant ostensiblement sa colère, puis se mit à arpenter la chambre du Savoy. L'Anglais semblait comprendre la fureur d'Alex. Il laissa plusieurs minutes s'écouler, sans dire un mot.

— Nom de Dieu, Hammond, vous vous rendez compte ! lâcha McAuliff en revenant vers son fauteuil, sans toutefois s'y asseoir. — Il prit son verre laissé sur l'appui de la fenêtre, moins pour boire que pour avoir quelque chose dans la main. Vous débarquez ici, vous faites un réquisitoire contre Warfield émaillé d'un petit cours d'économie, et puis vous m'annoncez calmement que je viens de signer mon dernier contrat si je ne coopère pas avec vous !

— Vous schématisez un peu, mon cher…

— Pas du tout. Ce sont vos paroles, mot pour mot ! Et si vous commettiez une erreur d'appréciation ?

— Impossible.

— De toute façon, je suis obligé, là aussi, de vous croire sur parole. Si je parle à Warfield de notre petite conversation, je peux tirer un trait sur mon contrat. Et sur les plus beaux honoraires qu'un directeur d'expédition puisse espérer !

— Combien vous a-t-il promis ? Simple curiosité…

McAuliff toisa Hammond d'un air de défi.

— Deux millions de dollars ! Qu'est-ce que vous dites de ça ?

— Je dis qu'il aurait pu vous en offrir deux ou trois de plus… Mais vous ne vivrez pas assez longtemps pour en voir la couleur.

Alex soutint le regard de l'Anglais.

— Autrement dit, si les ennemis de la Dunstone ne me font pas la peau, c'est Warfield qui le fera.

— Fort probable. C'est une suite logique, une fois le travail terminé.

— Charmant !

McAuliff se dirigea vers la bouteille de whisky et se servit lentement un verre, comme s'il mesurait sa rasade avec soin. Il n'offrit pas de nouvelle tournée à Hammond.

— Si je raconte à Warfield ce que vous m'avez dit, vous croyez vraiment qu'il va me...

— ... vous tuer ? C'est ce mot-là qui n'arrive pas à sortir, Mr. McAuliff ?

— Je n'ai guère l'habitude d'employer ce genre de termes dans ma profession, Mr. Hammond.

— Je comprends. Si cela peut vous rassurer, personne ne s'y habitue... Pour vous répondre, oui, nous pensons qu'il vous tuera, ou vous fera tuer, pour être plus précis. Une fois qu'il vous aura bien sucé les neurones.

McAuliff s'adossa contre le mur, contemplant le liquide brun dans son verre.

— Autrement dit, je n'ai pas le choix.

— Bien sûr que si ! Je peux quitter les lieux et nous ne nous reverrons plus jamais.

— Et si quelqu'un vous voit sortir d'ici ? Ces types qui me surveillent, soi-disant...

— Personne ne me verra. Il faudra me croire sur parole, pour ça aussi, répondit Hammond en se laissant aller au fond de son fauteuil. Il croisa les doigts, l'air pensif. Bien entendu, dans ce cas-là, nous ne pourrons assurer votre protection contre l'une ou l'autre des parties en présence.

— Protection contre de pures conjectures, précisa doucement Alex.

— Exact.

— C'est bien ce que je dis, je n'ai guère d'alternative, conclut McAuliff en s'éloignant du mur pour boire quelques gorgées de whisky. Sauf une, Hammond, et de taille... même si j'accepte de coopérer, de croire que vos analyses ou vos théories, appelez ça comme vous voulez, ont quelque fondement, je ne serai en aucun cas votre employé.

— Je ne vous suis pas très bien.

— Pas question pour moi de vous obéir les yeux fermés. Je ne serai pas votre pantin. Je veux que cette clause soit consignée dans le contrat — c'est bien comme cela que l'on dit ?

— Parfaitement. J'ai moi-même eu recours bien des fois à cette clause conditionnelle.

McAuliff s'avança vers Hammond et se planta de nouveau devant son fauteuil.

— Maintenant, en clair, qu'est-ce que je suis censé faire ?

La voix de Hammond, encore une fois, fut calme et assurée.

— Il y a deux objectifs ; le premier, le plus important, c'est l'adversaire de la Dunstone — des gens suffisamment informés et déterminés pour avoir assassiné les membres de la première expédition. Si vous découvrez leur identité, il est probable que cela vous conduira tout droit vers votre second objectif, non moins important : les hommes de l'ombre de la Dunstone, ces soldats situés dans les hautes sphères du pouvoir à Londres, Paris, Bonn, Washington... si nous pouvions avoir ne serait-ce qu'un ou deux noms. La moindre information nous serait précieuse.

— Quels sont les éléments dont je dispose ?

— Ils sont plutôt maigres, je le concède. Mais nous avons un indice. Un simple mot, un nom, peut-être. Comment savoir ? Mais nous avons de bonnes raisons de penser que c'est la clé de tout.

— Un mot ?

— Exactement. « Halidon ».

4.

McAuliff avait l'impression de vivre sur deux planètes, ni l'une ni l'autre totalement réelle. Le jour, il s'entretenait avec les gens du département de géophysique de l'université de Londres, rassemblant les membres de l'expédition pour la prospection. L'université servirait de couverture pour la Dunstone — ainsi que la Royal Historical Society. Aucune de ces deux institutions ne supposait que l'expédition était financée par les capitaux de la Dunstone.

La nuit, jusqu'aux petites heures du matin, il rencontrait R.C. Hammond, des services secrets britanniques, dans des petites maisons gardées de Kensington et de Chelsea. Pour s'y rendre, McAuliff devait changer deux fois de véhicule — des taxis conduits par des agents du MI 5. Pour chacune de leurs entrevues, on fournissait à Alex un alibi pour son entourage : un dîner, une fille, un restaurant en vogue où il était un habitué — jamais rien d'extraordinaire, juste des activités facilement vérifiables.

Les entretiens avec Hammond se décomposaient en diverses séances de travail : climat financier et politique en Jamaïque, contacts du MI 5 dans l'île et formation de base — avec instruments — en communication et contre-espionnage.

À plusieurs reprises, Hammond fit venir des « spécialistes » des Caraïbes — des Noirs capables de répondre à toutes les questions que pouvait se poser Alex. Et elles étaient légion. McAuliff avait mené une étude l'année passée près d'Oracabessa concernant les mines de bauxite de la Kaiser, et c'était sans doute ce détail qui avait incité Warfield à faire appel à lui.

Lorsqu'ils se retrouvaient seuls, Hammond lui énonçait, comme une litanie, les attitudes et réactions qu'Alex devait adopter sur le terrain.

Toujours partir de la vérité... Chercher la simplicité..., les choses facilement vérifiables.

Vous vous habituerez à opérer sur des modes différents. Cela deviendra naturel, instinctif. Vous deviendrez bicéphale.

Rapidement, vous apprendrez à déployer vos antennes..., ce sera un sixième sens. Vous entrerez dans une sorte de rythme..., une seconde nature..., c'est la seule façon de ne pas perdre en chemin l'un ou l'autre de vos objectifs.

L'agent britannique ne tombait jamais dans l'emphase, mais dans la redondance. Encore et encore les mêmes phrases, avec des variations mineures de vocabulaire.

Alex en comprenait la raison. Il s'agissait de lui donner les bases : les outils et la confiance.

— Votre contact à Kingston vous sera fourni dans quelques jours. On est en train de prospecter. Kingston est une telle jungle ! Il est difficile d'y trouver quelqu'un de confiance.

— Ça marche dans les deux sens, non ? lança McAuliff.

— Certes, répliqua l'agent. Mais ne vous souciez pas de ça, c'est notre boulot. Vous avez, pour l'heure, suffisamment de pain sur la planche. Mémorisez tous les noms en attendant.

Alex étudia la liste dactylographiée qui resterait dans la maison de Kensington.

— Vous en connaissez, du monde !

— Un peu trop à mon goût. Ceux qui sont biffés d'une croix étaient des agents doubles. Ils travaillaient pour nous et pour la CIA. Nos services secrets sont très versés dans la politique étrangère, ces dernières années.

— Vous craignez des fuites ?

— Oui. La Dunstone a des antennes à Washington. Pas beaucoup, mais elles sont actives.

Le matin, il pénétrait dans l'autre monde, celui de l'université de Londres et de la Dunstone. Finalement, ce n'était pas si difficile de faire abstraction de ses occupations nocturnes. La théorie du dédoublement évoquée par Hammond faisait son chemin en lui. Cela devenait effectivement une seconde nature. Ses soucis diurnes étaient strictement professionnels : constituer son équipe.

Le nombre de ses collaborateurs ne devait pas aller au-delà de huit. S'il pouvait faire avec moins, c'était encore mieux. Les qualifications demandées étaient classiques : schiste, calcaire, stratification du socle, nappes phréatiques, pièges à pétrole, végétation — analyse des sols et inventaire botanique — et enfin, parce que la prospection s'étendrait dans des régions reculées du Cockpit, McAuliff avait besoin de quelqu'un connaissant les différents dialectes et coutumes indigènes. Aux yeux de Warfield, cette précaution était inutile, mais Alex n'était pas de cet avis. Les Jamaïquains pouvaient se montrer rapidement susceptibles.

McAuliff avait déjà choisi Sam Tucker, un géologue de Californie. Sam était un grand gaillard d'une cinquantaine d'années, prêt à toutes les excentricités et à toutes les débauches, mais un professionnel hors pair dans sa branche. C'était aussi un homme en qui Alex avait toute confiance, un ami de longue date qui avait travaillé avec lui depuis ses expéditions en Alaska jusqu'à celle d'Oracabessa, pour la Kaiser, l'année passée. McAuliff avait laissé clairement entendre que si Warfield n'acceptait pas la présence de Sam dans l'équipe, la Dunstone pouvait se trouver un autre chef d'expédition.

C'était une menace gratuite, à bien y réfléchir, mais le jeu en valait la chandelle. Alex voulait avoir Sam à ses côtés en Jamaïque. Les autres membres de l'équipe seraient des nouveaux, ils feraient leurs premières armes sur le terrain, or Tucker avait de l'expérience à revendre. Il serait son bras droit.

Warfield fit faire une enquête sur Tucker et reconnut qu'il n'y avait aucune contre-indication sérieuse à sa participation à l'expédition, si l'on faisait abstraction de certaines petites faiblesses. Sam, toutefois, serait traité comme les autres membres de l'équipe ; personne ne devait avoir vent, évidemment, des objectifs de la Dunstone.

Personne ne le saurait, assura Alex avec une conviction plus grande que Warfield ne pouvait le supposer — pas question de leur faire courir le moindre risque, si jamais les assertions de Hammond étaient fondées. Tous les membres de l'expédition auraient droit à la même version. Une explication inventée de toutes pièces par la Dunstone elle-même. Même les diverses institutions impliquées dans le projet acceptèrent ces explications sans sourciller ; le contraire eût été étonnant. On ne posait pas de questions lorsque les dons tombaient ; les chèques des donateurs étaient les Saintes Écritures du monde universitaire. On les vénérait, les adulait avec une ferveur aveugle.

La prospection géologique avait été rendue possible grâce à un don de la Royal Historical Society, sous l'incitation du Comité du Commonwealth, de la Chambre des lords. L'expédition serait le fruit d'une collaboration entre l'université de Londres et le ministère jamaïquain de l'Éducation. Tous les salaires, dépenses, frais de toutes sortes seraient traités par l'intendance de l'université. La Royal Historical Society ouvrirait des comptes qui serviraient de fonds courant pour l'université.

Les motifs de cette prospection s'inscrivaient parfaitement dans la politique du Comité du Commonwealth, dont les membres siégeaient dans la plupart des conseils d'administration des «Royal Societies». C'était une sorte de donation pour la sauvegarde du patrimoine d'une jeune nation en pleine expansion — une façon pour la Grande-Bretagne de s'assurer avec elle des liens privilégiés. Une étude gracieuse dont la Jamaïque reconnaissante se souviendrait pendant des années. C'était la première fois que cette région faisait l'objet d'une prospection géophysique, annonçait le gouvernement jamaïquain.

Évidemment.

De toute façon, personne ne risquait de leur dire le contraire.

Ne jamais froisser des bienfaiteurs.

Les arnaques de l'université devaient rester impénétrables.

Le choix d'Alexander McAuliff comme chef d'expédition dérangeait évidemment les dignitaires de la Royal et de l'université. Mais c'était le choix du ministère jamaïquain. Face aux gros sous, on apprenait à ronger son frein en silence, même lorsque l'affront venait d'une ancienne colonie.

On ne discutait pas les Saintes Écritures.

L'opération était suffisamment complexe pour satisfaire tout le monde. Warfield était un tacticien hors pair et avait une parfaite connaissance du terrain où il manœuvrait.

À l'instar de R. C. Hammond, des services secrets britanniques.

Alex allait devoir naviguer en eaux troubles. La Dunstone et le MI 5 couraient chacun un lièvre différent, et McAuliff risquait à tout moment d'être dépassé par les événements. D'une certaine manière, c'était déjà le cas. Mais, pour l'heure, sa préoccupation première était de constituer son équipe.

Il choisit d'utiliser une méthode toute personnelle qui avait maintes fois fait ses preuves par le passé. Il ne verrait que les gens dont il avait lu les publications, ceux qui avaient déjà prouvé leur valeur sur le papier. Au-delà de la compétence professionnelle, il recherchait chez ses futurs collaborateurs des qualités d'adaptation physique et psychologique face aux difficultés qu'ils allaient rencontrer sur le terrain, ainsi que des qualités humaines, essentielles dans une expédition de ce type.

Il avait arrêté une première sélection. Il était prêt pour la phase des entretiens.

— Ma secrétaire m'a dit que vous désiriez me voir, Mr. McAuliff.

L'homme qui se tenait sur le seuil de la porte était le directeur du département de géophysique, un professeur au visage sévère et creusé, portant des lunettes, et faisant son possible pour cacher son ressentiment face à Alex. Le pauvre homme se sentait évidemment trahi par la Royal Society et par Kingston de ne pas avoir été désigné comme chef de projet. Il avait récemment mené une étude remarquable à Anguilla. La nomination de McAuliff pour ce poste et les dons du gouvernement jamaïquain semblaient trop liés à son goût.

— Il ne fallait pas vous déranger ! lança McAuliff, surpris, je comptais passer vous voir à votre bureau.

Alex était occupé à regarder par la fenêtre unique de son bureau les allées et venues des étudiants dans la petite cour en contrebas, les bras chargés de livres. Il était heureux d'avoir quitté ce microcosme universitaire. Il se retourna vers son visiteur et marcha vers lui avec un sourire contraint.

— Je suis prêt à commencer les entretiens dès cet après-midi.

— Déjà ?

— C'est grâce à vous, professeur Ralston. Votre liste m'a été d'un grand secours, annonça McAuliff en toute sincérité.

Les postulants étaient bons, sur le papier. Sur les dix sélectionnés, la moitié provenait de la liste de Ralston ; les cinq restants étaient des indépendants chaudement recommandés par deux cabinets privés de Londres.

— J'avais envie de prendre vos gens sans voir les autres, poursuivit Alex, virant cette fois à la flatterie, mais Kingston tient à ce que je reçoive tout le monde.

McAuliff lui tendit une feuille de papier avec les cinq noms hors du cadre universitaire.

— J'en connais quelques-uns, lança Ralston d'une voix enjouée, visiblement sensible au compliment d'Alex. Entre autres, il y a ce couple...

— Pardon ?

— Oui, un couple. Mari et femme. Les Jensen.

— Je ne vois qu'un « Jensen ». Où est la femme ?

— R. L. Wells. Ruth Wells, la femme de Peter Jensen.

— J'ignorais ce détail... Je me demande si c'est une bonne chose.

— Pourquoi pas ?

— Je ne sais pas, répondit Alex en toute franchise. Je n'ai jamais eu de couple marié dans mes expéditions. Cela ne me dit rien qui vaille. C'est peut-être idiot de ma part, j'en conviens. Vous connaissez d'autres personnes sur cette liste ?

— Oui. Un seul. Mais je préférerais ne pas en parler.

— Vous savez bien que je vais insister.

— Ferguson. James Ferguson. Une grande gueule, si vous voyez ce que je veux dire. Un emmerdeur. Je l'ai eu comme étudiant.

— C'est un botaniste, pourtant, un spécialiste des plantes, pas un géologue.

— Il a tout de même suivi une formation de géophysique. En option. Bien sûr, cela remonte à des années.

— Ça ne doit pas être si vieux, déclara McAuliff en consultant des documents sur son bureau. Depuis il n'a participé qu'à trois expéditions, durant les quatre dernières années.

— C'est vrai, ce n'est pas si vieux. Vous devriez quand même le voir. Il est très bon dans son domaine, à ce qu'on m'a dit.

— Passons à votre liste, lança Alex en tendant une nouvelle feuille au professeur Ralston. J'en ai retenu cinq sur les huit que vous me proposiez. Vous avez des scoops à me révéler, là aussi ? J'espère que vous approuverez mon choix.

Ralston remonta ses lunettes sur son nez et parcourut la liste en pinçant les lèvres.

— Oui. Je pensais que vous retiendriez ceux-là. Vous n'êtes pas sans savoir, j'imagine, que ce Whitehall n'est pas de chez nous. Il a été recommandé par l'Institut des Caraïbes. Un type brillant, à ce qu'il paraît. Je ne l'ai jamais rencontré. Il gagne beaucoup d'argent dans le circuit des débats-conférences.

— Il est noir, je crois bien ?

— Exact. Il connaît toutes les langues, tous les dialectes, les us et coutumes les plus originaux des Antilles. Sa thèse de doctorat retraçait les pérégrinations de vingt-sept tribus africaines jusqu'aux Caraïbes — des Bushwadies aux Coromantees. Son travail de recherche sur l'intégration africaine aux Antilles est une référence. C'est aussi un dandy, à ce qu'on m'a dit.

— D'autres gens vous inspirent des commentaires ?

— Non, pas vraiment. Vous allez avoir des difficultés pour choisir votre spécialiste des socles sédimentaires. Vous en avez deux excellents dans votre liste. À moins, bien sûr, que ce ne soit l'épiderme qui décide à votre place...

— Je ne vous suis pas très bien.

Ralston esquissa un sourire.

— Je préfère ne pas en dire plus, ce serait malséant, annonça le professeur avant de changer de sujet. Voulez-vous qu'une de nos secrétaires organise les rendez-vous ?

— Avec joie. Je vous en remercie. Il y a dix entretiens à programmer. Une heure par candidat. Dans l'ordre qui arrangera tout le monde.

— Une heure ?

— Je rappellerai ceux avec qui je voudrai discuter plus longuement — inutile de perdre du temps bêtement.

— Bien sûr.

Un prétendant se mit hors course sitôt franchi le seuil du petit bureau de McAuliff. Le fait d'être saoul à une heure de l'après-midi aurait pu être pardonné, mais l'abus d'alcool offrait à McAuliff un bon prétexte pour ne pas avouer la réelle motivation de son rejet — à savoir que l'homme boitait de la jambe droite. Trois autres personnes furent écartées pour une raison commune : une hostilité ouverte envers les Antillais — virus de plus en plus répandu en Grande-Bretagne, l'équivalent de *l'Americus Redneckus* [1] outre-Atlantique.

Les Jensen — Peter Jensen et Ruth Wells — furent une agréable surprise, tant en couple qu'individuellement. Ils abordaient la cinquantaine, ils étaient brillants, sûrs d'eux et plaisants. Un couple sans enfants, n'ayant pas de problèmes financiers, chacun passionné par son travail, lui spécialiste des minerais, elle paléontologue — la science cousine, celle des fossiles. Le domaine de Peter offrait des applications évidentes, celui de Ruth un peu moins, mais il restait hautement justifiable au nom de la recherche scientifique.

— J'aimerais vous poser une ou deux petites questions, Mr. McAuliff, annonça Peter Jensen d'une voix enjouée, tout en bourrant sa pipe.

— Je vous en prie.

— Je ne suis pas un spécialiste de la Jamaïque, mais il me semble que cette mission est pour le moins curieuse. J'ai du mal à saisir précisément son objet.

Alex était ravi de pouvoir réciter l'explication concoctée par la Dunstone. Il regarda le minéralogiste droit dans les yeux tout en explicitant le but de la prospection, voyant avec satisfaction toute trace de scepticisme disparaître dans le regard du scientifique. Lorsque McAuliff eut terminé son petit laïus, il marqua un moment de silence, avant d'ajouter :

— Je ne sais pas si cela vous éclaire suffisamment…

— Plus qu'il n'en faut ! Le vieux Burke a encore frappé ! lança Jensen en gloussant et en faisant un clin d'œil à sa femme. La Royal a dû se faire secouer les puces. Ses membres à la Chambre des lords

---

1. Néologisme construit sur le mot *redneck*, nom générique des paysans blancs du sud des États-Unis — racistes, amateurs d'armes, de pick-up et de Budweiser. *(N.d.T.)*

lui ont apporté une mission sur un plateau. Bien joué. Et j'imagine que l'université se sucre un peu au passage.

— Je crains que le budget ne le permette pas.

— Ah bon ? dit Jensen en retirant sa pipe de sa bouche. Peut-être alors que je me trompe sur toute la ligne... Ne m'en veuillez pas, mais vous n'avez pas la réputation d'être particulièrement bon marché..., même si c'est tout à fait justifié, je m'empresse de le dire ; vous êtes une vraie vedette.

— Des Balkans à l'Australie, ajouta Ruth Wells-Jensen, avec une pointe d'irritation contre son mari. Si vous avez passé avec eux quelque arrangement personnel, cela ne nous regarde en rien, de toute façon.

Alex eut un petit rire.

— C'est très aimable à vous. Mais il n'y a pas d'autre arrangement. On est venu me chercher, c'est aussi simple que ça. J'ai travaillé pour pas mal de cabinets sur l'île ; et j'espère continuer. Longtemps. Toutes les autorisations de prospection sont délivrées par Kingston, et Kingston m'a imposé sur le projet. Disons que c'est, pour moi, une sorte d'investissement à long terme.

McAuliff guetta là encore la réaction de Peter Jensen, cette réponse étant préparée depuis longtemps. L'Anglais jeta de nouveau un coup d'œil vers sa femme — furtif — et se remit à rire.

— J'aurais fait la même chose, mon cher. Mais je serais bien incapable de diriger une expé comme vous !

— Plutôt s'enfuir à toutes jambes ! renchérit Ruth en gloussant à son tour. Qui avez-vous déjà choisi ? demanda-t-elle, sans vouloir être indiscrète, bien entendu ! Des gens que nous connaissons ?

— Je n'ai encore choisi personne. Je commence tout juste les...

— Puisque financièrement vous êtes gêné aux entournures, lança Peter Jensen avec des yeux pétillants, je préfère vous dire tout de suite que nous n'aimerions pas être séparés. On s'est habitués à être toujours ensemble. Si l'un d'entre nous vous intéresse, l'autre se contentera d'un demi-salaire pour être du voyage.

Le peu de doutes qui subsistaient en Alex furent balayés par les paroles de Ruth Wells-Jensen.

— Un demi-salaire, et encore, ça peut se négocier, annonça-t-elle en imitant le ton professoral de son mari. Notre appartement est une vraie glacière à cette époque de l'année.

Les Jensen seraient du voyage.

Le troisième membre non universitaire de la présélection était James Ferguson. Le côté « grande gueule » annoncé par Ralston provenait surtout, aux yeux de McAuliff, d'un excès d'énergie et d'impétuosité. Ferguson était jeune — vingt-six ans — et d'une nature incompatible avec le milieu universitaire ; impossible pour lui d'y survivre, et encore moins de s'y épanouir. Alex retrouva en Ferguson un peu du jeune homme qu'il avait été autrefois, animé d'une passion obsessionnelle pour son domaine et d'un rejet total des centres de recherches dans lesquels sa spécialité était étudiée — dilemme épineux, pour ne pas dire insoluble. Ferguson travaillait donc en indépendant pour le compte d'industries agroalimentaires — ses meilleures références étant un emploi du temps surchargé dans un secteur pourtant guère dynamique en matière d'embauche. Ferguson était indubitablement l'un des meilleurs spécialistes de la flore sur la place.

— J'adorerais retourner en Jamaïque, annonça le jeune homme, sitôt achevées les présentations d'usage. J'étais à Port Maria pour la Fondation Craft il y a deux ans. Cette île est une mine d'or, à condition de faire sauter le lobby du textile et des cultures maraîchères !

— Quel est l'or en question ? s'enquit McAuliff.

— Les fibres du baracoa. Au second stade de la croissance. Une culture intensive de la banane pourrait faire paniquer les types du Nylon et du polyester, sans parler des producteurs de fruits.

— Vous avez des preuves ?

— Évidemment ! C'est pour ça que j'ai été viré !

— La Craft vous a mis à la porte ?

— Et manu militari ! Je n'ai aucune raison de le cacher ; en fait, j'en suis plutôt fier. Ils m'ont dit de m'occuper de mes affaires, c'est à dire des « leurs ». Vous imaginez ça ! Vous risquez d'entendre pas mal de critiques à mon sujet, si vous vous intéressez à moi.

— C'est le cas, Mr. Ferguson.

L'entretien avec Charles Whitehall fut mi-figue, mi-raisin. C'est le personnage qui dérangeait McAuliff, non ses références. Whitehall était un Noir cynique, un Londonien d'adoption dont les racines restaient fortement ancrées aux Antilles, une sommité absolue dans le domaine des cultures afro-caraïbes, mais d'un abord déplaisant, doublé d'une ambition de jeune loup. D'abord, ce fut l'étonnement pour McAuliff. Comment un homme apparemment à peine plus âgé que Ferguson pouvait-il déjà avoir écrit une histoire générale des Caraïbes en trois volumes — œuvre qui, aux dires de Ralston, était une référence en la matière ?

— Ne vous fiez pas aux apparences, Mr. McAuliff, lança Whitehall, sitôt passé le seuil de la porte, en tendant la main à Alex. Les années se voient moins sur un bronzage des tropiques que sur une peau blanche. J'ai quarante-deux ans.

— Vous lisez dans mes pensées.

— Inutile. C'est la réaction classique, répliqua Whitehall en s'asseyant.

Il lissa son blazer luxueux et croisa les jambes, moulées dans un pantalon de flanelle à pointillés.

— Puisque vous aimez aller droit au but, Dr. Whitehall, je vais faire de même. Pourquoi cette mission vous intéresse-t-elle ? D'après ce que je crois savoir, vous gagnez beaucoup d'argent avec vos conférences. Personne n'a jamais fait fortune dans une prospection géophysique.

— Disons que l'intérêt financier reste secondaire — ce qui est une exception, chez moi, précisa Whitehall en sortant de sa poche un étui à cigarettes en argent. Pour parler franc, Mr. McAuliff, je conçois une certaine satisfaction à retourner là-bas en tant qu'expert sous les lettres d'or de la Royal Historical Society. C'est aussi simple que ça.

Alex voulait bien le croire. Charles Whitehall était effectivement plus reconnu à l'étranger que dans son pays natal. Il avait une revanche à prendre et voulait recevoir les honneurs qui lui avaient été refusés par l'élite intellectuelle — ou politique ? — de Kingston.

— Connaissez-vous le Cockpit ?

— Pas géographiquement, je ne suis pas un *runner*. Mais, d'un point de vue historique et culturel, cela va de soi.

— Qu'est-ce qu'un *runner* ?

— Des gens des montagnes qui habitent des villages dans les collines. Ils font office de guides dans la région… Mais, pour en trouver un, ce n'est pas une mince affaire. Qui fait partie de l'expédition ?

— Pardon ? répondit Alex, ses pensées encore tournées vers les *runners*.

— Qui avez-vous engagé dans l'équipe ? Pour la mission. Ça m'intéresse.

— Oh ! tous les postes ne sont pas encore pourvus. Il y a un couple, les Jensen — un minéralogiste et une paléontologue ; un jeune botaniste nommé Ferguson et un Américain, un ami à moi, analyste des sols, Sam Tucker.

— J'ai entendu parler des Jensen, je crois bien. Je n'en suis pas sûr. Les autres noms ne me disent rien.

— Cela vous étonne ?

— Un peu, oui. D'ordinaire, les projets de la Royal attirent tout le gratin, annonça Whitehall en tapotant délicatement sa cigarette sur le bord du cendrier.

— Tel que vous ? lança McAuliff avec amusement.

— La modestie n'est pas mon fort, répliqua l'historien avec un sourire franc. Ce projet m'intéresse beaucoup et je crois pouvoir vous être très utile.

C'était également l'avis de McAuliff.

Le deuxième géologue spécialiste des socles sédimentaires était A. Gerrard Booth. Booth faisait partie de la liste de l'université, une nomination recommandée par Ralston en ces termes : « Je lui ai promis de vous montrer ses articles et ses publications. Je suis persuadé que Booth vous sera d'une aide précieuse. »

Ralston avait donné à McAuliff une chemise contenant toutes les études stratigraphiques de Booth aux quatre coins du globe — Turquie, Corse, Zaïre, Australie... Alex se souvenait d'avoir lu certains de ces articles dans le *National Geologist*, des travaux brillants. Booth était une sommité, et le mot était faible.

A. Gerrard Booth, en outre, était une femme — A pour Alison, tous ses collègues faisant fi du deuxième prénom.

Elle avait un sourire franc et ouvert, presque un rire. Un peu comme un homme, aurait-on pu dire si cela n'avait été un outrage à sa féminité. Des yeux bleus, profonds et pétillants d'intelligence — des yeux de professionnelle avertie. Sa poignée de main était ferme, là aussi toute professionnelle. Ses longs cheveux châtains lui descendaient sur les épaules en ondulations discrètes — elle avait dû les brosser avec énergie avant de se rendre à cet entretien. Elle devait avoir entre vingt-cinq et trente-cinq ans. Comment savoir ? Les seuls indices étaient quelques rides de sourire au coin des yeux.

Alison Booth était non seulement une sommité et une femme, mais aussi, au premier regard, une très jolie personne. Le mot « professionnel » revint plusieurs fois durant leur entretien.

— J'ai demandé à Rolly — le professeur Ralston, je veux dire — de vous cacher le fait que j'étais une femme. Ne lui en tenez pas rigueur.

— Qu'est-ce qui vous fait croire que je suis à ce point misogyne ?

La jeune femme chassa de la main une mèche de cheveux qui descendait le long de son charmant visage.

— Simple précaution, Mr. McAuliff. Je sais où ça coince, d'ordinaire. À moi de vous convaincre que je conviens, annonça-t-elle. Puis elle cessa de sourire, lissa sa jupe et précisa, pour qu'il n'y ait pas d'équivoque :... Professionnellement parlant.

— Je suis sûr que vous êtes parfaitement qualifiée.

— Toute autre considération serait effectivement hors de propos, lança la jeune femme avec une pointe de froideur toute britannique.

— Pas nécessairement. Il existe d'autres contingences, physiques, entre autres, pour ne pas dire de sérieuses difficultés.

— La Jamaïque n'est pas un enfer comme le Zaïre ou l'Outback australien. J'ai mené là-bas diverses prospections.

— Je suis au courant, mais...

— Rolly m'a dit, l'interrompit Alison Booth, que vous vouliez nous rencontrer, quelles que soient nos références sur le terrain.

— L'isolement a tendance à exacerber les rapports humains dans un groupe, les jugements se pervertissent, l'hystérie gagne tout le monde. J'ai perdu des hommes par le passé parce que d'autres membres de l'équipe les avaient pris en grippe pour des raisons absolument sans fondement.

— Et des femmes ?

— J'employais le mot « homme » au sens large.

— J'ai de sérieuses références, Mr. McAuliff, elles, parfaitement fondées.

— Je vous les demanderai.

— Les voilà, lança Alison en ouvrant le porte-documents posé sur ses genoux. Elle en sortit deux grosses enveloppes de papier kraft et les posa sur le bord du bureau. Voici mes références.

Alex se mit à rire en prenant les enveloppes. Il regarda la jeune femme. Il y avait dans les yeux d'Alison Booth un mélange de défi bon enfant et de supplication rentrée.

— Pourquoi cette expédition est-elle aussi importante pour vous, miss Booth ?

— Parce que je suis compétente et qualifiée pour ce boulot, répondit-elle simplement.

— Vous travaillez à l'université, n'est-ce pas ?

— À mi-temps. Cours et recherche en labo. Je ne suis pas une permanente... par choix, soit dit en passant.

— Alors, ce n'est pas pour l'argent, conclut McAuliff.

— L'argent est utile, mais je ne cours pas après comme une âme en peine quand il fait défaut.

— J'ai du mal à vous imaginer comme une âme en peine, répondit Alex avec un petit sourire. McAuliff vit (ou crut voir) une ombre passer dans les yeux de la jeune femme, une inquiétude fugitive aussitôt disparue. Par réflexe, Alex enchaîna : Mais pourquoi ce projet en particulier ? Avec vos antécédents, je suis sûr que vous avez l'embarras du choix. Des missions sans doute plus intéressantes, en tout cas plus lucratives.

— Le moment s'y prête, répliqua-t-elle doucement avec une pointe d'hésitation. Pour des raisons personnelles, qui n'ont rien à voir avec mes qualifications.

— Et vous tenez à passer un long moment en Jamaïque ?

— Peu importe la Jamaïque. Si c'était la Mongolie-Extérieure, ce serait du pareil au même.

— Je vois.

Alex reposa les deux enveloppes sur le bureau, affichant volontairement une certaine indifférence. La jeune femme réagit aussitôt.

— Très bien, Mr. McAuliff. Ce n'est un secret pour personne, annonça-t-elle en tenant sa serviette sur ses genoux, sans la serrer toutefois.

Il n'y avait chez elle aucune trace de nervosité ou d'émotion. Lorsqu'elle parla, sa voix était calme, posée, comme son regard. Une professionnelle.

— Vous m'avez appelée miss Booth; c'est une erreur. Booth est mon nom d'épouse. Mon mariage a été un fiasco et vient de se terminer. La sollicitude de tous les gens bien intentionnés de mon entourage risque d'être d'un ennui mortel. Je préfère être hors d'atteinte.

McAuliff soutint son regard un moment; il y avait quelque chose d'autre, d'inexprimable, mais elle ne le laisserait pas en savoir davantage. Elle resterait strictement... professionnelle.

— C'était hors de propos. Je vous présente mes excuses. Mais j'apprécie que vous m'en ayez parlé.

— Le chef de mission est satisfait?

— Sa curiosité, tout au moins. Alex se pencha et posa les coudes sur son bureau, les mains repliées sous le menton. En attendant, et n'y voyez aucune équivoque, il m'est désormais possible de vous inviter à dîner.

— Tout dépend de l'interprétation que vous ferez de mon éventuelle acceptation, rétorqua-t-elle d'un ton poli sans être distant.

Il y eut de nouveau cette lueur d'humour dans ses yeux.

— D'ordinaire, je me fais un devoir de dîner ou de déjeuner — voire de trinquer plus que de raison — avec mes futurs collaborateurs ou collaboratrices. Mais, en toute honnêteté, j'eusse aimé, dans le cas présent, que vous acceptiez à titre personnel.

— Voilà une réponse bien désarmante, Mr. McAuliff, répondit la jeune femme avec son grand sourire. C'est entendu, je serais ravie de dîner avec vous.

— Je ferai de mon mieux pour ne montrer aucune sollicitude. Je n'en vois d'ailleurs nulle raison.

— Et je suis sûre que vous n'êtes pas ennuyeux.

— Jamais, par bienséance.

5.

McAuliff attendait au croisement de High Holborn et de Chancery Lane. Il jeta un coup d'œil à sa montre. Ses mains luisaient dans l'épais brouillard londonien ; il était minuit moins vingt. La Rolls-Royce de Preston avait dix minutes de retard. Peut-être même ne viendrait-elle pas du tout. Ses instructions, au cas où la voiture ne serait pas arrivée à minuit, étaient de retourner au Savoy. On lui fixerait alors un autre rendez-vous.

Par moments, il devait faire un effort pour se souvenir à quel instructeur laconique il obéissait, tout en sachant que quelqu'un épiait ses faits et gestes. Une condition humaine avilissante, songea-t-il : vivre constamment dans une prison d'angoisse, une cellule aux murs invisibles. Tous les récits d'espionnage ayant pour cadre l'univers ténébreux des conspirateurs oubliaient de mentionner l'essentiel — l'humiliation de l'homme enfermé dans ce microcosme. Il n'existait plus pour lui aucun espace de liberté — juste l'étreinte d'une chaîne refermée sur sa gorge.

Cette rencontre nocturne avec Warfield avait obligé McAuliff à téléphoner à Hammond dans l'affolement, car il était censé rencontrer également l'agent britannique, à une heure du matin —, et ce à sa propre demande. Hammond avait fixé l'heure et le lieu du rendez-vous. Et voilà qu'à vingt-deux heures vingt, il recevait un appel de la Dunstone : « Soyez au croisement de High Holborn et Chancery à vingt-trois heures trente » — c'est-à-dire dans une heure et dix minutes !

Dans un premier temps, il ne réussit pas à joindre Hammond. Le numéro confidentiel de sa ligne directe au MI 5 ne répondait pas. Alex ne possédait pas d'autre numéro, et Hammond lui avait répété à maintes reprises de ne jamais passer par les secrétaires ni de laisser son nom. Interdiction formelle, également, d'utiliser le téléphone du Savoy pour entrer en contact avec lui. Hammond se méfiait des standards téléphoniques, dans quelque lieu que ce fût. Ainsi que des téléphones portables.

Par conséquent, Alex avait dû sortir sur le Strand, multipliant les essais dans des pubs bondés et des cabines téléphoniques, jusqu'à ce que la ligne de Hammond réponde enfin. Persuadé d'être observé, McAuliff faisait mine d'être ennuyé chaque fois qu'il raccrochait sans avoir pu joindre son correspondant. Il devait prévoir une explication au cas où Warfield le questionnerait à ce sujet. Il raconterait qu'il cherchait à joindre Alison Booth pour annuler un dîner prévu le lendemain soir. Ils devaient effectivement se voir — et Alex n'avait nullement l'intention d'annuler leur rendez-vous —, mais cela paraîtrait suffisamment plausible pour ne pas éveiller les soupçons.

Toujours partir de la vérité… Un des principes de base du MI 5.

Un homme décrocha finalement sur la ligne de Hammond, lui annonçant tranquillement qu'il était sorti prendre un verre.

Sorti prendre un verre ! Nom de Dieu ! Un cartel mondial, un complot international au sein des plus hautes sphères du pouvoir, une spéculation financière planétaire…, et Hammond sortait prendre un verre !

Pour toute réponse à l'angoisse d'Alex, l'homme déclara d'un ton posé que Hammond serait informé de son appel. Mais McAuliff était loin d'être satisfait ; il était vital qu'il puisse le contacter après son rendez-vous avec Warfield. Hammond devait attendre son appel — dût-il passer la nuit devant son téléphone !

Il était vingt-trois heures quarante-cinq. Toujours pas de Rolls-Royce Saint James en vue. Il regarda alentour les quelques passants noyés dans le brouillard de High Holborn, se demandant lequel d'entre eux — à supposer qu'il y en ait un — le surveillait.

La prison d'angoisse, encore.

Il se posait également des questions à propos d'Alison. Ils avaient dîné ensemble ces trois derniers jours ; et elle avait prétexté devoir préparer une conférence pour écourter la soirée — décision plutôt heureuse, étant donné les complications qui avaient suivi.

Alison était une femme étrange. Elle savait très bien masquer sa vulnérabilité derrière un vernis professionnel et un sens de l'humour qui ne la quittait jamais. Son sourire franc, son regard bleu chaleureux, ses gestes lents, gracieux…, tout cela était en quelque sorte une protection.

Il ne remettait aucunement son choix en cause…, professionnellement. Alison Booth était de loin sa meilleure recrue. Bien qu'Alex se considérât comme un brillant spécialiste des couches sédimentaires, il n'était pas sûr de pouvoir rivaliser avec elle. Alison Gerrard Booth était vraiment excellente.

Et aussi très séduisante.

Alex tenait à sa présence en Jamaïque.

Il avait prévu un argument pour Warfield, au cas où les maudits ordinateurs de la Dunstone rejetteraient sa candidature. L'entrevue de ce soir portait justement sur sa sélection. Il attendait le feu vert final.

Mais où était donc ce fichu paquebot noir à quatre roues ? Dans dix minutes, il serait minuit.

— Excusez-moi, m'sieur, résonna une voix rauque à l'oreille de McAuliff.

Il se retourna et vit un homme sensiblement du même âge que lui portant une épaisse veste marron, ayant l'allure d'un docker ou d'un ouvrier du bâtiment.

— Oui ?

— C'est la première fois que j'viens à Londres, m'sieur, et j'crois bien que j'suis perdu.

L'homme pointa alors du doigt la plaque de rue à peine visible dans le brouillard, éclairée par le halo lumineux du réverbère.

— C'est écrit Chancery Lane là-dessus, donc j'devrais pas être loin de Hatten Garden, et c'est là que j'dois rejoindre mes amis. Mais j'arrive pas à trouver où c'est, m'sieur.

— C'est un peu plus loin par là-bas, indiqua Alex en montrant sa gauche.

— Là-bas, vous dites ? reprit l'homme d'un air niais en pointant à son tour son doigt dans la même direction.

— Exactement.

— Vous êtes sûr, m'sieur ? répéta l'homme en agitant les bras, soulignant exagérément chacun de ses mots. Soudain, il chuchota rapidement : Faites comme si tout était normal, McAuliff ! Continuez à m'indiquer mon chemin. Hammond vous attendra à Soho, au Hibou de saint Georges, c'est une boîte de nuit. Installez-vous au bar et attendez qu'il vous contacte. Peu importe l'heure, il vous attendra… Surtout n'essayez plus de le joindre par téléphone. Vous êtes surveillé.

McAuliff déglutit, se sentant pâlir. Il agita le bras — un peu trop ostensiblement à son goût — en direction de Hatton Garden. À son tour, il se mit à parler d'un souffle et à toute vitesse.

— Bon Dieu ! Si je suis surveillé, vous devez l'être aussi !

— Les risques que nous prenons sont calculés.

— Je n'apprécie pas du tout votre manière de faire des additions !

Qu'est-ce que je vais bien pouvoir raconter à Warfield ? Vous m'imaginez en train de lui demander de me déposer à Soho ?

— Pourquoi pas ? Vous n'avez qu'à prétexter que vous avez envie de sortir un peu. Vous n'avez rien de prévu demain matin. Les Américains aiment Soho, ça lui paraîtra naturel. Même si vous n'êtes pas un gros joueur, nous savons que vous ne rechignez pas à quelques paris ici et là.

— Seigneur ! Pendant que vous y êtes, déballez aussi toute ma vie sexuelle !

— Je pourrais le faire, mais ce n'est ni l'heure ni le lieu, conclut-il avant de reprendre sa voix rauque. Merci bien, m'sieur. Grâce à vous j'vais pouvoir retrouver mes amis.

La silhouette de l'homme s'évanouit dans le brouillard nocturne en direction de Hatton Garden. Un frisson parcourut McAuliff ; ses mains tremblaient. Il chercha ses cigarettes dans sa poche pour se calmer. Le contact froid de son briquet de métal lui fit du bien.

Plus que cinq minutes avant minuit. Passé cette heure, il attendrait encore quelque temps puis il s'en irait. Ses instructions étaient : « retourner au Savoy ». Cela signifiait-il qu'un autre rendez-vous serait fixé plus tard dans la nuit ? Ou le lendemain matin ? Ou est-ce que « retourner au Savoy » voulait dire qu'il n'avait plus rien à faire au croisement de High Holborn et de Chancery Lane ? Qu'il était libre pour ce soir ?

Les mots en eux-mêmes étaient clairs, mais toute interprétation restait ouverte. S'il le désirait, il pouvait très bien — en s'arrêtant autant de fois que nécessaire pour brouiller les pistes — se rendre à Soho, où l'attendait Hammond. Le réseau de surveillance constaterait simplement que Warfield n'était pas venu au rendez-vous. C'était une option possible...

Bon sang ! songea Alex. Qu'est-ce qui m'arrive ? Voilà que je me mets à décrypter des mots... à définir des options, des alternatives. À décoder et à interpréter... des ordres !

Mais, d'abord, de quel droit lui donnait-on des « ordres » ?

Il n'était pas de ceux qu'on commande !

Mais quand il vit sa main trembler au moment de porter sa cigarette à ses lèvres, il sut qu'il était de ceux-là... pour un temps de souffrance encore indéterminé — le séjour en enfer de tout homme privé de liberté.

Les aiguilles de sa montre s'alignèrent. Minuit. Tant pis pour eux ! Il allait tout laisser tomber ! Il appellerait Alison pour lui dire qu'il avait envie de la voir..., qu'il aimerait passer prendre un verre chez elle. Hammond pouvait bien attendre toute la nuit à Soho ! Où donc, déjà ? — au Hibou de saint Georges. Quel nom ridicule !

Qu'ils aillent au diable, tous !

La Rolls-Royce venant de Newgate fendit soudain la nappe de brouillard, rompant de son ronronnement grave et puissant le silence de la rue. Elle bifurqua vers le trottoir et s'arrêta brusquement devant McAuliff. Le chauffeur descendit de voiture et contourna l'immense capot pour venir ouvrir la portière à Alex.

McAuliff eut à peine le temps de réaliser ce qui se passait qu'il jetait déjà sa cigarette et grimpait à l'intérieur du véhicule, abasourdi ; la Rolls semblait avoir surgi de nulle part. Julian Warfield était assis à droite, à l'autre bout de l'immense banquette arrière, silhouette minuscule dans le vaste habitacle de la berline.

— Je suis désolé de vous avoir fait attendre jusqu'à la dernière minute, Mr. McAuliff. J'ai été retenu.

— Vous alliez toujours ainsi discrétion et coups de théâtre dans vos affaires ? demanda Alex en s'adossant, heureux de parvenir à feindre une certaine assurance.

— Comparé à d'autres, je ne suis qu'un vulgaire amateur ! répliqua Warfield avec son rire grave de vieil homme.

— Vous ménagez néanmoins vos effets à merveille !

— Vous voulez boire quelque chose ? Preston a fait installer un bar, annonça Warfield en désignant le dossier du siège avant. Vous n'avez qu'à tirer sur cette sangle.

— Non, merci, pas maintenant. Je vais sans doute sortir prendre un verre tout à l'heure.

Tout doux, McAuliff, tout doux, pensa-t-il. Un peu de finesse, bonté divine ! Hammond peut attendre toute la nuit, s'il le faut. C'est d'ailleurs la punition que tu comptais lui infliger il y a deux minutes encore !

— Je vais commencer par les bonnes nouvelles, annonça le vieil homme en sortant une enveloppe de la poche de sa veste. Nous n'avons pas d'objection majeure à soulever quant à votre choix, juste quelques petits détails. Votre sélection est des plus judicieuses...

Aux dires de Warfield, la première réaction de la Dunstone face à la liste qu'il leur avait fournie avait été négative — non pour des questions de sécurité (encore qu'il y eût les quelques « petits détails ») ou de compétence des personnes choisies ; McAuliff avait fait du bon travail. Mais d'un point de vue conceptuel. L'idée d'une présence féminine dans une expédition de prospection géologique avait été rejetée à l'unanimité, l'argument majeur étant le manque de force physique des femmes — même si l'on ne pouvait parler à leur endroit de réelle faiblesse. Toutes les équipes en déplacement lointain étaient, par tradition, composées exclusivement d'hommes ; la présence d'une femme était un élément déstabilisant, entraînant inévitablement des complications de toutes sortes.

— Nous avions donc rayé les deux femmes de votre liste. L'évidence voulait qu'en éliminant Mrs. Wells vous alliez aussitôt perdre son mari, Jensen... Trois personnes rejetées sur cinq, donc... Nous savions que cela n'allait pas vous plaire du tout, mais vous en auriez finalement pris votre parti... Ce n'est que plus tard que la vérité m'est apparue. Bon sang, vous avez été bien plus futé que nous tous !

— Je n'ai élaboré aucune stratégie, Warfield. Je n'ai fait que réunir la meilleure équipe possible, l'interrompit McAuliff, préférant couper court à l'affirmation de Warfield.

— Vous ne l'avez peut-être pas fait consciemment, et il est vrai que le groupe que vous avez formé est d'une qualité remarquable. Mais le fait d'y avoir introduit deux femmes, dont une mariée, et toutes deux au sommet de leur art, est une idée qui relève du génie.

— Pourquoi ?

— Cela apporte — elles apportent — une touche d'innocence peu commune. Une patine bien universitaire, en fait ; aspect que nous avions négligé. Une équipe d'hommes et de femmes passionnés, financée par les deniers de la Royal Society..., rien à voir avec ces habituelles expéditions masculines. Remarquable, vraiment remarquable.

— Je suis désolé de vous décevoir mais je n'avais pas du tout pensé à ça.

— Vous ne me décevez pas. Le résultat est le même. Inutile de vous préciser que j'ai fait valoir ces considérations aux autres, et qu'ils ont immédiatement été de mon avis.

— J'ai dans l'idée que tout ce que vous « faites valoir » est approuvé sur-le-champ. Et en ce qui concerne les « petits détails » ?

— « Des informations dont vous ferez bien de tenir compte » serait un terme plus approprié.

Le vieil homme leva le bras et alluma une petite lampe de lecture. Puis il sortit quelques feuillets de la poche de son pardessus, les déplia et les posa sur l'enveloppe. Il ajusta ses lunettes et parcourut la première page.

— Le couple, les Jensen et Wells... Ils participent activement à des mouvements politiques de gauche. Marches pour la paix, manifestations, etc.

— Cela n'a aucune incidence sur leur travail. Je doute qu'ils essaient de convertir les indigènes, rétorqua McAuliff d'un ton volontairement las.

Si Warfield avait l'intention de soulever ce genre de questions, il tenait à lui faire comprendre qu'il les considérait comme hors de propos.

— La situation politique en Jamaïque est très instable — pour ne pas dire explosive. Il serait parfaitement malvenu que quelqu'un de l'équipe se mêle de ces histoires.

McAuliff pivota sur son siège et fixa du regard le vieil homme — petites lèvres pincées, maigres doigts osseux tenant les feuilles de papier, joues fripées au teint cireux sous le filet de lumière jaune.

— S'il y avait le moindre risque — et je suis certain qu'il n'en sera jamais question —, je ferais taire les Jensen aux premières allusions politiques. D'un autre côté, leur présence n'est pas sans avantage pour vous. Il paraît absolument improbable que de telles personnes puissent travailler pour la Dunstone.

— C'est vrai, répondit calmement Warfield. C'est également ce que nous avons pensé. Il y a ce garçon, aussi..., ce Ferguson. Il a causé des ennuis à la Fondation Craft.

— Son seul tort est d'avoir fait une découverte essentielle concernant les fibres de baracoa, rien de plus. Ça a fichu une peur bleue à la Craft et à ses partenaires financiers.

— Nous ne sommes pas en guerre contre la Craft. Et nous ne voulons pas l'être. Le fait qu'il vous accompagne pourrait faire tiquer quelques personnes. La Craft est bien vue en Jamaïque.

— Personne n'est aussi compétent que Ferguson, et c'est le meilleur de tous les candidats. Je tiendrai Ferguson à l'écart de la Craft, promis.

— C'est essentiel. C'est la condition sine qua non à sa participation à l'expédition.

Charles Whitehall, le dandy intellectuel, était, d'après les fichiers de la Dunstone, un casse-tête psychologique. Du point de vue politique, c'était un Noir ultraconservateur qui aurait pu être à la tête des diverses factions réactionnaires de Kingston s'il était resté sur l'île. Mais son avenir n'était pas en Jamaïque, Whitehall l'avait compris très vite. Et cela l'avait rendu amer.

Warfield s'empressa toutefois d'ajouter que ces informations négatives étaient contrebalancées — et de façon sensible — par les références universitaires de Whitehall. En fin de compte, son intérêt pour l'expédition était un point positif ; sa participation permettrait de débarrasser le projet de toute connotation mercantile. Et, pour parfaire le tableau de cette personnalité complexe, Whitehall était ceinture noire triple A de jukato, un dérivé du judo plus complexe et plus meurtrier.

— Nos contacts à Kingston sont bouche bée à l'idée que Whitehall soit du voyage. Je suppose qu'ils vont lui offrir une chaire à la West Indies University. Il va sans doute accepter cet honneur, à condition qu'ils le paient suffisamment.

« Passons, à présent, au dernier point, proposa Warfield en retirant ses lunettes, qu'il posa sur ses genoux à côté des feuillets. Il massa l'arête de son nez fin et osseux. Je veux parler de Mrs. Booth… Mrs. Alison Gerrard Booth.

Alex se raidit. Warfield lui avait déjà fait savoir qu'elle était acceptée ; il n'avait aucune envie d'apprendre à son sujet des informations confidentielles ramenées à la surface par les hommes de l'ombre de la Dunstone ou par un bataillon de machines crépitantes.

— Qu'est-ce que vous lui reprochez ? demanda McAuliff d'une voix tremblante. Son dossier parle de lui-même.

— Indubitablement. Elle est très qualifiée… Et aussi très impatiente de quitter la Grande-Bretagne.

— Elle s'est expliquée à ce sujet. Et je la crois. Elle vient tout juste de divorcer dans des circonstances, j'ai cru le deviner, difficiles…, socialement difficiles, je veux dire.

— C'est ce qu'elle vous a raconté ?

— Oui. Et je pense qu'elle dit la vérité.

Warfield rechaussa ses lunettes et tourna un feuillet.

— J'ai bien peur qu'il n'y ait autre chose, Mr. McAuliff. Vous a-t-elle dit qui était son mari ? Ce qu'il faisait dans la vie ?

— Non. Et je ne lui ai pas posé la question.

— Bien sûr… Je pense toutefois que vous devriez le savoir. David Booth appartient à une famille très influente — des nobles, en fait — qui n'a plus un sou vaillant depuis une génération. Il est actionnaire dans une entreprise d'import-export qui affiche un bilan financier proche de la faillite. Pourtant Mr. Booth a un excellent train de vie. Il possède plusieurs maisons — ici et sur le continent —, des voitures de luxe, fréquente les clubs les plus huppés… Contradictoire, n'est-ce pas ?

— Certes. Comment fait-il ?

— La drogue, annonça Julian Warfield, aussi simplement que s'il parlait de la pluie et du beau temps. David Booth se charge de la livrer à des réseaux franco-américains qui opèrent en Corse et à Marseille.

Les deux hommes restèrent un moment silencieux, McAuliff mesurant les implications de cette révélation.

— Mrs. Booth a travaillé en Corse, au Zaïre et en Turquie, articula finalement Alex. Seriez-vous en train de suggérer qu'elle était impliquée ?

— C'est possible, mais peu probable. Ou, alors, involontairement. Après tout, elle a demandé le divorce. Nous pensons, en revanche, qu'elle était au courant de l'activité de son mari ; elle a visiblement peur de rester en Grande-Bretagne et compte sûrement ne pas y revenir.

Il y eut un nouveau silence, que McAuliff brisa.

— Quand vous dites qu'elle a peur, vous voulez dire qu'elle a été menacée ?

— C'est fort possible. Elle peut détenir des informations gênantes. Booth n'a pas digéré ce divorce, à notre avis. Pas d'un point de vue affectif — c'est plutôt un homme à femmes —, mais sur un plan financier, puisqu'il se retrouve désormais dans l'impossibilité de justifier ses déplacements, expliqua Warfield en repliant ses feuillets pour les ranger dans son pardessus.

— On peut dire que ce sont des « petits détails »... explosifs. Je ne suis pas sûr d'être prêt à assumer ça.

— J'ai tenu à vous communiquer ces informations sur Mrs. Booth, car vous auriez appris cette histoire tôt ou tard. Nous souhaitions vous y préparer..., pas vous dissuader.

McAuliff tourna la tête vers Warfield et le regarda d'un air de défi.

— Vous voulez qu'elle participe à l'expédition parce qu'elle pourrait vous être utile... personnellement. Cela n'a rien à voir avec la géologie.

Du calme, McAuliff, Tout doux !

— Tout est possible en ces temps troublés.

— Je n'aime pas ça !

— Réfléchissez-y à deux fois. À notre avis, elle est infiniment plus en sécurité en Jamaïque qu'à Londres... Et nous savons que son bien-être vous intéresse. Vous vous êtes vus régulièrement, la semaine dernière, n'est-ce pas ?

— Je n'aime pas non plus être suivi, rétorqua McAuliff, ne trouvant pas d'autre réponse.

— Vous n'avez été que très peu surveillé, et uniquement pour votre protection, s'empressa de répondre Warfield.

— Contre quoi ? Nom de Dieu, de qui voulez-vous me protéger ? s'emporta McAuliff, les yeux rivés dans ceux de Warfield, se rendant compte à quel point il n'aimait pas cet homme. Allait-il être plus précis que Hammond au sujet de sa sécurité ? Allait-il admettre l'existence d'une précédente expédition en Jamaïque ? Je pense que j'ai le droit de savoir !

— C'est vrai. Mais tout d'abord j'aimerais vous montrer ces documents. Je suppose que cela vous fera plaisir, dit Warfield en sortant de l'enveloppe quelques pages agrafées au coin d'une feuille de papier à lettres.

Il s'agissait des papiers carbone de son contrat d'engagement signé à Belgrave Square plus d'une semaine auparavant. Il alluma son propre plafonnier, prit les documents que lui tendait Warfield et les feuilleta jusqu'à la dernière page. Ce qu'il avait pris pour une feuille de papier à lettres était en réalité la photocopie d'un ordre de virement émanant de la Chase Bank à New York. Les opérations étaient claires : à gauche figurait le montant viré sur son compte par un organisme suisse ; à droite, les taxes concernant ce montant, déclarées versées aux autorités suisses et au fisc américain.

La somme nette était de un million deux cent soixante-dix mille dollars.

— Le premier paiement devait représenter 25 p. 100 de la somme totale définie par le contrat pour la prospection. Nous nous étions mis d'accord pour que cette somme me soit versée à l'arrivée de l'équipe à Kingston. Avant cette date, vous ne deviez prendre en charge que mes frais courants et, en cas de résiliation du contrat, me verser une indemnité de cinq cents dollars par jour. Pourquoi ce changement ?

— Nous sommes très satisfaits de vos travaux préliminaires. Et nous tenions à vous montrer notre bonne foi.

— Je n'en crois pas un mot.

— En outre, continua Warfield en haussant le ton face à l'objection d'Alex, nous n'avons en rien dérogé aux termes du contrat.

— Je sais ce que j'ai signé.

— Pas si bien que ça, apparemment… Allez-y, lisez le contrat. Il y est précisé très clairement que vous serez payé un « minimum » de 25 p. 100, « au plus tard » le premier jour désigné comme étant le point de départ de la prospection. Il n'est pas exclu que vous touchiez plus de 25 p. 100, et rien n'interdit non plus un versement anticipé. Nous pensions que cela vous ferait plaisir, conclut le vieil homme en joignant les mains comme un Gandhi dans un costume de Savile Row.

McAuliff relut l'ordre de virement de la Chase.

— Ce document indique que cette somme est un paiement pour services rendus jusqu'à ce jour, dit-il. C'est écrit noir sur blanc. Il faudrait que vous remuiez ciel et terre pour être dédommagé si je décidais de ne pas partir en Jamaïque. Et, connaissant votre paranoïa, cela m'étonnerait que vous ayez très envie d'attirer l'attention sur vous. Non, Mr. Warfield, cela ne vous ressemble guère.

— Question de confiance, Mr. McAuliff. Une notion oubliée de votre génération, répondit l'homme d'affaires en souriant d'un air innocent.

— Sans vouloir en rien être déplaisant, j'ai dans l'idée que cette notion vous est totalement étrangère. Du moins sous cette forme. Vous êtes un manipulateur, pas un idéaliste. Encore une fois, cela ne vous ressemble pas.

— Très bien, déclara Warfield en écartant les mains, gardant toujours la pose de Gandhi sous le halo de lumière jaune. Je vais donc vous parler de cette protection dont vous faites l'objet et qui suscite chez vous, à juste titre, bien des interrogations. Vous êtes désormais l'un des nôtres, Alexander Tarquin McAuliff. Un élément essentiel et vital dans les projets de la Dunstone. En reconnaissance de votre contribution, nous avons demandé à nos directeurs financiers que vous soyez élevé — sur le plan de la confiance — au même rang qu'eux. Ce paiement est donc l'un des avantages réservés à ceux de notre clan. Comme vous l'avez dit, nous ne sommes effectivement pas du genre à jeter de l'argent par les fenêtres.

— Où diable voulez-vous en venir ?

— Pour parler plus crûment, n'essayez en aucun cas de vous défiler. Vous travaillez avec nous en votre âme et conscience. Si, à un moment ou à un autre et pour quelque raison que ce soit, vous n'étiez plus d'accord avec la Dunstone, n'essayez pas de sauver vos billes en prenant vos distances. Vous n'y arriveriez pas.

McAuliff regarda fixement le vieil homme, qui souriait de nouveau.

— Pourquoi ferais-je une chose pareille ? demanda-t-il doucement.

— Parce que nous avons toutes les raisons de penser que certains… éléments sont avides de faire échouer nos plans. Il n'est pas impossible qu'ils entrent en contact avec vous ; peut-être même l'ont-ils déjà fait. Votre avenir est avec nous. Et avec personne d'autre. Financièrement, moralement peut-être…, légalement, sans l'ombre d'un doute.

Alex détacha son regard de Warfield. La Rolls s'était dirigée vers l'ouest dans New Oxford Street, puis vers le sud en descendant Charing Cross Road, et enfin de nouveau vers l'ouest sur Shaftesbury Avenue. Ils approchaient maintenant des lumières de Picadilly Circus qui embrasaient le brouillard de couleurs criardes.

— Qui essayiez-vous de joindre avec tant d'acharnement, ce soir ? demanda le vieil homme en cessant de sourire.

McAuliff se retourna vers lui.

— Cela ne vous regarde en rien, mais, si vous voulez tout savoir, je tentais de joindre — et sans acharnement aucun — Mrs. Booth. Nous devons déjeuner ensemble demain. Mon énervement était dû à votre rendez-vous de dernière minute et au fait que je ne voulais pas la déranger après minuit. Qui d'autre voulez-vous que j'appelle ?

— Vous avez tort de le prendre aussi mal...

— Bien sûr, j'oubliais, l'interrompit Alex. Vous ne pensez qu'à me protéger de ces mystérieux... éléments.

— Je peux être un peu plus précis, annonça Julian Warfield en rivant son regard dans celui d'Alex avec une intensité nouvelle. Vous n'avez aucune raison de me mentir, alors j'attends de vous la vérité. Qu'est-ce que le mot « Halidon » signifie pour vous, Mr. McAuliff ?

6.

La cacophonie assourdissante de l'*acid rock* martyrisait les tympans jusqu'à la douleur. Les deuxièmes victimes étaient les yeux, que le nuage épais et translucide de fumée faisaient pleurer — puis les narines s'irritant immédiatement sous les effluves de tabac mélangé à l'herbe ou au haschisch.

McAuliff se fraya un chemin entre les corps enchevêtrés et ondulants, écartant avec douceur mais fermeté les bras et les épaules qui gesticulaient, pour se diriger vers le fond de la salle où trônait le bar.

C'étaient les heures de folie au Hibou de saint Georges. Les lumières psychédéliques se heurtaient aux murs et au plafond dans des crescendos rythmiques ; les corps étaient pliés, en avant, en arrière, aucun ne se tenait droit, tous se balançaient, se contorsionnaient spasmodiquement.

Hammond était assis dans une alcôve circulaire avec cinq autres personnes : deux hommes et trois femmes. Alex s'immobilisa, caché par les danseurs et les consommateurs, et observa la tablée. C'était drôle, dans le vrai sens humoristique du terme. Hammond et un autre homme de son âge étaient habillés d'une manière très stricte, comme deux des trois femmes, qui avaient la quarantaine passée. Le couple restant était jeune, détendu, correspondant parfaitement au cadre. Cela composait un tableau typique : des parents faisant de leur mieux pour combler le fossé des générations, mal à l'aise mais jouant le jeu.

McAuliff se remémora les paroles de l'homme sur High Holborn. « Installez-vous au bar et attendez qu'il vous contacte. » Il se dirigea vers le grand comptoir en acajou et cria sa commande au barman noir à la coiffure afro. Il se demandait quand Hammond allait se manifester, n'ayant aucune envie de patienter. Il avait des tas de choses à raconter à l'agent britannique.

— Excusez-moi, vous vous appelez bien McAuliff ? hurla une voix, faisant sursauter Alex, qui renversa sur le coup la moitié de son verre.

La voix était celle du jeune homme qui était assis à la table de Hammond. L'agent ne perdait pas de temps.

— Oui. Pourquoi ?

— Les parents de ma petite amie vous ont reconnu. Ils m'ont demandé de vous inviter à leur table.

Durant les instants qui suivirent, McAuliff eut la sensation de participer à un mauvais vaudeville, ânonnant un dialogue éculé devant des partenaires plus expérimentés s'ennuyant au possible, mais faisant de leur mieux pour lui donner la réplique. Hammond mit tellement de conviction à mimer la surprise qu'il força l'admiration d'Alex.

Il connaissait effectivement l'homme assis en face de Hammond. Sa femme aussi. Très peu, bien sûr, mais il les avait déjà rencontrés, deux ou trois fois, au cours de ses précédents séjours à Londres. Ils n'étaient pas marquants au point qu'il aurait pu les reconnaître dans la rue, ni même au Hibou de saint Georges — à moins qu'on ne lui rafraîchisse la mémoire sur les circonstances de leur rencontre.

Hammond lui fut présenté sous son vrai nom, et McAuliff s'assit à ses côtés.

— Comment vous êtes-vous débrouillé pour arranger un tel rendez-vous ? demanda Alex après cinq minutes interminables à tâcher de se souvenir où il avait pu faire la connaissance du couple. Est-ce qu'ils savent qui vous êtes ?

— Faites semblant de sourire de temps en temps, répondit Hammond en souriant à son tour calmement. Ils pensent que j'appartiens à la grande fourmilière des ministères et que je jongle avec les chiffres dans un petit bureau sordide. Il était nécessaire de procéder ainsi. Warfield a doublé la surveillance autour de vous. Nous n'aimons pas ça : il nous a peut-être repérés, même si cela reste peu probable.

— Il est au courant de quelque chose, je vous le garantis, répondit Alex, retroussant les lèvres en un sourire crispé. J'ai beaucoup de choses à vous dire. Quand pouvons-nous nous rencontrer ?

— Ici. Maintenant, répliqua le Britannique. Pensez à adresser la parole aux autres de temps à autre, mais il est tout à fait crédible que nous engagions une conversation. Nous nous en servirons pour justifier le fait de dîner ensemble ou de prendre un verre d'ici à un ou deux jours.

— Impossible. Je pars pour Kingston après-demain matin.

Hammond marqua un temps d'arrêt, son verre à mi-chemin de ses lèvres.

— Déjà ? Nous ne nous attendions pas à ça.

— Ce n'est rien à côté de ce que je vais vous apprendre... Warfield est au courant, à propos de « Halidon ». Il m'a demandé ce que je savais...

— Quoi ? !

— Dites-moi, Mr. McAuliff, clama une voix de l'autre côté de la table. Vous devez sans doute connaître les Benson, du Kent ?

Cette diversion tombait à pic, pensa Alex. Hammond avait laissé paraître sa surprise à l'annonce d'Alex. Surprise qui s'était rapidement changée en colère rentrée. Alex ne se souvenait pas des Benson, mais la conversation qui allait suivre à leur propos laisserait à Hammond le temps de réfléchir. C'était justement ce qu'Alex voulait.

— Que vous a-t-il dit exactement ? demanda Hammond sous les lumières psychédéliques qui projetaient sur eux leurs faisceaux tournoyants, les affublant de masques étranges. Répétez-moi ses paroles, mot pour mot.

— « Qu'est-ce que le mot "Halidon" signifie pour vous ? » Voilà ce qu'il a dit.

— Et qu'avez-vous répondu ?

— Que vouliez-vous que je réponde ? Je lui ai dit qu'il s'agissait d'une ville dans le New Jersey.

— Comment ça ?

— Halidon, dans le New Jersey. C'est une ville.

— Ce n'est pas la même orthographe, à mon avis. Ni la même prononciation. Il a vraiment gobé ça ?

— Pourquoi ne m'aurait-il pas cru ? Je ne sais réellement pas ce que c'est.

— Vous lui avez bien caché que ce mot ne vous était pas inconnu ? C'est très important !

— Oui..., oui, il me semble. J'avais, pour tout dire, la tête ailleurs à ce moment-là ; des tas de choses m'occupaient l'esprit.

— Est-ce qu'il est revenu sur le sujet ? l'interrompit l'agent.

— Non. Il a marqué le coup, mais il n'en a plus parlé. Qu'est-ce que vous en concluez ?

Soudain, un homme jaillit de la piste de danse en tournoyant, les yeux dans le vague, les lèvres tombantes, pour finir brutalement sa course contre leur table.

— Regardez qui est là ! On a sorti les vieux de leur placard !

annonça-t-il, la bouche pâteuse, avec un fort accent du Yorkshire. Alors, on s'éclate avec les jeunes, maman ?

— C'est pas vrai ! pesta Hammond, dont le verre s'était renversé sous le choc.

— Sonne le maître d'hôtel, papa ! Dis-lui de mettre ça sur le compte du vieil Edinburgh. C'est un ami à moi. Ce bon vieil Edinburgh !

Le danseur dans un état second disparut dans la foule aussi soudainement qu'il était apparu. Les quadragénaires en tenue stricte se montrèrent pleins de sollicitude pour Hammond, tout en maudissant la faune du Hibou de saint Georges ; les jeunes firent de leur mieux pour les calmer.

— Ça va aller, ce n'est pas bien grave, annonça Hammond avec bonhomie. Je suis juste un peu mouillé, pas de quoi en faire un drame.

Hammond sortit son mouchoir et s'épongea le front. Chaque petit groupe reprit sa conversation où elle avait été interrompue. L'Anglais se retourna vers McAuliff, un sourire résigné démentant l'angoisse de ses paroles.

— Il faut que je parte ; nous vous contacterons demain si nécessaire.

— Quoi ? Vous voulez dire que cet incident… était un signal ?

— Exact. Maintenant, ouvrez bien grandes vos oreilles. Je n'aurai pas le temps de répéter. Quand vous arriverez à Kingston, vous serez livré à vous-même pendant un petit moment. Pour être franc, nous n'avions rien prévu pour vous si tôt et…

— Pas si vite ! l'interrompit McAuliff à voix basse. Nom de Dieu ! C'est vous qui allez ouvrir bien grandes vos oreilles ! Vous m'avez garanti une totale sécurité, et des contacts possibles vingt-quatre heures sur vingt-quatre. Je n'ai accepté qu'à cette condition.

— Rien n'a changé, l'interrompit à son tour Hammond, avec un sourire paternaliste qui contrastait avec le conflit sous-jacent entre les deux hommes. Vous *avez* des contacts ; vous connaissez par cœur dix-huit à vingt numéros.

— Dans le nord du pays, pas à Kingston ! Je devais avoir des noms pour Kingston même !

— On verra ce qu'on peut faire demain matin.

— Je veux des garanties !

— C'est à prendre ou à laisser, Mr. McAuliff, répondit Hammond d'un ton glacial. À Kingston, à l'est de Victoria Park, sur Duke Street, il y a une poissonnerie qui s'appelle Tallon's. En cas de force majeure — et seulement dans ce cas-là —, si vous avez à nous transmettre des informations, vous pouvez vous adresser au patron. Il a de l'arthrite à la main droite. Mais souvenez-vous, tout ce qu'il peut faire, c'est transmettre un message. Il ne pourra vous être d'aucune autre utilité. Maintenant, il faut vraiment que je m'en aille.

— J'ai encore des choses à vous dire, déclara Alex en retenant Hammond par le bras.

— Plus tard.

— Juste une chose… Alison Booth. Vous étiez au courant, n'est-ce pas ?

— À propos de son mari ?

— C'est ça.

— Oui. Pour tout dire, nous pensions au début qu'elle était une espionne de la Dunstone. Nous n'avons pas encore totalement rejeté cette possibilité. Vous vouliez savoir, tout à l'heure, ce que je concluais du petit interrogatoire de Warfield. À mon avis, il n'en sait pas plus que nous sur le « Halidon ». Il prêche le faux pour savoir le vrai.

Avec une rapidité de jeune homme, Hammond se leva de son siège et prit congé du petit groupe. McAuliff se retrouva assis à côté de la femme d'une quarantaine d'années, celle qui semblait accompagner Hammond. Il n'avait pas prêté attention à elle pendant les présentations, mais, maintenant qu'il la regardait, il voyait l'inquiétude — la peur — dans son regard ; elle essayait de la masquer, mais sans succès. Son sourire était hésitant, tendu.

— Alors c'est vous le jeune homme…

Mrs. Hammond marqua une hésitation et porta son verre à ses lèvres.

— Tout dépend de ce que l'on entend par jeune, répondit McAuliff, en remarquant que la main de la femme tremblait, comme la sienne, une heure auparavant, avec Warfield. Il est difficile, n'est-ce pas, d'avoir une conversation ici, avec tout ce vacarme et ces lumières…

Mrs. Hammond semblait ne pas entendre ce qu'il lui disait. Les spots orange, jaunes et verts dessinaient des tatouages lumineux sur son visage apeuré. « C'est bizarre, songea Alex, je n'ai encore jamais pensé à Hammond en tant qu'homme, avec une maison ou une femme, ni même avec une vie privée. »

Alors qu'il se perdait dans ces considérations, la femme lui agrippa soudain l'avant-bras et se pencha vers lui. Dans le vacarme environnant, sous les lumières agressives, elle lui chuchota à l'oreille : « Je vous en supplie, rattrapez-le ! »

La masse des danseurs formait un véritable mur mouvant. Il s'y précipita, poussant, tirant, écartant les corps pour se frayer un chemin au milieu des cris de protestation et des insultes. Il cherchait du regard l'intrus qui avait donné le signal à Hammond en se propulsant contre leur table. Il était introuvable.

Soudain, au fond de la piste de danse surpeuplée, sous les flashes lumineux, il aperçut les mouvements hachés par les stroboscopes d'un groupe d'hommes entraînant quelqu'un dans un étroit corridor. C'était Hammond !

Il se rua à nouveau dans le mur ondoyant en direction du fond de la salle. Un géant noir lui barra soudain le chemin.

— Hé, dites donc ! Ça suffit ! Vous n'êtes pas le propriétaire des lieux, que je sache ! Ça suffit !

— Laissez-moi passer ! Lâchez-moi, nom de Dieu !

— Avec plaisir, vieux !

Le Noir cessa d'empoigner la veste de McAuliff, leva le poing et le lui enfonça violemment dans le ventre. McAuliff poussa un cri de surprise et se plia en deux sous la puissance du coup.

Il se redressa aussi vite que possible, luttant contre la douleur, et s'élança sur l'homme. Avant qu'il ait eu le temps de réaliser ce qui se passait, l'homme lui fit une clé de bras, et McAuliff se retrouva par terre, gisant au milieu des danseurs indifférents.

Quand il fut de nouveau sur pied, le géant noir avait disparu.

Ce fut un moment étrange et pénible.

La fumée et ses odeurs annexes l'étourdissaient soudain ; puis il réalisa qu'il avait le souffle coupé et qu'il avait du mal à reprendre sa respiration. Avec autant de volonté qu'auparavant, mais moins de brusquerie, il continua à traverser la foule des danseurs en direction de l'étroit corridor.

Ce passage menait aux toilettes, « Poulettes » à droite, « Jeunes coqs » à gauche. Au fond du couloir, il y avait une porte avec un énorme cadenas, annonçant avec ostentation que l'accès était interdit ; Le Hibou de saint Georges n'avait visiblement aucune intention de laisser filer ses clients avant qu'ils n'aient réglé leur addition.

L'anneau du cadenas avait été forcé. Forcé puis remis en place dans son logement.

McAuliff retira le crochet d'acier et ouvrit la porte.

Il se retrouva dans une ruelle où il ne voyait pas à deux pas, remplie de poubelles et de détritus. Pas le moindre réverbère — juste le ciel nocturne, alourdi par la nappe de brouillard, et les lueurs blafardes filtrant des fenêtres des immeubles délabrés tout autour. Devant lui, un grand mur de brique ; à sa droite, la ruelle continuait encore un peu le long des portes de service, pour finir dans un cul-de-sac. À sa gauche, un étroit passage entre le bâtiment du Hibou de saint Georges et le mur de brique — issue qui menait à la rue. Avec son lot de poubelles alignées, et bien sûr les effluves ad hoc.

McAuliff s'engagea dans ce passage de ciment, d'où lui parvenaient les lumières de la rue. Il était à moins de cinq mètres du trottoir quand quelque chose attira son regard. Des petites flaques sur le sol, d'un rouge profond.

Il se précipita dans la rue. Les rues de Soho s'étaient peu à peu vidées. L'ombre de Mister Hide n'était pas très loin. La vie, désormais, continuait derrière les murs : dans les clubs privés, les tripots de nuit clandestins, sur d'innombrables couches où l'on offrait du sexe pour tous les styles et pour toutes les bourses. McAuliff regarda autour de lui, à la recherche d'un détail qui viendrait troubler la marche normale du défilé humain : un à-coup, une résistance.

Rien.

Il observa le trottoir. Les taches de sang avaient été presque effacées par les piétinements et s'arrêtaient juste à hauteur du caniveau. On avait fait monter Hammond dans une voiture.

Soudain, il sentit un choc dans son dos, des mains, venant de nulle part, tentant de le pousser violemment. Une fraction de seconde plus tôt, il venait de pivoter sur la droite, son regard attiré par le clignotement d'un néon, et c'est ce petit détail qui l'empêcha d'être projeté au milieu de la rue. À sa place, son assaillant — un grand type noir — se vit emporter dans son élan sur la chaussée, dans la trajectoire d'une Bentley au moteur rugissant, roulant à une vitesse extraordinaire. McAuliff sentit une pointe de douleur sur son visage. Puis le Noir et le véhicule entrèrent en collision ; il y eut un cri de terreur, celui d'un homme qui sait qu'il va mourir ; pas le moindre crissement de pneus — McAuliff n'arrivait pas à y croire. La Bentley avait foncé tout droit sur sa victime, écrasant le malheureux, et continuait sa course. Elle tourna brusquement à gauche, les roues grimpant sur le trottoir pour retomber finalement sur le macadam, propulsant le véhicule hors de sa vue. Les piétons hurlèrent, des hommes se mirent à courir, des prostituées disparurent sous les porches, des macs portèrent la main à leur poche intérieure, prêts à intervenir, tandis que McAuliff contemplait, immobile, ce corps déchiqueté et ensanglanté à ses pieds, sachant qu'il aurait dû être à sa place.

Il se mit à courir, sans but précis, juste pour s'éloigner de là, fuir les passants qui s'amassaient sur le trottoir derrière lui. Il y aurait des questions, des témoignages... qui le placeraient au premier rang de la scène — non pas comme témoin, mais comme suspect, pensait-il. Il n'avait aucune explication à fournir et il savait, d'instinct, qu'il n'avait aucun intérêt à être identifié... tant qu'il n'aurait pas obtenu certains éclaircissements.

Le mort n'était autre que l'homme du Hibou de saint Georges, il en était certain — celui qui lui avait asséné un coup de poing dans l'estomac sur la piste de danse, qui l'avait étalé au milieu des danseurs. Celui qui l'avait empêché de rejoindre Hammond au fond du corridor, après les portes des « Poulettes » et « Jeunes coqs ».

Pourquoi lui avait-il barré le chemin ? Pourquoi diable avait-il tenté de l'assassiner ?

Et où était Hammond ?

Il lui fallait trouver un téléphone ! Il appellerait au numéro de Hammond pour parler à quelqu'un, à n'importe qui pouvant lui donner des explications.

Soudain, il prit conscience que les gens dans la rue le fixaient étrangement du regard. Pourquoi ? C'était évident. Il était en train de courir, ou du moins de marcher d'un pas trop pressé. Un homme se déplaçant à cette allure la nuit dans les rues brumeuses de Soho attirait forcément l'attention. Il ne fallait pas paraître suspect ; McAuliff stoppa net sa course et reprit, d'un pas plus mesuré, son errance nocturne dans les rues inconnues.

Mais les passants continuaient à le regarder. Il fit un effort pour ne pas paniquer. Qu'y avait-il donc ?

Puis il comprit. Il sentait à présent le sang chaud couler le long de sa joue. Il se souvint : la pointe de douleur à son visage quand le géant noir avait tenté de le pousser sous la Bentley. Une bague, peut-être, ou un ongle..., quelle différence ? L'important, c'est qu'il avait été coupé et qu'il saignait. Alex plongea la main dans sa poche à la recherche d'un mouchoir. Tout le côté de sa veste était déchiré.

Il avait été trop bouleversé pour sentir le sang couler et s'apercevoir qu'il était dans cet état.

Bon Dieu ! Quel tableau ! Un individu dans une veste en lambeaux avec du sang sur le visage détalant dans les rues de Soho loin du cadavre d'un Noir.

Un homme pas simplement mort...

Assassiné !

Ayant subi le sort qu'on avait réservé à Alex : poussé, au milieu de la rue, devant le pare-chocs d'acier d'une Bentley roulant à toute allure.

Cinquante mètres plus bas dans la rue — mais quelle rue, au juste ? — se profilait une cabine téléphonique. Une cabine anglaise, plus large et plus haute que ses cousines américaines. Il accéléra le pas en sortant de sa poche des pièces de monnaie. Il faisait sombre à l'intérieur, beaucoup trop à son goût. Pourquoi faisait-il si noir ? Il sortit son briquet en métal, s'agrippant à lui comme à la dernière prise l'empêchant de sombrer dans un gouffre. Il l'alluma, respira profondément et composa le numéro à la lueur de la flamme.

— Nous savons ce qui s'est passé, Mr. McAuliff, lui répondit une voix britannique d'un ton sec et haché. D'où nous appelez-vous exactement ?

— Je ne sais pas. J'ai couru… J'ai traversé un tas de rues.

— Il faut que nous puissions vous situer. Quand vous avez quitté Le Hibou de saint Georges, dans quelle direction êtes-vous allé ?

— Je courais, bon sang ! Vous savez ce que ça veut dire ? On a essayé de me tuer !

— De quel côté avez-vous couru, Mr. McAuliff ?

— À droite… J'ai passé quatre ou cinq carrefours. Puis à droite encore ; et à gauche, je crois, deux croisements plus loin.

— Très bien. Détendez-vous, à présent. Vous nous appelez d'un point phone ?

— Oui. Non, d'une cabine… Enfin, oui, peu importe. Nom de Dieu, expliquez-moi ce qui se passe ! Je ne vois pas la moindre plaque de rue ; je suis au milieu d'une rangée d'immeubles.

— Calmez-vous, je vous prie. L'Anglais était d'une condescendance exaspérante. Quel genre de bâtiments apercevez-vous autour de la cabine ? Décrivez-moi ce que vous voyez, tout ce qui attire votre attention.

McAuliff se plaignit du brouillard et fit de son mieux pour décrire les magasins et les immeubles plongés dans l'obscurité.

— Je vous jure que je ne peux rien vous dire de plus. Je vais quitter la cabine. Je vais prendre un taxi ; je veux rencontrer quelqu'un de chez vous ! Où dois-je aller ?

— Vous ne bougerez pas d'une semelle, Mr. McAuliff ! rétorqua le Britannique en haussant soudain le ton et en perdant de son flegme. Pas d'un iota ! S'il y a une lampe dans la cabine, cassez-la. Nous vous avons repéré. Nous arrivons d'une minute à l'autre.

Alex raccrocha. Il n'y avait évidemment pas d'ampoule dans la cabine. Les bandes de Soho s'en étaient chargées… McAuliff tenta de mettre de l'ordre dans ses pensées. Il n'avait obtenu aucune réponse. Uniquement des ordres. Toujours des ordres…

Tout cela était de la folie. La dernière demi-heure avait été un cauchemar. Dans quoi s'était-il embarqué ? Que faisait-il dans une cabine téléphonique, le visage en sang et la veste déchirée, tremblant et apeuré à la simple idée d'allumer une cigarette ?

De la folie pure !

Un homme faisait les cent pas devant la cabine, jonglant avec ses pièces de monnaie, visiblement irrité. McAuliff avait reçu l'ordre d'attendre à l'intérieur de la cabine, mais, s'il obéissait, l'homme sur le trottoir risquait de s'énerver et d'attirer l'attention. Il pensa un instant téléphoner à quelqu'un d'autre, mais à qui ? À Alison ? Non… Il avait besoin de faire le point à son sujet — mieux valait ne pas lui parler maintenant.

Voilà qu'il se comportait comme un gamin terrorisé ! Peut-être avec de bonnes raisons. Il avait peur de bouger, peur de sortir de la cabine pour céder la place à cet homme impatient jonglant avec ses pièces de monnaie. Non, il ne pouvait pas se conduire ainsi. Ne jamais rester cloué sur place. Une leçon apprise des années — des siècles — plus tôt, dans les collines de Che San. L'immobilité faisait de soi une cible trop facile. Il fallait savoir s'adapter, improviser dans les limites du bon sens, déployer ses antennes et rester sur le qui-vive. Rester sur le qui-vive, conserver sa capacité d'action — tel était le nerf de la guerre.

Nom de Dieu ! Voilà qu'il comparaît la folie meurtrière des jungles du Viêt-nam avec les rues de Soho, et les assimilait l'une à l'autre pour s'obliger à réagir. Cela dépassait les bornes !

Il ouvrit la porte, s'épongea la joue et marmonna de vagues excuses au jongleur de piécettes. Puis il alla se poster sous un porche en face de la cabine téléphonique et attendit.

L'homme au téléphone, sur le poste de Hammond, ne lui avait pas menti. L'attente ne fut pas longue. Une voiture semblable à celle que Hammond avait déjà utilisée en compagnie d'Alex apparut bientôt. Elle descendait la rue à une allure paisible et stoppa devant la cabine, moteur en marche.

McAuliff sortit de l'ombre du porche et marcha rapidement dans sa direction. La portière arrière s'ouvrit à son approche, et il monta.

Et de nouveau il fut tétanisé.

L'homme qui se trouvait sur la banquette arrière était censé être mort ! Le géant noir qui avait été écrasé sous ses yeux, devant Le Hibou de saint Georges !

— Eh oui, Mr. McAuliff. C'est moi, annonça le ressuscité. Je suis désolé de vous avoir frappé, mais vous commenciez à être gênant. Comment ça va ?

— Seigneur ! s'exclama Alex, se tenant tout raide sur le rebord de la banquette arrière alors que la voiture redémarrait. J'ai cru… Je veux dire, je vous ai vu…

— Nous allons rejoindre Hammond. Tout va bientôt s'éclaircir.

Asseyez-vous confortablement. Vous venez de vivre un moment très pénible… À notre grand regret, soit dit en passant.

— Je vous ai vu mourir! bredouilla Alex.

— Vous avez vu mourir un homme noir; un Noir très grand, comme moi. Je sais que, pour vous, les Blancs, nous nous ressemblons tous, mais il ne faut pas exagérer…, c'est non seulement faux mais parfaitement insultant. Je m'appelle Tallon, se présenta-t-il.

— Non, ce n'est pas vrai, répondit McAuliff en fixant l'homme du regard. Tallon est le nom d'une poissonnerie à côté de Victoria Park. À Kingston.

— Bravo, Mr. McAuliff! répliqua l'homme avec un petit rire. C'était un petit test. Vous fumez?

Alex accepta volontiers la cigarette. «Tallon» lui tendit une allumette enflammée, et McAuliff prit une longue bouffée, dans l'espoir de retrouver une certaine sérénité.

Il baissa les yeux et s'aperçut avec un frisson qu'il tenait ses mains en coupe pour cacher le bout rougeoyant de sa cigarette, comme jadis…, lorsqu'il était officier, dans les collines du Viêt-nam.

Ils roulèrent une vingtaine de minutes, traversant rapidement les rues de Londres en direction des faubourgs. McAuliff n'essayait pas de se repérer à travers les vitres; peu importait au fond leur destination. Il se concentrait sur la décision qu'il allait devoir prendre. Une décision en relation directe avec la vue de ses mains — qui ne tremblaient plus — occupées à cacher le bout rougeoyant de sa cigarette. Pour la protéger d'un vent inexistant? Pour ne pas trahir sa position? Pour tromper d'éventuels francs-tireurs ennemis?

Non. Il n'était plus un soldat, n'en avait jamais réellement été un. Il avait joué le jeu parce que c'était la seule façon pour lui de sauver sa peau. Il n'avait aucune autre motivation que de survivre; aucune guerre n'était la sienne ni ne le deviendrait. Et certainement pas celle de Hammond.

— On est arrivés, Mr. McAuliff, annonça l'homme qui s'était présenté sous le nom de «Tallon». Plutôt désert, comme endroit, vous ne trouvez pas?

Le véhicule s'était engagé dans une rue longeant un champ — un champ sans herbe, qui n'avait rien d'une prairie. C'était une vaste étendue de terre d'à peu près deux hectares, qui semblait prête pour un chantier de construction. Au fond du terrain, il apercevait les berges d'un fleuve — sans doute la Tamise, présuma Alex — et, plus loin, des grands bâtiments carrés ressemblant à des entrepôts. Des entrepôts au bord d'un fleuve. Il n'avait aucune idée de l'endroit où ils se trouvaient.

Le chauffeur vira brusquement à gauche, et la voiture cahota sur le chemin de terre défoncé. À travers le pare-brise, McAuliff aperçut à la lueur des phares deux véhicules garés une centaine de mètres plus loin ; des berlines. Dans celle de droite, le plafonnier était allumé. Quelques secondes plus tard, ils s'arrêtèrent à côté de celle-ci.

McAuliff suivit «Tallon» jusqu'à la voiture éclairée. Ce qu'il vit alors le saisit, le révolta peut-être aussi, mais le conforta dans son idée qu'il ne voulait plus participer à la guerre de Hammond.

L'agent britannique se tenait, tout raide, sur la banquette arrière, sa chemise et son manteau posés sur ses épaules, ouverts, laissant apparaître en travers de son corps de larges bandages blancs. Il battait des paupières, signe que la blessure devait être sérieuse. Alex savait de quoi il s'agissait ; il avait déjà vu de tels symptômes, jadis, en général après un coup de baïonnette.

Hammond avait été poignardé.

— Je vous ai fait venir jusqu'ici pour deux raisons, Mr. McAuliff. Et sachez que je prends de gros risques en faisant cela, commença l'agent tandis qu'Alex se tenait debout devant la portière ouverte. Laissez-nous seuls, s'il vous plaît, ajouta-t-il à l'attention du Noir.

— À mon avis, vous feriez mieux d'aller à l'hôpital.

— Inutile. La blessure n'est pas profonde...

— Elle l'est suffisamment, Hammond, l'interrompit McAuliff.

— Ce n'est pas le moment de faire dans le mélo. Je suis bel et bien vivant, comme vous pouvez le constater.

— Vous avez eu de la chance, c'est tout.

— La chance, mon cher, n'a rien à voir ici ! Ça fait partie des choses que je tiens à vous faire comprendre.

— Très bien. Vous êtes le vengeur masqué, l'indestructible, la terreur des méchants.

— Je suis un vieux de la vieille au service de Sa Majesté, et je suis loin d'être un super-héros. Hammond serra brusquement les dents et se pencha en avant. De plus, je ne me serais sans doute pas retrouvé bandé comme une momie si vous aviez suivi mes instructions sans faire d'esclandre sur la piste de danse.

— Pardon ?

— Mais je m'écarte du sujet. Chaque chose en son temps. Au moment où vous avez cru que j'étais en danger, le danger était déjà passé. À aucun moment ma vie n'a été en péril.

— Je suis censé avaler ça ? Alors que vous avez un pansement de trente centimètres sur l'estomac ? Ne me faites pas prendre des vessies pour des lanternes.

— J'ai été blessé à cause de la panique que vous avez provoquée ! J'étais sur le point d'établir un contact vital pour l'avenir de notre entreprise, *Le* contact que nous recherchions pour vous.

— « Halidon » ?

— C'est ce que nous pensions. Malheureusement, nous n'avons plus aucun moyen de le vérifier. Venez avec moi.

Hammond saisit la poignée du plafond et, prenant appui de sa main droite sur le siège avant, il s'extirpa de l'habitacle. Alex ne fit qu'esquisser un geste d'aide, sachant qu'il serait refusé. L'agent entraîna McAuliff vers le second véhicule, en sortant péniblement une lampe de poche du manteau jeté sur ses épaules. Un groupe d'hommes attendait dans l'ombre : ils s'éloignèrent à leur approche — des gens visiblement aux ordres de Hammond.

À l'intérieur de la voiture gisaient deux corps inanimés : l'un effondré sur le volant, l'autre écroulé sur la banquette arrière. Hammond les éclaira successivement. Tous deux étaient des Noirs, dans la trentaine, vêtus de costumes de ville, mais sans luxe ostentatoire. McAuliff était perplexe : il n'y avait aucun signe de violence, pas de bris de glace ni de traces de sang. L'habitacle était propre, net, tout paraissait paisible. On eût dit deux représentants de commerce faisant un petit somme sur le bord de la route au milieu d'un long voyage. Hammond répondit finalement aux interrogations silencieuses de McAuliff.

— Du cyanure.

— Pourquoi ?

— Des fanatiques, visiblement. Ils ont préféré ça plutôt que d'avoir à révéler des informations… contre leur gré, j'entends. Ils se sont trompés sur notre compte. Tout a commencé quand vous avez cherché à me suivre au Hibou de saint Georges. C'est à ce moment-là qu'ils ont paniqué pour la première fois et qu'ils m'ont fait… ça, expliqua Hammond en désignant sa blessure.

McAuliff ne chercha pas à dissimuler sa colère.

— J'en ai par-dessus la tête de vos piques et de vos reproches !

— Je vous ai dit que je prenais de gros risques en vous faisant venir ici…

— Et cessez de me faire la leçon !

— Je vous en prie, souvenez-vous que sans nous votre espérance de vie ne dépasse pas quatre mois — dans le meilleur des cas.

— C'est vous qui le dites, répliqua McAuliff, refusant pour l'heure de considérer le bien-fondé des arguments de l'agent britannique.

Alex détourna les yeux de ce sinistre spectacle. D'un geste impulsif, il acheva de déchirer le pan de sa veste et alla s'adosser au capot de la voiture.

— Puisque, selon vous, je suis responsable de ce qui est arrivé ce soir, donnez-moi donc les détails.

Hammond lui expliqua toute l'histoire. Plusieurs jours auparavant, le MI 5 avait repéré une seconde «force» s'intéressant aux agissements de la Dunstone. Trois, peut-être quatre personnes non identifiées réapparaissaient régulièrement. Il s'agissait de Noirs. Ils furent photographiés à leur insu, le MI 5 releva leurs empreintes digitales dans les restaurants et sur des objets abandonnés — paquets de cigarettes, journaux, etc. —, et tous ces éléments finirent dans le ventre des ordinateurs de New Scotland Yard et des services de l'Immigration. Il n'y avait trace d'eux nulle part ; ces gens étaient des clandestins. Hammond était sur un petit nuage ; un rapprochement devenait possible. Il paraissait clair que ce groupe était hostile aux affaires de la Dunstone. Hypothèse confirmée en début de soirée, lorsque l'un des sujets tua un homme de la Dunstone qui l'avait repéré.

— À ce moment-là, continua Hammond, nous avons su que nous venions de mettre le doigt sur quelque chose, que nous avions visé juste. Restait à établir un contact, à conclure une sorte d'alliance contre l'ennemi commun. J'ai même cru être en mesure d'organiser rapidement une rencontre entre vous et eux ; pourquoi pas dès ce matin ? Tout semblait pouvoir s'arranger si vite... Un premier contact fut établi très prudemment, si pacifique et plein de promesses que nous étions à deux doigts de leur offrir les restes du vieil Empire. Eux, bien sûr, redoutaient le piège.

Un rendez-vous fut arrangé au Hibou de saint Georges, un endroit fréquenté autant par les Blancs que par les Noirs, ce qui offrait une relative sécurité. Il était prévu pour deux heures trente du matin, après que Hammond aurait rencontré McAuliff.

Quand Alex, apeuré, avait téléphoné d'urgence au numéro de Hammond, insistant pour qu'ils se voient le plus vite possible, l'agent hésitait encore. Puis il avait pris sa décision. Pourquoi pas aussi au Hibou de saint Georges ? Faire venir l'Américain à Soho, dans la boîte de nuit même où avait lieu le rendez-vous... Si cela se révélait être une mauvaise idée, il serait tenu à l'écart des autres. Dans le cas contraire, les circonstances seraient idéales — toutes les parties concernées étant réunies.

— Et les hommes de Warfield ? objecta Alex. Vous m'avez dit qu'il a doublé les effectifs chargés de ma surveillance.

— Je vous ai menti. Je voulais vous avoir sous la main. Warfield n'a qu'un seul homme sur vous. Nous nous étions chargés de faire diversion auprès de lui. Les gens de la Dunstone ont d'autres chats à fouetter en ce moment : un des leurs a été assassiné. Et vous n'y êtes visiblement pour rien.

La nuit se déroulait comme Hammond l'avait prévu : sans incident. L'agent s'était arrangé pour le faire venir à sa table — « nous savons exactement qui vous avez déjà rencontré à Londres, mon cher » — et attendait le concours de circonstances favorables.

Et tout à coup ce fut une cascade d'éléments négatifs. Il y eut tout d'abord l'annonce d'Alex que l'expédition allait démarrer dans deux jours ; le MI 5 et son cousin pour l'étranger, le MI 6, n'avaient pas prévu si tôt leur départ pour Kingston. Puis Hammond avait appris que Warfield avait évoqué le nom de « Halidon » ; ce à quoi il fallait tôt ou tard s'attendre, bien entendu, la Dunstone cherchant par tous les moyens à découvrir les responsables du massacre de la première expédition. Mais, encore une fois, le MI 5 ne s'attendait pas que la Dunstone ait progressé si vite dans ses enquêtes. Le coup suivant fut asséné par l'agent survolté venu s'agripper à leur table, en prononçant le mot « Edinburgh » à deux reprises.

— Toutes les vingt-quatre heures, nous faisons circuler un mot de passe nouveau, que nous utilisons en cas de besoin pour signifier « arrêtez tout, danger ». Si ce mot est répété deux fois, cela signifie alors que nous sommes découverts. Ou que l'on nous prend pour d'autres. Dans tous les cas, il faut s'attendre à devoir sortir les armes.

À cet instant, Hammond avait pris conscience de la terrible erreur qu'il avait commise. Ses agents avaient réussi à écarter l'homme de Warfield, mais l'un des Noirs avait pu filer Alex. McAuliff avait été vu à minuit en compagnie de Warfield pendant un long moment. Quelques minutes plus tard, il avait franchi les portes du Hibou de saint Georges, suivi par le filateur noir affolé qui craignait que ses compagnons n'eussent été attirés dans un piège.

Le choc eut lieu sous les lumières psychédéliques du Hibou de saint Georges.

Hammond voulut empêcher le naufrage.

Il passa outre les accords prévus. Il n'était pas encore deux heures trente, mais, puisque Alexander McAuliff avait été vu en sa compagnie, il n'avait pas de temps à perdre. Il tenta de rétablir le dialogue, de fournir des explications, de calmer les esprits.

Il y était presque parvenu quand l'un des Noirs — celui qui reposait maintenant sur le volant — vit McAuliff bondir de son fauteuil hors de l'alcôve pour se précipiter dans la foule, poussant tout le monde autour de lui, cherchant visiblement — avec un affolement évident — à rejoindre Hammond.

Cette image sema la panique dans les rangs. Hammond fut blessé, utilisé comme bouclier, et propulsé dans la ruelle par deux des Noirs, tandis que le troisième fendait la foule devant eux pour informer leur chauffeur qu'il leur fallait s'échapper au plus vite.

— La suite, déclara Hammond, fut à la fois navrante et réconfortante. Mes hommes ne pouvaient pas me laisser ainsi blessé et en danger ; à peine étions-nous sur le trottoir qu'ils capturèrent les deux hommes. Nous les avons fait monter dans cette voiture et nous sommes partis, toujours avec l'espoir de pouvoir arranger les choses. Mais nous avons volontairement laissé s'enfuir le troisième homme, en signe de bonne foi.

Les membres du MI 5 avaient roulé jusqu'au terrain vague. Un médecin avait été appelé pour panser Hammond. Les deux sujets avaient été privés de leurs armes et les clés de contact discrètement retirées du démarreur. Les agents les avaient laissés seuls dans le véhicule, libres de parler, en espérant que cela lèverait leurs doutes.

— Ils firent une dernière tentative pour s'échapper, mais, bien sûr, ils n'avaient pas les clés du véhicule. Alors ils ont avalé leurs petites fioles ou leurs petites pilules, et tout fut fini pour eux. Finalement, ils ont choisi de ne pas nous faire confiance.

McAuliff se tut pendant un long moment. Hammond ne rompit pas son silence.

— Et votre « signe de bonne foi » a essayé de me tuer.

— C'est ce qu'il semble. En laissant en Angleterre un homme que nous devons retrouver : le chauffeur… Vous comprenez maintenant pourquoi vous ne pouvez nous tenir pour responsables de ce qui s'est passé ; vous avez totalement désobéi à nos instructions.

— Ce qui nous ramène au point de départ, interrompit McAuliff. Vous disiez m'avoir fait venir pour deux raisons. Je connais la première : vos gens sont rapides et la sécurité est garantie…, si toutefois on ne vous « désobéit » pas. Alex imitait la façon de parler d'Hammond. Quelle est la seconde ?

L'agent se campa devant McAuliff. Dans la lumière nocturne, Alex pouvait lire l'intensité de son regard.

— Vous annoncer que vous n'avez à présent plus d'autre choix que de continuer. Il s'est passé trop de choses. Vous êtes impliqué jusqu'au cou.

— Warfield m'a dit la même chose.

— Il a raison.

— Et si je refuse ? Supposez que je laisse tout tomber et que je m'en aille ?

— Cela ferait de vous un suspect, bon pour la morgue. Vous seriez traqué sans répit. Croyez-moi sur parole, je suis déjà passé par là.

— C'est une drôle de déclaration de la part d'un... simple analyste financier.

— Des étiquettes, McAuliff. Des titres servant de couverture. Tout cela a bien peu d'importance.

— Pas pour votre femme.

— Qu'est-ce que... Hammond poussa un long soupir. Quand il reprit la parole, ce ne fut pas pour poser une question, mais pour déclarer, calmement, d'un ton attristé : C'est elle qui vous a dit de me rattraper.

— Oui.

C'était au tour de Hammond de rester sans voix. Et Alex choisit également de ne pas briser le silence. Il observa l'agent, cet homme de cinquante ans, occupé à lutter contre lui-même pour reprendre contenance.

— Quoi qu'il en soit, vous avez désobéi à mes instructions.

— Vous devez être un homme charmant à vivre !

— Vous vous y ferez, répliqua froidement Hammond. Durant les prochains mois, nous allons être en collaboration très étroite. Soit vous ferez exactement ce que je vous dirai, soit vous mourrez.

Deuxième partie

Kingston

7.

Le soleil rouge du couchant perçait l'azur pommelé du ciel. Des arcs de lumière mordorée embrassaient les nuages sur l'horizon, tandis qu'un vide pourpre s'ouvrait au-dessus, sans limites. Les ténèbres allaient bientôt envelopper cette partie du monde. Il ferait nuit noire lorsque l'avion atterrirait à Port Royal.

McAuliff contempla les cieux derrière le hublot teinté du 747. Alison dormait à côté de lui.

Les Jensen se trouvaient de l'autre côté de l'allée centrale et, pour un couple orienté à gauche, ils s'étaient rapidement adaptés au confort de la première classe de la British Airways. Ils avaient commandé le meilleur vin, du foie gras, du canard à l'orange, et de la charlotte Malakof comme s'ils en avaient tous les jours sur leur table. Warfield se trompait peut-être à leur sujet. Tous les gens de gauche qu'Alex connaissait, hors du bloc de l'Est, étaient sinistres — or les Jensen débordaient de joie de vivre.

Le jeune Ferguson se trouvait tout seul, à l'avant. Au début, Whitehall était assis à côté de lui, mais il s'était rendu au bar, sitôt après le décollage, retrouver une connaissance de Savanna-la-Mar. Ferguson s'était servi du siège vacant pour poser son sac de cuir contenant son matériel photo. Il changeait sans cesse de filtre et photographiait le ciel à tout va.

McAuliff et Alison avaient rejoint Whitehall au bar pendant un moment. L'ami en question était blanc, riche et avait une sacrée descente — un type un peu niais, héritier des fortunes faites à la belle époque du Sud-Ouest jamaïquain. Qu'est-ce que Whitehall pouvait bien faire en compagnie d'un individu aussi inintéressant ? se demanda Alex. Il était curieux, pour ne pas dire choquant, de voir

Whitehall rire avec ostentation aux remarques stupides et vulgaires de son interlocuteur.

Au second verre, Alison avait touché discrètement le bras de McAuliff — signal pour regagner leurs sièges. Elle en avait assez, et lui aussi, d'ailleurs.

Alison...

Durant les deux derniers jours, à Londres, Alex avait eu tellement à faire qu'il n'avait pu passer beaucoup de temps avec elle — du moins pas autant qu'il l'aurait souhaité. Il avait eu à régler les sempiternels problèmes de logistique : achat de matériel, location de véhicule, visas, vaccinations éventuelles, ouvertures de comptes bancaires à Montego, Kingston, Ocho Ríos, et acquisition de l'équipement supplémentaire indispensable lors d'une longue prospection géophysique. La Dunstone restait dans l'ombre mais lui avait apporté une aide précieuse en coulisses. On lui avait donné des noms de gens en place, expliqué les voies tortueuses de la bureaucratie — gouvernementale et institutionnelle — de la Jamaïque.

Il avait organisé un soir une rencontre entre tous les membres de l'équipe — tous, sauf Sam Tucker, qui les rejoindrait à Kingston. Un dîner chez Simpsons. Plutôt agréable ; tout le monde était resté très professionnel, chacun jaugeant les autres et y allant de sa petite flatterie. Ce fut Whitehall qui reçut le plus d'éloges — réaction prévisible, puisqu'il était une vraie célébrité. Ruth Jensen et Alison semblèrent sympathiser — rien de très surprenant là non plus. Peter Jensen se montra paternel avec le jeune Ferguson, riant gentiment à chacune de ses railleries contre le système. Charles Whitehall fut irréprochable ; réservé mais chaleureux, avec juste ce qu'il fallait d'esprit et de fausse humilité.

Alison...

Il avait déjeuné avec elle le lendemain de cette nuit insensée au Hibou de saint Georges et dans les faubourgs de Londres. Ses sentiments à son égard étaient mitigés. Le fait qu'elle ne lui eût pas parlé des affaires pour le moins louches de son mari le chagrinait. Mais il ne pouvait pas croire, comme Hammond, qu'Alison pût être une espionne de Warfield. C'était absurde. Jouer les émissaires de Warfield lui aurait fait perdre dans l'instant toute indépendance — Alex était bien placé pour le savoir. Alison ne pouvait faire une chose pareille, pas sans que cela se voie aussitôt.

Il tenta de nouveau de lui tirer les vers du nez mais elle éluda ses questions avec humour par de vieux proverbes, du genre, « mieux vaut ne pas réveiller les dragons endormis » — c'était une tactique

que lui-même avait souvent adoptée. Elle ne voulait pas, à ce stade de leur relation, parler de David Booth.

C'était… hors de propos.

«Mesdames et messieurs, annonça une voix masculine dans les haut-parleurs, avec le ton d'un professionnel conscient de ses responsabilités. C'est le commandant de bord qui vous parle. Nous approchons la côte nord-est de la Jamaïque. Nous survolerons Port Antonio dans quelques minutes et amorcerons notre descente vers l'aéroport Palisados de Port Royal. Veuillez, s'il vous plaît, regagner vos sièges. Nous risquons de traverser une zone de turbulences en passant au-dessus des Blue Mountains. La température au sol est de 26 degrés Celsius, temps clair et visibilité dégagée.»

Tandis que la voix finissait son petit communiqué, McAuliff se prit à songer à Hammond. Si c'était lui qui avait été au micro, sa voix aurait sans doute été très semblable.

McAuliff n'avait pas conclu leur dernière rencontre — aux dires de Hammond — de façon très civile. Face aux sermons caustiques de l'agent, Alex avait opposé un argument des plus terre à terre : la Dunstone allait lui verser deux millions de dollars et il ne comptait pas les laisser filer. Que cette manne provienne du ciel de la Dunstone ou d'autres nuées.

Hammond avait piqué une colère. À quoi pouvaient bien servir deux millions de dollars à un géologue mort ? La protection et la pérennité de sa personne avaient elles aussi un prix ! Mais Hammond dut reconnaître, en dernière analyse, qu'il fallait un argument plus fort pour s'assurer la coopération d'Alex. La vie était finalement une notion trop abstraite. Aucun être vivant n'était revenu de l'au-delà pour en dire la valeur.

Tôt dans la matinée, un nouveau garçon d'étage lui apporta un contrat — Alex reconnut l'homme qui l'avait abordé au carrefour de Holborn la veille. Le document spécifiait les conditions d'un remboursement couvrant une éventuelle «perte d'honoraires», «plafonnée» à un million de dollars.

Si McAuliff en sortait vivant — et il en avait bien l'intention —, il toucherait l'argent. Alex contresigna le contrat et le renvoya à New York.

Hammond…

Les interrogations se bousculaient dans sa tête. Pourquoi cette voix vibrante de terreur de sa femme ? Comment conciliait-il vie privée et travail ? Quelle vie de famille pouvait-il avoir ? Jamais Hammond ne répondrait à la moindre question d'ordre personnel, évidemment.

Hammond était comme ça. Tous les gens faisant le même travail que lui étaient ainsi. Des hommes de l'ombre, et des épouses vivant dans l'angoisse. Un long tunnel sans fin.

Et puis il y avait ce mot...

«Halidon»...

Quel en était la signification?

Était-il lié aux Noirs?

Peut-être. Mais c'était peu probable. En tout cas, pas exclusivement, avait répondu Hammond. Il y avait un trop grand réseau d'informateurs derrière ce nom, trop de contacts influents dans les hautes sphères du pouvoir. Trop d'argent en jeu.

Ce mot était apparu en des circonstances terribles. L'agent britannique infiltré dans l'équipe de la première expédition était l'une des deux victimes ayant péri dans un incendie de forêt; un incendie qui s'était déclaré dans le camp sur les rives de la Martha Brae, en plein cœur du Cockpit. À première vue, les deux hommes avaient tenté de sauver le matériel du brasier avant de devenir la proie des flammes.

Mais les enquêteurs avaient découvert autre chose; un fait si troublant que même Hammond avait du mal à en parler.

Les deux malheureux avaient été retrouvés ligotés à des troncs d'arbres avec des liens de pousse de bambou, chacun à proximité d'un tas de matériel de valeur. S'ils avaient péri dans l'incendie, c'était tout simplement parce qu'ils n'avaient pu s'enfuir. L'agent britannique, toutefois, était parvenu à laisser un message, un simple mot gravé sur la caisse métallique d'un géoscope.

«Halidon».

Une analyse au microscope avait parachevé cette scène de cauchemar : des débris d'émail humain avaient été retrouvés sur le métal; l'agent avait gravé ces lettres avec une dent cassée.

«Halidon»... *Holly-dawn.*

Pas de définition connue. Un nom propre? Un lieu? Un homme? Un son rythmique à trois temps?

«Halidon»...

— C'est beau, n'est-ce pas, dit Alison en regardant le paysage par le hublot.

— Vous êtes réveillée?

— Quelqu'un a parlé dans les haut-parleurs et cela n'en finissait pas.

Elle sourit et étira ses longues jambes. Elle poussa un long bâillement qui fit saillir ses seins sous la soie blanche de son chemisier. McAuliff ne put s'empêcher de les regarder. Elle s'en aperçut et sourit de nouveau — avec humour, sans une once de provocation.

— N'oubliez pas, Mr. McAuliff. Pas d'équivoque entre nous...

— À force de répéter ça à tout bout de champ, vous allez vous attirer des ennuis, Mrs. Booth.

— Très bien, je ne le dirai plus. Tout bien considéré, j'ai rarement employé ce mot-là avant de vous rencontrer.

— Ce lien de cause à effet me ravit. Ne vous arrêtez surtout pas.

Elle rit et tendit la main vers son sac posé sur la tablette entre leurs sièges.

Brusquement, l'avion se mit à tressauter de haut en bas, traversant la zone de turbulences. Cela ne dura que quelques instants, mais le sac ouvert d'Alison se renversa… sur les genoux d'Alex. D'un même mouvement, un bâton de rouge à lèvres, un poudrier, une boîte d'allumettes et un objet cylindrique s'insinuèrent entre ses jambes. Il y eut un moment de flottement, d'indécision. Les sacs à main des femmes étaient des extensions bien vulnérables de leur intimité. Et Alison n'était pas du genre à plonger la main entre les jambes d'un homme pour récupérer en hâte ses effets.

— Rien n'est tombé par terre, bredouilla-t-il en rendant son sac à la jeune femme. Tenez.

Il prit le rouge à lèvres et le poudrier dans la main gauche, et l'objet cylindrique dans la main droite, qui lui fit penser à quelque chose de très intime. Mais, à sa grande surprise, il s'agissait d'une arme — une bombe à gaz. Sur la paroi du cylindre, il pouvait lire :

Gaz 312
Usage militaire et force de police
Autorisation numéro 4316
délivrée le 6/01

Le numéro et la date étaient écrits à la main, au feutre indélébile. La bombe avait été fournie par les autorités britanniques un mois plus tôt.

Alison récupéra son bien.

— Merci, dit-elle simplement.

— Vous comptez détourner l'avion ? Ce n'est pas un jouet, votre truc.

— Londres n'est pas de tout repos pour les femmes, ces temps-ci. Il y a eu des incidents dans mon immeuble. Je peux avoir une cigarette ? Je n'en ai plus.

— Bien sûr.

McAuliff sortit son paquet de sa poche de chemise, lui offrit une cigarette et lui proposa du feu.

— Pourquoi me mentez-vous, Alison ? lui demanda-t-il d'une voix douce et posée.

— Je ne vous mens pas. C'est même, de votre part, très désobligeant de croire une chose pareille.

— Allez, Alison ! lança-t-il en souriant pour adoucir le ton inquisiteur de sa remarque. La police, en particulier celle de Londres, ne distribue pas des bombes à gaz parce qu'il y a eu des « incidents » dans un immeuble. Et vous n'avez rien d'un colonel de l'armée de réserve.

Au moment de prononcer ces mots, un doute l'envahit. Pourquoi pas, au fond ? Et si Alison était une envoyée de Hammond ? Un agent non pas de Warfield, mais des services secrets britanniques ?

— Ils font parfois des exceptions. Je vous assure, Alex, répondit-elle en soutenant son regard.

Elle ne mentait pas.

— Je peux avancer une hypothèse ? Une tentative d'explication ?

— Si vous voulez.

— David Booth.

Elle détourna les yeux et prit une longue bouffée.

— Vous êtes au courant. C'est pour cela que vous n'avez cessé de me poser des questions l'autre soir.

— C'est vrai. Vous imaginiez vraiment que je ne l'apprendrais pas ?

— Je m'en fichais… Non, ce n'est pas ça. Si cela avait pu aider à mon embauche, je n'aurais rien eu contre le fait que vous sachiez la vérité. Mais jamais je ne vous l'aurais dit.

— Pourquoi donc ?

— Nom de Dieu, Alex ! Souvenez-vous de ce que vous avez dit ; vous vouliez des professionnels, des pointures, pas des gens à problèmes ! Vous m'auriez aussitôt rayée de la liste, c'est évident.

Son sourire avait disparu. Seule restait l'anxiété.

— Ce David doit être un sacré phénomène.

— C'est un malade, un teigneux…, mais je peux m'en débrouiller. J'ai toujours pu le manipuler. C'est un grand lâche, au fond.

— Comme la plupart des teigneux de la Terre.

— Cette opinion n'engage que vous. Mais ce n'était pas David, le vrai problème. C'était quelqu'un d'autre. Le type pour qui il travaillait.

— Qui ça ?

— Un Français. Un marquis. Un certain Chatellerault.

L'équipe prit plusieurs taxis pour rejoindre Kingston. Alison resta avec McAuliff, qui réservait du matériel avec l'aide des membres du ministère de l'Éducation. Alex percevait le même ressentiment diffus chez les Jamaïquains que chez les universitaires de Londres, renforcé cette fois par des critères de couleur de peau. Il n'existe donc pas de géologues noirs ? semblaient-ils tous se dire.

Les douaniers, dans leurs uniformes kaki repassés de frais, ne firent qu'aggraver la situation. Ils insistèrent pour examiner chaque carton, chaque caisse, comme s'ils avaient affaire à des marchandises de contrebande. Ils avaient décidé de faire du zèle, devant un McAuliff impuissant, alors que l'avion avait déjà rejoint un hangar de l'aéroport. Alison patientait à l'écart, assise sur un chariot à bagages.

Une heure et demie plus tard, le matériel avait passé la douane et fut enfin autorisé à être convoyé jusqu'à l'aérodrome de Boscobel, à Ocho Ríos. Les nerfs de McAuliff étaient à bout. Les dents serrées, la gorge nouée de fureur, il saisit Alison par le bras et l'entraîna vers la sortie du terminal.

— Bon sang, Alex, vous me faites mal ! lança Alison en tentant de garder sa bonne humeur.

— Excusez-moi…, pardon. Ces fonctionnaires à la manque s'imaginent être les maîtres du monde ! Quelle bande de tocards !

— Ils sont maîtres chez eux, depuis pas si longtemps…

— Je ne suis pas d'humeur à entendre des sermons anticolonialistes ! Mais plutôt à avaler un grand verre de whisky. Allons au bar !

— Et nos bagages ?

— Nom de Dieu ! ça m'était sorti de la tête… Je crois me souvenir que c'est par là, annonça Alex en montrant une porte sur la droite.

— Inutile de jouer les extralucides, répliqua Alison. C'est écrit *Incoming Flights* !

— Silence ! Mon premier ordre en tant que chef d'expédition est que je ne veux plus entendre un mot jusqu'à ce que nous ayons récupéré nos sacs et que j'aie un verre en main.

Malheureusement, les instructions de McAuliff ne purent être suivies à la lettre. Leurs bagages s'étaient volatilisés. Personne, apparemment, n'avait la moindre idée de l'endroit où ils pouvaient se trouver. Tous les bagages du vol 640 en provenance de Londres avaient été récupérés depuis plus d'une heure.

— Nous étions sur ce vol ! Et nous n'avons pas récupéré nos sacs ! Il y a donc manifestement un problème, dit Alex, irrité, au responsable des bagages en soute.

— Regardez vous-même, répondit le Jamaïquain, agacé d'entendre un Américain mettre en doute ses compétences. Tous les bagages ont été retirés — jusqu'au dernier. Tout le fret du vol 640 était ici. Et nulle part ailleurs.

— Je veux parler au responsable de la British Airways. Où est-il ?

— Qui ça ?

— Votre patron, nom de Dieu !

— Je connais mon boulot ! répliqua le Jamaïquain avec aigreur.

Alex se reprit.

— Écoutez, il y a visiblement eu une erreur. Je voudrais parler à un responsable de la compagnie aérienne, je n'ai rien voulu dire d'autre.

— Ben voyons ! rétorqua le responsable du fret passagers tout en se tournant vers un téléphone trônant sur le comptoir. Je vais appeler la British.

— À tous les coups, nos bagages sont en route pour Buenos Aires, chuchota McAuliff à l'oreille d'Alison.

L'homme s'entretint quelques instants au téléphone.

— Tenez, annonça le responsable en tendant le téléphone à Alex. Expliquez donc votre problème !

— Allô !

— Mr. McAuliff ? s'enquit une voix à l'accent britannique à l'autre bout du fil.

— Oui. McAuliff.

— Nous n'avons fait que suivre vos instructions, celles que vous nous avez signifiées dans votre note.

— Quelle note ?

— Concernant les services offerts aux premières classes. Le chauffeur nous l'a apportée. Le chauffeur du taxi. Vos bagages et ceux de Mrs. Booth devaient être emportés au Courtleigh Manor. C'était bien votre souhait, Mr. McAuliff ?

Son interlocuteur lui parlait comme s'il avait bu un coup de trop et n'avait plus toute sa tête.

— Je vois… C'est parfait, répondit calmement Alex. Il raccrocha et se tourna vers Alison. Nos bagages ont été emmenés à l'hôtel.

— C'est vrai ? Voilà une touchante attention, annonça-t-elle.

— Non, je ne crois pas, répondit McAuliff. Allez, venez ! Allons dans ce bar !

Ils s'installèrent à une table d'angle dans la salle panoramique du Palisados. Un garçon en veste rouge leur apporta leurs verres tout en fredonnant une chanson du cru à la mode. Était-ce une consigne du bureau du tourisme jamaïquain ? se demanda McAuliff. Tout serveur ayant un contact avec les étrangers se devait-il de chantonner et de marcher ainsi d'un pas chaloupé ? Alex prit son verre et engloutit une généreuse rasade de whisky. Alison, pourtant moins portée sur la boisson que lui, s'empressa de l'imiter.

Tout bien considéré, il était relativement normal que ses bagages eussent été volés. Mais pourquoi ceux de la jeune femme ? Pourquoi la note concernait-elle également les affaires d'Alison ?

— Vous avez d'autres pièces d'artillerie avec vous ? demanda-t-il. Comme cette bombe à gaz ?

— Non. Cela aurait fait sonner les détecteurs. Je l'ai déclarée avant l'embarquement, précisa-t-elle en montrant son sac.

— Bien sûr, murmura-t-il.

— Je vous trouve étonnamment calme, soit dit en passant. Je m'attendais à vous voir foncer au téléphone pour contacter l'hôtel, histoire de vous assurer que nos bagages s'y trouvaient bien. Les miens n'ont certes guère d'importance, je ne voyage pas avec les bijoux de la Couronne.

— Oh ! mille excuses, Alison, s'exclama-t-il en repoussant sa chaise. Je vais aller me renseigner tout de suite.

— Non, non, c'est inutile, lança-t-elle en le retenant par la main. Si vous avez agi comme ça, ce n'est pas par hasard. Vous ne tenez pas à montrer de l'affolement. Et je crois que vous avez raison. Même si nos bagages ont été volés, ce n'est pas si grave. En une matinée, je pourrai remplacer toutes mes affaires.

— Vous êtes très compréhensive. Je vous en remercie.

Elle retira sa main et but une gorgée d'alcool. Il rapprocha sa chaise et ajusta sa position, de sorte à pouvoir embrasser toute la salle du regard. Discrètement, il se mit à observer les clients aux autres tables.

La salle panoramique était à moitié vide. De son poste d'observation au coin ouest du bar, Alex pouvait surveiller chaque table. Alors qu'il promenait lentement son regard de l'une à l'autre, il se demanda une fois encore qui, parmi tous ces gens, était celui qui l'observait.

Il y eut un mouvement dans le hall d'entrée chichement éclairé. McAuliff releva la tête : il aperçut un homme trapu, en bras de chemise, planté sur le seuil. Il s'entretenait avec l'hôtesse, secouant lentement la tête, tout en scrutant la salle du regard. Soudain, Alex tressaillit.

Il connaissait cet homme.

McAuliff l'avait vu pour la dernière fois en Australie, sur le plateau de Kimberley. Il était censé avoir pris sa retraite en Jamaïque.

C'était Robert Hanley, un pilote.

Hanley cherchait visiblement quelqu'un. D'instinct, Alex sut qu'il s'agissait de lui.

— Excusez-moi, annonça-t-il à Alison en se levant. Il y a un gars là-bas que je connais. Et j'ai bien l'impression qu'il me cherche.

À mesure qu'Alex se frayait un chemin entre les tables plongées dans la lumière tamisée de la salle, son étonnement s'estompait. Il était normal, au fond, que ce soit Robert Hanley, parmi tous les hommes de l'île, qui eût été choisi pour venir à sa rencontre. Hanley était un homme franc et ouvert qui avait coutume de travailler pour le monde de l'ombre, parce qu'il était, avant toute chose, un homme de confiance. Un homme jovial, aussi, solide comme un roc, et un professionnel aguerri, dont le champ d'expérience dépassait de loin celui requis par ses employeurs habituels. Un homme qui avait miraculeusement survécu soixante ans quand tous les pronostics lui en donnaient quarante à vivre. Aujourd'hui, il en paraissait à peine quarante-cinq. Même ses cheveux d'un blond roux, coupés court, ne montraient pas la moindre mèche grisonnante.

— Robert !

— Alexander !

Les deux hommes s'étreignirent.

— J'ai dit à la dame assise à ma table que c'est moi que tu cherchais. Pour être honnête, j'espère me tromper.

— J'aurais préféré, moi aussi.

— C'est bien ce que je craignais. Qu'est-ce qui se passe ? Viens t'asseoir avec nous.

— Plus tard. J'ai d'abord une nouvelle à t'annoncer. Je n'ai aucune envie que ta donzelle te voie te liquéfier — Hanley entraîna Alex à l'écart. C'est à propos de Sam Tucker.

— Sam ! Qu'est-ce qu'il a ? Où est-il ?

— C'est bien là le problème. Je n'en sais rien. Il a débarqué à Mo'Bay il y a trois jours et m'a appelé à Port Antonio ; les types de Los Angeles lui ont dit que j'étais là. J'ai fait aussitôt le voyage, évidemment, et on a fêté les retrouvailles. Je te passe les détails. Le lendemain matin, Sam est descendu à la réception... pour acheter le journal, je crois. Et on ne l'a plus revu.

8.

Robert Hanley devait retourner à Port Antonio dans une heure. Les deux hommes décidèrent de ne pas parler de la disparition de Sam Tucker à Alison. Hanley poursuivrait ses recherches et resterait en contact avec McAuliff.

Ils prirent tous ensemble un taxi de Port Royal à Kingston, pour se rendre au Courtleigh. Hanley resta dans le taxi et s'en alla vers le petit aérodrome de Tinson Pen, où son avion était stationné.

— J'imagine que nos bagages sont arrivés, demanda Alex à la réception de l'hôtel avec une nonchalance feinte.

— Absolument, Mr. McAuliff, répondit l'employé en tamponnant les deux formulaires d'inscription avant d'appeler un chasseur. Il y a à peine quelques minutes. Nous les avons fait porter dans vos chambres. Elles sont communicantes.

— C'est très aimable à vous, dit doucement Alex, tout en se demandant si Alison avait entendu la dernière remarque du réceptionniste.

L'employé ne parlait pas fort, et la jeune femme se trouvait à l'autre bout du comptoir, occupée à feuilleter les brochures touristiques. Elle leva la tête vers McAuliff. Elle avait l'ouïe fine. Impossible de savoir ce qu'elle pensait.

Cinq minutes plus tard, elle ouvrait la porte entre leurs deux chambres. Les doutes d'Alex s'évanouirent dans l'instant.

— J'ai suivi vos instructions à la lettre, monsieur le grand chef, déclara Alison en pénétrant dans sa chambre. Je n'ai pas touché au...

McAuliff la fit taire d'un geste.

— Au lit... Tu es un amour ! Comme ça, il sera vierge lorsque nous l'étrennerons, mon cœur.

Cette fois-ci, les pensées d'Alison n'étaient pas difficiles à deviner. Et elles n'avaient rien de plaisant ! Il y eut un moment de flotte-ment. Il ne s'était pas attendu à cette irruption soudaine. Mais il ne pouvait pas rester là, les bras ballants, comme un idiot.

Il sortit de sa poche un objet de métal de forme rectangulaire de la taille d'un paquet de cigarettes. Il s'agissait d'un des petits gadgets fournis par Hammond. (L'agent britannique avait réglé directement avec la British Airways les problèmes liés aux contrôles d'embar-quement, dispensant Alex de déclarer tout objet métallique qu'il pou-vait avoir sur sa personne.)

Il s'agissait d'un scanner alimenté par une pile miniature à haut voltage. Son utilisation était enfantine, bien que l'électronique, à l'in-térieur, fût très sophistiquée. Ce genre d'instrument, aux dires de Hammond, était d'un usage fort répandu de nos jours. Il détectait la présence d'un système d'écoute dans un rayon d'un mètre cinquante. Alex comptait l'utiliser sitôt entré dans sa chambre. Mais, dans un moment de distraction, il était d'abord allé ouvrir les portes-fenêtres du balcon pour contempler les Blue Mountains s'élevant majestueu-sement au-dessus de la ville, dans le ciel turquoise du crépuscule.

Alison regarda tour à tour le scanner et McAuliff, avec un mélange de colère et d'appréhension. Par chance, elle eut la présence d'esprit de ne faire aucune remarque.

Conformément à la méthode qu'on lui avait enseignée, il se mit à sonder la pièce à partir d'un coin de la chambre, tenant son appareil à bout de bras, décrivant dans l'air des demi-cercles, suivant un mou-vement horizontal puis vertical. Il devait répéter la même manœuvre depuis les trois autres angles de la pièce. Il se sentait vaguement ridi-cule à agiter les bras comme ça, à la manière d'un prêtre bénissant ses ouailles. Il n'accorda pas un regard à Alison et œuvra en silence, se concentrant sur ses mouvements.

Il ne se trouvait pas dans une salle de test, en compagnie de Hammond, qui lui expliquait patiemment l'importance du recoupe-ment des zones explorées. C'était pour de vrai, cette fois ! Jamais il n'aurait imaginé que cela aurait pu arriver. À Londres, tout cela sem-blait si irréel, si lointain…

Et pourtant, sous ses yeux, la petite aiguille oscillait, tressautait avec une violence miniature. Les capteurs avaient répéré un intrus !

Quelque part, tout à côté de lui, se trouvait un objet étranger des-tiné à transmettre la moindre parole prononcée dans sa chambre.

Il fit signe à Alison d'approcher. Elle s'exécuta, l'air peu rassurée. Alex prit soudain conscience qu'en voulant s'exprimer par signes il gesticulait comme un forcené. Il montra du doigt le scanner et posa son index en travers de sa bouche. Lorsqu'elle se mit à parler, il se sentit parfaitement idiot.

— Tu m'as promis qu'on irait prendre un verre dans ce charmant patio. Je veux que tu tiennes tes promesses, toute affaire cessante..., mon cœur.

Sa voix était calme, posée. Elle était tout à fait crédible.

— Tu as raison, répondit-il, prenant de nouveau conscience de ses piètres talents d'acteur. Juste le temps de me débarbouiller.

Il se dirigea rapidement vers la salle de bains et ouvrit les robinets du lavabo. Il laissa la porte entrouverte, de sorte que l'on puisse entendre les bruits d'eau. Il revint au milieu de la pièce et reprit ses recherches avec le scanner, réduisant le rayon des demi-cercles, comme le lui avait appris Hammond, jusqu'à localiser la source d'émission.

La seule surprise «prévisible» fut que la petite diode du scanner s'illumina juste au-dessus de sa valise, posée sur le rack contre le mur.

La lumière rouge indiquait que l'objet se trouvait à moins de quinze centimètres.

Il tendit le scanner à Alison et ouvrit sa valise avec précaution. Il retira chemises, chaussettes et sous-vêtements et les déposa — les jeta — sur le lit. Une fois la valise vide, il fit courir ses mains sur les parois de cuir.

McAuliff savait quoi chercher — Hammond lui avait montré toutes les formes possibles et imaginables de micros.

Il trouva rapidement l'objet du délit.

Il était fixé sur le revêtement extérieur ; un petit disque recouvert de cuir, de la taille d'un bouton. Il le laissa à sa place, conformément aux instructions de Hammond, et poursuivit son inspection, à la recherche d'un autre micro placé en secours.

Il était là, également. Sur la paroi opposée.

Il reprit le scanner des mains d'Alison et osculta rapidement le reste de la pièce. R.A.S. L'aiguille du détecteur resta inerte. Résultat auquel McAuliff s'attendait. Lorsqu'un micro-émetteur était installé sur un support mobile, lui avait expliqué Hammond, c'était faute de n'avoir pu trouver d'autre cachette. Le reste de la chambre était donc vide — stérile, selon l'expression consacrée au MI 5.

McAuliff se rendit dans la salle de bains — pas de micros là non plus. Il referma les robinets.

— Tu as défait tes valises ? lança-t-il à Alison — il aurait pu trouver autre chose. Quel idiot il faisait...

— Je suis une vraie routarde, répondit Alison avec un naturel déconcertant. Je n'ai que du nylon dans mes bagages ; ça ne risque pas de se froisser. Je suis vraiment impatiente de voir ce patio. Dépêche-toi.

Il poussa la porte de la salle de bains et vit qu'Alison refermait les portes-fenêtres du balcon et tirait les rideaux. Sage précaution, songea Alex. Alison Booth semblait avoir reçu les leçons de Hammond : *Lorsque vous repérez un micro-émetteur, vérifiez les ouvertures sur l'extérieur ; une surveillance visuelle va souvent de pair avec l'auditive.*

McAuliff sortit de la salle de bains. Alison tourna la tête vers lui. Elle ne le regardait pas, songea-t-il, elle le dévisageait.

— Parfait, lança-t-elle. Tu es prêt. Le rasage est pour le moins aléatoire, mais tu es tout à fait présentable. Allons-y…, mon cœur.

Dans le couloir, Alison lui prit le bras et l'entraîna vers l'ascenseur. Chaque fois qu'il voulait lui parler, elle l'interrompait et lui répétait à voix basse :

— Attendez que l'on soit en bas.

Une fois dans le patio, Alison demanda à changer de place. Elle choisit une table à l'extrémité de la terrasse, l'une des rares tables, s'aperçut McAuliff, qui n'était pas environnée par des plantes vertes ou des palmiers. Il y avait une dizaine d'autres couples en terrasse. Pas la moindre personne seule — homme ou femme. McAuliff eut l'impression qu'Alison avait déjà observé attentivement tous les clients.

On vint leur apporter leur commande.

— Je crois qu'il est temps que l'on se parle, annonça-t-elle sitôt le serveur reparti. Visiblement, certaines choses ont été passées sous silence.

Alex lui offrit une cigarette. Elle la refusa d'un geste. Il alluma donc la sienne, histoire de gagner quelques secondes avant de répondre, sachant qu'elle ne serait pas dupe de ce grossier stratagème.

— Je regrette que vous ayez vu ce qui s'est passé là-haut. Et je ne voudrais pas que vous y attachiez plus d'importance qu'il n'en faut.

— C'est vous qui dites ça ? Alors que vous étiez dans tous vos états tout à l'heure ? Je vous adore !

— Merci.

— Pardon ?

— Vous avez dit « je vous adore ».

— S'il vous plaît, restons professionnels.

— Seigneur ! Parce que vous l'êtes, vous, professionnelle ?

— Absolument. Je suis géologue. Et vous ?

McAuliff éluda la question.

— C'est vrai, j'étais dans tous mes états dans la chambre. Mais ce qui m'a le plus frappé, c'est votre calme à vous. Vous avez parfaitement réagi alors que moi j'étais au bord de la panique.

— Je ne vous le fais pas dire... Qui vous a demandé de m'engager, Alex ?

— Personne. On m'a demandé d'y réfléchir à deux fois avant de vous engager.

— C'était peut-être un subterfuge. Je voulais vraiment ce boulot. J'étais même prête à coucher avec vous s'il le fallait. Je vous suis reconnaissante de ne pas avoir exigé ça.

— Je n'ai subi aucune pression vous concernant, ni dans un sens ni dans un autre. Simplement une mise en garde. À cause de l'activité parallèle de votre ex-mari, qui d'ailleurs semble être sa principale source d'argent. Je parle d'argent et non de revenus, car j'imagine que le fisc n'en voit pas la couleur.

— Toute sa fortune est là. Rien n'est déclaré. Mais cela m'étonnerait que le département de géophysique de l'université puisse avoir eu vent de tout ça. Et encore moins la Royal Society.

— Détrompez-vous. Le gros du financement de cette mission transite peut-être par l'université et la Royal, mais provient en fait du gouvernement. Lorsque l'État ouvre son porte-monnaie, il s'intéresse soudain de très près à son personnel, répondit McAuliff avec une aisance qui le surprit lui-même.

Il suivait les conseils de Hammond à la lettre : inventer dans l'instant, trouver une réponse logique. *Toujours partir de la vérité, chercher la simplicité.*

— Je préfère laisser de côté, pour l'instant, cette vision purement américaine des choses, répondit Alison en piochant une cigarette dans son paquet. En attendant, cela n'explique pas ce qui s'est passé dans la chambre.

Le moment crucial était venu. Allait-il pouvoir suivre les enseignements de Hammond ? — *réduire les explications au strict minimum, s'appuyer sur le bon sens et la simplicité ; et ne pas en démordre.* Il offrit du feu à Alison et parla de son ton le plus détaché.

— Il y a beaucoup de factions sur l'échiquier politique de Kingston. Certaines sont inoffensives, d'autres sont plus belliqueuses. Rancunes ethniques, jalousies, ce genre de chose. Vous avez vu ce qui s'est passé à la douane, tout à l'heure... Beaucoup de gens cherchent à nous discréditer. On m'a donné ce détecteur de malheur au cas où quelque chose éveillerait mes soupçons. J'ai eu un pressentiment, et j'ai vu juste.

Alex vida son verre et observa la réaction de la jeune femme. Il fit de son mieux pour afficher une authentique sincérité.

— Vous faites allusion au transport de nos valises ? demanda Alison.

— Exactement. Cette histoire de note ne tenait pas debout, et le réceptionniste a dit à notre arrivée à l'hôtel que nos bagages venaient juste d'être livrés. Alors qu'ils avaient été récupérés à l'aéroport plus de deux heures avant.

— Je vois. Et la simple venue d'une équipe de géologues serait suffisante pour justifier ces solutions extrêmes ? C'est dur à avaler, Alex.

— Pas en y regardant à deux fois. À quoi servent les prospections géologiques ? Pour quelle raison sont-elles menées, le plus souvent ? Parce qu'une personne, ou un groupe de personnes, compte construire quelque chose, n'est-ce pas ?

— Pas une expédition comme la nôtre. Notre champ d'investigation couvre un territoire trop vaste pour qu'il puisse y avoir la moindre ambiguïté. Notre mission est fondamentalement et ostensiblement universitaire. Tout autre supposition tiendrait du... — Alison se figea en croisant le regard de McAuliff. Seigneur ! Est-ce possible qu'il y ait autre chose ? Cela dépasserait l'entendement !

— Peut-être que certaines personnes n'ont pas peur de la démesure ? Si c'est le cas, procéderaient-ils autrement ? lança Alex avant de faire signe au serveur pour commander une deuxième tournée.

Alison le regarda, ébahie.

— Des milliards et des milliards, articula-t-elle doucement. Mon Dieu, ils vont acheter toute l'île.

— Seulement s'ils sont convaincus que le projet est viable.

Alison voulut sonder son regard. Alex tenta tout d'abord de s'y soustraire, cherchant des yeux le serveur qui lambinait à leur apporter leurs verres, mais elle posa la main sur la sienne, le forçant à la regarder.

« Et il l'est ?

— Je n'en sais rien. Mon seul employeur est l'université, avec l'aval de la Royal et du gouvernement jamaïquain. Ce qu'ils comptent faire des résultats de la prospection ne me regarde pas.

Il était inutile de nier tout de go cette possibilité. Il était chef d'expédition, pas devin.

— Je ne vous crois pas. On vous a forcément mis au courant.

— Absolument pas. Juste mis en garde contre certaines choses, c'est tout.

— On ne donne pas ce genre de petit gadget pour de simples mises en garde.

— C'est ce que je me suis dit, au début. Mais c'est là où l'on se met le doigt dans l'œil, vous et moi, Alison. Ces appareils sont d'un usage commun, de nos jours. Cela n'a rien d'exceptionnel. En particulier lorsque vous allez travailler hors de votre pays. Cela en dit long, j'en conviens, sur le climat de confiance actuel…

Le serveur leur apporta enfin leurs boissons. Il fredonnait et chaloupait en cadence au rythme d'une musique intérieure. Alison continuait à regarder fixement Alex. Il n'en était pas encore certain, mais elle semblait peu à peu le croire. Lorsque le serveur s'en alla, elle se pencha au-dessus de la table, une question lui brûlant les lèvres.

— Et maintenant ? Vous allez faire quoi ? Vous avez trouvé ces deux machins dans votre valise. Qu'est-ce que vous allez en faire ?

— Absolument rien. J'en informerai le ministère demain matin, c'est tout.

— Vous n'allez pas arracher ces bidules, les écraser à coups de talon ou un truc du genre ? Vous comptez les laisser là ?

Ce n'était pas de gaieté de cœur, songea Alex, mais Hammond avait été très clair sur ce point : si vous découvrez un micro, laissez-le en place et servez-vous-en. Il peut nous être d'une utilité précieuse. Avant de détruire tout système espion, McAuliff devait en informer le MI 5 et attendre les instructions — via la poissonnerie Tallon's, près de Victoria Park.

— Ils me paient…, ils nous paient. J'imagine qu'ils voudront que nous menions notre petite enquête, discrètement. Quelle importance, au fond ? Je n'ai aucun secret.

— Et vous ne pourrez plus jamais en avoir, ajouta Alison doucement, mais en retirant sa main posée sur celle d'Alex.

McAuliff prit soudain conscience de toute l'absurdité de cette situation. C'était à la fois ridicule et exaltant, drôle et sinistre.

— Vous préférez que j'appelle quelqu'un ? Je le fais tout de suite, si vous voulez…

Alison esquissa un sourire, son charmant sourire.

— Non, non, je suis injuste. Je vous crois. Vous êtes l'être le plus insouciant que je connaisse, ça frôle la démence, à votre niveau. Soit vous êtes d'une innocence rare, soit un redoutable simulateur. Mais je ne peux croire à la seconde solution ; vous étiez trop paniqué, tout à l'heure, dans la chambre, annonça-t-elle en posant de nouveau sa main sur la sienne.

Alex vida son verre de sa main libre.

— J'aimerais savoir pourquoi, vous, vous ne l'étiez pas, paniquée.

— Vous avez droit à une explication, je vous dois bien ça... Je ne peux pas rentrer en Grande-Bretagne, Alex, Pas avant plusieurs années, pour ne pas dire jamais. J'ai travaillé quelques mois pour Interpol. J'ai déjà vu ces saloperies de mouchards ; c'est comme ça que nous les appelons, dans le milieu, des mouchards.

Une décharge électrique traversa le ventre de McAuliff. C'était la peur, et autre chose, plus terrible encore. Le MI 5 doutait qu'Alison Booth revienne jamais en Grande-Bretagne ; Julian Warfield avait laissé entendre qu'elle serait une collaboratrice précieuse au-delà du cercle strictement professionnel...

Il ne savait encore ni comment ni pourquoi, mais Alison était manipulée.

Tout comme lui.

— Qu'est-ce qui s'est passé ? demanda-t-il avec un étonnement simulé.

Alison lui résuma les grandes lignes. Son mariage avait tourné au vinaigre dès la première année. Elle ne tarda pas à comprendre que son mari l'avait épousée plus pour ses fréquents voyages professionnels à l'étranger que par réel amour.

— ... Tout se passait comme si on lui avait ordonné de m'épouser, de se servir de moi, de me phagocyter...

Les tensions survinrent peu après les noces : son mari montrait un intérêt démesuré pour le travail d'Alison. Tombant littéralement du ciel, les missions affluaient, commandées par des petites sociétés inconnues mais qui payaient grassement, pour des destinations plus exotiques les unes que les autres.

— ... Entre autres, le Zaïre, la Turquie, la Corse. Il me rejoignait à chaque fois ; pour quelques jours, quelques semaines...

Le premier problème eut lieu en Corse. Il s'agissait d'une prospection côtière dans le secteur de la Punta di Senetosa. David était arrivé en milieu de mission, pour un séjour, comme de coutume, de deux ou trois semaines ; durant cette période il y eut des appels téléphoniques étranges, des rendez-vous mystérieux qui semblèrent troubler profondément David Booth. Des hommes se rendaient à Ajaccio en jet, d'autres traversaient la Méditerranée sur des chalutiers et des petits caboteurs. David disparaissait pendant des heures, une fois même pendant plusieurs jours. Tous les soirs, Alison rentrait à son hôtel ; son mari ne pouvait lui cacher son comportement curieux ni le fait que sa présence en Corse n'était en rien motivée par l'amour.

Elle le poussa dans ses derniers retranchements, lui énumérant l'irréfutable, qualifiant les explications de David de grossiers mensonges. Il avait craqué, pleuré et tout raconté à sa femme.

Pour continuer à jouir d'un train de vie qu'il était incapable de s'offrir par son métier, David était entré dans le réseau international de la drogue. Il jouait les convoyeurs. Sa petite société d'import-export était idéale pour cette niche commerciale. La société n'avait pas un domaine d'activités bien défini ; elle ne s'occupait pas de biens de consommation classiques, mais d'œuvres d'art, un créneau plus socioculturel que commercial. David pouvait donc voyager aux quatre coins du globe sans éveiller le moindre soupçon. Il était tombé dans le monde de la contrebande de la façon la plus classique qui soit : dettes de jeux, alcool et liaisons dangereuses. Primo, il n'avait pas le choix ; secundo, il était grassement payé et n'avait guère de principes moraux.

Ce n'était pas le cas d'Alison. Les prospections géophysiques représentaient une mine d'or pour les employeurs de David, toujours à la recherche de collaborateurs innocents. On indiquait à David des expéditions dans des sites choisis du bassin méditerranéen ; il avait pour consigne de contacter les responsables de mission et de leur offrir les services de son honorable femme, en laissant entendre qu'il irait de sa poche en ce qui concernait son salaire — s'il y avait embauche. Un mari fortuné, dévoué corps et biens à son épouse, tenant à ce que sa moitié s'épanouisse dans son travail. L'offre de David était acceptée à chaque fois. Grâce aux missions de sa femme, les voyages de David se trouvaient doublement légitimés. Son rayon d'action s'étendit ainsi bien au-delà de celui du simple marché de l'art.

Alison menaça aussitôt de quitter l'expédition.

David paniqua. Il allait être tué, et elle aussi ! Il lui décrivit un réseau de corruption si puissant et impitoyable qu'Alison, craignant pour leurs deux vies, se résigna. Elle accepta de rester en Corse mais lui annonça qu'il pouvait tirer un trait sur leur mariage. Sa décision, sur ce point, était irrévocable.

Du moins, c'est ce qu'elle croyait à l'époque.

Un soir, cependant, alors qu'Alison carottait le substrat marin à quelques centaines de mètres du rivage, deux hommes montèrent à bord de son petit bateau. C'étaient des agents d'Interpol. Ils suivaient son mari depuis plusieurs mois. Interpol avait rassemblé une masse de documents concernant ses activités criminelles. Le filet se refermait chaque jour un peu plus.

— ... Inutile de dire que tout était prêt pour notre venue en Corse, expliqua Alison à Alex. Notre chambre était aussi privée que la vôtre ce soir...

Ils lui avaient brossé un tableau d'une précision terrifiante. Là où son mari parlait de corruption et de jeux de pouvoir, les types d'Interpol lui décrivaient un monde de souffrances et de douleurs, de morts horribles et inutiles.

— ... De vrais experts ! lança Alison en esquissant un sourire affligé à l'évocation de ce souvenir. Ils avaient apporté des photos par dizaines : des enfants mourants, des adolescents, des jeunes filles détruites. Jamais je n'oublierai ces images. Et c'est précisément ce qu'ils recherchaient.

C'était la méthode habituelle de recrutement : Mrs. Booth se trouvait sur une position stratégique — unique en son genre. Elle pouvait être si utile, sauver tant de vies. Et si elle décidait de mettre ses menaces à exécution, de quitter son mari, brusquement, sans explication, la laisserait-on le faire impunément ? La question restait posée.

Mon Dieu, songea McAuliff, toujours le même stratagème. Il avait l'impression d'entendre Hammond dans la chambre du Savoy.

On régla les problèmes pratiques, on établit un planning précis quant à la détérioration de leurs relations de couple pour que la rupture paraisse naturelle. Alison annonça donc, au grand soulagement de David Booth, qu'elle consentait à tenter de sauver leur mariage, à la condition qu'il ne lui parle plus jamais de ses activités illicites.

Pendant six mois, Alison Gerrard Booth informa Interpol des faits et gestes de son mari, fournissant des photographies, installant des micros dans leurs chambres d'hôtel, leur voiture, leur propre appartement. Elle suivit toutes les instructions avec zèle, sachant qu'on lui avait promis que David Booth — quelles que soient les charges retenues contre lui — aurait droit à la protection des autorités et au savoir-faire d'Interpol en la matière.

Mais rien n'était garanti.

— Comment tout ça s'est-il terminé ? demanda Alex.

Alison détourna les yeux, contemplant durant un bref instant les formes sombres des Blue Mountains s'élevant au septentrion.

— Lorsque j'ai entendu un enregistrement particulièrement pénible ! D'autant plus pénible que c'était moi qui avais rendu cet enregistrement possible.

Un matin, après un cours à l'université, un type d'Interpol était arrivé dans son bureau du département de géologie. Il avait dans sa malette un magnétophone et une cassette d'une conversation entre son mari et un contact du marquis de Chatellerault — le cerveau du réseau de stupéfiants. Alison avait écouté la voix brisée de son mari, rendue traînante par l'alcool, décrire la ruine de son couple et la perte inéluctable d'une épouse qu'il aimait. Elle entendit sa rage et ses pleurs, les reproches qu'il se faisait, ses regrets de ne pas être à la hauteur, de ne pas être l'homme qu'il lui fallait. Il annonça qu'il était *persona non grata* au lit, qu'Alison le rejetait totalement. Et, pour finir, il expliqua très clairement qu'il avait honte de se servir d'elle et que si elle le découvrait il se tuerait. Il venait d'annoncer, presque trop parfaitement, qu'Alison n'avait nulle connaissance des activités de Chatellerault. Un coup de maître.

Interpol en tira une conclusion aussi pénible que l'enregistrement lui-même. David venait de découvrir les agissements d'Alison. Il lui envoyait un message. Il était temps pour elle de disparaître.

Un divorce en quarante-huit heures fut organisé à Haïti. Alison avait retrouvé sa liberté.

Une illusion, évidemment.

En un an, le filet se refermerait sur Chatellerault, sur David, sur eux tous. Tôt ou tard quelqu'un ferait le rapprochement avec elle, la femme de Booth.

Alison but une gorgée et esquissa un sourire contraint.

— C'est tout ? lança Alex, encore perplexe.

— Oui, c'est tout, Mr. McAuliff. Dites-moi franchement, vous m'auriez engagée si vous aviez été au courant de cette histoire ?

— Non, sans doute pas. Je me demande pourquoi personne ne m'en a parlé.

— Ce n'est pas le genre d'infos que l'université ou le Bureau d'émigration a dans ses cartons.

— Dites-moi, Alison…, articula Alex, tentant d'oublier la vague d'angoisse qui lui traversait le ventre. C'est l'université qui vous a parlé de cette mission, n'est-ce pas ?

La jeune femme rit de bon cœur et souleva les sourcils d'un air ironique.

— C'est le jour des grandes déclarations ! Ça va, je le reconnais. J'ai eu des infos. Cela m'a donné le temps de réunir un bon dossier, rien que pour vous.

— Qui vous a renseignée ?

— Interpol. Ils étaient sur la brèche depuis des mois. Ils m'appelaient dix fois par jour avant notre premier entretien.

Inutile d'être un génie du calcul mental. Dix jours avant l'entretien correspondaient en gros à sa première rencontre avec Julian Warfield à Belgravia.

Et, quelques heures plus tard, avec Hammond, agent des services secrets britanniques.

De nouveau, un éperon de douleur lui vrilla l'estomac. Une douleur plus vive, plus incisive. Mais il n'eut pas le temps de s'y attarder. De l'autre côté du patio noyé d'ombres, un homme approchait. Il marchait vers leur table d'un pas mal assuré. Il était sans doute saoul, songea Alex.

— Nom de Dieu, vous voilà enfin ! On se demandait tous où vous étiez passés ! On est au bar. Whitehall fait un tabac au piano ! Un vrai Noel Coward, version noire ! Au fait, j'espère que vous avez pu récupérer vos bagages. J'ai cru comprendre que vous aviez des problèmes, alors j'ai écrit un petit mot pour que ces connards vous les apportent ici. J'espère qu'ils ont pu lire mes pattes de mouche avinées !

Le jeune James Ferguson se laissa tomber sur une chaise et adressa un sourire niais à Alison. Puis il se tourna vers McAuliff ; son sourire s'évanouit dans l'instant.

— C'est très aimable de votre part, répondit tranquillement Alex.

C'est alors qu'Alexander perça le regard de Ferguson, et décela un éclair de lucidité derrière les brumes de l'alcool.

James Ferguson était bien moins saoul qu'il ne prétendait l'être.

9.

Alex et Alison comptaient bien n'aller se coucher qu'au petit matin — une sorte de pied de nez à l'intention des « mouchards ». Ils rejoignirent le reste de l'équipe au bar, et, en bon capitaine, McAuliff alla voir le maître d'hôtel. Le chef d'expédition régalerait tout le monde, ce soir.

Charles Whitehall faisait effectivement un tabac au piano. Avec des talents de professionnel ; ses chansons des îles — émaillées d'expressions créoles et d'humour typiquement jamaïquain — étaient drôles, brillantes, et parfois d'un érotisme torride. Il avait la voix claire et mélodieuse des baladins de Kingston ; mais ses yeux restaient lointains. Il divertissait son auditoire, mais lui ne s'amusait pas, songea McAuliff.

Il était en représentation.

Finalement, près de deux heures plus tard, le répertoire de Whitehall fut épuisé. Il accepta les applaudissements d'une assistance plus ou moins ivre et se dirigea vers les tables. Après avoir reçu force accolades et félicitations de Ferguson, des Jensen, d'Alison Booth et d'Alex, il alla s'installer à côté de McAuliff. Ferguson, qui se trouvait assis là, encouragé par Alex, céda sa place volontiers, trop heureux de pouvoir prendre le large. D'un pas mal assuré.

— C'était superbe ! s'exclama Alison en se penchant vers Whitehall pour lui tendre la main. Alex observa la réaction du Jamaïquain ; sa main noire, aux doigts fins et manucurés, décorés de bagues, se referma autour de celle d'Alison avec une délicatesse toute féminine. Puis, retrouvant une galanterie plus masculine, il souleva le poignet de la jeune femme et lui baisa les doigts.

Un serveur apporta une bouteille de vin blanc à Whitehall. Il examina attentivement l'étiquette dans la lumière tamisée, leva les yeux vers le serveur souriant et hocha la tête. Il se tourna alors vers McAuliff, tandis qu'Alison bavardait avec Ruth Jensen, assise en face d'elle.

— J'aimerais vous parler en privé, annonça le Jamaïquain. Rejoignez-moi dans ma chambre, disons vingt minutes après que je vous aurai quitté.

— Seul ?

— Seul.

— Cela ne peut pas attendre demain matin ?

Whitehall leva ses yeux d'ébène vers McAuliff.

— Non, cela ne peut pas attendre, répondit-il d'une voix basse et sans appel.

James Ferguson se leva soudain de sa chaise à l'autre bout de la table et leva son verre à la santé de Whitehall. Il vacilla et se retint au rebord de la table pour ne pas perdre l'équilibre — le tableau parfait d'un jeune homme ivre.

— À Charles Whitehall, le roi de Kingston ! Le grand ménestrel noir ! Vous étiez impérial, Charles !

Il y eut un moment de flottement quand résonna dans la salle le mot « noir ». Le serveur s'empressa de remplir le verre de Whitehall — le moment était mal choisi pour lui demander de goûter le vin.

— Je vous remercie, répondit poliment Whitehall. Je prends ça comme un grand compliment venant de votre part…, Jimbo.

— Jimbo ! répéta Ferguson avec ravissement. J'adore ça ! Il faudra toujours m'appeler Jimbo, Charles. Et, maintenant, j'aimerais…

Ferguson s'arrêta net, le visage pâle, la bouche déformée par une grimace de douleur. Le jeune homme avait atteint ses limites en matière d'alcool. Il posa son verre sur la table d'une main hasardeuse, fit un pas en arrière et s'écroula lentement au sol.

Tout le monde se leva ; les têtes se tournèrent aux tables voisines. Le serveur reposa rapidement sa bouteille et se précipita au secours de Ferguson, aussitôt rejoint par Peter Jensen.

— Je crois que ce pauvre gars a son compte, lança Jensen en s'agenouillant à côté de Ferguson. Il va être malade. Ruth, viens m'aider… Garçon, un petit coup de main !

Les Jensen, aidés par deux serveurs, rassirent le jeune botaniste sur une chaise, desserrèrent sa cravate et tentèrent de lui faire reprendre conscience. Charles Whitehall, en bout de table à côté de McAuliff, esquissa un sourire, ramassa deux serviettes et les lança aux pieds de ceux qui s'occupaient de Ferguson. Il y avait du mépris dans ce geste, remarqua Alex. Pendant ce temps, le jeune homme dodelinait de la tête, gémissant sous les haut-le-cœur.

— Il est temps pour moi de prendre congé, annonça Whitehall. Dans vingt minutes, souffla-t-il à l'intention de McAuliff.

— Entendu, répondit Alex. Peut-être pas à la minute près…, mais dans ces eaux-là…

Le Jamaïquain se tourna vers Alison et lui baisa délicatement la main.

— Bonsoir, ma chère, annonça-t-il dans un sourire.

Avec une vague irritation, Alex s'éloigna d'eux et s'approcha des Jensen, qui, avec l'aide des deux serveurs, tentaient de mettre Ferguson sur ses pieds.

— Nous allons le ramener dans sa chambre, annonça Ruth. Je lui avais pourtant dit qu'il ne fallait pas mélanger rhum et whisky. De toute évidence, ajouta-t-elle dans un sourire, il ne m'a pas écoutée.

McAuliff regarda le visage de Ferguson, se demandant s'il allait revoir cette étrange lueur, cette lueur qu'il guettait depuis plus de deux heures.

Et elle lui apparut. Du moins crut-il la discerner.

Alors qu'on lui passait les bras autour des épaules d'un serveur et de Peter Jensen, le jeune homme rouvrit les yeux. Des yeux qui semblaient rouler mollement dans leur orbites, mais, pendant de brefs instants, se figaient, lumineux, exempts de toute brume éthylique. Ferguson agissait comme toute personne normalement constituée marchant dans une pièce chichement éclairée — il regardait où il mettait les pieds, craignant d'éventuels obstacles.

Il était, durant ces instants, parfaitement lucide.

Pourquoi James Ferguson jouait-il cette comédie, embarrassante pour tout le monde ? Il faudrait qu'ils aient une petite discussion demain. Alex avait certains sujets à aborder avec lui, entre autres la rédaction de cette note concernant le transport de ses bagages…, transport qui avait miraculeusement donné des oreilles à sa valise.

— Pauvre garçon. Il va se sentir tout honteux, demain matin, annonça Alison en rejoignant Alex.

Ils suivirent du regard le petit groupe emportant le malade hors de la salle.

— J'espère que le « pauvre garçon » ne va pas nous refaire ce numéro tous les soirs !

— Allez, Alex, ne jouez pas les vieux rabat-joie. C'est un gentil gars qui a simplement bu un verre de trop. Alison contempla la table déserte. La fête semble finie.

— Je croyais que nous devions faire la nouba jusqu'à l'aube ?

— Je tombe de sommeil ; et ma volonté fond comme neige au

soleil. Vous m'aviez promis de tester aussi mes valises avec votre petite boîte magique.

— C'est exact, répondit McAuliff en appelant un garçon.

Ils longèrent le couloir de l'hôtel ; McAuliff prit la clé d'Alison une fois arrivé devant la porte de sa chambre.

— Je dois passer voir Whitehall dans quelques minutes, dit-il.

— Ah bon ? À cette heure ?

— Il veut me parler, semble-t-il. En privé. Je ne sais pas du tout pourquoi. Je vais régler ça rapidement.

Il glissa la clé dans la serrure et ouvrit la porte, empêchant Alison d'approcher jusqu'à ce qu'il ait allumé la lumière et jeté un coup d'œil dans la chambre.

La pièce était déserte, la porte de communication toujours ouverte, comme à leur départ quelques heures plus tôt.

— Je suis touchée, murmura Alison en posant, par jeu, son menton sur le bras d'Alex, qui lui barrait le passage.

— Quoi ?

Il retira son bras et se dirigea vers la porte commune. Les lumières dans sa chambre étaient allumées, comme il les avait laissées. Il referma la porte doucement, sortit le scanner de la poche de sa veste et se dirigea vers le lit d'Alison où étaient posées ses deux valises. Il tint l'appareil juste au-dessus. Aucun mouvement de l'aiguille. Il sonda rapidement les lieux, partant des quatre coins de la chambre, arpentant la pièce comme un prêtre bénisseur. Aucun intrus à redouter.

— Excusez-moi... Qu'est-ce que vous me disiez ? demanda-t-il à voix basse.

— Vous êtes bien protecteur avec moi. Je disais que j'appréciais.

— Pourquoi la lumière n'est-elle pas allumée dans votre chambre comme dans la mienne ? demanda-t-il soudain, oubliant la remarque de la jeune femme.

— Parce que je l'ai éteinte. Je suis entrée, j'ai pris mon sac à main pour me mettre un coup de rouge à lèvres et suis allée dans votre chambre. Il y a un interrupteur à côté de la porte. Je m'en suis servie.

— Je ne m'en souviens pas.

— Je vous rappelle que vous aviez d'autres préoccupations en tête à ce moment-là. Ma chambre présente donc moins d'intérêt que la vôtre, annonça Alison en refermant la porte d'entrée.

— Cela semble être le cas, mais parlez quand même à voix basse. Vous croyez que ces petites saloperies peuvent entendre à travers les murs ?

— Non, c'est peu probable, répondit-elle en regardant Alex prendre ses valises sur le lit et traverser la chambre. Il s'arrêta devant le placard, cherchant un endroit où poser les bagages. Il n'y en avait aucun. Dites, vous n'allez pas un peu trop vite en besogne?

— Pardon?

— Qu'est-ce que vous faites avec mes valises? Je n'ai pas encore déballé mes affaires, je vous signale.

— Oh, mille excuses, bredouilla McAuliff, qui se sentait rougir. Je suis un obsédé de l'ordre.

— Peut-être même un obsédé tout court.

Il rapporta les valises d'Alison sur le lit et se tourna vers la jeune femme, les bagages encore à la main, pris d'une immense lassitude.

— Cela a été une rude journée, physiquement et psychologiquement, expliqua-t-il. Savoir que je n'en ai pas encore terminé me fiche le bourdon. Je dois encore aller voir Whitehall. Et dans ma chambre, si je ronfle ou parle en dormant, ou si je vais aux toilettes sans fermer la porte, tout sera enregistré. Cela ne me dérange pas outre mesure, mais ce n'est pas fait pour arranger les choses. Et, puisque j'en suis aux confidences, il y a autre chose que je veux vous dire... Vous êtes une fille charmante, vraiment charmante, et vous avez raison, je suis un obsédé. Je n'ai qu'une idée en tête, en ce moment même, celle de vous embrasser et de sentir vos bras se refermer sur moi. Vous êtes si désirable, vous avez un si beau sourire. À chaque fois que vous riez, je suis sous le charme, je pourrais vous regarder ainsi des heures, vous serrer contre moi et oublier le monde entier. Voilà, j'ai fini. Vous pouvez maintenant m'envoyer au diable parce que ces divagations n'ont, en effet, rien de professionnel.

Alison Booth resta silencieuse et regarda McAuliff pendant un temps qui lui parut une éternité. Puis elle s'avança lentement vers lui.

— Vous savez que vous avez l'air parfaitement idiot avec ces valises à la main? souffla-t-elle en déposant un baiser sur ses lèvres.

Les bagages tombèrent lourdement au sol, et le bruit de l'impact les fit sourire. Il l'attira à lui et un tourbillon de chaleur et de désir l'enveloppa. Tandis que leurs bouches s'exploraient, se pressaient, s'ouvraient, Alex se rendit compte qu'Alison tremblait et s'agrippait à lui avec une force étrange. Ce n'était pas de la peur ni de l'hésitation, encore moins un refus, mais de l'impatience.

Il l'étendit doucement sur le lit; elle déboutonna son chemisier et guida sa main vers sa poitrine. Elle ferma les yeux sous ses caresses.

— Cela fait si longtemps, Alex, murmura-t-elle. Whitehall attendra bien un peu, n'est-ce pas? Parce que moi je ne peux pas.

Ils étaient allongés côte à côte, nus sous les draps. Elle se redressa sur un coude, ses cheveux tombant en cascade sur son visage, et le regarda en silence. Elle posa un doigt sur sa bouche et suivit le contour de ses lèvres, puis elle se pencha et l'embrassa, suivant la ligne charnue du bout de la langue.

— Je n'éprouve pas le moindre remords, déclara-t-elle en riant doucement. J'ai envie de te faire l'amour toute la nuit. Et toute la journée de demain. Je suis assoiffée et tu m'offres une fontaine. Comment pourrais-je résister à la tentation ?

Il leva la main vers le visage d'Alison et fit courir ses doigts dans ses cheveux. Puis il suivit la courbe de ses épaules jusqu'à refermer la paume sur son sein.

— Nous consacrerons un minimum de temps à dormir et à nous sustenter.

Une sonnerie étouffée de téléphone se fit entendre. Elle provenait de la chambre d'Alex.

— Tu es en retard pour Charles Whitehall, annonça-t-elle. Tu ferais mieux d'aller répondre.

— Nom de Dieu, le troubadour des îles ! Je l'avais complètement oublié, celui-là !

Il sauta du lit et se dirigea rapidement vers la porte communicante pour rejoindre sa chambre. Il décrocha le combiné en regardant les rideaux fermés des portes-fenêtres de son balcon. Heureuse initiative d'Alison. Mis à part ses chaussettes — pourquoi diable les avait-il gardées ? —, il était nu comme Adam.

— J'avais dit vingt minutes, Mr. McAuliff, annonça Whitehall avec une colère rentrée. Cela fait près d'une heure...

— Je suis désolé. Je vous avais dit « dans ces eaux-là ». Une heure reste une approximation raisonnable. En particulier lorsqu'on me donne des ordres à cette heure de la nuit et qu'il n'y a pas mort d'homme.

— Ne discutons pas. Vous comptez venir oui ou non ?

— Absolument.

— Dans combien de temps ?

— Dans vingt minutes, rétorqua Alex avant de raccrocher l'écouteur avec une brusquerie superflue.

Il contempla sa valise. Ses espions savaient à présent qu'il allait quitter sa chambre pour se rendre à un rendez-vous à trois heures du matin — rendez-vous exigé par quelqu'un qui prétendait lui donner des ordres. Il réfléchirait à ce détail plus tard.

— Tu sais que tu es mignon tout plein ? De la tête aux pieds, annonça Alison lorsqu'il retourna dans la chambre de la jeune femme.

— Tu as raison, tu es une petite dévergondée.

— Pourquoi as-tu gardé tes chaussettes ? Cela te donne un drôle de genre.

Elle s'assit, tira le drap sur ses seins et tendit le bras vers la table de nuit pour prendre ses cigarettes.

— Tu veux bien m'en allumer une ? Il faut que je m'habille, annonça McAuliff en faisant le tour du lit pour récupérer les affaires qu'il avait semées derrière lui une demi-heure plus tôt.

— Il est furieux ? demanda-t-elle en lui tendant une cigarette tandis qu'il enfilait son pantalon et ramassait sa chemise.

— Plutôt. Il a aussi un petit ton arrogant qui me déplaît fort.

— J'ai l'impression que Whitehall a une revanche à prendre sur quelqu'un ou quelque chose, dit Alison en le regardant pensivement. Il y a de la colère en lui.

— Un manque de reconnaissance, sans doute. Du moins doit-il se considérer digne de plus d'honneurs que ceux qu'on lui fait, répondit Alex en boutonnant sa chemise.

— Peut-être. Cela expliquerait sa réaction de ce soir.

— Comment ça ?

— Sa petite prestation n'avait rien d'improvisé. Elle avait été mûrement préparée, comme pour un concert au Covent Garden ou pour la grande salle de l'ONU.

Alex toqua doucement à la porte de Whitehall. Le Jamaïquain vint lui ouvrir dans un kimono de soie brodée. Il portait dessous son pantalon de costume et des mules de velours aux pieds.

— Entrez, je vous en prie. Cette fois, vous êtes en avance. Cela fait à peine un quart d'heure.

— Décidément, le temps est une obsession, chez vous ! Passé trois heures du matin, je préfère ne plus regarder ma montre, répondit Alex en refermant la porte derrière lui. J'espère que vous avez quelque chose d'important à me dire, sinon, je vais voir tout rouge.

Whitehall s'était dirigé vers le bureau ; il ramassa un papier plié en deux sur le sous-main et désigna un siège à Alex.

— Asseyez-vous, je vous prie. Moi aussi, je tombe de sommeil, mais j'ai des choses à vous dire.

McAuliff marcha vers un fauteuil et s'installa.

— Allez-y, je vous écoute.

— Il est temps, je crois, que nous passions un arrangement. Cela n'affectera en rien mon travail dans l'équipe.

— Je l'espère. Je ne vous ai pas engagé pour que vous poussiez la chansonnette pour mes troupes le soir.

— C'était un petit extra, répondit Whitehall d'un ton glacial. Ne crachez pas dessus ; je suis très bon.

— Tout le monde le sait déjà. Ce n'est pas un scoop.

Whitehall tapota le papier.

— Il y aura des moments où il faudra que je m'absente. Jamais plus d'un jour ou deux. Évidemment, je vous en informerai au préalable, et, si cela pose de vrais problèmes, je m'arrangerai, dans la mesure du possible, pour changer mon planning.

— Je vous demande pardon ? lança McAuliff en se redressant. « Dans la mesure du possible… », vous essaierez de m'arranger le coup ? C'est trop aimable ! J'espère que la mission ne vous causera pas trop de dérangements !

— Pas le moins du monde, répliqua Whitehall en riant — un rire parfaitement impersonnel. C'était exactement ce que je cherchais. Et, vous verrez, vous ne regretterez pas de m'avoir choisi…, même si ce devrait être le cadet de mes soucis. Il se trouve, en effet, que je ne peux croire aux raisons officielles invoquées pour cette prospection. Et je suppute qu'il y a, dans l'équipe, une ou deux personnes qui partagent mes doutes.

— Insinueriez-vous que je vous ai embauché sous de faux prétextes ?

— Allez, ne me racontez pas d'histoires, lança Whitehall, plissant les yeux d'irritation. Vous, Alexander McAuliff, un chef d'expédition renommé, à la discrétion légendaire, ayant travaillé pour des sociétés privées aux quatre coins de la planète…, et pour des honoraires plus que généreux…, décideriez du jour au lendemain de faire preuve de charité chrétienne pour une université ? Vous offririez six à huit mois de travail à bas prix pour diriger une expédition de recherche pure ?

Whitehall eut un rire désagréable et se dirigea vers les portes-fenêtres du balcon. Il ouvrit un battant et le laissa entrouvert ; les rideaux se mirent à onduler sous la brise nocturne.

— Vous ne savez rien des accords financiers que j'ai pu passer, répondit Alex calmement.

— Je sais les prix que pratiquent les facultés, la Royal et l'Éducation nationale. Ils ne jouent pas dans la même cour que vous, McAuliff.

Le Jamaïquain revint s'asseoir sur le bord du lit, se tapota le menton avec la feuille de papier et observa Alex.

McAuliff hésita, puis se lança.

— Ne seriez-vous pas en train de décrire, plutôt, votre propre situation ? Ils sont nombreux, à Londres, à être étonnés que vous ayez accepté ce boulot. Cela doit faire un sacré trou dans vos revenus.

— C'est exact. Nos situations sont semblables ; mais nos motivations bien différentes. Les miennes, en l'occurrence, m'appellent à Savanna-la-Mar demain matin.

— Votre ami dans l'avion ?

— Un raseur ! Un simple coursier, répondit Whitehall en lui montrant le document. Il m'a apporté une invitation. Voulez-vous la lire ?

— J'imagine que vous avez une bonne raison de me proposer cela.

— Je n'en sais rien. Peut-être est-ce vous qui allez m'éclairer.

Alex prit le papier plié et l'ouvrit. Il s'agissait d'une lettre provenant d'un calepin d'hôtel. Le George-V, à Paris. Une écriture manuscrite oblique, les barres vives, la virgule nerveuse, les mots joints entre eux par la précipitation.

Mon cher Whitehall,

Excusez cette lettre à la va-vite, mais je viens d'apprendre que nous sommes tous les deux en route pour la Jamaïque — moi, pour prendre un repos bien mérité, et vous, d'après ce que j'ai pu comprendre, pour poursuivre des desseins plus nobles.

Ce serait un honneur et un plaisir de vous rencontrer. Notre ami commun vous expliquera tout ça en détail. Je séjournerai à Savanna-la-Mar incognito. Il vous expliquera cela aussi.

Je crois sincèrement qu'une rencontre dans les plus brefs délais serait bénéfique pour nous deux. J'apprécie depuis longtemps vos activités (passées ?) sur l'île. Reprendriez-vous du service ? Je vous demande simplement de ne parler à personne de notre entrevue ni de ma présence en Jamaïque. Étant l'un de vos plus fervents admirateurs, je suis sûr que vous comprendrez.

Chatellerault

Chatellerault ?

Le marquis de Chatellerault.

L'« employeur » de David Booth. L'homme à la tête d'un réseau de stupéfiants dont les tentacules s'étendaient à travers toute l'Europe et le bassin méditerranéen. L'homme qui terrifiait Alison au point qu'elle ait dans son sac à main une bombe à gaz apparemment redoutable.

Alex savait que Whitehall guettait sa réaction. Il fit de son mieux pour rester impassible, ne laissant percevoir dans son regard qu'ennui et lassitude.

— Qui est ce… Chatellerault ? demanda-t-il avec détachement.

— Vous n'en savez rien ?

— Je vous en prie, Whitehall, rétorqua Alex avec une irritation ensommeillée. Il est trop tard pour jouer aux devinettes. Je ne connais pas ce type. Point.

— Cela m'étonne, annonça l'historien en continuant d'observer McAuliff. Je pensais que le lien était plutôt évident.

— Le lien avec quoi ?

— Avec les raisons qui vous incitent à venir en Jamaïque. Chatellerault est, entre autres, un grand homme d'affaires, disposant de ressources considérables. La coïncidence est pour le moins curieuse, vous ne trouvez pas ?

— Je ne vois pas le rapport, répondit McAuliff en examinant de nouveau la lettre. Qu'est-ce qu'il veut dire par « vos activités (passées ?) sur l'île » ?

Whitehall marqua une pause avant de répondre. Lorsqu'il se décida, il le fit d'une voix lente, donnant ainsi du poids à chacun de ses mots.

— Il y a quinze ans, j'ai été obligé de quitter mon pays parce que le groupe politique pour lequel je travaillais…, avec dévotion et dans l'anonymat…, fut muselé. Pour ne pas dire étouffé. Pendant dix ans, nous avons dû disparaître — en surface. Pour œuvrer dans l'ombre. Aujourd'hui je reviens au grand jour. Kingston ne sait rien de mes activités passées. Mon nom n'a jamais été associé à ce mouvement. Mais Chatellerault, lui, est au courant, d'où cette insistance sur l'aspect confidentiel de notre rencontre. Je viens, en courant de gros risques, de briser le sceau du secret. Pour vous, McAuliff. Alors dites-moi ce qui vous amène ici. Peut-être saurai-je alors pourquoi un type comme Chatellerault me demande un entretien.

Alex se leva de sa chaise et se dirigea d'un pas nonchalant vers le balcon. Marcher l'aidait toujours à réfléchir. Les pensées se bousculaient dans sa tête ; une sonnette d'alarme était tirée, lui disant confusément qu'Alison était en danger, mais une autre part de son esprit se refusait à le croire.

Il vint se camper derrière le fauteuil qui faisait face à Whitehall et referma nerveusement les mains sur le dosseret.

— Très bien, je vais passer un marché avec vous. Je vous dis ce que je fais ici si vous me donnez des détails sur ces fameuses activités.

— Je vous dirai tout ce que je peux, répliqua Whitehall, sans la moindre lueur de duperie dans le regard. Cela sera amplement suffisant. Il m'est impossible de tout vous dire. Ce serait trop dangereux pour vous.

— Voilà une entrée en matière qui ne m'enchante guère.

— Il faut me faire confiance. Je vous en prie.

L'homme ne mentait pas, c'était une évidence.

— Entendu. Il se trouve que je connais la côte nord ; j'ai travaillé pour les mines de bauxite de la Kaiser. J'ai une bonne réputation, ici. J'ai monté des équipes qui ont fait un travail excellent et...

— Au fait ! s'il vous plaît. Au fait !

— Pour monter cette expédition, le gouvernement jamaïquain m'a garanti l'exclusivité sur 20 p. 100 des projets industriels pour les six prochaines années. Cela représente des millions de dollars. C'est aussi simple que ça.

Whitehall resta immobile, les mains repliées sous son menton — comme un petit garçon bien élevé dans un corps d'adulte.

— Cela me paraît plausible, dit-il enfin. C'est bien dans les manières de Kingston. Tout est à vendre, pour eux. Cela pourrait expliquer la démarche de Chatellerault.

Alex resta derrière le fauteuil.

— Très bien. J'ai répondu. À vous, maintenant... Qu'est-ce que vous faites ici ?

— Vous avez bien fait de me parler de cet arrangement. Je ferai de mon mieux pour qu'il soit tenu. Vous méritez bien ça.

— Qu'est-ce que c'est que ces salades ?

— Il se trouve que je suis ici pour des raisons politiques. Des affaires strictement intérieures à la Jamaïque. Je vous demande de respecter cette condition... Je nierai tout en bloc, de toute façon, et vous vous retrouveriez en position délicate en tant qu'étranger. On déteste les ingérences extérieures, ici. Sachez que nous allons bientôt prendre le contrôle de Kingston.

— Une révolution ! Il ne manquait plus que ça !

— Pas précisément, Mr. McAuliff. En un mot, je suis un fasciste. Le fascisme est le seul espoir pour mon île.

10.

McAuliff ouvrit les yeux et sortit le bras des couvertures. Dix heures vingt-cinq. Il était censé être debout à neuf heures au plus tard !

Il avait un rendez-vous avec un type perclus d'arthrose travaillant à la poissonnerie Tallon's.

Il tourna la tête vers Alison. Elle dormait le dos tourné vers lui, pelotonnée en chien de fusil, les cheveux répandus sur les draps, le visage enfoui sous l'oreiller. Elle avait été merveilleuse, cette nuit. Non, se reprit-il, c'est tous les deux, ensemble... Quel avait été son mot, au juste ? « Assoiffée »... « Je suis assoiffée et tu m'offres une fontaine »... Une soif inextinguible, en fait.

Merveilleuse. Et tendre. Émouvante aussi.

Mais ses pensées du jour reprenaient déjà leurs droits.

Un nom qui lui était encore inconnu vingt-quatre heures plus tôt hantait son esprit avec une force soudaine ; un nom cité à deux reprises par deux personnes qui lui étaient parfaitement étrangères il y a une semaine.

Chatellerault. Le marquis de Chatellerault.

Résidence actuelle : Savanna-la-Mar, côte sud-ouest de la Jamaïque.

Charles Whitehall allait lui rendre visite sous peu, si ce n'était déjà fait. Un fasciste noir et un financier français. Une rencontre digne d'un vaudeville !

Il n'empêche qu'Alison transportait dans son sac à main un engin de mort dans l'éventualité d'une confrontation avec ledit marquis ou avec ses sbires.

Quel rapport entre ces deux événements ? Quelle était la pièce manquante du puzzle ?

McAuliff s'étira, veillant à ne pas la réveiller, malgré son envie de l'attirer à lui, de caresser son corps et de lui faire encore l'amour.

Mais c'était impossible. Il avait trop de choses à faire, trop de questions à élucider.

Quelles allaient être ses instructions du jour ? songeait-il. Dans combien de temps les recevrait-il ? À quoi ressemblerait le type qu'il devait rencontrer dans cette poissonnerie ? Et puis une autre interrogation, non des moindres : où diable était passé Sam Tucker ? Il devait arriver à Kingston demain. Ce n'était pas le genre de Sam de jouer les filles de l'air. C'était un type adorable, même si en d'autres temps…

Quand auraient-ils le feu vert pour partir vers le nord et commencer les prospections ?

Ce n'était pas en restant dans le lit d'Alison, le nez au plafond, qu'il obtiendrait des réponses à ses questions. Et il ne pouvait passer le moindre coup de fil de sa propre chambre.

Il esquissa un sourire au souvenir des petits mouchards cachés dans ses bagages. Y avait-il quelqu'un dans des caves obscures, les yeux désespérément rivés aux aiguilles des potentiomètres, en train d'attendre encore la venue hypothétique d'un son ? Cette perspective avait quelque chose de réconfortant.

— Je t'entends penser, dit Alison, la voix étouffée par l'oreiller. Incroyable, non ?

— Terrifiant, je dirais.

Elle se retourna vers lui sans ouvrir les yeux, esquissa un sourire et glissa son bras sous les draps.

— Tu as aussi une façon de t'étirer particulièrement sensuelle.

Elle passa la main sur son ventre plat, ses cuisses…, les réponses à ses questions pouvaient bien attendre, décida McAuliff la seconde suivante. Il l'attira à lui. Elle ouvrit les yeux et tira les couvertures pour qu'il n'y ait plus rien entre eux deux.

Le taxi le déposa à Victoria's South Parade. L'endroit portait bien son nom, au sens littéral du terme. La foule allant et venant sous les portes du parc offrait un chatoiement de couleurs digne d'une colonie de paons, trottant fièrement, s'échangeant de vagues saluts, pressant le pas ou s'immobilisant soudain pour bâiller d'aise.

McAuliff pénétra dans le parc, faisant de son mieux pour avoir l'air d'un touriste oisif. De temps en temps, il sentait un regard hostile et inquisiteur tandis qu'il remontait l'allée gravillonnée. Pas le moindre Blanc en vue. Ce détail le surprit. Il avait le sentiment d'être une sorte d'objet incongru — une présence tolérée, mais surveillée de près. Avant tout un sujet de méfiance.

Il était un coq étranger faisant soudain irruption dans la basse-cour. Il manqua d'éclater de rire en voyant une mère écarter son enfant à son approche. L'enfant, tout sourire, était visiblement fasciné par cette grande silhouette rose qui déambulait. La mère réagit avec dextérité, digne et silencieuse.

Il aperçut un panneau blanc rectangulaire, avec son inscription en lettres marron : QUEEN STREET EAST. La flèche pointait vers la droite, en direction d'une autre allée gravillonnée, plus étroite. McAuliff s'y engagea.

Les paroles de Hammond lui revenaient en mémoire. *Ne pressez jamais le pas — dans la mesure du possible. Jamais, en tout cas, lorsque vous avez rendez-vous avec un contact. Il n'y a rien de plus visible qu'un individu pressé dans une foule. Les femmes sont les seules exceptions. Même remarque si vous vous amusez à vous arrêter tous les dix pas pour allumer sempiternellement la même cigarette, afin de pouvoir surveiller les alentours. Faites des choses naturelles, selon l'humeur du jour, le climat, l'environnement.*

C'était une chaude matinée…, presque midi. Le soleil de la Jamaïque était ardent, mais une agréable brise soufflait du port, à un kilomètre de là. Quoi de plus naturel pour un touriste que de s'asseoir un peu pour profiter du soleil et de la brise marine ? Il pourrait ouvrir son col, retirer sa veste, par exemple. Et regarder le paysage avec la curiosité béate de l'étranger en vacances.

Il repéra un banc sur la gauche ; un couple venait juste de le quitter. Il était libre. McAuliff ôta sa veste, desserra sa cravate et s'y installa. Il étendit les jambes et agit de la façon qui lui paraissait adéquate en la circonstance.

Mais il y avait un hic — pour une raison évidente… Il était trop détendu, trop à l'aise dans ce parc. Il s'en aperçut aussitôt. Son malaise ne fit que s'accentuer lorsqu'un vieil homme avec une canne s'arrêta devant lui, un peu hésitant. Il devait avoir un petit coup dans le nez, songea McAuliff ; la tête oscillait doucement, les jambes chancelaient un peu ; mais le regard ne vacillait pas. McAuliff y perçut un mélange de surprise et de désapprobation.

McAuliff se leva de son banc et glissa sa veste sous son bras. Il esquissa un sourire au vieil homme, s'apprêtant à reprendre son chemin, lorsqu'il aperçut un autre individu au loin, immanquable celui-là : un Blanc — le seul autre Blanc de Victoria Park. Du moins, le seul à sa connaissance. Il se trouvait de l'autre côté de la pelouse, sur l'allée nord-sud, à environ cent cinquante mètres de lui.

Un jeune type à la tignasse brune qui s'éloigna aussitôt, le dos voûté. Il surveillait McAuliff. C'était évident. Il le suivait.

Il s'agissait de James Ferguson. Le deuxième membre de son équipe à avoir fait son petit spectacle au Courtleigh Manor la veille au soir. Le pauvre garçon totalement saoul qui avait pourtant la présence d'esprit de regarder où il mettait les pieds dans la lumière tamisée de la salle.

McAuliff traversa rapidement la pelouse et se cacha derrière un gros palmier. Ferguson était à deux cents mètres à présent. Alex passa la tête de l'autre côté du tronc, veillant à rester invisible, sentant les regards réprobateurs d'une bonne dizaine de Jamaïquains braqués sur lui.

Comme Alex s'y attendait, Ferguson, craignant d'avoir perdu le sujet de sa filature, commença à paniquer (le mot « filature » faisait désormais partie de son langage courant, songea-t-il avec amusement, alors qu'il n'avait pas dû employer ce terme plus de dix fois dans sa vie avant ces trois dernières semaines). Le jeune botaniste se mit à presser le pas, environné d'une mer de visages bruns. Hammond avait raison, reconnut McAuliff. Rien n'était plus visible qu'un homme pressé dans une foule de flâneurs.

Ferguson atteignit l'allée rejoignant la Queen Street et s'immobilisa. Il se trouvait à présent à moins de quarante mètres d'Alex. Le jeune homme hésita, se demandant s'il était préférable de retourner sur South Parade ou de continuer à avancer.

McAuliff se plaqua contre le tronc du palmier. Ferguson s'élança droit devant lui. Il avait décidé de poursuivre ses recherches, à moins qu'il ne voulût sortir du parc au plus vite — la foule bruyante sur Queen Street East offrant un bon refuge. Il était désormais dangereux pour Ferguson de rester en terrain découvert.

Si son raisonnement s'avérait juste, songea McAuliff (et l'expression tendue du visage de Ferguson semblait le confirmer), il avait appris quelque chose de nouveau sur cet étrange garçon : Ferguson agissait sous la contrainte et commettait toutes les erreurs possibles de l'apprenti espion.

Traquez les détails, avait dit Hammond. *Il y en a toujours ; vous apprendrez à les repérer. Ce sont autant d'indices révélant la force ou la faiblesse de votre adversaire.*

Ferguson franchit les portes d'East Parade, visiblement soulagé. Il s'arrêta et scruta les alentours. Le danger était désormais derrière lui. Le jeune homme consulta sa montre, attendant que le policier, au carrefour, arrête le trafic de l'avenue pour laisser passer les piétons. Le coup de sifflet retentit, les voitures stoppèrent dans une cacophonie de gommes torturées, et Ferguson descendit Queen Street. Alex le suivit, faisant de son mieux pour se fondre dans la foule. Le jeune homme avait retrouvé une certaine sérénité. Il n'y avait plus d'angoisse dans sa démarche ni dans son regard. Maintenant qu'il avait perdu la trace de l'ennemi, il semblait se soucier plus des explications ultérieures à fournir à ses supérieurs que de rétablir le contact.

Mais McAuliff avait opté pour le contact, le contact rapproché. Il était temps de poser quelques questions au jeune Ferguson.

Alex traversa l'avenue, se faufilant dans le trafic, et sauta sur le trottoir, évitant de justesse l'aile véloce d'un taxi, puis se fraya un chemin parmi la foule jusqu'au bout de l'avenue.

Il y avait une petite rue entre Mark Lane et Duke Street. Ferguson hésita, regarda autour de lui et se décida finalement. Il bifurqua brutalement et s'y engagea.

McAuliff connaissait cette rue. Une enfilade de boutiques de produits détaxés ponctuée de bars. Il était venu ici avec Sam Tucker, l'année dernière, après avoir assisté à un colloque de la Kaiser au Sheraton. Il se souvenait aussi de l'existence d'une ruelle en diagonale qui partait de Duke Street pour déboucher dans l'allée commerçante. Ce détail lui était resté en mémoire parce que Sam était persuadé de trouver dans cette ruelle sombre et moite de vrais bars de quartier. Sam avait déchanté. Au lieu d'estaminets bien typiques, ils n'avaient trouvé que des remises d'arrière-boutiques.

Alex s'élança au pas de course. Au diable les mises en garde de Hammond ! La poissonnerie Tallon's attendrait. Le vieil arthritique aussi. Pour l'heure, il s'agissait de coincer Ferguson.

Il retraversa Queen Street, faisant peu de cas du trouble qu'il causait dans le trafic et des coups de sifflet rageurs du policier dans sa guérite. Il piqua un sprint jusqu'au bout du pâté de maisons. La petite ruelle était là. Elle semblait encore plus étroite que dans son souvenir. Il s'y enfonça, jouant des coudes parmi un petit groupe de Jamaïquains, marmonnant de vagues excuses, évitant les regards de ceux qui croisaient son chemin — défis silencieux de jeunes garçons jouant les terreurs. Une fois atteinte l'extrémité de la ruelle, il s'arrêta, se plaqua contre un mur de brique et passa furtivement la tête pour scruter l'enfilade de commerces. Il arrivait au bon moment.

James Ferguson, avec son petit air de fouine, était là. Dix mètres, cinq mètres… McAuliff jaillit de sa cachette et se planta devant lui.

Le visage du jeune homme pâlit. Alex l'entraîna vers le mur pour s'écarter du flot de passants qui allaient et venaient autour d'eux, quelques grommellements se faisant déjà entendre.

Ferguson avait un sourire faux, une voix chevrotante.

— Tiens ! Bonjour, Alex… Mr. McAuliff, je veux dire. Vous faites un peu de shopping ? C'est l'endroit idéal, non ?

— À ton avis, Jimbo, je fais du shopping ? Tu dois être bien placé pour le savoir.

— Je ne comprends pas…, jamais, je…

— Peut-être es-tu encore ivre, l'interrompit Alex. Tu as pas mal éclusé, hier soir.

— C'est vrai. J'ai été parfaitement ridicule. Je vous présente mes excuses.

— Inutile. Tu es resté dans les limites de l'acceptable. Tu étais parfaitement convaincant.

— Vraiment, Alex, vous y allez un peu fort. Ferguson recula d'un pas. Une Jamaïquaine, un panier oscillant sur la tête, passa d'un pas pressé. J'ai dit que j'étais désolé. Ça arrive à tout le monde d'aller un peu loin. Même à vous, je suppose.

— Très souvent. En réalité, j'étais même beaucoup plus ivre que toi, cette nuit.

— Je ne comprends pas ce que vous insinuez, et j'ai franchement trop mal au crâne pour jouer aux devinettes. Alors, pour la dernière fois, je vous prie de m'excuser.

— T'excuser de quoi, Jimbo ? Pour quels péchés exactement ? Rentrons à l'hôtel et tâchons d'élucider cette intéressante question.

Ferguson tenta de redresser ses épaules naturellement voûtées et chassa une mèche de cheveux hirsutes de son front.

— Vous allez un peu trop loin. J'ai des courses à faire.

Le jeune homme commença à contourner McAuliff pour partir. Alex lui saisit le bras au passage et le plaqua contre le mur.

— Garde tes sous ! Tu auras tout le loisir de les dépenser à Londres.

— Non ! lança Ferguson, le corps raidi, les yeux écarquillés. Non, je vous en prie, murmura-t-il. Pas ça !

— Dans ce cas, commençons par les valises, annonça McAuliff en lui lâchant le bras, maintenant Ferguson plaqué au mur par la seule force de son regard.

— Je vous l'ai déjà dit, geignit le jeune homme. Vous aviez des problèmes. J'ai essayé de vous aider.

— C'est rien de le dire ! Et pas seulement avec les douaniers. Où sont allés mes bagages ? Nos bagages ? Qui les a pris ?

— Je ne sais pas. Je vous le jure !

— Qui t'a demandé d'écrire cette note ?

— Personne ! Pour l'amour du ciel, vous êtes tombé sur la tête !

— Pourquoi as-tu joué cette petite comédie hier soir ?

— Quelle comédie ?

— Tu n'étais pas saoul, mais parfaitement lucide.

— Nom de Dieu, je préférerais de loin vous repasser ma gueule de bois ! Vraiment.

— Tu ne me convaincs pas, Jimbo. On va reprendre depuis le début. Qui t'a demandé d'écrire cette note ?

— Vous ne voulez pas m'écouter.

— Je suis tout ouïe. Pourquoi me suis-tu ? Qui t'en a donné l'ordre ?

— Bon sang, vous êtes malade !

— Eh bien, le malade te vire !

— Non ! Vous ne pouvez pas faire ça. Je vous en prie, murmura Ferguson d'une voix apeurée.

— Qu'est-ce que tu dis ? demanda McAuliff en appuyant la main sur le mur, au-dessus de l'épaule frêle de Ferguson.

Il se pencha vers le jeune homme. Répète-moi ça pour voir. Qu'est-ce que je ne peux pas faire ?

— Par pitié… Ne me renvoyez pas en Angleterre. Je vous en supplie. Ferguson haletait. Des traces de salive couvraient ses lèvres fines. Pas maintenant.

— Te renvoyer là-bas ? Je me fiche parfaitement de savoir où tu vas aller ! Je ne suis pas ta nounou, mon garçon. Alex retira sa main du mur et saisit sa veste posée sous son bras gauche. Tu auras droit à un billet de retour. Je te le donnerai cet après-midi et je paierai ta prochaine nuit au Courtleigh. Après ça, tu pourras aller où bon te semble. Au diable, si ça te dit. Mais ce sera ni avec moi ni avec l'expédition.

McAuliff fit brusquement demi-tour. Il regagna la ruelle étroite et rejoignit la file des promeneurs laconiques. Il savait que Ferguson, pour le moment abasourdi, allait lui emboîter le pas. Il n'eut pas beaucoup à attendre avant d'entendre sa voix. Il reconnut le ton pleurnichard de quelqu'un luttant contre la panique. Alex continua son chemin sans lui accorder un regard.

— McAuliff ! Mr. McAuliff ! Je vous en prie ! répétait Ferguson, l'accent anglais se répercutant dans l'étroit passage aux murs de brique, créant un contrepoint dissonant avec le bourdonnement musical des conversations jamaïquaines environnantes. S'il vous plaît, attendez. Pardon, pardon, s'il vous plaît. Pardon, laissez-moi passer, s'il vous plaît !

— Hé, mec, doucement ! Ça va pas ?

Les objections ne décourageaient pas Ferguson. La circulation au milieu des gens se faisait de plus en plus difficilement. Alex continuait à avancer, sentant l'écart se réduire progressivement entre lui et le jeune homme. C'était comique : un Blanc poursuivant un autre Blanc dans une ruelle sombre fréquentée exclusivement — en raison des a priori des touristes — par des Noirs. McAuliff n'était plus qu'à un mètre de la sortie donnant sur Duke Street quand la main de Ferguson s'agrippa à son bras.

— S'il vous plaît. Il faut que nous parlions…, mais pas ici.

— Où ?

Ils débouchèrent sur le trottoir. Devant eux se trouvait une grande charrette avec des chevaux attelés remplie de fruits et de légumes. Son propriétaire, coiffé d'un sombrero, marchandait avec des clients derrière de vieilles balances, pendant que des gamins en guenilles volaient des bananes à l'arrière du véhicule. Ferguson tenait toujours McAuliff par le bras.

— Allez à Devon House. C'est un lieu touristique.

— Je sais.

— Il y a une terrasse de restaurant.

— Quand ?

— Dans un quart d'heure.

Le taxi s'engagea dans la longue allée de Devon House, un monument géorgien datant de la suprématie anglaise et de l'argent blanc affluant d'Europe. De grands parterres de fleurs s'étalaient au pied de colonnes immaculées, des allées de gravillons impeccables dessinant des motifs géométriques autour d'une immense fontaine. La petite terrasse du restaurant se trouvait sur le côté, entourée de grandes haies masquant les clients de l'esplanade. Il n'y avait que six tables — un restaurant minuscule dans lequel il était difficile de suivre quelqu'un sans se faire repérer. Ferguson n'était peut-être pas aussi inexpérimenté qu'il paraissait.

— Ça alors ! C'est vous ? Comment ça va ?

Alex se retourna. James Ferguson l'avait hélé de l'allée centrale menant à la fontaine ; il portait à présent un appareil photo — déguisement complété par une panoplie de sacs et d'objectifs.

— Ça va, répondit McAuliff, se demandant quel rôle le jeune homme allait jouer maintenant.

— J'ai pris des photos superbes. Il y a toute une atmosphère qui se dégage de cet endroit, dit-il en s'approchant, marquant un temps de pause pour photographier Alex.

— C'est ridicule, lui chuchota Alex. Qui espères-tu berner ainsi ?

— Je sais ce que je fais. Jouez le jeu, s'il vous plaît. Puis Ferguson reprit son rôle initial, haussant le ton, brandissant son appareil photo.

Vous saviez que cette vieille place est restée identique à l'originale ? Elle conduit à l'arrière du bâtiment, où les soldats étaient logés dans des baraquements de brique construits en enfilade.

— Fascinant.

— Il est onze heures passées ! tonitruait Ferguson avec un enthousiasme imperturbable. Qu'est-ce que vous diriez d'une petite bière ? Ou d'un punch ? On pourrait peut-être même manger un morceau ?

Il n'y avait que deux autres couples, chacun à une table, installés à la petite terrasse du restaurant. Des hommes en chapeau de paille et bermuda flanqués d'épouses arborant des lunettes de soleil en strass ; c'étaient des touristes que la Devon House de Kingston laissaient indifférents. Ils allaient bientôt nouer le contact, songea McAuliff, et établir des projets plus excitants pour la suite de la journée, tels que retourner au bar de leur bateau de croisière ou aller faire du lèche-vitrine dans les magasins de détaxe. Ils ne s'intéressaient pas le moins du monde à Ferguson ni à lui, et c'était tout ce qui comptait.

Les punchs au rhum de la Jamaïque furent apportés par un serveur blasé à la chemise d'un blanc douteux. Celui-là ne fredonnait pas ni ne se déhanchait. Le restaurant de Devon House était un lieu oublié du monde. Kingston était à mille lieues des fastes trépidants de Montego Bay.

— Je vais vous raconter tout ce qui s'est passé, déclara subitement Ferguson, l'air nerveux, d'une voix rendue aiguë par la peur. Vous dire tout ce que je sais. J'ai travaillé pour la Fondation Craft, vous êtes au courant de l'affaire…

— Parfaitement, répondit McAuliff. Je vous rappelle que je vous ai engagé à la condition sine qua non que vous vous teniez à l'écart de la Craft. Et vous avez accepté.

— Je n'ai pas eu le choix. Quand nous avons débarqué de l'avion, vous et Alison êtes restés en arrière ; Whitehall et les Jensen étaient partis devant pour récupérer leurs bagages. J'étais en train de prendre des photos infra rouge de l'aéroport… En un mot, j'étais tout seul. Lorsque je me suis rendu au terminal d'arrivée, la première personne sur qui je suis tombé, ce fut Craft en personne ; le fils, bien sûr, pas le vieux. C'est lui qui dirige la fondation à présent. J'ai fait de mon mieux pour l'éviter. J'avais de bonnes raisons pour ça — il m'a quand même fichu à la porte comme un malpropre. Mais impossible. Et, à mon grand étonnement, il s'est montré particulièrement affable. Il se confondait en excuses, me répétant à quel point mon travail avait été remarquable. Il avait entendu dire que je faisais partie de la mission de prospection et avait tenu à me rencontrer en personne à l'aéroport.

Ferguson avala une gorgée de son punch en lançant des regards furtifs dans la cour de brique. Il semblait être arrivé à un nœud de son récit et paraissait hésiter à pousser plus avant.

— Continue, ordonna Alex. Pour l'instant, il ne s'agit que d'un petit comité de bienvenue inattendu.

— Essayez de comprendre. C'était tellement bizarre…, inattendu, comme vous dites. Et, tandis qu'il me parlait, un type en uniforme est sorti pour me demander si j'étais bien James Ferguson. Je lui ai répondu oui et il m'a dit que vous alliez avoir du retard, que vous étiez retenu. Il a ajouté que vous vouliez que je fasse porter vos bagages à l'hôtel. Je devais rédiger une note à cet effet, pour que la British Airways accepte de me les confier. Craft s'est proposé de m'aider, naturellement. Cela paraissait si anodin, tout à fait plausible, vraiment, et ça s'est passé très vite. J'ai rédigé une note et le type a dit qu'il allait s'en occuper. Craft lui a offert un pourboire. Une somme généreuse, j'ai l'impression.

— Quel genre d'uniforme portait-il ?

— Je ne sais pas. Je n'y ai pas prêté attention. Tous les uniformes se ressemblent quand on est en pays étranger.

— Continue.

— Craft m'a alors invité à prendre un verre. Je lui ai dit que je ne pouvais vraiment pas. Mais il était inflexible, je ne voulais pas déclencher une scène…, et puis vous étiez retardé. Vous voyez la situation. Je n'avais vraiment pas le choix, n'est-ce pas ?

— Continue.

— Nous sommes allés au bar au-dessus…, celui qui surplombe les pistes. Je ne me souviens plus du nom…

— Le Panoramique.

— Comment ?

— Il s'appelle le Salon panoramique. Allez, continue.

— Très bien. J'étais plutôt préoccupé. Il fallait que je me charge de mes propres bagages, il y avait Whitehall, les Jensen. Et vous aussi, bien sûr. Je ne voulais pas que vous vous demandiez où j'étais passé…, surtout dans ces conditions.

Ferguson but à nouveau une gorgée de punch ; McAuliff faisait de son mieux pour garder son calme.

— Arrête de tourner autour du pot, Jimbo, dit-il.

— J'espère que ce surnom ne va pas me coller à la peau. C'était une soirée pénible.

— La journée sera pire encore si tu ne me racontes pas la suite.

— D'accord… Craft m'a alors annoncé que vous alliez être retenu par les douaniers pendant encore une heure et que le type en uniforme se chargerait de dire aux autres que j'étais en train de prendre des photos, que je les rejoindrais au Courtleigh. Tout cela était bizarre, comme vous le voyez. Et puis il a changé de sujet, subitement. Il m'a parlé de la fondation. Il m'a raconté qu'ils étaient à deux doigts de mettre au point une invention révolutionnaire concernant les fibres de baracoa ; en grande partie grâce à mon travail. Et que, tant pour des raisons de légalité que de moralité, ils désiraient que je revienne travailler pour eux. J'allais avoir un pourcentage sur les ventes. Vous vous rendez compte de ce que ça représente !

— Si c'est tout ce que tu as à me dire, tu vas pouvoir les retrouver dès aujourd'hui.

— Des millions ! continua Ferguson sans accorder d'attention à la remarque d'Alex. Des millions... sur plusieurs années, bien sûr. Je n'ai jamais eu d'argent. Je suis à sec la plupart du temps. J'ai même dû prendre un emprunt pour acheter mon matériel photo ! Vous le saviez ?

— J'avoue ne pas m'être posé la question. Mais il n'y a plus lieu de s'en inquiéter maintenant, puisque tu vas rallier la Craft...

— Non. Pas encore. C'est bien là le problème. Seulement après la prospection. Je dois rester avec l'équipe — avec vous, déclara Ferguson en finissant son verre, cherchant le serveur du regard.

— Rester simplement avec l'équipe ? Avec moi ? J'ai l'impression que tu oublies de me dire quelque chose.

— C'est vrai, avoua le jeune homme en se penchant au-dessus de la table, évitant le regard de McAuliff. Craft m'a dit que c'était sans conséquences, totalement sans conséquences. Ils veulent simplement connaître le nom des gens avec qui vous êtes en liaison au gouvernement..., ce qui représente en fait la quasi-totalité de vos contacts. Je dois tenir un journal. C'est tout : juste rédiger un carnet de route, affirma Ferguson en levant un regard suppliant vers Alex. Vous comprenez, n'est-ce pas ? C'était sans conséquences.

— C'est pour cela que tu m'as suivi ce matin ? demanda McAuliff en fixant à son tour le jeune homme du regard.

— Oui. Mais cela n'aurait pas dû se passer ainsi. Craft a suggéré que je pourrais en apprendre beaucoup simplement en... étant avec vous. Je devais vous proposer de vous accompagner dans vos démarches. Il disait que je suis d'un naturel curieux et bavard, que cela paraîtrait normal.

— Un koka pour la Craft.

— Pardon ?

— Une expression de judo. Peu importe. Il n'empêche que tu me suivais.

— Ce n'est pas ce que je comptais faire. J'ai sonné à votre porte. Plusieurs fois. Sans succès. Alors j'ai appelé Alison... Je suis désolé. Je crois que je l'ai dérangée.

— Qu'est-ce qu'elle t'a dit ?

— Qu'elle pensait vous avoir entendu quitter votre chambre quelques minutes auparavant. J'ai couru à la réception. Puis dehors. Je vous ai vu sauter dans un taxi. Je vous ai imité et c'est comme ça que je me suis retrouvé en train de vous suivre.

McAuliff poussa son verre sur le côté.

— Pourquoi n'es-tu pas venu me voir à Victoria Park ? Tu t'es éloigné quand je t'ai aperçu.

— J'étais embarrassé... et j'avais peur. Au lieu de vous demander simplement de vous accompagner, je me retrouvais en train de vous prendre en filature.

— Pourquoi avoir fait semblant d'être saoul hier soir ?

Ferguson prit une profonde inspiration.

— Lorsque je suis arrivé à l'hôtel, j'ai demandé si vos bagages étaient arrivés. On m'a répondu que non. J'ai alors paniqué. Vous savez, avant que je quitte Craft, il m'a dit que vos bagages...

— ... auraient des mouchards ? l'interrompit Alex, furieux.

— Des quoi ? questionna James, comprenant dans l'instant même. Non ! Non ! Je vous jure, il n'était pas question de ça. Oh, mon Dieu, quelle horreur ! Ferguson marqua un temps, l'air soudain pensif. Bon sang, je comprends à présent pourquoi...

Personne ne serait capable de feindre de si brusques changements d'expression, songea Alex. Il était inutile de s'énerver.

— Qu'est-ce qui s'est passé avec nos valises ?

— Quoi ?... Ah oui ! Craft. À la fin de notre conversation, il a dit qu'ils allaient s'occuper de vos bagages — s'en occuper, c'est tout ce qu'il a dit. Il a suggéré, au cas où quelqu'un poserait des questions, que je prétende avoir pris l'initiative d'écrire le billet parce que je vous savais en difficulté. Je n'avais pas à m'inquiéter, vos affaires seraient apportées à l'hôtel. Mais elles n'y étaient pas, vous comprenez, maintenant ?

McAuliff ne comprenait pas. Il soupira d'un air las.

— C'est pour ça que tu as fait semblant d'être ivre ?

— Naturellement ! Vous alliez forcément être au courant de la note, me poser des questions et être furieux contre moi si les bagages étaient perdus : c'était une belle bourde de ma part... Je me disais que cela minimiserait les dégâts si vous pensiez avoir affaire à un type éméché qui a juste voulu vous donner un coup de main. Et, en un sens, c'était le cas.

— Tu as une imagination débordante, Jimbo. J'irai même jusqu'à dire « tordue ».

— C'est possible. Mais le fait est que vous ne vous êtes pas mis en colère, n'est-ce pas ? Et nous voilà revenus à la case départ. C'est l'ironie de la chose : un coup pour rien, au fond.

— Comment ça, « un coup pour rien » ?

— Eh bien…, je suis ici, avec vous…, répondit Ferguson avec un sourire nerveux.

— Détrompe-toi, rien ne sera plus comme avant. Tu m'as mis au courant à propos de Craft.

— C'est vrai. Je l'aurais fait de toute façon ; c'était mon intention ce matin. Craft n'a pas besoin de le savoir et il ne risque pas de l'apprendre. Il me suffit de vous accompagner, rien d'autre. Vous aurez votre part de l'argent que je toucherai. Je vous le promets. Je pourrai même vous le mettre par écrit, si vous voulez. Je n'ai jamais eu un sou en poche. C'est la chance de ma vie, vous n'êtes pas de cet avis ?

11.

McAuliff laissa Ferguson à Devon House et prit un taxi pour Old Kingston. Peu importait qu'il soit suivi ou non. Il était temps pour lui de faire le point sur la situation, sans se soucier de la surveillance. Il allait, sans but précis.

Il avait accepté de coopérer avec Ferguson à une condition : les informations devraient circuler dans les deux sens ; le botaniste aurait le droit de tenir son carnet de bord — qu'il remplirait de noms sous le contrôle d'Alex — et McAuliff serait tenu au courant des enquêtes de la Craft.

Alex regarda les plaques des rues ; il se trouvait au croisement de Tower et de Matthew, à deux pâtés de maisons du port. Il repéra une cabine téléphonique installée sur un poteau au milieu du trottoir. Il pria pour qu'elle soit encore en service. Elle l'était.

— Est-ce que Mr. Sam Tucker s'est présenté à l'hôtel ? demanda-t-il à l'employé à l'autre bout du fil.

— Non, Mr. McAuliff. Nous étions justement en train de passer en revue les réservations il y a quelques minutes. Les clients devaient confirmer avant trois heures.

— Gardez la chambre. On vous l'a payée.

— Il se trouve que non, Mr. McAuliff. On nous a seulement informés que vous vous en chargeriez ; nous faisons de notre mieux pour vous rendre service.

— C'est très aimable de votre part. Gardez-la, quoi qu'il advienne. Est-ce qu'il y a des messages pour moi ?

— Un instant, je vous prie... Je crois que oui.

Le silence qui suivit laissa à Alex le temps de penser à Sam. Où diable était-il donc ? McAuliff ne s'était pas inquiété autant que Robert Hanley de la disparition de Tucker. Il connaissait les excentricités de Sam, capable de partir soudain pour aller se balader dans des villages indigènes. En Australie, il avait vécu quatre semaines parmi une communauté aborigène, faisant quotidiennement plus de cinquante kilomètres en Land Rover pour rejoindre l'équipe de prospection dans le Kimberley. Ce bon vieux Tuck était friand d'inconnu — cherchant toujours à adopter les coutumes et le mode de vie des endroits où il séjournait. Mais cette fois-ci, à Kingston, il poussait le bouchon trop loin.

— Je suis désolé de vous avoir fait attendre, reprit le Jamaïquain, avec une intonation joyeuse qui démentait son réel regret. Il y a plusieurs messages. J'étais en train de les reclasser par ordre chronologique.

— Merci. Quels sont les…

— Il y a écrit « urgent » sur chacun d'eux, Mr. McAuliff, le devança l'employé. Le premier appel a été reçu à onze heures quinze ; il vient du ministère de l'Éducation nationale. Vous devez contacter Mr. Latham le plus vite possible. Deuxième appel à onze heures vingt, provenant de Mr. Piersall au Sheraton. Chambre 51. Ensuite Mr. Hanley a téléphoné de Montego Bay à douze heures six ; il a insisté pour que vous le rappeliez, en disant que c'était important. Vous pouvez le joindre au…

— Attendez un instant, s'exclama Alex en saisissant dans sa poche un stylo et un bloc-notes, il y inscrivit les noms « Latham », « Piersall », « Hanley ». Vous pouvez continuer.

— Central téléphonique de Montego, 8227. Jusqu'à dix-sept heures. Vous pouvez le joindre ensuite à Port Antonio à partir de dix-huit heures trente.

— Est-ce qu'il vous a laissé un numéro ?

— Non, Mr. McAuliff. Mrs. Booth a laissé un message à treize heures trente-cinq pour vous dire qu'elle serait de retour dans sa chambre à quatorze heures trente. Elle a demandé qu'on la prévienne si vous appeliez. Voilà, c'est tout, Mr. McAuliff.

— Très bien. Je vous remercie. Récapitulons, si vous le voulez bien.

Alex répéta les noms, le contenu des messages, et demanda qu'on lui communique le numéro du Sheraton. Il ne connaissait ce Piersall ni d'Ève ni d'Adam. Il passa mentalement en revue les douze noms correspondant aux contacts de Hammond ; pas le moindre Piersall.

— Est-ce que ce sera tout, Mr. McAuliff ?

— Oui. Passez-moi Mrs. Booth, s'il vous plaît.

La sonnerie du téléphone retentit plusieurs fois avant qu'Alison ne décroche.

— J'étais sous la douche, annonça-t-elle, essoufflée. Je regrettais justement que tu ne sois pas avec moi.

— Est-ce que tu portes une serviette sur toi ?

— Oui. Je l'avais posée sur le bouton de la porte, en prévision de ton appel. Et j'avais laissé la porte ouverte exprès pour entendre sonner le téléphone, si tu veux tout savoir.

— Si j'étais près de toi je te l'enlèverai. La serviette, pas le téléphone.

— À mon avis, ce serait plus pratique de se débarrasser des deux.

Alison rit. McAuliff voyait en pensée son charmant sourire dans la lumière diffuse de Tower Street en cette fin d'après-midi.

— C'est vrai, tu as raison. J'oubliais à quel point tu es assoiffée. C'est à cause de ton message, tu as dit que c'était urgent. Est-ce que tout va bien ?

Il y eut un cliquetis dans le téléphone, signe que le temps de conversation était écoulé et qu'ils allaient bientôt être coupés. Alison l'entendit aussi.

— Donne-moi ton numéro. Je te rappelle tout de suite, dit-elle rapidement.

Les chiffres avaient été délibérément effacés dans la cabine.

— Impossible de le déchiffrer. C'est vraiment urgent ? J'ai un autre coup de fil à passer.

— Ça peut attendre. Mais ne téléphone pas à un type du nom de Piersall avant que nous ayons eu une conversation. Je t'embrasse, mon amour.

McAuliff était tenté de la rappeler tout de suite. Qui était ce Piersall ? Mais il était primordial de joindre Hanley à Montego. Il devrait lui téléphoner en PCV, il n'avait plus assez de monnaie.

Il attendit bien cinq minutes avant que Hanley ne soit contacté, et trois autres de plus le temps que Robert arrive à convaincre l'opératrice d'un hôtel miteux qu'il réglerait la communication.

— Je suis désolé, Robert, commença Alex. Je suis dans une cabine à Kingston.

— Pas de problème, vieux. Tu as des nouvelles de Tucker ? demanda-t-il rapidement, l'air angoissé.

— Aucune. Il ne s'est pas présenté à l'hôtel. Je pensais justement que tu avais du nouveau.

— J'en ai, oui. Et ça ne me plaît pas du tout. Je suis revenu en avion à Mo'Bay il y a deux heures, et ces idiots, ici, m'ont dit que deux Noirs étaient venus chercher les affaires de Sam. Ils ont réglé sa note et sont partis sans un mot d'explication.

— Comment est-ce possible ?

— Ce n'est pas le Hilton, ici, vieux. Ils avaient de l'argent, ça a suffi.

— Et toi, où es-tu ?

— J'ai pris la même chambre pour l'après-midi. Au cas où Sam déciderait de refaire surface. Je me suis dit qu'il commencerait par revenir ici. En attendant, j'ai mis quelques amis sur le coup. Ils essaient de se renseigner. Tu n'es toujours pas décidé à prévenir la police ?

McAuliff hésita un instant. Il avait promis à Hammond qu'il ne préviendrait en aucun cas les autorités jamaïquaines avant de l'en informer par l'intermédiaire d'un de ses contacts. Il lui fallait son feu vert.

— Attendons encore un peu, Bob.

— Je te rappelle qu'il s'agit d'un vieil ami à nous !

— Ne brusquons pas les choses, Robert. Je ne peux pas légitimement le faire porter disparu. Et, connaissant notre vieil ami, je ne voudrais pas lui attirer des ennuis.

— Mais ces deux étrangers venus chercher ses affaires…, franchement ça ne me dit rien qui vaille !

Hanley était furieux, et McAuliff comprenait parfaitement ses raisons.

— Rien ne nous dit qu'il s'agit d'étrangers. Tu connais Tuck, toujours à s'entourer d'assistants comme s'il était à la cour d'Éric le Rouge. Surtout s'il a de l'argent et qu'il peut aller le dépenser à l'intérieur des terres. Tu ne te rappelles pas Kimberley, Bob ?

Il savait qu'il tenait là un argument de choc : Sam avait claqué deux mois de salaire pour créer une coopérative agricole.

— Tu parles que je m'en rappelle ! répondit Hanley en riant. Il voulait que ces foutus sauvages se lancent dans le commerce du vin. Il est à lui seul l'Armée du Salut, avec une queue frétillante en prime… D'accord, Alex. Attendons encore jusqu'à demain. Il faut que je retourne à Port Antonio. Je t'appellerai dans la matinée.

— Si je n'ai pas de nouvelles de lui d'ici là, je préviendrai la police, et tu pourras dire à ton armée de renifleurs de mettre les bouchées doubles. Car je suis sûr que tu as mis en place un joli petit réseau d'informateurs. Je me trompe ?

— On ne peut rien te cacher. Entre vieux routards, il faut bien se protéger. Et se serrer les coudes.

La lumière aveuglante du soleil dans les rues étouffantes et sales des Antilles ajoutée à la puanteur de la cabine téléphonique décidèrent McAuliff à rejoindre le Courtleigh Manor.

Plus tard, peut-être en début de soirée, il se présenterait à la poissonnerie Tallon's et à son contact perclus d'arthrite.

Il marcha en direction du nord sur Matthew Lane et trouva un taxi sur Barry Street ; un vieux tacot de tourisme d'une marque indéterminable, complètement cabossé. Le véhicule ne datait ni des dix dernières années ni même des dix précédentes. En y pénétrant, il fut assailli par une forte odeur de vanille. De vanille et de rhum, les senteurs de la Jamaïque : délicieusement agréables en soirée, oppressantes la journée, sous le soleil ardent des tropiques.

Tandis que le taxi s'éloignait d'Old Kingston — le front de mer de la ville —, où les taudis délabrés et les cascades de fleurs tropicales luttaient pour leur survie, Alex contemplait au loin les tours flambant neuves de New Kingston avec un malaise teinté d'émerveillement. Il y avait quelque chose d'obscène dans la proximité de ces bâtiments immaculés de béton et de verre s'élevant au-dessus de ces bidonvilles puants de tôles ondulées — demeures de gamins décharnés qui jouaient avec langueur, vidés de leur énergie, en compagnie de chiens faméliques. Demeures de fillettes déjà vieilles, enceintes, vêtues de bouts de chiffon retenus par des ficelles, seuls trésors arrachés à la mer, allant le regard vide et parfois haineux à l'idée d'avoir à supporter cette existence un jour de plus encore. Et ces buildings rutilants, obscènes, astiqués, étaient à moins de deux cents mètres de refuges encore plus sordides : des barges pourries, infestées de rats, abris de ceux qui avaient touché le fond de la misère humaine. Deux cents mètres.

Ces bâtiments étaient tous des banques, s'aperçut soudain McAuliff. Trois, quatre, cinq… six établissements bancaires. Côte à côte, tous dans le même périmètre, chacun regorgeant de coffres-forts.

Des banques.

Propres, avenantes, avec des vitres teintées.

À deux cents mètres.

Huit minutes plus tard, la vieille voiture de tourisme remontait l'allée bordée de palmiers du Courtleigh Manor. Dix mètres avant la porte, le chauffeur freina brusquement, et le véhicule s'arrêta dans une secousse. Alex, qui était assis au bord de la banquette arrière, préparant son portefeuille, fut projeté contre le fauteuil avant, tandis que le conducteur s'empressait de s'excuser. McAuliff vit alors l'homme saisir une machette de soixante-dix centimètres de long qui était posée sur le siège passager, pour la cacher sous son fauteuil. Il sourit à Alex.

— Je vous ai pris en charge dans la vieille ville. Un bidonville. Je n' me sépare jamais d' ma lame quand je vais là-bas.

— Est-ce vraiment nécessaire ?

— J' pense bien, m'sieur. Sûr que ça l'est. Des sales gens, des pouilleux. Ce n'est pas ça, Kingston, m'sieur. On f'rait pas mal de s'débarrasser de toute cette vermine. Rien à en tirer, m'sieur. Qu'on mette tout ça dans des bateaux pour les renvoyer en Afrique. Et que les bateaux coulent ; voilà c'qui faudrait, m'sieur !

— C'est sûr, ce serait une solution.

La voiture se gara devant les portes de l'hôtel, et McAuliff sortit de l'habitacle. Le chauffeur sourit obséquieusement, tout en annonçant un prix exagéré pour la course. Alex lui tendit la somme demandée par la vitre de la portière.

— Je suis sûr que vous avez déjà compté le pourboire, déclara-t-il.

À la réception, McAuliff prit les messages qui lui étaient destinés. Il y en avait un de plus ; Mr. Latham, du ministère de l'Éducation nationale, avait de nouveau essayé de le joindre.

Alison était sur le petit balcon en maillot de bain, profitant du soleil de fin d'après-midi. McAuliff entra dans sa chambre par la porte communicante.

Elle vint vers lui.

— Savez-vous à quel point vous êtes séduisante, belle dame ? lui dit-il en lui prenant la main.

— Merci, mon bel homme.

Il lui lâcha doucement la main.

— Parle-moi de Piersall, demanda-t-il.

— Il est au Sheraton.

— Je sais. Chambre 51.

— Alors tu lui as parlé au téléphone, lui répondit-elle, visiblement ennuyée.

— Non. Il m'a laissé un message. Le rappeler chambre 51. C'est très urgent.

— Il y est peut-être, maintenant ; mais il n'y était pas quand tu m'as téléphoné.

— Ah bon ? On m'a transmis le message juste avant que je t'aie au bout du fil.

— Alors il a dû le déposer directement à la réception. Ou utiliser un point-phone dans le couloir. Quelques minutes après.

— Pourquoi ?

— Parce qu'il était ici. Je lui ai parlé.

— Raconte-moi ça.

Alison s'exécuta.

Elle venait de trier ses notes concernant les recherches sur la côte nord et s'apprêtait à prendre une douche quand elle entendit frapper à la porte d'Alex. Pensant qu'il s'agissait d'un membre de l'équipe, Alison ouvrit sa propre porte et regarda dans le couloir. Elle tomba nez à nez avec un homme grand et mince dans un ensemble Palm Beach blanc. C'était une situation embarrassante pour tous les deux. Alison lui expliqua qu'elle avait entendu frapper à la porte et qu'elle savait McAuliff absent ; peut-être désirait-il laisser un message ?

— Il semblait très nerveux. Il m'a dit en bégayant un peu qu'il essayait de te joindre depuis onze heures du matin. Il m'a demandé s'il pouvait me faire confiance, si je m'engageais à n'en parler qu'à toi. Il avait l'air très angoissé. Je lui ai proposé d'entrer dans ma chambre, mais il a refusé, en disant qu'il était pressé. Puis il m'a révélé l'objet de sa visite. Il avait des nouvelles de Sam Tucker. C'est bien ton ami américain qui doit nous rejoindre ici ?

Alex ne chercha pas à dissimuler son angoisse. D'un bond, il se leva de son siège.

— Qu'est-ce qu'il savait sur Tucker ?

— Il ne l'a pas précisé. Il a simplement dit qu'il avait un message de lui ou à propos de lui. Ce n'était pas très clair.

— Pourquoi ne m'en as-tu pas parlé au téléphone ?

— Il m'a demandé de ne pas le faire. Il a dit qu'il fallait que je t'en parle de visu, mais pas au téléphone. Il a laissé sous-entendre que tu ne serais pas content, mais qu'il fallait que tu entres en contact avec lui avant de t'adresser à qui que ce soit d'autre. Et puis il est parti... Alex, de quoi voulait-il parler au juste ?

McAuliff ne répondit pas ; il marcha tout droit vers le téléphone. Il décrocha le combiné, jeta un regard rapide à la porte communicante et raccrocha aussitôt. Il alla vite refermer la porte et revint vers le téléphone. Il annonça le numéro du Sheraton et attendit.

— Mr. Piersall, s'il vous plaît, chambre 51.

Il y eut un temps mort qui mit McAuliff hors de lui. Puis le silence fut brisé par une douce voix anglaise lui demandant tout d'abord quel était son nom, ensuite s'il était un ami ou, peut-être, un proche du professeur Piersall. Après avoir écouté les réponses d'Alex, la voix suave continua à parler, et Alex se remémora une nuit glaciale dans les rues de Soho, devant Le Hibou de saint Georges. Et le clignotement d'un néon qui lui avait sauvé la vie, condamnant à mort son tueur potentiel.

Le professeur Walter Piersall avait été victime d'un tragique accident — renversé par une automobile roulant à toute vitesse dans une rue de Kingston.

Il était mort.

12.

Walter Piersall, de nationalité américaine, professeur en anthropologie, spécialiste des Caraïbes, auteur d'un ouvrage de référence sur les premiers habitants connus en Jamaïque — les Indiens Arawak — et propriétaire de « High Hill », une maison située à Carrick Foyle, dans la paroisse de Trelawny.

Voilà en substance quelles étaient les informations que McAuliff obtint de Mr. Latham, du ministère.

— C'est une tragédie, Mr. McAuliff. C'était un grand homme, au talent reconnu de tous. C'est une grande perte pour la Jamaïque.

— Une grande perte... Qui donc l'a tué, Mr. Latham ?

— D'après ce que j'ai cru comprendre, les éléments d'enquête sont quasi inexistants : la voiture a pris la fuite à toute vitesse, et les témoignages sont contradictoires.

— Ça s'est pourtant passé en plein jour.

— C'est exact, Mr. McAuliff, reprit Latham après avoir marqué une hésitation. Que voulez-vous que je vous dise ? Vous êtes américain ; il était américain. Je suis jamaïquain, et ce tragique événement s'est produit dans une rue de Kingston. J'en suis profondément affligé, pour de multiples raisons. Et je ne connaissais pourtant pas l'homme.

La sincérité de Latham ne faisait pas de doute. McAuliff baissa le ton.

— Vous parlez de « tragique événement ». Serait-ce à dire qu'il ne s'agit pas d'un accident ?

— Si, bien sûr. Il n'y a eu ni vol ni agression. C'était un accident. Probablement lié au rhum et à l'inactivité. Ce sont les deux maux qui sévissent à Kingston, Mr. McAuliff. Les hommes — ou les enfants — qui ont commis ce crime ont sans doute gagné les collines, à présent.

Une fois qu'ils auront dessaoulé, c'est la peur qui reprendra le dessus ; et ils se cacheront. La police de Kingston n'est pas tendre, vous savez.

— Je vois.

McAuliff était tenté de mettre le nom de Sam Tucker sur le tapis, mais il préféra s'abstenir. Tout ce qu'il avait dit à Latham, c'est que Piersall lui avait laissé un message. Cela suffisait amplement pour le moment.

— Si je peux vous être utile à quelque chose, n'hésitez pas...

— Piersall était veuf, il vivait seul, à Carrick Foyle. La police compte contacter son frère, qui réside à Cambridge, dans le Massachusetts... Savez-vous quel était le motif de son appel ?

— Je n'en ai aucune idée.

— Une grande partie de la prospection aura lieu dans la circonscription de Trelawny. Peut-être en avait-il entendu parler et souhaitait-il vous offrir son hospitalité ?

— Peut-être. Mais je ne vois guère comment il a pu avoir vent de la mission. Ce n'est pas très logique, déclara Alex, s'apprêtant à écouter attentivement la réponse de Latham.

Toujours les leçons de Hammond : *Attachez-vous aux détails.*

— Logique ? Qu'est-ce qui est logique en Jamaïque, Mr. McAuliff ? C'est un secret de Polichinelle que le ministère — avec l'aide de notre ancienne mère patrie — entreprend enfin une étude scientifique d'envergure. Un secret mal gardé n'a plus rien d'un secret. Ce n'est peut-être pas logique, mais c'est tout à fait possible, Mr. McAuliff.

Pas d'hésitations, pas de réponses hâtives, pas de phrases trop étudiées.

— Dans ce cas, il est fort probable que c'était là la raison de son appel, répondit Alex.

— Tout cela est bien triste. Latham se tut à nouveau, sans chercher le moins du monde à faire un effet. Bien que cela puisse sembler déplacé, Mr. McAuliff, je souhaiterais que nous discutions un peu de notre affaire.

— Bien sûr. Je vous écoute.

— Tous les permis pour la prospection sont arrivés en fin de matinée..., en moins de vingt-quatre heures. D'habitude, cela prend près d'une semaine.

Le processus était inhabituel, mais l'inhabituel était le quotidien de la Dunstone. Les obstacles classiques tombaient toujours avec une facilité déconcertante. Des fourmis invisibles œuvraient à tous les niveaux, exauçant le moindre vœu de Julian Warfield.

Le ministère s'attendait à rencontrer davantage de difficultés, sachant que l'équipe s'apprêtait à prospecter dans le Cockpit, un territoire couvrant des kilomètres de terres inhabitées, de véritable jungle. Ils devraient être accompagnés, faire appel à des guides habitués à parcourir cet environnement hostile. Et des arrangements devraient être pris avec les descendants officiels des communautés de nègres marrons qui, par un traité établi en 1739, contrôlaient la majeure partie du territoire. Des guerriers belliqueux amenés dans l'île pour servir d'esclaves qui connaissaient bien mieux la jungle que leurs ravisseurs blancs. Le roi anglais, George Ier, rendit aux marrons leur indépendance par un traité leur garantissant le contrôle du Cockpit à perpétuité. Une sage décision, destinée à enrayer les nombreuses effusions de sang. De plus, ce territoire était considéré comme impropre à la colonisation.

Depuis plus de deux cent cinquante ans, le traité était l'objet de moqueries mais n'avait jamais été violé, expliquait Latham. Avant d'autoriser des gens à se rendre dans le Cockpit, Kingston exigeait qu'une demande formelle soit déposée auprès du « colonel des Marrons ». Des scientifiques sous la tutelle du ministère n'échappaient pas à cette règle.

Mais aujourd'hui c'était la Dunstone qui tirait les ficelles en coulisses, songea McAuliff. Il ne faisait donc aucun doute que l'autorisation serait accordée, et les divers permis délivrés avec empressement.

— Votre matériel a été transporté par avion à Boscobel, annonça Latham. Il sera convoyé en camion jusqu'au point de départ de la prospection.

— Dans ce cas, je partirai demain après-midi, ou au plus tard après-demain, tôt dans la matinée. Je recruterai des gens à Ocho Ríos ; le reste de l'équipe me rejoindra quand j'aurai fait mon choix. Cela ne devrait pas prendre plus de deux jours.

— Des guides, que nous appelons ici des *runners*, seront mis à votre disposition dans deux semaines. Vous n'aurez pas besoin d'eux d'ici là, n'est-ce pas ? J'imagine que vous allez commencer vos recherches par la côte.

— Deux semaines, c'est parfait… Essayez, dans la mesure du possible, de nous réserver les meilleurs de vos *runners*.

— Je crains que nous n'ayons guère le choix, Mr. McAuliff. Ce n'est pas un métier qui déchaîne les passions auprès des jeunes gens ; il serait même plutôt en voie de disparition. Mais je ferai de mon mieux.

— Je vous remercie. Est-ce que je pourrais avoir les cartes homologuées dans la matinée ?

— On vous les fera porter à votre hôtel pour dix heures. Au revoir, Mr. McAuliff. Et, encore une fois, mes sincères condoléances pour Mr. Piersall.

— Je ne le connaissais pas plus que vous, Mr. Latham. Au revoir.

Certes, McAuliff ne connaissait pas Piersall, mais il avait déjà entendu parler de Carrick Foyle, le village où Piersall vivait. Il ne parvenait pas à se souvenir du lieu où il avait entendu prononcer ce nom, mais il lui était familier.

Alex raccrocha et se tourna vers Alison, qui se tenait sur le balcon. Elle l'avait observé, écouté, et une anxiété évidente se lisait à présent sur son visage. Un homme mince, nerveux, en costume blanc lui avait dit — moins de deux heures auparavant — qu'il possédait des informations confidentielles. Et maintenant il était mort.

Le soleil de fin d'après-midi ressemblait à une orange tropicale, projetant des ombres noires sur le minuscule balcon. Derrière Alison, la nappe vert émeraude des palmeraies, plus loin encore, la masse inquiétante des montagnes. Alison Booth semblait encadrée par un dégradé de couleurs exotiques, comme au cœur d'une cible.

— Il a dit qu'il s'agissait d'un accident, lui dit Alex en s'avançant vers le balcon. Tout le monde est bouleversé. Piersall était aimé sur l'île. Apparemment, il y a pas mal de dangereux chauffards à Kingston.

— Et tu ne l'as pas cru une seule seconde.

— Je n'ai pas dit ça.

Il alluma une cigarette pour éviter de croiser son regard.

— Tu n'as pas besoin de le dire, cela se voit. Tu n'as pas dit un mot non plus sur ton ami Tucker. Pourquoi ?

— Question de bon sens. Je veux en parler à la police, pas à un type du ministère. Tout ce qu'il risque de faire, c'est de propager l'information et d'aggraver la situation.

— Dans ce cas, allons à la police. Alison se leva de sa chaise longue. Je vais m'habiller.

— Non ! lança McAuliff, réalisant aussitôt qu'il avait prononcé ce mot avec un peu trop de véhémence. Je vais y aller, seul. Je ne veux pas que tu sois impliquée.

— C'est moi qui ai parlé à cet homme. Pas toi.

— Je leur répéterai ce que tu m'as raconté.

— Ça ne leur suffira pas. Pourquoi accepteraient-ils d'entendre un témoignage de seconde main ?

— Parce que j'ai décidé que ça se passerait comme ça. Alex se détourna, faisant mine de chercher un cendrier. Il n'était pas convaincant, il le savait. Nos permis sont arrivés, dit-il en la regardant. Demain, je file à Ocho Ríos pour embaucher des chauffeurs et des porteurs ; vous m'y rejoindrez dans deux jours. En mon absence, je ne veux pas que toi ou n'importe quel autre membre de l'équipe ayez affaire avec la police ou avec qui que ce soit. Vous êtes ici pour la prospection, c'est tout. Le reste est sous ma responsabilité — vous êtes tous sous ma responsabilité. Je ne veux pas avoir de retard à subir.

Elle descendit du balcon, sortant de son cadre de couleurs, et vint se poster devant lui.

— Tu es un affreux menteur, Alex — affreux, parce que tes mensonges se voient comme le nez au milieu de la figure !

— Je vais aller à la police, Alison. Ensuite, s'il n'est pas trop tard, je ferai un saut au ministère pour voir Latham. J'ai été un peu dur avec lui.

— J'ai trouvé au contraire que tu avais conclu la conversation on ne peut plus civilement.

C'était au tour d'Alison de guetter les petits détails dont parlait Hammond, songea McAuliff. Et elle était bien meilleure que lui à ce petit jeu.

— Tu n'entendais que moi. Tu ne sais pas ce qu'il m'a dit, lui... Si je ne suis pas de retour à dix-neuf heures, tu peux peut-être appeler les Jensen pour qu'ils dînent avec toi ? Je vous rejoindrai dès que je pourrai.

— Les Jensen ne sont pas là.

— Quoi ?

— Pas de panique. J'ai essayé de les joindre pour le déjeuner. Ils ont laissé un mot à la réception — comme c'était quartier libre aujourd'hui, ils sont allés faire un peu de tourisme : Port Royal, Spanish Town, Old Harbour. C'est le directeur qui leur a concocté le circuit.

— J'espère qu'ils s'amusent bien.

Alex annonça au chauffeur de taxi qu'il souhaitait faire un tour en ville pendant une demi-heure. Il raconta qu'il avait trente minutes à perdre avant son cocktail à Duke Sreet — il avait repéré le restaurant mais ne se souvenait plus de l'adresse exacte. Le chauffeur pouvait improviser à sa guise un parcours idéal dans le temps qui leur était imparti.

Le conducteur protesta : trente minutes suffisaient à peine au trajet du Courtleigh jusqu'à Duke Street dans les embouteillages de l'après-midi. McAuliff haussa les épaules et répondit qu'il n'était pas à quelques minutes près.

C'était précisement ce que le chauffeur désirait entendre. Il prit la route de Trafalgar, puis roula au sud sur Lady Musgrave, et s'engagea sur Old Hope Road. L'homme vantait les vertus du commerce à New Kingston, comparant le progrès économique à un vaste festin olympien. Les mots fusaient, avec les exagérations typiques du cru, et force références aux « millions américains » qui transformaient la fourmilière grouillante qu'était Kingston en Mecque financière des Caraïbes. Il était clair que les millions en question devaient être allemands, britanniques ou français, suivant la nationalité du passager.

Peu importe. Très vite, le chauffeur comprit que McAuliff ne l'écoutait pas. Ce dernier était occupé à observer la circulation par la vitre arrière du taxi.

Elle était là.

Une Chevrolet verte, d'un modèle qui commençait à dater. Elle se tenait toujours à la même distance, deux ou trois voitures derrière, mais, chaque fois que le taxi tournait ou dépassait d'autres véhicules, la Chevrolet verte faisait de même.

Le chauffeur aussi l'avait repérée.

— Vous avez des ennuis, m'sieur ?

— Je ne sais pas, lui répondit McAuliff, et c'était la vérité.

— Moi, je sais, m'sieur. Ce tas de boue vert ne nous a pas quittés d'une semelle. Il était garé sur le grand parking au Courtleigh Manor. Il y a deux cons de nègres à l'intérieur.

McAuliff regarda le chauffeur. Les paroles de Robert Hanley à Montego Bay lui revinrent en mémoire : « Deux Noirs sont venus récupérer les affaires de Sam. » Alex savait que le rapport était tiré par les cheveux, qu'il pouvait s'agir d'une pure coïncidence dans un pays où la population était noire. Mais c'était le seul élément dont il disposait pour l'heure.

— Ça vous dirait de gagner vingt dollars ? demanda-t-il rapidement au chauffeur. Ils sont à vous si vous pouvez faire deux choses pour moi.

— À votre service, m'sieur !

— Tout d'abord, laisser la voiture verte s'approcher pour que je puisse lire le numéro d'immatriculation. Et, une fois que je l'aurai relevé, la semer. Cela vous semble jouable ?

— C'est comme si c'était fait !

Le Jamaïquain donna un coup de volant ; le taxi fit une brusque embardée sur la voie de droite, manquant de peu de rentrer dans un bus qui arrivait dans l'autre sens, puis se rabattit derrière une

Volkswagen. McAuliff se tenait accroupi sur la banquette arrière, la tête collée à la vitre. La Chevrolet verte exécuta le même mouvement qu'eux, reprenant sa position deux voitures derrière le taxi.

Soudain le chauffeur accéléra de nouveau, doubla la Volkswagen et s'élança en direction d'un feu qui passait à l'orange. Il prit à gauche au carrefour. Alex aperçut la plaque de rue avec le grand écusson au-dessous, où il était inscrit :

TORRINGTON ROAD
GEORGE VI MEMORIAL PARK
ENTRÉE

— On arrive pile au moment des courses ! lança le chauffeur. Ces salauds dans leur tas d'boue vont être coincés au feu sur Snipe Street. Ils vont rappliquer dare-dare ! Ça va être le moment d'ouvrir grands vos yeux !

Le taxi s'engagea dans Torrington, faisant à deux reprises une embardée sur la voie inverse pour doubler trois véhicules, et franchit le grand porche menant au parc. Une fois à l'intérieur, le chauffeur écrasa les freins, s'engouffra en marche arrière dans une sorte de piste cavalière, réenclencha la marche avant et rejoignit la file opposée de véhicules regagnant la sortie.

— Vous ne pouvez pas les manquer ! lança le Jamaïquain en ralentissant pour se fondre dans le flot de voitures quittant le George VI Memorial Park.

Quelques secondes plus tard, la Chevrolet verte était en vue, au milieu de la file de voitures entrant dans le parc. C'est alors que McAuliff comprit la manœuvre du chauffeur. C'était bientôt l'heure des courses de chevaux au George VI Memorial Park, et tous les joueurs de Kingston étaient en route pour l'hippodrome.

Alex nota le numéro d'immatriculation. Bien qu'il se tînt hors de vue, il eut tout le loisir d'observer les deux Noirs dans la Chevrolet qui ne se doutaient pas une seconde qu'ils croisaient le véhicule qu'ils poursuivaient.

— Ces abrutis vont devoir se taper tout le tour ! Cons de nègres ! Où est-ce qu'on va, chef ? On a tout notre temps, maintenant. Y sont pas près d'nous rattraper.

McAuliff sourit, se demandant si les talents du Jamaïquain étaient recensés quelque part dans les manuels de Hammond.

— Vous venez de gagner cinq dollars supplémentaires. Laissez-moi au croisement de Queen et Hanover, s'il vous plaît. Inutile de perdre du temps, à présent.

— Écoutez, chef. Vous pouvez faire appel à moi tout l' temps que vous êtes à Kingston. Je ferai ce que vous voudrez et je poserai pas d'questions.

Alex regarda la plaque d'identification glissée dans une pochette de plastique sale sur la tablette du tableau de bord.

— Ce n'est pas un taxi privé... Rodney.

— On passe tous les deux un marché, chef ; et moi je passe un marché avec mon boss, répliqua le chauffeur en souriant à Alex dans le rétroviseur.

— Je vais y réfléchir. Vous avez un numéro de téléphone où l'on peut vous joindre ?

Le Jamaïquain sortit rapidement une gigantesque carte de visite et la tendit à McAuliff. C'était la carte de la compagnie de taxis, semblable à celles que l'on trouvait sur les comptoirs des hôtels. Le nom de Rodney était rajouté à la main, au bas de la page, d'une écriture enfantine.

— Vous appelez la compagnie, et vous dites que vous voulez Rodney. Rodney, et personne d'autre. J'aurai le message très vite. Y savent toujours où m'trouver. Je travaille avec les hôtels et l'aéroport Palisados. Y'me préviendront rapidement.

— Et si j'ai pas envie de laisser mon nom ?

— Pas de nom, chef ! l'interrompit le Jamaïquain en lui lançant un grand sourire dans le rétroviseur. J'ai aucune mémoire. Je veux pas de nom ! Vous direz au gars de la compagnie que vous êtes... le type du champ de courses. Ça suffira. Dites où vous êtes et j'viendrai vous chercher.

Rodney roula vers le sud dans North Street, tourna à gauche dans Duke et en direction du sud encore, pour passer devant Gordon House, l'énorme nouveau complexe du pouvoir législatif de Kingston.

Une fois sur le trottoir, McAuliff rajusta sa veste et sa cravate et essaya d'adopter l'image d'un homme d'affaires blanc classique, ne sachant trop quelle entrée choisir pour pénétrer dans le bâtiment. Tallon's n'apparaissait dans aucun annuaire — ni celui des particuliers ni celui des professionnels ; la boutique se situait sous Gordon House, avait indiqué Hammond, c'est-à-dire sous Queen Street, vers l'océan, mais ce n'était pas très clair.

Tout en cherchant la poissonnerie des yeux, il surveillait les gens autour de lui, sur le trottoir d'en face, et dans les automobiles qui semblaient rouler moins vite que la circulation ne le permettait.

Pendant quelques minutes, il se sentit de nouveau enfermé dans cette prison d'angoisse ; apeuré à l'idée que des yeux invisibles le scrutaient.

Il rejoignit Queen Street et traversa la rue au pas de course avec les derniers retardataires. Arrivé sur le trottoir d'en face, il se retourna pour regarder les piétons de l'autre côté de la route.

Le soleil orange était bas sur l'horizon, ouvrant un couloir de lumière aveuglante depuis Victoria Park, à plusieurs centaines de mètres à l'ouest. Le reste de la rue était sombre, traversé de lignes noires projetées par les constructions de pierre et de bois alentour. Les voitures passaient d'est en ouest, l'empêchant de voir clairement le coin nord de la rue. Des coins de rues, partout...

Impossible de savoir s'il était suivi. En désespoir de cause, Alex tourna les talons et poursuivit son chemin.

Il aperçut d'abord l'inscription. Elle était sale, tracée en caractères dégoulinants qui n'avaient pas dû être rénovés depuis des mois, voire des années.

TALLON'S
SPÉCIALITÉS POISSONS & FRUITS DE MER
311 BIS QUEEN'S ALLEY
1ʳᵉ RUE À DROITE — DUKE ST. WEST

Il longea les bâtiments. L'entrée de Queen's Alley s'ouvrait par un petit porche d'à peine trois mètres de haut, défendu par une grille en fer forgée couverte de fleurs tropicales. Ce passage pavé ne menait à aucune autre rue. C'était une impasse, le genre de cul-de-sac sombre des bas quartiers que l'on retrouve à Paris, à Rome ou à Greenwich Village. Bien qu'elle soit située au plein cœur d'un quartier commerçant, il émanait de cette ruelle une atmosphère intime, comme si un panneau invisible proclamait son caractère privé : Résidents uniquement, Accès interdit au public. La seule chose qui manquait au tableau, songeait McAuliff, c'était un portail avec des vigiles.

À Paris, à Rome ou à Greenwich Village, des passages semblables abritaient quantité de restaurants parmi les meilleurs du monde, repérés uniquement par un public attentif.

À Shenzen, à Macao ou à Hongkong, ils étaient les recoins sordides où tout pouvait se vendre et s'acheter.

À Kingston, cette Queen's Alley cachait un vieil arthritique travaillant pour les services de renseignements britanniques.

La ruelle mesurait à peine vingt mètres de long. À droite, une librairie, sa vitrine éclairée par une lumière tamisée laissant découvrir une variété d'ouvrages allant du traité universitaire relié de cuir

144

au magazine pornographique bas de gamme. À gauche se trouvait la poissonnerie Tallon's.

McAuliff s'était représenté des casiers de glace pilée avec des rangées de poissons morts, fixant le chaland de leurs grands yeux. Des vendeurs en tablier blanc bon marché et souillé s'activant autour des poissons, discutant avec les clients.

La glace pilée était en vitrine, ainsi que les alignements d'yeux vitreux des poissons. Mais le plus impressionnant était l'étal des autres marchandises océanes disposées avec art : calmars, poulpes, requins, coquillages et crustacés exotiques.

Tallon's n'avait rien à voir avec le Fulton Market, songea McAuliff.

Comme pour confirmer cette pensée, un chauffeur en livrée sortit de la boutique, un sac de plastique à la main maintenu à température par un fond de glace pilée.

La double porte était épaisse, difficile à ouvrir. À l'intérieur, les comptoirs étaient immaculés, le sol recouvert de sciure blanche. Les deux hôtes à l'entrée étaient uniquement chargés de l'accueil, ils ne servaient pas les clients. Les longs tabliers étaient rayés bleu et blanc et taillés dans du lin de belle facture. Les poissons derrière les vitres encadrées de chrome reposaient sur des plateaux de cuivre rutilant. Aux quatre coins du magasin, empilés sur des rayonnages éclairés par des spots minuscules au plafond, s'étalaient des centaines de conserves contenant des produits de luxe venus du monde entier.

Un endroit presque irréel.

Il y avait trois autres clients dans la boutique : un couple et une femme seule. Le couple se trouvait au fond du magasin, occupé à lire les étiquettes sur les rayons. La femme tenait une liste de courses, énumérant ses commandes avec une précision arrogante.

McAuliff s'approcha du comptoir et répéta mot pour mot la formule que Hammond lui avait apprise.

— Un ami à Santo Domingo m'a dit que vous aviez de la truite en provenance de la côte nord.

Le métis derrière le comptoir blanc immaculé accorda à peine un regard à McAuliff, mais il avait reconnu la formule. Il se pencha pour arranger la disposition de coquillages et prononça d'un air indifférent la réponse convenue.

— Nous avons des truites d'eau douce de la Martha Brae.

— Je préfère les truites de mer. Vous n'avez pas ça en réserve ?

— Je vais voir.

L'homme referma le présentoir et disparut dans le couloir s'ouvrant derrière lui, menant sans doute, supposa Alex, aux chambres froides.

Lorsqu'un homme sortit par une porte latérale, Alex eut le souffle coupé et fit de son mieux pour contenir son étonnement. C'était un vieil homme noir, décharné ; il marchait à l'aide d'une canne, son avant-bras droit raide, sa tête dodelinant légèrement sous le poids des années.

C'était l'homme de Victoria Park : le vieillard qui lui avait lancé un regard réprobateur alors qu'il s'était assis sur le banc.

Il se dirigea vers le comptoir et lui parla d'une voix bien plus assurée que son corps.

— Encore un amoureux de la truite de mer, à ce que je vois, lança-t-il avec un accent plus british que jamaïquain, où subsistait néanmoins une pointe d'accent des Caraïbes. Et que vais-je faire de mes truites de rivière qui me coûtent les yeux de la tête ? Venez, nous allons bientôt fermer. Vous devriez pouvoir trouver votre bonheur dans ma réserve personnelle.

Le métis en tablier rayé fit pivoter un panneau sur ses gonds, ouvrant une partie du billot-comptoir. Alex suivit le vieil homme arthritique dans le couloir, franchissant une porte étroite pour entrer dans un petit bureau, réplique miniature du décor luxueux et exotique du magasin. Les murs étaient revêtus de lambris en bois d'arbres fruitiers, le mobilier composé d'un bureau en acajou, d'un siège pivotant capitonné, d'un canapé de cuir souple contre le mur et d'un fauteuil pour les visiteurs. L'éclairage indirect provenait d'une unique lampe chinoise posée sur le bureau. Une fois la porte refermée, McAuliff aperçut des coffrets à fichiers en chêne poli couvrant le mur derrière lui. Bien que la pièce fût minuscule, une impression de confort en émanait — le parfait îlot de solitude d'un homme contemplatif.

— Asseyez-vous, Mr. McAuliff, commença le propriétaire des lieux en désignant le fauteuil tout en contournant son bureau pour prendre place sur son siège ; il posa sa canne contre le mur. Je vous attendais.

— Vous étiez à Victoria Park, ce matin.

— Je ne m'attendais pas à vous y voir. Pour vous dire la vérité, cela m'a fait un choc. Je venais de vous découvrir en photo quelques minutes seulement avant ma petite balade. Et voilà que vous étiez là, en chair et en os devant moi, à Victoria, sorti de nulle part. Le vieil homme sourit et leva les paumes en l'air pour souligner le caractère inattendu de l'événement. Mon nom est Tallon. Westmore Tallon. Je viens d'une vieille famille de la Jamaïque, je suis sûr que l'on vous a mis au courant.

146

— Non, mais un simple coup d'œil à votre... poissonnerie suffit à le confirmer.

— C'est vrai. Nos prix sont affreusement élevés, nous sommes très sélectifs. Notre numéro de téléphone est sur liste rouge. Nous n'approvisionnons que la clientèle la plus riche de l'île. De Savanna à Montego, d'Antonio à Kingston. Nous avons notre propre service de livraison, par avion privé, bien entendu... C'est plus pratique.

— J'imagine, surtout en ce qui concerne vos autres activités...

— Dont, bien sûr, il est hors de question que nous parlions, s'empressa d'ajouter Tallon.

— J'ai plusieurs choses à vous dire. Vous transmettrez les informations à Hammond et il en fera ce qu'il veut.

— Vous paraissez en colère.

— Sur un point précis. Je suis même très en colère... Mrs. Booth. Alison Booth. Elle a été manipulée par Interpol pour venir ici. Cela ne me dit rien qui vaille. Elle sort d'une affaire douloureuse et pour le moins risquée. J'aimerais donc que vous et vos amis la laissiez tranquille.

Tallon donna un coup de pied au sol pour faire pivoter son siège sur la droite. Il tendit la main et attrapa sa canne d'un geste pensif.

— Je ne suis qu'une... liaison, Mr. McAuliff, mais, d'après ce que je crois savoir, personne ne vous a obligé à embaucher Mrs. Booth. Vous étiez parfaitement libre de ne pas le faire. Où voyez-vous une manipulation ?

Alex regarda le vieil homme arthritique jouer avec la poignée de sa canne. Westmore Tallon était finalement un hybride de Julian Warfield et de Charles Whitehall. Un métissage dérangeant.

— Vous et vos amis êtes de vrais professionnels, reprit-il doucement, d'une voix teintée d'amertume. Vous êtes particulièrement doués quand il s'agit de présenter des alternatives.

— Il lui est impossible de rentrer chez elle, Mr. McAuliff. Croyez-moi sur parole.

— C'est ce qu'elle aurait de mieux à faire, pourtant... Il se trouve que le marquis de Chatellerault est en Jamaïque.

Tallon se redressa soudain sur son siège. Pendant un moment, il resta raide comme une statue, fixant Alex des yeux. Il battit finalement des paupières, comme si tout son être se refusait à croire cette nouvelle.

— C'est impossible, répondit-il simplement.

— Non seulement c'est possible, mais, en plus, cela semble n'être un secret pour personne — tout au moins un secret mal gardé ; et, comme me disait quelqu'un il y a une heure à peine, un secret mal gardé n'a plus rien d'un secret.

— Qui vous a transmis cette information ? demanda Tallon en refermant la main sur sa canne.

— Charles Whitehall. À trois heures ce matin. Il a été invité à rencontrer Chatellerault à Savanna-la-Mar.

— Quel est l'objet de leur rencontre ?

— Peu importe. Ce qui compte, c'est que Chatellerault est à Savanna-la-Mar. La famille qui lui offre l'hospitalité sont les Wakefield. Une famille de Blancs, richissime.

— Nous les connaissons, affirma Tallon en griffonnant maladroitement une note de sa main malade. Ils font partie de nos clients. Quelque chose d'autre ?

— Deux points encore dont je veux que nous parlions. J'attache une grande importance à l'un d'entre eux, et je vous préviens que je ne bougerai pas d'ici avant d'avoir obtenu satisfaction.

Tallon leva les yeux de son carnet.

— Vous réclamez sans tenir compte de la réalité. J'ignore complètement qu'elle est ma marge de manœuvre. Camperiez-vous dans mon bureau que ça ne changerait peut-être rien. Mais continuez, je vous en prie.

Alex lui parla de la rencontre inattendue entre Ferguson et Craft à l'aéroport Palisados et des micros émetteurs trouvés dans ses bagages. Il lui apprit également que Craft avait offert de l'argent en échange d'informations concernant la prospection.

— Il n'y a là rien de très surprenant. Tout le monde sait que les gens de la Craft sont très curieux, répondit Tallon, prenant des notes avec difficulté. Si nous parlions plutôt de ce point qui est si vital pour vous ?

— J'aimerais d'abord que nous récapitulions ensemble.

— Récapituler ? Qu'est-ce que vous voulez récapituler ? demanda Tallon en posant son stylo.

— Ce que je vous ai dit.

— C'est inutile, Mr. McAuliff, répondit Tallon dans un sourire. Ma main est souffreteuse, mais pas mon cerveau.

— Je voudrais simplement m'assurer qu'il n'y a pas d'incompréhension entre nous... Les Anglais veulent le « Halidon ». C'est pour ça, et uniquement pour ça, que j'ai été engagé. Ma collaboration doit s'arrêter dès que le « Halidon » sera identifié. Et on m'a garanti la sécurité de toute mon équipe.

— Et alors ?

148

— Je pense que le « Halidon » est d'ores et déjà identifié. C'est Chatellerault et Craft.

Tallon continuait à fixer McAuliff du regard. Impossible de savoir quelles étaient ses pensées.

— C'est votre conclusion ?

— Hammond a dit que le « Halidon » allait sans doute intervenir. Qu'il s'arrangerait pour interrompre la prospection. Inutile de chercher midi à quatorze heures. Le marquis et Craft collent parfaitement à cette description. Vous n'avez plus qu'à les cueillir.

— Je vois. Tallon serra une fois de plus sa canne. C'était son sceptre personnel, son Excalibur. Ainsi, d'un coup de baguette magique, avec un raisonnement des plus simplistes, le géologue américain aurait percé le mystère du « Halidon ».

Il y eut un long moment de silence. Puis McAuliff reprit la parole, avec la même colère froide que son interlocuteur.

— Il me serait facile de vous détester, Mr. Tallon. Vous êtes si arrogant, si sûr de vous.

— Mon propos n'est pas de vous plaire, Mr. McAuliff. La Jamaïque est ma passion, oui, ma passion. Je me fiche de ce que vous pouvez penser…, sauf lorsque vous échafaudez des théories absurdes qui pourraient nuire à mon travail… Arthur Craft père et fils ont fait main basse sur cette île depuis cinquante ans. Ils sont persuadés d'être des élus de Dieu. Ils peuvent tout faire sous le nom de Craft et n'ont aucun intérêt à se dissimuler derrière un symbole. Or « Halidon » est un symbole, Mr. McAuliff. Quant au marquis de Chatellerault… Vous aviez vu juste, Mrs. Booth a été manipulée, brillamment, je dois dire, pour qu'elle se joigne à l'équipe de prospection. Une sorte de pollinisation croisée ; les circonstances étaient idéales. Deux quiscales dans un hibiscus, chacun obligeant l'autre à se découvrir. Elle était un appât, tout simplement, Mr. McAuliff. Chatellerault est suspecté depuis longtemps d'être associé à Julian Warfield. Le marquis se trouve dans le camp de la Dunstone.

Tallon souleva sa canne pour la mettre à l'horizontale. Il la plaqua contre son bureau et continua à fixer Alex des yeux, sans expression.

— Vous avez fait de la rétention d'informations, rétorqua finalement Alex ; vous ne m'avez pas dit tout ce que je devais savoir. Et vous attendez de moi que j'obéisse à l'aveuglette. Ça ne marche pas, Tallon.

— Vous exagérez. Il n'y avait simplement aucune raison de compliquer une situation qui l'est déjà bien assez.

— J'aurais dû être mis au courant à propos de Chatellerault, plutôt que d'en entendre parler par Mrs. Booth.

Tallon haussa les épaules.

— Un simple oubli de notre part. Est-ce qu'on peut continuer ?

— Si vous voulez. Parlons maintenant d'un dénommé Tucker. Sam Tucker.

— Votre ami venu de Californie ? L'analyste des sols ?

— Oui.

McAuliff lui rapporta les faits cités par Hanley, sans prononcer son nom. Il insista sur l'éventuel lien entre les deux Noirs venus récupérer les affaires de Tucker et les deux Jamaïquains en Chevrolet verte qui avaient suivi le taxi. Il évoqua les exploits du chauffeur de taxi, le savoir-faire dont il avait fait preuve au champ de course, et donna à Tallon le numéro de la plaque minéralogique de la Chevrolet.

Tallon décrocha son téléphone et composa un numéro sans dire un mot à Alex.

— C'est Tallon, dit-il doucement dans l'appareil. J'ai besoin d'une recherche. C'est urgent. Le numéro est KYB-448. Rappelez-moi sur cette ligne. Il raccrocha et regarda McAuliff. Ça ne prendra pas plus de cinq minutes.

— C'était la police ?

— Disons l'un de mes agents personnels. J'ai cru comprendre que le ministère avait reçu vos permis aujourd'hui. Avoir la Dunstone derrière soi facilite bien les choses, n'est-ce pas ?

— J'ai dit à Latham que je partais pour Ocho Ríos demain après-midi. Mais je n'en ferai rien si Tucker n'est pas réapparu d'ici là. Je tenais à ce que vous le sachiez.

Une fois de plus, Tallon toucha sa canne, mais sans la nervosité dont il avait fait montre jusqu'alors. Au contraire, il semblait soudain pensif, sa voix était presque douce.

— Si votre ami a été emmené contre son gré, cela s'appelle un kidnapping. C'est un crime grave et, puisqu'il est américain, ce genre d'affaire est susceptible de faire la une des journaux, ce qui aurait des conséquences désastreuses pour tout le monde. Ça ne tient pas debout, Mr. McAuliff. Il devait se présenter aujourd'hui, dites-vous. La fourchette peut s'étendre à ce soir, j'imagine ?

— Oui.

— Alors je suggère que nous attendions… Je ne peux pas croire que les parties impliquées puissent commettre une erreur si grossière. Si vous n'avez pas de nouvelles de Mr. Tucker…, disons, à dix heures ce soir, appelez-moi. Tallon inscrivit un numéro sur un bout de papier qu'il tendit à Mc Auliff. Apprenez-le par cœur, s'il vous plaît, et laissez le papier ici.

— Que comptez-vous faire si Tucker ne se montre pas ?

150

— J'utiliserai les voies légales et je m'adresserai directement aux plus hautes autorités de la police jamaïquaine. Je mettrai au courant de l'affaire des gens haut placés dans le gouvernement : le gouverneur général, si c'est nécessaire. Ste Croix a connu des époques meurtrières ; le tourisme recommence tout juste à fonctionner. La Jamaïque ne saurait tolérer qu'un Américain soit kidnappé sur son territoire. Ma réponse vous satisfait-elle ?

— Absolument. En écrasant sa cigarette dans le cendrier, Alex se remémora la réaction de Tallon à l'annonce de la présence de Chatellerault à Savanna-la-Mar. Pourquoi étiez-vous si surpris que Chatellerault soit dans l'île ?

— Il était inscrit sur les listes du George-V à Paris il y a deux jours. Son départ n'a pas été annoncé, ce qui signifie qu'il est venu ici clandestinement, probablement en passant par Mexico. C'est pour le moins troublant. Gardez un œil sur Mrs. Booth... Je suppose que vous possédez une arme ?

— Il y a deux fusils dans les caisses de matériel. Un Remington 030 à lunette télescopique et un 22 automatique longue portée. C'est tout.

Tallon sembla s'interroger longuement, avant de prendre une décision. Il prit un trousseau de clés dans sa poche, en choisit une et ouvrit un tiroir de son bureau. Il en sortit une enveloppe-bulle volumineuse, la décacheta et la secoua pour faire sortir le revolver qu'elle contenait. Des cartouches tombèrent en même temps sur son sous-main.

— C'est un 38 Smith et Wesson, à canon court. Tous les numéros de série ont été effacés, une arme impossible à identifier. Prenez-la, je vous en prie ; elle a été nettoyée à fond. Il n'y aura que vos propres empreintes dessus. Soyez prudent.

McAuliff regarda un moment le 38 avant de tendre le bras pour s'en emparer. Il n'en voulait pas, en vérité. L'accepter revenait à signer une sorte d'engagement irrévocable. Mais, encore une fois, avait-il vraiment le choix ? Il était sans doute stupide de refuser cette arme, même s'il comptait en faire un usage strictement dissuasif.

— Votre dossier fait état de votre carrière militaire et de votre expérience dans les armes de poing. Mais c'était il y a longtemps. Voulez-vous vous remettre dans le bain sur un champ de tir ? Nous en possédons plusieurs, à quelques minutes seulement en avion.

— Non, je vous remercie, répondit Alex. Il n'y a pas si longtemps, en Australie, c'était notre unique passe-temps.

La sonnerie assourdie du téléphone se fit entendre. Tallon décrocha et s'annonça par un simple : « Oui ? »

Il écouta son interlocuteur sans rien dire. À la fin du coup de fil, il regarda McAuliff.

— La Chevrolet verte appartient à un mort. La carte grise du véhicule est au nom de Walter Piersall. Son adresse : « High Hill », Carrick Foyle, paroisse de Trelawny.

13.

McAuliff passa encore une heure avec Westmore Tallon. Le vieil aristocrate jamaïquain activa son réseau privé de renseignements. Il avait des contacts dans toute l'île.

Avant que la grande aiguille de l'horloge eût fait le tour du cadran, un fait crucial avait été établi : feu Walter Piersall, habitant le village de Carrick Foyle, dans la paroisse de Trelawny, comptait parmi ses employés deux assistants noirs qui l'accompagnaient dans tous ses déplacements — la coïncidence n'était plus possible. Les deux Noirs qui étaient venus prendre les affaires de Sam et ceux qui avaient suivi Alex dans la Chevrolet étaient ces mêmes assistants du professeur. Sachant que Piersall avait parlé de Sam à Alison Booth, la conclusion s'imposait d'elle-même.

Tallon ordonna à ses hommes de mettre la main sur ces deux individus. Il préviendrait McAuliff par téléphone lorsque ce serait chose faite.

Alex retourna au Courtleigh Manor et s'arrêta à la réception pour s'enquérir de ses messages : Alison l'attendait dans la salle du restaurant ; elle espérait qu'il l'y rejoindrait. Rien d'autre.

Pas la moindre nouvelle de Sam Tucker.

— S'il y a des appels pour moi, je suis au restaurant, dit-il à l'employé.

Alison était assise seule à une table, au milieu de la salle bondée, décorée de plantes tropicales et de fenêtres aux grilles de fer forgé. Au centre de chaque table trônait une lanterne à bougie ; c'étaient là les seules sources de lumière. Des ombres mouvantes jouaient dans le vert, le pourpre et le jaune du feuillage ; une rumeur satisfaite courait de table en table, ponctuée par les rires étouffés de mannequins élégants, tirés à quatre épingles, se mouvant au ralenti dans l'attente des heures plus chaudes et ludiques de la nuit.

C'était encore l'heure des manières, de la grâce affectée, là où le moindre détail revêtait une importance cruciale. Plus tard, la situation changerait. D'autres choses viendraient sur le devant de la scène..., souvent hideuses. Voilà pourquoi James Ferguson pensait que sa comédie de la veille paraîtrait plausible.

Voilà pourquoi Charles Whitehall avait jeté avec arrogance sa serviette aux pieds de Ferguson. Pour que l'on nettoie les salissures d'un étranger.

— Tu sembles bien pensif. Ou d'une humeur de dogue, dit Alison lorsqu'Alex tira une chaise pour s'asseoir.

— Ni l'un ni l'autre.

— Que s'est-il passé ? Qu'a dit la police ? Je m'attendais à recevoir un coup de fil de leur part.

McAuliff avait préparé sa réponse, mais, avant de la réciter, il désigna du doigt la tasse de café et le verre de cognac devant Alison.

— Tu as dîné, à ce que je vois.

— Oui. J'étais affamée. Tu n'as pas mangé ?

— Non. Tu me tiens compagnie ?

— Bien sûr. Je vais renvoyer les eunuques.

Alex commanda un verre.

— Tu as un charmant sourire. On croirait t'entendre rire.

— Ne noie pas le poisson. Que s'est-il passé ?

Il commençait à acquérir une certaine maîtrise en matière de mensonge, songea-t-il. En tout cas il mentait mieux qu'auparavant — du moins de façon plus convaincante. Il raconta à Alison qu'il avait passé près de deux heures à la police. Westmore Tallon lui avait donné l'adresse du commissariat central et même un aperçu topographique des lieux ; il ne fallait jamais négliger le moindre détail, lui avait dit le vieil homme.

— Les flics croient à la version de Latham. Pour eux, il s'agit d'un chauffard. Ils ont aussi laissé entendre que Piersall avait quelques perversions inavouables. Il a été renversé dans un quartier plutôt chaud.

— Cela sonne faux. Pour moi, ils cherchent surtout à se couvrir, répondit Alison en fronçant les sourcils d'un air suspicieux.

— Peut-être, concéda Alex. Mais ils ne peuvent établir aucun lien avec la disparition de Sam, et c'est la seule chose qui m'aurait importé.

— Mais il y a un lien ! Piersall me l'a dit lui-même.

— C'est ce que je leur ai dit. Ils ont envoyé des hommes à Carrick Foyle, là où habitait Piersall. C'est à Trelawny. D'autres sont allés au Sheraton fouiller ses affaires. Ils ont promis de me téléphoner s'ils trouvaient quelque chose.

Il ne mentait plus, au fond ; il ne faisait que déguiser la vérité. Il décrivait mot pour mot ce qu'était en train de faire Westmore Tallon.

— Et cela te suffit ? Tu vas t'en tenir là ? Tu paraissais pourtant sacrément inquiet pour ton Sam, ce matin.

— Je le suis toujours, rétorqua Alex en posant son verre pour river ses yeux dans les siens. Il n'avait plus nul besoin de mentir, à présent. Si je n'ai pas de nouvelles de Sam dans la nuit…, ou demain matin au plus tard, j'irai pousser une gueulante à l'ambassade.

— Très bien. Au fait, tu leur as parlé des mouchards ce matin ? Tu ne m'as pas raconté.

— Les quoi ?

— Les micros, dans tes bagages. Tu m'as dit que tu devais leur en parler.

McAuliff se sentit en porte à faux. Il avait la mémoire trop courte. *Ne jamais rien oublier en chemin.* Certes, il n'avait vu Tallon qu'aujourd'hui, il n'avait pas encore reçu ses instructions, mais ce n'était pas une explication recevable.

— J'aurais dû t'écouter, hier soir. Je peux m'en débarrasser, marcher dessus, si ça me chante.

— Il y a un meilleur moyen.

— Lequel ?

— Les mettre ailleurs.

— Par exemple ?

— Dans un endroit parfaitement anodin, mais où il y a beaucoup d'activité. Cela fera tourner leurs magnétos et les occupera un bon moment.

McAuliff rit — avec un réel amusement.

— C'est drôle. Et très futé. Où sont-ils ? Ceux qui écoutent, je veux dire.

Alison croisa ses mains sous son menton d'un air malicieux de petite fille.

— Ils doivent être à moins de cent mètres de nous ; c'est généralement la portée maximale de ce genre de joujou. Voyons à présent où il y a de l'activité… J'ai fait des compliments au maître d'hôtel sur leurs rougets. Je suis sûre qu'il acceptera de m'emmener voir le chef pour qu'il me donne la recette…

— Ils adorent ça, renchérit Alex. C'est parfait. Ne bouge pas, je reviens tout de suite.

Alison Booth, ancien informateur d'Interpol, déclara que deux micros émetteurs étaient solidement fixés au fond du panier de linge sale, sous un plan de travail de la cuisine du Courtleigh Manor. Elle les y avait glissés avec sa serviette, tandis qu'un chef enthousiaste lui décrivait les ingrédients de sa sauce d'accompagnement spéciale.

— La corbeille était grande mais pas très profonde, expliquait-elle tandis que McAuliff achevait son dîner. J'ai pressé bien fort. À mon avis, l'adhésif n'est pas près de se détacher !

— J'en reste bouche bée ! souffla Alex en toute sincérité.

— C'est juste une question d'expérience, répliqua-t-elle, sans réel amusement. On ne t'a enseigné que le jeu de fond de court, mon chéri.

— Monter au filet ne doit pas être si drôle que ça.

— Oh ! il y a tout de même quelques compensations. Par exemple, as-tu pensé une seconde aux possibilités infinies que nous offre cette cuisine jusqu'à ce que le pot aux roses soit découvert ?

— Je ne te suis pas très bien...

— Tout dépend des gens à qui l'on a affaire aux écoutes. Cela risque d'être un sacré casse-tête pour eux. Les gens de cuisine ont leur jargon et parlent par abréviations. Un vrai langage codé. On risque de croire que tu as déplacé ta valise parce que tu comptes faire un voyage, évidemment. Cela va les plonger dans des abîmes de perplexité.

Alison sourit, avec dans les yeux cette même lueur de malice qu'elle avait eue un peu plus tôt, lorsqu'il était parti récupérer les micros.

— Tu veux dire que « sauce béarnaise », par exemple, pourrait être un code pour « mitraillette » ? Que « B.L.T. » [1] signifie « butez-les tous » ?

— Quelque chose comme ça. Tout est possible, tu sais.

— Je croyais qu'il n'y avait que dans les films de guerre que l'on voyait ce genre de chose. Avec des nazis vociférants envoyant des divisions de panzers dans la mauvaise direction. McAuliff regarda sa montre. Vingt et une heures quinze. J'ai un coup de fil à donner, et je veux passer en revue la liste du matériel avec Ferguson. Il va bientôt...

Il s'interrompit soudain. Alison s'était penchée vers lui, ses mains s'étaient refermées sur son bras.

— Ne te retourne pas, ordonna-t-elle à mi-voix, mais je crois que notre petit tour de passe-passe a déjà fait son petit effet. Un type vient de passer les portes du restaurant au pas de course. Il a l'air de chercher quelqu'un.

---

1. Sandwich bacon, laitue, tomates. (N.d.T.)

— Nous ?

— Toi, je dirais, pour être exacte.

— Les codes culinaires ne les ont pas dupés très longtemps.

— Peut-être. D'un autre côté, il est possible qu'ils souhaitent parfois compléter les écoutes par une surveillance visuelle. Mais l'hôtel est trop petit pour qu'ils se donnent la peine de le faire vingt-quatre heures sur vingt-quatre.

— Décris-le-moi, l'interrompit McAuliff. Le plus précisément possible. Il regarde toujours dans notre direction ?

— Il t'a vu et il s'est figé. Il parle au type des réservations ; je crois qu'il est en train de s'excuser. C'est un Blanc ; pantalon clair, veste sombre, chemise blanche — non, jaune. Il est un peu plus petit que toi, mais avec beaucoup plus de volume.

— Quoi ?

— Plus costaud, quoi ! La trentaine, je dirais. Des cheveux longs, pas très, mais plus que la normale. Entre blond et châtain clair, difficile à dire, avec les bougies.

— Tu t'en sors très bien. Il faut vraiment que j'aille téléphoner.

— Attends qu'il s'en aille ; il regarde encore, dit Alison en feignant de rire. Pourquoi ne jettes-tu pas un coup d'œil en demandant l'addition ? Discrètement, bien entendu.

— J'ai l'impression d'être à l'école maternelle. Avec la plus jolie maîtresse de la ville. Alex leva la main, repéra le serveur et fit mine de griffonner dans sa paume, conformément au code en vigueur. Je te raccompagne dans ta chambre et je redescends téléphoner.

— Pourquoi n'appelles-tu pas de chez moi ? Il n'y a pas de mouchard.

Nom de Dieu ! Les deux pieds en avant, une fois de plus ; pris de court. Les détails, toujours les plus petites choses qui vous mettent dedans. C'étaient les petits riens qui vous tendaient les pièges les plus sournois. Hammond le lui avait pourtant maintes fois répété... Hammond. L'hôtel Savoy. Ne pas passer d'appels de l'hôtel.

— On m'a dit d'utiliser une cabine. Ils doivent avoir leurs raisons, j'imagine.

— Qui ça, « ils » ?

— Le ministère. Latham..., la police aussi, bien sûr.

— La police, bien sûr...

Alison retira sa main de son bras lorsque le serveur présenta la note à Alex pour qu'il y appose sa signature. Elle ne le croyait pas — et ne cherchait en rien à dissimuler sa suspicion. Pourquoi aurait-elle eu cet égard envers lui ? Il était un piètre acteur ; il était pris sur le fait. Mais il préférait cela plutôt que s'entendre bafouiller au téléphone devant Westmore Tallon, sous les yeux — et les oreilles — d'Alison. Il voulait se sentir totalement libre de parler avec son contact ; il ne pouvait pas se permettre de garder un œil sur Alison pendant sa conversation. Pas question non plus de prendre le risque que le nom de Chatellerault — ou la moindre allusion au personnage — ne soit entendu par elle. Alison était vive d'esprit.

— Il est parti ?

— Lorsque tu as signé la note. Il a vu que tu t'apprêtais à te lever.

Il n'y avait ni colère ni tendresse dans sa voix. Un ton parfaitement neutre.

Ils quittèrent les bougies du restaurant, passèrent sous les arches de verdure du patio pour rejoindre le hall et se diriger vers les ascenseurs. Ils n'échangèrent pas un mot. Leur voyage vertical se poursuivit dans le même silence, impression atténuée par la présence d'autres personnes dans la cabine.

Alex ouvrit la porte de la chambre, réitérant les précautions de la veille, à l'exception de l'étape du détecteur. Le temps pressait ; il bénirait la pièce avec son goupillon électronique un peu plus tard. Il inspecta sa propre chambre puis ferma le loquet, côté Alison, de la porte de communication et jeta un coup d'œil sur le balcon et dans la salle de bains. Alison se tenait dans l'entrée, regardant son manège.

Il s'approcha d'elle.

— Tu seras là à mon retour ?

— Oui, répondit-elle simplement.

Il l'embrassa sur les lèvres, s'attardant sur sa bouche plus longtemps que la situation ne l'exigeait. C'était sa façon à lui de lui parler.

— Tu es un amour.

— Alex ? Elle referma ses mains avec douceur sur ses bras et le regarda. Je connais les symptômes. Crois-moi. Ils sont difficiles à oublier... Tu me caches des choses, et je ne te poserai plus aucune question. J'attendrai.

— Tu dramatises trop, Alison.

— C'est drôle...

— Comment ça ?

— Ce que tu viens de dire. J'ai utilisé exactement ces mots avec David. À Malaga. Il était nerveux, angoissé. Il était si peu sûr de lui, de moi. Et je lui ai dit : « David, tu dramatises trop... » Je sais aujourd'hui que c'est à ce moment précis qu'il a compris.

McAuliff soutint le regard de la jeune femme.

— Tu n'es pas David et je ne suis pas à ta place. C'est aussi simple que ça. Il faut vraiment que j'aille téléphoner. Je te retrouve après. Ferme bien derrière moi.

Il l'embrassa de nouveau, sortit de la chambre et referma la porte derrière lui. Il attendit d'entendre le claquement métallique du verrou avant de se diriger vers les ascenseurs.

Les portes se soudèrent devant lui. La cabine amorça sa descente tandis qu'une musique d'ambiance tombait du plafond sur un assortiment d'hommes d'affaires et de touristes ; l'ascenseur était pein à craquer. McAuliff songeait à son coup de téléphone à Tallon et à Sam Tucker.

La cabine s'arrêta à un étage. Alex leva les yeux vers les chiffres lumineux du compteur, se demandant vaguement comment quelqu'un d'autre pourrait trouver une place dans cette boîte de sardines. Le problème fut résolu dans la seconde ; les deux hommes qui apparurent devant les portes comprirent la situation, esquissèrent un sourire et firent signe qu'ils attendraient le prochain ascenseur.

C'est alors que McAuliff l'aperçut — derrière les portes qui se refermaient doucement, au bout du couloir. Un homme trapu dans une veste sombre et un pantalon clair. Il avait ouvert une porte, s'apprêtait à rentrer dans une chambre. En voulant ranger sa clé dans sa poche, il avait écarté sa veste. Sa chemise était jaune.

La porte se referma.

— Pardon ! Excusez-moi ! lança McAuliff en bousculant un homme en smoking qui se tenait devant le tableau de commande pour enfoncer le bouton du deuxième étage — le palier suivant dans la descente. J'ai oublié de descendre au troisième. Je suis désolé.

La cabine, brutalement interrompue dans son accélération, eut un léger soubresaut, comme si elle était étonnée par cet arrêt. Les portes s'ouvrirent et Alex se faufila à travers la masse molle et résistante des passagers.

Il se retourna et enfonça aussitôt le bouton d'appel dans le sens de la montée. Mais il se ravisa. Où étaient les escaliers ?

Le panneau SORTIE DE SECOURS se trouvait à l'autre bout du couloir, en lettres blanches sur fond bleu. Vision incongrue. Les panneaux indiquant les issues de secours étaient rouges, dans son souvenir. Il marcha dans sa direction, foulant la moquette à grands pas, lançant un sourire contraint à un couple qui sortait d'une chambre au milieu du couloir. L'homme avait une cinquantaine d'années et avait bu plus que de raison ; la fille avait à peine vingt ans, sobre, elle, et mulâtre. Elle avait la tenue type d'une prostituée de luxe. Elle lança un sourire à Alex ; encore un code, un message. Il acquiesça, lui disant du regard qu'il n'était pas intéressé mais qu'il lui souhaitait bonne chance et bon courage pour supporter un tel ivrogne.

Il poussa la barre de sécurité de la porte. Le bruit résonna dans la cage d'escalier, trop fort à son goût. Il referma le battant d'acier doucement, remarquant avec soulagement qu'il y avait une poignée de l'autre côté de la porte.

Il gravit rapidement les marches de ciment, sur la pointe des pieds pour étouffer le bruit de ses pas. Sur le palier suivant, le chiffre trois était écrit en chiffres romains peints en noir sur le mur beige. Il tourna la poignée avec précaution et se retrouva dans le couloir.

Il était désert. Les jeux de la nuit avaient commencé au rez-de-chaussée ; les joueurs resteraient dans l'arène jusqu'à la remise des prix, célébrant la victoire ou noyant la défaite dans l'alcool. Il devait simplement se méfier des retardataires, ou des impatients, comme le pigeon du deuxième étage qui venait de se faire mener par le bout du nez par la femme-enfant mûlatre. Le type à la chemise jaune se trouvait vers le fond du couloir, mais pas tout à fait au bout. La cage d'escalier était à une certaine distance de lui lorsque Alex l'avait aperçu depuis l'ascenseur ; la chambre devait donc se trouver aux deux tiers. L'homme avait écarté sa veste de la main droite au moment de découvrir sa chemise jaune. Cela signifiait qu'il était dans l'une des chambres sur sa gauche. En inversant mentalement son point de vue, il sélectionna trois portes…, non, quatre, qui étaient possibles. En partant de l'avant-dernière porte, jusqu'au premier tiers du couloir.

Mais laquelle des quatre était la bonne ?

McAuliff s'approcha sans bruit, rasant le mur gauche. Il s'arrêta à chaque porte, jetant des regards tous azimuts, tendant l'oreille à la recherche d'hypothétiques voix, d'un tintement de verre, d'un quelconque indice.

Rien.

Le silence, partout.

Il contempla les plaques de cuivre — 218, 216, 214, 212, 210. Les chambres suivantes étaient trop près des ascenseurs selon ses souvenirs.

Il s'arrêta à mi-chemin et se retourna. Peut-être en savait-il suffisamment, au fond ? Assez, tout au moins, pour en parler à Tallon ? Alison avait dit que la portée des micros émetteurs était d'ordinaire de cent mètres. La distance séparant sa chambre de cette portion de l'hôtel était bien inférieure. Derrière l'une de ces portes, un magnétophone tournait, à côté d'un type planté devant un haut-parleur ou coiffé d'une paire d'écouteurs.

160

Donner ces cinq numéros de chambre serait sans doute amplement suffisant. Pourquoi aller plus loin ?

Mais il n'allait pas s'arrêter à deux doigts du but. Quelqu'un avait osé s'immiscer dans sa vie privée, et cela le révoltait. Peu de choses le mettaient vraiment en colère, mais la violation de son intimité faisait partie de ce petit lot. Et l'avidité. L'avidité aussi lui faisait voir rouge. Qu'elle émane d'un individu, d'une société ou d'une institution...

Un dénommé Craft — par pure avidité — avait ordonné à ses sbires d'espionner l'intimité d'Alex.

C'est pourquoi Alexander Tarquin McAuliff n'était pas content du tout.

Il rebroussa chemin vers l'escalier de secours, rasant de nouveau le mur, s'arrêtant devant chaque porte, l'oreille aux aguets.

212, 214, 218...

Puis il recommença en sens inverse. Ce n'était qu'une question de patience. Derrière l'une de ces portes, il y avait un type avec une chemise jaune. Alex brûlait de lui sauter dessus à bras raccourcis.

Un bruit soudain.

Chambre 214.

Une radio. Ou un poste de télévision. Quelqu'un avait monté le son d'une télévision. Il ne pouvait distinguer les paroles, mais il percevait l'excitation contenue dans le débit rapide des mots, la distorsion du haut-parleur parce que le volume avait été poussé trop fort.

Il y eut soudain un claquement métallique — le penne d'une serrure. À quelques centimètres de McAuliff, quelqu'un venait de retirer le verrou, s'apprêtait à ouvrir la porte.

Alex s'enfuit vers la porte de l'escalier. Tant pis pour le bruit ! Impossible d'être totalement silencieux alors qu'il s'engouffrait dans la cage de ciment mal éclairée. Il se retourna, tirant à lui la porte d'acier in extremis, tout en laissant sa main gauche sur la tranche pour éviter qu'elle ne se referme et ne fasse du bruit.

Il risqua un coup d'œil par l'interstice ; l'homme à la chemise jaune sortait de la chambre, le regard encore attiré par quelque chose à l'intérieur. Il était à moins de dix mètres de lui dans le silence du couloir — rompu seulement par le son du poste de télévision. Il semblait en colère ; avant de refermer la porte, il lança quelques mots haineux avec un fort accent du sud des États-Unis.

— Éteins-moi ce putain de truc, espèce de macaque !

Le type à la chemise jaune se dirigea rapidement vers les ascenseurs. Il s'arrêta au bout du couloir, regardant sa montre avec nervosité, ajustant sa cravate, lustrant ses chaussures contre le bas de son pantalon, jusqu'à ce que la lampe rouge annonce l'arrivée imminente d'une cabine dans un tintement de cloche numérique. McAuliff suivait la scène depuis la porte de l'escalier à cinquante mètres de là.

Les portes de l'ascenseur se refermèrent, et Alex sortit de sa cachette. Il se dirigea vers la chambre 214 et s'immobilisa quelques instants devant la porte. Il pouvait encore faire demi-tour, s'en aller, appeler Tallon, lui donner le numéro de la chambre et le laisser régler l'affaire.

Mais ce ne serait pas très satisfaisant. Pour ne pas dire frustrant. McAuliff avait une meilleure idée : il allait emmener lui-même chez Tallon le quidam qui était derrière cette porte. Que cela plaise ou non à Tallon — ou à Hammond. Puisque les mouchards avaient été placés par Craft, et que Craft n'avait aucun lien avec l'hypothétique et insaisissable « Halidon », Alex pouvait bien se permettre ce petit plaisir. Les accords passés avec Hammond n'incluaient pas les malversations d'un tiers à son encontre.

Il semblait donc tout à fait logique d'expulser Arthur Craft du jeu. Craft embrouillait les pistes, parasitait la partie.

McAuliff savait deux petites choses sur lui ; un, il était américain et le fils de Craft senior, deux, c'était un homme parfaitement déplaisant. Cela devait suffire.

Il frappa à la porte, juste sous le numéro 214.

— Oui ? Qu'est-ce que c'est ? répondit une voix étouffée.

Alex ne répondit pas et toqua de nouveau. La voix se fit encore entendre, plus proche cette fois.

— Qui est là ?

— Arthur Craft, espèce d'idiot !

— Oh ! Mr. Craft ! s'écria la voix, visiblement effrayée.

Le bouton de porte tourna ; le verrou n'avait pas été remis.

La porte s'était entrouverte de quelques centimètres à peine lorsque McAuliff la poussa de tout son poids, qui avoisinait les cent kilos. Elle s'écrasa contre un Jamaïquain de taille moyenne, le propulsant au milieu de la pièce. Alex empoigna la porte encore vibrante du choc et la referma avec violence derrière lui. Le claquement se répercuta en écho dans le couloir.

Le Jamaïquain se releva, avec dans le regard un mélange de peur et de fureur. Il s'élança vers le petit secrétaire où trônait, entre deux haut-parleurs, un pistolet.

McAuliff plongea par réflexe, la main gauche tendue vers l'arme, la droite cherchant à retenir l'homme par tout ce qui pouvait être à sa portée. Les mains des deux hommes se refermèrent ensemble sur l'acier de l'arme ; Alex empoigna la gorge du Noir et enfonça ses doigts dans la chair.

L'homme lâcha prise ; le pistolet rebondit sur le bureau et finit sa chute sur le sol. McAuliff asséna au Noir un coup au visage du revers du poing, lui empoigna les cheveux et lui fit courber la tête. Profitant du fait que l'homme avait la tête baissée, Alex lança le genou gauche de toutes ses forces dans la cage thoracique de l'inconnu, puis une nouvelle fois à la face.

Des voix lointaines, millénaires, sonnèrent à ses oreilles. *Sers-toi de tes genoux, de tes pieds ! Attaque aux yeux ! Un aveugle ne peut pas se défendre !... Casse tout ce que tu peux !*

C'était fini. Les voix se turent. L'homme s'était effondré à ses pieds.

McAuliff recula d'un pas, effrayé — qu'est-ce qui s'était passé ? Pendant quelques secondes interminables, il était retourné au Viêtnam. Il regarda le Jamaïquain qui gisait entre ses jambes, face contre terre, la tête reposant sur le côté, du sang s'écoulant de ses lèvres roses.

Dieu merci, il respirait.

C'était à cause du pistolet. Cette saloperie de pistolet ! Il ne s'était pas attendu à ça ! À une lutte, oui. Sa colère l'y avait préparé. Mais il pensait à une petite empoignade, brève et intense. Il comptait rudoyer un peu, humilier, contraindre l'auditeur de ces bandes indiscrètes à le suivre. Histoire de lui faire peur, de donner une leçon à son patron cupide.

Mais pas ça.

Là, c'était pour tuer. La lutte pour la survie.

Les bandes... Les voix... Ces voix excitées qui sortaient toujours des haut-parleurs...

Ce n'était pas une télévision. Les voix provenaient de la cuisine du restaurant. Des hommes criant des ordres, d'autres hommes grommelant en réponse ; aboiements des supérieurs et plaintes des subordonnés. Le tout dans l'agitation, la trépidation..., une cacophonie inintelligible qui avait dû mettre les nerfs de ses espions à rude épreuve.

Puis Alex aperçut le magnétophone qui tournait encore. Il se trouvait par terre, à droite du secrétaire. Un petit Wollensak portable, déroulant son ruban magnétique comme si de rien n'était.

McAuliff empoigna les deux haut-parleurs et les entrechoqua l'un contre l'autre, jusqu'à ce que leurs caisses de bois volent en éclats. Il déchira les membranes et les fils de connexion avant de les jeter à travers la pièce. Il s'approcha du secrétaire et enfonça son talon dans le Wollensak, écrasant les boutons de façade jusqu'à ce qu'un nuage de fumée sorte de la carcasse et que les bandes s'immobilisent. Il se baissa et arracha la bande ; il aurait pu la brûler, mais rien d'important n'avait été enregistré. Il lança les deux bobines à l'autre bout de la chambre. La fine bande magnétique dessina sur le sol le « V » de la victoire.

Le Jamaïquain gémit ; il battit des paupières et fut pris d'une quinte de toux.

Alex ramassa le pistolet par terre et le glissa sous sa ceinture. Il se dirigea vers la salle de bains, ouvrit le robinet d'eau froide et mit une serviette dans le lavabo.

Il prit le linge détrempé et revint vers le blessé, qui toussait. Il s'agenouilla à côté de lui, aida l'homme à s'asseoir, et entreprit de lui tamponner le visage. L'eau ruisselait sur le cou et la chemise de l'homme…, une eau rougie par le sang.

— Je suis désolé, dit Alex. Je ne voulais pas vous faire de mal. Tout cela ne serait pas arrivé si vous n'aviez pas couru vers ce satané pistolet.

— Quoi ? murmura le Jamaïquain dans un souffle. Vous êtes dingue ! L'homme se tenait la poitrine et grimaça en se remettant sur ses jambes. Vous avez tout bousillé… Tout ! lança le blessé en contemplant l'étendue des dégats.

— Évidemment ! Votre cher Arthur recevra le message cinq sur cinq. S'il tient vraiment à jouer les espions industriels, qu'il aille se trouver un autre pigeon. Je déteste qu'on écoute aux portes ! Allez, en route ! dit Alex en prenant le bras du Jamaïquain pour l'entraîner vers la porte.

— Oh non ! s'écria le Noir, tentant de résister.

— Oh si ! répliqua McAuliff tranquillement. Vous allez venir avec moi.

— Où ça ?

— Voir un vieux monsieur charmant qui tient une poissonnerie, c'est tout.

Alex le tira. L'homme se tenait la poitrine — il devait avoir des côtes cassées, songea McAuliff.

— Je vous en prie. Pas la police ! J'ai tout perdu ! insista le Jamaïquain avec un regard implorant, tout en se tenant les côtes.

— Vous avez voulu utiliser une arme à feu ! Ce n'est pas une chose à faire.

— Ce n'est pas une arme ! Il n'y a pas de balles.

— Pardon ?

164

— Allez-y ! Regardez ! Je suis un honnête travailleur... Je ne fais de mal à personne...

Alex n'écoutait plus. Il plongea la main sous sa ceinture et sortit le pistolet.

Ce n'était effectivement pas une arme.

C'était un pistolet de starter — du genre de ceux qu'on trouve en pagaille au bord des pistes d'athlétisme.

— Nom de Dieu...

Arthur Craft junior jouait à un curieux petit jeu... avec des jouets d'enfant.

McAuliff dévisagea le Jamaïquain terrorisé.

— D'accord. Mais vous allez répéter à votre patron mot pour mot ce que je vais vous dire : la prochaine fois, je le traîne en justice.

Il y aurait sûrement eu un message moins ridicule à transmettre, songeait Alex tandis qu'il claquait la porte derrière lui et s'éloignait dans le couloir. Pas besoin de procès. Il valait bien mieux demander à Julian Warfield ou à Hammond, son adversaire direct, de régler le problème. Pour la Dunstone ou les services secrets de Sa Majesté, Arthur Craft n'était qu'un chiffre. Un vulgaire pion dans le jeu, d'ores et déjà hors course.

Alex sortit de l'ascenseur au rez-de-chaussée et tenta de se souvenir de l'endroit où se trouvaient les cabines téléphoniques. À gauche de l'entrée, juste derrière la réception.

Il salua de la tête les employés derrière le comptoir, tout en se répétant mentalement le numéro privé de Tallon.

— Mr. McAuliff ?

Un grand Jamaïquain venait de l'interpeller. Il avait les épaules d'une largeur spectaculaire, effet encore renforcé par une veste cintrée.

— Oui ?

— Auriez-vous l'amabilité de me suivre ?

Alex dévisagea l'homme. Il était tiré à quatre épingles, le pantalon repassé de frais, une chemise blanche et une cravate sous la veste.

— Et en quel honneur ?

— Je vous en prie, Mr. McAuliff. Nous n'avons pas beaucoup de temps. Un homme vous attend dehors. Un certain Sam Tucker.

— Quoi ? Mais comment...

— Je vous en prie. Il faut faire vite.

Alex suivit le Jamaïquain et passa avec lui les portes vitrées de l'hôtel.

Lorsqu'ils débouchèrent dans l'allée, Alex aperçut l'homme à la chemise jaune — le sbire de Craft — qui sortait du parking. L'homme s'immobilisa, le fixa du regard, ne sachant que faire.

— Dépêchons-nous, je vous en prie, lança le Jamaïquain qui marchait quelques mètres devant lui et se mettait à courir. La voiture nous attend devant le portail.

Ils descendirent l'allée au pas de course, jusqu'aux piliers de pierre marquant l'entrée de l'hôtel.

La Chevrolet verte était garée le long de la rue, moteur en marche. Le Jamaïquain ouvrit la portière pour Alex.

— Montez !

McAuliff s'exécuta.

Sam Tucker lui tendit la main, son corps massif occupant à lui seul les deux tiers de la banquette, ses cheveux roux renvoyant la lueur des réverbères.

— Content de te voir, vieux !

— Sam !

La voiture démarra soudain, projetant Alex au fond de la banquette. Ils étaient trois à l'avant, le chauffeur, qui portait une casquette de base-ball, le grand Jamaïquain, et un troisième, presque aussi corpulent que Sam, pris en sandwich entre les deux autres.

— Qu'est-ce que c'est que ce chambard, Sam ? Où étais-tu passé ?

Ce ne fut pas Tucker qui répondit, mais le type assis près de la fenêtre, celui qui l'avait amené jusqu'à la voiture.

— Mr. Tucker était avec nous, Mr. McAuliff, annonça-t-il à mi-voix. Si nous arrivons à gérer la situation, nous sommes votre lien avec le « Halidon ».

14.

Ils roulèrent pendant près d'une heure, grimpant toujours plus haut dans les collines. La route sinuait sur les versants, les virages apparaissant soudain, cachés jusqu'au dernier moment par la végétation luxuriante des tropiques. Il y avait des portions de route non bitumée. La voiture les négociait bon an, mal an, dans un gémissement douloureux de la boîte de vitesse.

McAuliff et Sam Tucker parlaient doucement, tout en sachant que les hommes à l'avant entendaient leur conversation. Cela ne semblait pas déranger outre mesure Sam Tucker.

L'histoire de Sam était parfaitement logique, connaissant ses excentricités et son mode de vie. Il avait des amis, des connaissances aux quatre coins du monde. Des relations dont personne ne savait rien. Il n'avait jamais cherché à dissimuler leur identité, mais ces gens faisaient partie de sa vie privée et non de sa vie professionnelle.

L'une de ces personnes était Walter Piersall.

— Je t'ai parlé de lui, l'année dernière, Alexander, dit Tucker dans l'ombre de la banquette arrière. À Ocho Ríos.

— Je ne m'en souviens pas.

— Je t'avais dit que j'avais rencontré un professeur à Carrick Foyle, que j'allais passer deux semaines avec lui.

C'était donc ça ! Il savait bien que ce nom — Carrick Foyle — ne lui était pas totalement inconnu.

— Je me rappelle, maintenant. Il était question d'une série de conférences à l'Institut de Kingston.

— Exactement. Walter était une pointure. Un anthropologue passionnant avec qui on ne s'ennuyait jamais. Je lui ai télégraphié que je revenais au pays.

— Tu es aussi entré en contact avec Hanley. C'est lui qui a tiré la sonnette d'alarme.

— J'ai appelé Bob à mon arrivée à Montego. Pour faire la fête. Il m'a été impossible de l'appeler après. On est partis tout de suite, et, là où nous allions, il n'y avait pas de téléphone. Je savais qu'il allait être furax.

— Pas furax. Inquiet. Cela ressemblait à un kidnapping.

— Il aurait dû se douter. Je n'ai que des amis sur cette île, pas d'ennemis — du moins connus à ce jour.

— Que s'est-il passé ? Où es-tu allé ?

Tucker lui raconta tout.

À l'arrivée de Sam à Montego, un message du professeur Piersall l'attendait à l'aéroport. Il devait appeler l'anthropologue à Carrick Foyle dès qu'il serait arrivé à l'hôtel. C'est ce que Sam fit, mais un domestique lui apprit que Piersall était absent et rentrerait tard dans la nuit.

Tucker avait alors téléphoné à son vieux copain Hanley. Les deux amis s'étaient saoulés, comme à chacune de leurs retrouvailles.

Au matin, alors que Hanley dormait encore, Sam avait quitté l'hôtel pour aller chercher des cigares.

— Dans ce genre d'hôtel, le service d'étage laisse à désirer.

— J'imagine, répondit Alex.

— Une fois dehors, nos amis ici présents — il désigna les trois hommes à l'avant — m'attendaient dans un break et...

— Mr. Tucker était suivi, intervint le Noir assis près de la vitre. Le professeur Piersall en a eu vent. Il nous a envoyés à Mo'Bay pour veiller sur son ami. Mr. Tucker se lève tôt.

Sam eut un grand sourire.

— Tu me connais ; même plein comme une outre, je ne dors jamais longtemps.

— Je sais, concéda Alex, se souvenant de la pléthore d'hôtels ou de campements où Sam avait erré dès les premières lueurs de l'aube.

— Il y eut alors une petite méprise, poursuivit Sam. Nos amis m'ont annoncé que Piersall m'attendait. Je me suis dit : ces pauvres types ont passé la nuit à faire le pied de grue pour moi, ne les faisons pas attendre davantage. Ce vieux Hanley ne se réveillera pas avant une heure, au bas mot... Je l'appellerai de chez Piersall. Mais nous ne sommes pas du tout allés à Carrick Foyle ! On est partis dans un camp forestier le long de la Martha Brae. Il nous a fallu près de deux heures de voyage, un endroit au bout du monde, tu peux me croire, Alexander !

À leur arrivée au camp, Walter Piersall avait accueilli chaleureusement Sam. Mais, en quelques minutes, Tucker avait compris que quelque chose clochait. Piersall n'était plus l'homme qu'il avait connu un an plus tôt. Il y avait une ardeur, une intensité nouvelles en lui.

Walter Piersall avait pris part aux affaires jamaïquaines. L'anthropologue débonnaire était devenu un farouche combattant dans la guerre qui faisait rage entre les diverses factions politiques du pays. Il se positionnait en ardent défenseur des droits des autochtones, en ennemi des exploiteurs étrangers.

— J'ai vu ce phénomène se produire des dizaines de fois, Alexander, expliqua Sam. De la Tasmanie aux Caraïbes ; c'est une sorte de maladie des îles. Une sorte de vampirisation du milieu. Les hommes émigrent pour des raisons fiscales ou climatiques, ou Dieu sait quoi encore, et ils finissent par partir en croisade pour défendre leur sanctuaire... Le catholique pure souche se dressant contre le pape...

Grâce à ses relations à travers toute l'île, Piersall avait eu vent qu'une grande spéculation foncière allait avoir lieu — sans quitter le jardin de sa maison. Au début, il ne voulut pas accorder foi à cette rumeur ; les personnes qui semblaient impliquées dans cette affaire étaient des gens intègres, même s'il pouvait être en désaccord avec eux. Des gens très haut placés.

La terreur de la conspiration hante tous les jeunes gouvernements. C'était dans la nature des choses, aux yeux de Piersall. En Jamaïque cette crainte était alimentée par l'afflux de capitaux étrangers en quête de paradis fiscaux, par un Parlement trop réformateur pour être réaliste, et par une aristocratie locale soucieuse de protéger ses intérêts — pots-de-vins et dessous-de-table étaient une institution.

Piersall avait décidé, une fois pour toutes, de couper court à cette rumeur. Voilà quatre mois, il s'était rendu au ministère des Territoires et avait déposé une proposition d'achat concernant cinquante kilomètres carrés de terre en bordure nord du Cockpit. C'était une démarche absolument anodine. Il faudrait des années de débats juridiques pour qu'une telle acquisition soit menée à terme dans le respect des anciens traités historiques ; le but de Piersall était simplement de prouver la bonne volonté de Kingston en la matière, et qu'aucune force extérieure n'avait la mainmise sur ces terrains.

— Depuis ce jour-là, Alexander, la vie de Piersall devint un enfer. Sam alluma un petit cigare fabriqué dans l'île ; la fumée parfumée s'échappa par la fenêtre ouverte, disparaissant dans la nuit. Il fut harcelé par la police, traîné dans des dizaines de tribunaux municipaux pour des futilités ; ses conférences à l'université et à l'Institut furent annulées, sa ligne téléphonique mise sur écoute — ses conversations privées offertes en pâture aux procureurs… En fin de compte, c'est la rumeur qu'il essayait de faire taire qui l'a tué.

McAuliff resta silencieux quelques instants.

— Pourquoi Piersall était-il si pressé de te voir ? demanda-t-il à Tucker.

— Dans mon télégramme, je lui disais que j'allais participer à une grande prospection à Trelawny. Le projet venait de Londres, via Kingston. Je ne voulais pas qu'il s'imagine que j'allais faire dix mille kilomètres en avion pour m'incruster chez lui ; c'était un homme très occupé, tu sais.

— Mais tu étais à Kingston, ce soir. Pas dans ce camp de forêt sur la Martha Brae. Deux de ces hommes, McAuliff désigna les silhouettes à l'avant, m'ont suivi tout l'après-midi dans cette voiture.

— Je vais éclairer votre lanterne, Mr. McAuliff, répondit le grand Jamaïquain, en se retournant et en passant le bras sur le dossier. Kingston a intercepté le télégramme de votre ami ; ils ont vite fait le rapprochement. Mr. Tucker était donc mêlé aux affaires du professeur Piersall. Cela sentait mauvais, mauvais pour eux, évidemment. Ils ont envoyé des types dangereux à Mo'Bay. Pour savoir ce qui se tramait avec…

— Comment savez-vous tout ça ? demanda Alex.

L'homme jeta un coup d'œil au chauffeur. Il était difficile d'en être certain, dans cette pénombre et ces ombres mouvantes, mais Alex eut l'impression de le voir hocher la tête imperceptiblement.

— Nous avons intercepté les types envoyés à Mo'Bay. C'est tout ce qu'il vous suffit de savoir pour l'instant. Ce que nous avons alors découvert a causé de vives inquiétudes au professeur Piersall, si vives que nous sommes partis pour Kingston en avion. Pour vous contacter, vous… Et le professeur Piersall y a laissé la vie.

— Qui l'a tué ?

— Si nous le savions, il y aurait quelques pendus dans Victoria Park.

— Qu'avez-vous appris… de ces hommes à Montego ?

De nouveau, le Noir regarda furtivement le chauffeur.

— Que les gens de Kingston étaient persuadés que le professeur Piersall n'allait pas s'en tenir là. Lorsqu'il a cherché à vous contacter à votre hôtel, cela a été la preuve qu'ils attendaient. En le tuant, ils s'ôtaient une grosse épine du pied.

— Et vous ne savez pas qui a fait ça ?

— Des nègres dont on a acheté les services, rétorqua le Noir.

— C'est de la folie ! articula McAuliff, davantage pour lui-même.

Des gens qui tuent des gens..., qui en suivent d'autres. De la folie pure !

— Votre étonnement est pour le moins curieux pour quelqu'un qui revient tout droit de chez Tallon, lança le Noir à brûle-pourpoint.

— Mais comment... McAuliff se tut aussitôt. Il ne savait plus que penser ; il avait pris tant de précautions... Comment êtes-vous au courant de ça ? Je vous ai semés à l'hippodrome !

Le Jamaïquain esquissa un sourire, les phares des autres voitures se reflétant sur la blancheur de ses dents.

— La truite d'eau douce vaut bien la truite de mer, vous savez...

Le type du comptoir ! L'employé nonchalant derrière ses étalages, dans son tablier rayé.

— Le vendeur est un homme à vous. C'est bien joué, concéda McAuliff.

— Nous sommes imbattables à ce petit jeu-là. Westmore Tallon est un agent britannique. C'est typiquement anglais, s'assurer d'un soutien clandestin, et tellement stupide. Ses anciens compagnons grabataires d'Eton ont peut-être confiance en Tallon, mais pas ses propres compatriotes.

Le Jamaïquain retira son bras du dossier et se retourna. Fin des explications.

— Alexander, reprit Sam Tucker, l'air pensif. Dis-moi ce qui se passe au juste. Dans quoi t'es-tu fourré ?

McAuliff se tourna vers Sam. Le grand gaillard avec un cœur gros comme ça le regardait dans la pénombre, son visage éclairé par des éclairs fugitifs. Il y avait dans les yeux de Tucker de la confusion, du regret et de la colère mêlés.

« Je me le demande moi-même », répondit Alex en pensée.

— Nous y voilà, annonça le chauffeur à la casquette de base-ball, qui n'avait pas desserré les dents de tout le voyage.

McAuliff regarda par la fenêtre. La route était redevenue horizontale — sans doute un plateau en altitude, environné de collines. Le paysage était baigné par la lueur intermittente de la lune jouant à cache-cache avec les nuages qui descendaient des Blue Mountains. Ils roulaient sur une piste poussiéreuse ; au loin, à environ trois cents mètres, se dessinaient les contours d'une petite cabane. Une pâle lueur brillait à l'unique fenêtre. Sur la droite, McAuliff aperçut deux autres constructions. Ni des bâtiments, ni des maisons, ni même des cabanons, quelque chose d'indéfinissable ; des formes croulantes, sans contour précis, translucides... Des fils, des toiles tendues ou des filets... des sortes d'auvents, dressés sur une multitude de piquets. Puis Alex comprit. Derrière les tentes, le sol avait été damé, et tout du long, à dix mètres d'intervalle environ on avait planté des torches attendant d'être allumées — des hangars camouflés et une piste d'atterrissage !

Un aérodrome clandestin caché dans les montagnes.

La Chevrolet ralentit en s'approchant de la cabane qui semblait être un ancien corps de ferme. Un vieux tracteur était garé le long de la bâtisse ; des outils disséminés çà et là — charrue, joug, fourches. Sous le clair de lune, on aurait dit un musée d'art rural — des reliques mortes, inutiles, survivances d'un passé oublié.

Du camouflage.

Tout comme les hangars.

Un aérodrome qui ne figurerait jamais sur aucune carte.

— Mr. McAuliff ? Mr. Tucker ? Si vous voulez bien me suivre.

Le grand Noir sortit de voiture. Sam et Alex l'imitèrent. Le chauffeur et le troisième larron restèrent à l'intérieur. Une fois les passagers débarqués, la voiture repartit dans un rugissement de moteur.

— Où vont-ils ? s'enquit McAuliff d'une voix blanche.

— Cacher la voiture, répondit le Noir. Il y a souvent des patrouilles aériennes la nuit. Ils cherchent à repérer ce genre de terrain, avec l'espoir d'intercepter un petit avion faisant de la contrebande de ganja.

— Je pensais que c'était plus au nord que l'on cultivait de l'herbe, annonça Tucker.

Le Jamaïquain éclata de rire.

— Ganja, herbe, pavot…, aux quatre points cardinaux ! C'est une industrie florissante. Mais ce n'est pas notre truc. Venez, rentrons à l'intérieur.

La porte de la petite ferme s'ouvrit à leur approche. Le vendeur métis qu'Alex avait vu chez Tallon se tenait dans l'encadrement.

L'intérieur était meublé à la spartiate ; des chaises de bois, une grosse table ronde au milieu de la pièce unique, un lit de camp militaire contre un mur. Le côté antique du mobilier était contrebalancé par la présence d'une radio sur une desserte à droite de la porte. La lumière à la fenêtre provenait d'une lampe à abat-jour installée à côté de l'appareil. On entendait le ronronnement d'un groupe électrogène fournissant l'électricité nécessaire.

Cette observation des lieux dura à peine quelques instants. La seconde suivante, McAuliff aperçut un second personnage, se tenant dans l'ombre, à l'autre bout de la pièce, le dos tourné. Cette silhouette — la coupe de la veste, la ligne des épaules, la taille cintrée, le pantalon bien coupé — ne lui était pas inconnue.

L'homme se retourna ; la lumière de la petite table éclaira son visage.

Charles Whitehall contempla McAuliff en silence puis hocha la tête d'un air dubitatif.

La porte s'ouvrit, et le chauffeur de la Chevrolet entra dans la pièce avec son acolyte. Il se dirigea aussitôt vers la table circulaire, s'y installa et retira sa casquette, révélant son crâne chauve.

— Je m'appelle Moore. Barak Moore, Mr. McAuliff. Pour vous tranquilliser, sachez que l'on a appelé votre amie, Alison Booth. Vous êtes officiellement parti au ministère pour un entretien.

— Elle n'avalera jamais ça, répliqua Alex.

— Si elle cherche à en savoir davantage, on lui dira que vous avez rendez-vous avec Latham dans un entrepôt. Il n'y a donc aucun souci à se faire de ce côté-là.

Sam Tucker se tenait près de la porte, détendu, mais curieux. Fort comme un roc. Ses gros bras étaient croisés sur sa poitrine, sa peau tannée par le soleil de Californie semblait comme du vieux cuir indestructible. Charles Whitehall se tenait à côté de la fenêtre, le long du mur de gauche, avec sur son visage raffiné un air d'arrogance et de mépris.

Le métis de la poissonnerie et les deux « guérilleros » jamaïquains s'étaient installés le long du mur d'en face, à l'écart. Barak Moore était visiblement leur supérieur.

— Je vous en prie, asseyez-vous, annonça Moore en montrant les chaises autour de la table.

Elles étaient au nombre de trois. Tucker et McAuliff échangèrent un regard ; il n'y avait pas de raison de refuser. Ils s'approchèrent de la table et s'assirent. Charles Whitehall resta debout à côté de la fenêtre. Moore leva les yeux vers lui.

— Tu ne te joins pas à nous ?

— Uniquement lorsque j'aurai envie de m'asseoir, répondit Whitehall.

Moore esquissa un sourire et parla, sans quitter Whitehall des yeux.

— Notre vieux Charley a du mal à supporter d'être dans la même pièce que moi, et encore moins à la même table.

— Qu'est-ce qu'il fait ici, dans ce cas ? s'enquit Sam.

— Il ne se doutait pas qu'il se retrouverait dans cette situation il y a encore quelques minutes. Nous avons échangé les pilotes à Savanna-la-Mar.

— Il s'appelle Charles Whitehall, expliqua Alex à l'intention de

Sam. Il fait partie de l'équipe. Je n'imaginais pas non plus le trouver ici.

— C'est quoi, votre branche, mon gars ? demanda Tucker en se laissant aller contre le dossier de sa chaise.

— La Jamaïque... « mon gars »

— Je demandais ça comme ça. Fallait pas y voir d'offense.

— C'est raté, répondit Whitehall, laconique.

— Charley et moi, reprit Moore, nous sommes aux antipodes sur l'échiquier politique. Dans votre pays, vous avez vos hooligans. Ici aussi, et, à ses yeux, j'en fais partie, pour des raisons plus ou moins similaires : trop rustre, trop bruyant, trop vulgaire. Un barbare dans la juste et digne croisade de Charley. Et lui, c'est le rebelle gentleman, vous voyez ce que je veux dire. Moore agita les mains sous son nez, avec l'air affecté d'un danseur de ballet. Mais nos révoltes sont différentes, radicalement différentes. Je veux une Jamaïque pour tous, et toi, Charley, seulement pour quelques-uns.

— Tu es aussi obtus qu'il y a dix ans, répliqua Whitehall sans bouger. La seule chose qui ait évolué, chez toi, c'est ton nom, Bramwell Moore. Whitehall eut un petit rire moqueur. « Barak »..., c'est aussi ridicule et naïf que la cause que tu défends ; on croirait entendre le chant d'un crapaud au fond des bois.

Moore déglutit avant de répondre.

— Cela ne me dérangerait pas outre mesure de t'abattre sur-le-champ, comme tu l'imagines. Mais ce serait une aberration stratégique, tout comme les solutions que tu prônes pour notre pays. Nous avons un ennemi commun. Ce n'est pas le moment de nous tirer dans les pattes, *brother-fascita* !

— On croirait entendre les paroles du Politburo... Tu les as apprises par cœur ou tu as un papier sous les yeux ?

— Ça suffit ! intervint McAuliff avec fureur. Vous pouvez vous entretuer ou vous traiter de tous les noms, je m'en contrefiche ! Mais je veux rentrer à mon hôtel. Il se tourna vers Barak Moore. Si vous avez quelque chose à me dire, dites-le et finissons-en.

— Il a raison, Charley, concéda Moore. On reprendra cette discussion plus tard... Je vais essayer, comme on dit, de résumer la situation. Il se tourna vers Whitehall. Un résumé très succinct... Il existe un grand projet concernant toute une partie de l'île — un projet qui vise à exclure toute la population. C'est une réalité. La mort de Piersall en est la preuve. Votre prospection géologique est intimement liée à ce projet, en toute logique. C'est pourquoi le ministère et la Royal Society ont, sciemment ou non, dissimulé l'origine des intérêts financiers en jeu. De plus, Mr. McAuliff ici présent n'est pas sans ignorer ces faits, puisqu'il est en liaison avec les services secrets britanniques, par l'intermédiaire de cette ordure de Tallon. Voilà pour le résumé. Alors, qu'est-ce qui se trame là-dessous ? demanda Moore en fixant Alex des yeux, ses pupilles noires ressemblant à deux petits cratères enchâssés dans son visage massif. Vous devez bien en avoir une petite idée, Mr. McAuliff ?

Sam Tucker intervint.

— Avant que vous ne lui fracassiez la tête contre le mur, déclara-t-il à la surprise d'Alex, je vous rappelle que je ne fais pas partie de votre bande. Je ne dis pas que ce ne sera jamais le cas, mais, pour l'instant, ce n'est pas fait, mon gars.

— Je pensais que cette question vous intéresserait autant que moi, Tucker.

L'absence de « Mr. » devant le nom de Sam était le signe que Moore avait pris ombrage de s'être entendu appeler « mon gars ». Le chef guérillero ignorait que Tucker utilisait ce dénominatif pour tout le monde.

— C'est le cas, rétorqua Sam Tucker. Cela m'intéresse beaucoup. Mais attendez un peu avant d'utiliser les grands moyens. Il se tourna vers McAuliff. Je crois qu'il est temps que tu leur dises ce que tu sais, Alex.

McAuliff regarda tour à tour Tucker, Moore et Whitehall. Durant son entraînement avec Hammond, on ne l'avait pas préparé à une telle confrontation. Il ne pouvait que se raccrocher aux conseils de base : *Rester simple. Toujours partir de la vérité.*

— Les services secrets anglais, et tous ceux qu'ils représentent, ont autant envie que vous d'empêcher ce projet. Mais ils ont besoin d'informations et considèrent que c'est le « Halidon » qui les détient. Ils veulent entrer en contact avec ce groupe. Je suis supposé servir d'intermédiaire.

Alex ne savait pas trop quel effet aurait cette déclaration, mais certainement pas celui qui suivit. Le visage massif de Moore, grotesque sous son crâne d'œuf, passa lentement de l'impassibilité à l'amusement, puis de l'amusement à une franche hilarité qui lui déformait les traits en un masque hideux ; une hilarité malveillante. Sa bouche s'ouvrit toute grande, et un fou rire le prit. Il y avait de la cruauté dans ce rire-là.

Un autre rire fusa du côté de la fenêtre, plus aigu, comme le cri d'un chacal. L'élégant Charles Whitehall riait lui aussi à gorge déployée, la tête renversée en arrière, les bras croisés sur sa veste taillée sur mesure. Il ressemblait à l'un de ces prêtres orientaux amusés par l'ignorance de leurs novices.

Les trois Jamaïquains sur leurs chaises riaient aussi, en silence, leurs dents blanches luisant dans la pénombre, le corps traversé de soubresauts.

— Qu'est-ce qu'il y a de si drôle ? lança McAuliff, agacé par cette humiliation.

— Drôle ? Vous êtes encore bien en deçà de la vérité ! C'est la mangouste qui chasse le serpent mortel, et c'est le serpent qui voudrait avoir des amis ? lança Moore en poussant de nouveau son rire malveillant. C'est contraire aux lois de la nature !

— Ce que Moore cherche à vous dire, McAuliff, annonça Whitehall, en s'approchant de la table, c'est qu'il est bien présomptueux d'imaginer que le « Halidon » serait prêt à coopérer avec les Anglais. C'est inconcevable. Ce sont les Halidonites de cette île qui ont bouté les Britanniques hors de la Jamaïque. En d'autres termes, jamais ils ne feront confiance au MI 5.

— Qu'est-ce que le « Halidon », au juste ? demanda Alex à Whitehall, qui se tenait immobile, les yeux rivés sur Moore.

— Une force, répondit Whitehall.

McAuliff regarda alors Barak Moore, qui soutenait le regard de Whitehall.

— C'est plutôt vague, remarqua Alex.

— Personne dans cette pièce n'est en mesure de vous en dire davantage, répondit Moore en se tournant vers Alex.

— Il n'y a pas d'identité cernable, expliqua Whitehall. Le « Halidon » est une curie occulte, un tribunal sans palais de justice. C'est la stricte vérité. Personne ne vous mentirait sur ce sujet... Demandez donc à ces trois hommes, à cette troupe d'élite de Moore si...

— C'est toi qui parles d'« élite », Charley ! Ce mot-là ne fait pas partie de mon vocabulaire ! lança Barak avec mépris.

— Ils sont insaisissables, poursuivit Whitehall, impassible. À mon avis, il ne doit pas y avoir plus de cinq cents personnes sur toute l'île qui ont entendu parler du « Halidon ». Moins de cinquante doivent connaître l'un de ses membres. Et ceux-là préféreraient endurer les colères d'Obeah plutôt que de révéler leur identité.

— « Obeah ! » répéta Sam Tucker avec un ton qui trahissait son sentiment à ce sujet — il n'avait aucune sympathie pour l'occultisme de l'île qui emplissait de terreur des milliers d'autochtones —, l'équivalent jamaïquain du vaudou de Haïti. Obeah, c'est de la foutaise, mon gars ! Plus tôt vos villageois comprendront ça, mieux ils se porteront !

— Vous faites une grave erreur en pensant que cette croyance se

176

limite aux seuls villages reculés, annonça Whitehall. En Jamaïque, Obeah n'est pas devenu une attraction touristique. Nous avons trop de respect pour lui.

— Du respect ? répéta Alex en regardant Whitehall. Vous y croyez, vous aussi ?

Whitehall leva les yeux vers McAuliff, avec dans son regard une pointe d'amusement.

— Oui, Mr. McAuliff. J'ai du respect pour Obeah. J'ai remonté sa trace jusqu'à la mère Afrique. J'ai vu ce qu'il a fait dans les velds [1], dans la jungle. J'ai dit « respect ». Je n'ai pas dit foi ou croyance.

— Alors le « Halidon » est une organisation, conclut McAuliff en sortant ses cigarettes. Barak Moore en accepta une ; Sam Tucker se redressa sur sa chaise. Une société secrète qui a des antennes partout. Par quel miracle ? Grâce à Obeah ?

— En partie, répondit Moore en allumant sa cigarette avec la maladresse du fumeur occasionnel. Ils sont également très riches. On dit que leur fortune dépasse l'entendement humain.

Soudain, la vérité se fit jour en McAuliff ; il l'avait sous les yeux depuis le début. Il regarda tour à tour Barak Moore et Charles Whitehall.

— Nom de Dieu ! Vous êtes comme moi, comme le MI 5 ! Vous mourez d'envie de rentrer en contact avec le « Halidon » !

— C'est vrai, répondit Moore en écrasant sa cigarette à peine consumée sur la table.

— Pourquoi ? insista Alex.

Ce fut Charles Whitehall qui répondit.

— Nous avons affaire à deux géants, McAuliff. Un Blanc, un Noir. Le « Halidon » doit l'emporter.

---

1. Mot néerlandais. Plateaux d'Afrique du Sud recouverts par la savane. *(N.d.T.)*

15.

La rencontre dans la ferme isolée sur les contreforts des Blue Mountains dura jusqu'à deux heures du matin.

Un objectif commun avait été entériné : entrer en contact avec le «Halidon».

Puisque Moore et Whitehall estimaient que le «Halidon» ne traiterait jamais directement avec les services secrets britanniques, McAuliff accepta de collaborer avec les deux frères ennemis jamaïquains. Barak et sa troupe d'«élite» assureraient la sécurité durant la prospection. Deux des trois hommes adossés au mur de la ferme prendraient l'avion pour Ocho Ríos et seraient engagés dans l'équipe comme porteurs.

Même si les deux Noirs suspectaient que McAuliff leur cachait certaines choses, ils n'en laissèrent rien paraître. Ils acceptèrent ses explications — narrées déjà une première fois à l'intention de Whitehall ; cette mission, pour Alex, était une sorte d'investissement à long terme en vue de collaborations ultérieures. Via Kingston, le MI 5 était venu ultérieurement se greffer sur le projet et faire pression sur lui.

Moore et Whitehall semblaient comprendre sa situation ; McAuliff connaissait certaines difficultés qui n'avaient rien à voir avec leur affaire commune et ce n'est que lorsqu'il serait certain que ces problèmes extérieurs ne constituaient en rien un obstacle à leur projet qu'il pourrait en parler librement. Les circonstances l'avaient entraîné dans une guerre qui n'était pas la sienne, mais une seule question prévalait : assurer la sécurité de son équipe.

Et empocher les millions de dollars en jeu.

Provenant de l'un ou l'autre de leur ennemi — la Dunstone ou les services secrets britanniques.

— Le MI 6 ne vous a donc pas dit qui se cachait derrière cette spéculation foncière ? s'étonna Barak Moore. Cela dépasse pourtant de loin les capacités de leurs larbins de Kingston.

— Si les Britanniques parviennent à entrer en contact avec le « Halidon », ils leur diront ce qu'ils savent, répondit McAuliff. J'en suis persuadé. Ils veulent jouer cartes sur table, c'est ce qu'ils m'ont assuré.

— Autrement dit, les Britanniques supposent que le « Halidon » en sait long sur cette affaire, ajouta Whitehall d'un air pensif. Curieux...

— Ils ont sans doute de bonnes raisons de le croire, répondit Alex avec précaution. Il y a eu l'expédition précédente...

Les Jamaïquains étaient au courant. Le massacre était soit la preuve de l'opposition du « Halidon » au projet, soit un acte de barbarie perpétré par quelque bande de criminels hantant les collines du Cockpit. Impossible de trancher.

Des cercles se mêlant à d'autres.

Et le marquis de Chatellerault ? Pourquoi avait-il insisté à ce point pour rencontrer Whitehall à Savanna-la-Mar ?

— Le marquis est un angoissé, répondit Whitehall. Il a des intérêts à travers toute l'île. Et cette expédition ne lui dit rien qui vaille.

— Cela ne vous a pas chatouillé l'esprit que Chatellerault pourrait être personnellement impliqué dans cette histoire ? demanda McAuliff en vrillant ses yeux dans ceux de l'historien. C'est du moins la conclusion qu'en ont tiré le MI 5 et le MI 6. Tallon m'a appris ça cet après-midi.

— Si c'est le cas, le marquis se méfie donc de ses collègues.

— Chatellerault a-t-il parlé de quelqu'un d'autre dans l'équipe ? demanda Alex, redoutant d'entendre la réponse.

Whitehall regarda McAuliff et répondit simplement :

— Il y a fait quelques allusions, mais j'ai tout de suite coupé court. Toute autre considération était hors sujet ; je le lui ai dit on ne peut plus clairement.

— C'est tout à votre honneur.

— Il n'y a pas de quoi.

Sam Tucker releva ses sourcils broussailleux, l'air perplexe.

— Qu'est-ce qui était « dans le sujet » ? Qu'est-ce qu'il voulait, au juste ?

— Être tenu informé des avancées de la prospection. Que je lui rapporte toutes les découvertes.

— Qu'est-ce qui lui laissait croire que vous alliez accepter ? demanda Sam en se penchant sur sa chaise.

— Primo, je serais rétribué grassement pour ça. Et, secundo, il pouvait y avoir des retombées intéressantes pour moi, ce qui, réflexion faite, ne saurait être le cas.

— Ah ! ah ! s'exclama Moore. Je vois que notre Charley est à vendre ! Ils savent qu'avec moi ça ne marcherait pas !

Whitehall lança un regard chargé de mépris à son corévolutionnaire.

— Vous ne savez rien qui vaille la peine d'ouvrir son portefeuille. Whitehall ouvrit son étui à cigarettes en argent sous le nez de Moore, qui esquissa une grimace, puis le posa délicatement à côté de lui et alluma sa cigarette. Continuons. Je n'ai aucune envie de passer la nuit ici !

— Très bien. Moore les regarda tour à tour. Nous voulons donc la même chose que les Britanniques. Joindre le « Halidon ». Il avait prononcé le mot à la créole : *hollydawn*. Mais ce sont les Halidonites qui devront venir à nous. Pour une raison évidente : nous ne pouvons crier sur tous les toits que nous sommes à leur recherche. Ce n'est pas le genre de gars à se montrer à découvert.

— Je ne comprends rien à tout ça ! lança Tucker en allumant un petit cigare, mais une chose est sûre ; si vous ne vous bougez pas le cul pour les trouver, vous risquez d'attendre longtemps.

— Il existe peut-être un moyen. Grâce à Piersall. Moore eut un moment d'hésitation, comme s'il cherchait ses mots. Pendant des mois, Piersall a tenté de percer le mystère du « Halidon », de comprendre qui ils étaient. Il s'est plongé dans l'histoire des Antilles, il est remonté jusqu'aux Arawak, jusqu'en Afrique, pour essayer de déchiffrer l'énigme. Moore marqua une pause et observa Whitehall. Il a lu tes bouquins, Charley. Je lui ai dit que tu étais un menteur, une brebis galeuse. Mais il soutenait que tu ne mentais pas dans tes livres… À partir d'une myriade de détails et d'indices, le professeur Piersall a réussi à reconstituer le « puzzle », comme il disait. Les résultats de ses recherches se trouvent à Carrick Foyle.

— Une petite minute, intervint Sam Tucker, agacé. Nous avons discuté, Piersall et moi, pendant deux jours, sans discontinuer. Sur la Martha Brae, dans l'avion, au Sheraton. Il ne m'a jamais parlé de ça. Étrange, non ?

Tucker jeta un regard vers les deux hommes assis contre le mur, qui avaient été du voyage depuis Montego Bay.

— Il allait le faire, répondit le grand Noir qui leur avait parlé dans la Chevrolet. Il préférait attendre que McAuliff soit avec vous. Ce n'est pas le genre d'histoires que l'on raconte plusieurs fois.

— Et que lui a donc révélé le puzzle complet ?

— Une partie seulement, précisa Moore. Seule une partie du puzzle a été assemblée. Mais le professeur Piersall a pu émettre des hypothèses. La première, c'est que le « Halidon » est une branche issue de la tribu des Coromantees. Ils se sont séparés du groupe originel après la guerre des Marrons, parce qu'ils n'étaient pas d'accord avec les traités qui demandaient aux communautés de nègres marrons, c'est-à-dire aux Coromantees, de pourchasser et de récupérer les esclaves en fuite pour le compte des Britanniques. Les Halidonites ne voulaient pas se faire les chasseurs de têtes de leurs frères de couleur. Pendant des années, ils vécurent une vie de nomades. Il y a environ deux cents ou deux cent cinquante ans, ils se sont fixés dans une région. En un lieu inconnu et inaccessible. Mais ils ne se coupèrent pas du monde extérieur pour autant. Des jeunes gens, triés sur le volet, y furent envoyés en mission par leurs aînés. Jusqu'à aujourd'hui, la tradition s'est perpétuée. Il fallait aller chercher des femmes à l'extérieur pour enfanter et éviter les écueils de la consanguinité… Deux autres faits ont aussi été établis : la communauté du « Halidon » vit quelque part dans les montagnes, sur des plateaux battus par les vents — Piersall en était persuadé. Dernier point : le « Halidon » dispose d'immenses ressources… Voilà les quelques pièces du puzzle. Il en manque encore beaucoup.

Pendant un moment, personne ne parla. Ce fut Sam Tucker qui rompit le silence le premier.

— C'est une sacrée histoire, mais je ne vois pas en quoi cela nous avance. Ce n'est pas ça qui les fera sortir de leur trou. Et comme on ne peut pas aller les chercher… Bon sang ! Si cette tribu vit dans les montagnes depuis deux siècles et que personne ne les a trouvés, on n'est pas près d'y arriver ! Je ne vois toujours pas ce fameux « moyen » que nous aurait offert Walter.

— Si les conclusions de Piersall sont justes, répondit Charles Whitehall, c'est par notre connaissance de ce groupe que le contact se fera, Mr. Tucker.

— Vous pourriez être plus clair ? demanda Alex.

Avec une déférence soudaine, l'historien jamaïquain se tourna avec respect vers le guérillero hirsute.

— Je crois que Barak a donné la solution il y a quelques instants, et je vais lui laisser tout de suite la parole. Il faut effectivement donner au « Halidon » une bonne raison de vouloir nous contacter.

— Exactement. Si les Halidonites apprenaient que l'existence de leur tribu, et de leur immense richesse, était mise au jour par un petit groupe de gens dignes de foi, ils ne tarderaient pas à leur envoyer un émissaire. Leur fortune est leur bien le plus précieux, pensait Piersall.

Ils voudront la sauver à tout prix. Mais ils doivent être convaincus d'avoir été découverts… Voilà le moyen en question.

— Et qui doit-on convaincre ? demanda Alex.

— Il faut envoyer quelqu'un à Marron Town, en bordure du Cockpit. Cette personne devra demander une audience avec le colonel des Marrons, offrir de l'argent, beaucoup d'argent. Selon Piersall, cet homme, dont le titre est passé de génération à l'intérieur d'une même lignée tribale, est le seul lien avec le « Halidon ».

— On devra lui raconter notre histoire ?

— Non, McAuliff. Même le colonel des Marrons n'est pas digne de confiance. De toute façon, cela n'aurait aucun sens pour lui. Les travaux de Piersall montrent que les Halidonites ont gardé un lien spirituel avec leurs frères d'Afrique, un *nagarro*.

— C'est de l'akwamu, précisa Whitehall. Cette langue est morte, mais on en trouve des traces dans les dialectes ashanti et mossai-grusso. *Nagarro* est un concept que l'on pourrait traduire par « esprit incarné ».

— Un esprit…, commença à répéter Alex, avant de s'interrompre. Une preuve. Donnez-moi une preuve tangible…

— Bien sûr, répliqua Whitehall.

— Je vous écoute.

— Elle se trouve dans un autre mot, répondit Moore. Dans le sens même du mot « Halidon ».

— Et qu'est-ce qu'il signifie ?

— Je n'en sais rien.

— Nom de Dieu ! explosa Tucker.

Moore posa la main sur son bras pour le calmer.

— Mais Piersall en a découvert la signification. Voilà le secret que l'on doit livrer au colonel des Marrons. À lui, ensuite, de transmettre la nouvelle dans les montagnes.

McAuliff serra les dents, faisant de son mieux pour conserver son calme.

— Nous ne pouvons fournir ce que nous n'avons pas, lâcha-t-il.

— Mais nous l'avons ! rétorqua Moore. Il y a un mois, Piersall m'a emmené chez lui, à Carrick Foyle. Il m'a donné ses instructions. S'il lui arrivait quoi que ce soit, je devais me rendre quelque part dans les bois de sa propriété. On m'avait fait mémoriser l'endroit. Là, enterré profondément sous terre, il y avait un paquet emballé dans du plastique. Et, dans ce paquet, un papier ; dessus, la signification du mot « Halidon ».

Le chauffeur pour le trajet de retour à Kingston était visiblement le bras droit de Moore, celui qui avait fait la conversation durant le voyage aller. Il s'appelait Floyd. Charles Whitehall était assis à l'avant avec lui ; Alex et Sam Tucker avaient pris place à l'arrière.

— Si vous avez besoin d'une explication pour justifier votre absence, annonça Floyd à la cantonade, vous avez eu une longue réunion pour préparer le matériel dans un entrepôt du ministère sur Crawford Street, près des quais. C'est très facile à vérifier.

— Qui pourra confirmer cette réunion ? demanda Sam.

— Un dénommé Latham. C'est lui qui s'occupe des...

— Latham ? lança Alex, ne se rappelant que trop précisément sa conversation au téléphone de l'après-midi. Mais c'est lui qui...

— Nous savons, l'interrompit Floyd en le gratifiant d'un large sourire dans le rétroviseur. Il est avec nous.

Alex se glissa dans sa chambre le plus discrètement possible. Il était près de trois heures et demie du matin. Le Courtleigh Manor était plongé dans le silence, les jeux de la nuit avaient pris fin. Il ferma la porte avec précaution et, sur la pointe des pieds, traversa la pièce couverte de moquette épaisse. Une lumière était allumée dans la chambre d'Alison, la porte de communication était entrouverte d'une vingtaine de centimètres. La chambre de McAuliff était plongée dans l'obscurité. Alison avait éteint toutes les lampes ; il était sûr de les avoir laissées allumées à son départ, cinq heures plus tôt.

Pourquoi avait-elle fait ça ?

Il s'approcha de la porte entrebâillée tout en retirant sa veste.

Il y eut un clic dans son dos. Il se retourna. La seconde suivante, la lampe de chevet s'illuminait, diffusant dans la pièce sa lueur pâlotte ; seul le centre de l'abat-jour était réellement brillant.

Alison était dans son lit et s'était redressée. Elle tenait dans sa main droite la petite bombe à gaz mortel «fournie, comme elle disait, par la police de Londres». Elle la reposa à côté d'elle, la dissimulant sous les couvertures.

— Bonjour, Alex.

— Bonjour.

Il y eut quelques secondes d'embarras.

— Je suis restée dans ta chambre parce que je me suis dit que ton ami Sam risquait d'appeler ici. Je n'aurais pas entendu le téléphone, de là-bas.

— J'aurais préféré que ce fût pour d'autres raisons, dit-il en souriant.

Il s'approcha du lit. Elle ramassa sa bombe et tourna l'embout. Il y eut un nouveau clic. Puis elle déposa l'étrange petite arme sur la table de nuit.

— Je voulais aussi que l'on se parle.

— Je sens les reproches arriver..., déclara-t-il en s'asseyant. Je n'ai pas pu t'appeler... Tout est allé si vite. Sam a refait surface ; il a traversé le hall de l'hôtel comme si de rien n'était, s'étonnant de me voir en colère... Et pendant qu'il était à la réception Latham a appelé. Il avait l'air pressé. Je crois qu'il a été pris de court lorsqu'il a appris que j'allais à Ocho Ríos demain. Un tas de matériel n'est pas encore arrivé à Boscobel et...

— Ton téléphone n'a pas sonné, l'interrompit tranquillement Alison.

— Pardon ?

— Latham n'a pas appelé dans ta chambre.

McAuliff s'était préparé à cette objection. Pour une fois qu'il se souvenait de ce genre de détail...

— J'avais dit à la réception que nous allions dîner. Il sont venus me chercher au restaurant.

— Pas mal, Alex.

— Comment ça ? J'ai demandé au type de la réception de te prévenir. On était vraiment pressés. Latham voulait qu'on le retrouve dans un entrepôt... sur Crawford Street, près des quais, avant que les bureaux des douanes ne ferment pour la nuit.

— Ça, c'est moins bien. Tu peux mieux faire.

McAuliff vit de la gravité dans les yeux d'Alison. Et de la colère.

— Pourquoi dis-tu ça ?

— Aucun « type de la réception » ne m'a appelée, annonça-t-elle en caricaturant l'accent américain d'Alex de façon volontairement blessante. C'est un soi-disant « assistant » de Latham qui m'a téléphoné. Pas très convaincant, lui non plus. Il n'a pas trop su quoi répondre lorsque je lui ai demandé de me passer Latham. Il ne s'attendait pas à ça. Tu savais que Gerald Latham habite dans le district de Barbican, à Kingston ? Et que son numéro de téléphone est dans l'annuaire ?

Alison se tut ; le silence sembla interminable.

— Il était chez lui ? articula Alex.

— Oui, il était chez lui, répliqua-t-elle. Ne te fais pas de souci. Il ne sait pas qui l'a appelé. J'ai eu tout d'abord une femme. Lorsqu'il est venu en ligne, j'ai raccroché.

McAuliff prit une profonde inspiration et sortit son paquet de cigarettes de sa poche. Il ne voyait pas grand-chose à dire.

— Je suis désolé, souffla-t-il.

— Moi aussi, répondit-elle doucement. Je te donnerai ma lettre de démission demain matin. Il faudra que tu me fasses un petit chèque pour couvrir mon transport et autres frais. Je suis au sou près, en ce moment. Mais je trouverai bien un truc.

— Tu ne peux pas faire ça, répliqua McAuliff avec une détermination qui l'étonna lui-même.

Alison parlait sérieusement. Elle était prête à quitter l'équipe. C'était la preuve qu'elle n'avait pas menti quant aux raisons de son exil en Jamaïque.

— Tu ne vas pas démissionner parce que j'ai eu le malheur de te cacher ce que j'ai fait pendant quelques heures ! Nom de Dieu, Alison, tu n'es pas ma nounou !

— Descends de tes grands chevaux et ne joue pas les offusqués ! Tu n'es pas crédible non plus dans ce rôle-là… Je ne veux pas plonger de nouveau dans cet enfer. J'en ai soupé ! Plus jamais, tu m'entends ! Brusquement, sa voix se brisa et sa respiration se fit courte. La peur brillait dans ses yeux. C'est au-dessus de mes forces.

Il la dévisagea.

— Qu'est-ce que tu veux dire ?

— Tu m'as raconté ton long entretien avec la police cet après-midi. Le commissariat, le bureau, les officiers…, avec moult détails, Alex. Il se trouve que je les ai appelés après avoir téléphoné chez Latham. Il ne t'ont jamais vu.

16.

Il devait remonter au début de cette histoire de fous — au tout début. Ne rien lui cacher. Se soulager de ce poids.

Tout lui dire, jusqu'au moindre détail. Pour que cela ait un sens, s'il y en avait un.

Tout en racontant son histoire, Alex essayait d'analyser une nouvelle fois ce qui s'était passé. Il parlait lentement, d'une voix monocorde ; le soliloque d'un homme perdu dans les brumes de la confusion.

Il y avait eu ce curieux message de la Dunstone qui lui avait fait quitter New York pour Londres, et ce type nommé Julian Warfield ; puis l'«analyste financier» du Savoy, dont la carte annonçait «R.C. Hammond, British Intelligence» ; le cauchemar de vivre simultanément dans deux mondes qui se voulaient, l'un comme l'autre, occultes. Les entraînements, les rendez-vous secrets, les changements de voiture, le recrutement d'une équipe de scientifiques sous de faux prétextes. Le jeune et faible James Ferguson, embauché pour espionner l'équipe par un dénommé Arthur Craft junior, qui ne semblait pas se satisfaire d'être l'un des hommes les plus riches de la Jamaïque ; l'arrogant Charles Whitehall, qui, malgré son intelligence et son érudition, restait un fanatique d'une idéologie honteuse et obsolète ; un petit îlien arthritique, dont le sang français et africain mêlé lui avait ouvert les portes de l'aristocratie jamaïquaine et du MI 6, via son séjour à Eton et Oxford.

L'histoire racontée par Sam Tucker, narrant l'étrange métamorphose de Piersall, anthropologue débonnaire, transformé par la «fièvre de l'île» en farouche gardien de son sanctuaire des tropiques.

Et enfin le guérillero au crâne rasé dénommé Barak Moore. Et tout ce petit monde cherchait une «curie occulte» nommée «Halidon».

Une histoire de fous. Mais tout ce qu'il y avait de plus réelle.

Le soleil dardait ses premiers rayons entre les nuages qui s'écorchaient aux Blue Mountains. McAuliff s'assit sur le rebord du balcon ; les senteurs moites de l'aube montant de la terre humide et de la palmeraie s'insinuèrent dans ses narines, rafraîchissant son visage.

Il arrivait au terme de son récit. Il avait parlé sans interruption pendant près de deux heures. Restait à aborder le cas du marquis de Chatellerault.

Alison était toujours dans le lit, adossée aux oreilles, et ses yeux lourds de sommeil le regardaient toujours sans faiblir.

Quelle allait être sa réaction lorsqu'il allait citer le nom de Chatellerault ? Il hésitait.

— Tu es fatiguée ; moi aussi. Tu ne veux pas que l'on termine demain matin ?

— C'est déjà le matin.

— Plus tard, dans la journée, alors.

— Non. Je préfère tout entendre d'un bloc.

— Il en reste encore pas mal...

— Cela veut dire que tu as gardé le meilleur pour la fin. Je me trompe ? dit-elle en ayant du mal à dissimuler son inquiétude.

Elle détourna les yeux et contempla le ciel pâlissant derrière les baies vitrées. La lumière avait déjà changé — un mélange de jaune et d'orange, typique des aubes jamaïquaines.

— La suite te concerne...

— Je le sais bien. Je l'ai compris hier soir. Son regard se posa de nouveau sur McAuliff. Je ne voulais pas l'admettre, mais je le sentais. C'était trop beau pour être vrai.

— Chatellerault, murmura-t-il. Il est ici.

— Oh non ! souffla-t-elle.

— Il ne peut rien te faire. Crois-moi.

— Il m'a suivie...

McAuliff se leva, s'approcha d'Alison et s'assit au bord du lit ; il lui caressa les cheveux.

— Si je pensais qu'il pouvait te faire du mal, je ne t'en aurais jamais parlé. Je me serais simplement arrangé pour... l'écarter.

Seigneur ! songea Alex. Les mots lui venaient avec une facilité terrifiante. Quand parlerait-il d'« exécution », d'« élimination » ?

— Tout a été programmé depuis le début et je fais partie du programme. Elle regarda les palmiers, laissant la main d'Alex lui caresser la joue. J'aurais dû m'y attendre. Jamais ils ne laisseraient partir quelqu'un aussi facilement.

— Qui ça ?

— Tous, mon chéri, répondit-elle en lui prenant la main et en portant ses doigts à ses lèvres. Peu importe les noms qu'on leur donne — sigles, numéros, couvertures officielles... J'étais pourtant prévenue, je ne peux pas dire le contraire.

— Comment ça ? Il lui prit le menton et la força à le regarder. Comment as-tu été prévenue ? Par qui ?

— À Paris, une nuit. Il y a à peine trois mois. Je sortais d'un dernier rendez-vous chez... Fantomas and Co, comme je disais à l'époque.

— Interpol ?

— Exactement. J'ai rencontré un type avec sa femme. Dans une salle d'attente. Ce genre de chose ne doit jamais se produire ; la confidentialité est une donnée primordiale, mais quelqu'un avait dû se tromper de salle... C'étaient des Anglais. On décida de dîner ensemble. C'était un concessionnaire Porsche de Macclesfield. Lui et sa femme étaient au bout du rouleau. Ils avaient été recrutés parce que dans sa branche, le commerce des voitures, on pouvait facilement faire transiter des bons au porteur volés dans les Bourses européennes. À chaque mission, il pensait que c'était la dernière, mais ils trouvaient toujours un moyen de le faire replonger, le plus souvent sans même lui demander son avis. Cela durait depuis près de trois ans ; il n'en pouvait plus. Ils voulaient quitter l'Angleterre. S'expatrier à Buenos Aires.

— Il pouvait toujours dire non. Personne ne l'obligeait à accepter.

— Ne sois pas naïf, mon chéri. Chaque nouveau nom est un crochet de plus, chaque nouvelle méthode de contrebande découverte est une carte de plus dans ton expérience, expliqua Alison d'un ton sinistre. Sitôt que tu as mis le pied dans le royaume de l'espionnage, tu es marqué à vie.

— Une fois encore, tu n'as rien à craindre de Chatellerault.

Alison marqua un instant d'hésitation.

— Cela peut sembler étrange, Alex, je ne suis pas une grande courageuse, je n'ai pas la fibre héroïque pour deux sous, mais ce n'est pas lui qui m'inquiète. Ce sont eux qui me terrifient. Ils ne me laisseront jamais en paix. Peu importent les promesses, les accords, les garanties. C'est trop tentant pour eux. Sitôt qu'un classeur ou un fichier d'ordinateur est activé et sort le nom de Chatellerault, le mien apparaît automatiquement dans une banque de données. C'est comme ça : résultat aussi implacable que deux et deux font quatre. Ta vie ne t'appartient plus. Cela n'a jamais de fin. Et la peur revient diriger ton existence.

Alex passa son bras autour de ses épaules.

— Il n'y a pas de fatalité, Alison. Nous pouvons faire nos bagages et partir.

— Non, mon chéri, non…, tu ne peux pas partir. Tu ne le vois donc pas ? Pas de cette manière. Songe à ce que tu laisses derrière toi : contrats en tous genres, fichiers et dossiers noircis de mots, de tes propres mots… Tu ne pourras jamais les nier. Tu passes une frontière, il te faut des papiers ; tu travailles, il te faut des références. Idem pour conduire une voiture, prendre l'avion, mettre de l'argent sur un compte… Ils ont toutes les armes. Tu ne peux pas te cacher. Pas de ces gens-là.

McAuliff la lâcha et se leva du lit. Il ramassa la bombe à gaz posée sur la table de nuit, examina l'inscription, la date de délivrance, puis se dirigea vers les portes-fenêtres du balcon, prenant instinctivement une profonde inspiration ; il planait dans l'air une odeur ténue d'arôme de vanille et d'épices.

Rhum et vanille.

La Jamaïque.

— Tu te trompes, Alison. Nous n'avons nul besoin de nous cacher. Pour toutes sortes de raisons, nous devons achever ce que nous avons entrepris ; en cela, tu dis vrai. Mais tu en tires de fausses conclusions. Cela peut avoir une fin. Il y en aura une, il se retourna vers elle, je te le promets.

— J'aimerais te croire. Vraiment. Mais je ne vois pas de solution.

— Il existe une vieille tactique d'infanterie : face au danger, attaque le premier. Les types d'Interpol et tous les Hammond de la Terre se servent de notre peur pour nous manipuler. Nous savons qu'ils peuvent ruiner dans l'instant le bel ordonnancement de nos vies. C'est de bonne guerre ; ce sont des salauds et ils sont volontiers prêts à le reconnaître. Mais t'es-tu jamais demandé tout le mal que nous pourrions leur faire ? Parce que, nous aussi, nous pouvons être des salauds. Et c'est la carte que nous allons jouer, avec une flopée de gardes armés pour protéger nos flancs. Le dénouement de cette histoire mettra un point final à tout cela pour eux comme pour nous.

Charles Whitehall était assis dans son fauteuil, son petit verre de Pernod sur la table à côté de lui. Il était six heures du matin ; il n'était pas parti se coucher. Inutile d'essayer. Le sommeil ne viendrait pas.

Deux jours sur l'île, et les anciennes plaies, vieilles de dix ans, se rouvraient déjà. Il ne s'attendait pas à ça ; il pensait pouvoir tout contrôler ; et c'est lui qui était manipulé.

L'ennemi, les ennemis n'étaient pas ceux qu'il brûlait de combattre depuis dix ans : ni les rois de Kingston ni les extrémistes comme Barak Moore. Son nouvel ennemi était plus méprisable, infiniment plus dangereux, parce qu'il avait les moyens de mettre la main basse sur sa tendre Jamaïque.

D'abord par la corruption, avant la prise de pouvoir définitive.

Il avait menti à Alexander McAuliff. À Savanna-la-Mar, Chatellerault avait reconnu sans hésitation faire partie de la spéculation concernant la paroisse de Trelawny. Les services de renseignements britanniques avaient raison. Les capitaux du marquis étaient impliqués dans l'aménagement de certains secteurs de la côte nord et du Cockpit, et il entendait bien que ses investissements soient dûment protégés. Charles Whitehall devait constituer le premier rempart ; s'il échouait dans sa mission, il serait aussitôt éradiqué. C'était aussi simple que cela. Chatellerault avait été on ne peut plus explicite sur ce point. Assis en face de lui, avec son petit sourire gaulois, il avait annoncé les faits..., cité les noms du réseau occulte que Whitehall avait tissé dans l'île durant les dix dernières années.

Il avait gardé le pire pour la fin : la description du plan — ordre et tactique — que Charles et son parti politique comptaient suivre pour prendre le pouvoir à Kingston.

La mise en place d'une dictature militaire avec pour général en chef un civil craint de tous, le « Prétorien de Jamaïque » serait le titre, Charles Whitehall l'incarnation.

Si Kingston avait vent de ce projet, toute l'opération avorterait dans l'œuf.

Chatellerault annonça toutefois que leurs objectifs mutuels n'étaient pas forcément incompatibles. Il existait des terrains d'entente possibles, d'un point de vue philosophique, politique et économique. Mais, avant toute chose, il y avait ce projet pour la côte nord ; à effet immédiat ; prémice de toute collaboration future.

Le marquis ne nomma pas ses partenaires — Whitehall eut l'impression que Chatellerault ne les connaissait pas tous lui-même —, mais il ne semblait pas leur vouer une confiance aveugle ; certains pour des questions de motivation, d'autres pour des questions d'efficacité. Il évoqua un certain problème, un cafouillage, mais ne s'étendit pas sur le sujet.

Il faisait évidemment allusion à la première équipe de prospection.

Que s'était-il passé ?

Le « Halidon » était-il responsable ?

Était-il capable d'enrayer la machine ?

Existait-il réellement ?

Il devrait étudier les documents de Piersall, l'anthropologue ; faire le tri entre les fabulations exotiques des étrangers et les réalités de l'île. Il y eut une époque, dix ans plus tôt, où les rasta étaient les porte-drapeaux de la colère africaine, avant qu'ils ne se révèlent simplement des fumeurs de joints, des amoureux des dreadlocks et du farniente. Il y avait eu aussi les Pocomaniens, avec leurs prêtres barbus, pour qui les orgies sexuelles faisaient partie intégrante de la mission d'amour du bon chrétien : un « aimez-vous les uns les autres » à grande échelle. Ou encore les sectes anansi, héritières du vieux culte ashanti de l'araignée, qui dans sa toile contenait tout le destin du monde.

Il y avait ainsi des myriades de groupuscules, paranoïaques, éparpillés, obscurs.

En quoi le « Halidon » — le *Hollydawn* — était-il différent ?

Pour l'heure, la question ne revêtait pas une importance cruciale. L'essentiel, pour Charles Whitehall, c'était d'assurer sa survie et la pérennité de son ambitieux projet. Pour y parvenir, il allait être obligé de s'attirer les bonnes grâces de Chatellerault, d'infiltrer son empire financier.

Et de faire équipe avec son plus vieil ennemi, Barak Moore.

Deux adversaires avec qui il allait devoir collaborer — deux ennemis de la Jamaïque.

James Ferguson chercha à tâtons l'interrupteur de la lampe de chevet. Dans ses efforts, il renversa un cendrier et un verre qui se brisèrent sur le sol. Le jour filtrait à travers les doubles rideaux — il en était conscient, malgré les éclairs de douleur qui lui traversaient les yeux et les tempes de part en part. Une douleur telle qu'elle lui occultait la vue par instants. Il regarda sa montre, la main en visière pour se protéger de la lumière aveuglante de la lampe de chevet. Six heures quinze.

Seigneur ! Il avait une horrible migraine ; des larmes perlaient au coin de ses yeux ; des tisons ardents lui vrillaient le cou, tétanisant ses épaules et ses bras ; son estomac semblait contracté, révulsé. Penser à autre chose, vite, sinon, il allait vomir.

Cette fois il n'y avait eu aucune supercherie quant à la quantité d'alcool qu'il avait ingurgitée la veille. McAuliff ne pourrait pas l'accuser de jouer la comédie. Il avait réellement bu beaucoup. Et pour de bonnes raisons.

Il fallait fêter la victoire.

Arthur Craft lui avait téléphoné, complètement paniqué, hystérique.

Craft junior avait été pris la main dans le sac. McAuliff avait découvert la chambre où se trouvait le magnétophone, il avait frappé un type sévèrement. Craft hurlait au téléphone, voulant savoir comment McAuliff avait eu vent de son existence.

Certainement pas par lui, avait rétorqué Ferguson. Jimbo était une tombe. Il n'avait pas dit un mot.

Craft avait explosé de rage ; c'était « ce putain de nègre », cet « enculé de négro » qui avait craché le morceau ! « Ce connard n'est pas près de passer les portes d'un palais de justice, avait-il ajouté, si on en arrive à cette extrémité ».

... « à cette extrémité ».

— Tu ne m'as jamais vu ! hurlait Craft junior. On ne s'est jamais parlé ! On ne se connaît même pas ! Rentre-toi bien ça dans la tête, espèce de petit con.

— Bien sûr, bien sûr..., Mr. Craft, avait répliqué Ferguson. Mais le problème, c'est que nous nous sommes parlé, n'est-ce pas ? On ne peut pas réécrire l'histoire.

Il avait été pétrifié par ses propres paroles ; il les avait bel et bien prononcées — doucement, sans emphase, certes, mais le message était clair.

Arthur Craft junior se trouvait dans une position délicate. Il ne fallait plus crier, mais se montrer poli, voire attentionné.

Ils s'étaient parlé, c'était un fait indéniable...

Craft avait saisi la situation dans l'instant. Compréhension marquée tout d'abord par son silence, puis confirmée par sa réponse.

— Je vous rappellerai.

Cela avait été si simple... Et si Craft junior n'était pas satisfait, s'il voulait inverser la vapeur, il n'avait qu'à se tourner vers sa fondation richissime. Il y avait sûrement une place, là-bas, pour un jeune et talentueux botaniste.

Lorsqu'il avait raccroché la veille au soir, James Ferguson s'était senti gagné par une onde de sérénité. Une sorte de force tranquille, celle-là même qui l'envahissait lorsqu'il était derrière ses éprouvettes, lorsqu'il savait ses yeux et son esprit infaillibles.

Il faudrait, certes, jouer serrer, mais c'était faisable.

C'était après cette joyeuse conclusion qu'il s'était saoulé.

Et maintenant sa tête et son estomac lui faisaient souffrir le mar tyre. Mais il tiendrait bon, la douleur refluait déjà. C'était la chance de sa vie !

Il consulta de nouveau sa montre. Sa vieille Timex. Six heures vingt-cinq. Une montre de supermarché, mais précise en diable.

Il aurait bientôt au poignet une Breitling avec chronomètre ; un nouveau matériel photo, parmi le plus cher du marché ; et un compte en banque florissant.

Une vie de pacha.

À condition de bien jouer le coup.

Le téléphone sonna du côté de Peter Jensen, mais ce fut sa femme qui l'entendit la première.

— Peter... Peter... Pour l'amour du ciel ! Réponds !

— Quoi ? Qu'est-ce qu'il y a, marmonna Peter Jensen en clignant des yeux.

La pièce était sombre, mais la lueur du jour filtrait à travers les doubles rideaux.

Le téléphone retentit à nouveau. Une sonnerie brève et rapide, typique des standardistes d'hôtel, faite pour ménager les clients.

Peter Jensen tendit le bras et alluma la lumière. Le réveil indiquait huit heures moins dix. La sonnerie retentit de nouveau, avec plus d'insistance.

— Nom de Dieu ! grommela Peter en s'apercevant que le combiné se trouvait derrière la lampe et nécessitait de nouvelles contorsions pour l'atteindre.

— Mr. Peter Jensen ? demanda une voix d'homme inconnue.

— Oui. Qu'est-ce que c'est ?

— Ici Cable-International, Mr. Jensen. Un télégramme vient d'arriver il y a quelques minutes. De Londres. Je vous le lis ? C'est marqué « urgent ».

— Non ! répliqua Peter Jensen avec autorité. Non, ne faites pas ça. J'attendais ce pli ; il est plutôt long, n'est-ce pas ?

— C'est exact, Mr. Jensen.

— Faites-le-moi donc porter dans ma chambre, s'il vous plaît. C'est possible ? Courtleigh Manor. Chambre 401. Inutile de passer par la réception.

— Comme vous voudrez, Mr. Jensen. Tout de suite. Il y aura des frais supplémentaires pour le...

— Bien sûr, bien sûr, l'interrompit Jensen. Apportez-moi ça au plus vite.

— Ce sera fait, Mr. Jensen.

Vingt-cinq minutes plus tard, le coursier de Cable-International arriva. Quelques instants plus tôt, le service d'étage venait d'apporter le petit déjeuner — melon, thé et scones. Peter Jensen ouvrit la double page du télégramme et l'étendit sur la nappe de lin. Il s'était équipé d'un stylo.

En face de lui, Ruth étudiait un papier tout en buvant son thé. Elle aussi avait un stylo à portée de la main, posé à côté de sa soucoupe.

— Le nom de la société est « Parkhurst », annonça Peter.

— Je l'ai, annonça Ruth en reposant sa tasse de thé.

Elle approcha sa feuille, prit son stylo et fit une marque.

— L'adresse est « Sheffield by the Glen », poursuivit Peter en levant les yeux vers sa femme.

— Continue, répliqua-t-elle en faisant une deuxième marque.

— Les microscopes doivent être vérifiés.

— Parfait. Ruth fit une troisième marque sur le côté gauche de sa feuille et examina ses autres annotations puis reporta son attention sur le coin inférieur droit de la page. Tu es prêt ?

Ruth Wells Jensen, paléontologue de son état, se mit à énumérer une série de numéros. Son mari commença à lire le texte du télégramme, entourant certains mots avec son stylo. Plusieurs fois, il demanda à son épouse de répéter un chiffre ; il recomptait alors les mots à partir du dernier cercle tracé et faisait une nouvelle marque.

Trois minutes plus tard, l'exercice était terminé. Peter Jensen avala une gorgée de thé et relut le télégramme pour lui-même. Sa femme étala de la confiture sur deux scones et replaça le couvre-théière.

— Warfield arrive par avion la semaine prochaine, annonça Peter Jensen. Il est de notre avis. McAuliff a été contacté.

Troisième partie

La côte nord

17.

Les paroles de Hammond lui revenaient en mémoire : *Vous vous habituerez à opérer sur des modes différents... Cela deviendra naturel, instinctif. Vous deviendrez bicéphale.*

L'agent des services secrets avait raison. La prospection en était à son neuvième jour et Alex s'apercevait que, durant des heures d'affilée, il n'avait d'autre pensée en tête que celle de s'acquitter de son travail immédiat.

Le matériel avait été acheminé par camion de l'aérodrome de Boscobel jusqu'à Puerto Seco, sur la Discovery Bay. Sam Tucker et Alison Booth étaient partis avec Alex pour Ocho Ríos avant le reste de l'équipe, s'offrant trois jours de détente tandis que McAuliff s'occupait de recruter chauffeurs et porteurs — deux sur les cinq ayant déjà été sélectionnés dans une petite ferme isolée des Blue Mountains. Comme Alex s'y attendait, Sam et Alison s'entendaient à merveille, tous deux étant d'un abord chaleureux, doublé d'un solide sens de l'humour et d'un grand professionnalisme. Il n'y avait aucune raison, par ailleurs, de cacher à Sam qu'Alison et lui étaient amants. Comme l'avait dit Tucker : « C'est le contraire qui m'aurait étonné ! »

Alex avait grand besoin du soutien de Sam. En effet, Alison ne devait jamais se retrouver seule en l'absence de McAuliff. En aucune circonstance.

Sam Tucker était le garde du corps idéal, songeait Alex, le meilleur des anges gardiens. C'était un homme plein de ressources, et parmi les plus teigneux qu'il eût connus. Il y avait chez lui une agressivité qui, une fois libérée, devenait réellement sauvage. Il valait mieux ne pas trouver Tucker en face de soi. Sous son aile, Alison était en parfaite sécurité.

Le quatrième jour avait marqué le début réel du travail. L'équipe logeait à mi-chemin entre Puerto Seco et Rio Bueno Harbour, dans un charmant hôtel balnéaire appelé Bengal Court. Le travail commençait vers six heures du matin. Le premier objectif de la prospection était de cartographier la côte avec exactitude. Alex et Sam Tucker s'occupaient des instruments de mesure.

Les azimuts étaient relevés le long du rivage, au moyen d'un théodolite. Les angles étaient ensuite reportés sur les cartes côtières fournies par l'Institut de la Jamaïque. Le plus souvent, ces cartes étaient imparfaites. Leur précision était suffisante pour les cartes routières et le cabotage, mais totalement inadaptée aux besoins d'une prospection géophysique. Pour avoir des relevés précis, McAuliff utilisait des géodimètres acoustiques qui, par analyse du temps de propagation aller-retour des ondes sonores entre instruments, établissaient avec exactitude les coordonnées de points géodésiques. Chaque profil, chaque élévation de terrain était ainsi relevé à la fois par les tracés acoustiques et par les théodolites.

Cette collecte de données était longue et fastidieuse, et les opérateurs suaient à grosses gouttes sous le soleil des tropiques. La seule note de gaieté était offerte par la présence d'Alison à leurs côtés, même si c'était le plus souvent à son corps défendant. Alex se montrait, sur ce point, inflexible. Il avait demandé aux hommes de Moore de rester à moins de trente mètres d'elle, à toute heure de la journée, et avait ordonné à Alison de ne jamais sortir de son champ de vision.

C'était un souhait irréaliste ; McAuliff ne pourrait faire appliquer cette consigne que quelques jours. Alison avait du travail à faire, encore peu sur la côte, mais beaucoup lorsqu'ils s'enfonceraient dans les terres. Ce n'était que l'excès de zèle du débutant face à une pression trop forte ; Alex n'arrivait pas encore à chasser le reste du monde de ses pensées — il ne le souhaitait même pas.

Rapidement, vous apprendrez à déployer vos antennes..., ce sera un sixième sens. Vous entrerez dans une sorte de rythme..., une seconde nature..., c'est la seule façon de ne pas perdre en chemin l'un ou l'autre de vos objectifs. Grâce à lui, vous gagnerez peu à peu de la confiance.

Sacré Hammond !

D'accord, mais pas les premiers jours ; la confiance était encore un concept totalement étranger. Même si, et il était bien obligé de le reconnaître, la peur refluait... peu à peu, imperceptiblement. À ses yeux, ce recul était dû au fait qu'il était occupé physiquement et qu'il avait pu demander à Sam et aux deux « hommes d'élite » de Moore de veiller sur Alison. À chaque fois qu'il relevait la tête, Alison était là — sur la plage, dans un canot — à recueillir des échantillons de roche, à montrer le fonctionnement d'une carotteuse.

Mais n'étaient-ce pas ces antennes mystérieuses qui se déployaient déjà ? Ce reflux de la peur, le signe avant-coureur d'une confiance naissante ? Hammond ! Peigne-cul dédaigneux ! Manipulateur ! Diseur de bonnes vérités...

Mais pas de toute la vérité.

Le rivage bordant la plage de Braco était dangereux, des récifs de corail s'avançaient sur des centaines de mètres au milieu des rouleaux. McAuliff et Sam Tucker s'aventurèrent en rampant sur les montagnes miniatures de polypes, coupants comme des rasoirs, pour installer leurs géodimètres et leurs enregistreurs. Les deux hommes en revinrent griffés de toutes parts, avec les muscles endoloris et mal au dos.

C'était le troisième jour, marqué par l'heureuse venue d'Alison. Elle avait réquisitionné un capitaine et son bateau de pêche à fond plat et, accompagnée par ses deux hommes d'escorte, elle avait débarqué sur le récif avec un panier repas contenant un poulet froid. Ils passèrent tous ensemble une heure agréable à déjeuner sur la plus inconfortable des aires de pique-nique qui soient sur Terre.

Floyd, le révolutionnaire, qui avait guidé le bateau vers son mouillage hasardeux entre les récifs, fit toutefois remarquer que le sable de la plage était plus confortable et moins humide.

— Mais il faudrait qu'ils reviennent ici pour continuer à travailler, avait répliqué Alison, en tenant son grand chapeau de paille pour se protéger du soleil.

— Vous avez une femme pleine d'attentions, lança le compagnon de Floyd à Alex, un grand type, peu loquace d'ordinaire, dénommé Lawrence.

Tout autour de leur perchoir de corail — il n'y avait pas d'autre description possible —, les vagues se brisaient sur la base du récif dans des gerbes d'écume, faisant naître d'évanescents arcs-en-ciel dans les embruns. À l'horizon, deux cargos se croisaient, l'un se dirigeant vers la pleine mer, l'autre faisant cap vers les quais de chargement de bauxite, sur le flanc est de la Runaway Bay. Un yacht luxueux fendait la houle à quelques centaines de mètres de leur poste d'observation, partant pour la pêche au gros ; les passagers du yacht tendirent le doigt dans leur direction, surpris de voir cinq silhouettes humaines en train de pique-niquer sur la pointe d'un récif de corail.

McAuliff regarda ses compagnons répondre aux passagers du yacht. Sam Tucker se leva en faisant de grands gestes vers le corail à ses pieds et se mit à hurler :

— Des diamants ! Des diamants !

Floyd et Lawrence, arborant leurs torses nus et musclés, éclatèrent de rire. Lawrence détacha un bloc, le brandit au-dessus de sa tête et le lança à Tucker.

— Il y en a pour une fortune ! cria Sam à nouveau. Une fortune !

Alison, dans son jean et sa petite saharienne trempée par les embruns, se joignit à cette petite comédie. Elle prit le bloc de corail que lui présentait Tucker avec affectation et le tint du bout des doigts comme s'il s'agissait d'un bijou de grande valeur. Une bourrasque balaya soudain le récif. Alison lâcha la pierre pour retenir son chapeau que le vent soulevait. Mais le chapeau lui échappa des mains et disparut derrière un bloc de polypes. Avant qu'Alex ait eu le temps de réagir, Lawrence s'élança, sautant d'un pied sûr entre les rochers, et descendit vers l'eau. En quelques secondes, il récupéra le chapeau, complètement trempé, remonta sans le moindre effort sur la corniche et rendit son bien à Alison.

L'incident n'avait pas duré plus de dix secondes.

— Il faut garder votre chapeau sur la tête, miss *Aleesawn*. Le soleil est méchant. Sinon, vous allez cuire comme un poulet.

— Merci, Lawrence, répondit Alison en enfonçant son couvre-chef sur sa tête. Vous courez sur ces rochers comme sur un green de golf !

— Lawrence est un grand caddy, miss Alison, lança Floyd, toujours assis. Au Negril Golf Club, tout le monde se l'arrache, pas vrai, Lawrence ?

Lawrence esquissa un sourire et se tourna vers Alex.

— C'est vrai. Au Negril, on me demande tout le temps. Je sais tricher. Je leur sors leur balle d'endroits impossibles et la remets sur l'herbe. Je crois que tout le monde le sait. C'est pour ça qu'ils me demandent tout le temps.

Sam Tucker se rassit en riant.

— Et tout le temps des beaux pourboires, pas vrai ?

— Plein ! concéda Lawrence.

— Et sans doute davantage, ajouta McAuliff en regardant Floyd. Le Negril Golf Clud était un endroit très sélect. Et plein d'infos…

— Exact, répondit Floyd en esquissant un sourire complice. C'est comme ça. Les grands de Westmoreland parlent beaucoup affaires sur le parcours.

Alex se tut. Cette scène lui paraissait surréaliste. Ils étaient là, tous les cinq, à manger du poulet froid sur un bout de récif à trois cents mètres du rivage, à faire des farces aux passagers fortunés d'un yacht et à deviser gaiement sur les renseignements que l'on pouvait glaner sur un green de golf.

Deux Noirs révolutionnaires recrutés dans un groupe de guérilleros des montagnes ; un « soldat de fortune » entre deux âges (Sam n'aurait pas aimé ce cliché, mais il lui allait à merveille) ; une ravissante jeune femme, anglaise et divorcée, qui venait ajouter à ses références le rôle d'informatrice pour Interpol ; un ancien de l'infanterie âgé de trente-huit ans qui six semaines plus tôt croyait encore débarquer à Londres pour négocier un simple contrat de prospection géologique.

Cinq personnages, chacun sachant que l'autre n'était pas ce qu'il semblait être, chacun tenant son petit rôle, parce qu'il n'y avait pas d'autre alternative.

Ce n'était pas surréaliste, c'était de la folie. Une fois de plus, McAuliff s'aperçut qu'il était le moins expérimenté des cinq en ces circonstances particulières. Et, pourtant, c'étaient ces mêmes circonstances — où les compétences n'avaient nul droit de cité — qui faisaient de lui leur chef.

De la folie pure.

Le septième jour avait été une journée de travail harassante, sans aucun moment de repos. Alex et Sam avaient cartographié la côte jusqu'à Burwood, situé à huit kilomètres de l'embouchure de la Martha Brae, limite occidentale de leur zone de prospection. Les Jensen et James Ferguson, de leur côté, avaient poursuivi tranquillement leur installation, équipant des tables de microscopes, réchauds, fioles, instruments de mesure, produits chimiques, et autres articles nécessaires à la pratique de leur art. Il ne fut fait aucune découverte notable dans le secteur — ce qui ne surprit personne, le rivage ayant été largement étudié en vue d'implantations de complexes industriels ou touristiques et les particularités du site ayant fait l'objet de publications. Puisque les analyses de Ferguson allaient de pair avec les études de sol de Sam Tucker, le jeune homme se proposa d'effectuer les premiers prélèvements pédologiques, pour permettre à Tucker d'achever les relevés topographiques avec Alex.

Voilà pour la prospection proprement dite ; mais il se produisit un événement troublant, extraprofessionnel, que personne ne put expliquer. Ce furent les Jensen qui en virent la première manifestation.

Un bruit. Un simple bruit. Une plainte étouffée, un vagissement qui sembla les accompagner tout l'après-midi.

La première fois qu'ils entendirent ce gémissement, il semblait monter des broussailles derrière les dunes. Ils crurent qu'il s'agissait d'un animal blessé ou d'un petit enfant dont la souffrance dépassait le stade des simples larmes. Ce bruit leur donna la chair de poule.

Les Jensen gravirent les dunes et explorèrent les fourrés, se frayant un chemin dans la végétation luxuriante dans l'espoir de découvrir l'origine de ces terribles plaintes.

Mais leurs recherches furent vaines.

L'animal, l'enfant, ou quoi que ce fût, s'était évaporé.

Peu après, un peu plus tard ce même après-midi, James Ferguson accourut sur la plage, l'air paniqué et ahuri. Il remontait les ramifications d'une grande fougère rampante pour trouver son point d'ancrage — la plante avait pris racine dans une anfractuosité de roches dominant le rivage. Il se trouvait au-dessus du précipice, au milieu des lianes, lorsqu'une vibration, une simple vibration tout d'abord, lui avait traversé tout le corps. Puis il y avait eu un hurlement, un cri perçant, à la fois suraigu et puissant, qui manqua, dit-il, lui percer les tympans.

Il avait perdu l'équilibre sous le choc et s'était agrippé aux lianes pour ne pas tomber dans le précipice.

Terrifié, il avait détalé à toutes jambes et rejoint les autres sur la plage en contrebas.

James se trouvait à moins de deux cents mètres du groupe.

Et personne n'avait rien entendu.

Whitehall fut victime d'une autre manifestation du phénomène. L'historien marchait le long du rivage, mi-plage, mi-forêt, de la Bengal Bay. Une simple promenade matinale, histoire d'entretenir sa forme, avec la vague intention de rallier la pointe.

Après avoir parcouru environ deux kilomètres, il s'était assis sur un grand rocher surplombant l'océan. Il avait alors entendu un bruit derrière lui. Il s'était aussitôt retourné, s'attendant à apercevoir un oiseau s'envoler ou une mangouste détaler dans les sous-bois.

Mais il n'y avait rien.

Il contempla de nouveau les flots qui battaient le rocher à ses pieds lorsque, soudain, il y eut un grand bruit, une cacophonie hurlante, comme un tourbillon de vents en furie. Cela dura à peine quelques instants, puis ce fut le silence.

Whitehall s'était agrippé au rocher, sous le choc, et sondait du regard la forêt. Il n'y avait rien de particulier, si ce n'était cette douleur lancinante dans ses tempes endolories.

Mais Charles Whitehall était un homme de science, et un homme de science est cartésien. Il en avait conclu que, quelque part dans la forêt, un arbre gigantesque venait de s'écrouler sous le poids des siècles. Dans sa chute, les tonnes de bois se déchirant, explosant fibre à fibre dans l'épaisseur du tronc, étaient à l'origine de ce phénomène.

Cette explication ne convainquit toutefois personne.

Alex observait Whitehall pendant qu'il exposait son hypothèse. Il ne semblait guère convaincu lui-même. Des choses inexplicables venaient de se produire mais ils étaient tous, avant tout, des scientifiques — des hommes du rationnel et de l'explicable. Peut-être chacun d'eux préférait-il se rassurer avec les explications de Whitehall. Alexander fit de même. Il ne pouvait pas s'attarder sur ce détail. Trop de travail les attendait.

Séparer les objectifs.

Alison pensait avoir trouvé quelque chose d'intéressant ; avec Floyd et Lawrence, elle entreprit donc de faire une série de sondages le long de la baie et sur les promontoires coraliens. Ses échantillons montraient qu'il existait une strate de lignite enchâssée dans le socle calcaire de l'océan. D'un point de vue géologique, cette présence n'était pas surprenante : des centaines de milliers d'années plus tôt, des coulées de lave avaient englouti des masses de bois et de fibres végétales. Il n'en restait pas moins que, si l'on comptait planter des piliers pour édifier des jetées ou des quais, les sociétés de construction allaient devoir en tenir compte dans le plan des fondations.

La passion d'Alison pour son travail était un grand soulagement pour McAuliff. Totalement absorbée par ses sondages, elle se plaignait moins des restrictions qu'Alex lui imposait. Plus important encore, il pouvait observer à loisir la surveillance rapprochée de Floyd et de Lawrence. Les deux hommes s'acquittaient de cette tâche à merveille, avec finesse et discrétion. À chaque fois qu'Alison s'éloignait sur la plage ou s'enfonçait dans les bois, il y avait toujours l'un des deux hommes avec elle, parfois les deux ensemble, à côté, devant ou derrière. Ils étaient comme des félins à l'affût, prêts à bondir, tout en sachant se faire oublier. Leur présence semblait naturelle aux côtés d'Alison ; ils étaient toujours en train de porter quelque chose, jumelles, boîtes d'échantillons, carnets…, tout ce qui leur tombait sous la main, dissimulant savamment leur véritable rôle.

La nuit, McAuliff avait droit à une protection supplémentaire offerte gracieusement : Floyd et Lawrence montaient la garde à tour de rôle dans les couloirs et sur les pelouses de l'hôtel Bengal Court. Alex s'en aperçut la nuit du huitième jour, lorsque, à quatre heures du matin, il se leva pour aller chercher des glaçons dans la machine installée au pied du bâtiment. Il avait envie d'un verre d'eau fraîche.

Lorsqu'il tourna au coin du corridor pour rejoindre la niche extérieure où se trouvait le distributeur de glaçons, il aperçut une silhouette derrière le grillage qui bordait la pelouse. Elle disparut aussitôt, sans le moindre bruit de pas.

McAuliff récupéra rapidement les glaçons dans son petit seau, referma la porte de métal et revint dans le couloir. Dès qu'il fut hors de vue, il posa le seau de glaçons à ses pieds et se plaqua derrière le coin du bâtiment, dos au mur.

Il y eut un mouvement.

McAuliff jaillit de sa cachette, avec la ferme intention de sauter sur l'individu, quel qu'il soit, qui approchait. Poings serrés, il bondit sur la silhouette, s'apercevant trop tard qu'il s'agissait de Lawrence.

— Hé ! s'exclama le Noir à mi-voix, perdant l'équilibre sous le poids d'Alex.

Les deux hommes finirent leur chute sur la pelouse.

— Nom de Dieu, souffla McAuliff, allongé par terre à côté de Lawrence. Qu'est-ce que tu fais là ?

Lawrence sourit dans l'obscurité ; il secoua la main qu'Alex maintenait plaquée dans son dos.

— Vous êtes un costaud, chef. Et un rapide.

— Tu m'as surtout fait une peur bleue. Qu'est-ce que tu fiches ici ?

Lawrence expliqua rapidement son cas, en s'excusant. Avec Floyd, ils avaient passé un arrangement avec le gardien de nuit — un vieux pêcheur qui faisait ses rondes, armé d'un fusil dont il ne savait visiblement pas se servir. Barak Moore leur avait ordonné de monter la garde ; ils l'auraient fait de toute façon, avec ou sans ordre à l'appui, précisa Lawrence.

— Vous dormez quand ?

— On dort, ne vous inquiétez pas, répliqua Lawrence. À tour de rôle.

Alex retourna dans sa chambre. Alison se redressa dans son lit à son arrivée.

— Tout va bien ? demanda-t-elle, angoissée.

— Mieux que ça. Une armée miniature veille sur nous nuit et jour. Nous n'avons rien à craindre.

L'après-midi du neuvième jour, McAuliff et Tucker atteignirent le lit de la Martha Brae. Les tracés des géodimètres et les relevés des théodolites furent scellés hermétiquement et stockés dans le camion de matériel. Peter Jensen donna ses analyses des minerais côtiers et ses échantillons ; sa femme, Ruth, avait trouvé des traces de plantes fossiles enchâssées dans le corail, mais cette découverte n'avait guère de valeur ; James Ferguson, chargé de la double analyse des substrats et de la flore, présenta le résultat attendu de ses travaux. Seule la trouvaille d'Alison concernant cette couche de lignite fut une réelle surprise.

Tous les résultats devaient être expédiés par camion à Ocho Ríos pour y être photocopiés. McAuliff annonça qu'il se chargerait personnellement de cette duplication ; ces neuf jours avaient été éprouvants pour tout le monde. Le lendemain serait dédié au repos. Ceux qui voulaient aller à Ochee feraient le voyage avec lui ; les autres pouvaient aller à Montego ou s'adonner au farniente sur la plage du Bengal Court. Le travail reprendrait le matin du onzième jour.

Chacun énonça ses projets, assis sur les berges de la rivière, en dégustant les inévitables paniers pique-nique fournis par l'hôtel. Seul Charles Whitehall, qui avait pu se promener à satiété sur la plage ces derniers jours, avait un programme précis pour le lendemain, programme dont il ne pouvait faire état publiquement. Il attira Alex à l'écart.

— Il faut que je voie, de toute urgence, les documents de Piersall. Je n'en dors plus la nuit, McAuliff, c'est la vérité vraie.

— On attend Moore. C'est ce qui est convenu.

— Mais quand ? Quand va-t-il se montrer, bonté divine ? Cela va faire dix jours demain ; et il avait dit avant dix jours, justement.

— Il n'a rien promis. Je suis aussi impatient que vous. Mais nous ne savons ni l'un ni l'autre où ce paquet est enterré, je vous le rappelle.

— Je ne risque pas de l'oublier.

Être bicéphale. Dissocier les tâches et les objectifs.

Hammond, toujours.

C'était, chez Whitehall, l'impatience de l'homme de science qui s'exprimait, tout autant que celle du conspirateur, peut-être même davantage. La curiosité d'un scientifique était quasiment inscrite dans ses gènes.

Les Jensen choisirent de rester à l'hôtel. Ferguson demanda une avance à McAuliff pour aller en taxi à Montego Bay. McAuliff, Sam Tucker et Alison Booth iraient en camion à Ocho Ríos. Charles Whitehall suivrait dans un vieux break, en compagnie de Floyd et de Lawrence : les guérilleros avaient insisté sur ce point.

Barak Moore était allongé dans les herbes hautes, jumelles au poing. C'était le soleil couchant. Des raies orange et jaune filtraient des frondaisons et éclairaient la façade blanche de la maison de Piersall, quatre cents mètres plus loin. Il vit deux silhouettes en uniforme — des policiers de la paroisse de Trelawny faisant le tour de la bâtisse, vérifiant les fenêtres et les portes. Ils laisseraient au moins un homme de garde cette nuit, comme d'habitude.

La police avait terminé ses investigations pour la journée, les plus longues, songea Barak, dans l'histoire de la paroisse. Cela faisait près de deux semaines qu'ils étaient dessus. Des gros bonnets de la ville étaient arrivés de Kingston : des types en costume élégant, des gens encore au-dessus de la police.

Ils ne trouveraient rien, Barak Moore en était certain.

Si Walter Piersall avait bel et bien caché ses trésors là où il le disait.

Barak ne pouvait plus attendre davantage. Il s'agissait simplement de récupérer un paquet qui se trouvait à moins de cent cinquante mètres de lui en ce moment précis, mais l'affaire était loin d'être aussi simple que ça. Il avait besoin de la coopération de Charles Whitehall — une coopération plus totale encore que ne le supposait l'historien ; il devait également pénétrer à l'intérieur de la maison pour récupérer les restes des écrits de Piersall : ses travaux d'anthropologie.

Travaux qui étaient emmurés dans la paroi d'une vieille citerne vide du sous-sol.

Walter Piersall avait descellé plusieurs pierres, creusé des niches dans la terre au-delà et rebouché les trous avec soin. C'était dans l'une de ces caches que se trouvaient ses recherches sur le « Halidon ».

Charles Whitehall ne serait d'aucune utilité si Moore ne récupérait pas ces documents. Les deux frères ennemis avaient besoin l'un de l'autre.

La police de Trelawny remonta dans les voitures ; un seul garde en uniforme resta en poste et salua le départ de ses collègues.

Lui, Barak, le révolutionnaire du peuple, allait devoir collaborer avec Whitehall, le traître. Leur propre guerre, voire la guerre civile, aurait lieu plus tard, comme c'est le lot de tant de jeunes nations.

Mais, avant toute chose, il y avait le Blanc à chasser. Lui et son argent, ses sociétés, sa soif inextinguible de pouvoir, s'abreuvant à la sueur des Noirs. C'était là la priorité. L'urgence des urgences.

Barak, emporté par le flux de ses pensées, se déconnecta quelques instants de la réalité. Lorsqu'il recouvra ses esprits, le garde avait soudain disparu de sa vue. Moore inspecta toute la zone avec ses jumelles, les côtés de la maison, la grande pelouse derrière qui plongeait dans la vallée. Une belle demeure de Blanc, songea Barak.

Elle était perchée sur une colline ; la route menant à la propriété était un long serpent sinueux montant de la George Valley, à l'ouest, et du lit de la Martha Brae, à l'est. Des manguiers, des palmiers, des hibiscus et des orchidées bordaient l'allée et se refermaient autour de la bâtisse blanche. Il s'agissait d'un long bâtiment avec des pièces spacieuses au rez-de-chaussée. Il y avait des grilles partout, aux fenêtres et aux portes. Les seules fenêtres vitrées se trouvaient dans les chambres à coucher à l'étage ; mais toutes étaient protégées par des volets de teck.

L'arrière de « High Hill », nom de la propriété, était la partie la plus vulnérable. À l'est de l'ancienne pâture où se cachait Moore, une pelouse en pente douce avait été taillée dans la forêt et les champs, semée de fétuque des Antilles, douce comme un gazon anglais ; les rochers peints d'un blanc éclatant semblaient des îles enneigées sur un océan vert.

Au milieu de la pelouse trônait une piscine, installée par Piersall, avec des carreaux bleu et blanc qui réfléchissaient les rayons du soleil avec le même éclat que l'eau turquoise du bassin. Autour de la piscine, Barak apercevait, disséminées, des tables et des chaises de jardin en fer forgé blanc, d'aspect fragile, mais résistantes à toutes les intempéries.

Le garde réapparut. Moore sursauta — mélange de colère et de surprise. Le garde jouait avec un chien, un doberman à l'air mauvais. Il n'y avait pas de chien, avant. C'était fâcheux. Peut-être pas, songea Moore au bout d'un moment. Cela signifiait que le garde allait rester seul pendant un certain temps. La police laissait des chiens avec ses hommes pour deux raisons : soit parce que le secteur était dangereux, soit parce qu'ils allaient devoir rester en poste plus longtemps que de coutume. Les chiens avaient plusieurs fonctions ; ils annonçaient le danger, ils protégeaient, et ils aidaient les humains à faire passer le temps.

Le garde lança un bâton au chien ; le doberman se rua autour de la piscine, manquant renverser une table au passage, et attrapa le bout de bois dans sa gueule. Avant que l'animal ait eu le temps de rapporter son trophée au policier, ce dernier lui lança un deuxième bâton, prenant de court le doberman, qui dut lâcher son bien pour aller chercher l'autre.

Voilà un imbécile, songea Barak, en regardant l'homme rire aux éclats. Il ne connaît rien aux animaux, et un homme qui ne s'entend pas avec les bêtes peut être facilement pris au piège.

Ce serait donc pour ce soir.

18.

C'était une nuit claire. La lune des Antilles, pleine aux trois quarts, éclairait le lit encaissé de la rivière. Ils avaient confectionné un radeau de bambou et descendu les flots vifs de la Martha Brae jusqu'aux abords de la propriété de Piersall. Ils accostèrent au fond d'une anse noyée d'ombres et tirèrent leur embarcation hors de l'eau, avant de la cacher sous des branches de palétuviers et de palmiers.

Barak, Alex, Floyd et Whitehall faisaient partie de l'expédition. Sam Tucker et Lawrence étaient restés au Bengal Court pour veiller sur Alison.

Le petit groupe gravit le versant, se frayant un chemin à travers l'épaisse végétation. La pente était raide, la progression lente et pénible. «High Hill» se trouvait à moins d'un kilomètre et demi devant eux, mais il leur fallut près d'une heure pour toucher au but. Charles Whitehall pestait, trouvant cette manœuvre d'approche ridicule. Puisqu'il n'y avait qu'un seul garde avec un chien, pourquoi ne pas arriver tranquillement par la route, garer les voitures à cinq cents mètres de l'entrée et faire le reste du chemin à pied ?

À l'inverse de Whitehall, Moore craignait que la police de Trelawny n'ait prévu quelques subtilités dans son système de sécurité.

Les autorités avaient peut-être installé des détecteurs électroniques dans l'allée menant à la propriété. De tels dispositifs avaient été utilisés dans les hôtels de Montego Bay, Kingston et Port Antonio pendant des mois. Il ne voulait pas prendre le risque de déclencher l'alarme.

Haletant sous l'effort, ils avaient finalement atteint la limite sud de la pelouse et contemplaient «High Hill», qui se dressait devant eux. La lune faisait luire les pierres blanches de la maison, lui donnant des allures de sanctuaire d'albâtre — lieu de paix, de grâce, bravant le temps. De la lumière filtrait à travers les volets dans deux pièces de la maison : le vestibule du rez-de-chaussée, donnant sur la pelouse, et une chambre au milieu du premier étage. Toutes les autres parties de la propriété étaient plongées dans la pénombre.

À l'exception de la piscine. Une légère brise nocturne fripait la surface de l'eau, des reflets turquoise y dansaient.

— Il faut les attirer dehors, annonça Barak. Lui et le chien.

— Pourquoi ? À quoi bon ? demanda McAuliff, des filets de sueur lui coulant dans les yeux. Il est seul et nous sommes quatre.

— Moore a raison, intervint Charles Whitehall. S'il y a un système électronique dehors, il y en a sûrement aussi à l'intérieur.

— Il doit avoir aussi une radio, renchérit Floyd. Je connais ce type de porte ; le temps de forcer la serrure, il aura déjà prévenu les autres.

— Falmouth est à une demi-heure et la police est là-bas, insista Alex. On sera loin, d'ici là.

— Pas sûr, objecta Barak. Il va nous falloir un certain temps pour trouver les bonnes pierres dans la citerne et les retirer… Mais commençons déjà par nous occuper du paquet. En route !

Barak Moore leur fit contourner la propriété par les sous-bois, jusqu'à rejoindre la vieille pâture. Il plaqua la main sur le verre de sa lampe et courut jusqu'à un groupe d'arbres à pain, à la lisière du pré constellé de rochers. Il s'accroupit au pied d'un tronc d'arbre, celui le plus au nord du bosquet ; les autres l'imitèrent.

— Parlez doucement, chuchota Barak. Les voix portent, sur ces collines. Le paquet est enterré à quarante-quatre pas à droite du quatrième rocher, suivant une diagonale nord-ouest à partir de cet arbre.

— Je reconnais là le choix d'un connaisseur, souffla Whitehall.

— Comment ça ? demanda McAuliff en voyant le grand sourire de l'historien luire sous la lune.

— Les symboles arawak pour la marche funèbre d'un guerrier allaient par multiples de quatre, et toujours à droite du couchant.

— Ce n'est guère rassurant, dit Alex.

— C'est comme pour vos Indiens d'Amérique du Nord, répliqua Whitehall. Les Arawak n'étaient pas rassurés non plus par l'homme blanc.

— Idem pour les Africains, Charley, lança Barak en rivant ses yeux dans ceux de Whitehall. Parfois, je me demande si tu n'oublies pas tes origines, puis, s'adressant à Floyd et à McAuliff : Suivez-moi. En file indienne.

Ils coururent, courbés derrière le révolutionnaire, dans les herbes hautes, chacun comptant les blocs qui défilaient. Un, deux, trois, quatre...

Au quatrième rocher, situé approximativement à cent cinquante mètres du bosquet d'arbres à pain, ils s'agenouillèrent autour du bloc. Barak couvrit le faisceau de sa lampe et éclaira le sommet du rocher. Il y avait une inscription gravée, à peine visible. Whitehall l'examina de plus près.

— Votre professeur Piersall avait une imagination galopante ; il n'hésitait pas à traverser les siècles. Il vient de passer des Arawak au Coromantees. Regardez. Whitehall passa son doigt sur la marque, éclairée par la lampe, et reprit à voix basse : Ce croissant tordu est une lune ashanti que les Coromantees laissaient pendant les chasses pour informer le reste de la tribu qui se trouvait à deux ou trois jours de marche derrière eux. Les entailles sur la face convexe du croissant déterminent la direction : une — vers la gauche ; deux — vers la droite. Leur position sur l'arc définit l'angle. Ici, deux encoches, en plein centre ; cela veut dire pile à droite du rocher face à la base du croissant.

Whitehall tendit le bras en direction du nord-est.

— Exactement comme l'avait dit Piersall, ajouta Barak en hochant la tête, avec une pointe d'ironie à l'égard des explications savantes de Whitehall.

Mais il y avait dans cette petite pique du respect, songea McAuliff en observant Moore, qui commençait à compter les quarante-quatre pas.

Piersall avait camouflé la cachette de son trésor. Il y avait un imposant bosquet de fougères à cet endroit de la pelouse. Le parterre avait été planté avec beaucoup d'adresse et paraissait parfaitement naturel ; personne n'aurait pu deviner que quelqu'un avait creusé un trou à cet endroit.

Floyd sortit une petite pelle accrochée à sa ceinture, déplia le manche et commença à creuser. Charles Whitehall s'agenouilla à côté du guérillero et se mit à gratter la terre à mains nues.

La boîte rectangulaire était enterrée profondément. Si les instructions de Piersall n'avaient pas été aussi précises sur ce point, ils auraient abandonné les recherches. La profondeur dépassait le mètre. Charles Whitehall supposait que le paquet avait été enfoui originellement à quatre pieds de profondeur. Le chiffre quatre magique des Arawak.

Lorsque la pelle de Floyd heurta un caisson métallique, Whitehall plongea le bras dans l'excavation et sortit la boîte de terre. Il passa les doigts sur le pourtour, tentant d'ouvrir le couvercle. C'était impossible, Whitehall s'en rendit compte en quelques instants. Il avait utilisé ce genre de conteneur des milliers de fois : c'était une boîte d'archives hermétique, dont les parois garnies de caoutchouc créaient à la fermeture un vide à l'intérieur du réceptacle. La boîte avait deux verrous, un à chaque extrémité, s'ouvrant avec deux clés différentes ; lorsque les clés tournaient dans les serrures, l'air pénétrait à l'intérieur, et au bout de quelques instants on pouvait retirer le couvercle. Les grandes bibliothèques utilisaient ce système pour conserver de vieux manuscrits — des manuscrits consultés par des chercheurs moins d'une fois tous les cinq ans, et qu'il fallait donc stocker avec soin. L'appellation « boîte d'archives » seyait à merveille à ces conteneurs capables de conserver des documents pendant mille ans.

— Donne-moi les clés ! dit Whitehall dans un souffle en se tournant vers Moore.

— Je n'ai pas de clés. Piersall ne m'a jamais parlé de clés.

— Nom de Dieu !

— Du calme ! intervint McAuliff.

— Rebouche le trou, ordonna Moore à Floyd. Et remets les fougères en place pour cacher le tout.

Floyd s'exécuta ; McAuliff lui donna un coup de main tandis que Whitehall fixait des yeux la boîte entre ses mains, plein de frustration.

— C'était un paranoïaque ! pesta-t-il entre ses dents en se tournant vers Moore. Tu disais qu'il s'agissait d'un paquet. D'un simple paquet enveloppé de plastique ! Pas ça ! Il va falloir un chalumeau pour ouvrir ce truc !

— Charley a raison, renchérit Alex, en pelletant la terre avec ses mains. C'était la première fois qu'il appelait Whitehall « Charley ». Pourquoi Piersall s'est-il donné toute cette peine ? Pourquoi ne s'est-il pas contenté de cacher cette boîte dans la citerne avec ses autres travaux ?

— Je n'ai pas les réponses à vos questions. Tout ce que je peux dire, c'est qu'il était très inquiet.

Le trou fut comblé. Floyd lissa la surface et replanta les fougères dans le sol meuble.

— Ça fera l'affaire, dit-il en repliant sa pelle pour la glisser dans son étui de ceinture.

— Comment allons-nous entrer dans la maison ? demanda McAuliff. Et attirer le garde dehors ?

— C'était le point délicat, mais j'ai finalement trouvé la solution, répliqua Barak. On va se servir de cochons sauvages.

— Bonne idée ! s'exclama Floyd.

— Dans la piscine ? demanda Whitehall, qui se doutait de la réponse.

— Exactement.

— Mais de quoi parlez-vous, à la fin ! lança McAuliff en dévisageant un à un leurs visages d'ébène sous la lune.

— Dans le Cockpit, répondit Moore, les cochons sauvages pullulent. Ils sont dangereux et causent beaucoup de dégâts. Nous sommes à moins de vingt kilomètres de la lisière du Cockpit. Il n'y aurait rien d'extraordinaire à ce que des cochons se soient aventurés jusqu'ici. Floyd et moi nous allons imiter leur cris. Vous et Charley allez lancer des cailloux dans la piscine.

— Et pour le chien ? demanda Whitehall. On ferait mieux de l'abattre.

— Non. Surtout pas de coup de feu ! On entendrait la déflagration à des kilomètres à la ronde. Je vais m'occuper du chien, annonça Moore en sortant un petit pistolet anesthésiant de sa poche. Nous avons des tas de ces petits joujoux dans notre arsenal. Allons-y.

Cinq minutes plus tard, McAuliff avait l'impression d'être retombé en enfance, s'apprêtant à jouer un mauvais tour. Barak et Floyd avaient rampé jusqu'à la lisière des hautes herbes bordant la pelouse manucurée. Supposant que le doberman se ruerait sur l'odeur humaine la plus proche, McAuliff et Whitehall s'étaient postés côte à côte à la droite des deux révolutionnaires, un tas de cailloux à leurs pieds. Ils devaient les lancer dans la piscine, le plus précisément possible, dès que Moore et son compagnon se mettraient à crier.

Le premier cri retentit.

Les hurlements perçaient le silence de la nuit avec des accents saisissants de vérité. Des cris de bêtes affolées, stridents à glacer le sang.

— *Eeewahee..., gnnarahha, gnnrahhaaa..., eeaww, eeaww..., eewahhee...*

McAuliff et Whitehall lancèrent leurs pierres dans le bassin. Les impacts des projectiles crevant la surface de l'eau se mêlaient aux hurlements. Une cacophonie assourdissante.

Les volets de la salle du rez-de-chaussée s'ouvrirent brusquement. La silhouette du garde se profila derrière la grille, fusil en main.

Soudain, un petit caillou heurta la joue de McAuliff. Le coup n'était pas violent, une simple façon d'attirer son attention. Alex tourna la tête vers l'origine de l'impact. Floyd agitait les bras dans les hautes herbes, faisant signe à McAuliff d'arrêter de lancer des pierres. Alex saisit la main de Whitehall. Ils cessèrent les jets.

Les cris redoublèrent de vigueur, accompagnés de chocs sourds. Alex aperçut Barak et Floyd sous le clair de lune, martelant le sol

212

comme des animaux furieux ; les hurlements montaient de leur gorge en un crescendo saisissant.

Des cochons sauvages se battant dans les herbes.

La porte de la maison s'ouvrit. Le garde armé lâcha le chien. L'animal traversa la pelouse ventre à terre, se ruant vers la source des cris et les odeurs humaines.

McAuliff s'agenouilla, hynoptisé par le petit drame qui allait se dérouler sous la lune de la Jamaïque. Barak et Floyd s'éloignèrent en rampant, tout en continuant à pousser leurs hurlements. Le doberman traversa la pelouse, bondit à la lisière du champ et disparut dans les hautes herbes.

Les cris sauvages et gutturaux furent bientôt rejoints par des aboiement furieux. Et, dans cette cacophonie, Alex distingua une série de claquements ; plusieurs tirs de fléchettes anesthésiantes.

Un hurlement à la mort monta des herbes, couvrant les cris poussés par les deux gorges humaines ; le policier courut jusqu'à la lisière de la pelouse, fusil à l'épaule, prêt à faire feu. Avant que McAuliff ait eu le temps de réagir, Charles Whitehall avait saisi une poignée de cailloux et les avait lancés vers la piscine illuminée. Puis une autre, dans la foulée.

Le garde se retourna vers le bassin ; Whitehall poussa Alex, courut dans les herbes et sauta sur le policier noir.

McAuliff resta immobile, médusé.

Whitehall, l'historien élégant et raffiné — Charley, le dandy —, empoigna le cou du garde, écrasa son pied dans les reins du malheureux tout en lui tordant sauvagement le bras pour lui faire lâcher l'arme. L'homme décolla du sol, fit un saut en l'air et retomba lourdement à terre. Avant que le garde ait eu le temps de se relever, Whitehall donnait un violent coup de talon sur le crâne de l'homme, juste sous le front.

Le corps eut un soubresaut bref puis s'immobilisa.

Les hurlements cessèrent ; le silence retomba sur la vallée.

C'était fini.

Barak et Floyd sortirent des herbes et accoururent sur la pelouse.

— Merci, Charley, dit Moore. Il aurait pu nous toucher en tirant à l'aveuglette.

— C'était nécessaire, répondit simplement Whitehall. Je tiens à avoir ces documents.

— Alors, ne perdons pas de temps, annonça Barak Moore. Floyd, emmène ce porc, bien réel celui-là, et ligote-le quelque part dans la maison.

— Inutile de prendre cette peine, objecta Whitehall en marchant déjà vers la bâtisse, la boîte sous le bras. Balancez-le dans les herbes. Il est mort.

Dans la maison, Floyd les conduisit jusqu'à l'escalier menant à la cave. La citerne se trouvait dans l'aile ouest ; elle mesurait environ deux mètres de profondeur pour un mètre cinquante de section. Les parois étaient sèches ; des toiles d'araignées couraient sur les flancs et le sommet. Barak les balaya de la main et descendit dans la cuve.

— Comment sais-tu où chercher ? demanda Whitehall avec impatience en serrant son conteneur de métal.

— Il y a une astuce ; le professeur me l'a expliquée, répliqua Moore en sortant de sa poche une boîte d'allumettes.

Il en gratta une et commença à explorer la paroi en partant de la face nord. Tournant dans le sens des aiguilles d'une montre, il fit glisser l'allumette le long des joints entre les pierres, sur la partie inférieure de la cuve.

— Du phosphore, annonça tranquillement Whitehall. Inséré dans les joints de ciment.

— Exact. Pas beaucoup, mais suffisamment pour produire une petit flamme ou faire grésiller l'allumette.

— Tu perds du temps ! lâcha Whitehall. Va sur ta gauche, direction nord-ouest ! Inutile d'aller à droite !

Les trois hommes se tournèrent vers l'historien.

— Et pourquoi ?

— Fais ce que je te dis ! S'il te plaît.

— Encore la symbolique arawak ? demanda McAuliff. « Le grand voyage au pays des morts », ou quelque chose comme ça. À droite du soleil couchant, n'est-ce pas ?

— Je vois que vous vous prenez au jeu.

— Je ne m'amuse pas, Charley. Pas du tout, répondit doucement Alex.

— Gagné ! souffla Barak en voyant de petites flammes se former sur un joint. Tu es un petit futé, Charley. On y est. Floyd ! passe-moi les outils.

Floyd plongea la main dans son blouson et sortit un burin d'une dizaine de centimètres et un marteau tout en acier. Il les tendit à son chef.

— Tu veux un coup de main ? demanda-t-il.

— Il n'y a pas de place pour deux, répliqua Barak en commençant à attaquer le ciment des joints.

Trois minutes plus tard, Moore avait descellé la première pierre de son lit de ciment. Il glissa les doigts dans l'interstice et tira lentement le bloc à lui ; Whitehall éclairait la scène avec une lampe électrique, suivant les moindres faits et gestes de Moore. La pierre sortit enfin de son logement. Floyd tendit les bras pour la récupérer.

— Qu'est-ce qu'il y a derrière ? demanda Whitehall en braquant le faisceau de se lampe dans l'excavation.

— Un trou. De l'argile rouge et un trou, répondit Moore. Je crois apercevoir le couvercle d'une autre boîte. Plus grande encore.

— Vite, pour l'amour du ciel ! Vite !

— Ça va, Charley. On n'a pas un dîner qui nous attend au Hilton de Mo'Bay, railla Barak. Nous n'avons rien à craindre, sinon des mangoustes. Et elles ne savent pas lire.

— Du calme, Charley, dit McAuliff sans regarder Whitehall. Nous avons toute la nuit devant nous. Vous avez tué ce type dehors. C'était le seul qui aurait pu nous causer des problèmes ; et vous avez opté pour une solution radicale.

Whitehall se tourna vers McAuliff.

— Je l'ai tué parce qu'il le fallait, répondit l'historien avant de reporter son attention sur Moore.

La deuxième pierre se descella, bien plus facilement que la première. Barak passa la main dans le trou et fit jouer la pierre jusqu'à ce qu'elle se détache complètement. Floyd la récupéra et la posa avec précaution à ses pieds.

Whitehall s'accroupit au bord de la citerne, éclairant l'excavation avec le faisceau de sa lampe.

— C'est encore une boîte d'archives. Passe-la-moi. Il donna sa lampe à Floyd et tendit les bras pour récupérer le conteneur que Barak extrayait de sa cachette. C'est extraordinaire ! s'exclama-t-il en effleurant la surface de la caisse rectangulaire, un genou posé sur le couvercle de la première boîte, gardant jalousement son bien.

— Tu parles de la boîte ? demanda Moore.

— Oui, répondit-il en retournant le caisson et en le soulevant à bout de bras, tandis que Floyd l'éclairait avec sa lampe. Aucun d'entre vous n'a l'air de bien comprendre. Sans les clés ou un matériel adéquat, il va falloir des heures pour ouvrir ces satanées boîtes ! Elles sont étanches à l'eau et à l'air, scellées sous vide, et leur structure résiste à des tonnes de pression. Même un foret en acier trempé ne parviendrait pas à percer ce métal. Regardez ça ! L'historien montra une inscription sur la face inférieure. *Hitchcock Vault Company, Indianapolis*. C'est ce qui se fait de mieux sur la planète. Musées, bibliothèques…, gouvernements, tous les plus grands utilisent pour leurs archives les coffres Hitchcock. C'est incroyable !

Lorsque le bruit se fit entendre, il fit l'effet d'une bombe sur le groupe, même s'il était ténu et lointain — un petit ronronnement de voiture remontant la longue allée menant à la propriété.

Puis une autre.

Les quatre hommes se regardèrent, médusés. Des intrus arrivaient. C'était impossible. Inconcevable.

— Nom de Dieu, lança Barak en sortant précipitamment de la citerne.

— Tes outils, espèce d'idiot ! cria Whitehall. Les empreintes !

Ce fut Floyd qui sauta dans la cuve. Il ramassa le burin, le marteau, et les glissa dans les poches de sa veste.

— L'escalier ! C'est la seule sortie !

Barak courut vers la cage d'escalier. McAuliff se baissa pour ramasser la première boîte, mais la main de Whitehall se referma sur la sienne pour l'en empêcher.

— Vous ne pouvez pas porter les deux, Charley, rétorqua Alex en réponse au regard enfiévré de Whitehall. Je la prends avec moi ! lança-t-il en tirant la boîte à lui, avant d'emboîter le pas à Moore.

Les bruits de moteur se rapprochaient, menaçants.

Les quatre hommes gravirent les marches à la queue leu leu et traversèrent en courant le petit couloir pour gagner le salon noyé de ténèbres. La lueur des phares filtrait déjà à travers les fentes des volets de bois. Le premier véhicule avait atteint le petit parking ; des claquements de portières résonnèrent dans la nuit. La deuxième voiture arriva quelques instants après. Trônant dans un coin de la pièce, éclairée par un rai de lumière, les quatre hommes aperçurent la cause de ce débarquement : un talkie-walkie. Barak se précipita vers l'appareil, écrasa le boîtier d'un coup de poing et arracha l'antenne.

Des appels retentirent au-dehors. Un nom revenait souvent.

— Raymond !

— Raymond !

— Raymond ! Où es-tu ?

Floyd se précipita vers la porte centrale de la face sud.

— Par ici ! Vite ! souffla-t-il aux autres.

Il ouvrit le battant et le tint ouvert tandis que le groupe accourait vers lui. McAuliff vit à la lueur des projecteurs de la piscine que Floyd tenait, dans sa main libre, un pistolet.

— Je vais les attirer vers l'ouest, annonça Floyd à Barak. Je connais bien la propriété.

— Faites attention, vous deux, lança Barak à l'intention de Whitehall et de McAuliff. Foncez droit vers les bois ; on se retrouvera au radeau. Dans une demi-heure. Pas plus. Après, partez, avec ou sans nous. La Martha Brae est dangereuse sans radeau. Allez-y ! Courez ! cria-t-il en poussant Alex dehors.

Une fois à l'extérieur, Alex se mit à traverser au pas de course la grande pelouse qui paraissait un havre de paix ornée de son bassin turquoise dont les reflets jouaient sur les meubles de jardin délicatement ouvragés. Derrière lui montaient des cris. Les policiers faisaient le tour de la maison. Allaient-ils le voir ? Il courait à toutes jambes vers la végétation qui se dressait au bas de la pente, tel un mur impénétrable. Serrée sous son bras, la boîte rectangulaire.

La réponse à sa question ne se fit pas attendre.

Il plongeait dans un cauchemar.

Des coups de feu claquèrent.

Les balles sifflaient au-dessus de lui, détonations erratiques dans son dos.

Une fusillade en règle, des hommes vidant le chargeur de leur pistolet sur tout ce qui bougeait.

Seigneur, voilà que cela recommençait !

D'anciennes consignes remontaient de l'oubli. Faire des diagonales. *Des diagonales ! Des zigzags serrés, mais pas trop. Juste le temps d'induire l'ennemi en erreur.*

C'étaient ses propres paroles, proférées à ses hommes dans les collines de Che San.

Les cris se mêlaient en une cacophonie hystérique ; puis un hurlement s'éleva dans les airs.

McAuliff plongea dans la végétation qui bordait la pelouse. Il atterrit au fond d'un buisson et roula sur le côté.

Une fois par terre, roulez ! Roulez autant que vous pouvez pour sortir de la ligne de mire !

Conseil élémentaire.

Le B.A.-Ba.

Il s'attendait à voir des hommes dévaler le versant à sa poursuite.

Mais rien. Personne.

En revanche, ce qu'il vit le figea sur place, comme un peu plus tôt lorsque les deux révolutionnaires s'étaient mis à imiter les cochons sauvages.

Tout en haut — sur l'aile ouest de la maison, pour être précis —, Floyd courait en rond en titubant, les projecteurs du bassin faisant luire sa veste kaki dans la nuit. Il s'offrait en cible, vidant le chargeur de son pistolet, attirant les policiers sur le côté de la maison. Il arriva bientôt à court de munitions, plongea la main dans sa poche, sortit un autre pistolet et se remit à tirer de plus belle, fonçant à présent vers la piscine, dans un dernier sacrifice, prêt à la curée.

Il avait été touché. À plusieurs reprises. Du sang teintait de rouge sa veste et son pantalon. Il avait reçu au moins six balles dans le corps, qui achevaient de lui prendre la vie. Il vivait ses derniers instants.

— McAuliff ! L'appel chuchoté venait de sa droite. Barak Moore, avec son crâne chauve luisant de sueur sous la lune, plongea à côté d'Alex. Il faut partir. Venez ! lança-t-il en le tirant par sa manche de chemise.

— Nom de Dieu, vous ne voyez pas ce qui se passe là-bas ? Il est en train de se faire massacrer !

Barak jeta un coup d'œil à travers les branchages.

— Nous nous sommes engagés à lutter jusqu'à la mort, rétorqua-t-il calmement. D'une certaine manière, mourir ainsi est un honneur. Floyd le sait mieux que quiconque.

— Lutter pour quoi ? Nom de Dieu. Pour quoi ? Vous êtes tous des dingues.

— Allons-nous-en ! ordonna Moore. Ils vont se mettre à nos trousses d'un moment à l'autre. Floyd est en train de nous donner une chance de nous en sortir, espèce de connard de Blanc !

Alex empoigna la main de Barak qui tirait sa chemise et la repoussa.

— C'est ça. Je suis un connard de Blanc. Et Floyd doit mourir parce que vous l'avez décidé. Et le garde aussi devait mourir parce que Whitehall l'avait décidé. Vous êtes des malades.

Barak Moore marqua un moment de silence.

— Vous êtes blanc, c'est comme ça. Et vous ne prendrez pas cette île. Il y aura des morts, beaucoup de morts, mais cette île nous reviendra. Et vous allez mourir aussi si vous ne venez pas avec moi, déclara Moore en se relevant soudain avant de disparaître dans les profondeurs de la forêt.

McAuliff le chercha du regard, la boîte toujours coincée sous son bras, puis se leva à son tour et emboîta le pas au révolutionnaire.

Ils attendirent sur la berge, le radeau dansant sur les eaux vives de la rivière. Ils étaient enfoncés jusqu'à la taille dans l'eau, Barak consultait sa montre, et Alex pataugeait dans la vase pour retenir l'embarcation de bambou.

— On ne peut pas attendre plus longtemps, dit Barak. Je les entends descendre la colline. Ils se rapprochent.

McAuliff n'entendait rien d'autre que le bruissement de la rivière et le clapotis de l'eau sur les flancs du radeau.

— On ne peut pas le laisser ici !

— Nous n'avons pas le choix. Vous tenez tant que ça à ce qu'on vous fasse sauter la cervelle ?

— Non ! Et cela n'arrivera pas. Nous n'avons fait que voler des papiers laissés par un mort, sur ses instructions, qui plus est. On n'exécute pas les gens pour ça. Ça suffit ! Il est temps de revenir à la raison.

Barak se mit à rire.

— Vous avez la mémoire courte. Là-haut, dans les herbes, il y a un policier mort. Et Floyd, sans aucun doute, a dû prendre la vie d'au moins l'un d'eux encore, avant de leur donner la sienne. Floyd était bon tireur… Ils vous feront sauter la cervelle ; la police de Falmouth n'est pas du genre à faire dans le détail.

Moore avait raison. Où diable était passé Whitehall ?

— Il a été abattu ? Vous savez s'il a été blessé ?

— Je ne crois pas. Mais je ne peux l'affirmer. Charley n'en a fait qu'à sa tête. Il est parti vers le sud-ouest.

Un faisceau de lumière apparut à une centaine de mètres en amont, fouillant les berges.

— Regardez ! s'écria Alex.

Moore se retourna.

Il y eut un deuxième faisceau, puis un troisième. Trois pinceaux de lumière dansant sur les flots.

— On n'a plus le temps ! Montez sur le radeau et prenez la gaule.

Les deux hommes poussèrent l'embarcation vers le milieu de la rivière et sautèrent sur le pont de bambou.

— Je vais à l'avant, cria Moore en se juchant sur la plate-forme réservée d'ordinaire aux touristes voulant admirer les beautés de la Martha Brae. Vous, restez derrière. Prenez la gaule et, lorsque je vous le dirai, arrêtez et mettez les jambes dans l'eau.

McAuliff chercha à repérer la gaule parmi les tiges de bambou. Elle était glissée entre la petite rambarde et la plate-forme. Il la prit et la plongea dans l'eau jusqu'à toucher la vase du fond.

Le radeau gagna les rapides et commença à être malmené par le courant. Moore se tenait en proue, s'arc-boutant sur sa perche pour faire passer l'embarcation entre les rochers acérés qui trouaient la surface de l'eau. Ils approchaient d'un coude de la rivière.

— Asseyez-vous sur le bord. Mettez les jambes dans l'eau ! Vite !

Alex s'exécuta ; il ne tarda pas à comprendre l'utilité de cette manœuvre. La résistance créée par son poids et ses jambes traînant dans l'eau ralentissait légèrement le bateau, permettant ainsi à Moore de sinuer entre les blocs acérés d'un archipel miniature. Les flancs du radeau rebondissaient sur les rochers, grimpaient sur les arêtes des récifs, coupantes comme des rasoirs ; par deux fois, McAuliff crut que le radeau allait rester empalé.

Assailli de toutes parts par les grincements du bois et l'eau tumultueuse, Alex n'entendit pas les coups de feu. Il ne se rendit compte de leur présence que lorsqu'une douleur vive lui traversa le bras gauche. Une balle lui avait enlevé un morceau de chair : du sang se mit à couler le long de sa manche, noir sous le clair de lune.

Il y eut un staccato de détonations.

— Couchez-vous ! cria Barak. À plat ventre ! Ils ne peuvent pas nous suivre ; à la sortie du méandre, il y a une grotte. Il y en a plein par ici. Elles rejoignent la route… Aaahh !

Moore se plia en deux ; il lâcha sa gaule et porta les mains à son ventre, puis s'écroula sur le pont de bambou. Alex glissa la boîte d'archives sous sa ceinture et rampa le plus vite possible vers la proue. Moore se tordait de douleur ; mais il était vivant.

— C'est sérieux ?

— Plutôt, oui ! Restez couché ! Si on s'accroche, sautez à l'eau et dégagez-nous. Il faut atteindre la sortie du virage.

Barak perdit connaissance. Le radeau de bambou passa sur un haut fond de graviers puis gagna enfin la sortie du virage, où l'eau était profonde, le courant était plus puissant et plus rapide qu'en amont. Les tirs cessèrent ; ils étaient hors de vue de la police de Trelawny.

McAuliff se redressa, la peau de son ventre meurtrie par la boîte métallique, une douleur lancinante au bras gauche. La rivière était devenue une grande étendue d'eau plate, le courant œuvrant en profondeur. Des falaises se dressaient devant eux, surplombant les rives.

Soudain, Alex aperçut une lueur. Une décharge d'adrénaline lui traversa l'estomac. L'ennemi n'était pas derrière — il les attendait devant.

Par réflexe, sa main plongea dans sa poche, à la recherche du Smith & Wesson que lui avait donné Westmore Tallon. Il sortit l'arme tandis que les falaises et la lumière grandissaient devant lui.

Il s'aplatit sur le corps inanimé de Moore et attendit, arme au poing, le canon dirigé vers la silhouette qui se cachait derrière cette lampe.

Il était à moins de quarante mètres de la forme silencieuse, l'index plaqué contre la gâchette.

— Barak ! retentit une voix dans la nuit.

C'était Lawrence. Sur la berge.

Charles Whitehall attendait, tapi dans les herbes, à proximité du bosquet d'arbres à pain, la boîte d'archives solidement coincée sous son bras. Immobile dans le clair de lune, il surveillait la maison et les pelouses de « High Hill », à deux cents mètres de là. Le cadavre du garde n'avait pas encore été retrouvé, celui de Floyd avait été emporté à l'intérieur afin de pouvoir procéder à une fouille complète.

Un homme resta en arrière. Les autres s'étaient élancés dans la forêt à l'est, vers la Martha Brae, à la poursuite de Moore et de McAuliff.

Exactement ce qu'avait prévu Whitehall. Voilà pourquoi il n'avait pas suivi les consignes de Barak Moore.

Il valait mieux se séparer et agir en solo.

Le policier assurant l'arrière-garde était un type obèse. Il faisait les cent pas à la lisière de la pelouse d'un air nerveux, visiblement inquiet de se retrouver tout seul. Il avait un fusil à la main, le redressant à chaque bruit suspect, réel ou né de son imagination.

Tout à coup, des détonations retentirent au loin, vers la rivière. Des tirs soutenus. Soit on tirait à tort et à travers, soit McAuliff et Moore avaient de gros ennuis.

Le moment était venu pour Whitehall de passer à l'action. Le garde continuait ses allées et venues devant la forêt, scrutant les fourrés. La présence de ce fusil entre ses mains était à la fois rassurante et angoissante. Il posa l'arme au creux de son coude et alluma une cigarette avec des gestes mal assurés.

Charles se leva, serra sous son bras la boîte d'archives et se mit à courir dans les hautes herbes en passant par le versant ouest. Puis il obliqua sur la droite et courut vers la maison, profitant du couvert que lui offraient les plantations bordant l'allée.

Les deux voitures de patrouille semblaient des pachydermes endormis sous la lune, devant le grand perron de pierre. Whitehall sortit de sa cachette derrière les arbres et se dirigea vers le véhicule le plus proche. L'une des portières était ouverte, côté conducteur. La lumière jaunâtre du plafonnier faisait luire le cuir des sièges.

Les clés étaient sur le contact. Il les retira, passa la main sous le tableau de bord et arracha tous les fils électriques à sa portée. Il referma la porte en silence et courut vers la deuxième voiture. Les clés étaient aussi sur le contact. Il revint à la hâte vers le premier véhicule, ouvrit le capot, veillant à faire le moins de bruit possible. Il retira le capuchon de la tête de Delco et débrancha les câbles d'allumage.

Il retourna rapidement vers l'autre voiture, monta à bord et déposa la boîte d'archives derrière lui. Il actionna la pédale de l'accélérateur plusieurs fois, fit jouer le levier de la boîte de vitesse et hocha la tête de satisfaction.

Il tourna la clé de contact. Le moteur démarra aussitôt.

Charles Whitehall sortit en marche arrière de la petite aire de stationnement, fit demi-tour et s'éloigna dans l'allée.

19.

Le médecin referma la porte du patio et sortit sur la terrasse du Bengal Court où donnaient les chambres d'Alison et de McAuliff. Barak Moore avait été installé dans le lit d'Alison. Elle avait tenu à cette disposition. Personne ne discuta.

Un bandage ceignait la partie supérieure du bras gauche d'Alex ; la blessure était superficielle, douloureuse, mais sans gravité. Il s'assit avec Alison sur le muret séparant la terrasse de la plage. Il ne s'était pas étendu sur le raid de la nuit. Il lui raconterait tout plus tard. Sam Tucker et Lawrence étaient postés à chaque extrémité du patio, surveillant les abords.

Le médecin de Falmouth, que Lawrence avait contacté à minuit, s'approcha de McAuliff.

— J'ai fait ce que j'ai pu. Mais je ne peux rien promettre, désolé.

— Il ne serait pas mieux à l'hôpital ? demanda Alison avec un ton de reproche.

— Sans aucun doute, concéda le médecin d'un air las. J'en ai parlé avec lui. Il dit que c'est hors de question. Il n'y a qu'un dispensaire d'État à Falmouth. Il est plus en sécurité ici.

— Barak est recherché, expliqua Alex. Il serait emmené en prison avant même qu'ils aient extrait la balle.

— Je doute sincèrement qu'ils se donneraient la peine de retirer la balle, Mr. McAuliff.

— Quel est votre diagnostic ? demanda Alex en allumant une cigarette.

— Il a une petite chance s'il reste parfaitement immobile. Une toute petite chance. J'ai cautérisé la paroi abdominale, mais elle pourrait facilement se rouvrir. Je lui ai transfusé du sang... Oui, nous avons au cabinet un fichier secret concernant les groupes sanguins de certaines personnes. Il est extrêmement faible. S'il est encore en vie dans deux ou trois jours, il y a un petit espoir.

— Mais vous n'y croyez pas, dit McAuliff.

— Non. Il y a eu une trop grosse hémorragie interne. Je ne peux pas faire des miracles avec mon kit de campagne. Mon assistant est en train de tout nettoyer. Il prendra avec lui les draps, les vêtements, tout ce qui a été souillé. Malheureusement, il va rester une odeur d'éther et de désinfectant. Laissez au maximum les portes ouvertes. Lawrence veillera à ce que personne n'entre dans la chambre.

Alex sauta au sol et s'adossa contre le mur.

— Je suppose, docteur, que vous faites partie de l'organisation de Barak ?

— Pas exactement.

— Mais vous savez ce qui se trame.

— Pas dans le détail. Je n'y tiens d'ailleurs pas. Mon rôle est d'offrir mes compétences médicales. Le minimum d'implication pour le maximum d'efficacité.

— Mais vous pouvez entrer en contact avec ces gens, n'est-ce pas ?

Le médecin esquissa un sourire.

— Par «ces gens», vous faites allusion aux fidèles de Barak ?

— Précisément.

— J'ai des numéros de téléphone... Des numéros de cabines, à certaines heures. Oui, je peux les contacter.

— Il va nous falloir quelqu'un d'autre. Floyd a été tué.

Alison Booth hoqueta. Elle leva les yeux vers Alex et lui serra le bras. Alex lui caressa doucement la main.

— Mon Dieu, souffla-t-elle.

Le médecin observa la réaction d'Alison sans faire le moindre commentaire, puis reporta son attention vers Alex.

— Barak me l'a dit, il risque d'y avoir des complications. Nous ignorons encore lesquelles. La prospection est surveillée. Floyd était un membre de l'équipe, et la police, tôt ou tard, va le savoir. On va vous interroger, c'est évident. Il va sans dire que vous ne savez rien ; portez des chemises à manches longues pendant quelques jours, jusqu'à ce qu'on puisse cacher la blessure avec du sparadrap. Remplacer Floyd par un homme à nous risquerait d'éveiller leurs soupçons, ce serait leur donner le lasso pour nous attraper.

Alex hocha la tête, à contrecœur.

— Je vois, dit-il à mi-voix. Il n'empêche qu'il me faut quelqu'un. Lawrence ne peut pas faire le travail de trois hommes.

— J'aurais peut-être un conseil à vous donner, déclara le médecin avec un petit sourire et une lueur de malice dans le regard.

— Je vous écoute.

— Contactez les Anglais. Vous avez tort de ne pas faire appel à leurs services.

— Sam, va dormir. Et toi aussi, Lawrence, dit Alex aux deux hommes sur la terrasse. Le médecin était parti ; son assistant était resté au chevet de Moore. Alison s'était installée dans la chambre de McAuliff. Il ne se passera rien cette nuit. À part, peut-être, un appel de la police... pour me poser des questions à propos d'un membre de l'équipe qui a disparu depuis le début de l'après-midi.

— Vous savez quoi dire ? s'enquit Lawrence avec une pointe d'autorité, comme s'il s'apprêtait à lui détailler la réponse.

— Oui. Le médecin m'a répété les consignes de Barak.

— Vous devez paraître furieux. Dites que Floyd n'est qu'un petit voleur d'Ochee. Que maintenant vous savez d'où venaient tous ces vols de matériel et que vous n'êtes vraiment pas content.

— Ce n'est pas très juste, répondit Alex avec de la tristesse dans la voix.

— Fais ce qu'il dit, vieux, intervint Sam Tucker. Il sait de quoi il parle... Je vais dormir dehors. On dort de toute façon trop mal dans leurs lits de malheur.

— C'est inutile, Sam.

— Il ne t'est pas venu à l'idée que les flics pourraient débarquer ici à l'improviste ? Je détesterais qu'ils se mettent à fouiller les chambres.

— Seigneur, souffla McAuliff avec lassitude, désespéré de se sentir aussi peu à la hauteur. Je n'y avais pas pensé.

— Pas plus que ton toubib, répliqua Sam. Mais Lawrence et moi, cela nous a chatouillé l'esprit, c'est pourquoi nous allons faire des tours de garde.

— Je viendrai faire des quarts avec vous.

— Vous avez eu votre compte pour ce soir, répondit Lawrence d'un ton sans appel. Vous avez été blessé... Peut-être n'aurons-nous pas la visite des flics si vite. Floyd n'avait pas de papiers sur lui. Demain matin, à l'aube, Tuck et moi on emmènera Barak.

— Le toubib a dit qu'il devait rester ici.

— Le toubib a une cervelle de moineau. On va laisser Barak dormir deux ou trois heures ; s'il n'est pas mort d'ici là, on l'emmènera à Braco Beach. La mer est encore calme avant l'aube ; une barque à fond plat est parfaitement confortable. Il faut le transporter à l'abri.

— Il a encore une fois raison, Alex, annonça Tucker sans la moindre hésitation. Quoi qu'ait pu dire notre ami toubib, c'est une question de priorités. Et tu sais comme moi que la plupart des blessés peuvent voyager sans trop de mal si on leur laisse quelques heures de repos.

— Et si la police débarque cette nuit ?

Ce fut Lawrence qui répondit, une nouvelle fois avec autorité et assurance.

— J'ai tout expliqué à Tuck. La personne dans cette chambre a la fièvre des Caraïbes. L'odeur confirmera nos dires. Les flics de Falmouth ont une trouille bleue de la fièvre des Caraïbes.

— Comme tout le monde, renchérit Sam Tucker avec un petit rire.

— C'est ingénieux, concéda McAuliff.

La « fièvre des Caraïbes » était l'appellation polie pour désigner un type d'encéphalite particulièrement vicieux, affection rare mais néanmoins sérieuse et bien réelle, touchant généralement les populations des collines. Cette maladie produisait un gonflement des testicules de plusieurs fois leur taille et laissait la victime à la fois impuissante et affublée d'une difformité grotesque.

— Allez dormir, McAuliff…, s'il vous plaît.

— Très bien. On se voit dans deux ou trois heures.

Alex observa Lawrence un moment, avant de se retirer. C'était étonnant. Floyd était mort, Barak avait un pied dans la tombe, et le jeune Lawrence, qui paraissait si naïf et si insouciant en comparaison de ses supérieurs, avait soudain perdu toute innocence. En quelques heures, il était devenu le responsable de son groupe, le chef de meute. Une nouvelle autorité s'était rapidement développée en lui, même si le jeune homme cherchait encore à la dissimuler.

« Allez dormir, McAuliff…, s'il vous plaît. »

Dans un jour ou deux, le « s'il vous plaît » serait passé à la trappe. Pour laisser place à l'ordre pur.

Comme toujours, c'était la fonction qui faisait l'homme.

Sam Tucker lança un sourire à McAuliff sous la lune des Caraïbes ; il semblait avoir lu dans les pensées d'Alex. À moins qu'il ne se soit souvenu de la première expédition qu'avait dirigée McAuliff. Tucker faisait déjà partie de l'équipe à l'époque. Ils se trouvaient dans les îles Aléoutiennes, au printemps, et un homme était mort parce que Alex ne s'était pas montré assez ferme quant à la nécessité de sonder la neige pour détecter d'éventuelles crevasses. Alexander Tarquin McAuliff avait rapidement vieilli ce printemps-là.

— À plus tard, Sam.

Dans la chambre, Alison l'attendait au lit, la lampe de chevet allumée. À côté d'elle se trouvait la boîte d'archives qu'il avait rapportée de Carrick Foyle. La jeune femme était apparemment calme, mais on la sentait frémir intérieurement. McAuliff retira sa chemise, la jeta sur le dossier d'une chaise et se dirigea vers le bouton qui commandait la vitesse de rotation du ventilateur. Il le tourna à fond ; les quatre lames suspendues au plafond accélérèrent, le bruissement de l'acier fendant l'air et faisant écho au ressac de la plage au loin. Alex se dirigea jusqu'au bureau, où un seau de glace achevait de fondre. Il restait quelques glaçons flottant dans l'eau, de quoi rafraîchir un verre ou deux.

— Tu veux un whisky ? demanda-t-il sans la regarder.

— Non, merci, répondit-elle avec sa pointe d'accent anglais, une prononciation légèrement chantante, comme toute Anglaise de souche, avec une pointe de cynisme et de supériorité.

— Moi, si.

— Le contraire m'eût étonnée.

Il versa du whisky dans un verre de l'hôtel, y jeta deux glaçons et se retourna vers elle.

— Avant que tu n'ouvres la bouche, je tiens à te dire que je n'imaginais pas une seconde que notre expédition de ce soir aurait pu tourner comme ça.

— Tu aurais renoncé, si tu l'avais su ?

— Bien sûr que oui… De toute façon, c'est fini. Nous avons ce que nous voulions.

— Cette chose ? s'enquit Alison en posant la main sur le caisson d'acier.

— Oui.

— Je te rappelle que tu tiens ça de la bouche d'un extrémiste mourant qui lui-même le tient d'un vieux fanatique mort et assassiné. C'est maigrichon.

— La description est un peu injuste, répondit McAuliff en s'asseyant sur une chaise, face à Alison. Mais je ne prendrai pour l'instant la défense ni de l'un ni de l'autre. Il est encore trop tôt. Regardons déjà ce qu'il y a là-dedans, faisons ce qu'ils disent et voyons ce qui se passe.

— Tu parais bien confiant ; je ne vois vraiment pas les raisons de cette belle assurance. On vient de te tirer dessus ; une balle a failli te tuer. Et tu t'assois tranquillement en me disant que tu vas attendre la suite des événements. Qu'est-ce qui te prend, Alex ?

McAuliff esquissa un sourire et avala un bonne rasade de whisky.

— Il s'est produit sous mes yeux une chose que je croyais impossible, dit-il. Réellement impossible… Un garçon qui se transforme en homme. En l'espace d'une heure. Le prix à payer était terrible, mais c'est arrivé. Cela dépasse l'entendement, pourtant je l'ai vu de mes propres yeux. Cette métamorphose a trait à la foi. Mais nous, nous ne l'avons pas. Nous agissons par peur, par cupidité, ou les deux à la fois…, tous autant que nous sommes… Pas ce gamin. Lui, il fait ce qu'il a à faire, il accomplit son destin, parce qu'il a la foi… Et, curieusement, c'est aussi le cas de Charles Whitehall.

— Pour l'amour du ciel, où veux-tu en venir, à la fin ?

McAuliff baissa son verre et la regarda.

— Quelque chose me dit que nous sommes sur le point de rendre cette guerre à ceux à qui elle revient de droit.

Charles Whitehall poussa un long soupir, éteignit la flamme d'acétylène et retira ses lunettes de protection. Il reposa le chalumeau sur l'établi et ôta ses gants d'amiante. Il nota avec satisfaction que chacun de ses gestes était sûr et mesuré, comme ceux d'un chirurgien expérimenté. Aucun mouvement inutile, l'esprit concentré jusqu'au moindre de ses muscles.

Il se leva du tabouret et s'étira, puis jeta un coup d'œil derrière lui pour s'assurer que la porte était bien fermée. Précaution superflue puisque c'était lui qui avait tiré le verrou de l'intérieur et qu'il était seul dans la pièce.

Il avait roulé sur les petites routes de campagne près de soixante kilomètres après avoir quitté « High Hill », jusqu'aux abords de Sainte Anne. Il avait alors abandonné la voiture de patrouille dans un champ et parcouru à pied le kilomètre qui le séparait encore de la ville.

Dix ans plus tôt, Sainte Anne était un haut lieu de rencontre pour les membres de son mouvement entre Falmouth et Ocho Ríos. Les « nègres riches », ainsi qu'ils s'étaient surnommés, jouissaient de grandes exploitations à Drax Hall, à Chalky Hill et à Davis Town. Des propriétaires prospères qui avaient su arracher à la terre ses richesses et n'étaient pas près de les offrir aux traîtres de Kingston, vendus du Commonwealth. Whitehall se souvenait de plusieurs noms — une bonne mémoire est toujours une arme redoutable —, et, moins d'un quart d'heure après avoir franchi les portes de la ville, un homme, ému aux larmes par les retrouvailles, l'emmenait à bord d'une Pontiac flambant neuve.

Sitôt qu'il eut fait savoir ses besoins, l'homme le conduisit chez l'une de ses connaissances, à Drax Hall, qui versait dans le bricolage et la mécanique. Les présentations furent brèves ; l'homme se jeta aussitôt à son cou en une embrassade chaleureuse qui sembla n'avoir pas de fin, à tel point que Whitehall jugea nécessaire d'y mettre un terme.

On le conduisit dans une petite remise sur une aile de la maison ; tout ce qu'il avait réclamé se trouvait disposé sur une longue paillasse plaquée contre le mur, munie d'un évier au centre. Outre l'éclairage du plafonnier, il y avait sur l'établi une lampe articulée permettant d'éclairer des zones ponctuelles pour certains travaux de précision. Whitehall s'aperçut avec amusement qu'on avait laissé avec les outils une coupe de fruits frais et une grande chope de bière remplie de glace.

Le Messie était revenu.

La boîte d'archives était enfin ouverte. Whitehall s'approcha du trou béant dont les pourtours incandescents viraient déjà du rouge au noir. À l'intérieur, il vit le papier brun protégeant une liasse de documents roulés — l'emballage type pour feuilles volantes, chacune enveloppée d'un film protecteur très légèrement humide.

Un caveau dans la terre maintenant son trésor en vie pendant un millier d'années.

Walter Piersall avait enfoui une perle pour l'éternité, au cas où ses contemporains passeraient à côté. Un grand professionnel, jusqu'à la fin.

Tel un médecin accoucheur lors d'une naissance difficile, Whitehall alla chercher dans l'antre de sa matrice de métal l'enfant si précieux. Il déroula la liasse et commença à lire les documents.

Acquaba.

La tribu d'Acquaba.

Walter Piersall s'était replongé dans les archives de la Jamaïque et avait découvert une courte allusion à ce sujet dans les chroniques des guerres des Marrons.

Le 2 janvier 1739, un descendant des chefs coromantees, un certain Acquaba, avait conduit ses fidèles dans les montagnes. Sa tribu rejetait le traité de Cudjoe avec les Britanniques, dans la mesure où son application prévoyait que les Africains devaient rattraper les esclaves en fuite et les rendre aux autorités blanches...

Un obscur officier de l'armée dont le nom était cité avait rapporté l'information au Premier Secrétaire de Sa Majesté à Spanish Town, la capitale coloniale.

Maj. Robt Middlejohn. W.I. Reg. 641.

Le nom de cet officier s'éclaira sous un jour nouveau lorsque Piersall le vit citer plusieurs fois.

Premier Secrétaire de Sa Majesté, Spanish Town, 9 février 1739. [réf. Robt. Middlejohn. W.I. Reg. 641, doc. indisponible].

Et puis...

Premier Secrétaire de Sa Majesté, Spanish Town. 20 avril 1739. [réf. R.M. W.I. Reg. 641. doc. indisponibles.] .

Les informations du major Robert Middlejohn, régiment 641 de l'armée des West Indies en l'année de grâce 1739, avaient été utiles à quelqu'un.

À qui ?

À quelles fins ?

Il fallut à Piersall des semaines de recherches pour découvrir le second indice — un deuxième nom.

Celui-là ne datait pas du XVIIIe siècle ; mais de cent quarante-quatre ans plus tard. L'an de grâce 1883.

Fowler Jeremy. Ministère des Affaires étrangères.

Un dénommé Jeremy Fowler avait retiré plusieurs documents des archives de la nouvelle capitale de Kingston sur *ordre du ministère des Affaires étrangères, le 7 juin 1883. Victoria Regina.*

Les documents en question étaient classés sous le nom lapidaire de *Dossier Middlejohn — 1739.*

Walter Piersall avait échafaudé des hypothèses. Était-il possible que ce *Dossier Middlejohn* portât encore sur la tribu d'Acquaba, comme le premier document ? La survivance de cette première pièce dans les archives était-elle un simple oubli ? Une erreur commise par ce Jeremy Fowler le 7 juin 1883 ?

Piersall avait pris l'avion pour Londres et s'était servi de son aura universitaire pour avoir accès aux archives du ministère des Affaires étrangères pour les Caraïbes. Puisque ses travaux portaient sur plus d'un siècle d'histoire des Antilles, le ministère ne vit pas d'objection à sa requête. Les archivistes lui prêtèrent même main-forte dans ses recherches.

Il n'y avait eu aucun transfert de documents en provenance de Kingston en l'année 1883.

Jeremy Fowler, employé du ministère, avait tout simplement volé le *Dossier Middlejohn* !

Walter Piersall disposait à présent de deux pistes : le nom, «Fowler», et l'année 1883.

Puisqu'il était à Londres, il décida de retrouver les descendants de Jeremy Fowler. La tâche se révéla aisée.

Les Fowler — fils et oncles — étaient les propriétaires d'un cabinet de courtage à la Bourse de Londres. Le patriarche était Gordon Fowler, arrière-arrière-petit-fils de Jeremy Fowler.

Walter Piersall rencontra le vieux Fowler, prétextant des recherches portant sur les vingt dernières années du règne victorien en Jamaïque ; les Fowler faisaient autorité en ce domaine. Flatté, le vieil aristocrate lui donna accès à toutes les archives familiales ayant trait à Jeremy Fowler — documents, photos et correspondance.

Ces archives décrivaient un parcours individuel relativement courant à cette époque : un jeune homme issu de la classe moyenne était entré dans le ministère des Colonies, passant plusieurs années à des postes exotiques, et était revenu au pays bien plus riche qu'à son départ.

Suffisamment fortuné pour pouvoir spéculer en Bourse pendant les dix dernières années du XIXe siècle, une époque prospère, à l'origine de la fortune actuelle de la famille.

Piersall tenait une partie de la réponse : Jeremy Fowler avait établi des contacts hors de l'administration coloniale.

Walter Piersall était alors retourné en Jamaïque pour explorer le second indice.

Il compulsa les archives de la Jamaïque de l'année 1883, jour après jour, semaine après semaine.

Une disparition avait eu lieu. Celle-ci n'avait guère attiré l'attention étant donné que nombre de Britanniques — généralement lors d'expéditions de chasse — s'égaraient dans les Blue Mountains ou dans la jungle jusqu'à ce qu'un groupe de pisteurs indigènes, mené par d'autres Britanniques, les retrouvent.

Cette fois, l'objet des recherches ne concernait qu'un seul homme.

Le Premier Secrétaire de la Couronne.

Jeremy Fowler, Premier Secrétaire de Sa Majesté.

Pas un simple employé du ministère, mais le représentant officiel de la Couronne en Jamaïque.

Voilà pourquoi cette disparition n'avait eu droit qu'à un entrefilet dans le journal. Le Premier Secrétaire de la Couronne n'était pas n'importe qui. Ce n'était certes pas l'un de ces grands propriétaires terriens, mais une personnalité.

L'article dans le journal était succinct, imprécis et troublant.

Fowler avait été vu pour la dernière fois dans son bureau du ministère le soir du 25 mai, un samedi. Il ne se rendit pas à son travail le lundi, ni le reste de la semaine. Aucune trace de lui non plus à son domicile.

Six jours plus tard, Fowler réapparut à la garnison de Fleetcourse, au sud de l'impénétrable jungle du Cockpit, escorté par plusieurs « nègres marrons ». Il était parti à cheval..., seul..., pour une promenade dominicale. Son cheval s'était emballé ; il s'était perdu et avait erré pendant des jours dans la forêt avant d'être récupéré par une communauté de Marrons.

Fait pour le moins curieux. À cette époque, personne ne partait jamais seul à cheval dans ces territoires sauvages. Et, si l'un tentait l'aventure, un représentant officiel de Sa Majesté était suffisamment intelligent pour se repérer au soleil et atteindre la côte sud en quelques heures, au pis en un jour.

Une semaine après, Jeremy Fowler subtilisait le Dossier Middlejohn aux archives. Les documents avaient trait à une secte conduite par un chef coromantee nommé Acquaba, disparu dans les montagnes cent quarante-quatre ans plus tôt.

Six mois plus tard, Fowler quittait le ministère des Affaires étrangères — et des Colonies — et rentrait en Grande-Bretagne, richissime.

Il avait découvert la tribu d'Acquaba.

C'était la seule explication plausible. Et, si tel était le cas, il s'ensuivait une nouvelle question : la tribu d'Acquaba était-elle le « Halidon » ?

Piersall en était convaincu. Il ne lui restait plus qu'à en trouver la preuve.

La preuve confirmant la rumeur courante selon laquelle il existait une secte immensément riche dans les collines du Cockpit. Une communauté isolée qui envoyait des émissaires un peu partout, jusqu'à Kingston, pour y exercer son influence.

Piersall étudia cinq hommes du gouvernement de Kingston, tous placés à de hauts postes décisionnels, tous ayant un passé obscur. Étaient-ils des membres du « Halidon » ?

Il alla les voir, l'un après l'autre, leur disant qu'il était le seul à connaître le grand secret : la tribu d'Acquaba était le « Halidon ».

Sur les cinq hommes, trois écarquillèrent les yeux — fascinés mais ne comprenant pas un traître mot à cette histoire.

Les deux autres disparurent.

Du moins des hautes sphères du pouvoir. Piersall apprit que l'un d'eux s'était retiré dans une île des Petites Antilles, et que l'autre avait été muté, très loin à l'étranger.

Piersall tenait sa preuve.

Le « Halidon » était bien la tribu d'Acquaba.

Le « Halidon » était réel.

La preuve ultime et non nécessaire lui fut apportée par le harcèlement dont il fut l'objet — harcèlement qui incluait vol et destruction de certains de ses fichiers, espionnage systématique de ses travaux. Quelqu'un au-dessus des membres du gouvernement de Kingston s'intéressait à son cas. Ces méfaits ne ressemblaient en rien aux pratiques usuelles de bureaucrates.

La tribu d'Acquaba était derrière tout ça... Le «Halidon».

Il ne lui restait plus qu'une seule solution : entrer en contact avec les chefs halidonites. Tâche dantesque. Une myriade de sectes plus ou moins isolées hantaient le Cockpit : pauvres pour la plupart, tirant de la terre leur maigre subsistance. Le «Halidon» ne risquait pas de crier sur tous les toits sa prospérité ; lequel de ces groupuscules était l'heureux descendant d'Acquaba ?

L'anthropologue retourna une fois de plus à l'étude minutieuse des archives du pays, concentrant en particulier ses efforts sur les XVIIᵉ et XVIIIᵉ siècles chez les Coromantees. La clé devait se trouver là.

Piersall l'avait trouvée, mais il avait préféré ne pas citer ses sources.

Chaque tribu, chaque descendant de tribu, possédait un son particulier qui lui était propre. *Un sifflement, un claquement de langue, un mot. Ce symbole, connu à l'intérieur des grands conseils tribaux, était utilisé par une poignée d'initiés, qui le communiquaient à leurs alliés.*

Ce symbole, ce son, ce mot était le «Halidon».

Quant à son pouvoir...

Il fallut à Piersall près d'un mois de recherches et de nuits blanches à étudier les tables de phonétique, d'hiéroglyphes et de symbolique africaine sauvées des limbes du passé.

Lorsqu'il eut terminé ses investigations, il était heureux. Il avait découvert le pouvoir du code ancestral.

Il était trop risqué d'inclure le résultat de ces travaux dans ce résumé. En cas de mort, accidentelle ou non, ce rapport risquait de tomber entre de mauvaises mains. Voilà pourquoi il existait une seconde boîte d'archives pour protéger ce secret.

Mais la seconde sans la première n'avait aucune utilité.

Il avait laissé ses instructions à un seul homme, destinées à être exécutées au cas où il serait dans l'incapacité de le faire lui-même.

Charles Whitehall retourna la dernière page ; son visage était luisant de sueur, bien qu'il fît frais dans la remise. Deux fenêtres entrouvertes sur le mur sud laissaient entrer la brise des montagnes, mais l'air ne pouvait éteindre son feu intérieur.

La vérité allait éclater. Une révélation supérieure, époustouflante allait être portée à la surface du monde.

Le grand jour approchait, Whitehall en était sûr.

Le scientifique et le patriote de nouveau réunis.

Le Prétorien de la Jamaïque allait s'allier au «Halidon».

20.

James Ferguson exultait dans le bar branché de Montego Bay. Il ressentait la même exaltation que lorsque, l'œil rivé au microscope, il se savait le premier observateur d'un phénomène capital — ou tout au moins le premier à en avoir isolé les causes et les effets.

Comme cela avait été le cas avec la fibre de baracoa.

Son imagination était décuplée lorsqu'il étudiait la forme et la densité de particules microscopiques. Un géant manipulant cent millions de lilliputiens. Une sorte de pouvoir absolu.

Il jouissait du même pouvoir, aujourd'hui, sur un homme qui n'avait jamais eu besoin de se battre contre la bêtise humaine, jamais connu la misère parce que personne ne reconnaissait son travail à sa juste valeur.

Mais tout cela était révolu. Ferguson avait des projets plein la tête, des rêves qui, hier encore, n'étaient que pures chimères. Il aurait son propre laboratoire, avec un équipement dernier cri — matériel électronique, ordinateurs, banques de données ; adieu le petit carnet lui rappelant qui était son dernier créancier en date.

Une Maserati ! Il s'offrirait une Maserati. Arthur Craft en avait bien une, pourquoi pas lui ?

Arthur Craft paierait.

Ferguson consulta sa montre — sa Timex de supermarché — et fit signe au serveur de lui apporter sa note.

Au bout de trente secondes, ne voyant pas ce dernier revenir, il prit la carte posée devant lui. L'addition était insignifiante. Deux fois un dollar et cinquante cents.

James Ferguson fit alors ce qu'il n'avait jamais osé faire de sa vie. Il sortit un billet de cinq dollars, le roula en boule dans sa main, descendit de son tabouret de bar et lança le billet vers la caisse enregistreuse à quelques mètres devant lui. Le billet manqua sa cible, rebondit sur les bouteilles alignées sur l'étagère et tomba par terre.

Il se dirigea alors vers la sortie, fier comme un paon.

Maintenant, il était le roi.

Dans vingt minutes, il rencontrerait l'envoyé de Craft junior. En bas de Harbour Street, près de Parish Wharf, sur le quai numéro six. Le type se montrerait obséquieux — il n'avait pas le choix — et lui donnerait une enveloppe contenant mille dollars.

Mille dollars !

Dans une simple petite enveloppe ! Mille dollars, non pas gagnés, cette fois, sou à sou durant des mois en se serrant la ceinture, mais mille dollars dont la pieuvre du fisc ne verrait pas la couleur, ni ses anciens créanciers avides. Il en ferait ce qu'il voudrait. Les jeter par les fenêtres, les dépenser en futilités, se payer une fille pour qu'elle lui fasse un strip-tease ou exauce tous ses fantasmes… Et dire qu'hier encore…

Il avait emprunté deux cents dollars à McAuliff — une avance sur son salaire. À quoi bon rembourser, à présent ? Il dirait simplement à McAuliff…, à « Alex » — oui, à partir d'aujourd'hui ce serait « Alex » ou même « Lex » —, d'un ton informel, parfaitement détaché…, de déduire cette misérable somme de son prochain chèque. En une seule fois, si bon lui semblait. C'était de la roupie de sansonnet. Cela n'avait plus vraiment d'importance.

Plus la moindre, songeait Ferguson.

Tous les mois, Arthur Craft lui donnerait une petite enveloppe. Mille dollars par enveloppe, c'était leur accord. Mais Ferguson allait en réviser le montant. Il fallait tenir compte de l'augmentation du coût de la vie et de ses besoins croissants. Ce n'était qu'un début.

Ferguson traversa Saint James Square et se dirigea vers le front de mer. La nuit, sans le moindre souffle d'air, était chaude et moite. De gros nuages, dérivant à basse altitude, lourds de pluie, occultaient la lune. Les vieux réverbères des rues paraissaient souffreteux sous les lumières colorées des néons promettant toutes les distractions nocturnes de Montego Bay.

Ferguson atteignit Harbour Street et tourna à gauche. Il s'arrêta sous un lampadaire et consulta de nouveau sa montre. Il était minuit dix ; Craft avait dit minuit quinze. Dans cinq minutes, il aurait mille dollars.

Le quai numéro six se trouvait devant lui, sur la droite, de l'autre côté de la rue. Il n'y avait aucun bateau amarré, pas la moindre activité sur les docks derrière les hautes grilles ; une simple ampoule nue dans sa cage de métal éclairait le panneau :

QUAI N° 6
MONTEGO LINES

Il devait attendre, sous la lampe, devant le panneau, la venue d'un type dans un cabriolet Triumph. L'homme lui demanderait une pièce d'identité. Ferguson montrerait son passeport et on lui remettrait l'enveloppe.

C'était si simple. Toute la transaction ne durerait pas plus de trente secondes. Et sa vie allait en être bouleversée.

Craft avait été sous le choc — littéralement sans voix, jusqu'à ce qu'il retrouve l'usage de son organe et vocifère un torrent d'insultes…, mais il s'était rapidement rendu compte de la précarité de sa situation. Craft junior était allé trop loin. Il avait bafoué les lois et serait l'objet de poursuites et autres vicissitudes. James Ferguson pouvait raconter une histoire de rencontre dans un aéroport, de transport de bagages, de coups de fil et d'espionnage industriel…, ainsi que de promesses.

De belles promesses !

Mais il était possible d'acheter son silence. Craft pouvait déjà acquérir sa loyauté par un premier versement de mille dollars. Si Craft ne cédait pas, Ferguson était sûr que les autorités de Kingston écouteraient avec la plus grande attention son petit récit.

Non, il n'en avait parlé à personne, pas encore. Mais il avait laissé une lettre… (Craft n'avait aucun moyen de savoir si c'était vrai ou non)… et pouvait dans la minute trouver une oreille intéressée ; c'était parfaitement dans ses cordes, de même qu'il était dans les cordes de Craft de verser un premier acompte. L'un annulant l'autre. À lui de choisir.

Le choix avait été fait.

Ferguson traversa Harbour Street et s'approcha de la grille avec son panneau. À une centaine de mètres de là, les hordes de touristes s'engouffraient dans la rue, en un flot continu, vers l'aire d'embarquement d'un bateau de croisière. Des taxis arrivaient de toutes parts, descendant du centre de Montego, se frayant un chemin vers les passerelles à coups de klaxon impatients. Trois mugissements de corne résonnèrent dans la nuit, délivrant leur message dans l'obscurité : embarquement immédiat.

Il entendit la Triumph avant même de la voir. Un rugissement de moteur dans les ténèbres d'une ruelle croisant en diagonale le quai numéro six. La voiture rouge, rutilante, avec ses portières miniatures, jaillit de l'obscurité et s'arrêta devant Ferguson. Le chauffeur était un autre employé de Craft ; il l'avait vu un an plus tôt. Il ne se rappelait plus le nom de l'homme, mais il avait gardé le souvenir d'un type vif et brutal, à la morgue insolente. Il allait faire amende honorable, ce soir.

Ce ne fut pas le cas. L'homme sourit dans la décapotable et fit signe à Ferguson de s'approcher.

— Salut, Fergy ! Ça fait une paye !

Ferguson détestait ce sobriquet. Il l'avait suivi la majeure partie de sa vie. À chaque fois qu'il s'imaginait en être définitivement débarrassé, quelqu'un, toujours mal intentionné, le remettait au goût du jour. Ferguson eut envie de sermonner le malotru, de lui rappeler son statut de vulgaire coursier, mais il n'en fit rien. Il préféra l'ignorer de sa superbe.

— Puisque tu m'as reconnu, j'imagine que tu n'as pas besoin de voir mes papiers, rétorqua James en s'approchant de la voiture.

— Bien sûr que non ! Comment ça va ?

— Pas mal. Tu as l'enveloppe ? Je suis pressé.

— Bien sûr, Fergy, bien sûr. Dis donc, t'es un vrai dur, maintenant. Notre ami en fait des calculs rénaux ! Il est hors de lui, tu vois le tableau !

— Je vois. Et il a bien raison de se faire du mouron. Donne-moi cette enveloppe.

— Bien sûr. Ce chauffeur plongea la main sous sa veste et sortit l'enveloppe en question. Il se pencha et la tendit à Ferguson. Tu es censé vérifier. Si le compte est bon, tu me rends l'enveloppe vide… après avoir signé dessus. Attends, je te passe un stylo.

L'homme ouvrit la boîte à gants et sortit un feutre-bille.

— C'est inutile. Je sais qu'il n'essaierait pas de me rouler.

— Allez, Fergy ! Je vais me faire botter le cul, sinon ! Recompte et signe, qu'est-ce que ça te coûte ?

Ferguson ouvrit la grosse enveloppe. La somme se trouvait en billets de cinq et dix dollars, cela en faisait des dizaines à compter. Il n'avait pas demandé de petites coupures, mais c'était une bonne idée. Cela éveillerait moins les soupçons que des billets de cent, de cinquante ou même de vingt.

Il commença à compter…

Par deux fois, le coursier de Craft l'interrompit pour lui poser des questions parfaitement futiles, lui faisant perdre le fil de son addition. Il dut tout recommencer depuis le début.

Lorsque ce fut fait, le chauffeur lui tendit un paquet.

— Tiens, c'est de la part du patron. Pour te montrer qu'il ne t'en veut pas. Il est beau joueur, tu vois. C'est le dernier des boîtiers Yashica. Il s'est souvenu que tu étais un mordu de la photo.

Ferguson contempla l'étiquette sur le couvercle de la boîte. Un appareil photo à sept cents dollars ! L'un des meilleurs sur le marché ! Craft junior était effectivement un homme hors du commun.

— Tu remercieras Arthur de ma part, mais dis-lui que ce n'est en rien déductible des futurs paiements.

— Je lui ferai la commission… Maintenant, il faut que je te dise quelque chose, mon petit Fergy. Tu es filmé pour *La Caméra cachée*, annonça tranquillement le chauffeur.

— Comment ça ?

— Juste derrière toi, Fergy.

Ferguson se retourna vers la grille et le quai désert. Deux hommes se tenaient sous un porche. Ils sortirent lentement de l'ombre, à une trentaine de mètres de lui. L'un d'eux avait un Caméscope à la main.

— Qu'est-ce que cela veut dire ?

— Simple précaution, Fergy. Notre ami est très scrupuleux sur les contrats, tu vois. C'est de la vidéo infrarouge, mon chou. Tu connais, je crois. Et tu viens de nous offrir un superbe plan de toi en train de compter des billets et de prendre Dieu sait quoi des mains d'un type qu'on n'a pas vu au nord de Caracas depuis six mois. Il se trouve que notre ami m'a fait venir de Rio juste pour être sur la pellicule… avec toi.

— C'est ridicule ! Personne ne croira à cette mascarade !

— Pourquoi pas, mon chou ? Tu es un petit con qui veut péter plus haut que son cul. Et la plupart des cocos dans ton genre finissent par se faire coincer… Alors écoute-moi bien, trouduc ! Toi et Arthur, c'est cinquante-cinquante, mais ses cinquante à lui pèsent plus lourd que les tiens. Cette bande vidéo soulèvera pas mal de questions auxquelles tu ne sauras pas quoi répondre. Je suis un type très impopulaire dans le coin, Fergy. Dans le meilleur des cas, tu seras chassé de l'île comme un malpropre…, mais tu risques de faire d'abord un petit séjour en prison. Et tu ne tiendras pas plus d'un quart d'heure entre les mains de ces rebuts de la société. Ils vont arracher ta petite peau de Blanc, lambeau par lambeau… Alors, tu vas être un bon garçon, Fergy, et faire ce qu'on te dit. Arthur te demande de garder les mille dollars. Tu sauras les mériter. L'homme montra à Ferguson l'enveloppe vide. Il y a deux types d'empreintes dessus. Les tiennes et les miennes… Allez, salut, mon chou. Je dois me tirer d'ici et rentrer dans ce pays qui ne connaît pas l'extradition.

Le chauffeur donna deux coups d'accélérateur et engagea la première. Il fit faire un demi-tour sur place à la Triumph et disparut dans la nuit.

Julian Warfield se trouvait à Kingston. Il était arrivé trois jours plus tôt et avait fait appel à tous les contacts de la Dunstone pour découvrir les raisons du curieux comportement d'Alexander McAuliff. Peter Jensen avait suivi ses instructions à la lettre, organisant une surveillance rapprochée, soudoyant réceptionnistes, chasseurs et chauffeurs de taxi pour le tenir informé des faits et gestes de l'Américain.

Tout en veillant à ce que sa femme et lui restent à l'écart, afin de ne pas orienter les soupçons sur eux.

C'était bien le moindre des services que Peter Jensen pouvait rendre à Warfield et à la Dunstone... Ses désirs étaient des ordres. Il était prêt à donner le meilleur de lui-même pour satisfaire un homme et une société qui les avaient sortis, lui et sa femme, du ruisseau et leur avaient offert un nouveau départ dans la vie.

Un travail qu'ils aimaient, et une sécurité financière dépassant les espoirs de n'importe quel couple de chercheurs. Le meilleur amnésique qui soit.

Julian avait déniché les Jensen voilà près de vingt ans, brisés, détruits par les événements..., pauvres comme Job, sans personne vers qui se tourner. Peter et Ruth avaient été pris ; c'était une époque de folie, le règne de l'espionnage et du contre-espionnage, des idéologies perverties et des ferveurs détournées. Les Jensen arrondissaient leurs fins de mois en travaillant pour le gouvernement sous couvert de prospections géologiques — recherche de pétrole, or, minerais précieux. Et ils avaient accepté de faire parvenir le contenu de ces rapport secrets à un agent de l'ambassade soviétique.

Un coup à gauche, un coup à droite, pour l'égalité et la justice. Mais ils s'étaient fait prendre.

C'est alors que Julian Warfield était venu les trouver.

Il leur offrit une nouvelle vie... en échange de certaines missions qu'il serait amené à leur confier — au sein du gouvernement ou dans le privé, en Grande-Bretagne ou ailleurs, toujours au plus haut niveau, toujours dans leur branche.

Toutes les charges retenues contre eux furent levées. Un couple éminent du corps universitaire avait été victime d'une tragique erreur judiciaire. Scotland Yard leur présenta des excuses... officielles.

Peter et Ruth ne refusaient jamais rien à Julian ; leur loyauté était à toute épreuve. Voilà pourquoi Peter était couché à plat ventre sur le sable humide et froid de la plage, tandis que l'aube pâlissait à l'horizon. Il était caché derrière un petit massif de corail lui offrant une vue imprenable sur la terrasse de la chambre de McAuliff. Les dernières instructions de Julian étaient explicites.

« Débrouillez-vous pour savoir qui lui rend visite. Quels sont ses principaux contacts. Ayez leurs noms, si vous pouvez. Mais veillez à ne pas vous faire repérer. J'ai besoin de vous deux dans la place. »

Les disparitions intempestives de McAuliff — dans les rues de Kingston, dans des taxis ou à bord d'une voiture inconnue l'attendant devant les portes du Courtleigh Manor — étaient la preuve que leur chef d'expédition avait en Jamaïque d'autres intérêts que ceux de la Dunstone.

McAuliff semblait avoir enfreint le premier commandement de Warfield : le secret.

Si tel était le cas, McAuliff serait retiré…, éliminé du jeu sans regret. Mais, avant toute chose, il était vital pour la Dunstone de découvrir l'identité de son ennemi — de ses ennemis.

La prospection passait au second plan derrière cette priorité absolue. Le cas échéant, la mission pouvait être sacrifiée si, par ce sabordage, Warfield découvrait les noms et les visées de ses adversaires.

Et Peter Jensen était sur le point de les connaître…, tapi sur la plage du Bengal Court aux premières lueurs de l'aube. Tout avait commencé trois heures plus tôt…

Les Jensen s'étaient retirés dans leur chambre peu après minuit. Elle se trouvait dans l'aile est de l'hôtel, comme celles de Ferguson et de Whitehall. McAuliff, Alison et Sam Tucker logeaient dans l'aile ouest, une répartition regroupant vieil ami et jeune amante.

Vers une heure du matin, ils entendirent une voiture arriver dans l'allée, dans un crissement de pneus, puis ce fut le silence total, comme si le chauffeur avait soudain voulu se faire discret.

C'était curieux. Le Bengal Court n'était pas une discothèque, un lieu bruyant au bord de l'eau attirant une foule de jeunes touristes. C'était un endroit trop tranquille pour séduire quelque Fangio en herbe. Peter Jensen n'avait d'ailleurs jamais entendu arriver la moindre voiture au Bengal Court passé neuf heures du soir.

Jensen s'était levé et s'était rendu sur la terrasse. Tout était normal. Il contourna alors l'aile est de l'hôtel jusqu'au parking côté façade. Là, il vit — entrevit — une chose qui lui fit froid dans le dos.

À l'autre extrémité du parking, dans la pénombre, un grand type noir — il avait bien l'impression qu'il était noir — sortait un corps inerte de l'arrière de la voiture. Un Blanc traversa la pelouse en courant côté aile ouest. C'était Sam Tucker. Il s'approcha du Noir qui portait l'homme inconscient, donna quelques instructions — pointant le doigt vers l'aile ouest de l'hôtel — puis reprit sa course jusqu'à la voiture et referma sans bruit la porte arrière.

Tucker était censé se trouver à Ocho Ríos avec McAuliff. Il n'était guère vraisemblable qu'il fût rentré au Bengal Court tout seul.

Tandis que Jensen s'interrogeait, une autre silhouette apparut sur la pelouse. Alison Booth. Elle faisait de grands gestes devant le type noir, affolée à l'évidence, faisant de son mieux pour ne pas céder à la panique. Elle entraîna le grand type noir avec son fardeau humain derrière le coin de l'hôtel.

Le cœur de Peter Jensen se serra. Était-ce Alexander McAuliff qui gisait inconscient dans les bras du Noir ? Mais les images lui revinrent aussitôt en mémoire ; il ne pouvait en être certain — il faisait si sombre, et tout s'était produit si vite —, mais, lorsque le porteur était passé sous un lampadaire du parking, il avait entr'aperçu le crâne de l'homme inconscient. Un détail l'avait surpris. La tête semblait chauve, comme rasée.

Sam Tucker jeta un coup d'œil dans l'habitacle, sembla satisfait et repartit en courant vers l'hôtel.

Peter resta tapi dans sa cachette après le départ de Tucker. C'était extraordinaire. Ni Tucker ni Alison Booth n'étaient à Ocho Ríos ; un homme avait été blessé, apparemment grièvement, et, au lieu de l'emmener à l'hôtel par l'entrée principale, on préférait lui faire gagner une chambre incognito. Sam Tucker, à la limite, aurait pu rentrer sans McAuliff au Bengal Court, mais sûrement pas Alison Booth.

Que faisaient-ils donc ici ? Que s'était-il passé ? À quoi rimait ce petit manège nocturne ?

Le meilleur moyen de le découvrir, estima Peter, était de s'habiller, de se rendre au petit bar du Bengal et d'inviter McAuliff à boire un verre sous un prétexte quelconque.

Il agirait seul. Ruth resterait dans leur chambre. Mais, avant, Jensen irait faire un tour jusqu'à la plage. Du rivage, il aurait un bon point de vue de l'hôtel et des terrasses.

Une fois arrivé dans le petit salon, Peter inventa une raison pour téléphoner à McAuliff. C'était si simple que cela frôlait le ridicule. Peter avait du mal à dormir. Il avait fait une petite promenade sur la plage. Il avait vu de la lumière dans la chambre de McAuliff et en avait déduit qu'il était rentré d'Ocho Ríos. Alex et Alison lui feraient-ils l'honneur d'être ses invités pour un petit digestif ?

Jensen se dirigea vers le point phone, au bout du bar. McAuliff décrocha. L'impatience faisait vibrer sa voix, celle d'un homme forcé de se montrer courtois et affable dans les pires circonstances qui soient. Le mensonge qu'il lui raconta était cousu de fil blanc.

240

— Oh, mon Dieu, Peter. C'est une bonne idée, mais nous sommes vraiment crevés. On venait d'arriver au Sans Souci lorsque Latham nous a appelés du ministère. Des problèmes administratifs avec nos autorisations ; nous avons dû revenir…, tout ça à cause d'une espèce de contrôle demain matin, à la première heure…, une histoire de carnet de vaccination, de dossier médical à régler…

— Ils ont un sacré culot. Quelle bande de salauds !

— Je ne vous le fais pas dire. Mais votre invitation n'est pas tombée dans l'oreille d'un sourd. Peut-être demain…

Peter Jensen avait voulu garder McAuliff au téléphone un peu plus longtemps. L'homme était visiblement à bout de souffle ; chaque seconde supplémentaire passée avec McAuliff en ligne offrait une chance à Jensen d'en apprendre plus.

— Ruth et moi allons louer une voiture pour aller aux chutes de Dunn, demain, vers midi. Vous en aurez sans doute fini avec toutes ces tracasseries. Cela vous dirait de venir avec nous ?

— Franchement, Peter, répondit McAuliff en toute hâte, on espère retourner à Ocho Ríos, si on en a la possibilité.

— Dans ce cas, évidemment, cela met la visite des chutes hors jeu. Vous les avez vues, je crois, n'est-ce pas ? C'est aussi beau qu'on le dit ?

— Oui, oui, absolument. Vous allez être…

— Vous serez de retour demain soir, alors ? l'interrompit Jensen.

— Bien sûr. Pourquoi ?

— Pour ma petite invitation…

— Oui, oui, nous serons de retour demain soir, répondit McAuliff avec prudence. Bonne nuit Peter.

— Bonne nuit, Alex. Dormez bien, répondit Jensen avant de raccrocher.

Jensen alla tranquillement, son verre à la main, à une table dans un coin, faisant de grands sourires aux autres clients pour donner l'illusion qu'il attendait quelqu'un, sans doute sa femme. Il n'avait aucune envie de bavarder avec qui que ce soit. Il fallait qu'il réfléchisse à la suite des opérations.

Voilà comment il s'était retrouvé allongé sur le sable, derrière un amas de corail, à regarder Lawrence et Tucker en pleine conversation.

Cela faisait près de trois heures qu'il épiait les alentours. Il avait vu des choses qu'il n'était pas censé voir : deux hommes étaient arrivés — l'un était un médecin, à l'évidence, il avait une sacoche de cuir, l'autre devait être un assistant et transportait une grosse malle avec tout un tas d'ustensiles étranges.

Il y eut un entretien entre le médecin, McAuliff et Alison, puis Sam Tucker et Lawrence rejoignirent le groupe.

Finalement, tout le monde quitta la terrasse, à l'exception de Tucker et du Noir, qui restèrent dehors.

À monter la garde.

Ils assuraient non seulement la sécurité de McAuliff et de la fille, mais aussi celle du blessé qui se trouvait dans la chambre voisine — l'inconnu au crâne chauve qu'on avait sorti de la voiture. De qui s'agissait-il ?

Les deux hommes étaient à leur poste depuis trois heures, à présent. Il n'y avait pas eu d'autres allées et venues. Jensen pressentait toutefois qu'il ne fallait pas qu'il quitte son poste d'observation. Pas encore.

Soudain, Jensen vit Lawrence descendre les marches de la terrasse et traverser les dunes en direction de la plage. Pendant ce temps, Tucker remonta jusqu'au coin du bâtiment puis s'arrêta sur la pelouse, attendant quelqu'un ou surveillant quelque chose.

Lawrence atteignit le rivage et se livra à un rite curieux. Il consulta sa montre et alluma deux allumettes, l'une après l'autre, les tenant à bout de bras, au-dessus de sa tête dans l'air immobile, avant de les jeter dans l'eau.

Quelques instants plus tard, l'explication de ce cérémonial fut révélée. Lawrence mit sa main en visière pour se protéger des premiers rayons du soleil et scruta l'horizon ; Peter Jensen l'imita.

Sur la mer d'huile, devant la masse sombre de la pointe de la baie, il y avait deux points de lumière. Un petit bateau entrait dans l'anse, sa coque grise émergeant lentement dans l'aurore.

L'embarcation mit le cap vers l'endroit où se trouvait Lawrence.

Quelques minutes plus tard, Lawrence gratta une nouvelle allumette et la tint au-dessus de lui jusqu'à ce que le bateau lui renvoie un signal. Les deux lueurs s'éteignirent et Lawrence remonta la plage en courant jusqu'au Bengal Court.

Sam Tucker, debout sur la pelouse, aperçut Lawrence, qui revenait vers l'hôtel. Il s'approcha de l'escalier menant à la plage. Les deux hommes s'entretinrent rapidement en haut des marches et se dirigèrent vers la chambre adjacente à celle de McAuliff, celle d'Alison Booth. Les deux compères disparurent à l'intérieur, laissant la porte entrouverte derrière eux.

Peter Jensen scrutait les alentours. Pendant un moment, il ne se produisit rien de particulier. Le petit bateau poursuivait sa lente progression vers la plage, distant de deux à trois cents mètres à présent. C'était une longue barque de pêche à fond plat, propulsée par un petit moteur — assis en poupe, un Noir, vêtu de vieux vêtements et coiffé d'un chapeau de paille. Harpons et gaules à crochet saillaient du petit pont, des filets enroulés pendaient contre les flancs de la coque ; un brave pêcheur de la Jamaïque partant travailler à l'aube.

Lorsque le bateau ne fut plus qu'à une trentaine de mètres du rivage, l'homme gratta une nouvelle allumette et l'éteignit rapidement. Jensen se retourna vers les terrasses du Bengal Court. Quelques secondes plus tard, la silhouette de Tucker apparut sur le seuil de la porte. Il tenait les poignées d'un brancard supportant un homme emmitouflé dans des couvertures ; Lawrence tenait les poignées de l'autre côté.

Avec précaution, mais d'un pas vif, les deux hommes traversèrent la terrasse avec leur civière, descendirent l'escalier de la jetée et gagnèrent la plage. Le timing était parfait. Pas une seconde ne fut gaspillée. Au moment où le bateau touchait terre, Tucker et Lawrence pataugaient dans le ressac pour déposer avec douceur le brancard sur le pont. Des filets furent aussitôt placés sur le blessé en guise de camouflage ; Sam Tucker repoussa la barque vers le large et Lawrence monta à bord. Quelques instants plus tard, le Jamaïquain retira sa chemise et sortit d'un coffre un vieux chapeau de paille sans forme. Il le planta sur son crâne et saisit une gaule. La métamorphose était totale. Lawrence le guérillero était devenu un pêcheur indolent des Antilles.

La barque de pêche vira de bord, griffant le miroir de l'eau, et se dirigea vers la pointe. Le moteur se faisait plus entendre qu'à l'aller ; le capitaine tenait à s'en aller rapidement avec sa cargaison humaine.

Sam Tucker leur fit un signe de la main. Lawrence hocha la tête et plongea sa gaule dans l'eau. Tucker quitta la plage pour regagner le Bengal Court.

Peter Jensen regarda le bateau s'éloigner vers la pointe. À plusieurs reprises, Lawrence se pencha pour soulever les filets, vérifiant à l'évidence l'état de santé du blessé. De temps à autre, il semblait lancer des ordres au capitaine à la barre. Le soleil à présent embrasait tout l'horizon. Une journée torride s'annonçait.

Sur la terrasse, les portes-fenêtres de la chambre d'Alison Booth étaient toujours ouvertes. Avec la lumière grandissante, Jensen put distinguer une agitation fébrile à l'intérieur. Tucker sortit deux fois sur le seuil pour déposer des sacs de plastique. Un autre homme — l'assistant du médecin, comprit Jensen — sortit à son tour, tenant dans une main un grand cylindre et dans l'autre une grosse valise. Il déposa le tout par terre, au pied du mur, se baissa et se redressa quelques instants plus tard avec deux aérosols à la main. Il en tendit un à Tucker, qui passait le seuil de la porte. Les deux hommes s'entretinrent un moment puis disparurent dans la chambre.

Au bout de trois minutes à peine, Tucker et l'assistant réapparurent sur le seuil, dans une posture comique, marchant à reculons, le bras tendu, brandissant leurs aérosols au milieu d'un brouillard épais.

Tucker et l'assistant noir avaient désinfecté toute la chambre au spray jusque dans ses moindres recoins.

Une fois leur devoir accompli, ils se dirigèrent vers les sacs de plastique, la malle et le grand objet cylindrique. Ils ramassèrent tout cet attirail, échangèrent quelques mots encore et gagnèrent la pelouse.

Sur l'eau, le bateau de pêche avait parcouru la moitié du chemin qui le séparait de la pointe de la baie — mais il s'était produit un événement imprévu. La barque s'était arrêtée. La coque dansait mollement sur les flots, faisant du surplace. Peter apercevait la silhouette minuscule de Lawrence debout sur le pont, s'agenouillant, puis se relevant à nouveau. Le capitaine gesticulait, l'air affolé.

Le bateau repartit bientôt, mais pour virer lentement de bord. Il changeait de cap. Il ne se dirigeait plus vers la pointe de la baie — si telle était sa destination — mais vers le grand large.

Jensen resta allongé dans le sable humide pendant encore un quart d'heure, à regarder le petit esquif devenir un point minuscule sur l'océan gris-noir, fendu par la lame orange du soleil levant. Il ne pouvait lire dans les pensées des deux Jamaïquains ; il ne pouvait deviner ce qui s'était passé sur le pont de ce bateau gagnant la haute mer. Mais sa connaissance des courants et des marées, ses observations des trois dernières heures l'amenèrent à une conclusion inéluctable.

L'homme sur le brancard était mort. Son cadavre allait bientôt disparaître. Il serait emmailloté dans un filet avec du lest et jeté par-dessus bord afin que les courants l'emportent au large. Peut-être la mer le rendrait-elle dans des semaines, des mois, sur quelque récif des îles Cayan, ou plus probablement finirait-il dépecé, dévoré par les prédateurs des fonds marins.

Il était grand temps d'appeler Warfield ; un rendez-vous au sommet s'imposait.

Il y avait urgence.

McAuliff roula sur le côté, et la douleur dans son épaule lui traversa le torse comme un éperon. Il s'assit en sursaut, un peu hagard, tentant de reprendre ses esprits. C'était le matin. La nuit avait été le siège de toutes les peurs et de toutes les angoisses. C'était le moment de faire le point, d'établir un plan d'attaque.

Il regarda Alison, qui dormait à côté de lui. Elle respirait profondément, à un rythme régulier. La soirée avait certes été cauchemardesque pour lui, mais Alison avait eu sa part de tourments, peut-être plus encore que lui. Il avait eu l'avantage d'être pris dans le feu de l'action. Elle avait dû attendre, imaginant mille horreurs. L'attente était plus terrible encore, plus cruelle.

Lentement, avec d'infinies précautions pour ne pas la réveiller, Alex passa les jambes par-dessus le matelas et se leva. Tout son corps était raide ; chaque articulation était douloureuse, en particulier aux genoux.

C'était compréhensible. Ses muscles étaient comme les cordes d'un vieil instrument assoupi dans un grenier, réveillé en sursaut par un chef d'orchestre fou. L'image n'était pas si loufoque, après tout, songea Alex. Il esquissa un vague sourire en songeant à quel point il devait sonner faux — à toute cette cacophonie dissonante.

Pourtant, les notes formaient des accords connus par quelqu'un… quelque part. Un observateur lointain. Parce qu'il y avait une mélodie secrète… en sous-sol.

Bientôt identifiable. Pas tout à fait encore…

Une odeur assaillit ses narines. Ce n'étaient pas les senteurs d'épices et de vanille, mais quelque chose de sucré qui flottait dans l'air. Cela lui rappelait l'Asie du Sud… Java, le détroit de la Sonde, un parfum entêtant. Alex se dirigea à pas de loup vers les portes-fenêtres donnant sur la terrasse ; il s'apprêtait à les ouvrir lorsqu'il se souvint qu'il était entièrement nu. Il alla chercher sur le dossier d'une chaise un maillot de bain qu'il se souvenait d'avoir jeté là quelques jours plus tôt. Il l'enfila à la hâte.

— J'espère qu'il est sec, dit Alison. Le service de nettoyage laisse à désirer, ici, et j'ai oublié de le suspendre.

— Rendors-toi, répliqua Alex. Tu dormais à poings fermés il y a une seconde encore.

— Mais maintenant j'ai les yeux grands ouverts… Dieu du ciel, il est huit heures et quart !

— Et alors ?

— Rien… Je ne pensais pas que nous pourrions dormir aussi longtemps.

— Ce n'est pas vraiment une grasse matinée. On s'est couchés à trois heures du matin. Avec toutes les émotions de la veille on aurait bien eu le droit de paresser jusqu'à midi.

— Comment va ton bras ? Ton épaule ?

— Ça brûle un peu… comme le reste. Mais c'est supportable.

— Qu'est-ce que c'est que cette odeur de désodorisant ?

Alison se redressa. Le drap retomba, révélant une étrange chemise de nuit en coton épais avec de gros boutons. Elle vit le regard étonné de McAuliff, l'esquisse d'un sourire sur ses lèvres. Elle contempla sa tenue et se mit à rire.

— C'est ma chemise de nuit de grand-mère ! Je l'ai mise après que tu t'es endormi. Il faisait frisquet et tu semblais n'avoir d'intérêt que pour les discours philosophiques.

Alex se dirigea vers le lit et s'assit à côté d'elle.

— J'ai été rasoir, n'est-ce pas...

— Il était impossible de t'arrêter ; réellement impossible. Tu avais ingurgité pas mal de whisky. Comment va ta tête, à propos ?

— Très bien. J'ai dormi comme un bébé.

— On ne devrait pas te laisser d'alcool à portée de la main. Je sais les dégâts que cela cause. Et n'y vois là aucune condescendance britannique...

— J'ai été ridicule, hier soir. Je retire ce que j'ai dit.

— Tu y crois encore, à tes élucubrations ? Avec l'esprit clair du matin, comme on dit...

— Je crois que oui. Mon point de vue étant qu'on ne se bat jamais aussi bien que lorsque notre propre survie en dépend... Oui, je maintiens ce que j'ai dit, mais je me sentirais plus rassuré si Barak n'avait pas été blessé.

— Un curieux nom, Barak.

— Un curieux bonhomme. Et très fort. Nous avons besoin de lui, Alison. Les garçons peuvent devenir rapidement des hommes, mais ils ont besoin de temps pour mûrir. L'expérience des aînés est irremplaçable.

— Irremplaçable pour qui ?

McAuliff regarda Alison, la courbe délicate que dessinaient ses sourcils interrogateurs au-dessus de ses yeux clairs.

— Pour les siens, répondit-il simplement.

— Et Charles Whitehall ne fait pas partie de la famille, c'est ça ? C'était une affirmation, en rien une question.

— Non. Ils sont des cousins très éloignés. Et je crois qu'il est nécessaire..., étant donné les circonstances..., que la faction de Barak soit aussi forte que celle de Whitehall.

— Tu es en train de t'immiscer dangereusement dans les affaires intérieures du pays, mon chéri.

— Je sais. Tout me semble si compliqué, alors que c'est si limpide pour Charles Whitehall ou Barak Moore. Ils n'y voient qu'une simple joute, troublée par l'arrivée d'une tierce partie. Mais cela ne les distrait pas de leur but. Ils avancent en ligne droite, un objectif après l'autre, sachant qu'à la fin ils devront négocier entre eux. Aucun des deux ne perd cette donnée de vue. Et chacun récolte le maximum de pommes en chemin.

— Pardon ? Alison se laissa retomber sur son oreiller, en regardant McAuliff qui contemplait le mur blanc devant lui. Tu peux être plus explicite ?

— Je ne suis pas sûr de pouvoir. Une meute de loups entoure sa victime, qui se pelotonne au milieu du cercle des assaillants. Les loups, un à un, lancent de fausses attaques, faisant mine de fondre sur leur proie avant de reculer, jusqu'à ce que leur proie soit épuisée. Et c'est à ce moment-là que les loups s'approchent, tous ensemble.

Alex se tut, l'air perplexe.

— Charles et Barak seraient donc les victimes, dit Alison, essayant de participer au raisonnement de McAuliff.

— C'est la Jamaïque, la victime, et ils sont jamaïquains. Les loups, les ennemis, sont la Dunstone et tout ce qu'elle représente : Warfield et sa myriade de manipulateurs à travers toute la planète, tous les Chatellerault de la Terre ; les services secrets britanniques et leurs petites élites, tels que Tallon et sa foule d'ex-colons opportunistes ; les Craft…, tous des vampires… Le « Halidon » pourrait bien être ajouté à la liste, puisqu'il est invisible et donc incontrôlable… et, quand bien même nous mettrions la main dessus, qui nous prouve qu'il jouerait le jeu ? Les loups sont légion, tu peux me croire.

— Et la confusion est grande, ajouta Alison.

McAuliff se retourna vers la jeune femme.

— Pour nous. Pas pour eux. C'est cela qui est remarquable. Les victimes ont mis au point une tactique de défense : attraper chaque loup qui s'approche. Et le détruire.

— Quel rapport avec les… pommes ?

— Je suis sorti du cercle et bien décidé à marcher droit devant, moi aussi.

— Si on laissait tomber les métaphores ? lança Alison.

— Elles sont justes, pourtant. Lorsqu'une armée, et ne te fais pas d'illusions, Charles Whitehall et Barak Moore ont leurs propres armées, lorsqu'une armée, donc, est en campagne, elle maintient une ligne de ravitaillement. Dans ce cas, il s'agit de soutiens. Rappelle-toi. Lorsque tous les loups seront anéantis, ils se retrouveront tous les deux face à face, et l'heure sera venue de compter ses pommes…, ses appuis. McAuliff se tut et se leva. Il se dirigea vers la fenêtre côté mer, tira les rideaux et contempla la plage. Tout cela ne te saute pas aux yeux ? demanda-t-il doucement.

— Tout cela est bien politicien, et je n'ai jamais compris grand-chose dans ce domaine. Mais ce genre de situation ne m'est pas inconnue...

— Cela n'a rien d'étonnant, l'interrompit Alex en se retournant vers elle. Les cas de ce genre dans le passé sont innombrables..., et je n'ai pas une mémoire d'historien. Tu veux que je commence par où ? La guerre des Gaules, la Chine des années trente, la Corée, le Viêt-nam, le Cambodge, l'Afrique ? Partout les mêmes mots, encore et toujours. Impérialisme de l'extérieur, révolte à l'intérieur, insurrection, contre-insurrection. Le chaos, les bains de sang, les purges. Et finalement la reconstruction dans un semblant de compromis. Voilà le schéma classique. Voilà la partie que Barak et Charley comptent jouer. Et chacun sait qu'en aidant l'autre à éliminer un loup il doit dans le même temps affirmer sa position sur l'échiquier. Parce que lorsque sonnera l'heure de la négociation..., car elle sonnera, inévitablement, il faudra en céder le moins possible.

— Quand tu parles de quitter les cercles et d'avancer en ligne droite, tu veux dire que tu vois d'un mauvais œil l'affaiblissement de l'armée Barak ? C'est ça ?

— Oui. C'est trop tôt.

— Mais tu es en train de t'immiscer dans les affaires internes de la Jamaïque. Tu prends parti, or tu es un étranger, ici, mon chéri.

— Peut-être, mais c'est moi qui ai ramené Charley au pays, qui lui ai donné une respectabilité, une couverture. Ce salaud s'est servi de moi.

— Parce que Barak est un enfant de chœur, peut-être ?

— Bien sûr que non. C'est aussi un manipulateur. Mais il est important qu'il en soit ainsi.

McAuliff se tourna de nouveau vers la fenêtre. Le soleil du matin frappait les vitres de plein fouet, dessinant sur le verre de petites auréoles de condensation. Il allait faire chaud.

— Que comptes-tu faire ? demanda Alison en se redressant, prête à se lever.

— Comment ça ? répondit Alex à mi-voix, le regard attiré par quelque chose au-dehors. Je vais faire ce pour quoi on m'a fait venir ici, ce pour quoi je suis payé deux millions de dollars. Mener à bien la prospection ou découvrir qui est « Halidon ». Je prendrai le premier qui viendra. Et puis nous faire oublier... selon nos conditions.

— Cela me semble un programme raisonnable, dit Alison en sortant du lit. Qu'est-ce que c'est que cette odeur ?

— Oh ! j'ai oublié de te prévenir. Ils sont en train de passer au spray toute ta chambre pour chasser les odeurs de désinfectant.

McAuliff s'approcha encore de la fenêtre et mit sa main en visière pour se protéger des rayons du soleil.

— L'éther ou je ne sais quel aseptisant sent meilleur que cette horreur. Mon maillot de bain est resté là-bas. Je peux le récupérer ?

— Pardon ?

Alex n'écoutait plus, toute son attention focalisée sur ce qui se passait au dehors.

— Mon maillot, mon chéri. Il est dans ma chambre.

McAuliff se retourna vers elle, n'ayant visiblement pas entendu sa requête.

— Ne bouge pas d'ici. Je reviens.

Il se dirigea vers les portes-fenêtres et traversa la terrasse au pas de course.

Alison le regarda s'en aller, interdite. Elle se dirigea à son tour vers la fenêtre, afin de savoir ce qui intriguait autant McAuliff. Il lui fallut plusieurs secondes pour comprendre ; elle regarda McAuliff courir sur la plage, en direction de l'eau.

Au loin, devant les vagues, elle aperçut la silhouette d'un grand Noir regardant l'horizon. C'était Lawrence.

Alex s'approcha en silence du Jamaïquain, n'osant l'appeler. Arrivé à dix mètres de Lawrence, McAuliff s'éclaircit la gorge pour annoncer sa venue.

Le Noir se retourna. Ses yeux étaient brillants de larmes, mais son visage restait de marbre. Le visage d'un jeune adulte acceptant sa douleur.

— Que s'est-il passé ? demanda doucement McAuliff en venant aux côtés du jeune homme torse nu.

— J'aurais dû vous écouter vous, pas lui. Il avait tort.

— Dis-moi ce qui s'est passé, insista Alex.

— Barak est mort. J'ai fait ce qu'il m'a demandé, et il est mort. J'ai suivi ses ordres à la lettre, et il est mort.

— Il connaissait les risques ; il n'avait pas le choix. Je crois qu'il a eu raison.

— Non, il avait tort… puisqu'il est mort.

— Floyd n'est plus… Maintenant, Barak… Qui reste-t-il ?

Les yeux de Lawrence se vrillèrent dans ceux de McAuliff ; ils étaient rouges des larmes contenues, et, derrière le courage et la fierté dont il voulait faire montre, Alex voyait toute l'angoisse d'un enfant, d'un enfant perdu, trop vite devenu grand.

— Vous et moi. Personne d'autre… Vous voulez bien m'aider ?

Alex soutint le regard du guérillero sans répondre.

Bienvenue au sein généreux de la révolution, songea McAuliff.

21.

La police de Trelawny découvrit l'identité de Floyd le matin, à sept heures deux. Les recherches avaient été retardées par l'absence de fichiers anthropométriques à Falmouth et le manque de coopération des dizaines d'habitants, tirés de leurs lits pour aller contempler le cadavre. Le capitaine était convaincu que nombre d'entre eux avaient reconnu la dépouille criblée de balles, mais ce ne fut qu'à sept heures passées qu'un vieil homme — un jardinier de Carrick Foyle — n'avait pu dissimuler un hoquet de surprise en voyant le corps ensanglanté gisant sur la table. Cette ébauche de réaction avait incité le capitaine à utiliser des méthodes d'investigation plus coercitives. Il avait approché une cigarette allumée à quelques millimètres de l'œil gauche du vieillard, qu'il tenait ouvert de sa main libre. Il allait dire la vérité sinon il lui brûlait le globe oculaire.

Le vieux jardinier avait hurlé de douleur et tout avoué. L'homme étendu sur la table avait travaillé pour Walter Piersall. Il s'appelait Floyd Cotter.

Le capitaine avait contacté les services administratifs de diverses paroisses pour avoir de plus amples informations sur ce Floyd Cotter. Personne ne savait rien à son sujet ; on n'avait jamais entendu parler de lui. Mais le capitaine n'avait pas baissé les bras pour autant ; Kingston portait un grand intérêt à Walter Piersall, pré- et post-mortem, au point de faire surveiller sa propriété vingt-quatre heures sur vingt-quatre. Le capitaine en ignorait les raisons ; mais il n'était pas là pour poser des questions et encore moins pour analyser les ordres de Kingston, qui étaient légion. Peu importait pourquoi le gouvernement harcelait cet universitaire blanc de son vivant et s'intéressait à sa maison après sa mort. Les petites affaires privées de Kingston ne le regardaient en rien. Son travail était simplement d'obéir aux ordres.

Il les suivait donc à la lettre, avec un certain zèle. Voilà pourquoi il était le chef de la police de Falmouth.

Voilà pourquoi il passait autant de coups de téléphone à propos d'un certain Floyd Cotter, décédé, dont la dépouille gisait sur une table, des plaies béantes sur le corps et le visage, semblant ne jamais vouloir cesser de saigner. Du sang que des pages du *Gleaner*, hâtivement disposées au sol, ne parvenaient pas à éponger.

À huit heures moins cinq, alors que le capitaine s'apprêtait à appeler le commissariat de Sherwood Content, le téléphone se mit à sonner. C'était son collègue de Puerto Seco, près de la Discovery Bay, qu'il avait contacté vingt minutes plus tôt. L'homme lui annonça qu'après leur conversation téléphonique il avait parlé à ses adjoints de garde. Un certain Floyd, selon l'un d'eux, travaillait dans une équipe de prospection géologique conduite par un Américain dénommé McAuliff. Les recherches avaient commencé voilà une dizaine de jours sur le rivage. L'équipe était venue embaucher des porteurs à Ocho Ríos. L'Agence pour l'emploi avait été contactée.

Le capitaine avait tiré du lit le directeur de l'Agence à Ocho Ríos. L'homme était parfaitement réveillé lorsqu'il fut en ligne, car, n'ayant pas de téléphone chez lui, il avait dû se rendre dans l'épicerie où lui et la plupart des gens du quartier recevaient leurs appels. Le chef de l'Agence se souvenait que parmi les hommes embauchés par l'Américain il y avait effectivement un Floyd, mais il ne se souvenait pas du nom de famille. Le Floyd en question s'était présenté avec les autres qui avaient entendu parler de l'embauche. Il n'était pas inscrit comme demandeur d'emploi, pas plus qu'un autre type qui avait été également engagé.

Le capitaine écouta les explications du directeur et le remercia sans faire de commentaires. Mais, après avoir raccroché, il appela Gordon House, à Kingston, pour joindre l'inspecteur qui dirigeait les fouilles méticuleuses dans la propriété de Piersall.

L'inspecteur était arrivé à la même conclusion que le capitaine. Floyd Cotter — ancien employé de Walter Piersall — était revenu chez son patron avec quelques amis pour piller la maison et avait été surpris en pleine action.

Des vols ?

Un trou à la cave. Dans une vieille citerne inutilisée depuis des années...

L'inspecteur rentrerait à Flamouth à midi. Entre-temps, le capitaine irait interroger discrètement Mr. McAuliff. Pour se renseigner sur son emploi du temps.

À neuf heures vingt, le capitaine et son adjoint passaient les portes du Bengal Court.

Alexander feignit la surprise de façon convaincante. Il était consterné — et sincèrement affligé — d'apprendre la mort de Floyd Cotter ; mais ce drame expliquait bien des mystères. Du matériel précieux avait disparu du camion, des appareils qui valaient leur pesant d'or dans les réseaux clandestins. Ce Floyd Cotter était à l'évidence l'auteur de ces disparitions ; c'était lui le voleur.

Le capitaine voulait peut-être une liste exhaustive des appareils manquants ? Il y avait un géodimètre, un waterscope, une demi-douzaine de boussoles, trois filtres Polaroid, cinq malettes de premiers soins de la Royal Society, un appareil photo Rolleiflex, et d'autres objets de moindre valeur, toutefois, loin d'être bon marché. L'adjoint du capitaine nota la liste sur son carnet au fur et à mesure de l'énumération d'Alex. Deux fois, il demanda à McAuliff d'épeler un nom ; une autre fois, la pointe de son crayon se cassa. Quelques minutes pénibles.

Après avoir posé leurs questions d'usage, le capitaine et son adjoint serrèrent la main du géologue américain et le remercièrent de sa coopération. McAuliff les regarda remonter dans leur voiture de patrouille et leur lança un salut amical tandis que le véhicule quittait le parking de l'hôtel.

Arrivé à trois cents mètres du Bengal Court, le capitaine fit arrêter la voiture.

— Retourne à la plage en passant par les bois, demanda-t-il à son adjoint. Et tâche de savoir qui est avec lui, qui vient le voir.

L'adjoint retira sa casquette, sa veste d'uniforme kaki avec ses galons jaunes et prit sur la banquette arrière un T-shirt vert. Il l'enfila et sortit de la voiture. Une fois sur le macadam, il dégrafa sa ceinture, retira son étui de revolver et le tendit à son capitaine par la fenêtre.

Le capitaine plongea la main sous le tableau de bord et sortit une vieille casquette de base-ball noire, décolorée par le temps et la sueur. Il la tendit à son adjoint en riant.

— Tous les Noirs se ressemblent, pas vrai ? Te voici le vendeur de cocoruru de la plage !

L'adjoint esquissa un sourire et s'enfonça dans les bois bordant le bas-côté, défendu par un reste de grillage rouillé — les limites de la propriété du Bengal Court.

La voiture de patrouille repartit dans un rugissement de moteur. Le capitaine de la police de Falmouth était pressé. On l'attendait à

Halfmoon Bay où devait amerrir un hydravion en provenance de Kingston.

Charles Whitehall se tenait dans les herbes sur une corniche surplombant la route de Priory-on-the-Sea. Sous son bras, la boîte d'archives noire, colmatée avec de larges bandes d'adhésif. Il était midi passé ; McAuliff allait bientôt arriver.

Seul.

Whitehall avait insisté sur ce point — avant même que McAuliff ait eu le temps de lui annoncer, d'un ton glacial, que Barak était mort.

Barak mort.

Bramwell Moore, son vieux copain d'école à Savanna-la-Mar, mort sous des balles jamaïquaines — *jamaïquaines*.

Mais sous des balles de la *police jamaïquaine*, c'était moins grave. Outre son caractère social, il y avait, dans ce drame, une logique sinistre — contradiction intrinsèque ! rectifia Whitehall en pensée. La logique ne pouvait être triste ou heureuse ; la logique était la logique, point. Mais c'étaient les mots qui l'énonçaient et les mots se prêtaient à interprétation — c'était ainsi que l'État détournait toutes les statistiques suivant une logique qui lui était toute personnelle.

Son esprit vagabondait malgré lui, et cela l'agaçait. Barak savait, comme lui, qu'ils n'étaient plus des enfants jouant au renard dans le poulailler. Il n'y avait pas de mama, coiffée d'un foulard noué sur la tête, agitant un balai de paille pour chasser enfants et volatiles de la maison, avec un mélange de colère et d'amusement. Ils avaient affaire cette fois à un autre type de répression. Les mamas aux foulards de madras avaient été remplacées par des fonctionnaires à casquette et les balais par des fusils. Les poulets étaient devenus des idées…, danger bien plus fatal pour les laquais de l'État que quelques plumes voletant dans le fief ordonné d'une maîtresse de maison.

Barak était mort…

Cela semblait incroyable. Mais il y avait une leçon à tirer du drame. Barak n'avait pas compris les problèmes réels de l'île ; il n'avait pas trouvé les solutions adéquates parce qu'il avait des dizaines d'années de retard.

D'abord, et avant tout, il fallait la force. Une multitude menée par la main de fer d'une poignée de dirigeants.

Voire d'un seul.

Un nuage de poussière montait du fond du vallon ; une voiture break roulait à vive allure sur la route.

McAuliff était tout aussi impatient que lui.

Whitehall quitta son poste d'observation et retourna vers la maison. Il avait demandé à son hôte de Drax Hall d'être absent de chez lui entre midi et trois heures. Il n'avait fourni aucune explication, et aucune question n'avait été posée.

Le Messie était de retour. Et tout était dit.

— La voilà, annonça McAuliff, debout devant Whitehall dans la remise, tenant la petite boîte d'archives de la main gauche. Mais, avant que vous ne commenciez à la tripoter, j'aimerais que certaines choses soient bien claires entre nous.

Charles Whitehall soutint le regard de l'Américain.

— Toute clause conditionnelle est superflue. Nous savons, l'un comme l'autre, ce qui doit être fait.

— Ce qui n'est pas superflu, rétorqua Alex, c'est de vous rappeler qu'il ne saurait y avoir de décision unilatérale. Ce n'est pas votre petite guerre personnelle, Charley.

— Vous reprenez le flambeau de Barak ?

— Disons que je veux veiller sur ses intérêts. Et sur les miens.

— Les vôtres, je peux comprendre ; mais les siens ? Il n'y a rien de commun entre les deux, vous le savez.

— Ils sont même totalement indépendants.

— Alors pourquoi cette sollicitude de votre part ?

Whitehall baissa les yeux vers la boîte d'archives, conscient de sa respiration sifflante ; son impatience devait se voir comme le nez au milieu de la figure, et cela l'agaçait.

— Donnez-moi cette boîte, s'il vous plaît.

— Vous m'avez posé une question. Je vais d'abord y répondre, répliqua McAuliff. Je ne vous fais pas confiance, Charley. Vous faites feu de tout bois. De toute personne susceptible de servir vos ambitions. Comme tous les gens de votre espèce. Vous êtes prêt à passer des accords avec tout ce qui bouge, et vous y parvenez à merveille. Vous êtes une telle anguille que vous pourriez vous mordre la queue. Mais, à chaque fois, c'est la politique de la terre brûlée, et je n'aime pas beaucoup ça.

— Je vois... Vous êtes du côté de Barak et de ses soldats des champs de canne à sucre. Un adepte du chaos à la Fidel, où les caporaux mâchouillent leurs cigares et violent les filles des généraux en guise de justice sociale. Des plans triennaux, quinquennaux, et des brutes épaisses aux commandes de l'État. Jusqu'au désastre final, ajouterai-je. Ne soyez pas stupide, McAuliff. Vous valez mieux que ça.

— Gardez vos sermons, Charley. Vous n'êtes pas sur un podium devant vos militants, répondit Alex avec lassitude. Je ne crois pas plus à cette analyse simpliste que je ne crois à vos solutions infaillibles. Rentrez-vous bien ça dans la tête ; je suis et je reste le chef de cette mission. Je peux vous virer dans la minute. Avec perte et fracas, s'il le faut. Cela ne vous forcera pas à quitter l'île, mais votre aura s'en trouvera fort altérée.

— Qu'est-ce qui me dit que vous ne me mettrez pas à la porte de toute façon ?

— Rien. Il se trouve simplement que, comme vous, je ne veux plus avoir ces salauds sur le dos. Même si mes raisons sont bien différentes des vôtres.

— J'ai pourtant l'impression que vous mentez.

— Ce n'est pas le genre de sujet sur lequel j'ai envie de bluffer, croyez-moi.

Whitehall chercha le regard de McAuliff.

— Moi non plus. Je vous avais bien dit que cette discussion était superflue... J'accepte vos conditions pour ne pas nuire au succès de notre mission... À présent, puis-je enfin avoir cette boîte ?

Sam Tucker s'assit sur la terrasse, un journal à la main, surveillant du coin de l'œil la plage où Alison et Ferguson paressaient sur des chaises longues. De temps en temps, lorsque le soleil des Antilles avait suffisamment cuit leur peau, Alison et le jeune botaniste allaient se rafraîchir dans l'eau. Ils ne s'éclaboussaient pas ni ne plongeaient ; ils se contentaient de se laisser tomber mollement dans la mer d'huile, accablés de chaleur. Un devoir plus qu'un plaisir, pour l'un comme l'autre.

Tristes tropiques, songea Sam Tucker en contemplant la plage, prenant néanmoins ses jumelles à chaque fois qu'Alison gagnait l'eau pour scruter les environs immédiats. Aucun nageur ne s'approchait d'elle. Il y avait peu de monde, uniquement des clients du Bengal Court.

Aucun d'eux ne représentait une menace, au grand soulagement de Tucker.

Ferguson était rentré de Montego Bay un peu avant midi, juste après le départ d'Alex pour Drax Hall. Il s'était promené sur les terrasses et avait rencontré Sam et Lawrence, encore sous le choc, assis sur le muret bordant la plage, en train de parler à voix basse de feu Barak Moore. Les deux hommes avaient été surpris de voir Ferguson à l'hôtel, puisque le jeune botaniste semblait la veille avoir plein de projets pour sa journée à Mo'Bay.

Ferguson était arrivé l'air hagard, nerveux. Il leur annonça avoir un peu trop forcé sur la bouteille la veille au soir et récolté une gueule de bois carabinée. On fit les moqueries d'usage à ce sujet, que le jeune homme prit avec un manque d'humour évident. Sam Tucker, toutefois, n'avait pas cru à ces explications. James Ferguson n'était pas ravagé par l'ingestion de whisky de la veille mais par la peur ; ils avaient affaire à un homme terrorisé qui n'avait pas dormi de la nuit et qui voulait cacher sa terreur ; le jeune homme resta d'ailleurs très laconique à propos de sa nuit à Montego Bay, balayant d'un geste cet épisode comme un mauvais souvenir sans intérêt. Ferguson semblait rechercher de la compagnie, comme un enfant cherchant la sécurité du cocon familial. Il suivait Alison Booth comme son ombre, prêt à lui rendre mille services... Béguin d'écolier ou dévotion d'homosexuel ? Aucune des deux images ne lui convenait.

Il avait peur, tout simplement.

C'était à n'y rien comprendre, songea Sam.

Tucker entendit des pas étouffés derrière lui et se retourna. C'était Lawrence. Il s'était rhabillé et arrivait de la pelouse ouest. Le guérillero se dirigea vers Sam et s'agenouilla, non en signe d'allégeance, mais pour se cacher derrière le muret.

— Je n'aime ni ce que j'ai entendu ni ce que j'ai vu, dit-il d'une voix laconique.

— Qu'est-ce qui se passe ?

— Il y a un corbeau dans le poulailler.

— On nous surveille, tu veux dire ? demanda Tucker en posant son journal sur le rebord du muret et en se penchant en avant.

— Oui. Depuis trois ou quatre heures.

— Qui ça ?

— Un type qui se promène sur la plage depuis ce matin. Il tourne en rond du côté ouest. Cela fait trop longtemps pour que ce soit un simple gars à la recherche de ce qu'auraient pu laisser les touristes. Je l'ai bien observé. Son pantalon est roulé sur les mollets et il est tout neuf. J'ai fait le tour par le bois et j'ai trouvé ses chaussures derrière un arbre. C'est alors que j'ai reconnu le pantalon... C'est celui d'un flic.

Le visage de Sam se creusa.

— Alex a parlé à la police de Falmouth à neuf heures et demie. Dans le hall... Il m'a dit qu'ils étaient deux : un chef et son adjoint. Voilà donc pour l'image. Et pour le son ?

— C'est plutôt de l'image *et* du son, répliqua Lawrence en jetant un coup d'œil par-dessus le muret pour surveiller la plage. Satisfait, il reporta son attention sur Sam Tucker. Un peu plus tard, notre type s'est rendu derrière les cuisines et je l'ai suivi. Il a attendu un bon bout de temps et puis un autre type est sorti de l'hôtel et ils ont commencé à parler. C'était le gars de la réception. L'autre a secoué la tête plusieurs fois et le flic n'était visiblement pas content.

— Qu'est-ce que tu as entendu, mon gars ?

— Il y avait un employé à côté en train de laver des rougets dans un seau. Lorsque le flic est parti, je l'ai interrogé. Il m'a dit que le type n'arrêtait pas de poser des questions sur l'Américain, où il était allé, qui lui avait téléphoné...

— Et le réceptionniste n'en savait rien.

— Exact. Et le policier voyait rouge.

— Où il est, en ce moment, ton corbeau ?

— Il fait le guet du côté est, répondit Lawrence en désignant un point noir à l'extrémité de la plage. Tu le vois ? Juste devant les barques de pêche.

Tucker prit ses jumelles et observa la silhouette qui se tenait près des bateaux à faible tirant d'eau — à quatre cents mètres de là. L'homme portait un T-shirt vert déchiré et une vieille casquette de base-ball noire ; seul le pantalon dénotait avec le reste de sa tenue. Il l'avait remonté jusqu'aux genoux comme la plupart des écumeurs de plage, mais Lawrence avait raison : le pantalon était trop neuf, trop propre. L'homme discutait avec un ramasseur de *cocoruru*, un Jamaïquain maigrelet à la peau d'ébène qui poussait une charrette remplie de noix de coco pour vendre sa marchandise au vacanciers. Il fendait les fruits en deux d'un grand coup de machette. De temps en temps, le policier relevait les yeux vers le Bengal Court, semblant regarder droit dans les jumelles de Tucker. Mais il ne se savait pas observé, sinon, Tucker aurait vu la surprise sur son visage. Tout ce qu'exprimaient les traits du policier, c'était de l'irritation, rien d'autre.

— Il faudrait donner à ce malheureux les renseignements qu'il veut, suggéra Sam en reposant ses jumelles.

— Pardon ?

— Lui donner de quoi le calmer..., pour éteindre ses soupçons.

Lawrence esquissa un grand sourire.

— On lui invente une petite histoire ?

— Exactement, mon gars, une petite histoire, répondit Sam en souriant. Un truc bien cucul et bien plausible.

— McAuliff est allé faire des achats à Ocho Ríos, par exemple ? Ocho est à dix kilomètres de Drax Hall. C'est la même route.

— Pourquoi Mrs. Booth, enfin... Alison, n'est-elle pas allée avec lui ?

— Il est parti lui acheter un cadeau. C'est plausible, non ?

257

Sam dévisagea Lawrence puis reporta son attention sur la plage —
Alison s'était relevée, s'apprêtant à aller se rafraîchir dans l'eau.

— C'est possible, mon gars. Mais il faudrait organiser une petit
fête pour que ce soit plus crédible. Tucker se leva de sa chaise et marcha jusqu'au muret. Ce soir, mon gars, nous allons fêter l'anniversaire d'Alison !

Le téléphone sonna dans la chambre de McAuliff. Les volets
étaient fermés pour lutter contre la chaleur et la sonnerie stridente
résonnait derrière les lattes de bois. Tucker et Lawrence échangèrent
un regard, chacun devinant les pensées de l'autre. Même si McAuliff
ne s'était guère étendu sur son rendez-vous de la matinée, il n'avait
en rien cherché à dissimuler son départ. Il avait même demandé à la
réception une carte routière, prétextant vouloir visiter un peu la
région. Par conséquent, on savait, à la réception, qu'il n'était pas dans
sa chambre.

Tucker ouvrit rapidement les portes-fenêtres et alla décrocher.

— Mr. McAuliff ? demanda une voix avec l'accent mélodieux de
la Jamaïque, la voix précise et professionnelle du standardiste.

— Non, Mr. McAuliff est sorti. Je peux prendre un message ?

— Il s'agit d'un appel de Kingston. D'un certain Mr. Latham. Ne
quittez pas, s'il vous plaît.

— Dites à Mr. Latham que vous avez Sam Tucker au bout du fil.
Peut-être désirera-t-il me parler directement.

Sam coinça le combiné sous son menton pour pouvoir allumer un
petit cigare. Il eut à peine le temps de tirer une bouffée qu'il entendit le double clic d'un relais connectant les lignes. C'était la voix de
Latham — Latham, le bon employé du ministère qui avait rallié la
cause de Barak Moore. Tucker choisit de ne pas lui révéler la mort
du chef.

— Mr. Tucker ?

— C'est moi-même, Mr. Latham. Alex est parti à Ocho Ríos.

— Ce n'est pas grave. Vous saurez lui transmettre le message, j'en
suis certain. Nous avons pu exaucer les vœux de McAuliff. Il aura
ses *runners* plus tôt que prévu. Ils sont à Duanvale et rejoindront
Queenhythe par la route 11 dans l'après-midi.

— Queenhythe n'est pas très loin d'ici, je crois.

— À cinq ou six kilomètres de votre hôtel. Ils vous téléphoneront
dès leur arrivée.

— Comment s'appellent-ils ?

— Ce sont deux frères. Marcus et Justice Hedrick. Ce sont des
Marrons, évidemment. Parmi les meilleurs *runners* de la Jamaïque ;

258

ils connaissent le Cockpit comme leur poche, et ce sont des gens de confiance.

— Voilà une excellente nouvelle. Alexander sera ravi.

Latham se tut un moment, mais il n'avait visiblement pas fini.

— Mr. Tucker ?

— Oui, Mr. Latham.

— McAuliff a modifié le planning de la prospection, semble-t-il. Nous ne sommes pas sûrs de bien comprendre et...

— Il n'y a rien à comprendre, Mr. Latham. Alex a décidé de commencer son travail à partir d'un point géodésique médian. On minimise ainsi la marge d'erreur. C'est comme diviser un triangle à l'aide de coordonnées circulaires. Je suis d'accord avec ce choix. Tucker tira une bouffée de son cigare tandis que Latham gardait le silence. Bien sûr, poursuivit Tucker, cela nous donne à chacun un surcroît de travail.

— Je vois..., les raisons de cette modification sont donc strictement... professionnelles, dirons-nous.

— On ne peut plus professionnelles, Mr. Latham. Tucker s'aperçut que Latham ne parlait pas librement au téléphone, par précaution ou par obligation. Vous pouvez rassurer le ministère, si c'est cela qui vous préoccupe. En fait, Alexander risque de vous faire faire de belles économies. Parce que nous allons avoir plein de données beaucoup plus vite...

Latham marqua un nouveau silence, comme pour préparer son interlocuteur à l'importance de ce qui allait suivre.

— Nous sommes, certes, toujours intéressés par le fait d'économiser des fonds..., et je suppose que vous êtes tous d'accord pour y aller si rapidement, dans le Cockpit, je veux dire ?

Par cette question il fallait entendre : « Barak est-il d'accord ? » comprit Tucker.

— Nous sommes *tous* d'accord, Mr. Latham. Nous sommes tous des professionnels.

— Certes... Eh bien, c'est parfait. Un dernier détail, Mr. Tucker.

— Oui ?

— Dites à Mr. McAuliff qu'il n'hésite pas à faire appel à tous les soutiens qui lui ont été proposés. Il ne faut pas qu'il se focalise trop sur ces histoires d'économies. La prospection est trop importante...

Une fois de plus, Tucker traduisit : « Alex doit garder le contact avec les services secrets britanniques. S'il les court-circuite, les soupçons vont naître. »

— Je le lui dirai, Mr. Latham, et je suis sûr qu'Alex en a parfaitement conscience. Ces deux dernières semaines ont été employées à du travail de routine, fastidieux et sans grand intérêt, un simple relevé cartographique du rivage, ne nécessitant guère de moyens en hommes et en matériel.

— Rappelez-lui simplement notre position à cet égard…, répondit Latham, soudain pressé de clore la conversation. Au revoir, Mr. Tucker.

— Au revoir, Mr. Latham.

Sam Tucker pressa la touche de tonalité et la garda enfoncée pendant un moment, puis il la relâcha et attendit que le standard réponde. Lorsque le standardiste fut en ligne, Sam Tucker demanda la réception.

— Bengal Court, bonjour.

— Ici Mr. Tucker, chambre 6, aile ouest, Royal Society.

— Oui, Mr. Tucker ?

— Mr. McAuliff m'a demandé de prévoir certains arrangements pour ce soir. Il n'a pas eu le temps de vous appeler ce matin ; c'était d'ailleurs plutôt délicat, puisque Mrs. Booth était avec lui.

Sam Tucker laissa un blanc, le temps de s'assurer que ses paroles étaient bien mémorisées.

— Oui, Mr. Tucker ? Que puis-je faire pour vous, répondit machinalement le réceptionniste.

— C'est l'anniversaire de Mrs. Booth, aujourd'hui. Croyez-vous qu'il serait possible de nous préparer un gâteau en cuisine ? Rien de compliqué, juste pour marquer le coup ?

— Bien sûr ! Ce sera un plaisir, répondit l'employé. À votre service, Mr. Tucker.

— Parfait. C'est très gentil de votre part. Vous n'aurez qu'à mettre ça sur la note de Mr. McAuliff.

— Non, non, il n'y aura aucuns frais, l'interrompit le réceptionniste avec une pointe d'obséquiosité.

— C'est vraiment très aimable à vous. Nous dînerons à huit heures et demie, j'imagine. À notre table habituelle.

— Nous nous chargeons de tout.

— Oui, huit heures et demie, poursuivit Sam. Si Mr. McAuliff retrouve toutefois le chemin de l'hôtel…

Tucker marqua un nouveau silence, attendant la réaction qu'il désirait entendre.

— Oh ! Mr. McAuliff aurait-il un problème ?

— Eh bien, cet idiot est parti au sud d'Ocho Ríos, aux environs de Fern Gully, je crois, pour voir des sculptures locales sur stalactites. Il paraît qu'il y a de vrais chefs-d'œuvre, à ce qu'il m'a dit.

— C'est tout à fait vrai, Mr. Tucker. Nous avons beaucoup d'artistes sur stalactites dans le Gully. Mais il y a des réglementations...

— Non, non ! l'interrompit Sam, feignant la défensive. Il est simplement parti chercher un petit cadeau pour Mrs. Booth, c'est tout.

L'employé eut un petit rire poli.

— Ne vous méprenez pas sur mes paroles, Mr. Tucker. Le gouvernement, de toute façon, ne peut pas faire grand-chose. J'espère simplement que Mr. McAuliff trouvera son bonheur. Lorsqu'il m'a demandé une carte, ce matin, il aurait dû me dire où il comptait se rendre. J'aurais pu le conseiller.

— J'imagine, expliqua Sam d'un air de conspirateur, qu'il devait être un peu embarrassé, si vous voyez ce que je veux dire. Je n'aurais pas dû vous en parler, d'ailleurs. Il va m'en vouloir à mort s'il apprend ça.

— Ne vous inquiétez pas, je serai une tombe.

— Merci pour le gâteau de ce soir. C'est vraiment très gentil de votre part, mon garçon.

— Tout le plaisir est pour moi, Mr. Tucker.

Les adieux furent brefs, davantage encore du côté du réceptionniste. Sam raccrocha et regagna la terrasse. Lawrence détourna la tête de la plage et s'assit sur les dalles, le dos au mur, invisible depuis le rivage.

— Mrs. Booth et Jimbo sont sortis de l'eau, dit le guérillero. Ils ont regagné leurs chaises longues.

— C'était Latham. Les *runners* seront là cet après-midi. Et j'ai aussi parlé à la réception. Voyons si l'information va être fidèlement transmise.

Tucker s'enfonça dans son siège et chaussa ses jumelles. Il ramassa son journal et le tint tout droit, juste sous les doubles lentilles, tout en faisant le point sur la piscine qui se trouvait face à la plage.

Au bout de dix secondes, il aperçut une silhouette en costume cravate sortant par l'arrière de l'hôtel. C'était son réceptionniste. Il contourna le bord de la piscine, sinua entre les chaises longues matelassées, saluant de la tête les clients, échangeant quelques mots avec certains. Il atteignit l'escalier menant à la plage et contempla l'étendue de sable plusieurs instants. Puis il descendit les marches de pierre et gagna le sable banc, se dirigeant vers les bateaux de pêche.

Il s'approcha du policier et du vendeur de noix de coco. À son arrivée, le vendeur saisit les poignées de sa charrette à bras et s'éloigna en longeant le rivage. Le policier ne bougea pas et accueillit l'employé de l'hôtel.

Les lentilles grossissantes fournissaient à Sam Tucker toutes les informations nécessaires. Le visage du policier se déforma de colère. Rien de plus frustrant que gaspiller son temps et son énergie un jour de canicule.

Le réceptionniste repartit en direction du patio. Le policier se dirigea vers l'ouest en longeant la mer. Il marchait d'un pas vif et n'avait plus rien de l'allure voûtée d'un écumeur de rivage.

Sa mission de surveillance était visiblement terminée, songea Tucker en regardant l'homme se diriger vers les bois, trop impatient de retrouver ses chaussures et l'accès à la route côtière pour prendre la peine de jeter un coup d'œil sur le sable dans l'espoir de repérer d'hypothétiques trésors oubliés par les touristes.

McAuliff se tenait derrière Charles Whitehall et regardait, par-dessus son épaule, la flamme du chalumeau glisser sur l'arête soudée de la boîte d'archives, le point chaud de la flamme dessinant une ligne incandescente à moins de deux millimètres sous le trait de soudure.

La partie supérieure de la boîte se fissura enfin. Whitehall éteignit rapidement le chalumeau et plaça le caisson sous le robinet de l'évier. Le filet d'eau se mit à crépiter au contact de l'acier brûlant. Whitehall retira ses lunettes teintées, prit un petit marteau et commença à tapoter le sillon fumant.

Le couvercle se détacha et acheva de grésiller au fond de l'évier en Inox. À l'intérieur de la boîte se trouvait un petit paquet. Charles Whitehall le sortit de son écrin de métal avec des mains un peu tremblantes. Il descendit de son tabouret et déposa le rouleau sur un coin libre de l'établi. Il retira les fils de Nylon, déroula le tout sur la table et sortit de leur chemise protectrice deux feuilles dactylographiées en simple interlignage.

Alex était fasciné. Les yeux de Whitehall brillaient d'une lueur étrange. C'était la fièvre. La fièvre messianique. Le sceau de la victoire.

La victoire du fanatisme, songea McAuliff.

Sans un mot, Whitehall commença à lire les documents. Lorsqu'il eut fini de parcourir la première page, il la donna à Alex.

Le terme «Halidon» provenait en fait de trois mots — ou trois phonèmes — originaires de l'Ashanti africain, qui avaient été tellement dénaturés par le temps qu'il était difficile d'en retrouver la source exacte. (Ici, Piersall présentait des hiéroglyphes parfaitement obscurs pour Alex.) Le mot originel, encore un hiéroglyphe, se trouvait dans le son *leedaw*, servant à désigner une pièce de bois creusée. Le *leedaw* était un instrument de musique primitif, un moyen de communication à distance dans la jungle et les collines. La hauteur du son était contrôlée par le souffle de l'utilisateur et la position des mains sur les fentes creusées à sa surface — principe de base des flûtes et autres instruments de bois.

Walter Piersall ne s'était pas privé de faire un parallèle historique. Alors que les communautés de nègres marrons, habitant dans des villages, utilisaient un *abeng* — une sorte de cor fait dans une corne de bovin — pour avertir leurs guerriers ou sonner l'alarme à l'arrivée des Blancs, les fidèles d'Acquaba étaient des nomades et ne pouvaient laisser leur sécurité dépendre de la présence ou non de bêtes à cornes. Ils s'étaient donc tournés vers les coutumes africaines qui avaient la sagesse d'utiliser le matériau omniprésent dans leur environnement : le bois.

Une fois le symbole original établi — celle d'un cor primitif —, il restait à Piersall à détailler l'évolution des phonèmes qui y furent associés. Il se plongea de nouveau dans l'étude des Ashanti et des Coromantees. Il trouva la dernière syllabe — ou phonème — en premier. C'était le hiéroglyphe représentant le courant du fond d'une rivière mettant en péril l'homme ou l'animal s'aventurant dans l'eau. La forme orale de ce signe évoquait un gémissement grave, pouvant s'écrire, phonétiquement, *nwa*.

Les pièces du puzzle originel étaient pratiquement assemblées.

Le premier son était le symbole *hayee*, le mot coromantee désignant le conseil de leurs dieux tribaux.

Hayee-leedaw-nwa.

L'appel sourd d'un cor de jungle annonçant un péril, donnant accès au conseil des dieux pour s'allier leur pouvoir.

Tel était le mot de passe d'Acquaba. Le sésame ouvrant à l'étranger les portes d'une secte tribale primitive.

Primitive et à la fois très sophistiquée.

Halidon. Hollydawn. Un instrument au son plaintif dont l'appel était emporté par le vent jusqu'aux oreilles des dieux.

C'était la dernière offrande de Walter Piersall à son sanctuaire d'adoption. La clé pour rassembler et libérer une grande force afin de sauver la Jamaïque, la tirer de sa torpeur et l'inciter à reprendre en main les rênes de son destin.

Restait encore à découvrir quelle communauté, parmi toutes celles qui hantaient les montagnes du Cockpit, était le « Halidon ». Laquelle répondrait au mot de passe d'Acquaba.

À la fin du document, le scepticisme fondamental du scientifique reprenait le dessus. Piersall ne mettait pas en doute l'existence du « Halidon » ; mais, à ses yeux, la richesse et l'influence prétendues de ce groupe étaient sujettes à caution. Comment faire la part du mythe et du réel ? N'avait-on pas exagéré des ressources qui devaient être somme toute limitées ?

La réponse se trouvait dans le Cockpit.

McAuliff reposa la deuxième page et se tourna vers Charles Whitehall. Le fasciste noir s'était dirigé vers la petite fenêtre de la remise qui donnait sur les champs de Drax Hall. Il prit la parole, tournant le dos à McAuliff, comme s'il avait senti sur sa nuque son regard interrogateur.

— Nous savons ce qu'il nous reste à faire, déclara-t-il lentement. Mais il faut agir avec prudence, faire attention à chaque pas. Un faux mouvement, et le cri du « Halidon » s'évanouira avec le vent.

22.

L'avion à hélice amorça sa descente vers le petit aéroport de Boscobel, à Oracabessa. Les moteurs rugissaient par à-coups luttant contre le vent et la pluie soudaine pour aligner l'avion dans les conditions optimales. Il roula jusqu'en bout de piste, fit tant bien que mal demi-tour et revint vers le petit terminal.

Deux hommes de piste jamaïquains sortirent du bâtiment et coururent vers l'appareil, portant chacun un parapluie. Ils poussèrent l'escalier métallique contre le flanc de l'appareil, juste sous la porte. L'homme de gauche toqua rapidement contre le fuselage.

La porte s'ouvrit devant un grand type blanc qui sortit aussitôt de l'appareil, repoussant d'un geste les parapluies qui se tendaient vers lui. Il sauta sur la piste et scruta les alentours sous les trombes d'eau.

Sa main droite restait cachée dans la poche de sa veste.

Il se tourna vers la porte de l'avion et fit un signe de tête. Un deuxième Blanc sortit de l'avion et se dirigea rapidement vers le terminal, lui aussi la main droite enfoncée dans sa poche. Celui-ci traversa le bâtiment, regarda autour de lui et gagna la sortie donnant sur le parking.

Une minute plus tard, un portail à côté des consignes fut ouvert par le deuxième homme, et une limousine Mercedes 660 pénétra sur la piste en direction de l'avion, dérapant à plusieurs reprises sur la terre détrempée.

Les deux Jamaïquains se tenaient toujours à côté du petit escalier, parapluie sur l'épaule.

La Mercedes se gara le long de l'avion, et le vieux et fragile Julian Warfield descendit les marches, soutenu par les deux Noirs. Le deuxième gorille ouvrit la porte de la Mercedes ; son collègue se tenait devant le capot, surveillant les alentours et les quelques passagers qui sortaient du terminal.

Lorsque Warfield fut installé à l'arrière, le chauffeur jamaïquain sortit de la voiture et le deuxième gorille s'installa au volant. Il donna un coup de klaxon ; son compère fit volte-face et se hâta de prendre place à l'avant.

Le moteur ronronnait comme un chat lorsque la limousine manœuvra derrière la queue de l'avion avant de s'élancer vers les portes.

À côté de Julian Warfield, sur la banquette arrière, se trouvaient Peter et Ruth Jensen.

— Nous allons au Peale Court, c'est à côté, dit le petit homme d'affaires, les yeux pétillants d'intelligence. De combien de temps disposez-vous ? En comptant large ?

— Nous avons loué une voiture pour aller aux chutes de Dunn, répliqua Peter. Nous l'avons laissée sur le parking pour monter dans la Mercedes. Nous avons plusieurs heures devant nous, au bas mot.

— Vous avez bien fait savoir que vous alliez voir les chutes ?

— Absolument, j'ai même invité McAuliff.

Warfield esquissa un sourire.

— Bien joué, Peter.

La voiture roula sur la route d'Oracabessa pendant une dizaine de kilomètres et tourna dans une allée gravillonnée flanquée de deux piliers blancs. Sur chacun d'eux, une plaque de cuivre : Peale Court, brillant comme de l'or.

Au bout de l'allée, ils débouchèrent sur un vaste parking, face à une grande bâtisse blanche ornée de portes et de fenêtres de bois précieux. La demeure était perchée sur un promontoire dominant la mer.

Warfield et les Jensen furent accueillis par une vieille Noire indolente vêtue d'un uniforme blanc. Julian ouvrit la marche vers une terrasse couverte dominant la Golden Head Bay.

Ils prirent place dans des fauteuils, et Warfield demanda poliment au serveur d'apporter des rafraîchissements. Pourquoi pas un planteur ?

La pluie diminuait ; des rayons orangés perçaient peu à peu le couvercle gris du ciel.

— J'ai toujours aimé Peale Court, déclara Warfield. C'est un endroit si paisible.

— Et la vue est magnifique, ajouta Ruth. L'hôtel est à vous, Julian ?

— Non, ma chère. Mais il me serait somme toute assez facile de l'acquérir. Allez donc visiter, ne vous gênez pas. Peut-être que Peter et vous serez intéressés.

Ruth esquissa un sourire complice et se leva de sa chaise.

— Pourquoi pas ? C'est une bonne idée.

Elle quitta la terrasse et regagna le grand salon dallé de marbre ocre. Peter la regarda s'éloigner puis se tourna vers Julian.

— C'est si grave ?

— Je ne veux pas inquiéter votre femme, répondit Warfield.

— Donc, ça l'est.

— Peut-être. Ce n'est pas certain. Nous avons eu des nouvelles dérangeantes. Le MI 5 et son petit frère local, le MI 6, s'en mêlent.

Peter sauta dans son siège comme s'il avait reçu une décharge électrique.

— Je croyais que nous contrôlions tout le secteur ? Que la voie était libre ?

— Sur l'île, peut-être. En tout cas, pour mener à bien notre objectif. Mais pas à Londres, à l'évidence. Warfield marqua une pause et prit une profonde inspiration, en pinçant ses lèvres fines et fripées. Bien entendu, nous allons réagir en conséquence, mais c'est peut-être déjà trop tard. En dernier recours, nous pourrons phagocyter les services secrets, remonter au besoin jusqu'au ministère des Affaires étrangères. Mais ce qui m'inquiète le plus, c'est ce qui se passe ici en ce moment.

Peter Jensen contempla la baie. Le soleil de l'après-midi déchirait les nuages. La pluie avait cessé.

— Nous avons donc deux adversaires. Ce « Halidon » — ou je ne sais quoi — et les services secrets britanniques.

— Exactement. Et l'essentiel, c'est que ces deux-là ne se rencontrent jamais, vous voyez ce que je veux dire ?

Jensen reporta son attention sur le vieillard.

— Bien sûr. Si tant est que la rencontre n'ait pas déjà eu lieu.

— Elle n'a pas eu lieu.

— Vous en êtes sûr, Julian ?

— Oui. Je vous rappelle que nous avons eu vent de ce « Halidon » par des gens du MI 5, des spécialistes des Antilles, en l'occurrence. Si le contact avait eu lieu, nous le saurions.

Jensen laissa de nouveau errer son regard sur les eaux, l'air perplexe et songeur.

— Mais pourquoi ? On a offert à ce type deux millions de dollars... Il n'y a rien dans son dossier, absolument rien qui aurait pu laisser supposer ça. McAuliff déteste toute ingérence de l'État..., en particulier dans ses affaires. C'est l'une des raisons pour lesquelles je vous l'ai proposé.

— Je sais, répondit Warfield d'un air absent. McAuliff, c'était votre idée… Mais n'ayez crainte ; je ne vous considère en rien responsable de ce qui arrive. J'ai d'ailleurs abondé dans votre sens. Racontez-moi donc ce qui s'est passé cette nuit. Et ce matin.

Jensen s'exécuta, terminant son récit par la vision de la barque de pêche virant vers le large et le nettoyage de la chambre d'Alison.

— Si le MI 6 est derrière tout ça, c'est plutôt grossier, Julian. Les Britanniques ont bien assez de moyens à leur disposition pour ne pas être réduits à des mises en scène sur des bateaux de pêche. Si seulement on savait ce qui s'est passé…

— Nous le savons. Du moins, j'en ai une vague idée, rétorqua Warfield. Hier soir, dans la nuit, la maison d'un type décédé, un anthropologue blanc nommé Piersall, a été cambriolée. La maison se trouve à une quinzaine de kilomètres de la côte. Ça a mal tourné. Deux hommes ont été tués ; il y a peut-être eu d'autres blessés. Officiellement, il s'agissait d'un cambriolage ; mais c'est faux, évidemment. Du moins, pas au sens courant du terme.

— Piersall. Ce nom ne m'est pas inconnu…

— C'est possible. C'est cet illuminé qui avait déposé une demande d'acquisition de terrains au département des Territoires.

— Ça y est, ça me revient ! Il voulait acheter la moitié du Cockpit ! Cela fait des mois. C'était un fou. Jensen alluma sa pipe et referma, comme à son habitude, la main sur le fourneau de bois. Nous avons donc un troisième prétendant en lice, dit-il d'une voix sourde.

— À moins que ce ne soit l'un des deux premiers, Peter.

— Comment ça ?

— Vous venez d'éliminer le MI 6. Cela pourrait donc être le « Halidon »…

Jensen regarda fixement Warfield.

— Si c'est le cas, cela voudrait dire que McAuliff travaille pour les deux camps. Et si le MI 6 n'a pas encore établi le contact, c'est parce que McAuliff fait barrage.

— Décidément un personnage bien complexe.

Le vieil homme d'affaires posa doucement son verre sur une tablette carrelée à côté de sa chaise. Il se tourna légèrement sur le côté pour regarder ce qui se passait dans le salon ; la voix de Ruth leur parvenait, en pleine discussion avec la gouvernante jamaïquaine. Warfield reporta son attention sur Peter. Il désigna de son index noueux une mallette de cuir marron posée sur une table d'osier à l'autre bout de la terrasse couverte.

— C'est pour vous. Allez la chercher, s'il vous plaît.

Jensen se leva, se dirigea vers la table et s'arrêta devant la mallette. Elle était plus petite que les attachés-cases ordinaires. Et plus épaisse. Ses deux fermetures étaient protégées par des serrures à code.

— Quels sont les numéros ? demanda-t-il.

— 0.0.0. pour celle de gauche et 5.5.5. pour celle de droite. Vous pourrez modifier les combinaisons à votre guise.

Peter se pencha et se mit à tourner les molettes.

— Demain, poursuivit Warfield, vous serez le ver dans le fruit. Prenez le maximum de renseignements. Tâchez de découvrir qui rend visite à McAuliff, car il a forcément des visiteurs. Sitôt que vous saurez avec qui il traite, envoyez-moi Ruth avec les infos, sous un prétexte d'ordre médical… et puis tuez-le, Peter. McAuliff est la clé de voûte du système. Sa mort causera la panique dans les deux camps, et nous saurons alors tout ce qu'il nous faut savoir.

Jensen ouvrit le couvercle de la mallette de cuir. À l'intérieur, dans son écrin de feutrine verte, un pistolet Luger dernier modèle. Son corps d'acier luisait, à l'exception d'un endroit mat sous la gâchette, là où le numéro de série avait été effacé. Sous l'arme, il vit un cylindre de dix centimètres de long.

Un silencieux.

— Vous ne m'aviez jamais demandé ça Julian. Jamais… Il ne faut pas.

— Je ne vous demande pas un service, Peter. J'exige. La Dunstone vous a tout donné. Et aujourd'hui elle a besoin de vous dans une nouvelle sphère d'activités. Vous n'avez pas le choix.

Quatrième partie

Le Cockpit

23.

Ils commencèrent la prospection à partir du milieu du secteur oriental, à trois kilomètres au sud de Weston Favel, au pied des montagnes du Cockpit. Ils avaient établi le camp de base sur les berges d'un bras de la Martha Brae. Toute l'équipe, à l'exception des *runners*, était impressionnée par le rempart infranchissable que formait la jungle autour d'eux.

Étrange contraste d'un sous-bois à la luxuriance toute tropicale avec les hautes frondaisons d'une futaie nordique. Des palmiers touffus se dressaient à côté de kapokiers, dont la cime vertigineuse se dérobait au regard. Choux caraïbes sauvages, herbe à mouches, orchidées, mousses, champignons et eucalyptus menaient une lutte sans merci dans cette jungle des premiers âges, digne du magicien d'Oz.

Le sol était couvert de fougères-calumets et de ptéridophytes à l'aspect doux et humide ; nombre de sables mouvants étaient cachés par cette végétation rampante. Brusquement, des collines jaillissaient de nulle part, souvenir des plissements de l'oligocène, comme des vagues figées, refusant de retomber dans les entrailles de la terre.

Le son strident des chauves-souris, des perroquets et des tangaras perçait la rumeur de la forêt ; rats et mangoustes faisaient entendre leurs cris par intermittence, livrant un combat funeste. De temps à autre, un cochon sauvage hurlait, furieux ou apeuré.

Et au lointain, dans la trouée de la rivière, se dressaient les montagnes, sur un lit de prairies sauvages — étendues mystérieuses et grises, zébrées de vert, de bleu et de jaune, au hasard des averses et des éclaircies mouvantes.

Une nature sauvage, à moins d'un quart d'heure d'avion des néons de Montego.

Incroyable.

McAuliff avait pris contact avec les agents du MI 6 sur la côte nord. Ils étaient cinq.

Ils lui fournirent une raison supplémentaire de ranger R.C. Hammond dans la catégorie honnie des manipulateurs, car les gens du MI 6 lui furent d'un piètre réconfort. Ils se dirent heureux d'avoir des nouvelles de lui, acceptant sans broncher les explications de McAuliff quant à son long silence, et lui assurèrent — sans réelle conviction — qu'ils étaient à son service.

L'un d'eux, le contact du MI 6 à Port Maria, rendit visite à Alex au Bengal Court. C'était un marchand jamaïquain ventripotent, répondant au seul prénom de Garvey. Il insista pour organiser un rendez-vous nocturne au bar de l'hôtel, où il était connu comme fournisseur de vins et spiritueux.

Rapidement, McAuliff se rendit compte que Garvey, sous couvert de lui assurer la coopération et la protection des services britanniques, était en fait envoyé par Londres pour obtenir des informations. Garvey empestait le vieil informateur à dix mètres — c'était une puanteur au sens propre ; l'homme souffrait d'un dérèglement des glandes sudoripares, et son inclination pour le rhum ne faisait que renforcer ces effluves. Sa nature profonde se lisait dans ses yeux, des yeux de furet, avec une lueur cruelle, le regard de quelqu'un prêt à saisir toutes les opportunités.

Garvey jouait les inquisiteurs, et les réponses de McAuliff ne semblaient pas lui convenir. Toutes ses questions en cachaient une seule et unique, la seule qui importait : où en était-il de son enquête sur le « Halidon » ?

Rien ?

Pas d'observateur inconnu, pas de regards indiscrets…, aucun signal, aucun indice, si infime soit-il ?

Rien ?

— Absolument rien.

C'était la seule réponse que Garvey obtenait.

Et ces types dans la Chevrolet verte qui le suivaient à Kingston ? Tallon avait mené son enquête ; la piste conduisait à l'anthropologue Walter Piersall — un agitateur blanc…, ce n'était un secret pour personne. Piersall avait téléphoné à McAuliff… Le standardiste du Courtleigh travaillait pour le MI 6. Que voulait Piersall ?

Alex répondit qu'il l'ignorait, qu'il n'en saurait jamais rien, puisque Piersall ne l'avait pas eu au bout du fil. Un agitateur politique, qu'il soit blanc ou noir, était par définition porteur de nouvelles inattendues. En revanche, et l'on pouvait s'y attendre, cet agitateur avait été victime d'un accident. Aux dires de Tallon et de quelques autres, l'enquête de Piersall l'avait mené sur les traces de la Dunstone, même s'il n'avait trouvé aucun nom. Si tel était le cas, il était parfaitement normal que Piersall eût cherché à le contacter. Mais tout cela n'était que pures conjectures ; il n'y avait aucune preuve.

Et ce Samuel Tucker ? Où était-il passé ?

Parti boire et prendre du bon temps à Montego Bay. Alex regrettait d'avoir fait un tel ramdam à propos de cette disparition. On ne l'y reprendrait plus. Sam Tucker était un fêtard invétéré, tout en restant le meilleur pédologue sur le marché.

Le malheureux Garvey n'en revenait pas, suant toute l'eau de son corps et bouillant intérieurement de frustration. Il se passait trop de choses sur l'île pour que McAuliff restât à ce point isolé.

Alex lui rétorqua qu'avec tout ce qu'il avait à faire — problèmes de logistique, recherche de personnel, et surtout paperasserie administrative infinie — il n'y avait rien d'étonnant à ce qu'il soit coupé du monde. Qu'est-ce qu'ils s'imaginaient tous ? Qu'il se tournait les pouces ?

L'entretien dura jusqu'à une heure et demie du matin. Avant de partir, le contact du MI 6 fouilla dans sa vieille serviette de cuir et en sortit un objet métallique de la taille d'un étui à stylo. Il s'agissait d'un émetteur radio miniaturisé, réglé sur une fréquence spécifique. Il y avait trois témoins lumineux sur le dessus. Le premier, expliqua Garvey, était blanc et indiquait la charge des batteries à l'allumage de l'appareil. Le deuxième voyant était rouge, informant l'utilisateur que son signal était transmis. Le troisième, une diode verte, confirmait la réception du signal par un récepteur situé dans un périmètre de quarante kilomètres. Il y aurait deux codes élémentaires, un pour les R.A.S, un autre pour les S.O.S. Les R.A.S. devaient être émis deux fois par jour, toutes les douze heures. Les S.O.S. uniquement en cas de besoin.

Le récepteur, annonça Garvey, était capable de localiser l'appel à un kilomètre près grâce à un radar avec coordonnées géographiques intégrées. Rien n'était laissé au hasard. Incroyable.

L'incroyable, surtout, c'était d'apprendre que les hommes des services secrets britanniques seraient à quarante kilomètres de l'équipe, et que la prétendue sécurité offerte par Hammond était une sinistre farce, puisque le temps de parcourir cette distance dans la jungle et de localiser leur position exacte, l'équipe aurait été massacrée dix fois.

R.C. Hammond ne reculait devant aucun mensonge, songea McAuliff.

— C'est tout ? demanda Alex à un Garvey ruisselant de sueur. C'est ça votre protection, cette petite boîte ?

— D'autres dispositions ont été prises, rétorqua Garvey d'un air mystérieux. Je vous l'ai dit, rien n'a été laissé au hasard...

— C'est-à-dire ?

— Simplement que votre sécurité est assurée. Mais je n'ai pas le droit de vous en dire davantage. Et, pour tout vous avouer, je n'en sais guère plus. Je suis, comme vous, un simple intermédiaire. J'exécute les ordres, en actes comme en paroles... et j'ai déjà trop parlé. Un long trajet m'attend pour retourner à Port Maria.

Le dénommé Garvey se leva de sa chaise, ramassa sa serviette et se dirigea vers la sortie. Avant de quitter le bar, il ne put s'empêcher de faire un crochet par le comptoir, où se tenait l'un des directeurs de l'hôtel, dans l'espoir de décrocher une commande d'alcools.

McAuliff était encore perdu dans ses pensées lorsqu'il entendit les voix de Ruth et de Peter Jensen derrière lui. Il s'était assis sur un promontoire dominant les berges de la rivière ; les Jensen bavardaient en traversant la clairière où l'équipe avait dressé le camp. C'étaient étonnant, songea Alex — *ils* étaient étonnants ; les Jensen marchaient avec une telle nonchalance, une telle facilité, sur cette terre inhospitalière du Cockpit qu'on eût dit qu'ils se promenaient dans Regent's Park.

— Un endroit majestueux, vraiment, lança Peter, en retirant de sa bouche la pipe dont il ne se séparait jamais.

— Un patchwork curieux de textures et de couleurs, ne trouvez-vous pas, Alex ? Ruth avait passé son bras sous celui de son mari, comme si le couple descendait le Strand par un bel après-midi. C'est parfois si délicat, si sensuel et parfois si massif, si démesuré...

— Je ne vois pas en quoi ces termes sont antinomiques. Sensualité et démesure ne sont pas incompatibles ! rétorqua Peter avec raillerie, feignant une vague irritation.

— Il est incorrigible ; il aura toujours l'esprit mal tourné ! répondit Ruth. Ne faites pas attention à lui, Alex. Mais Peter a raison sur ce point. L'endroit est absolument majestueux. Et démesuré, au sens noble du terme. Où est Alison ? demanda-t-elle à brûle-pourpoint.

— Avec Ferguson et Sam. Ils sont partis analyser des échantillons d'eau.

— Jimbo risque bientôt d'arriver à court de pellicule, marmonna Peter en aidant sa femme à s'asseoir à côté de McAuliff. Ce nouvel appareil qu'il a rapporté de Montego le rend complètement dingue.

— Et il a dû y laisser toutes ses économies, renchérit Ruth en tentant vainement de lisser son pantalon de brousse, comme s'il s'était agi d'une jupe, geste de coquetterie ou signe de nervosité ? Pour un garçon qui se plaint d'être sans le sou, c'est une petite folie.

— Il ne l'a pas acheté ; on lui a prêté, annonça Alex. Un ami qu'il a connu l'an passé, à Port Antonio.

— C'est vrai, j'avais oublié, répondit Peter en rallumant sa pipe. Vous étiez tous ici l'année dernière, n'est-ce pas ?

— Pas tous, Peter. Juste Sam et moi ; on travaillait pour la Kaiser. Et Ferguson, qui faisait des recherches pour la Fondation Craft. C'est tout.

— Et Charles, qui est jamaïquain, intervint Ruth. Il fait sans arrêt des aller et retour. Il doit rouler sur l'or, ma parole !

— Tu y vas un peu fort, ma chérie.

— Oh, allez ! Peter. Alex sait très bien de quoi je parle.

McAuliff rit de bon cœur.

— Je ne crois pas effectivement qu'il ait de problèmes d'argent. Il ne m'a toujours pas donné ses factures pour l'achat de ses vêtements de brousse. J'imagine qu'il est allé les chercher dans une boutique de luxe comme le Safari Shop d'Harrod's !

— Il a peut-être quelques scrupules, avança Peter avec un demi-sourire. On le croirait tout droit sorti des *Mines du roi Salomon* ! Le grand chasseur noir ; le résultat est saisissant, même si c'est quelque peu outré.

— C'est toi, à présent, qui exagères. Charles est réellement impressionnant. Ruth se tourna vers Alex. Mon vieux Roméo est vert de jalousie !

— Cet appareil est flambant neuf…, pas le genre de joujou qu'on prête à n'importe qui, reprit Peter à brûle-pourpoint.

— Tout dépend du degré d'amitié, j'imagine, répondit Alex, sentant que Peter avait une idée derrière la tête. Ferguson peut être un type sympathique.

— Même très sympathique, renchérit Ruth. Et à la fois si désemparé. Sauf lorsqu'il est derrière son microscope. Dans ces cas-là, c'est un vrai petit génie.

— Et c'est tout ce dont j'ai besoin, répondit Alex à l'intention de Peter. Mais vous êtes tous des cracks, avec chacun vos petites manies, appareil photo, coquetterie vestimentaire ou tabac aromatique, ajouta-t-il en riant.

— Un point pour vous ! Peter ôta sa pipe de sa bouche et secoua la tête. C'est une horrible habitude, j'en conviens.

— Pas du tout, lança Alex. J'adore l'odeur de la pipe, vraiment. Je fumais moi-même la pipe autrefois mais c'est ma langue qui ne supporte pas ; ça me brûle.

— Il y a des astuces pour éviter ça, mais peu importe… Travailler dans ce laboratoire de brousse est vraiment très excitant. Avez-vous déjà décidé de la répartition des porteurs ?

— Vaguement, répondit Alex. Cela n'a pas une importance cruciale. Vous avez une préférence ?

— J'aimerais avoir l'un de ces deux frères, annonça Ruth, ils semblent toujours savoir exactement où ils sont. Alors que moi je perds le nord au bout de trois secondes. C'est très égoïste, j'en conviens. Je sais que mon travail n'est pas à ce point crucial pour…

— Nous ne tenons pas néanmoins à vous perdre dans la jungle ! répondit McAuliff en se penchant vers Peter d'un air complice.

— À condition qu'elle ne flirte pas en chemin !

— Faites votre choix, dit Alex. Marcus ou Justice ?

— Quels noms merveilleux ! Exotiques à souhait ! s'exclama Ruth. Je choisis Justice. Elle se tourna vers son mari. Toujours la justice.

— Bien sûr, ma chérie.

— Parfait, conclut McAuliff. Marcus viendra avec moi. Je dois garder l'un des deux. Alison a demandé à avoir Lawrence, si vous n'y voyez pas d'inconvénient, Peter.

— Aucun. Désolé pour son ami… Comment s'appelait-il, déjà ? Floyd ? Oui, c'est ça. Floyd. Désolé qu'il se soit volatilisé comme ça. Vous savez ce qui s'est passé ?

— Non, répliqua Alex. Il a disparu du jour au lendemain. Un type pas fiable. Un peu voleur, aussi, selon Lawrence.

— Quel dommage… Il avait l'air plutôt intelligent.

— Tu deviens condescendant, mon chéri. C'est encore pire qu'être jaloux.

Ruth Jensen ramassa une petite pierre et la jeta dans la rivière.

— Trouvez-moi simplement un solide gaillard pour me ramener au camp à l'heure des repas !

— Entendu. Ce sera fait. Nous travaillerons par session de quatre heures, en restant en contact par radio. Pendant les premiers jours, je ne veux savoir personne hors de portée de talkie, c'est-à-dire à plus d'un kilomètre du camp.

— Un kilomètre ! s'écria Ruth, sa voix montant soudain d'un octave. Mon cher Alex, sachez que si je m'aventure à plus de dix mètres dans cette brousse, c'est le bout du monde !

— Foutaises ! objecta son mari, lorsque tu commences à casser tes cailloux, tu perds toute notion du temps et des distances… Ça me fait penser, cher Alex, que nous risquons d'avoir la visite de pas mal de gens venant voir l'avancée des recherches et tout le toutim.

— Pourquoi donc ?

McAuliff était à présent conscient que les Jensen lui envoyaient, peut-être malgré eux, des signaux. C'était encore plus évident chez Ruth que chez Peter. Ce dernier était plus subtil, plus sûr que son épouse. Mais pas totalement serein.

— Nous enverrons des rapports d'activité tous les dix jours environ. On en profitera ces jours-là pour se reposer. Cela sera bien suffisant.

— Nous ne sommes pas précisément au bout du monde, je veux dire ; même si ça y ressemble. Je me disais que les financiers voudraient savoir à quoi sert leur argent.

Peter Jensen venait de commettre une erreur, et McAuliff fut aussitôt sur le qui-vive.

— Quels financiers ?

Ruth avait saisi un autre caillou et s'apprêtait à le lancer dans l'eau saumâtre de la rivière. Son bras levé se figea un instant avant de lâcher son projectile. Tous trois avaient senti le malaise. Peter voulut en minimiser l'importance.

— Je ne sais pas…, des huiles de la Royal ou peut-être de gros bonnets du ministère. Je connais les types de la Royal…, et les fonctionnaires de Kingston ne sont pas des cadeaux non plus. Je craignais simplement que…, mais peut-être suis-je complètement à côté de la plaque.

— Disons que vos craintes me semblent prématurées, répondit Alex calmement. Les inspecteurs sur le terrain sont chose courante, certes. Mais je pensais simplement aux moyens de transport. Du moins à leur absence. Il nous a fallu près d'une journée pour arriver ici. Bien sûr, nous avions un camion rempli de matériel, mais c'est tout de même compliqué de venir ici.

— Pas tant que ça, répondit Peter en tapotant le foyer de sa pipe contre le talon de sa chaussure. J'ai pas mal étudié les cartes, en examinant les lits des rivières. Les prairies sont plus proches que je ne le supposais. À moins de trois kilomètres. De petits avions ou des hélicos pourraient facilement s'y poser.

— C'est vrai ; je n'y avais pas songé.

McAuliff se pencha vers Peter pour l'inciter à pousser plus avant son idée, mais Jensen fuyait à présent son regard.

— Si nous avons besoin de vivres ou de matériel, on pourra donc les obtenir plus vite que prévu… Merci, Peter.

— Ne le remerciez pas, lança Ruth avec un petit rire faux. N'abondez pas dans son sens. Elle jeta un regard furtif vers son mari ;

McAuliff regrettait de ne pouvoir distinguer ses yeux. Peter cherche simplement à se convaincre qu'il est à un jet de pierre d'un pub !

— Foutaises ! C'est juste pour le plaisir de discuter, ma vieille...

— Je crois qu'il s'ennuie avec nous, Ruth, répondit Alex avec bonhomie, comme complice. Il brûle de voir de nouveaux visages.

— Tant que ce sont des visages, je veux bien être tolérante ! rétorqua Ruth en feignant le courroux.

Tous trois se mirent à rire.

McAuliff savait que cette bonne humeur était forcée. Une erreur avait été commise, et les Jensen avaient peur.

Peter cherchait peut-être bien de nouveaux visages..., voire un en particulier.

Mais lequel ?

Était-il possible, finalement, que les Jensen ne soient pas ce qu'ils paraissaient être ?

Des sifflotements montèrent des fourrés au-dessus d'eux. Charles Whitehall apparut dans la clairière, sa tenue safari impeccable, en contraste total avec les guenilles de Marcus Hedrick, le frère aîné des deux *runners*. Marcus restait à une distance respectueuse derrière Whitehall, son visage d'un noir insondable.

— Voilà Charley ! annonça McAuliff en se relevant. Il y a une communauté dans les collines à quelques kilomètres à l'ouest de la rivière. Il est parti là-bas nous trouver des porteurs.

Ruth et Peter profitèrent de l'occasion pour prendre congé.

— Nous avons encore un peu de rangement à faire, lança Peter en se mettant rapidement debout.

— Un peu, c'est un euphémisme ! Aide-moi donc à me relever, chéri.

Les Jensen saluèrent Whitehall de la main et filèrent vers leur tente.

McAuliff rejoignit Whitehall au milieu de la clairière. L'historien noir congédia Marcus, lui ordonnant d'organiser les préparatifs avec le reste des porteurs pour les expéditions de l'après-midi. Alex regarda, fasciné, Whitehall parler au *runner*. Il s'exprimait avec aisance dans le patois des montagnes — un galimatias incompréhensible pour McAuliff — avec force gestes et mimiques du cru.

— Vous faites ça très bien, constata Alex une fois que le *runner* ne fut plus à portée de voix.

— Encore heureux ! C'est pour cette raison que vous m'avez engagé. Je suis le meilleur sur la place.

— Ce que j'apprécie le plus, chez vous, Charley, c'est la modestie avec laquelle vous prenez tout compliment.

— Vous ne m'avez pas embauché pour ma modestie. C'est une

des bonnes grâces dont je ne vous ferai pas honneur. Whitehall esquissa un sourire. Vous aimez bien m'appeler Charley, n'est-ce pas ? ajouta le dandy noir.

— Cela vous dérange ?

— Pas vraiment. Parce que je sais ce que cela sous-tend. C'est un système de défense classique. Vous autres, Américains, êtes des fans de ce surnom. « Charley » est un réducteur idiomatique, caractéristique des années soixante et soixante-dix. Les Viêt-cong étaient des « Charley », tout comme les Cambodgiens et les Laotiens ; c'est aussi le quidam arpentant vos trottoirs. Grâce à ce surnom, vous vous sentez supérieurs. Il est simplement curieux que vous ayez choisi précisément ce nom-là.

— Il se trouve que c'est votre nom.

— Certes. Mais je crois que c'est parfaitement accessoire. Whitehall détourna un instant les yeux. Le nom Charles est d'origine germanique, en fait. Il signifie « pleinement développé » ou peut-être, aux dires de certains spécialistes, « grand de taille ». Il est révélateur que les Américains aient justement choisi ce nom pour en renverser la connotation, vous ne trouvez pas ?

McAuliff poussa un long soupir.

— La leçon du jour était intéressante, répondit-il avec lassitude. Et j'en ai parfaitement assimilé les subtilités anticolonialistes. J'en conclus donc que vous préférez que je vous appelle « Charles », ou « Whitehall », ou peut-être « Grand Chef Noir » ?

— C'est encore prématuré. « Charley » fera pour l'heure parfaitement l'affaire ; c'en est presque cocasse. Et de toute façon c'est toujours mieux que « Rex » ou « Médor ».

— Alors pourquoi ce sermon ?

Whitehall sourit de nouveau — un sourire toujours mi-figue, mi-raisin.

— Il y a dix secondes encore, expliqua-t-il à voix basse, le frère de Marcus se trouvait derrière cet auvent sur notre gauche. Visiblement très intéressé par ce que l'on disait. Il est parti, à présent.

Alex tourna aussitôt la tête. Derrière la toile tendue, protégeant chaises et tables de brousse des pluies diluviennes, il aperçut Justice Hedrick s'éloignant lentement, s'apprêtant à rejoindre deux porteurs au bout de la clairière. Justice était le benjamin des frères Hedrick ; il devait avoir entre vingt-cinq et trente ans, et la nature l'avait doté d'un corps solide et musclé.

— Vous en êtes certain ? Je veux dire, certain qu'il nous espionnait ?

— Il était en train de sculpter un morceau de bois. Et il y a trop de choses à faire ici pour avoir le loisir de façonner des colifichets. Il nous écoutait, c'est évident. Il a filé dès qu'il s'est su repéré.

— Je me souviens de vous avoir vu regarder dans cette direction tout à l'heure.

— Précisément. Mais n'en faites pas un drame. Les *runners* sont des types adorables lorsqu'ils emmènent des groupes de touristes ; les pourboires pleuvent. Et j'imagine que ni Marcus ni Justice ne sont particulièrement ravis de se retrouver avec nous. Notre voyage est professionnel, et qui plus est scientifique. Il n'y a pas grand-chose à gagner pour eux. Il est donc normal qu'il y ait une certaine hostilité de leur part à notre égard.

McAuliff ne savait plus que penser.

— Quelque chose m'a sans doute échappé, articula-t-il finalement, mais je ne vois pas en quoi cela justifie le fait qu'il nous espionnait.

Whitehall fronça les sourcils, comme s'il avait affaire à un étudiant demeuré.

— Les signes d'hostilité, chez les peuplades primitives, sont toujours précédés par des manifestations de vive curiosité.

— Merci du renseignement, Mr. Je-sais-tout, rétorqua Alex avec un agacement évident. Maintenant, changeons de sujet. Comment cela s'est-il passé dans la communauté ?

— J'ai envoyé un messager à Marroon Town. J'ai demandé un entretien privé avec le colonel des Marrons. Il va prêter une grande attention à ma requête. Et accepter.

— Je n'imaginais pas qu'obtenir un rendez-vous fût un tel exploit. D'après Barak, il suffisait d'offrir de l'argent.

— Il ne s'agit pas d'organiser une rencontre pour touristes, McAuliff, ni de troquer de l'artisanat tribal ou un collier de perles contre deux dollars. Notre affaire n'est pas d'ordre mercantile. Je veux préparer le colonel psychologiquement, l'inciter à réfléchir.

Alex se tut. Whitehall avait sans doute raison. Si les propos de Barak étaient fondés, si le colonel était bien le seul lien avec le « Halidon », il fallait agir avec précaution. Une certaine préparation psychologique était certes préférable, plutôt que de foncer tête baissée. Mais il ne fallait pas non plus lui faire peur et lui donner envie de s'enfuir à toutes jambes pour éviter de prendre une décision.

— Comment avez-vous procédé ? demanda McAuliff.

— J'ai demandé au chef de la communauté de jouer les messagers pour moi. Je lui ai donné cent dollars, une somme équivalente à un quart de millions de dollars pour n'importe lequel d'entre nous. J'ai sollicité un rendez-vous dans quatre jours, quatre heures après le coucher du soleil…

— Encore la symbolique arawak, l'interrompit Alex.

— Précisément. Et, de surcroît, j'ai spécifié que la rencontre devait avoir lieu à la droite du croissant coromantee, autrement dit à l'est de la résidence du colonel. Il devra, par retour de coursier, nous faire savoir le lieu exact de l'entretien… Il faut se souvenir que le colonel des Marrons occuper une fonction ancestrale ; il est un héritier de la tradition, comme tous les grands de ce monde. Nous n'allons pas tarder à savoir s'il a saisi le caractère extraordinaire de notre requête.

— Comment ça ?

— Si le lieu de la rencontre qu'il va choisir est lié ou non au chiffre quatre. C'est aussi simple que ça.

— L'évidence même… Il ne nous reste donc plus qu'à attendre.

— Pas seulement, McAuliff. Nous allons être observés, une surveillance rapprochée. Il va falloir veiller à ne jamais apparaître comme une menace pour eux. Nous devons nous cantonner à nos seules activités professionnelles.

— Ravi de vous l'entendre dire. Il se trouve justement que nous avons été payés pour mener à bien une prospection géologique.

24.

Dès leur première incursion dans le Cockpit, le travail occupa les membres de la prospection à temps plein. Quels que fussent les peurs ou les buts inavoués de chacun, tout le monde se mit à la tâche ; le grand laboratoire vivant que constituait la jungle du Cockpit exigeait l'attention et la compétence de chacun.

Tables pliantes, microscopes soigneusement emballés, géoscopes, trépans de platine, échantillons de sédiments et autres prélèvements furent transportés à dos de scientifiques comme de porteurs à travers une jungle quasi impénétrable et des prairies sauvages. Les séances de prospection de quatre heures furent accomplies avec zèle, personne ne songeant à interrompre ses recherches pour des motifs aussi terre à terre que les pauses repas ou le protocole des communications radio. Ces impératifs élémentaires eurent tôt fait d'être perçus comme de véritables nuisances. Au bout de la première journée, les talkies-walkies bourdonnants furent jugés insupportables. McAuliff dut rappeler à Peter Jensen et à James Ferguson qu'il était interdit d'éteindre les radios, malgré le dérangement causé par leurs crachotements.

Les premières soirées donnèrent raison au choix vestimentaire de Whitehall, avec ses habits de chasseur de safari tout britannique ; l'équipe se retrouvait en effet autour du feu, assise sur des chaises de toile, comme après une journée de chasse. Mais au lieu de parler de félins, d'antilopes, d'éléphants et d'oiseaux, d'autres noms fusaient au-dessus des flammes, avec le même enthousiasme — *zinc, manganèse et bauxite…, ocre rouge, gypse et phosphate…, crétacé, éocène, schiste et roche éruptive…, herbe à mouches, tamarin, sang-dragon ; guano, gros-michel et langue de femme…, hydrométrie, taux d'acidité et péripates…, eaux de ruissellement, poche de gaz, couche de lave vacuolaire et calcaire alvéolaire.*

Tout le monde s'accordait à dire que le Cockpit était une terre incroyablement riche — sol fertile, réserves d'eau, gisements de gaz et de minerais à profusion.

Dès le soir du deuxième jour, ce fait était établi avec certitude. McAuliff écoutait Peter Jensen dresser le profil géologique du secteur avec une précision terrifiante.

— Il est inconcevable que personne ne se soit encore intéressé à cette région pour exploiter ses richesses. Brasilia, à côté, ne serait qu'un petit village ! Les trois quarts des ressources se trouvent ici, sous nos pieds, attendant d'être utilisées !

L'allusion à la capitale brésilienne construite en pleine forêt amazonienne fit sourciller Alex. Il déglutit et observa l'expert en minerais, pipe à la bouche, qui exprimait son enthousiasme.

«Nous allons construire une ville»…, avait dit Warfield.

Incroyable mais vrai !

Le dessein de la Dunstone n'était pas difficile à deviner à présent. Il était clair comme de l'eau de roche, il suffisait simplement de disposer d'une source généreuse de capitaux pour mener le projet à bien ; manne dont disposait la Dunstone. Une fois le processus mis en branle, toute l'île serait dépendante du grand chantier…, des légions d'ouvriers, des communautés entières, à la solde d'un seul pouvoir…

Et finalement le gouvernement…

Kingston ne pourrait pas — ne voudrait pas — refermer cette corne d'abondance. Une fois lancé, rien ne pourrait arrêter ce flot impérieux de richesses. Une marée de dollars submergerait le Parlement. Tout le monde voudrait avoir sa part du gâteau.

D'un point de vue économique et psychologique, Kingston serait le vassal de la Dunstone.

Un projet tortueux et démesuré, et à la fois d'une simplicité sidérante.

«Dès qu'ils auront Kingston, ils auront les lois pour eux. Ils seront maîtres à bord. La Dunstone aura son pays…» C'étaient les propres mots de Hammond.

Il était près de minuit ; les porteurs alimentaient les feux sous la surveillance des deux *runners* Marcus et Justice Hedrick. Lawrence, le guérillero noir, feignait de faire partie de l'équipe de porteurs, se montrant obséquieux et souriant, mais gardant toujours l'œil aux aguets et ne s'éloignant jamais d'Alison Booth.

Les Jensen et Ferguson avaient regagné leurs tentes. McAuliff, Sam Tucker et Alison étaient installés autour d'une petite table de camping, la lueur des feux mourants projetant des ombres mouvantes sur leurs visages.

— Jensen a raison, Alexander, dit Tucker en allumant un petit cigare. Ceux qui sont derrière cette prospection savent très bien ce qu'ils font. Je ne suis pas un expert en minerai, mais si quelqu'un a vent du filon la spéculation va aller bon train, c'est incontournable.

— Il s'agit de la Dunstone, une grande société.

— Comment ça ?

— Ceux qui sont derrière…, c'est cette société, la Dunstone. Le type aux commandes s'appelle Warfield, Julian Warfield. Alison est au courant.

Sam retira son cigare de sa bouche et dévisagea McAuliff.

— Ce sont eux qui t'ont embauché ? demanda Tucker à mi-voix, avec une pointe de reproche.

— C'est lui qui m'a engagé, répliqua Alex. Warfield.

— Alors les fonds de la Royal Society…, le ministère, l'Institut de Jamaïque…, tous ne sont que des couvertures ?

— Exact.

— Et tu le savais depuis le début.

— Tout comme les services secrets britanniques. Je ne suis pas un simple informateur dans cette affaire, Sam. Ils m'ont entraîné… de leur mieux, au cours des deux semaines dont ils disposaient.

— Et on peut savoir pourquoi tu m'as caché tout ça, Alexander ? Le reproche était évident, cette fois, en particulier au moment où il prononça son prénom. Tu aurais dû m'en parler. Surtout après cette réunion dans la ferme. Nous avons pourtant pas mal bourlingué ensemble… Tu as eu tort de me le cacher.

— Au contraire, Sam, il a fait ça pour vous, répondit Alison avec précision et tendresse. C'est de la générosité de sa part. Moins vous en savez, mieux cela vaut ; et je suis bien placée pour le savoir.

— Ah oui ?

— Il se trouve que je suis passée par là. Et que je n'en suis toujours pas sortie.

— Chatellerault est à ses trousses. Voilà pourquoi je ne pouvais pas t'en parler. Elle travaillait pour Interpol. Un ordinateur a sorti son nom ; tout a été fait pour que cela paraisse parfaitement logique. Elle voulait quitter la Grande-Bretagne et…

— J'y étais contrainte, chéri… C'est l'ordinateur d'Interpol qui a sorti mon nom… Tous les services secrets de la planète forment une grande famille, Sam. Le MI 5 cherchait un sujet dans la place, et je suis là. Pour jouer l'appât… Alors ne soyez pas trop pressé d'en savoir trop. Alex a bien raison de rester discret.

Personne ne parla pendant un moment. Tucker tira une bouffée de son cigare, laissant planer un silence lourd de questions non formulées. Alison repoussa une mèche rebelle de son front, McAuliff se servit une rasade de whisky.

— Tu as de la chance que j'aie confiance en toi, Alex, dit finalement Tucker.

— Je le sais. Et je comptais là-dessus.

— Mais pourquoi ? reprit calmement Sam. Pourquoi t'es tu fourré là-dedans ? Tu n'es pas cupide à ce point-là. Pourquoi as-tu accepté de travailler pour eux ?

— Pour qui ? La Dunstone ou les Anglais ?

Tucker regarda un instant Alex avec hésitation.

— Je n'en sais rien, nom de Dieu. Pour les deux, disons…

— J'ai accepté de travailler pour la Dunstone avant que les Anglais ne pointent leur nez. C'était un contrat alléchant, le meilleur que l'on m'ait offert. Avant d'avoir pu me rendre compte de ce qui se passait, j'étais pris au piège. On m'a fait savoir que je ne pouvais plus m'échapper. Et on s'y est employé des deux côtés. À un moment donné, il s'agissait avant tout de rester en vie. Puis sont venues les promesses et les garanties…, puis d'autres promesses, d'autres garanties. McAuliff leva la tête et contempla la clairière autour de lui. Lawrence était accroupi derrière les braises d'un feu, en train de les regarder fixement. Avant même d'avoir eu le temps de dire ouf, tu te retrouves dans une cellule de fou, en train de te jeter contre les parois capitonnées, à rebondir en tous sens. Un cauchemar.

— Les grands principes de l'action et de la réaction, Sam, précisa Alison. Ce sont des experts en la matière.

— Qui ça ? La Dunstone ou les Anglais ? demanda Tucker en se penchant vers Alison, vrillant son regard dans le sien.

— Les deux, répondit la jeune femme d'un ton sans appel. J'ai vu ce que Chatellerault a fait à mon mari. Et j'ai vu ce qu'Interpol m'a fait, à moi.

Un nouveau silence s'installa, moins tendu cette fois. Ce fut de nouveau Sam Tucker qui le rompit.

— Il faut définir tes ennemis, Alexander. J'ai le sentiment que tu ne t'en es pas encore soucié…, sauf pour notre petit groupe, que tu ranges, j'espère dans le camp des alliés.

— J'ai bien essayé. Mais je ne suis pas sûr que les critères de classification résistent à l'épreuve du temps. Tout est si compliqué, du moins pour moi.

— Alors simplifions, mon gars. Lequel des deux, à la fin, voudra avoir ta peau ?

McAuliff regarda Alison.

— Les deux, encore une fois. La Dunstone au sens propre. Le MI 5 et le MI 6 au figuré. Le premier jusqu'à ce que mort s'ensuive, l'autre jusqu'à l'allégeance absolue. Faire de moi un nom dans une banque de données, c'est tout ce qu'il y a de plus réel, tu sais.

— D'accord, poursuivit Tucker en rallumant son cigare. Inversons le problème. À qui peux-tu faire la peau ? Lequel de tes adversaires est le plus vulnérable ?

Alex poussa un petit rire, ainsi qu'Alison.

— Seigneur, intervint la jeune femme, vous êtes aussi machiavélique qu'eux !

— Réponds à ma question. Qui est le plus vulnérable ?

— La Dunstone, je suppose. En ce moment, c'est elle qui a le plus à perdre. Warfield a fait une erreur ; il me croit vraiment très intéressé par l'argent. Il pense m'avoir coincé parce qu'il m'a fait entrer dans la place. S'ils tombent, je tombe avec eux. La Dunstone sera la première à bouger.

— Parfait, répliqua Sam, prenant le ton mielleux d'un avocat interrogeant un témoin. L'ennemi numéro un est donc la Dunstone. Tu peux tirer tes billes du jeu avec un simple petit chantage : une tierce personne au courant, des documents en sûreté dans un cabinet juridique… Je me trompe ?

— Non.

— Occupons-nous à présent de l'ennemi numéro deux : les petits gars de Sa Majesté. Dressons leur profil. Quelles armes ont-ils contre toi ?

— La protection, j'imagine.

— On ne peut pas dire que leurs efforts soient très concluants !

— Effectivement, concéda Alex. Mais nous n'en sommes qu'au début.

— On reviendra là-dessus plus tard ; chaque chose en son temps… Et toi, quelles sont tes armes contre eux ?

McAuliff réfléchit un moment.

— Je connais leurs méthodes, leurs contacts. Je peux révéler leurs opérations secrètes.

— En gros, ce sont les mêmes armes que contre la Dunstone, résuma Tucker en poursuivant inexorablement son raisonnement.

— Oui.

— Revenons au numéro un. Qu'est-ce que t'a offert la Dunstone ?

— De l'argent. Beaucoup d'argent. Ils ont besoin de cette prospection.

— Es-tu prêt à perdre cet argent ?

— Bien sûr ! Mais si je peux faire autrement…

— Ne rêve pas. J'imagine que ce point faisait partie de ces fameuses garanties et promesses ?

— Exact.

— Mais cela n'a pas d'incidence sur notre affaire. Tu n'as pas mangé à la table des voleurs, à ce que je sache. En aucun cas tu ne peux être considéré comme l'un d'entre eux.

— Encore heureux ! C'est ce qu'ils croient peut-être, mais ils se mettent le doigt dans l'œil !

— Alors tu as toutes les réponses qu'il te faut. Tu sais précisément qui sont tes ennemis. Reste à éliminer les armes, offensives et dissuasives. L'argent et la protection. Fais un trait sur l'un, l'argent —, et débrouille-toi pour rendre l'autre caduque, la protection. Tu dois asseoir ta position, utiliser tes propres armes. À toi d'ouvrir les enchères.

— C'est vite dit, Sam, répondit lentement McAuliff. Je te rappelle que nous n'avons pas terminé la prospection ; nous risquons d'avoir besoin de protection. Si nous faisons appel à eux, nous ne pourrons nier l'avoir fait. On ne sera pas crédibles. C'est le syndrome de l'Irangate. Des vers dans la même pomme.

Sam Tucker posa son petit cigare sur le cendrier et saisit la bouteille de whisky. Il s'apprêtait à parler lorsqu'il vit arriver Charles Whitehall dans la clairière. L'historien dandy jeta un regard circulaire autour de lui puis se dirigea rapidement vers Lawrence, toujours assis derrière le feu, sa peau d'ébène rouge dans la lueur des braises. Les deux hommes échangèrent quelques mots. Lawrence se leva, hocha la tête et s'éloigna sur le chemin qui s'enfonçait dans les fourrés. Whitehall le regarda s'en aller puis se retourna vers le petit groupe.

Il traversa la clairière à grands pas dans leur direction.

— Ce sont eux, tes anges gardiens, Alexander, souffla Sam à l'approche de Whitehall. L'un comme l'autre. Ils ont beau se détester, ils partagent une haine commune qui sert à merveille tes intérêts. Nos intérêts à tous... Vive le Black Power !

— Notre messager est revenu, annonça Whitehall en réglant la lanterne Coleman éclairant sa tente.

McAuliff se tenait sous l'auvent — Whitehall avait insisté pour qu'Alex vienne avec lui, refusant de parler en présence de Sam et d'Alison.

— Vous auriez pu le dire devant les autres.

— Il y aurait eu une décision commune à prendre ; je n'aime pas beaucoup ça.

— Pourquoi donc ?

— Il faut agir avec une extrême prudence. Moins il y a de gens au courant, mieux c'est.

McAuliff sortit son paquet de cigarettes et se dirigea vers l'unique chaise pliante trônant au milieu de la tente. Il s'installa sur le siège de tissu, sachant que Charley préférerait rester debout. Le Noir était visiblement nerveux, et ses efforts pour tenter de retrouver son calme avaient quelque chose de risible.

— C'est amusant. Alison vient justement d'employer la même maxime. Certes, pour d'autres raisons... Alors, quelle est la réponse du colonel ?

— C'est oui ! Il accepte de nous rencontrer ! Mais le plus important, l'essentiel, même, c'est qu'il a formulé sa réponse dans une symbolique quaternaire !

Whitehall s'approcha de la chaise, avec ce même regard illuminé qu'Alex lui avait connu à Drax Hall.

— Il a fait une contre-proposition pour la rencontre. À défaut d'un refus explicite de notre part, il considérera notre silence comme une acceptation. La rencontre aura lieu dans huit jours. Non pas quatre heures après le coucher du soleil, mais quatre heures après deux heures du matin. Deux heures du matin ! C'est-à-dire, physiquement, à droite du soleil couchant ! Prodigieux ! Il a compris, McAuliff. Il a compris ! Piersall avait vu juste !

— Le contraire m'eût étonné, répliqua Alex, ne sachant trop comment réagir devant l'agitation de Whitehall.

— C'est tout l'effet que cela vous fait ? lança Whitehall en regardant McAuliff avec incrédulité. Un scientifique fait une découverte prodigieuse. Il remonte deux siècles d'histoire dans le labyrinthe des archives. Et les faits confirment sa théorie ! Cette découverte risque de modifier toute notre vision du monde. C'est toute l'histoire de la Jamaïque qu'il va falloir réviser ! Vous vous rendez compte ?

— Je me rends surtout compte que vous êtes bien excité, et c'est parfaitement normal. On le serait à moins. Mais, pour l'heure, ce sont des détails d'ordre plus pragmatique qui m'intéressent. Cet ajournement ne me dit rien qui vaille.

Whitehall leva les yeux dans une exaspération muette. Il fixa un moment du regard le plafond de toile, poussa un profond soupir et reprit contenance. Son opinion à l'égard de McAuliff n'était que trop évidente ; il n'existait donc aucun espoir d'allumer une étincelle d'intelligence dans cet esprit obtus.

— Au contraire, c'est très bien, expliqua-t-il avec une condescendance résignée. Cela signifie que le processus est en marche.

— Pourquoi donc ?

— Je ne vous l'ai pas dit, mais j'ai inséré un message supplémentaire à notre requête. C'était un risque, mais j'ai décidé, unilatéralement, que le jeu en valait la chandelle. Cela pouvait faire accélérer grandement le dénouement de notre affaire. J'ai ordonné au coursier de dire que cette requête d'audience provenait... des nouveaux fidèles d'Acquaba.

McAuliff se raidit ; une bouffée de colère le gagna aussitôt, mais il préféra n'en rien laisser paraître. Les détails de la fin tragique de la première expédition lui revinrent aussitôt en mémoire.

— Pour un type aussi intelligent que vous, voilà une initiative particulièrement stupide, Charley !

— Pas du tout. C'était un risque parfaitement calculé. Maintenant que le « Halidon » sait que nous sommes au courant des travaux de Piersall, il va vouloir se renseigner plus amplement sur notre groupe avant d'envisager un contact. Et il ne va pas manquer de découvrir que je fais partie de l'équipe. Les anciens du « Halidon » connaissent forcément mes références, mes travaux et ma contribution à l'histoire de la Jamaïque. Cela plaidera en notre faveur.

Alex se leva d'un bond.

— Espèce de crétin égomaniaque ! lâcha-t-il d'un air mauvais. Cela ne vous est pas venu à l'idée que certaines de vos références pourraient justement ne pas plaider en notre faveur ! Que ce pourrait être vous, la brebis galeuse ?

— Impossible !

— Sombre imbécile vaniteux ! Je ne veux pas que la vie des membres de cette équipe soit mise en péril à cause de votre mégalomanie ! Je veux une protection, et je compte bien l'obtenir !

Il y eut du bruit au-dehors. Les deux hommes se retournèrent. Le pan de toile fermant la tente se souleva, et Lawrence entra lentement, les mains jointes devant lui, entravées par une corde. Derrière Lawrence se tenait un autre homme. McAuliff reconnut dans la pénombre Marcus Hedrick, le *runner*. Il avait à la main un pistolet, le canon enfoncé dans le flanc de son prisonnier.

— Ne touchez pas à votre arme, dit l'homme à voix basse. Pas un bruit. Personne ne bouge.

— Qui êtes-vous ? demanda McAuliff, surpris d'entendre le *runner* s'exprimer sans le moindre accent traînant ni hésitation. Vous n'êtes pas Marcus !

— Peu importe.

— Garvey me l'avait dit, murmura Alex. Il m'a dit qu'il y avait d'autres gens… Il ne savait pas qui. Vous travaillez pour les services britanniques !

— Non, répliqua l'homme doucement, presque poliment. Deux de vos porteurs étaient des agents britanniques. Ils sont morts. Et le gros Garvey a eu un accident sur la route de Port Maria. Il est mort lui aussi.

— Alors qui êtes-vous ?

— Ce n'est pas vous qui posez les questions, Mr. McAuliff. C'est moi. Et je voudrais savoir ce que vous…, les nouveaux fidèles…, savez d'Acquaba.

25.

Ils parlèrent durant plusieurs heures, et McAuliff sut finalement qu'il avait sauvé la vie de son équipe. À un moment, Sam Tucker était arrivé à l'improviste. Il avait vu et compris le regard suppliant d'Alex : Sam devait les laisser tranquilles. Tucker était parti, annonçant qu'il serait avec Alison. Il espérait qu'Alex viendrait leur rendre visite avant d'aller se coucher. Par bonheur, Sam ne remarqua pas les liens aux poignets de Lawrence, assis dans la pénombre.

« Marcus Hedrick » n'était pas le nom du *runner*. Marcus et Justice Hedrick avaient été remplacés. Peu importait où ils se trouvaient, insistait le membre du « Halidon. » L'important, pour l'heure, c'était où se trouvaient les documents de Piersall.

En dernière extrémité, lâcher un peu de lest pour pouvoir négocier, avait dit Hammond.

Les documents.

Le moyen de pression de McAuliff.

Le Halidonite écouta attentivement Charles Whitehall qui énumérait les conclusions auxquelles était arrivé Piersall. L'historien noir lui retraça l'histoire de la secte d'Acquaba, mais sans lui révéler le *nagarro* — la signification du mot « Halidon ». Le *runner* ne fit aucune remarque durant l'exposé de Whitehall ; il n'était qu'un simple enquêteur — attentif et prudent.

Une fois assuré que Whitehall ne lui en dirait pas davantage, il lui ordonna de rester à l'intérieur avec Lawrence. Ils seraient abattus à la première tentative de fuite. Son compagnon les surveillait.

Le Halidonite sut d'instinct que McAuliff se montrerait intransigeant. Face au mutisme d'Alex, il lui intima l'ordre, sous la menace de son arme, de quitter le camp. Tandis que les deux hommes s'enfonçaient sur un chemin gravissant le versant de la colline, McAuliff commençait à mesurer toute l'ampleur du «Halidon», iceberg dont il ne voyait que la partie émergée. Par deux fois, le long de ce tunnel de verdure, l'inconnu lui ordonna de s'arrêter. Une série de cris rauques de perroquets retentirent alors dans la forêt, semblant se répondre mutuellement.

— Le bivouac est cerné, Mr. McAuliff, dit l'homme à voix basse. Je suis sûr que Whitehall et Tucker ainsi que vos porteurs s'en sont rendu compte à l'heure qu'il est. Les oiseaux que nous imitons ne chantent pas la nuit.

— Où allons-nous ?

— Rencontrer quelqu'un. Mon supérieur, pour être précis. En route, s'il vous plaît.

Ils gravirent le versant pendant encore vingt minutes ; puis la jungle laissa soudain place à une vaste prairie, tapis de verdure arraché à une autre terre et déroulé au beau milieu de la forêt tropicale et des montagnes.

Le clair de lune était nimbé de nuages, les herbes baignées d'une aura laiteuse. Au milieu de la prairie se tenaient deux hommes. En s'approchant, McAuliff s'aperçut que l'un d'eux se tenait à trois mètres derrière le premier, leur tournant le dos. Seul l'homme de tête leur faisait face.

Le Halidonite semblait vêtu de guenilles, mais une veste de brousse et des bottes infirmaient cette impression. L'ensemble était un mélange étrange de rigueur militaire et de laisser-aller. À sa taille, un ceinturon orné d'un étui de pistolet. L'homme qui leur tournait le dos, scrutant la forêt devant lui, était vêtu d'un cafetan, ceint à mi-corps par une simple corde.

Comme un prêtre. Immobile.

— Asseyez-vous, docteur McAuliff, ordonna le paramilitaire, avec le ton haché d'un sergent de *Marines*.

Alex s'exécuta. La référence à son titre universitaire lui disait que l'incongruité de leur situation était réciproque.

Son accompagnateur se dirigea vers la silhouette hiératique. Les deux hommes s'entretinrent en silence, tout en marchant doucement à travers les herbes. Ils s'éloignèrent ainsi d'une bonne centaine de mètres sous le clair de lune.

Puis ils s'immobilisèrent.

— Retournez-vous, docteur McAuliff.

Un ordre brusque. L'homme au-dessus de lui tenait sa main posée sur son étui de revolver. Alex pivota sur lui-même et fit face au versant envahi par la brousse qu'il venait de gravir avec son homme d'escorte.

L'attente fut longue et angoissante. McAuliff comprit toutefois que sa meilleure arme — peut-être la seule — était le calme et la détermination. Il était certes déterminé. Mais son cœur battait la chamade.

C'était la même peur que jadis, dans la jungle du Viêt-nam. Seul au monde, quel que fût le nombre des soldats autour de lui. Attendant d'être témoin de sa propre éradication.

La prison d'angoisse, encore.

— Voilà une histoire extraordinaire, n'est-ce pas, docteur McAuliff ?

Cette voix ! Il connaissait cette voix !

Il posa les mains par terre et voulut tourner la tête et le tronc.

Sa tempe heurta l'acier froid d'une crosse de pistolet. Une douleur, fulgurante, lui traversa le crâne et la poitrine, atteignant bientôt son paroxysme, tandis qu'une série d'éclairs aveuglait sa rétine. Puis la douleur se mua en une palpitation sourde, étourdissante. Un filet de sang coula dans son cou.

— Vous devez rester assis comme on vous l'a demandé, annonça la voix familière.

Où l'avait-il déjà entendue ?

— Je vous connais.

— Impossible, docteur McAuliff.

— J'ai déjà entendu votre voix…, quelque part.

— Si c'est le cas, vous avez une mémoire remarquable. Tant d'événements se sont produits… Je n'irai pas par quatre chemins. Où sont les documents de Piersall ? Il est inutile de vous dire que votre vie ainsi que celles de ceux que vous avez entraînés en Jamaïque dépendent de votre réponse.

— Pourquoi sont-ils si importants ? Et si je vous dis que j'ai fait des copies ?

— Je dirai que vous mentez. Nous connaissons les emplacements de toutes les photocopieuses de la côte, dans chaque boutique, chaque hôtel, chez chaque particulier. De Bueno the Bays à Ocho Ríos. Vous n'avez fait aucune copie.

— Je vous pensais plus finaud, Mr. « Halidon »… C'est bien votre nom, n'est-ce pas ? Pas de réponse. Alex poursuivit : Nous les avons photographiés.

— Dans ce cas, les films ne sont pas développés. Le seul membre de votre équipe ayant un appareil photo, c'est le jeune Ferguson. Et il n'est pas le meilleur gardien de secret qui soit… Mais tout cela est sans pertinence, docteur McAuliff. Lorsque je dis « documents », j'entends les originaux et toutes les copies, sur quelque support que ce soit. Sinon…, pour dire les choses crûment, des innocents devront payer. Les membres de votre équipe, leurs familles, femmes et enfants…, tous ceux qui leur sont chers. Un drame bien cruel et bien inutile.

… *en dernière extrémité*, disait Hammond.

— Ce serait la dernière action du «Halidon», n'est-ce pas ? demanda McAuliff d'une voix posée, s'étonnant lui-même de son propre calme, une sorte de baroud d'honneur…, de charge finale avant l'extinction. Si c'est ça que vous voulez, grand bien vous fasse !

— Ça suffit, McAuliff ! Ça suffit !

La voix se fit soudain stridente, comme un cri perçant le silence de la prairie, avant de se perdre en écho dans les frondaisons alentour.

Ces mots, c'étaient ces mêmes mots qu'il avait entendus ! «Ça suffit… Ça suffit… »

Mais où ? Où diable les avait-il déjà entendus ?

Son cerveau était en ébullition ; des images chatoyantes et confuses remontaient à sa conscience mais refusaient de se laisser capter.

Un homme. Un homme noir — grand, longiligne et musclé…, un homme donnant des ordres qui n'étaient pas les siens. Cette voix soudain stridente, exactement comme par le passé…, un homme en mission commandée…, terrifié, comme auparavant.

Un indice, peut-être.

— Vous disiez vouloir discuter. Proférer des menaces ne peut être considéré comme un mode de conversation. Vous donnez des ordres, vous ne dialoguez pas. Je ne suis dans le camp de personne. Je tiens à ce que vos… supérieurs le sachent.

Alex retint son souffle durant le silence qui suivit.

La réponse fut prononcée sur le ton de l'autorité, mêlée, toutefois, à un soupçon de peur.

— Pour l'heure, je suis votre seul interlocuteur. Et ma patience est à bout. Nous avons vécu des jours difficiles… Vous avez déjà un pied dans la tombe, je vous le rappelle.

L'homme au pistolet s'était sensiblement rapproché. McAuliff l'apercevait du coin de l'œil. L'heure de vérité était proche, comprit Alex. L'inconnu s'était tourné vers le pseudo-prêtre et le questionnait du regard, l'arme oscillant dans sa main.

— Si vous me tuez…, moi, ou n'importe quel membre de mon équipe, le «Halidon» sera en grand péril, en l'espace de quelques heures seulement.

Un nouveau silence. Encore une fois, il y eut un mélange d'assurance et de crainte dans la voix du prêtre.

— Et peut-on savoir par quel miracle nous serions mis en péril, docteur McAuliff ?

Alex prit une profonde inspiration, la main droite crispée sur son poignet gauche, ses doigts enfoncés dans sa chair.

— Je suis équipé d'un système radio. Un émetteur fonctionnant sur une fréquence insensible aux interférences. Son rayon de portée est d'une trentaine de kilomètres. Toutes les douze heures, je dois envoyer l'un des deux codes étant à ma disposition ; un voyant sur le petit écran de contrôle confirme la réception et la localisation du lieu d'émission. Le premier code annonce un R.A.S. Le second est plus complexe ; il donne à l'opérateur en bout de ligne deux instructions spécifiques : primo, mettre les documents à l'abri, secundo, envoyer des secours. Toute absence de transmission revient à un code numéro deux amélioré : toutes les autorités de Kingston seront alertées, ainsi que les services secrets britanniques. Un vrai débarquement. Ils commenceront leurs investigations par le dernier lieu d'émission et passeront la jungle au peigne fin. Le Cockpit va se retrouver grouillant de soldats et d'avions. Vous comprenez qu'il vaut donc mieux que j'envoie un code, Mr. « Halidon ». Mais vous ne pourrez jamais savoir lequel des deux je choisirai d'émettre… McAuliff se tut pendant trois secondes exactement. Puis il ajouta ironique : Échec au roi !

Le cri d'un ara retentit au loin. Dans les sous-bois, une troupe de cochons sauvages dérangée se mit à grogner. Une brise chaude faisait onduler les herbes hautes, parmi le concert sans fin des cigales. Les sens en éveil d'Alex percevaient ainsi chaque vibration du monde environnant. Le hoquet, le sifflement d'une brusque inspiration dans les ténèbres derrière lui ne lui échappa pas non plus ; il sentit venir l'accès de colère, irrépressible.

— Non ! cria l'homme au pistolet en plongeant en avant.

McAuliff perçut dans le même temps le déplacement d'air et le bruissement du tissu précédant l'impact dans son dos. Il était trop tard pour se retourner ; juste s'aplatir au sol, ventre à terre, pour parer au plus pressé.

L'homme avait tenté de retenir le prêtre dans un plaquage désespéré ; les deux corps entremêlés s'abattirent sur le dos et les épaules d'Alex — des bras battant l'air, des doigts refermés comme des serres, un mélange d'acier froid, d'étoffe et de chair chaude l'assaillant de toutes parts. McAuliff tendit le bras au-dessus de lui, attrapant la première chose qui lui tomba sous la main, et tira de toutes ses forces en arrondissant les épaules.

Le prêtre fit la culbute par-dessus ses omoplates ; Alex s'aplatit au sol, poussa sur ses genoux pour gagner de l'énergie et se jeta tête baissée sur l'homme au cafetan. À peine avait-il plaqué le prêtre à terre qu'il se sentit tiré en arrière avec une telle violence qu'il entendit ses lombaires craquer.

Les deux Halidonites l'immobilisèrent, lui tordant les bras à la limite de la rupture ; l'homme au pistolet plaqua le canon de son arme sur sa tempe, creusant sa peau d'une empreinte circulaire.

— Plus un geste, docteur McAuliff.

À ses pieds, le pâle clair de lune éclairait le visage tordu de fureur du prêtre.

C'est alors qu'il sut d'où lui venaient ces images chatoyantes et syncopées que le «ça suffit !» strident et paniqué avaient ravivées dans sa mémoire.

La première fois qu'il avait vu le «prêtre» du «Halidon», c'était à Soho, à Londres. Lors de cette nuit de cauchemar au Hibou de saint Georges. L'homme dans son cafetan était alors vêtu d'un costume sombre et se frayait un chemin sur la piste de danse bondée. Il avait crié à McAuliff : «Ça suffit !» C'était lui qui l'avait frappé au ventre avant de se fondre dans la foule pour réapparaître une heure plus tard dans une voiture officielle à côté d'une cabine téléphonique.

Le «prêtre» était un agent des services britanniques.

— Vous m'avez dit vous appeler Tallon, articula McAuliff malgré la douleur, le souffle court. L'autre soir, dans la voiture… Et, lorsque je m'en suis étonné, vous m'avez répondu que c'était pour me mettre… à l'épreuve.

Le prêtre roula sur le côté et se releva lentement. Il fit signe aux deux Halidonites de desserrer leur prise.

— Je ne l'aurais pas tué, leur annonça-t-il. Vous le savez bien.

— Vous étiez en colère, répondit le faux *runner*.

— Ne m'en voulez pas, ajouta l'homme qui s'était interposé. Je n'avais pas le choix.

Le «prêtre» lissa sa soutane et rajusta la grosse corde nouée à sa taille.

— Vous avec bonne mémoire, docteur McAuliff. J'espère que votre intelligence est à la hauteur.

— Est-ce à dire que le dialogue est enfin ouvert ?

— Exact.

— J'ai horriblement mal aux bras. Pouvez-vous demander à vos matons de me lâcher ?

Le «prêtre» leur adressa un nouveau signe de tête. Alex fut libéré et fit aussitôt jouer ses articulations endolories.

— Mes «matons», comme vous les appelez, ont davantage de maîtrise que moi. Vous devriez avoir pour eux de la reconnaissance.

L'homme au pistolet s'inclina vers le «prêtre» d'un air respectueux.

— Ce n'est pas vrai, souffla-t-il. C'est simplement la fatigue. Depuis combien de temps n'avez-vous pas dormi ?

— Peu importe. Je devrais savoir mieux me contrôler... Le «prêtre» se tourna vers McAuliff. Mes amis font allusion aux semaines éprouvantes que je viens de connaître. Il a non seulement fallu quitter la Grande-Bretagne en évitant les services de Sa Majesté, mais aussi rapatrier le conducteur d'une certaine Bentley ayant pris la fuite dans les rues de Soho... Il existe mille cachettes à Londres pour un Jamaïquain.

Les souvenirs remontaient à la mémoire d'Alex avec une précision terrible.

— Cette Bentley a tenté de me renverser. Le chauffeur a voulu me tuer. Mais c'est quelqu'un d'autre qui est mort... à cause du clignotement d'un tube au néon.

Le «prêtre» contempla McAuliff. Lui aussi semblait se souvenir très bien de cette funeste soirée.

— Ce drame fut involontaire. Nous avons cru tomber dans un piège, voir ses mâchoires se refermer au dernier moment.

— Trois vies ont été perdues, ce soir-là. Deux avec du cyanure.

— Nous servons notre cause jusqu'à la mort, rétorqua le Halidonite en regardant ses deux compagnons. Vous pouvez nous laisser, ça ira, leur dit-il doucement.

Par précaution, les deux hommes prirent leurs armes en main avant de remettre Alex sur ses pieds. Puis ils partirent se poster à l'écart. McAuliff les regarda s'éloigner — deux ombres en guenilles, avec vestes et ceinturons militaires flambant neufs.

— Non seulement ils exécutent vos ordres, mais ils vous protègent de vous-même.

Le «prêtre» regardait ses hommes s'éloigner.

— Pendant notre cycle de formation, on nous fait subir de nombreux tests. Chacun est assigné à divers postes de responsabilité selon les résultats. Je me suis toujours dit qu'une erreur avait été commise, en ce qui me concerne. L'homme tira sur son cafetan et se tourna vers McAuliff. Nous allons devoir négocier, tous les deux. Comme vous l'avez compris, je suis un membre intermittent du MI 5.

— «Agent double» me vient plutôt à l'esprit.

— Exact. Et l'un des meilleurs. Hammond en personne m'a cité deux fois pour des décorations. J'étais l'un des plus éminents spécialistes des Antilles... Et je suis parti à contrecœur. Mais c'est vous, et ceux qui tirent les ficelles, qui m'y ont contraint.

— Comment ça ?

— Votre équipe de prospection regroupe trop d'éléments dangereux. Nous aurions pu nous débrouiller avec la plupart d'entre eux, mais lorsque nous avons appris que votre collaborateur le plus proche, Mr. Tucker, était apparemment un ami du professeur Piersall, nous avons compris qu'il allait falloir vous surveiller de très près. Malheureusement, le mal était déjà fait.

— Et quels sont les autres éléments indésirables ?

Le « prêtre » hésita. Il se toucha le front, là où une rougeur s'était formée à la suite de sa chute dans l'herbe.

— Vous avez une cigarette ? Ce cafetan si douillet n'a qu'un défaut. Il n'y a aucune poche !

— Pourquoi s'obstiner à le porter, dans ce cas ?

— C'est un symbole d'autorité, tout simplement.

McAuliff fouilla dans ses poches à la recherche de son paquet de cigarettes. Il en fit sortir une du lot d'une pichenette. Lorsque le Halidonite l'alluma, Alex vit ses orbites creusées par la fatigue.

— Alors, quels sont ces éléments dangereux ?

— Allons, docteur McAuliff, vous les connaissez aussi bien que moi.

— Peut-être pas. Éclairez donc ma lanterne. À moins que cela aussi ne soit dangereux ?

— Non, pas pour l'instant. Pas au stade où nous en sommes. C'est la réalité qui est dangereuse. Et les documents de Piersall sont la réalité. Peu importent au fond les intermédiaires.

— Alors dites-moi qui ils sont.

Le « prêtre » inhala une bouffée et souffla la fumée dans le clair de lune jaunâtre.

— Il y a cette femme. Beaucoup de gens ont peur d'elle, sur le Continent. Entre autres, l'une des grandes figures de la Dunstone, le marquis de Chatellerault. Elle est une antenne des services secrets, où qu'elle soit. Il y a aussi le jeune Ferguson, qui est mêlé aux intérêts de la Fondation Craft ; lui aussi fait peur. Ou du moins, faisait peur. À juste titre, d'ailleurs. Il n'a jamais compris la Beresina économique que pouvait provoquer son histoire de fibre végétale.

— Je crois qu'il a finalement saisi, l'interrompit Alex. Il compte même soutirer une fortune à la Craft.

Le Halidonite émit un petit rire.

— Il croit au Père Noël. Mais il reste néanmoins des points d'interrogation. Quel est le rôle de la Craft ? Fait-elle partie de la Dunstone ? La Craft trempe dans toutes les affaires louches en Jamaïque... Il y a également le cas de Samuel Tucker, dont je vous ai déjà parlé ; ses soudaines relations avec Walter Piersall. À quel ordre a-t-il répondu ? Est-il sur l'île à la demande de son vieil ami McAuliff ou bien de Walter Piersall ? Est-ce réellement une coïncidence ?

— C'en est une, répondit Alex. Si vous connaissiez Sam, vous n'auriez pas le moindre doute à ce sujet.

— Mais nous ne le connaissons pas, c'est là que le bât blesse. Tout ce que nous savons, c'est que, parmi ses premiers coups de fils... certains étaient destinés à un homme qui nous pose de gros soucis. Un homme qui se promenait à Kingston avec plus de deux siècles de secrets, consignés dans ses neurones... et sur des feuilles de papier. Le « prêtre » releva la tête vers McAuliff et le fixa du regard. Il y avait dans ses yeux, sous la lune jamaïquaine, comme une supplique ; puis il se détourna et reprit le fil de son récit. Il y a aussi Charles Whitehall. Un élément imprévisible et très dangereux. Vous connaissez son passé ; Hammond vous en a sûrement parlé. Whitehall est persuadé que son heure de gloire est arrivée. C'est un fanatique, un illuminé versant dans le mysticisme. Il se voit comme un Jules César noir descendant Victoria Park sur les étalons de Pompée. Il a des fidèles à travers tout le pays. Si un individu peut mettre à mal la Dunstone, volontairement ou non, c'est bien Whitehall et ses fascistes.

— Hammond l'ignorait, protesta McAuliff. Il m'a dit que vous seuls, les Halidonites, étiez en mesure de stopper la Dunstone.

— Hammond est un professionnel. Il crée un chaos interne, prêt à profiter de la moindre brèche ouverte durant la panique. Vous serez peut-être surpris d'apprendre que Hammond est à Kingston en ce moment ?

Alex réfléchit un moment.

— Non, pas vraiment..., mais je suis surpris, en revanche, qu'il ne me l'ait pas dit.

— C'est pourtant évident. Il ne voulait pas vous avoir sur le dos. Il veut tirer profit du choc. Il a débarqué sitôt qu'il a appris que Chatellerault était à Savanna-la-Mar. Vous êtes au courant, j'imagine ?

— C'est moi qui l'ai dit à Westmore Tallon.

— Il reste encore le cas des Jensen. Ce couple adorable. Si gentil, si normal..., qui rapporte les moindres de vos faits et gestes à Julian Warfield, qui soudoient à tour de bras nos compatriotes pour vous espionner. Les Jensen ont fait une grosse erreur voilà des années. La Dunstone est arrivée et les a recrutés. En échange d'un coup d'éponge sur leur passé.

McAuliff leva les yeux vers le ciel étoilé. Un nuage solitaire s'écorchait aux sommets des montagnes et dérivait vers la lune gibbeuse. Allait-il disparaître avant d'atteindre le satellite ou allait-il la noyer de brume ?

Comme lui.

— Voilà les éléments indésirables, souffla Alex d'un air pensif. Le «Halidon» en sait donc plus long que tout le monde, à ce que je vois. Et je ne sais trop encore qu'en penser.

— Dites-vous simplement que nous sommes les gardiens silencieux de notre terre.

— Personne ne vous a élus à cette fonction, autant que je m'en souvienne. Qui vous a octroyé ce rôle ?

— Pour citer l'un de vos écrivains, disons que c'est le métier qui veut ça. C'est notre héritage. Mais nous ne nageons pas dans les eaux troubles de la politique. Nous laissons cette vertu à nos rivaux dûment élus. Nous faisons simplement de notre mieux pour réduire la pollution au minimum.

Le «prêtre» termina sa cigarette et écrasa son mégot sous sa sandale.

— Vous êtes des assassins, répondit McAuliff, laconique. C'est tout ce que je vois. Et c'est là la pire pollution humaine.

— Vous faites allusion, j'imagine, à la première équipe de la Dunstone ?

— Exact.

— Vous ne savez rien des circonstances. Et ce n'est pas à moi d'éclairer votre lanterne sur ce point. Mon rôle se borne à vous convaincre de nous donner les travaux de Piersall.

— C'est hors de question.

— Pourquoi ?

La colère vibrait dans la voix du Halidonite, comme quelques minutes plus tôt, ses yeux noirs enchâssés dans leur orbite, vrillés dans ceux de McAuliff.

— Ça va, chef ? demanda une voix au milieu de la prairie.

Le «prêtre» agita la main pour couper court à toute inquiétude.

— Ce ne sont pas vos affaires, McAuliff. Comprenez ça, un point, c'est tout. Donnez-moi les documents et évacuez votre équipe de l'île avant qu'il ne soit trop tard.

— Si c'était aussi simple, je le ferais. Je ne m'intéresse en rien à votre guerre. Je m'en contrefiche… Mais je n'ai aucune envie d'être pourchassé à travers le monde par les sbires de Julian Warfield. Comprenez ça de votre côté.

Le «prêtre» resta immobile. Ses yeux s'adoucirent. Bouche

entrouverte, il fixa McAuliff du regard. Lorsqu'il parla, sa voix était presque réduite à un souffle inaudible.

— Je m'attendais à votre refus. Je leur ai dit que l'on pouvait en arriver à cette extrémité. Donnez-moi le *nagarro*, docteur McAuliff. Quel est le sens du mot « Halidon » ?

Et McAuliff le lui dit.

26.

McAuliff et le *runner* qui avait emprunté le nom et la fonction de Marcus Hedrick reprirent le chemin du camp. Le temps des faux-semblants était révolu. Tandis qu'ils approchaient du bivouac, Alex apercevait des hommes en guenilles dans les fourrés ; les premières lueurs de l'aube tombant des frondaisons faisaient luire le canon de leurs armes.

Le camp était encerclé, et les membres de l'équipe étaient devenus les otages du « Halidon ».

Arrivé à une centaine de mètres de la clairière, le *runner* qui ouvrait cette fois la marche sur le petit chemin de montagne, le pistolet enfoncé dans sa ceinture, s'arrêta et appela une sentinelle halidonite. Pour ce faire, il fit claquer ses doigts à plusieurs reprises jusqu'à ce qu'un grand Noir émerge des buissons.

Les deux hommes s'entretinrent discrètement pendant quelques instants, puis la sentinelle repartit à son poste dans la forêt tropicale.

— Tout est calme, annonça le *runner* à McAuliff. Il y a eu un peu de grabuge avec Whitehall mais c'était prévisible. Il a blessé le garde, mais les autres sont intervenus. Il est à présent ligoté et confiné dans sa tente.

— Et Mrs. Booth ?

— La fille ? Elle est avec Samuel Tucker. Elle dormait il y a une demi-heure encore. Mais Tucker n'a pas fermé l'œil de la nuit. Il est resté assis devant la tente, un fusil à la main. Les autres sont restés tranquilles. Ils vont bientôt se lever.

— J'aimerais bien savoir, commença Alex en soutenant le regard du *runner*, ce qu'il en est de cette histoire de symboles arawak ? Le colonel des Marrons, les multiples de quatre, le rendez-vous dans huit jours ?

— Vous semblez oublier que c'est moi qui ai organisé la rencontre entre Whitehall et le messager. Le colonel des Marrons n'a jamais eu le message. La réponse que vous avez reçue venait de nous.

Le *runner* esquissa un sourire puis fit signe à Alex de le suivre.

Sous le regard scrutateur du *runner*, McAuliff attendait que la diode blanche du petit boîtier s'illumine. Lorsque ce fut le cas, il enfonça le bouton de transmission. Il était inutile de chercher à dissimuler ses actes ; il ne demanderait aucune aide par radio. Pas question de lancer un S.O.S. sur les ondes. On lui avait fait savoir qu'au premier signe d'intervention hostile, tous les membres de son équipe seraient exécutés d'une balle dans la tête ; Alison Booth et Sam Tucker seraient les premiers sur la liste.

Le reste du message était tout aussi clair. Sam Tucker continuerait à émettre les signaux toutes les douze heures et Alexander repartirait avec le *runner* dans les montagnes. En compagnie du «prêtre», on le conduirait alors jusqu'à la communauté secrète du «Halidon». Jusqu'à son retour, l'équipe resterait en otage.

Alison, Sam, Charles Whitehall et Lawrence connaîtraient la vérité. Pas les autres. On fournirait aux Jensen, à James Ferguson et aux porteurs une autre explication, d'ordre bureaucratique, parfaitement crédible dans le contexte d'une mission scientifique : durant la nuit, un message de Kingston, relayé par Falmouth, était tombé ; le ministre de l'Intérieur voulait rencontrer McAuliff à Ocho Ríos ; des difficultés étaient survenues avec l'Institut de la Jamaïque. Ce genre de complications de dernière minute était monnaie courante. Les travaux sur le terrain étaient constamment perturbés par des imbroglios administratifs.

Lorsque le «prêtre» avait laissé entendre que leur absence durerait trois jours entiers, Alex n'avait pas caché sa surprise.

— Je ne suis pas habilité à vous en dire plus.

— Pourquoi, dans ce cas, devrais-je accepter ?

— Vous ne faites que nous donner de votre temps. Tandis que nous, nous prenons de grands risques. Nous montrer à découvert est pour nous une crainte plus terrible que celle de perdre la vie.

— Ça m'étonnerait.

— Vous ne savez rien de nous. Donnez-vous la peine de nous connaître. Vous ne serez pas déçu, vous verrez.

— On vous a donc demandé d'annoncer trois jours ?

— Exact.

— Ce qui signifie que celui qui vous a ordonné de dire ça s'attend qu'il y ait un voyage retour.

— C'est fort probable.

Alexander accepta donc de s'absenter trois jours entiers.

Lawrence, le guérillero, passait une pommade antiseptique dans le dos de Charles Whitehall. La corde avait laissé de profonds sillons dans les chairs. Celui qui les avait ligotés l'avait fait avec une fureur évidente. Les liens avaient été retirés à la demande de McAuliff; il avait fait savoir aux deux hommes qu'il ne tolérerait plus aucune intervention de leur part. Lawrence comme Whitehall étaient désormais hors jeu.

— Votre arrogance dépasse l'entendement, McAuliff! lança Whitehall en réprimant une grimace lorsque Lawrence toucha une blessure.

— Peut-être bien. Je vous sais expert en la matière.

— Vous n'êtes pas armé pour négocier avec ces gens! J'ai passé ma vie, ma vie entière à étudier la Jamaïque et l'histoire de toutes les Caraïbes!

— Pas votre vie entière, Charley, répliqua Alex avec calme et précision. Je vous l'ai dit hier soir. Vous avez eu quelques activités extra-universitaires. «Le nouveau César descendant Victoria Park sur les étalons de Pompée...»

— Quoi?

— Vous voyez très bien ce que je veux dire, Charley.

Lawrence enfonça soudain son poing dans une plaie à l'épaule de Whitehall. L'historien se raidit de douleur, et l'autre main du guérillero remonta vers sa gorge. Le temps sembla suspendu un instant.

— Il n'y aura ni parade ni chevaux. Tu marcheras, comme tout le monde, souffla Lawrence.

Charles Whitehall se retourna et fixa du regard la main menaçant de l'étrangler.

— Tu es stupide ou quoi? Aucun parti au pouvoir, avec un tant soit peu d'assise financière, ne tolérera ta présence! Tu rêves éveillé! Tu seras broyé par la machine, anarchiste de pacotille.

— Parce que ce ne serait pas le cas avec toi, peut-être?

— Moi, je veux ce qu'il y a de mieux pour la Jamaïque. Toutes les énergies serviront à ce seul dessein.

— Vous êtes un grand optimiste devant l'Éternel, intervint Alex en s'approchant des deux hommes.

Lawrence regarda McAuliff avec un mélange de méfiance et de respect. Il relâcha son étreinte et reprit son tube de pommade.

— Remets ta chemise, j'ai fini, dit-il en rebouchant le tube.

— Je m'en vais dans quelques instants, annonça McAuliff en se campant devant Whitehall. Sam va me remplacer. Vous devrez lui obéir à la lettre. Dans la mesure du possible, le travail de prospection doit se poursuivre. Le « Halidon » restera hors de vue…, du moins en ce qui concerne les Jensen et Ferguson.

— Comment est-ce possible ? s'enquit Lawrence.

— Ce n'est pas très difficile, répondit Alex. Peter doit aller sonder une poche de gaz à deux kilomètres au sud-ouest. Ruth a des analyses à faire à l'est dans une carrière ; le dénommé Justice l'accompagnera. Ferguson sera de l'autre côté de la rivière, à examiner une concentration de fougères. Ils seront tous séparés, chacun surveillé individuellement.

— Et pour moi ? demanda Whitehall en reboutonnant soigneusement sa chemise safari comme s'il se rendait à un concert à Covent Garden. Quelles sont les réjouissances ?

— Vous êtes assigné à résidence dans la clairière, Charley. Pour votre propre sécurité, je vous déconseille fortement de vous en éloigner. Je ne répondrai alors plus de rien.

— Parce que vous avez l'impression de maîtriser quelque chose en ce moment ?

— C'est le cas. Entre eux et moi, la crainte est égale et réciproque. Alors je vous demande de ne pas rompre ce fragile équilibre, vous ou Lawrence. J'ai enterré un homme lors d'une mission en Alaska voilà des années. Sam vous le confirmera : je connais parfaitement les prières d'usage en la matière.

Alison contemplait le cours d'eau, du haut de la berge. La tiédeur des premiers rayons de soleil achevait de réveiller les lève-tard de la forêt. On entendait partout le bruit des animaux — volatiles, rampants — menant leur éternel combat pour la survie. Un écheveau de lianes vermicelles tombait du haut d'un grand palmier, scintillant de rosée ; fougères, mousses et choux caraïbes bordaient les rives du méandre de la Martha Brae. L'eau était claire, d'un vert bleuté.

— Je suis allé dans ta tente, annonça McAuliff en s'approchant. Sam m'a dit que tu étais là.

Alison se tourna vers lui et esquissa un sourire.

— Je n'ai pas désobéi, mon chéri. Je ne me suis pas enfuie.

— Il n'y a nulle part où aller, de toute façon… Tu n'as rien à craindre, ici. Le *runner* m'attend pour partir.

Alison fit deux pas vers lui et soutint son regard. Sa voix était douce, presque un murmure.

— Avant que tu t'en ailles, je veux te dire quelque chose, Alexander T. McAuliff. Et il n'est pas question de sombrer dans le mélo, de verser des larmes ou de faire dans l'emphase émotionnelle ; nous n'avons, l'un comme l'autre, nul besoin de ces masques. Il y a six semaines, j'étais en fuite, une fuite désespérée, je m'employais à me convaincre qu'il y avait un espoir de liberté au bout, ce qui était évidemment absurde. Je t'ai déjà expliqué tout ça à Kingston. Ils peuvent te retrouver n'importe où. Quand ils le veulent. Leurs ordinateurs, leurs banques de données, leurs petits radars cachés dans les caves et leurs chambres secrètes ne sont plus des vues de l'esprit. Rien ne leur échappe. Et il n'y a aucun espoir de vie souterraine ou d'île déserte, juste l'angoisse, à jamais. Je sais que tu n'es pas encore prêt à l'admettre…, et c'est pourquoi, en un sens, ta croisade est juste. «Face au danger, attaque le premier.» Ce sont tes propres mots. C'est une vision terrible du monde. Mais je crois effectivement que c'est la seule façon d'avoir une vie à nous.

McAuliff effleura sa joue du bout des doigts. Les yeux d'Alison était d'un bleu encore plus profond que de coutume.

— Ça m'a tout l'air d'être une proposition.

— J'ai des envies simples, inutile d'y aller par quatre chemins. Et, comme tu l'as dis, je suis une pro.

— Cabinet McAuliff & Booth. Prospection géologique. Londres et New York. Cela ferait bien comme en-tête.

— Et pourquoi pas «Booth & McAuliff» ? Ne serait-ce que d'un point de vue alphabétique…

— Hors de question ! l'interrompit-il gentiment en l'enlaçant.

— Pourquoi faut-il que les gens se disent des inepties dans les moments critiques ? souffla-t-elle en enfouissant son visage dans son cou. C'est toujours comme ça ?

— Je crois bien, répondit-il.

Peter Jensen plongea la main dans son sac et se fraya un chemin à travers les épaisseurs de tissu. La toile était tendue à craquer. Jensen se raidit lorsqu'il sortit l'objet de son cocon de vêtements.

C'était le Luger. L'arme était emballée dans une feuille de plastique, le silencieux démonté, coincé contre le canon, enveloppé également.

Sa femme se tenait devant la porte de la tente, le pan de toile entrouvert pour pouvoir observer les alentours. Peter déballa les deux parties de l'arme, glissa le silencieux dans la poche de sa veste de brousse et éjecta le chargeur de la crosse. Il sortit alors de sa poche une boîte de balles. Méthodiquement, il chargea le magasin à sa capacité maximale puis le rangea dans son logement, la première balle prête à être glissée dans la culasse.

Ruth entendit le claquement du ressort de sécurité.

— Tu es vraiment obligé de le faire ? demanda-t-elle.

— Oui. Julian a été tout à fait clair sur ce point. C'est moi qui ai choisi McAuliff, je suis responsable des conséquences. McAuliff a établi un contact. Avec qui, sous quelles formes, je n'en sais rien. Mais je dois le découvrir.

Peter ouvrit sa veste et glissa l'arme dans un jeu de sangles cousues en triangle sur la doublure. Il reboutonna sa veste et se campa devant sa femme.

— Ça fait une bosse ? Ça se voit ?

— Non.

— Parfait. Cette veste n'a pas l'élégance de celle de notre ami Whitehall, mais elle est bien plus confortable.

— Promets-moi de faire attention... Cette jungle me donne la chair de poule.

— Ce n'est donc pas par hasard si tu as voulu m'acheter toute la panoplie du parfait campeur ! Tu es démasquée !

Peter sourit et reporta son attention sur son sac à dos. Il tassa ses affaires, referma le sac, boucla les sangles et tapota les flancs de toile ventrus. Il le souleva ensuite par la bandoulière d'épaule et le laissa retomber au sol.

— Voilà ! Je suis fin prêt, même à soutenir un siège de quinze jours s'il le faut.

— Comment saurai-je si tout va bien ?

— Lorsque tu ne me verras pas revenir avec mon porteur. Si je joue bien le coup, il risque de ne pas revenir au camp non plus. Il sera trop terrorisé !

Peter vit les lèvres de sa femme trembler et une lueur d'angoisse dans ses yeux. Il ouvrit les bras et Ruth s'empressa de s'y réfugier.

— Oh ! Seigneur ! Peter... Pourquoi ?

— Allons, allons. Il ne faut pas, souffla-t-il en lui caressant les cheveux. Julian nous a tirés du ruisseau. Nous le savons tous les deux. Nous serons très heureux à Peale Court. La Dunstone a besoin de gens en Jamaïque. Pourquoi n'y aurait-il pas de la place pour nous ?

Lorsque le porteur inconnu arriva au camp, James Ferguson remarqua un mélange de colère et de perplexité chez le dénommé Marcus Hedrick. Tout le monde était intrigué, de toute façon. McAuliff était parti tôt, ce matin, pour la côte ; pourquoi le porteur ne l'avait-il pas aperçu sur les berges ? L'homme disait n'avoir croisé personne à l'exception de quelques montagnards — partis pêcher ou chasser —, mais aucun Blanc.

Le porteur était envoyé par l'Agence pour l'emploi de Falmouth, cette dernière sachant que l'équipe recherchait de la main-d'œuvre. Le porteur connaissait bien ce bras de rivière ; il avait grandi à Weston Favel et était impatient de travailler. Évidemment, ses papiers étaient en règle, dûment signés par quelque obscur fonctionnaire de l'Agence à Falmouth.

À quatorze heures trente, James Ferguson, après une petite sieste digestive, était assis sur son lit de camp, occupé à rassembler son matériel pour poursuivre ses recherches sur le terrain, lorsqu'il entendit du bruit au-dehors. Il leva les yeux et vit le porteur soulever le pan de sa tente. Il entra, un plateau de plastique dans les mains.

— Qu'est-ce que…

— Je viens récupérer les assiettes, dit rapidement le porteur. Il faut que tout soit propre.

— Il n'y a pas d'assiettes sales ici. Juste un verre ou deux qu'il est inutile de laver.

Le porteur parla soudain à voix basse.

— J'ai un message pour vous, Mr. Ferguson. Un message urgent.

Le Noir sortit de sa poche une enveloppe cachetée et la tendit à Ferguson.

James l'ouvrit. Elle contenait une feuille à en-tête émanant de la Fondation Craft. Les yeux du jeune botaniste cherchèrent immédiatement la signature. Elle était connue de toute la Jamaïque : les pattes de mouche d'Arthur Craft senior, chef — à moitié à la retraite mais tout-puissant — de la fondation !

Cher James Ferguson.

Les excuses proférées à distance sont toujours des plus maladroites et souvent des plus sincères. Celles-ci n'échappent pas à la règle.

Mon fils s'est très mal comporté et lui aussi tient à vous présenter ses regrets. Il séjourne actuellement dans le midi de la France pour une période encore indéterminée, mais sans aucun doute fort longue.

Soyons clair. Votre travail dans nos laboratoires sur les fibres de baracoa fut d'une importance capitale. Il a ouvert la voie vers une découverte majeure qui risque d'avoir des répercussions industrielles sans précédent. Cette révolution peut être notablement accélérée par votre présence parmi nous. Votre avenir est assuré, jeune homme ; c'est ainsi que l'on devrait récompenser tout chercheur de génie. Votre fortune est faite.

Mais le temps est le nerf de toute guerre. Aussi, je ne saurais trop vous recommander de quitter la prospection au plus vite — notre messager vous expliquera le protocole peu orthodoxe de votre départ, mais soyez assuré que Kingston est au courant de ma démarche et que nous avons leur assentiment complet. (La fibre de baracoa fera la richesse de toute la Jamaïque.) Nous sommes tombés d'accord également sur le fait qu'il était inutile d'avertir Mr. McAuliff, le directeur de cette mission, étant donné que ses intérêts actuels vont à l'encontre des nôtres. Un nouveau botaniste sera fourni à l'équipe dans quelques jours en remplacement de votre défection.

> *En espérant vous revoir très prochainement,*
> *Bien à vous.*
> *Arthur Craft senior.*

James Ferguson retint son souffle et relut la lettre une seconde fois.

Il avait réussi !

Et décroché le jackpot !

Une victoire totale !

Il leva les yeux vers le porteur, qui lui souriait gentiment.

— Nous partirons en fin d'après-midi, dit l'homme à mi-voix. Avant la nuit. Ne revenez pas trop tard au camp. Je vous attendrai sur la berge et nous nous en irons aussitôt.

27.

Le « prêtre » se présenta sous le simple prénom de Malcolm. Ils cheminèrent vers le sud sur des pistes secrètes qui alternaient entre sentiers muletiers de falaises, grottes tortueuses et sous-bois impénétrables. Le Halidonite en veste militaire et guenilles ouvrait la marche, repérant sans effort les sentiers forestiers et les ouvertures dissimulées donnant accès à de longs boyaux creusés dans la pierre, avec leur odeur de moisi remontant des eaux souterraines, leurs stalactites fantomatiques suspendues à un plafond d'albâtre, accrochant les reflets des torches.

McAuliff avait l'impression de s'enfoncer vers le centre de la terre, mais, à chaque fois, il ressortait du dédale ténébreux à une altitude plus élevée — phénomène géologique connu. Tous les boyaux des grottes étaient ascendants, preuve manifeste du soulèvement de la plaque océanique au cours d'une ère d'activité géophysique intense qui avait vu des chaînes de montagnes jaillir des failles et des fossés d'effondrement, dans une course sans fin vers la lumière.

À deux reprises, ils évitèrent des communautés de montagnards, faisant un détour par les falaises en lisière de forêt. À chaque fois, Malcolm identifiait les groupes, racontant à McAuliff les rites et les raisons mystiques qui les incitaient à vivre ainsi reclus. Il existait trente-trois communautés connues dans le Cockpit qui avaient choisi l'isolement le plus complet. Ce chiffre restait sujet à caution car les jeunes, au mépris des foudres d'Obeah, se laissaient parfois tenter par les vallées et leurs mirages. Curieusement, à chaque fois qu'une fois qu'une communauté disparaissait, détruite par le monde moderne, une autre naissait pour reprendre le flambeau, souvent en lieu et place de la défunte.

— L'« opium du peuple » est souvent la seule échappatoire à la misère et au désespoir qui ruinent nos villes côtières, expliqua Malcolm.

— Éliminez déjà le désespoir.

Alex se souvenait d'Old Kingston avec ses taudis de tôle ondulée entassés les uns sur les autres, face aux barges puantes débordant des rebuts de l'humanité — les chiens faméliques, les chats avec la seule peau sur les os, les filles-mères aux yeux éteints, les hommes édentés quémandant une pièce pour un verre de vin, déféquant dans les ruelles obscures.

Et, à trois cents mètres de là, les tours immaculées des banques, avec leurs remparts de verre teinté, rutilantes. Magnifiques et obscènes.

— Oui, vous avez sans doute raison, répliqua Malcolm. C'est le désespoir qui mine le peuple le plus vite. Comment oser dire : «Trouve un sens à ta vie.» Il est si difficile de savoir où chercher. Tout est si compliqué, aujourd'hui.

Ils continuèrent à marcher pendant huit heures, s'accordant quelques pauses après des passages éprouvants au sortir d'un sousbois, d'un chemin de falaise ou d'un labyrinthe de pierre. Selon les estimations de McAuliff, ils n'avaient pas parcouru plus de vingt kilomètres dans le Cockpit, chacun plus pénible et perfide que le précédent.

Un peu avant cinq heures du soir, sur les hauteurs des monts Flagstaff, ils franchirent un col. Soudain s'ouvrit devant eux une grande prairie d'environ deux kilomètres de long sur cinq cents mètres de large, adossée au flanc des falaises. Malcolm les entraîna sur la droite pour approcher par l'ouest. Le plateau, à son extrémité, plongeait vers une masse verte et inextricable. McAuliff n'avait jamais vu de jungle aussi épaisse.

— Bienvenue au labyrinthe d'Acquaba ! annonça Malcolm en voyant la mine étonnée de McAuliff. Nous avons emprunté une ancienne coutume des Spartes. Chaque enfant mâle, dans sa onzième année, est conduit au cœur de cette forêt et doit y rester pendant quatre jours et quatre nuits.

— Toujours quatre…, articula Alex, davantage pour lui-même en contemplant le tapis de verdure en contrebas. La grande épreuve initiatique…

— Nous ne sommes ni spartes ni arawak, lança Malcolm dans un rire. Les enfants ne le savent pas, mais nous ne les quittons pas d'une semelle. Venez.

Les deux Halidonites se retournèrent et se dirigèrent vers le bord opposé du plateau. Alex jeta un dernier regard sur le labyrinthe d'Acquaba et les rejoignit.

De l'autre côté, le contraste était saisissant.

Une petite vallée s'ouvrait en contrebas, mesurant tout au plus huit cents mètres de long sur mille cinq cents de large, au milieu de laquelle miroitait un lac paisible. La vallée était enchâssée au centre des collines, prémices des montagnes alentour. Vers le nord, des torrents impétueux se rassemblaient en une grande cascade qui se déversait dans un goulet d'eau aux dimensions honorables, et dont le lit semblait dessiné dans le sol.

À l'extrémité du lac, McAuliff aperçut des champs, des pâtures, en fait, où paressaient des bêtes — vaches, chèvres, quelques ânes et plusieurs chevaux. Cette terre avait été défrichée et ensemencée depuis des générations.

La berge, à leurs pieds, était constellée de huttes de chaume protégées par de grands kapokiers. Au premier regard, le village semblait regrouper une petite centaine d'habitations. Elles étaient à peine visibles sous les frondaisons et les coulées de lianes qui emplissaient le moindre espace vacant de couleurs chatoyantes. Une communauté sous un baldaquin de verdure, songea Alex.

Puis il se représenta la scène vue des airs. Non pas en diagonale, comme du bord du plateau, mais à la verticale, à bord d'un avion. Le village aurait ressemblé à l'une de ces communautés isolées des montagnes avec ses toits de chaume et ses prés alentour. La différence notable, toutefois, c'étaient les montagnes environnantes. Le plateau se trouvait en altitude. Cette partie des monts Flagstaff était balayée par des vents contraires et imprévisibles : un jet ne s'aventurerait sans doute pas en deçà de mille pieds, et les petits avions préféreraient faire un détour plutôt que de survoler l'endroit. Les premiers n'avaient pas la place de se poser, les seconds couraient au crash s'ils tentaient d'atterrir.

La communauté était défendue d'une part par ces montagnes environnantes et, d'autre part, par un accès tortueux qu'aucune carte ne mentionnait.

— Un endroit guère engageant, n'est-ce pas ? lança Malcolm.

Un groupe d'enfants descendaient en courant un chemin menant au lac, leurs cris emportés par le vent. McAuliff apercevait, çà et là, des habitants qui allaient et venaient entre les huttes, d'autres qui se promenaient le long des berges du goulet d'eau en aval de la cascade.

— C'est si... propre, murmura McAuliff.

Ce fut le seul mot qui lui venait à l'esprit.

— Oui, répondit le Halidonite. C'est un modèle d'ordre. Venez. Descendons. Quelqu'un vous attend.

Le *runner* les conduisit sur un petit chemin escarpé. Cinq minutes plus tard, les trois hommes approchaient la lisière occidentale du village. À présent, Alex se rendait compte des dimensions vertigineuses des arbres formant un dais au-dessus des huttes. De grandes lianes plongeaient dans le vide en colonnes sinueuses, des fougères arborescentes jaillissaient du sol dans le clair-obscur des sous-bois.

Un observateur posté en tout autre endroit du plateau serait passé à côté du village sans le voir.

Un village sous la protection de dame Nature.

Leur guide emprunta un chemin qui rejoignait un groupe de huttes perdu dans la forêt.

Les habitants étaient vêtus comme la plupart des montagnards de l'île — un assortiment hétéroclite de vêtements amples —, mais quelque chose troublait McAuliff, quelque chose qu'il ne put définir au premier regard. Il y avait des pantalons kaki roulés sur les genoux, des chemises de coton blanches ou de couleurs sombres et des tissus imprimés — rien que de très normal en Jamaïque. Dans tous les arrière-pays, que ce soit en Afrique, en Australie, en Nouvelle-Zélande, les autochtones, par tradition, récupéraient ou recyclaient les biens des envahisseurs blancs. Rien, encore une fois, de très inhabituel… Il y avait pourtant ici quelque chose de différent, un détail qui clochait… Mais quoi ?

Et soudain il comprit. C'était là, sous ses yeux, depuis le début — des livres !

Quelques habitants, quatre ou cinq peut-être sur la centaine de membres de cette communauté, avaient des livres, coincés sous le bras ou à la main.

Et tout le monde portait des vêtements propres. C'était aussi simple que ça. Il y avait des marques de sueur, certes, et un peu de poussière des champs et de boue des berges, mais ils étaient propres, comme neufs — fait exceptionnel dans un village de campagne, qu'il soit d'Afrique, d'Australie, de Nouvelle-Guinée ou de Floride.

D'ordinaire, les vêtements étaient usés jusqu'à la corde, à divers stades de décomposition — trous, effilochures et déchirures de toutes sortes. Ces habits-là étaient intacts, sans le moindre accroc.

Ce n'était pas des guenilles de récupération.

La tribu d'Acquaba vivait certes dans la jungle mais, à l'inverse des autres communautés isolées, elle ne donnait pas l'image d'un groupe de pauvres hères arrachant au sol leur maigre pitance.

Sur les chemins et devant les maisons, Alex voyait des corps noirs en pleine santé et des regards clairs, signe d'une alimentation saine et d'une intelligence épanouie.

— Nous allons rendre visite directement à Daniel, dit Malcolm au guide. Tu peux nous laisser, à présent. Merci.

Le guide bifurqua sur la droite et disparut dans un petit sentier s'enfonçant dans un boyau de lianes et de verdure. Il détacha son ceinturon et ouvrit sa veste de treillis. Le commando regagnait ses pénates. Il pouvait retirer son habit de scène — vieilli pour les besoins de la représentation.

Malcolm fit signe à Alex de le suivre, interrompant le fil de ses pensées. Le chemin serpentant sous le dais de palmiers et de kapokiers vira soudain à gauche pour déboucher dans une clairière couverte d'herbe. La prairie rejoignait le chenal d'eau tumultueuse déversée par la cascade. Sur l'autre berge, le terrain remontait jusqu'à une barrière de rochers ; derrière s'ouvraient les pâtures, dessinant un arc de cercle pour gagner la rive est du lac.

McAuliff aperçut des hommes avec des bâtons, marchant vers les troupeaux. La journée tirait à sa fin, l'ardeur du soleil faiblissait. Il était temps de rentrer les bêtes pour la nuit.

Il suivait distraitement le Halidonite, absorbé par le spectacle que lui offrait ce village perdu dans la montagne, lorsqu'il se rendit soudain compte de l'endroit où l'homme le menait.

Ils se dirigeaient droit vers la falaise et la chute d'eau.

Arrivés à l'extrémité du goulet qui alimentait le lac en aval, ils tournèrent sur la gauche. Le chenal était finalement bien plus profond qu'il ne le paraissait au premier regard. Les berges s'élevaient à près de deux mètres cinquante au-dessus de l'eau ; les lignes du cours d'eau, qui avaient paru si nettes et si précises à McAuliff du haut du plateau, étaient dues à un savant agencement de rochers enchâssés dans le sol. Œuvre séculaire façonnée par la main de l'homme, à l'instar des pâtures alentour.

Trois passerelles de bois enjambaient le canal, pourvues de garde-fous, avec une volée de marches de pierre à chaque extrémité usée par le temps ; chaque pont miniature était distant d'une cinquantaine de mètres du suivant.

C'est alors que McAuliff vit la construction, — ou plutôt l'entr'aperçut derrière un entrelacs de lianes en fleurs et de fougères-calumets géantes descendant de la montagne.

Une sorte de cabane de bois, posée sur pilotis, dominait l'eau rugissante du chenal. De part et d'autre des gros piliers, une série de marches, en pierre également, placées là depuis des générations, qui menaient à une petite coursive. Il y avait une porte au milieu de la façade, pour l'instant fermée.

De loin, a fortiori depuis le ciel, l'édifice était totalement invisible.

La construction mesurait environ dix mètres de long. Impossible d'évaluer sa profondeur, qui semblait disparaître dans les entrailles de la jungle et de la cataracte.

En s'approchant des degrés de pierre, McAuliff remarqua un détail surprenant. Il se figea sous le choc.

Sur le flanc ouest de la bâtisse, un faisceau de câbles noirs sortait de la paroi pour aller se perdre dans les hauteurs vertigineuses des frondaisons.

Remarquant l'étonnement d'Alex, Malcolm esquissa un sourire.

— C'est notre seul contact avec l'extérieur, McAuliff. Nous nous servons du réseau téléphonique pour transmettre nos signaux radio à travers toute l'île. Un peu à la façon des téléphones cellulaires, mais avec une liaison très claire et bien sûr totalement indépistable. Allons voir Daniel.

— Qui est ce Daniel ?

— Le président du Conseil. Il a été élu. Mais la durée de son mandat n'est pas limitée par le calendrier.

— Qui l'a élu ?

Le sourire du Halidonite s'effaça.

— Le Conseil.

— Et qui élit ce Conseil ?

— La tribu.

— Un modèle de démocratie, donc.

— Pas exactement, répondit Malcolm d'un air énigmatique. Venez. Daniel nous attend.

Le Halidonite ouvrit la porte, et McAuliff pénétra dans une grande pièce haute de plafond, ceinturée de fenêtres percées dans la moitié supérieure des parois. La rumeur de la cascade résonnait, mêlée aux mille cris de la jungle environnante.

Il y avait des chaises de bois de facture visiblement artisanale. Contre le mur du fond, devant une autre porte aux dimensions imposantes, trônait une table. Derrière, une jeune femme noire d'une vingtaine d'années. Sur le « bureau », des quantités de papiers, à sa gauche un ordinateur pour traitement de texte sur une petite desserte blanche. La présence de cet appareil moderne en ce lieu avait quelque chose d'incongru.

Puis Alex déglutit lorsqu'il aperçut un téléphone, un téléphone dernier cri avec renvoi de ligne, sur un support articulé, à droite de la jeune femme.

— Je vous présente Jeanine, docteur McAuliff. Elle travaille pour Daniel.

La jeune femme se leva avec un sourire fugitif et adressa à McAuliff un petit signe de tête en guise de bienvenue ; il y avait de l'inquiétude dans son regard lorsqu'elle se tourna vers Malcolm.

— Le voyage s'est bien passé ? demanda-t-elle.

— Puisque je reviens avec notre hôte, c'est que ça n'a pas été une réussite complète.

— Je vois, répliqua Jeanine, l'inquiétude laissant place à la peur. Daniel veut vous voir tout de suite. Par ici, docteur McAuliff.

La jeune femme se dirigea vers la porte et frappa deux coups sur les lattes de bois. Sans attendre de réponse, elle tourna la poignée et ouvrit le battant. Malcolm s'approcha et fit signe à Alex d'entrer. McAuliff franchit le seuil avec hésitation et se retrouva dans le bureau du président du Conseil du « Halidon ».

La pièce était spacieuse, et une grande baie vitrée occupait la quasi-totalité du mur du fond. La vue au-delà était à la fois étrange et envoûtante. À cinq mètres derrière la paroi de verre grondait une colonne d'eau furieuse ; elle occultait tout le champ de vision ; tout n'était que liquide et bouillonnement ; malgré l'isolation, le bruit de la cataracte était omniprésent. Devant la baie, une grande table de bois d'un noir luisant. Derrière, un homme — le dénommé Daniel, président du Conseil.

C'était un Jamaïquain aux traits anguleux de mulâtre, plutôt grand et longiligne, quoique ses épaules fussent larges et puissantes ; un corps de coureur de fond. Il avait une quarantaine d'années. Difficile d'être plus précis : son visage paraissait jeune, mais il y avait quelque chose de vieux dans son regard.

Il lui lança un sourire — un petit sourire poli, sans chaleur — puis fit le tour de la table pour lui serrer la main.

Alex remarqua que Daniel était vêtu d'un pantalon blanc et d'une chemise outremer. Un foulard de soie était noué autour de son cou, supportant un anneau en or. Il devait s'agir d'une sorte d'uniforme, songea Alex. Au même titre que la soutane de Malcolm.

— Bonjour, Mr. McAuliff. Je ne vous demande pas comment s'est passé le voyage. Je l'ai fait un nombre incalculable de fois ; cela n'en finit pas.

Daniel serra la main de McAuliff.

— Oui, cela n'en finit pas…, répondit Alex avec circonspection.

Le président se tourna brusquement vers Malcolm.

— J'écoute ton rapport. Il n'y a nul lieu de l'entendre en privé, j'imagine.

— Non, c'est inutile… Piersall a effectivement découvert beaucoup de choses. Ses travaux sont cachés quelque part dans un rayon de trente kilomètres autour du camp de base de la Martha Brae, lieu inconnu de McAuliff, qui peut cependant ordonner leur transfert à tout instant. Nous avons trois jours devant nous, Daniel.

Le président dévisagea l'homme en soutane puis revint s'asseoir à sa chaise sans un mot. Il se tint immobile, les mains à plat sur le bois noir et fixa Alex du regard.

— Ainsi, à cause de l'obstination d'un émigrant amoureux de notre île, nous voilà… dos au mur. Comme vous le savez, il nous serait fatal de nous montrer au grand jour. Nous serions pillés dans l'instant, privés de nos biens. Et tout cela à cause de vous, Mr. McAuliff…, le géologue à la botte de la Dunstone et l'indicateur le plus farfelu qu'aient jamais recruté les services secrets britanniques. Daniel se tourna vers Malcolm. Laisse-nous, maintenant. Et prépare-toi à partir pour Montego.

— Quand ? demanda-t-il.

— Cela dépend de notre visiteur. Il fera le voyage avec toi.

— Ah bon ? lâcha Alex, sur le coup de la surprise.

— Oui, Mr. McAuliff, vous serez du voyage, si vous êtes encore en vie.

28.

— Il existe une menace suprême, à laquelle aucun être humain ne peut se montrer insensible, la menace de mort, évidemment. Daniel s'était approché de la baie donnant sur les entrailles tumultueuses de la cascade. C'est le seul recours lorsque n'entre en jeu aucune idéologie d'ordre supérieur, généralement teintée de mysticisme ou de nationalisme, vous en convenez, n'est-ce pas?

— Et comme je ne suis ni croyant ni nationaliste, vous pensez que votre menace portera ses fruits, répondit McAuliff, debout derrière la grande table cirée, n'ayant pas été invité à s'asseoir.

— Exact, répliqua le président du Conseil du «Halidon» en se détournant de la baie vitrée. Je suis certain que l'on vous a déjà dit que vous n'avez pas à vous mêler des affaires internes de la Jamaïque.

— Je sais, je sais. Ce n'est pas «mon combat». On me l'a déjà dit.

— Qui ça? Charles Whitehall ou Barak Moore?

— Barak Moore est mort, répondit Alex.

Daniel marqua un moment de surprise — un court silence.

— C'est une triste nouvelle, dit-il d'une voix lasse. Il était un contrepoids essentiel aux velléités de Whitehall. Il n'y a personne pour reprendre le flambeau. Il faudra lui trouver un successeur...

Daniel revint à son bureau, prit un stylo et nota quelque chose dans un petit carnet. Il arracha la page du bloc et la posa à côté de lui.

McAuliff lut sans difficulté ce qui était écrit. «Remplacer Barak Moore.» Avec ce qu'il avait vécu ces dernières heures, McAuliff n'en était pas à une surprise près.

— C'est aussi simple que ça? demanda Alex en désignant du menton la feuille de papier.

— Cela n'a rien de simple, si vous voulez tout savoir, répliqua

Daniel. Asseyez-vous. Il est temps que vous compreniez certaines choses, avant que nous allions plus loin.

Alexander Tarquin McAuliff, géologue diplômé, directeur d'un bureau d'étude sur la 38ᵉ Rue à New York, s'assit sur une chaise de bois rudimentaire dans ce bureau insolite, perdu au fin fond de la jungle jamaïquaine, s'apprêtant à écouter les explications d'un dénommé Daniel, président du Conseil d'une société occulte baptisée le « Halidon ».

Il ne pensait plus. Il n'était qu'ouïe.

Daniel entra aussitôt dans le vif du sujet. Il demanda à Alex s'il avait lu les documents de Piersall. McAuliff acquiesça.

Le président du Conseil confirma alors l'exactitude des travaux de Piersall, retraçant l'histoire de la tribu d'Acquaba depuis ses origines, durant les premières guerres des Marrons au début du XVIIIᵉ siècle.

— Acquaba, certes, était un mystique, mais avant tout un homme simple. Une figure christique sans la charité et la miséricorde généralement associées à Jésus. Après tout, ses ancêtres n'avaient connu que la violence des jungles africaines. Mais son dessein était juste.

— Quelle est la source de votre richesse ? demanda Alex, retrouvant ses facultés mentales. Tout cet argent, il vient bien de quelque part ?

— Il s'agit d'or, répliqua Daniel simplement.

— Où ça ?

— Dans le sol. Sur nos terres.

— Il n'y a pas d'or en Jamaïque.

— Vous êtes géologue. Vous me décevez. On en trouve des dépôts dans de nombreuses couches sédimentaires de l'île.

— Mais en quantité infinitésimale, l'interrompit McAuliff. Des traces si infimes et si compactées avec d'autres minerais que le coût de l'extraction serait prohibitif. Ce ne serait pas rentable.

— Vous convenez, néanmoins, qu'il y a de l'or.

— Certes, mais inutilisable.

Daniel esquissa un sourire.

— Et comment, selon vous, cet or s'est-il retrouvé ainsi compacté ? Rappelez-moi donc comment est née l'île de la Jamaïque.

— Comme toutes les terres isolées dans les océans. Par soulèvement géologique...

Alex se tut soudain. Était-ce possible ? L'explication défiait l'imagination et était pourtant terrifiante de simplicité. Une veine d'or, des milliards d'années plus tôt, aurait jailli sous la surface de l'océan, répandant ses scories sur le substrat alentour, avant d'être exhumée de l'eau par la tectonique.

— Seigneur…, il y aurait donc un gisement…

— Inutile de s'attarder sur ce sujet, l'interrompit Daniel. Pendant des siècles, l'administration coloniale a décrété une loi d'airain : tout métal précieux découvert sur l'île était l'entière propriété de la Couronne. Voilà pourquoi personne ne s'est donné la peine de chercher.

— Fowler, souffla McAuliff. Jeremy Fowler…

— Je vous demande pardon ?

— Le Secrétaire de la Couronne en poste à Kingston. Il y a environ cent ans…

— Oui…, répondit Daniel après un moment de silence. En 1883, pour être exact. C'est donc de ça qu'est parti Piersall… Le président du Conseil griffonna de nouveau quelque chose dans son carnet. Il faudra faire disparaître ça aussi.

— Et Fowler ? demanda Alex. Il savait ?

Daniel leva les yeux tout en retirant la page du bloc.

— Non. Il croyait exaucer les vœux d'une faction dissidente de nègres marrons alliée à un groupe de propriétaires terriens de la côte nord. Il s'agissait de détruire les traces d'un accord tribal pour pouvoir défricher des milliers d'hectares en vue de plantations. C'est l'explication qu'il reçut et ce pour quoi il fut payé.

— Et la famille en Angleterre y croit encore ?

— Il n'y aucune raison d'en douter. C'étaient les colonies, vous savez. Le Halidonite sourit à nouveau. Pouvons-nous, à présent, revenir à des questions plus actuelles ? Je tiens, Mr. McAuliff, à vous faire un portrait complet de nous. Exhaustif.

— Je suis tout ouïe.

Aux dires de Daniel, le « Halidon » n'avait aucune ambition politique — n'en avait jamais eu de toute son histoire. Il restait hors des partis, fidèle au principe historique que l'harmonie naît du choc d'idéologies diverses, voire contraires. Les idées étaient des temples plus précieux que toutes les cathédrales, les gens devaient y avoir libre accès. Voilà l'enseignement d'Acquaba. Être libre de corps et d'esprit…, libre de mener une bataille au besoin. La religion du « Halidon » était essentiellement humaniste, et ses divinités, des symboles des forces en présence dans le grand combat des hommes pour la liberté — celle de vivre sur Terre selon les rites propres à sa tribu, sans chercher à les imposer au voisin.

— Un bon programme, non ? lança Daniel avec un petit sourire.

— Certes, répondit McAuliff. Mais guère original.

— Je ne suis pas d'accord, rétorqua Daniel. Cette pensée n'est peut-être pas nouvelle, mais elle n'a jamais été appliquée. Toute tribu, dès qu'elle a assuré son autosuffisance, cherche à dominer les tribus alentour. Cela a été le cas des pharaons à César, des empires, chrétiens, britannique ou autres à Hitler, de Staline à vos conglomérats de gouvernements donneurs de leçons. Attention à l'aveuglement des fidèles, McAuliff. Tous sont des fanatiques, à leur manière. Et ils sont encore légion.

— Mais pas vous. Alex contempla les trombes d'eau écumeuse derrière la baie vitrée. Vous ne faites que décider qui agit bien ou mal, qui est digne ou non de « mener ce grand combat », comme vous dites.

— Vous pensez que c'est antinomique ?

— Plutôt, oui ! Lorsque « le grand combat pour la liberté » revient à assassiner d'autres gens... parce qu'ils ne se plient pas à vos normes.

— Qui avons-nous donc assassiné ?

Alex reporta son attention sur Daniel.

— Je pourrais commencer ne serait-ce que par hier soir. Deux porteurs de mon équipe qui avaient le malheur de toucher quelques dollars des services britanniques ; et pourquoi ? Juste pour ouvrir l'œil. Rapporter ce qu'on mangeait le soir, qui nous rendait visite... Rien de bien méchant. Mais votre *runner*, celui qui se fait appeler Marcus, les a tués. Il y a aussi le gros Garvey, un type répugnant, certes, qui puait à cent pas, au sens propre comme au figuré, et qui jouait les intermédiaires ; mais cet accident sur la route de Port Maria était une solution un peu radicale, non ? Alex se tut et se pencha vers Daniel. Vous avez massacré également toute une équipe de prospection, jusqu'au dernier de ses membres, tout cela parce qu'ils étaient payés, comme moi, par la Dunstone ; de braves types qui avaient besoin de travailler. Vous pourrez, peut-être, me justifier tous ces meurtres, mais il y en a un que ni vous ni personne ne pourra jamais effacer, c'est celui de Walter Piersall... Oui, Votre Majesté, je crois que vous êtes de sacrés fanatiques, vous aussi !

Daniel s'était rassis au bureau durant la tirade haineuse d'Alex. D'une poussée du pied, il fit glisser sa chaise vers la grande baie.

— Il y a cent ans, ce bureau était la seule construction. L'un de mes prédécesseurs avait tenu à le placer là. La « chambre », comme on l'appelait à l'époque, devait surplomber cette portion de notre cascade. Il prétendait que le mouvement perpétuel de l'eau et son bruit étouffé contraignaient l'homme à faire fi des détails pour se concentrer sur l'essentiel... Mon illustre ancêtre avait raison. Ce spectacle immuable et en constant changement ne cesse de m'émerveiller. Et, pendant que je suis tout à mon émerveillement, mon esprit trouve sa voie.

— Serait-ce une façon de me dire que tous ceux qui sont morts étaient des « détails » ?

Daniel revint vers son bureau et vrilla son regard dans celui de McAuliff.

— Absolument pas. Je cherchais simplement un moyen de vous faire accepter ce qui va suivre. Je vais vous dire la vérité, mais serez-vous prêt à l'accepter ? Nos *runners*, nos guides, nos agents, si vous préférez, savent manier certaines armes. La peur en est une, très efficace. Une arme non violente ; même si nous ne sommes pas nécessairement non violents. Vos porteurs ne sont pas morts. Ils ont été faits prisonniers, conduits, un bandeau sur les yeux, dans les faubourgs de Weston Favel, puis relâchés. Ils sont indemnes, mais sérieusement terrorisés. Ils ne travailleront plus jamais pour le MI 5 ou le MI 6. Garvey est effectivement mort, mais nous n'y sommes pour rien. Votre cher contact vendait tout ce qui lui tombait entre les mains, dont des femmes, et en particulier des jeunes filles. Il a été abattu sur la route par un père en colère, pour des raisons évidentes. Nous avons simplement repris cette mort à notre compte. Vous dites que nous avons massacré l'équipe de la Dunstone. Ce serait plutôt l'inverse. Sur les quatre Blancs de l'expédition, trois ont tenté de massacrer notre escouade de reconnaissance. Ils ont tué six de nos jeunes recrues après les avoir attirées dans un traquenard.

— L'un de ces Blancs était un agent britannique.

— C'est ce que Malcolm nous a dit.

— Je ne crois pas qu'un membre entraîné des services secrets tuerait gratuitement quelqu'un.

— C'est ce que Malcolm soutient également. Mais les faits sont là. Un agent des services secrets est avant tout un homme. Au plus fort de la bataille, on choisit son camp. Et cet homme-là, agent ou non, a choisi... de la pire façon qui soit.

— Et le quatrième ? Il était différent ?

— Oui. Le regard de Daniel se fit soudain songeur c'était un homme bien. Un Hollandais. Lorsqu'il a réalisé ce que faisaient les autres, il s'est interposé. Il s'est précipité pour prévenir le reste de l'escouade et ce sont ses coéquipiers qui l'ont abattu.

Pendant un moment, personne ne parla. Ce fut finalement McAuliff qui rompit le silence.

— Et Walter Piersall ? Vous avez aussi une explication ?

— Non, répondit Daniel. Nous ne savons pas ce qui s'est passé ni qui l'a tué. Nous avons des soupçons, mais rien de plus. Walter

Piersall était le dernier homme de la Terre que nous aurions voulu voir mort. Particulièrement en ces circonstances. Si cela ne vous saute pas aux yeux, c'est que vous êtes un indécrottable idiot.

McAuliff se leva de sa chaise et marcha vers la baie, sentant le regard de Daniel dans son dos. Il se força à observer les trombes d'eau furieuses.

— Pourquoi m'avez-vous fait venir ici ? Pourquoi m'en avoir dit autant. Sur vous... et sur tout le reste.

— Nous n'avons pas le choix. Sauf si vous êtes un mystificateur ou si Malcolm s'est trompé sur votre compte, ce que je ne crois pas. Nous comprenons parfaitement votre situation, et comment vous en êtes arrivé là. Lorsque Malcolm s'est sauvé de Grande-Bretagne, il a rapporté avec lui un dossier complet du MI 5 vous concernant. Nous avons une proposition à vous faire.

Alex se retourna et observa le président du Conseil.

— Je suis prêt à parier qu'elle fait partie de celles qui ne se refusent pas.

— Du moins, pas facilement. Il s'agit de votre vie. Ainsi que de celle de vos coéquipiers.

— Vous voulez les documents de Piersall ?

— Un peu plus que ça, mais ils font partie du lot, bien sûr, répondit Daniel.

— Je vous écoute.

McAuliff resta devant la baie. Le grondement étouffé de la chute d'eau était comme un trait d'union avec le monde extérieur. Illusion réconfortante.

— Nous savons ce que veulent les Britanniques : la liste des noms des huiles de la Dunstone. Tous ces financiers internationaux qui attendent de transformer cette île en paradis fiscal, en nouvelle Suisse. Il y a peu de temps, à peine quelques semaines, ils se sont retrouvés ici, venant des quatre coins du monde. À Port Antonio. Certains sous leur propre identité, la majorité sous des noms d'emprunt. C'est le bon moment. Le monde bancaire helvète s'effondre, la tradition du secret vole en éclats. Il y a des pressions énormes, évidemment. Il se trouve que nous avons cette liste. Nous proposons un échange.

— En contrepartie de nos vies et des documents...

Daniel rit — un rire ni cruel ni attendri. Une simple manifestation d'amusement.

— Mr. McAuliff, je crains que ce ne soit vous qui soyez obsédé par les détails. Certes, les recherches de Piersall revêtent une grande valeur pour nous, mais les Britanniques s'en contrefichent. Il faut toujours se mettre à la place de l'adversaire... Ce que les Britanniques veulent par-dessus tout, c'est cette liste. Et notre priorité numéro un, à nous, c'est que les services britanniques et tout ce qu'ils représentent évacuent la Jamaïque. Voilà les termes du marché.

McAuliff resta de marbre auprès de la fenêtre.

— Je ne vous suis pas.

Le président du Conseil se pencha vers lui.

— Nous exigeons la fin de l'ingérence britannique dans l'île... ainsi que celle de toutes les autres nations, ou tribus, si vous préférez. En d'autres termes, la Jamaïque doit revenir au Jamaïquains.

— La Dunstone ne cédera jamais, lança Alex pour en savoir plus. À mon avis, c'est son ingérence qui est la plus dangereuse.

— Nous nous chargeons de la Dunstone ; c'est notre combat. Elle survit grâce aux génies de la finance. Mais, une fois isolée sur l'île, nous aurons l'embarras du choix pour nous en débarrasser. Entre autres par voie d'expropriation... Mais il nous faut du temps, et nous savons, l'un comme l'autre, que les Britanniques sont pressés. Ils ne peuvent se permettre de perdre la Dunstone.

McAuliff se revit dans cette chambre d'hôtel du Savoy..., se souvint de Hammond admettant que les impératifs économiques étaient des facteurs à prendre en considération. Et plutôt deux fois qu'une !

Hammond, le manipulateur !

Alex revint s'asseoir devant le bureau. Il s'aperçut que Daniel lui laissait sciemment le temps de réfléchir, d'assimiler toutes ces nouvelles informations. Tant de questions se bousculaient dans sa tête —la plupart pouvaient attendre, mais certaines revêtaient une importance particulière pour lui. Il décida de se jeter à l'eau.

— Il y a quelques jours, commença-t-il, mal à l'aise, lorsque Barak Moore est mort, je me suis inquiété du fait qu'il n'y ait plus personne pour s'opposer à Whitehall. Comme vous. Je vous ai vu écrire que...

— Quelle est votre question ? demanda poliment Daniel.

— J'avais raison, n'est-ce pas ? Chacun représente les deux extrêmes. Avec chacun ses fidèles. Ce ne sont pas simplement des illuminés.

— Whitehall et Moore ?

— Oui.

— Grands dieux, non ! Ce sont des chefs charismatiques. C'était le cas de Moore et ça l'est toujours de Whitehall. Dans toute jeune nation naissante, on trouve trois tendances : la droite, la gauche et le milieu rassurant, les fonctionnaires accrochés à leur fauteuil qui ont su tirer au jour le jour leur épingle du jeu. Le milieu est par essence corruptible ; il tend à reproduire le même morne paysage bureaucratique, avec une détermination à chaque fois renouvelée. C'est lui qu'il faut remplacer en premier. La meilleure prophylaxie, c'est une combinaison des deux extrêmes. Trouver l'équilibre… juste.

— Et c'est cela que vous recherchez ? Jouer les arbitres ? Les juges ?

— Exact. Et c'est tant mieux. Dans tout antagonisme, il y a des points positifs ; aucun des deux camps n'a complètement tort. Malheureusement, la Dunstone nous complique la tâche. Nous devons surveiller de près nos deux combattants.

Le regard du président du Conseil s'égara de nouveau. Encore une fois, Alex remarqua cet air songeur.

— Pourquoi ? demanda-t-il.

Daniel semblait réticent à répondre. Puis il poussa un soupir.

— La réaction de Barak Moore à l'égard de la Dunstone risquait d'être violente. Un bain de sang… Le chaos. Whitehall ne réagirait guère mieux. Il chercherait d'abord l'entente, l'assise de son pouvoir étant par essence financière. Il serait manipulé comme ce fut le cas de bon nombre d'industriels allemands croyant se servir d'Hitler. Malheureusement, seule la collusion fait le pouvoir…, le pouvoir absolu.

McAuliff se laissa aller contre le dossier de sa chaise. Il commençait à comprendre.

— Alors, si la Dunstone est éradiquée, vous revenez, comment dire ? au juste combat.

— Exactement, répondit Daniel à mi-voix.

— Mais vous et les Britanniques vous voulez la même chose. Pourquoi ce chantage ?

— Parce que nos solutions sont différentes. Nous avons le temps pour nous et la certitude d'avoir le contrôle final. Ce qui n'est pas le cas des Britanniques…, ni des Français, ni des Américains, ni des Allemands… Le désastre économique qu'ils vont subir risque bien de tourner à notre avantage. Clôturons là le débat. Nous avons la liste de la Dunstone. Et nous faisons une offre aux Britanniques.

— J'irai avec Malcolm à Montego et…

— Vous serez escorté et surveillé, l'interrompit Daniel. Les membres de votre équipe resteront nos otages. Chacun sera exécuté au moindre faux pas de votre part.

— Et si les services britanniques ne vous croient pas ? Que suis-je censé faire dans ce cas ?

Daniel se leva.

— Ils vous croiront, McAuliff. Car votre voyage diplomatique à Montego sera appuyé par une action qui va ébranler la planète. Il risque d'y avoir du grabuge dans plusieurs grandes capitales. Vous direz aux Britanniques que ce sont là nos preuves. La partie émergée de l'iceberg Dunstone. Et ils vous croiront, McAuliff, ne vous en faites pas. Demain, à midi précis, heure de Londres.

— C'est tout ?

— Non. Une chose encore. Lorsque l'opération commencera, notre Goliath, la Dunstone, va essaimer ses tueurs tous azimuts sous le coup de la panique. Dans le lot, vous serez l'une des cibles.

McAuliff se leva d'un bond, pris de colère.

— Merci de l'avertissement.

— Je vous en prie, répliqua Daniel. Maintenant, si vous voulez bien me suivre…

Dans l'antichambre, Malcolm bavardait avec Jeanine. À la vue de Daniel, ils se turent aussitôt. Jeanine s'approcha du président du Conseil.

— Nous avons des nouvelles de la Martha Brae.

Alex regarda tour à tour Daniel et la jeune femme. « Martha Brae » signifiait le camp de base de l'équipe. Il voulut dire quelque chose, mais Daniel l'en empêcha.

— Vous pouvez parler devant lui.

— Il s'agit de deux hommes. Le jeune Ferguson et le minéralogiste, Peter Jensen…

Alex soupira de soulagement.

— Que s'est-il passé ? demanda Daniel. Commençons par le jeune.

— Un *runner* est arrivé au camp pour lui apporter une lettre d'Arthur Craft senior. Dans celle-ci, le vieux Craft lui faisait des promesses et lui demandait de quitter l'expédition pour rejoindre la Fondation à Port Antonio. Nos éclaireurs les ont suivis et interceptés à quelques kilomètres en aval. On les retient là-bas, un peu au sud de Westion Favel.

— Le vieux Craft a appris les manigances de son fils, annonça Alex. Il essaie à présent d'acheter Ferguson.

— Cela pourrait bien servir les intérêts de la Jamaïque. En outre, Ferguson n'est pas le plus important de nos otages.

— C'est moi qui l'ai fait venir sur cette île. Je suis donc responsable de lui, répondit Alex d'un ton glacial.

— Nous nous occuperons de son sort plus tard. Daniel se tourna vers Jeanine. Dites aux éclaireurs de rester où ils sont. Qu'ils tiennent Ferguson et le *runner* sous bonne garde, en attendant les ordres. Et pour Jensen ?

— Il va bien. Nos hommes le pistent.

— Il a quitté le camp ?

— Il feint de s'être perdu, selon nos pisteurs. Tôt ce matin, peu après le départ du docteur McAuliff, il a demandé à son porteur de l'aider à tirer ce qu'on appelle une ligne azimutale. Il l'a fait marcher sur une bonne distance en déroulant une bobine de fil de Nylon. Ils communiquaient par des à-coups sur le fil et...

— Et Jensen a coupé la ligne et l'a attachée à un arbrisseau, l'interrompit Alex d'un ton las. En faisant une boucle autour d'une branche.

— Comment savez-vous ça ? demanda Daniel, surpris.

— C'est une vieille blague que l'on fait aux bleus sur le terrain.

Daniel se tourna vers la jeune femme.

— Son porteur, donc, ne l'a pas retrouvé. Où est Jensen, à présent ?

— Il a essayé de suivre les traces de Malcolm, répondit la secrétaire. Il a été à deux doigts d'y parvenir, selon nos pisteurs. Il a finalement abandonné et s'est installé sur le flanc de la colline ouest. De là-haut, il peut surveiller toutes les allées et venues dans le camp.

— Il attendra les trois jours pleins s'il le faut, malgré la faim et les bêtes. Il n'osera jamais se présenter devant Warfield les mains vides. Daniel se tourna vers Alex. Vous saviez que c'était lui qui vous avait choisi pour diriger l'expédition ?

— C'est lui qui m'a... ? répéta McAuliff, sans aller plus loin.

Cela avait si peu d'importance, à présent.

— Dites à nos hommes de le surveiller, ordonna le président du Conseil. Une surveillance rapprochée, rien de plus. Sauf s'il se sert d'une radio susceptible d'atteindre la côte. Dans ce cas-là, abattez-le.

— Vous êtes fou ou quoi ? s'écria McAuliff. Vous n'avez pas le droit !

— Nous avons tous les droits, Mr. McAuliff. Vos aventuriers sont venus sur cette île pour la souiller, sur votre commandement. Ne me parlez pas de droits !

Puis Daniel se tourna brusquement vers la jeune femme et s'adressa à elle d'une voix redevenue calme.

— Convoquez le Conseil.

29.

Daniel conduisit McAuliff au pied de l'escalier de pierre sur la rive gauche du canal. Aucun des deux hommes ne souffla mot. Alex consulta sa montre ; il était près de huit heures du soir. Les rayons du couchant embrasaient le ciel au-dessus des montagnes en un camaïeu d'orange ; les collines dressaient devant eux leurs silhouettes brunes, telles des forteresses gigantesques. Le lac semblait une plaque de verre noire — un miroir parfait — où se reflétaient les ombres massives des montagnes et les nuées orange.

Ils marchèrent jusqu'au muret de pierre bordant les pâturages. Une porte, sur la gauche, y était encastrée. Daniel s'approcha, actionna un gros verrou et ouvrit le battant, faisant signe à McAuliff de passer.

— Je suis désolé de m'être emporté, annonça le président du Conseil tandis qu'ils s'enfonçaient dans les pâtures. Vous êtes une victime, non un agresseur. Nous le savons, à présent.

— Et vous ? Vous êtes quoi ? Victime ou agresseur ?

— Je suis le président du Conseil. Moi et mon clan ne sommes ni l'un ni l'autre. Je vous ai déjà expliqué tout ça.

— Vous m'avez expliqué un tas de choses, certes, mais je ne sais toujours rien de vous, répondit McAuliff en regardant s'approcher un animal solitaire.

Il s'agissait d'un jeune cheval, guère rassuré, qui avançait vers eux en piaffant et en hennissant.

— Ce poulain est un grand fugueur, lança Daniel en riant tout en tapotant l'encolure de l'animal. Il sera difficile à dresser. Hia ! Hia ! cria le Halidonite en donnant une claque sur le flanc de l'animal.

L'animal, mécontent, s'enfuit vers le milieu du pré avec force ruades et hennissements.

— C'est l'un de mes points d'interrogation, annonça Alex.

Comment dressez-vous les gens ? Comment les empêchez-vous de fuguer ?

Daniel s'arrêta et observa McAuliff. Ils étaient seuls au milieu de la grande prairie baignée par les feux chatoyants des tropiques. Le soleil auréolait la silhouette du président, et McAuliff dut mettre la main en visière pour se protéger des rayons. Il ne pouvait distinguer les yeux de Daniel, mais il sentait son regard braqué sur lui.

— À bien des égards, nous sommes des gens tout ce qu'il y a de simple, répondit le Halidonite. Notre équipement est toujours acheminé ici par des hommes à nous, ainsi que le matériel médical, les machines agricoles et autres, en empruntant des routes de montagne secrètes. Autrement, nous vivons en autarcie complète sur nos terres. L'éducation, le « dressage », comme vous dites, est une nécessité parce que nous disposons d'immenses richesses. Notre isolement ne peut être absolu ; vous en êtes l'exemple vivant.

Dès l'enfance, expliqua Daniel, le Halidonite apprenait qu'il était un privilégié et qu'il devait se montrer digne de ce privilège de naissance par ses actions futures. Contribution et fidélité au groupe lui étaient inculquées dès sa prime jeunesse ; il devrait y consacrer toute son énergie, toutes ses capacités. Le monde extérieur lui était expliqué en détail, sa simplicité, sa complexité, sa paix et sa violence, son bien et son mal. Rien ne lui était dissimulé ; aucune exagération ne polluait son jeune esprit ; la tentation se trouvait contrebalancée, avec une certaine fermeté, certes, par la punition.

À l'aube de sa douzième année, le jeune Halidonite était examiné par ses professeurs, par le Conseil des anciens et finalement par le président en personne. À l'issue de ces tests, certains individus étaient sélectionnés pour un entraînement spécifique, en vue d'un contact avec le monde extérieur. Trois années de formation préparaient alors le sujet à tel ou tel métier suivant ses aptitudes.

Arrivé à l'âge de seize ans, le Halidonite quittait la communauté et était envoyé dans une famille d'accueil du monde extérieur, dont les parents étaient des membres de la tribu. À l'exception de quelques retours à la communauté pour retrouver ses vrais parents, les membres de la famille extérieure seraient ses seuls tuteurs pendant plusieurs années.

— Vous n'avez jamais de défection ? demanda Alex.

— Rarement, répondit Daniel. La sélection est pointue.

— Mais s'il y avait une erreur ? Si…

— Je me permettrai de ne pas répondre à cette question, l'interrompit le président du Conseil. Sinon pour dire que le labyrinthe d'Acquaba est une perspective bien plus terrible que la plus dure des prisons. Cela réduit le nombre de contrevenants à une peau de chagrin. Les défections sont rarissimes.

Au ton de sa voix, Alex n'avait guère envie de fouiller davantage la question.

— Dans ce cas, les oisillons sont récupérés et ramenés au bercail ?

Daniel hocha la tête.

La population du « Halidon » était rigoureusement contrôlée. Pour chaque couple désirant un enfant de plus que la moyenne, il fallait en trouver un autre qui en désirait un de moins.

— Beaucoup de mariages ont lieu avec des conjoints ou conjointes de l'extérieur, ajouta Daniel, au grand étonnement d'Alex. C'est inévitable et c'est une bonne chose à bien des égards. Mais c'est une procédure lourde et compliquée, qui dure des mois, avec des règles draconiennes.

— Un processus de sélection en sens inverse ?

— Le plus sélectif qui soit. Contrôlé par les tuteurs.

— Et si le mariage ne peut être accepté ?

— Encore une fois, je préfère ne pas répondre ; cela nous entraînerait trop loin.

— J'imagine que les pénalités sont sévères ? avança Alex.

— Vous pouvez imaginer tout ce que vous voulez, répondit Daniel, recommençant à gravir le versant herbu. En revanche, ce qui importe, c'est que vous compreniez que nous avons des tuteurs et des gardiens aux quatre coins de la planète, dans chaque corps de métier, chaque gouvernement, dans des dizaines d'universités et d'institutions partout dans le monde... Jamais vous ne saurez qui est un Halidonite, et c'est là notre force, notre meilleure protection.

— Autrement dit, si je révèle ce que je sais, vous me ferez tuer ?

— Oui. Vous et tous les membres de votre famille. Femme, enfants, parents..., et, en l'absence de cellule familiale, maîtresses, amis et associés, toute personne qui a quelque importance dans votre vie. Votre identité, jusqu'à votre souvenir, sera effacée de la planète.

— Vous ne pouvez connaître tous les gens à qui j'ai parlé, de vive voix ou au téléphone, le moindre de mes déplacements à chaque instant. Personne ne le peut ! Je pourrais lancer une armée à vos trousses et vous retrouver !

— Mais vous ne le ferez pas, répondit Daniel avec une sérénité surprenante comparée à l'emportement d'Alex. Pour la même raison que tous les autres... Venez. Nous sommes arrivés.

Ils se trouvaient à la lisière de la prairie. Devant eux s'étendait la végétation confuse du Cockpit, noyée de ténèbres.

Soudain, une rumeur retentit dans l'air. Une sorte de gémissement, de lamentation étrange ; un son grave, continu, enveloppant toute chose, omniprésent. La mélopée d'un hautbois imaginaire s'élevant dans l'azur puis refluant lentement en une note élémentaire, mystérieuse, et enflant de nouveau en une plainte tortueuse.

La mélopée grandit encore et encore, faisant vibrer la jungle alentour, lançant des échos sur les versants des monts, faisant trembler la terre.

Et soudain ce fut le silence. McAuliff vit alors, médusé, des silhouettes marcher à pas lents et déterminés, traversant les prés gagnés par le clair-obscur naissant. Quelques personnages tenaient des torches, leurs petites flammes vacillant dans l'air.

Au début, ils n'étaient qu'une poignée à gravir le champ dans leur direction. Puis il en vint encore — certains des berges du lac miroitant au sud, d'autres des bois au nord, semblant sortir des ténèbres. Une myriade de petites barques fendirent alors l'onde noire, une torche brillant en proue.

En quelques minutes, ils étaient dix, vingt, trente…, puis ils furent innombrables. Des dizaines d'ombres mouvantes, traversant en silence les prés alentour.

Toutes convergeaient vers l'endroit où se tenaient McAuliff et Daniel.

La plainte mystérieuse résonna de nouveau. Encore plus puissante, au-delà de l'imaginable, et McAuliff plaqua par réflexe ses mains contre ses oreilles ; les vibrations lui traversaient le corps et le crâne, lui causant une épouvantable douleur.

Daniel lui posa la main sur l'épaule ; Alex se retourna dans un sursaut comme s'il venait de recevoir une décharge électrique. Pendant un instant, il crut que c'était le cas, tout ses sens corrompus par les ondes de cette mélopée assourdissante.

— Venez, dit Daniel calmement. Le *hollydawn* peut vous blesser.

McAuliff était sûr d'avoir bien entendu ; Daniel n'avait pas dit « Halidon » mais *hollydawn*. Comme si ces sons déchirants avaient ravivé en lui quelque langue primitive et occulte.

Daniel passa devant Alex et se dirigea vers un fourré apparemment impénétrable. Brusquement, le Halidonite sembla disparaître sous terre. Alex pressa le pas et manqua tomber dans un étroit escalier taillé dans la roche.

L'étrange boyau s'élargissait au fur et à mesure qu'il s'enfonçait sous la surface ; soudain, McAuliff déboucha dans un grand amphithéâtre dont le plafond culminait à dix mètres au-dessus de sa tête.

Les marches de pierre s'étaient métamorphosées en gradins, la cage s'était muée en une vaste voûte circulaire.

La mélopée assourdissante qui tombait du ciel s'évanouit enfin. Le silence revint. Total.

L'amphithéâtre, taillé dans une ancienne carrière, occultait tous les sons.

McAuliff resta immobile et observa au milieu de la salle l'unique source de lumière — une petite flamme éclairant la paroi rocheuse du fond de scène. Dans ce mur semblait enchâssée une plaque de métal à l'éclat jaune et mat. Et, sur cette dalle, un corps momifié, protégé par un treillis ouvragé, luisait du même éclat.

De l'or...

Et ce corps desséché, flétri par les années — autrefois gigantesque —, était celui du fils mystique des grands chefs Coromantees.

Acquaba.

Les reliques du père de la communauté franchissant les siècles. La sainte croix de la tribu d'Acquaba. Support de la foi.

— Descendez, ordonna Daniel dans un murmure. Vous vous assiérez à côté de moi. Dépêchez-vous !

McAuliff s'exécuta et gagna le sol de l'amphithéâtre, approchant de l'antique scène de pierre. Saillant de la paroi, deux gros blocs d'albâtre ; Daniel désigna du doigt le bloc le plus proche, à moins d'un mètre cinquante du cadavre d'Acquaba.

McAuliff s'assit sur le banc de fortune, ne pouvant détacher son regard du catafalque d'or miroitant devant lui. La momie était vêtue d'une tunique pourpre noircie par le temps ; ses pieds et ses mains étaient nus, énormes, tout comme sa tête. L'homme, de son vivant, avait dû être un géant dépassant sans doute les deux mètres.

L'unique torche sous le cercueil d'or projetait des ombres mouvantes sur le mur ; l'entrelacs de fils d'or protégeant l'ouverture du sarcophage scintillait de mille éclats fugitifs, parachevant l'image d'un dieu reposant dans son écrin de lumière. Un dieu qui avait toutefois arpenté et travaillé la terre — après deux cents années, ces mains et ces pieds gigantesques en gardaient encore les stigmates. Mais cet homme-dieu n'avait pas souffert comme les autres hommes...

Alex entendit des bruits de pas étouffés et leva les yeux. C'est alors qu'il les vit, débouchant de l'escalier, sortant de l'ombre — des hommes et des femmes, en une longue procession, qui s'installaient sur les gradins circulaires, prenant place un à un.

En silence.

Ceux qui avaient des torches s'asseyaient à intervalles réguliers sur les degrés de pierre, tout autour de la salle.

Tous les regards étaient rivés sur la momie derrière son treillis d'or, dans un recueillement absolu ; on eût dit qu'ils s'abreuvaient de cette vision comme d'une source de jouvence.

Et toujours ce silence d'airain.

Soudain, sans le moindre signe avant-coureur, le chant du *holly-dawn* retentit dans l'air immobile. Une rumeur vagissante, roulant comme un tonnerre dans les entrailles de la terre, faisant trembler le caveau de pierre, pour se rassembler en un point aigu semblant prêt à pulvériser les voûtes et à déferler sur la surface du monde.

McAuliff en eut le souffle coupé, et le sang se mit à palpiter sous ses tempes. Il s'enfouit la tête entre les genoux, les mains plaquées contre les oreilles, tout le corps tétanisé.

La mélopée atteignit son paroxysme, un hurlement terrible, comme une vague cauchemardesque déchirant l'air. Aucune oreille humaine ne peut supporter ça ! songea Alex en tremblant de tous ses membres. Jamais il n'avait ressenti une telle terreur.

Et, soudain, tout cessa dans l'instant. Le silence revint.

McAuliff se redressa lentement, les mains refermées sur l'arête de pierre pour tenter de réfréner les spasmes qui lui traversaient le corps ; sa vue était encore brouillée par l'afflux de sang sous son crâne ; peu à peu sa vision s'éclaircit, par vagues successives. Il put enfin distinguer la foule d'Halidonites autour de lui, les fidèles de la tribu d'Acquaba.

Tous regardaient encore fixement la momie derrière sa grille d'or. Pas un seul n'avait sourcillé durant la transe qui avait manqué lui faire chavirer l'esprit.

McAuliff se tourna vers Daniel et lâcha un hoquet de surprise. Le président du Conseil était dans le même état d'hébétude, les yeux écarquillés, la bouche ouverte, le visage comme pétrifié. Et des larmes coulaient sur ses joues.

— Vous êtes des malades..., tous autant que vous êtes, articula Alex. Des fous dangereux.

Daniel ne répondit rien. Il ne l'entendait plus, il n'était plus de ce monde.

Tous étaient ainsi envoûtés, jusqu'au dernier. Une centaine d'hommes et de femmes rassemblés dans une cavité souterraine, transportés par une force invisible, défiant l'entendement humain.

Autosuggestion, transe collective, hypnose de groupe... Quelle que fût l'explication, chaque personne dans cet amphithéâtre primitif avait bel et bien quitté la réalité, était désormais dans un autre monde, un autre temps.

Alexander se sentait un intrus en ce lieu ; le témoin indiscret d'un rite interdit.

Certes, il n'avait pas demandé à venir ici. On l'avait amené de force, arraché aux siens pour assister à cette cérémonie.

Et, pourtant, ce rôle de voyeur emplissait son cœur de regret, d'un regret inexplicable. Il leva alors les yeux vers ce cadavre qui avait été autrefois Acquaba le géant.

Il observa la peau fripée du visage noir, les paupières fermées, si paisibles dans la mort. Ces grandes mains, jointes sur la tunique jadis pourpre.

Puis de nouveau le visage…, les yeux…

Seigneur ! Ce n'était pas possible !

Les ombres lui jouaient des tours, comme dans un cauchemar.

Le corps d'Acquaba bougeait !

Ses yeux s'ouvraient, les doigts de ses mains se dépliaient, ses paumes se tournaient, ses bras se soulevaient, flottant à quelques centimètres au-dessus de la tunique.

En une muette supplication.

Puis tout disparut.

Une simple momie ratatinée derrière sa grille d'or.

McAuliff se plaqua contre son siège de pierre, cherchant désespérément à reprendre ses esprits. Il ferma les yeux et respira profondément, les mains crispées sur la roche. Ce ne pouvait être réel ! Il s'agissait d'une hallucination collective, d'une illusion optique née de l'autosuggestion d'une centaine de personnes et favorisée par ces incantations de malheur ! Mais il l'avait bel et bien vu ! Ses yeux ne l'avaient pas abusé ! Voilà ce qui était terrifiant. Combien de temps cela avait-il duré ? Une minute ? Une heure ? Dix ans ? Ce fut la voix de Daniel qui mit fin au cauchemar.

— Vous l'avez vu, déclara-t-il, en une simple constatation. N'ayez pas peur. Nous n'en parlerons jamais. Mais il n'y a rien à craindre. Ce n'est que du bien.

— Je…, je…, commença à bredouiller Alex, ne pouvant articuler un mot.

La sueur ruisselait sur son visage alors que l'air était frais dans la grotte.

Daniel se releva et se dirigea au milieu de la scène de pierre. Au lieu de s'adresser aux membres de sa tribu, il se tourna vers McAuliff. Ce ne fut qu'un murmure, et pourtant les mots résonnèrent, forts et clairs sous la voûte.

— Les enseignements d'Acquaba touchent le cœur de tous les hommes comme celui de tous les prophètes. Malheureusement, peu de gens savent les entendre. Mais l'œuvre doit se poursuivre. Par ceux qui en sont capables. c'est aussi simple que ça. Acquaba a reçu du ciel la richesse des richesses, défiant l'imagination de ceux qui n'écoutent jamais et qui ne connaissent que le vol et la corruption. Nous sommes donc réduits à nous immiscer dans le monde, incognito. Et à faire de notre mieux. Il doit en être ainsi à jamais, car si le monde était au courant de notre existence il nous détruirait aussitôt ; alors la tribu et les enseignements d'Acquaba seraient perdus à jamais. Nous ne sommes pas idiots, Mr. McAuliff. Nous savons à qui nous avons affaire, avec qui nous partageons notre secret. Et notre amour... Mais ne vous méprenez pas. Nous pouvons tuer. Nous tuerons pour protéger le sanctuaire d'Acquaba. En cela, nous sommes dangereux. En cela, nous sommes des fanatiques. Et nous n'hésiterons pas à nous autodétruire, nous et nos richesses, si le monde extérieur tente de s'approcher.

« Et maintenant, Mr. McAuliff, en tant que président du Conseil, je vais vous demander de vous lever. Et de vous tourner vers ce mur, le dos à cette assistance et au Conseil du « Halidon ». Pendant que vous regarderez cette paroi, vous allez entendre des voix qui vont vous révéler des noms de lieux et de personnes. Comme je l'ai déjà dit, nous ne sommes pas des idiots. Vous allez vous apercevoir que le monde n'a pas de secret pour nous. Mais vous ne devez voir aucun visage, ne connaître en aucun cas l'identité de ceux qui vont vous parler. Vous saurez simplement quelle utilisation ils font des richesses d'Acquaba.

« Nous dépensons de grosses sommes à travers la planète et concentrons nos efforts sur les régions du globe où la souffrance est reine. Lieux de famine, déplacements de populations..., oppressions diverses. Des milliers de personnes sont secourues en secret par le « Halidon ». Tous les jours. De la façon la plus tangible qui soit.

« À présent, levez-vous, Mr. McAuliff, et tournez-vous face au mur.

Alexander s'exécuta. Pendant un court instant, ses yeux se posèrent sur le cadavre d'Acquaba. Il détourna la tête et fixa du regard la paroi de pierre.

— Notre contribution est offerte, poursuivit Daniel, sans le moindre calcul politique. Nous menons cette action parce que nous avons les fonds et la foi nécessaires, grâce aux enseignements d'Acquaba.

« Mais le monde n'est pas prêt à accepter nos méthodes, les méthodes d'Acquaba. L'hypocrisie ambiante de la planète nous détruirait, nous contraindrait à l'autoéradication. Et, cela, nous ne pouvons nous le permettre.

« N'oubliez jamais ça, Mr. McAuliff. Au-delà de la certitude de votre propre mort, si vous révélez ce que vous savez de la tribu d'Acquaba, une autre certitude peut vous étreindre, plus importante encore : la fin de l'œuvre du « Halidon ». Voilà la menace ultime que nous pouvons vous faire...

Une à une, les voix récitèrent leur courte litanie.

— Secteur Afrique. Ghana. Quatorze mille boisseaux de grains. Origine : Smythe Brothers, Cape Town. Banque Barclay...

— Sierra Leone. Trois tonnes de matériel médical. Origine : Baldazi Pharmaceuticals. Bank of America...

— Secteur Extrême-Orient. Viêt-nam, provinces du Mékong et du Quan Tho. Personnels de laboratoire et de radiologie et équipements. Origine : Croix-Rouge suisse. Bank of America...

— Secteur Amérique du Sud. Brésil. Rio de Janeiro. Sérum typhoïde. Origine : Surgical Salizar. Banco Terceiro...

— Secteur Amérique du Nord. Virginie. Monts Appalaches. Vingt-quatre tonnes de denrées alimentaires. Origine : Atlantic Warehouse. Chase Manhattan, New York...

— Secteur Inde. Dacca. Camps de réfugiés. Distribution sérum et médicaments. Origine : International Displacement Organization. World Bank, Burma...

Les voix masculines et féminines poursuivaient leur énumération d'un ton sec, précis, néanmoins doux à l'oreille. Cela dura près d'une heure. McAuliff se rendit compte que la plupart des voix revenaient deux fois, mais avec une information différente, avec, toujours, un fait nouveau.

Puis ce fut le silence.

Un long silence. Alexander sentit une main se poser sur son épaule. Il se retourna et rencontra le regard de Daniel.

— Vous comprenez, à présent ?

— Oui, j'ai compris, répondit McAuliff.

Ils reprirent le chemin du lac, les bruits de la forêt se mêlant à la rumeur des montagnes et au grondement sourd de la cataracte, à un kilomètre de là.

Ils s'arrêtèrent sur la berge. Alex ramassa un caillou, le lança dans l'eau noire où se mirait la lune puis regarda Daniel.

— En un sens, vous êtes aussi dangereux que les autres. Tout ce pouvoir entre les mains d'un seul homme. Sans comptes à rendre, sans opposition. Il doit être facile de passer du bien au mal et inversement. Malcolm m'a dit que votre mandat n'était pas limité par le calendrier.

— C'est vrai. Je suis élu pour la vie. Je suis le seul à pouvoir décider de suspendre mes fonctions.

— Et à choisir votre successeur ?

— J'ai une certaine influence. Mais c'est le Conseil qui a la décision finale.

— Dans ce cas, vous êtes encore plus dangereux que je ne le supposais.

— C'est une question de point de vue.

30.

Le voyage à Montego Bay fut bien plus aisé que la marche tortueuse depuis la Martha Brae. En premier lieu, la majeure partie du périple se fit en voiture.

Malcolm, ayant troqué sa soutane contre un costume élégant, fit contourner le lac à Alex par le sud-est ; un *runner* les attendait pour les conduire au pied d'une falaise cachée dans la jungle. Un ascenseur, dont les câbles d'acier étaient dissimulés par les rochers, les emporta au sommet du précipice où un autre *runner* les accueillit. Celui-ci les fit monter aussitôt dans une nacelle suspendue à un filin qui sinuait sous les frondaisons.

Au bout de la ligne, un troisième *runner* les conduisit à travers une succession de grottes baptisée Quick Step Grotto. Ce nom, expliqua Malcolm, avait été donné par les boucaniers du XVIIᵉ siècle qui quittaient Bluefield's Bay pour venir cacher leurs trésors au fond des bassins profonds parsemant ces boyaux. L'autre hypothèse — celle faisant la quasi-unanimité — était un avertissement à l'usage du voyageur : il fallait faire attention où l'on mettait les pieds sous peine de chute dans quelque crevasse, avec risque certain de blessures, et éventuellement de mort.

McAuliff resta à côté du *runner*, sondant du faisceau de sa lampe les antres rocheux devant lui.

Une fois sortis des grottes, ils traversèrent une courte portion de jungle jusqu'à une route carrossable. Le *runner* lança un appel radio ; dix minutes plus tard, une Land Rover débouchait des ténèbres, à l'ouest, et le *runner* leur souhaita bonne route.

La voiture cabossée emprunta un réseau complexe de petites routes ; le chauffeur veillait à limiter les bruits de moteur, descendant les pentes en roue libre, éteignant les phares à l'approche des zones habitées. Le voyage dura une demi-heure. Ils traversèrent le village d'Accompong et bifurquèrent au sud pour rejoindre une grande prairie.

Dans la pénombre, à la lisière du pré, un petit avion fut tiré de son abri camouflé de fougères et d'acacias. C'était un biplace Comanche ; ils grimpèrent à bord, et Malcolm se mit aux commandes.

— C'est la seule partie délicate du voyage, prévint-il tandis qu'il se positionnait en bout de piste pour le décollage. Nous devons voler en rase-mottes pour éviter les radars. Malheureusement, les avions des trafiquants de drogue font la même chose et sont légion dans les parages. Les autorités sont un moindre danger comparé au risque de collision.

Le vol se déroula sans incident — non sans avoir croisé plusieurs avions de contrebande —, et ils atterrirent sur les terres d'une ferme, au sud-ouest d'Unity Hall. Ils étaient alors à un quart d'heure en voiture de Montego Bay.

— Nous risquons d'éveiller les soupçons si nous restons dans le quartier noir. Vous, à cause de la couleur de votre peau, moi, à cause de mon accent et de ma tenue vestimentaire. Et, demain, nous avons à faire dans les quartiers blancs.

Ils se rendirent donc au Cornwall Beach Hotel et se présentèrent chacun à la réception à dix minutes d'intervalle. Des réservations avaient été prises pour deux chambres contiguës, mais non communicantes.

Il était près de deux heures du matin lorsque Alex s'effondra sur son lit, épuisé. Il n'avait pas dormi depuis près de quarante-huit heures. Pourtant, le sommeil mit longtemps à venir.

Tant de pensées se bousculaient dans sa tête. Il y avait James Ferguson, le jeune loup maladroit, et son départ soudain pour la Fondation Craft. Une trahison, en fait. Et sans le moindre mot d'explication. Alex espérait que Craft était le meilleur des choix pour Jimbo. Car personne ne lui ferait plus jamais confiance.

Il y avait aussi les Jensen, si charmants, si respectables..., qui étaient à la botte de la Dunstone.

Et le charismatique Charles Whitehall, attendant de parader sur ses étalons dans Victoria Park. Whitehall n'était pas de taille à lutter contre le « Halidon ». La tribu d'Acquaba aurait tôt fait de l'évincer.

La doctrine d'Acquaba ne pouvait tolérer non plus les solutions violentes du jeune Lawrence, successeur de Barak Moore. Sa « révolution » ne verrait jamais le jour. Du moins pas sous la forme qu'escomptait le guérillero.

Alex songeait également à Sam Tucker. Ce brave Tuck, cette montagne hirsute, ce roc inébranlable. Allait-il trouver en Jamaïque ce qu'il cherchait ? Parce qu'il cherchait quelque chose, assurément.

Mais, par-dessus tout, Alex pensait à Alison. À son sourire délicieux, à ses yeux bleu ciel et à la sérénité avec laquelle elle acceptait le monde qui l'entourait. À tout l'amour qu'il éprouvait pour elle.

Y avait-il une existence possible pour eux deux, ensemble ? se demanda-t-il alors que sa conscience sombrait enfin dans les limbes du sommeil.

Sûrement, après la fin de ce cauchemar.

S'ils étaient encore en vie.

Elle et lui.

Alex avait demandé qu'on le réveille à six heures quarante-cinq. Midi moins le quart, heure de Londres. L'heure zénithale du « Halidon ».

Le café arriva sept minutes plus tard. Midi moins huit. Le téléphone sonna trois minutes après. Midi moins cinq, heure de Londres. C'était Malcolm — il n'était pas dans sa chambre. Il se trouvait à l'antenne de Montego Bay de l'Associated Press Bureau[1] sur Saint James Street. Il voulait s'assurer qu'Alex était réveillé, qu'il avait allumé la radio — et pourquoi pas son poste de télévision.

McAuliff avait déjà mis en marche les deux appareils.

Malcolm le rappellerait ultérieurement.

À sept heures moins trois — trois minutes avant midi à Londres —, on frappa à sa porte. Alexander se raidit. Malcolm ne lui avait annoncé aucune visite ; personne ne savait qu'il se trouvait à Montego Bay.

— Qu'est-ce que c'est ? demanda-t-il en s'approchant de la porte.

Une voix lui répondit de l'autre côté, une voix hésitante qui ne lui était pas inconnue.

— C'est vous... McAuliff ?

Et soudain la lumière se fit dans son esprit. La symétrie, la simultanéité, était extraordinaire ; seuls des esprits hors du commun pouvaient concevoir et réussir de telles convergences symboliques.

Il ouvrit la porte.

R.C. Hammond, agent des services secrets britanniques, se tenait sur le seuil, son corps longiligne raide comme une statue, le visage fermé, tentant de dissimuler sa surprise.

---

1. Organisme similaire à l'A.F.P. *(N.d.T.)*

— Seigneur... C'est vous... Je ne voulais pas les croire. Il y avait vos transmissions depuis la Martha Brae... Tout était normal, tout !

— Voilà la déduction la plus stupide qu'il m'ait été donné d'entendre, rétorqua Alex.

— Ils m'ont sorti de mon lit à Kingston avant l'aube. Et m'ont conduit dans les collines...

— ... pour vous envoyer par avion à Montego, acheva McAuliff en consultant sa montre. Entrez donc, Hammond. Il nous reste encore une minute et quinze secondes à attendre.

— À attendre quoi ?

— Nous n'allons pas tarder à le savoir l'un comme l'autre.

Sur fond de musique, la voix chantante de l'animateur radio annonçait les sept heures sur « le paradis ensoleillé de Montego Bay ». À la télévision apparut une grande plage de sable blanc..., une photographie. L'annonceur, avec un accent anglais forcé, vantait les bienfaits de la « douce Jamaïque » et souhaitait la bienvenue à tous les « visiteurs des pays froids », ne manquant pas de préciser que New York était pris en ce moment même sous le blizzard.

Midi, heure de Londres.

Rien de particulier.

Rien.

Hammond se tenait près de la fenêtre, contemplant les eaux turquoise de la baie. Il était silencieux, tout à sa colère — celle d'un homme voyant le contrôle de la situation lui échapper, parce qu'il ignorait les mouvements de l'ennemi et, par-dessus tout, parce qu'il n'en connaissait pas la finalité.

Le manipulateur manipulé.

McAuliff s'assit sur le lit, les yeux rivés sur l'écran du téléviseur où un documentaire touristique truffé de mensonges décrivait la « cité paradisiaque de Kingston ». Simultanément, la radio sur la table de nuit crachotait son lot de musiques cacophoniques et de publicités hystériques pour tout ce qui pouvait se vendre sur Terre, des huiles solaires Coppertone aux voitures Hertz. De temps en temps, une voix de femme sirupeuse lisait un communiqué du ministère de la Santé invitant les femmes de l'île à faire des enfants, immédiatement suivi d'un bulletin météo... où il n'était jamais question de « passages nuageux » mais de « belles éclaircies ».

Une journée comme une autre...

Midi onze, heure de Londres.

Toujours rien.

Et, soudain, cela arriva.

— Nous interrompons nos émissions pour…

Et la terreur vint, telle une vaguelette insignifiante née des profondeurs de l'océan — un simple frémissement au début, mais grossissant sans cesse, s'enflant à dessein pour jaillir soudain à la surface en une barre gigantesque, écumante de fureur. Un modèle de perfection.

La première annonce n'était qu'un prélude, une petite flûte distillant les premières notes du thème général qui allait être développé.

Explosion et mort à Port Antonio.

L'aile ouest de la demeure d'Arthur Craft avait été soufflée par une série d'explosions. La quasi-totalité de la maison avait été détruite par les déflagrations. Parmi les victimes se trouvait selon toute probabilité le père fondateur de la célèbre Fondation.

Certains témoins auraient entendu des coups de feu avant les explosions. Toute la ville de Port Antonio était en émoi.

Des coups de feu. Des explosions.

Rares, certes. Mais on avait connu des précédents sur cette île où couvait une violence latente, une colère contenue.

Le second communiqué eut lieu moins de dix minutes plus tard. Il s'agissait de nouvelles de… Londres. Il fut diffusé sous la forme d'un message défilant en bas d'écran : « Série de meurtres à Londres. Reportage complet dans le journal télévisé de huit heures. » La radio, pour faire monter le suspense, diffusa une longue publicité avant que la voix du présentateur ne revienne sur les ondes, adoptant le ton de la froide indignation.

Les détails étaient encore flous, mais les conclusions évidentes. Quatre hautes figures du gouvernement et de l'industrie avaient été assassinées. Un directeur de la Lloyds, un commissaire aux comptes du fisc, et deux membres du Parlement, chacun président d'une commission parlementaire stratégique.

Les méthodes : deux, à présent connues, et deux nouvelles — dignes d'un drame shakespearien.

Pour les premières : un tir de gros calibre atteignant sa cible sous un porche d'entrée à Belgravia, et une voiture dynamitée dans un parking de Westminster. Pour les nouvelles : le poison — apparemment de la strychnine versée dans un gin-Martini, causant la mort en deux minutes — et la lame d'un couteau plantée subrepticement dans un corps au milieu d'un trottoir bondé du Strand — une mort horrible, violente.

Toutes les victimes étaient décédées, et aucun assassin n'avait été appréhendé.

R. C. Hammond, toujours à côté de la fenêtre, écoutait la voix excitée du présentateur jamaïquain.

— Seigneur! articula-t-il, visiblement sous le choc... Tous ces hommes, à un moment ou à un autre, ont été dans le collimateur.

— Pardon?

— Dans celui de la justice. Malversations, détournements de fonds, fraudes..., mais rien n'a pu être prouvé.

— Les temps changent...

Paris était la ville suivante. Ce fut la Reuters [1] qui envoya les premières dépêches, retransmises par tous les téléscripteurs en quelques minutes. Encore le chiffre quatre... Quatre Français — trois hommes et une femme, pour être plus précis.

Encore une fois, il s'agissait de grands noms dans l'industrie et le gouvernement. *Modus operandi* identique : fusil, explosif, strychnine, couteau.

La femme était la propriétaire d'une maison de haute couture à Paris. Un être sans pitié soupçonné depuis longtemps d'être lié au terrorisme corse. Elle avait été abattue de loin alors qu'elle sortait d'un immeuble de Saint-Germain-des-Prés. Parmi les trois hommes, l'un était membre de la toute-puissante cellule de l'Élysée; sa Citroën avait explosé rue du Bac lorsqu'il avait tourné la clé de contact. Les deux autres Français étaient des directeurs de grandes compagnies de transports maritimes basées à Marseille, battant pavillon paraguayen et appartenant au marquis de Chatellerault. Le premier s'était effondré sur une table à la terrasse d'un café de Montmartre — de la strychnine dans son *espresso* du matin. Le second avait eu la cage thoracique ouverte par un couteau de boucher devant l'hôtel George-V.

Quelques minutes après Paris, ce fut le tour de Berlin. Sur le Kurfürstendamm, le *Unter schriftführer* de la commission des Affaires étrangères du Bundestag avait été abattu depuis le toit d'un bâtiment alors qu'il se rendait à un déjeuner d'affaires. Un *Direktor* de Mercedes Benz était arrêté à un feu rouge sur l'*Autobahn* lorsque deux grenades avaient atterri sur ses genoux, réduisant en charpie la voiture et son occupant. Un trafiquant de drogue connu des services de police avait ingéré du poison en buvant une bière au bar du Grand Hôtel, et un membre de la *Einkünfte Finanzamt* avait été poignardé au cœur — mort instantanée — dans le hall bondé du ministère.

Puis ce fut le tour de Rome. Un expert financier du Vatican, cardinal activiste passé maître dans l'art d'extorquer l'argent des pauvres, avait été abattu par un tireur posté derrière une statue du

---

1. Autre organisme similaire à l'A.F.P. *(N.d.T.)*

Bernin sur la place Saint-Pierre. Un *funzionario* de la Mondadori de Milan avait quitté la *vía* Condotte pour s'engager dans une impasse où sa voiture avait explosé. Une dose mortelle de strychnine avait été versée dans le cappuccino d'un *direttore* des douanes de l'aéroport Fiumicino à Rome. Un couteau avait été plongé dans le thorax d'un grand agent de change de la *Borsa Valori* alors qu'il descendait l'escalier de la Trinité-des-Monts pour rejoindre la *via* Due Macelli.

Londres, Paris, Berlin, Rome.

Et toujours le chiffre quatre, toujours les mêmes méthodes. Quatre modes opératoires différents et ingénieux. Chacun choisi avec soin, selon son impact psychologique. Chaque meurtre, œuvre d'experts : aucune arrestation sur les lieux du crime.

La radio et la télévision avaient abandonné leurs programmes habituels. À mesure que les noms des victimes tombaient, des biographies de plus en plus édifiantes étaient présentées. Peu à peu, une logique interne se dessinait, donnant crédit à la remarque de Hammond concernant les quatre victimes britanniques : aucun de ces hommes n'était une figure ordinaire du monde de l'industrie et de la politique. Le passé de chacun était entaché de détails troublants qui jetaient une ombre sur le reste du personnage. Ces hommes avaient tous eu affaire à la justice. Dès que les premiers soupçons firent surface, des journalistes curieux s'empressèrent d'exhumer de vieilles rumeurs les concernant, et, pis encore, des faits : des condamnations (réduites le plus souvent à des peccadilles), des plaintes déposées par des rivaux spoliés, des supérieurs ou des subordonnés (finalement retirées ou annulées), des litiges en tout genre (réglés par les tribunaux ou abandonnés faute de preuve).

C'était une façon élégante de dire l'indicible. Tout cela sentait la fange et la corruption.

Tout cela se produisit avant que la montre d'Alex n'indique neuf heures. Quatorze heures — heure de Londres. Le début de l'après-midi à Mayfair.

Et l'heure de la transhumance quotidienne pour les banlieusards de Washington et de New York.

Personne ne chercha à dissimuler ses craintes alors que le soleil commençait son voyage au-dessus de l'Atlantique. Le doute s'immisçait, enflait démesurément : on avait affaire à une conspiration à l'échelle planétaire, à une cabale de fanatiques, sûrs de leur bon droit, accomplissant leur vengeance sanguinaire à travers le monde civilisé.

La folie allait-elle gagner les côtes américaines ?

C'était déjà fait.

Deux heures plus tôt.

Le grand Oncle Sam venait juste de sortir du sommeil lorsqu'il fut touché à son tour par l'épidémie.

La nouvelle arriva en Jamaïque via Miami. Radio Montego captait les messages hertziens, passant toutes les fréquences au crible, épluchant toutes les émissions... pour finalement diffuser en différé les explications enregistrées des journalistes qui s'empressaient de faire une analyse de l'info tombée sur leurs téléscripteurs.

Washington. Tôt le matin. Le sous-secrétaire d'État au Budget — un homme récemment mis sur la sellette à cause d'une enquête sur le financement de la campagne présidentielle — avait été tué alors qu'il faisait du jogging aux alentours de sa maison d'Arlington ; l'auteur du crime avait fait feu d'une colline dominant la route avec un fusil de gros calibre, sans doute équipé d'une lunette. Le corps avait été découvert par un motocycliste à huit heures vingt ; le décès remontait à deux heures plus tôt.

Midi. Heure de Londres.

New York. À environ sept heures du matin, Gianni Dellacroce — une huile de la Mafia — était monté dans sa Lincoln Continental dans le garage attenant à sa maison de Scarsdale. Une explosion avait alors soufflé toute la construction, tuant sur le coup Dellacroce et causant de sérieux dégâts au reste de la demeure. On disait que Dellacroce était mêlé à...

Midi. Heure de Londres.

Phoenix, Arizona. À environ cinq heures quinze du matin, Harrison Renfield, un magnat de l'immobilier, grand investisseur aux Antilles, s'était effondré dans sa suite du Thunderbird Club après une soirée avec ses associés. Il avait commandé un petit déjeuner : la cause de la mort *serait* due au poison ; un serveur du Thunderbird a été retrouvé inconscient près de la porte de la suite de Renfield. Une autopsie a été demandée... Cinq heures du matin. Heure des Rocheuses.

Midi, heure de Londres.

Los Angeles, Californie. À quatre heures du matin précises, le jeune sénateur du Nevada — récemment impliqué (mais non condamné) dans une affaire de fraude fiscale à Las Vegas — s'était effondré sur une passerelle rejoignant un ponton de la Marina del Ray. La passerelle était remplie de convives quittant une réception donnée par un producteur de films sur son yacht. Durant la descente, le sénateur du Nevada avait eu le ventre ouvert par un couteau si grand que ses vertèbres saillaient de l'autre côté de la plaie. Il s'était écroulé au milieu de l'assistance tapageuse, emporté, soutenu par la masse des fêtards jusqu'à ce que ces derniers se rendent compte qu'ils étaient couverts de sang ; les gens furent alors pris de panique, l'alcool ingéré n'atténuant en rien leur horreur. Quatre heures du matin. Heure de la côte ouest.

Midi à Londres.

McAuliff leva les yeux et observa le visage livide de Hammond.

— Le dernier meurtre remonte à quatre heures du matin... C'est-à-dire midi à Londres. Dans chaque pays, quatre morts, chacun selon l'une ou l'autre des quatre méthodes... Toujours le chiffre quatre, le symbole arawak. Le grand voyage vers la mort..., c'est comme ça qu'ils l'appellent.

— De quoi parlez-vous ?

— Négociez avec le « Halidon », Hammond. Vous n'avez pas le choix ; ils viennent de vous en apporter la preuve... Et, selon eux, ce n'est que la partie visible.

— La partie visible ?

— De l'iceberg Dunstone.

— C'est hors de question ! rugit R.C. Hammond, les veines de son cou enflées par la colère et formant des bourrelets rouges. Jamais nous ne laisserons des négros nous faire la loi !

— Alors vous n'aurez pas cette liste.

— Ils nous la donneront, de gré ou de force ! On ne traite plus avec les sauvages, cette époque est terminée !

Alexander songea à Daniel, à Malcolm, à cette communauté perdue dans la montagne, au tombeau d'Acquaba..., à toutes ces choses dont il ne pouvait — ni ne devait — parler. À quoi bon, de toute façon.

— Pour vous, tout cela est l'œuvre de sauvages ? Je ne parle pas des meurtres en soi. Mais des méthodes, du choix des victimes... Vous êtes aveugle ou quoi ?

— Je me contrefiche de ce que vous pouvez penser !

Hammond se dirigea vers le téléphone posé sur la table de nuit. Alex resta assis devant le téléviseur. Cela faisait six fois que l'agent britannique tentait de joindre son correspondant. Il ne pouvait utiliser qu'un seul numéro à Kingston — les lignes des ambassades étaient trop peu fiables pour des opérations secrètes. À chaque fois qu'il parvenait à avoir Kingston, ce qui n'était pas chose aisée à Montego, le poste sonnait occupé.

— Et merde ! pesta l'agent, fou de rage.

— Appelez l'ambassade avant d'avoir un infarctus, suggéra McAuliff. Négociez avec eux.

— Ne soyez pas stupide, répliqua Hammond. Ils ne savent même pas qui je suis. Nous n'avons pas d'agent là-bas.

— Parlez donc directement à l'ambassadeur.

— À quoi bon ? Pour lui dire quoi ? « Excusez moi, monsieur l'ambassadeur, mais je m'appelle machin chose et il vient de se passer la chose suivante... » Vous parlez d'une explication ! Si tant est qu'il ne me raccroche pas au nez. Et l'autre idiot va s'empresser, dans la seconde, de contacter Downing Street !

Hammond retourna à la fenêtre.

— Que comptez-vous faire, alors ?

— Ils m'ont isolé, c'est une évidence !

Hammond tournait le dos à McAuliff.

— Ça m'en a tout l'air.

— Leur but était de me couper des autres pour que je prenne le choc de plein fouet..., les événements des trois dernières heures...

La voix du Britannique resta en suspens.

— Cela signifie qu'ils connaissent votre contact à Kingston, avança McAuliff, qu'ils se sont arrangés pour le court-circuiter...

— Cela m'étonnerait, répondit Hammond, son regard glissant sur les eaux de la baie. Kingston sait, à l'heure qu'il est, que j'ai été pris. Nos hommes sont sans doute en train de contacter toute l'île pour avoir des infos. Il est normal que la ligne soit occupée.

— Vous n'êtes pas prisonnier ; la porte est ouverte.

Pris de doute, Alex se leva de sa chaise, se dirigea vers la porte et l'ouvrit.

Au bout du couloir, il aperçut deux Jamaïquains se tenant devant les ascenseurs. Ils regardèrent McAuliff. Sans les connaître, Alex reconnut aussitôt cette lueur intense et sereine dans leurs yeux. Il avait déjà vu ce regard dans les monts Flagstaff. C'étaient des membres du « Halidon ».

Alex referma la porte et se tourna vers Hammond.

— Alors, vous voilà édifié ? lança Hammond sans se retourner, avant qu'Alex ait pu articuler un mot.

— Il y a deux hommes dans le couloir, dit McAuliff. Vous étiez au courant ?

— Non. Je m'en doutais, simplement. Il y a des règles d'or en la matière.

— Et vous les considérez encore comme des sauvages ?

— Tout est relatif. Hammond se tourna vers Alex. Vous voilà donc leur agent ! Vous savez ce que vous faites, j'imagine ?

— S'il s'agit de leur apporter votre réponse, oui, je suis leur agent.

— Parce que vous croyez qu'ils se contenteront d'une simple

réponse ? Ils ne vous ont pas demandé des garanties plus substantielles ? demanda le Britannique, incrédule.

— Ce sera, sans doute, pour l'étape suivante. C'est un contrat à tiroirs, j'imagine. Cela m'étonnerait qu'ils aient une confiance aveugle en la parole d'un serviteur de Sa Majesté qui utilise un peu trop facilement le mot « négro ».

— Vous êtes un crétin, lança Hammond.

— Et vous un zéro absolu, répliqua McAuliff avec le même mépris. Ils vous ont coincé, Mr. 007. Ce sont eux qui détiennent la liste de la Dunstone. Vous jouez chez eux... et vous devez suivre leurs « règles ».

Hammond fit de son mieux pour contenir son agacement.

— Ce n'est pas si sûr. Il y a une voie que nous n'avons pas encore explorée. Lorsqu'ils vont vous ramener avec eux, j'aimerais être du voyage.

— Ils n'accepteront jamais.

— Peut-être n'auront-ils pas le choix.

— Je vais être tout à fait clair, l'interrompit Alex. J'ai une équipe plantée dans le Cockpit, des Blancs et des Noirs, et je ne laisserai personne mettre leur vie en péril.

— Vous oubliez un petit détail, rétorqua Hammond d'un ton mielleux ; nous savons à un kilomètre près où ils sont.

— Vous n'êtes pas de taille à lutter contre ceux qui gardent le camp. Mettez-vous bien ça dans la tête. Un faux pas, une anicroche et ce sera le massacre.

— C'est vrai, concéda Hammond. Ce massacre ne serait d'ailleurs pas le premier. Je vous rappelle cet autre carnage, perpétré par ces gens dont vous admirez tant les méthodes et les choix.

— Les circonstances étaient différentes. Et nous ne savons pas ce qui s'est passé...

— Allons, McAuliff ! Je ferai de mon mieux pour protéger les membres de votre équipe, mais je ne vais pas vous raconter de mensonges. Vos vies ne sont pas, ni pour moi ni pour le « Halidon », la première des priorités. Il y a des enjeux bien plus importants... L'Anglais marqua un silence pour accentuer son petit effet. Mais je peux vous assurer que nos moyens sont autrement plus puissants que ceux de cette secte de fanatiques... basanés. Je ne saurais trop vous conseiller de changer de camp au plus vite.

Le présentateur TV lisait d'une voix monocorde les dépêches que lui apportaient des assistants dans le studio. Alex n'en était pas certain, mais il avait l'impression d'avoir encore entendu le nom de Chatellerault, prononcé cette fois sur un ton nouveau, comme s'il était associé à une information d'un type différent. Il tourna aussitôt la tête vers l'écran, faisant signe à Hammond de se taire.

Lui aussi l'avait entendu.

Les meurtres en série, trois heures plus tôt, n'étaient qu'un prélude — une introduction du thème —, et voilà que retentissait la coda ! Une symphonie de la Terreur parfaitement orchestrée.

Le présentateur regarda d'un air grave l'œil de la caméra puis reporta son attention sur les papiers devant lui.

— Je vous relis cette dépêche. Savanna-la-Mar. Fusillade à l'aérodrome Negril. Un groupe d'individus armés a attaqué des Européens au moment où ils s'apprêtaient à embarquer dans un petit avion en partance pour Weston Favel. Henri Salanne, l'industriel français, a été tué ainsi que le marquis de Chatellerault et trois de ses assistants... Les motifs de cette tuerie sont inconnus. Le marquis séjournait chez les Wakefield. Selon le pilote privé des Wakefield, le marquis comptait survoler à basse altitude les prairies au sud de Weston Favel. La police de la paroisse interroge, à l'heure actuelle, les...

Alex éteignit le poste de télévision et se retourna vers Hammond. Il n'y avait pas grand-chose à dire ; et l'agent britannique allait sans doute faire la sourde oreille.

— Il y a une priorité que vous avez mise de côté, Hammond. Alison Booth. Votre lien avec Chatellerault..., l'appât lancé par Interpol. Mais vous êtes coincé ici, 007, et Chatellerault est mort. Vous êtes dans une chambre d'hôtel de Montego. Pas dans le Cockpit. Alors ne me parlez pas de vos moyens, connard ! Pour l'instant, vous n'avez que moi, et moi seul.

Le téléphone sonna. McAuliff décrocha le premier.

— Oui ?

— Ne m'interrompez pas ; le temps presse, dit Malcolm, le souffle court. Faites ce que je vous dis. J'ai été repéré. Par le MI 6..., un Jamaïquain. Un type que j'ai connu à Londres. Ils sont passés à l'offensive. Nous ne pensions pas qu'ils débarqueraient si vite à Montego...

— Inutile de fuir, l'interrompit Alex en regardant Hammond. Le MI 6 va coopérer. Ils n'ont pas le choix...

— Taisez-vous et écoutez-moi, espèce d'idiot !... Il y a deux types dans le couloir. Allez leur dire que j'ai appelé. Le mot de passe est « Ashanti ». Vous avez compris ? « Ashanti. »

Sous le coup de la panique, Malcolm avait perdu son bel accent oxfordien.

— C'est compris.

— Dites-leur que je leur ordonne de filer ! Tout de suite ! L'hôtel va être surveillé. Il faut que vous partiez tous au plus vite et...

— Nom de Dieu ! l'interrompit de nouveau McAuliff. C'est vous qui allez m'écouter. Hammond est à côté de moi et...

La voix de Malcolm fut glaciale, exigeant toute l'attention de son interlocuteur.

— McAuliff. Le département des services de renseignements britanniques, secteur Caraïbes, dispose au total de quinze spécialistes des Antilles. C'est statutaire. Sur ces quinze, sept ont été achetés par la Dunstone.

Un silence pesant s'abattit aussitôt. Les implications n'étaient que trop évidentes.

— Où êtes-vous ? souffla McAuliff.

— Dans une cabine, devant McNabs. C'est une rue passante. Je fais de mon mieux pour me fondre dans la foule.

— Soyez prudent. La foule n'est pas toujours le meilleur des boucliers. J'ai suivi les infos.

— Il y a encore bien d'autres choses au programme ! C'est ça l'important.

— Vous dites qu'ils vous ont repéré. Ils sont déjà sur vos talons ?

— C'est difficile à dire. Nous avons affaire à la Dunstone, à présent. Même nous, nous ne connaissons pas tous ceux qui travaillent pour elle... Mais ils veulent m'avoir en vie, c'est sûr, et je ne suis pas près de leur faire ce cadeau. Bonne chance, McAuliff... Notre cause est juste.

À ces mots, Malcolm raccrocha. Alexander revit aussitôt le terrain vague dans la nuit, dans les faubourgs de Londres, près de la Tamise ; les deux Jamaïquains morts dans une voiture officielle.

« Je ne suis pas près de leur faire ce cadeau... »

Le cyanure.

« Notre cause est juste. »

La mort.

Inconcevable, et pourtant si réelle.

McAuliff reposa doucement l'écouteur. Une sorte d'adieu silencieux, songea-t-il.

Mais l'heure n'était pas aux lamentations : il fallait agir.

— Qui était-ce ? demanda Hammond.

— Un fanatique qui, à mes yeux, vaut bien dix hommes comme vous. Quelqu'un d'intègre.

— J'en ai par-dessus la tête de vos petits sermons, McAuliff ! lâcha l'Anglais avec indignation. Votre fanatique ne vous paie pas un million de dollars, lui ! Pas plus qu'il n'a mis en péril ses plans, comme nous l'avons fait, pour assurer votre sécurité. Et de plus...

— C'est ce qu'il vient justement de faire, l'interrompit Alex en traversant la pièce. Et si je suis une cible, vous en êtes une aussi.

McAuliff ouvrit aussitôt la porte et s'élança dans le couloir, vers les ascenseurs. Soudain, il s'immobilisa.

Il n'y avait plus personne.

31.

Puis ce fut la course sous le soleil aveuglant, rendue cauchemardesque par les reflets dans les vitres, les chromes et les couleurs vives des rues de Montego qui agressaient la rétine. Et par la foule — partout des gens se bousculant, jouant des coudes, des Noirs, des Blancs (hommes maigrelets et matrones — les premiers avec leurs fichus appareils photo, les secondes avec leurs lunettes de soleil ridicules à montures de strass). Pourquoi relevait-il ces détails ? Pourquoi ces gens l'irritaient-ils autant ? Il y avait aussi des hommes obèses. Avec cette colère sourde sur leur visage ; silencieux et stoïques face aux regards vides de leurs épouses maigrichonnes.

Et dans ce flot humain se détachaient les regards hostiles des Noirs. Des visages sombres et creusés — toujours si émaciés — au-dessus de corps osseux, tout en angles droits et en lassitude.

Voilà les images obsédantes qui ne cessaient de défiler dans son esprit brouillé.

Chaque visage, chaque détail analysé, scruté, dans sa recherche frénétique d'un ennemi potentiel.

Car l'ennemi était là, devant lui...

Ou s'y trouvait... un instant plus tôt.

McAuliff était revenu précipitamment dans la chambre. L'heure des explications était révolue ; la seule chose qui comptait, c'était de forcer l'Anglais, furieux, à lui obéir. Alex lui demanda à brûle-pourpoint s'il possédait un pistolet, tout en sortant l'arme que lui avait fournie Malcolm la nuit précédente.

Voyant le pistolet de McAuliff, l'agent britannique sortit un petit Rycee automatique discrètement caché dans un étui de ceinture.

Alexander avait saisi sa veste de coton gaufré — également fournie par Malcolm la veille — et l'avait placée sur son bras pour dissimuler le pistolet.

Ensemble, les deux hommes avaient quitté la chambre et couru jusqu'à la cage d'escalier située à l'autre extrémité du couloir. C'est sur le palier de ciment qu'ils avaient trouvé le premier des Halidonites.

Il était mort. Une ligne sanglante dessinait un cercle parfait autour de son cou ; il avait le visage enflé, la langue pendante, les yeux vitreux et saillants. Un travail d'expert, à l'évidence.

Hammond s'était penché sur lui ; Alexander était trop dégoûté pour s'approcher davantage. L'Anglais avait résumé leur situation avec une précision toute professionnelle.

— Ils savent que nous sommes à cet étage. Mais ils ignorent encore dans quelle chambre. L'autre malheureux est sans doute avec eux.

— C'est impossible. Ils n'ont pas eu le temps. Personne ne savait où nous étions ! Personne.

Hammond resta silencieux, le regard rivé sur le corps du Noir.

— Nom de Dieu ! Pourquoi n'y ai-je pas pensé plus tôt ? lâcha-t-il soudain d'une voix vibrante de colère.

Dans la seconde, Alexander eut aussi la révélation.

« Le département des services de renseignements britanniques, secteur Caraïbes, dispose au total de quinze spécialistes des Antilles. C'est statutaire. Sur ces quinze, sept d'entre eux ont été achetés par la Dunstone... »

C'étaient les paroles de Malcolm le Halidonite.

Et Hammond le manipulateur venait de comprendre...

Les deux hommes s'engouffrèrent alors dans l'escalier. Une fois arrivés au rez-de-chaussée, l'Anglais s'arrêta pour se livrer à un rite étrange : il enleva sa ceinture, retira l'étui du pistolet pour le ranger dans sa poche, puis roula sa ceinture en un rond serré et la déposa dans un coin. Il se dirigea ensuite vers un gros cendrier sur pied et le déplaça pour parfaire sa cachette.

— C'est un système de détection ? avait demandé McAuliff.

— Oui. À longue portée. Un émetteur fonctionnant sur des arcs verticaux. Cela ne marche pas très bien à l'intérieur des bâtiments ; il y a trop d'interférences... Dieu merci.

— Vous vouliez donc être attrapé ?

— Non, pas vraiment. Mais c'était une possibilité, j'en avais conscience... Et, maintenant, qu'est-ce qu'on fait ? Je vous rappelle que c'est vous qui tenez les rênes, vieux !

— J'ai bien une petite idée, mais je ne sais pas ce qu'elle vaut. Il y a un aérodrome ; dans une ferme, à l'ouest, pas loin de la nationale.

À côté d'un endroit appelé Unity Hall. Allons-y ! déclara Alex en saisissant le bouton de la porte donnant dans le hall.

— Pas par là ! s'était exclamé Hammond. Ils doivent surveiller la sortie. Et la rue aussi, je suppose. Descendons encore. Une entrée de service ou de livraisons, quelque chose comme ça. Il y a de fortes chances pour qu'il y en ait une au sous-sol.

— Attendez une minute ! McAuliff avait agrippé Hammond par le bras pour l'obliger à l'écouter. Il faut que nous mettions les choses au clair. Dès maintenant. Vous avez bel et bien été attrapé. Vos propres hommes vous ont trahi. Alors il est hors de question de s'arrêter pour téléphoner ou d'entrer en contact avec quiconque dans la rue. On fonce, tête baissée. Quoi qu'il arrive. Sinon, je vous laisse en plan. Et ça m'étonnerait que vous vous en sortiez sans moi.

— Avec qui voulez-vous que j'entre en contact ? Avec le Premier ministre ?

— Peu importe. Tout ce que je sais, c'est que je n'ai pas confiance en vous. Je me méfie des menteurs. Et des manipulateurs. Et vous êtes les deux à la fois, Hammond.

— On n'a pas toujours le choix, répondit froidement l'agent sans sourciller. Vous avez appris vite, Alexander. Vous êtes un élève doué.

— J'avais un autre souvenir de l'école…

Et la course infernale sous le soleil aveuglant commença.

Ils remontèrent rapidement la rampe d'accès du parking souterrain et se trouvèrent nez à nez avec une Mercedes beige qui n'était pas garée là par hasard. Hammond et Alexander croisèrent le regard affolé du conducteur ; puis l'homme se pencha pour saisir un combiné radio sous son siège.

Dans les secondes qui suivirent, Alex assista à une scène qu'il ne pourrait sans doute jamais oublier de sa vie. Un acte exécuté avec un sang-froid terrifiant.

R.C. Hammond enfouit les mains dans ses poches, sortit le Rycee automatique de la droite et un cylindre métallique de la gauche. Il introduisit d'une tape brusque le cylindre dans le canon du pistolet et marcha droit vers la Mercedes. Il ouvrit la portière, abaissa son bras en direction du chauffeur et tira deux balles sur lui, le tuant sur le coup.

Le conducteur s'écroula aussitôt sur le tableau de bord ; Hammond se pencha dans l'habitacle et attrapa la radio de la main gauche.

Le soleil était éclatant ; la foule de promeneurs continuait de déambuler. Personne ne semblait avoir remarqué qu'une exécution en règle s'était produite sous les yeux de tous.

L'agent britannique referma la portière avec une nonchalance feinte.

— Nom de Dieu…, bredouilla stupidement Alex.

— Le pauvre ne s'attendait pas à ça ! commenta rapidement Hammond. Allons prendre un taxi !

C'était plus facile à dire qu'à faire. Aucun taxi ne tournait au hasard à Montego Bay. Les chauffeurs retournaient directement à leur station de taxis attitrée, tels des pigeons voyageurs à leur nid. Les véhicules y étaient tous alignés, à la manière européenne, les chauffeurs préférant discuter de la pluie et du beau temps plutôt que de chercher à effectuer des courses supplémentaires. D'ordinaire, c'était une pratique pour le moins exaspérante ; aujourd'hui, vu la situation des deux fugitifs, cela virait au cauchemar. Ni Hammond ni Alex ne savaient où se trouvaient les stations, excepté celle située juste devant l'entrée de l'hôtel, où il était hors de question de s'aventurer.

Ils tournèrent au coin de l'immeuble et arrivèrent dans une rue de commerces de produits détaxés. Une vapeur moite montait des trottoirs brûlants ; les chalands, en sueur, habillés de couleurs vives, se poussaient, se tiraient, jouaient des coudes, leurs visages écrasés contre les vitrines, leurs fronts et leurs mains souillant les glaces, tous bavant d'envie devant le vulgaire, le clinquant. Les voitures étaient immobilisées dans la rue étroite, un concert de klaxons se mélangeait aux injures et aux menaces, chaque chauffeur se battant pour coincer l'autre dans l'espoir de gagner un pourboire supplémentaire et d'assouvir son orgueil de mâle.

Ce fut Alexander qui l'aperçut en premier sous un panneau vert et blanc indiquant MIRANDA HILL avec une flèche pointant au sud. Un homme blanc aux cheveux noirs, corpulent, vêtu d'un imperméable marron. Sa veste était fermée, le tissu tendu sur les épaules musclées. L'homme sondait du regard les flots de circulation humaine, sa tête bougeant sans cesse d'une direction à l'autre comme un gros furet rose. Et, enfoui au creux de sa main gauche, bien caché dans la chair de sa paume immense, un talkie-walkie semblable à celui que Hammond avait récupéré dans la Mercedes.

Alex ne disposait que de quelques secondes avant qu'il ne les repère. Il agrippa le bras de Hammond, regrettant amèrement qu'ils ne soient pas tous les deux beaucoup plus petits.

— Là-bas ! Sous le panneau… Miranda Hill. Le type en imper marron.

— Oui, je le vois.

Ils se trouvaient à côté de l'auvent de toile d'un magasin d'alcools détaxés. Hammond se faufila jusqu'à l'entrée, lâchant des « pardon » à l'attention de la fourmilière de touristes, avec leurs chemises *barbados* et leurs chapeaux *Virgin Island* en feuilles de palmier tressées prouvant qu'ils n'en étaient pas à leur première croisière. McAuliff dut suivre malgré lui ; l'Anglais lui avait saisi le bras avec une poigne de fer, forçant l'Américain à tourner sur lui-même pour s'engouffrer dans l'entrée noire de monde.

L'agent l'entraîna à l'intérieur du magasin jusqu'à l'angle opposé de la vitrine. Le point de vue était parfait ; ils apercevaient distinctement l'homme sous le panneau vert et blanc, qui continuait à les chercher du regard parmi la foule.

— C'est bien la même radio, remarqua Alex.

— Avec un peu de chance, il s'en servira. Je suis sûr qu'ils ont décidé de s'appeler à intervalles réguliers. Je connais ce type. Il fait partie de l'Unio Corso.

— C'est comme la Mafia ?

— Non. Ils sont autrement plus efficaces. C'est un tireur corse. Il vaut une fortune. Et Warfield peut se l'offrir.

Hammond entrecoupait ses phrases de silences ; il cherchait la meilleure stratégie à adopter.

— On va peut-être pouvoir se sortir de ce mauvais pas grâce à notre ami ici présent.

— J'aimerais bien savoir comment, répondit Alex.

— Ne vous en faites pas, je vais vous le dire. Le petit ton supérieur de l'Anglais avait quelque chose d'exaspérant. Pour le moment, je pense qu'ils ont encerclé le secteur. Ils couvrent toutes les rues. Dans quelques minutes, ils sauront que nous avons quitté l'hôtel. Le signal ne les trompera pas encore très longtemps.

Hammond leva la radio à hauteur de son visage le plus discrètement possible et appuya sur le bouton de communication. La radio crachota ; l'agent baissa le volume. Plusieurs touristes à proximité leur lancèrent des regards curieux ; Alexander leur sourit bêtement. Dehors, au coin de la rue, sous le panneau, le Corse porta soudain la radio à ses oreilles. Hammond regarda McAuliff.

— Ils viennent de pénétrer dans votre chambre.

— Comment le savez-vous ?

— Ils disent qu'une cigarette se consumait encore dans le cendrier. Une de mes sales manies. La radio en marche… J'aurais dû y penser plus tôt. L'Anglais se pinça soudain les lèvres et fronça les sourcils, reconnaissant la voix dans l'écouteur. Une voiture patrouille à l'extérieur, rapporta-t-il. Un… S.D.A. prétend que le signal est toujours à l'intérieur.

— Un S.D.A. ?

— Un spécialiste des Antilles, répondit Hammond douloureusement. C'est un de mes hommes.

— C'était, vous voulez dire, corrigea Alex.

— Ils n'arrivent pas à joindre la Mercedes, dit rapidement Hammond.

Il coupa rapidement la radio, la glissa dans sa poche et regarda au-dehors. Le Corse écoutait attentivement les instructions, l'oreille plaquée au récepteur.

— Il va falloir faire vite, reprit-il. Écoutez-moi bien... Quand notre ami aura fini de faire son rapport, il rangera sa radio. À ce moment-là nous lui foncerons dessus. Emparez-vous de la radio. Ne la lâchez sous aucun prétexte.

— Vous voulez qu'on se jette sur lui, comme ça ? demanda McAuliff avec anxiété. Et s'il sort un pistolet ?

— Je serai avec vous. Il n'aura pas le temps de le faire.

Effectivement, le Corse n'en eut pas le loisir.

Comme l'avait prévu Hammond, l'homme sous le panneau se mit à parler dans sa radio. L'agent britannique et Alex se tenaient à l'abri sous l'auvent de la boutique, masqués par la foule. À l'instant précis où le Corse commençait à ranger sa radio, Hammond donna un petit coup sec dans les côtes de McAuliff. Les deux hommes s'élancèrent dans la marée humaine en direction du tueur professionnel.

Alexander arriva le premier ; l'homme le fixa du regard. Sa main droite plongea vers sa ceinture, tandis que la gauche agrippait instinctivement la radio. McAuliff saisit le poignet du Corse et projeta son épaule dans la poitrine de l'homme, le faisant basculer contre le poteau supportant la pancarte de signalisation.

Puis le visage du Corse se tordit spasmodiquement, et un horrible son rauque s'échappa de sa bouche déformée. Une giclée de sang chaud jaillit de ses lèvres.

Alex baissa les yeux et vit que Hammond tenait dans la main un long cran d'arrêt. L'agent avait ouvert le ventre du Corse du bassin à la cage thoracique, coupant net la ceinture et la gabardine brune.

— Prenez la radio ! ordonna l'agent. Courez vers le sud sur le trottoir de gauche. Je vous rejoindrai au prochain croisement. Grouillez-vous !

Alex était tellement sous le choc qu'il obéit sans réfléchir. Il saisit la radio dans la main du mort et se mêla à la foule qui traversait le carrefour. C'est seulement à mi-chemin qu'il réalisa ce que Hammond était en train de faire : il maintenait le corps du Corse debout contre le poteau, donnant ainsi à Alex le temps de s'enfuir !

Soudain, McAuliff entendit les premiers cris derrière lui. Puis d'autres, qui leur répondirent en écho, emportés dans un crescendo d'horreur ; un coup de sifflet retentit soudain au milieu de la cacophonie hurlante…, puis d'autres encore. Et la chaussée résonna de pas précipités.

McAuliff se mit à courir à toute vitesse. Allait-il bien vers le sud ? Était-il sur le bon trottoir ? Il n'arrivait plus à ordonner ses pensées. Il n'y avait plus que la terreur. Et tout ce sang !

Ce sang ! Il en était couvert ! Les gens allaient bien s'en apercevoir !

Il passa devant une terrasse de restaurant. Les clients s'étaient tous levés de leurs chaises pour regarder ce qui se passait au nord, en direction des cris, des coups de sifflet et du mouvement de la foule paniquée. Des bruits de sirènes perçaient l'air, à présent. Il y avait une table libre derrière une rangée de bacs à fleurs. La traditionnelle nappe à damier rouge y était installée, sur laquelle étaient disposés un sucrier, un poivrier et une salière.

Il tendit la main vers la table à travers les fleurs, tira sur la nappe d'un grand coup sec, envoyant les récipients voler sur le trottoir de ciment. L'un d'entre eux, peut-être tous, se brisa en morceaux — impossible à dire. Son unique préoccupation était de couvrir ce maudit sang qui traversait maintenant sa chemise, son pantalon, pour venir mouiller sa peau.

Le croisement était à une dizaine de mètres. Qu'était-il censé faire, au juste ? Et si Hammond ne réussissait pas à s'échapper ? Combien de temps allait-il devoir poireauter ici, en tenant cette nappe devant lui comme un imbécile, alors que le chaos régnait dans les rues tout autour ?

— Ne perdons pas de temps ! Vite !

Une voix haletante, derrière lui.

McAuliff fit volte face, soulagé. Il ne put s'empêcher de regarder avec insistance les mains de Hammond. Elles étaient teintées d'un rouge profond et poisseux ; le Corse avait laissé son empreinte.

La rue transversale était plus large ; la plaque de signalisation indiquait QUEEN'S DRIVE. Plus haut, elle marquait un virage vers l'ouest, et Alex crut reconnaître le quartier. À l'angle opposé du carrefour, une voiture s'arrêta ; le chauffeur, accoudé à la portière, scrutait la rue en direction du nord, d'où montaient des cris et des bruits d'émeute.

Alex dut élever la voix pour être entendu.

— La voiture ! indiqua-t-il à Hammond. Vite !

L'Anglais hocha la tête en signe d'approbation.

Ils traversèrent le croisement à toute allure. McAuliff avait sorti son portefeuille et préparait des billets. Il s'approcha du chauffeur, un Jamaïquain noir d'une quarantaine d'années, et lui parla rapidement.

— Nous avons besoin d'aller quelque part en voiture. Votre prix sera le nôtre.

Mais le Jamaïquain resta pétrifié, son regard luisant d'une peur soudaine. McAuliff comprit : la nappe était maintenant coincée sous son bras — comment avait-elle atterri là ?—, et l'immense tache de sang pourpre s'étalait sous le nez du conducteur.

L'homme voulut atteindre le levier de vitesse ; Alex se pencha à la portière, agrippa l'homme par l'épaule et lui écarta le bras du tableau de bord. Il lança son portefeuille à Hammond, ouvrit la portière et tira l'homme hors de l'habitacle. Le Jamaïquain se mit à hurler pour appeler du secours. McAuliff jeta quelques billets par terre, tout en projetant le Noir sur le trottoir.

Une dizaine de piétons les regardaient ; la plupart préféraient presser le pas pour ne pas s'en mêler, d'autres s'étaient immobilisés et observaient la scène, fascinés. Deux gosses blancs se précipitèrent sur la chaussée pour ramasser les billets.

Ce détail dérangea McAuliff sans qu'il sût réellement pourquoi. Il s'élança vers eux et frappa de plein fouet l'un des jeunes garçons au visage.

— Foutez-moi le camp d'ici ! hurla-t-il tandis que l'adolescent tombait à la renverse, un filet de sang se mêlant instantanément à sa chevelure blonde.

— McAuliff ! cria Hammond en faisant le tour de la voiture pour atteindre la portière opposée. Montez et démarrez, nom de Dieu !

Alors qu'il s'installait au volant, il aperçut ce qu'il craignait le plus de voir à cet instant. À une centaine de mètres, émergeant de la foule grouillante dans la rue, une Mercedes Benz fonçait sur eux dans un rugissement de moteur.

McAuliff passa la première et écrasa la pédale d'accélérateur. Le véhicule répondit aussitôt, et Alex bénit l'impulsivité des roues motrices. Il tourna au milieu de Queen's Street pour s'engager dans ce qu'il supposait être Miranda Hill et doubla immédiatement deux voitures, s'en approchant dangereusement, frôlant la collision.

— La Mercedes descendait la rue, dit-il à Hammond. Je ne sais pas s'ils nous ont repérés.

L'Anglais pivota aussitôt sur son siège, sortant simultanément de ses poches le Rycee automatique et l'émetteur radio. Il mit en marche le talkie-walkie ; dans l'écouteur crachotant, une succession de voix affolées distribuait des ordres ou répondait à des questions impatientes.

Ce n'était pas de l'anglais.

Hammond en expliqua la raison.

— La Dunstone possède la moitié de l'Unio Corso en Jamaïque.

— Vous comprenez ce qu'ils disent ?

— À peu près... Ils sont au croisement de Queen's Drive et d'Essex. Ils savent que c'est nous qui avons provoqué l'incident de tout à l'heure.

— Autant dire qu'ils nous ont repérés.

— C'est le moment de mettre les gaz, McAuliff !

— Cette voiture a quelque chose dans le ventre ; mais pas au point de rivaliser avec une Mercedes.

Hammond avait laissé le volume de la radio au maximum, continuant d'observer les alentours par la vitre arrière. Il y eut un éclat de voix dans le petit récepteur. Au même moment, une Pontiac jaillit devant eux et les croisa dans un hurlement de gomme.

— Nom de Dieu ! hurla McAuliff.

— Ce sont eux ! cria Hammond. L'autre voiture vient d'annoncer qu'elle nous avait vus. Tournez ! Dès que vous pouvez ! Vite !

Alex fonça vers le sommet de la colline.

— Qu'est-ce qu'il fait ? demanda-t-il, toute son attention fixée sur la route devant lui, au cas où d'autres voitures se trouveraient de l'autre côté de la crête.

— Il fait demi-tour... au milieu de la pente. Pour nous filer le train !

Au sommet de la côte, McAuliff accéléra, pied au plancher, et doubla trois voitures sur la pente raide, obligeant un véhicule arrivant en sens inverse à monter sur le trottoir.

— Il y a un parc à environ un kilomètre, lança Alex.

Il n'arrivait pas à se souvenir de la distance exacte ; sa vue se brouillait..., une multitude d'objets métalliques lui projetaient dans les yeux mille échardes de soleil. Mais il fallait tenir, tandis que d'autres images fulgurantes l'aveuglaient..., ses souvenirs, un autre parc, quelque part dans Kingston, le Saint George's Park..., avec ce chauffeur de taxi..., ce Jamaïquain aux talents variés prénommé Rodney...

— Et alors ? demanda Hammond qui se cramponnait, sa main droite contre le tableau de bord agrippant fermement le pistolet, la radio à plein volume, collé à son siège.

— Il n'y a pas beaucoup de circulation, pas trop de monde non plus...

Alex fit une nouvelle embardée pour doubler un autre véhicule. Il regarda dans son rétroviseur. La Pontiac noire était derrière eux, au sommet de la côte ; il y avait maintenant quatre voitures entre eux.

— La Mercedes va à l'ouest vers Gloucester, dit Hammond, interrompant les pensées d'Alex. Gloucester… Une autre voiture se dirige vers… Sewell…, continuait Hammond, traduisant simultanément, sa voix chevauchant celle des hommes à la radio.

— Sewell est situé de l'autre côté du district, répondit McAuliff autant pour lui que pour l'agent britannique. Gloucester est la route du front de mer.

— Ils ont alerté deux véhicules. Le premier est dans le secteur de North and Fort Streets, l'autre dans celui d'Union Street.

— C'est le quartier chic de Montego ; le quartier des affaires ! Ils vont nous couper la route de tous les côtés, nous prendre en tenaille… Nous n'avons plus le choix ! Il faut tenter le coup !

— Mais de quoi parlez-vous, à la fin ? cria Hammond pour se faire entendre au milieu des crissements de pneus, du vent et des bruits du moteur.

Les explications exigent du temps, ne serait-ce que quelques secondes, et ils ne pouvaient se permettre d'en perdre une seule. Aussi n'y eut-il pas d'explications, seulement des ordres…, comme des années auparavant dans les collines embrumées du Viêt-nam…, dictés avec aussi peu d'assurance.

— Allez sur la banquette arrière ! lança-t-il avec calme et fermeté. Brisez la vitre. Il faut que vous puissiez voir dehors. Je vais tourner dans le parc, et ils vont nous suivre. Dès que nous serons à l'intérieur, je me rangerai sur la droite et m'arrêterai. Cela risque de secouer un peu. Dès que la Pontiac pointera son nez, ouvrez le feu. Vous avez des chargeurs de rechange ?

— Oui.

— Alors mettez-en un plein ! Vous avez déjà tiré deux balles avec celui-ci. Et laissez tomber ce maudit silencieux ; il y a trop de recul avec. Il va falloir être précis. Visez le pare-brise et les vitres latérales. Évitez de toucher le réservoir et les pneus.

Dans moins de cent mètres — c'est-à-dire dans quelques secondes —, ils allaient franchir le porche en pierre de l'entrée du parc. Hammond fixa Alex du regard, juste un instant, puis commença à enjamber son siège pour passer à l'arrière.

— Vous imaginez pouvoir récupérer leur voiture…

Peut-être était-ce une simple question, au fond ? Peu importe, il était trop tard.

— Je n'en sais rien ! l'interrompit McAuliff. Tout ce que je sais, c'est qu'on ne peut plus continuer avec celle-là et qu'il faut que nous traversions Montego !

— Ils ont sûrement un moyen de repérer leur propre véhicule...

— Ils n'y penseront pas. En tout cas, pas dans les dix minutes qui suivront..., si vous arrivez à mettre dans le mille.

L'entrée était à gauche, ils arrivaient à sa hauteur. Alex donna un coup de volant ; la voiture dérapa brusquement tandis que Hammond donnait des coups violents dans la vitre arrière pour la briser. Le véhicule derrière eux se déporta à droite pour éviter la collision ; le chauffeur hurla en klaxonnant avec rage. McAuliff pénétra dans le parc, pied au plancher, faisant lui aussi hurler son klaxon en signe d'avertissement.

Une fois à l'intérieur, il bloqua les freins, fit une embardée sur la droite, réaccéléra et escalada le trottoir pour atterrir sur la pelouse. Il écrasa de nouveau la pédale de frein : la voiture s'arrêta avec des secousses sur le gazon. Au loin, des promeneurs se retournèrent, et un couple qui pique-niquait se leva.

Alex n'y prêta pas attention. Dans quelques instants, la fusillade allait commencer ; les piétons courraient se mettre à couvert, hors de la zone de tir. Le plus loin possible de l'objectif.

Objectif. Zone de tir. Se mettre à couvert. Des expressions remontant à des centaines d'années.

Les promeneurs dans le parc n'étaient plus de simples piétons.

Mais des *civils.*

C'était la guerre.

Déclarée ou non.

Et voilà que retentissaient déjà des crissements assourdissants de pneus...

Hammond fit feu à travers la vitre brisée. La Pontiac dévia brutalement hors de sa trajectoire, percuta le trottoir opposé, mettant en pièces un massif d'arbustes, pour aller finir sa course contre un monticule de terre abandonné, vestige d'un des nombreux projets d'aménagement du parc. Le moteur continuait à tourner à plein régime, mais la boîte de vitesses était au point mort, les roues immobiles. Seul le klaxon hurlait, en réponse au rugissement du moteur.

Au loin, des cris s'élevaient.

Cris affolés des civils.

McAuliff et Hammond bondirent hors de la voiture et accoururent vers le véhicule de l'autre côté de la rue. Les deux hommes avaient rangé leurs armes ; ils n'en auraient pas besoin. R.C. Hammond avait fait un travail de premier ordre. Il avait tiré avec une précision incroyable à travers la vitre baissée de la portière. La voiture était intacte, mais le chauffeur était mort, effondré sur le volant, son front appuyant sur le klaxon.

Les deux fugitifs se séparèrent à hauteur du véhicule, chacun rejoignant sa place à l'avant, Alexander côté conducteur. Ils dégagèrent ensemble le corps sans vie ; le hurlement du klaxon cessa, le moteur, lui, continuait de rugir. McAuliff se pencha vers le tableau de bord et tourna la clé de contact.

Il y eut un silence irréel.

Plus loin sur l'herbe, pourtant, des cris se faisaient encore entendre. Les civils !

Ils tirèrent le mort hors du véhicule et le jetèrent sur un banc situé sur le trottoir derrière eux. Hammond ramassa la radio. Elle était en position «on». Il l'éteignit. McAuliff s'installa au volant et tenta en vain de passer la marche arrière.

Le levier était bloqué. Une boule d'angoisse monta dans le ventre de McAuliff. Ses mains se mirent à trembler.

De sa petite enfance, loin, très loin enfoui dans sa mémoire, un souvenir lui revint. Il y avait une vieille voiture dans un garage abandonné. La boîte de vitesses était sans cesse grippée.

Faire démarrer le moteur pendant un bref instant.

Démarrer et couper. Démarrer et couper.

Jusqu'à ce que les crans se décoincent.

C'est ce qu'il fit. Combien de fois, il ne pouvait le dire. Tout ce dont il se souviendrait, c'est du regard froid et calme que R.C. Hammond posait sur lui.

La Pontiac eut un soubresaut. Tout d'abord dans le monticule de terre ; puis en marche arrière, lorsque Alex tira le levier à lui, les roues patinant dans l'herbe.

Enfin !

McAuliff fit demi-tour, écrasa l'accélérateur, et la Pontiac bondit sur l'herbe molle pour rejoindre la chaussée.

Quatre secondes plus tard, ils franchissaient de nouveau les portes de pierre.

Alexander tourna à droite. Vers l'est. Ils retournaient vers Miranda Hill.

Peu importait la stupéfaction de Hammond. Encore une fois, l'heure n'était pas aux explications ; l'Anglais semblait l'accepter et prendre son mal en patience.

Quelques minutes plus tard, au premier carrefour, McAuliff brûla un feu et tourna à gauche. En direction du nord. Un panneau indiquait CORNICHE ANNEX.

Hammond prit la parole.

— Vous vous dirigez vers la route du front de mer ?

— Oui. Elle s'appelle Gloucester. Elle traverse Montego et devient la route Un.

— Et vous vous retrouverez derrière la voiture de la Dunstone..., la Mercedes.

— Oui.

— Je présume que le dernier message qu'ils ont reçu — Hammond désigna le talkie-walkie — provenait du parc et qu'il existe pour eux une route plus directe pour aller là-bas ? Un chemin plus court, c'est ça ?

— Exactement. Il en existe même deux. Queen's Drive et Corniche Road. Elles coupent toutes les deux Gloucester.

— Et vous pensez qu'ils vont emprunter ces routes pour rejoindre le parc ?

— C'est ce qu'ils auraient de mieux à faire.

— Et qu'ils vont se mettre à passer le parc au crible ?

— Je l'espère, du moins.

R.C. Hammond s'adossa au siège. Signe qu'il s'accordait une détente temporaire. Non sans une certaine admiration.

— Vous êtes un élève très talentueux, Mr. McAuliff.

— Dans une école pourrie, comme je l'ai déjà dit, répliqua Alexander.

Ils attendirent dans l'obscurité, à l'abri des feuillages, en bordure de piste. Le chant des criquets égrenait les secondes. Ils avaient abandonné la Pontiac dans une petite rue déserte dans Catherine Mount et marché à travers champs dans la campagne d'Unity Hall. Ils avaient attendu la tombée de la nuit pour parcourir les derniers kilomètres de leur voyage — de cachette en cachette, ou le plus discrètement possible quand ils devaient progresser sur la route. Ils s'étaient finalement servis des rails du chemin de fer jamaïquain pour se guider.

Ils avaient trouvé une carte dans la boîte à gants de la Pontiac et l'avaient étudiée. C'était à devenir fou. La plupart des rues de Montego ouest n'étaient pas indiquées — des quantités de lignes sans noms, et nombre de ruelles pas même mentionnées sur la carte. Ils traversèrent une série de ghettos sous les regards méfiants des habitants. Que venaient faire deux Blancs dans leur quartier ? Deux pigeons qui ne demandaient qu'à se faire plumer !

Hammond avait insisté pour qu'ils portent tous deux leur veste sous le bras, leur arme bien en évidence à leur ceinture.

Deux explorateurs traversant un territoire sauvage, signifiant aux indigènes qu'ils étaient porteurs du bâton magique qui crachait la mort.

C'était grotesque !

Mais il n'y eut pas d'assaut.

Ils traversèrent la Montego River sur le pont de Westgate, à cinq cents mètres de la ligne de chemin de fer. Ils se retrouvèrent dans un bidonville — un camp de nomades à la jamaïquaine —, et Hammond engagea la conversation.

L'Anglais raconta qu'ils étaient inspecteurs de la compagnie d'assurances des chemins de fer ; ils ne voyaient pas d'objection à ce campement à condition qu'il n'ait pas d'incidence sur le bon fonctionnement de la ligne. Mais, au moindre problème, les sanctions seraient très sévères.

Grotesque !

Jusqu'ici, personne n'avait perturbé leur avancée malgré les regards noirs qu'on leur jetait.

Il y avait un quai de déchargement à Unity Hall. Une simple plateforme avec deux réverbères blafards, éclairant le site désert. Sous un abri ruiné par les pluies, un vieil homme cuvait son rhum bon marché. Avec une infinie patience, Hammond et Alex parvinrent à obtenir de lui quelques renseignements pour qu'ils puissent se repérer. C'était flou et incertain, mais suffisant pour évaluer la distance qu'il leur restait à parcourir jusqu'à la grande route qui menait à Parish Wharf et à la campagne au sud-ouest.

À neuf heures trente, ils avaient rejoint le terrain d'atterrissage.

Il était à présent dix heures trente.

McAuliff n'était pas sûr d'avoir pris la bonne décision. Mais c'était la seule qui lui était venue à l'esprit. Il s'était souvenu de la ferme isolée au milieu des champs, avec sa petite lumière luisant à la fenêtre. À présent, tout était éteint. Personne.

Ils n'avaient plus qu'à attendre.

Une heure passa, avec pour seule compagnie les bruits de la nuit jamaïquaine : prédateurs en chasse, victimes sacrifiées, lutte sans fin pour la vie — petits drames anodins pour le commun des mortels, tragédie funeste pour les combattants.

Ils attendaient ainsi depuis presque deux heures lorsqu'ils entendirent enfin un bruit nouveau.

Celui d'une voiture. Elle avançait lentement, presque silencieuse, le chauffeur cherchant visiblement à se faire discret. Un intrus conscient qu'il n'avait rien à faire ici.

Quelques minutes plus tard, à la lueur faible d'une lune voilée de nuages, ils aperçurent une silhouette solitaire traverser en courant la piste et se diriger vers l'extrémité nord du terrain, où une torche s'enflamma ; puis il prit la direction du sud, courant sur environ quatre cents mètres, où une seconde torche s'alluma à son tour. Puis la silhouette fit demi-tour et revint sur ses pas.

Il y eut un autre bruit de moteur. Un autre intrus. Tout aussi discret — celui-ci provenait de la noirceur du ciel.

Un avion, moteur au ralenti, descendait rapidement.

Sitôt qu'il eut touché le sol, la torche côté nord s'éteignit. Quelques secondes plus tard, l'avion s'arrêta à proximité de la balise sud. Un homme sauta hors de la petite cabine et éteignit la deuxième torche dans l'instant.

— Allons-y ! lança McAuliff à l'agent britannique.

Les deux hommes s'élancèrent sur le terrain d'atterrissage.

Ils n'avaient pas parcouru cinquante mètres sur l'herbe rase qu'un nouvel événement se produisit.

Ce fut une telle surprise et un tel choc qu'Alex ne put retenir un cri. Il se jeta dans l'herbe et saisit son arme, prêt à faire feu.

Hammond était resté debout.

Deux faisceaux de projecteurs venaient de les surprendre — deux feux croisés, aveuglants.

— Lâchez votre arme, McAuliff ! lui ordonna une voix derrière le halo éblouissant.

Et Daniel, le président du Conseil de la tribu d'Acquaba, traversa le rideau de lumière.

32.

— En entrant dans la zone, vous avez déclenché les alarmes photo-électriques. Il n'y a rien de bien mystérieux là-dedans.

Ils étaient en voiture — Daniel devant, avec le chauffeur Hammond et Alexander sur la banquette arrière. Ils avaient·quitté le terrain d'atterrissage et suivi la côte jusqu'à Lucea Harbour. Ils se garèrent dans un coin désert, sur une piste poussiéreuse, face à la mer, un de ces innombrables petits chemins qui s'échappaient de la route côtière, encore préservés des touristes. La lune paraissait plus brillante au bord de l'océan, elle se reflétait dans les ondulations de l'eau, baignant leurs visages d'une clarté ocre.

Pendant le trajet, McAuliff avait pu observer attentivement le véhicule dans lequel ils se trouvaient. Du dehors, il paraissait tout à fait ordinaire, une automobile quelconque, d'un modèle et d'une année indéterminés — semblable à des milliers de voitures dans l'île, rafistolée avec des pièces prélevées ici et là. Mais à l'intérieur la différence était évidente : c'était une véritable forteresse sur roues... et un central de communications. Les vitres étaient épaisses et à l'épreuve des balles ; des fentes en caoutchouc étaient visibles à l'arrière et sur les côtés de la carrosserie — elles devaient servir à glisser les canons courts des pistolets-mitrailleurs qui se trouvaient sanglés sous les sièges avant. Sous le tableau de bord se profilait un panneau de commande muni de cadrans et d'interrupteurs ; un téléphone était fixé dans un renfoncement, entouré de deux microphones. Le ronronnement sourd du moteur en disait long sur la puissance de l'engin.

Le « Halidon » ne visitait le monde extérieur qu'en première classe !

Daniel tentait d'expliquer à McAuliff les événements des deux dernières heures. Il lui semblait important de mettre Alex au courant de la situation. La crise actuelle atteignait un tel paroxysme que Daniel avait pris le risque de quitter sa vallée pour prendre le commandement sur le terrain.

Il tenait à faire savoir à R.C. Hammond que le MI 5 avait affaire à un ennemi redoutable et motivé.

— Nous devions nous assurer que vous étiez seuls…, seuls ensemble, bien sûr. Que vous n'aviez en aucun cas été suivis. Il y a eu des instants critiques, cet après-midi. Nous ne pouvions malheureusement pas vous aider. Mais vous vous en êtes très bien sortis. Bravo.

— Qu'est-il arrivé à Malcolm ? demanda Alex.

Daniel se tut un instant puis répondit d'un ton affligé :

— On ne le sait pas encore. Nous le cherchons… Soit il est en sécurité, soit il est mort. Il ne peut pas y avoir de moyen terme. Puis il ajouta, en regardant Hammond : Malcolm est l'homme que vous connaissez sous le nom de Joseph Myers, commandant Hammond.

McAuliff fixa l'agent du regard. Ainsi Hammond le manipulateur était un militaire. Commandant Hammond — menteur, manipulateur… et sauveur de vie à l'occasion, au risque d'y perdre la sienne.

La seule réaction de Hammond en entendant les paroles de Daniel fut de fermer les yeux pendant deux secondes. Un nouveau poids venait d'être ajouté sur ses épaules. Le manipulateur manipulé, encore une fois…

— Y a-t-il un seul Noir dans mon équipe qui travaille pour moi ? Qui ne soit pas un agent double ?

— D'après nos estimations, il y en a sept, répondit Daniel en souriant. Dont trois qui sont totalement inefficaces.

— Merci du renseignement. Je suis sûr que vous pourrez me communiquer leur identité. Ils se ressemblent tous tellement…

Daniel reçut avec calme le cliché insultant ; il cessa de sourire, son regard froid éclairé par la lune.

— Oui. Cela n'a rien de surprenant. Du haut de votre tour d'ivoire, le monde est peuplé de fourmis. Mais vous en descendrez bientôt et apprendrez à les distinguer.

Hammond soutint le regard de Daniel.

— McAuliff m'a fait savoir vos exigences. Ma réponse est la même ; ce que vous demandez est évidemment impossible.

— Je vous en prie, commandant Hammond, l'interrompit rapidement Daniel, tout est déjà assez compliqué comme ça sans qu'on y ajoute de la mauvaise foi. Vous avez, à ce propos, des instructions explicites. Vous préférez peut-être que nous nous adressions aux Américains ? Ou aux Français ? Ou encore aux Allemands ?

Il y eut un brusque silence, plein de défiance. Alexander observait les deux ennemis et vit monter une expression douloureuse dans les yeux de Hammond.

— Alors vous savez, murmura l'Anglais.

— Oui, nous savons, répondit simplement Daniel.

Hammond se tint silencieux et regarda à travers la vitre.

Le président du « Halidon » se tourna vers McAuliff.

— Une dissimulation planétaire, Mr. McAuliff. Le commandant Hammond est la fine fleur des services britanniques. L'unité qu'il dirige collabore avec les pays que j'ai cités. Une collaboration purement fictive ; car le MI 6, premier service de renseignements d'Europe, ne tient absolument pas ses partenaires au courant de ses recherches.

— Nous avons de bonnes raisons d'agir de la sorte, rétorqua Hammond en continuant à regarder par la vitre.

— Je n'en vois qu'une seule, et vous aussi, n'est-ce pas, commandant ?... La sécurité nationale. La vérité est que vous n'avez pas confiance en vos alliés.

— Il y a déjà eu des fuites, répondit l'agent, le regard toujours fixé sur l'océan.

— Alors vous brouillez les cartes, reprit Daniel. Vous leur transmettez de fausses informations, vous leur dites que vous concentrez vos efforts en Méditerranée, puis en Amérique du Sud, Argentine, Nicaragua. Voire en Haïti... Mais jamais en Jamaïque. Le président du Conseil marqua une pause puis répéta avec ostentation : Jamais en Jamaïque.

— C'est la procédure habituelle, répondit Hammond, accordant à Daniel un regard bref et haineux.

— Dans ce cas, vous ne serez pas surpris d'apprendre que ce manque de confiance est réciproque. Vos partenaires ont eux aussi mis des équipes sur le coup, composées de leurs meilleurs hommes. Ils sont actuellement en train d'éplucher la moindre info que le MI 6 a pu laisser derrière lui. Ils y travaillent jour et nuit.

Hammond se retourna brusquement vers Daniel.

— C'est contraire à nos accords, dit-il dans une colère froide.

— Vous êtes mal placé pour leur faire la morale, commandant, répliqua Daniel avant de se tourner vers Alexander. Voyez-vous, Mr. McAuliff, puisque la Dunstone a son siège social à Londres, il paraissait logique de donner la priorité aux services secrets britanniques pour cette affaire. Un choix parfaitement justifié. Le MI 5 et le MI 6 sont les meilleurs services secrets d'Europe et le commandant est leur meilleur sujet. Pour des questions de sécurité, il eût été dangereux que plusieurs services secrets opèrent en même temps. Aussi fut-il décidé que les Britanniques agiraient seuls et qu'ils tiendraient les pays partenaires régulièrement informés de leur enquête. Au lieu de ça, ils se sont évertués, depuis le début, à leur fournir de fausses informations. Daniel continua avec un petit sourire. Dans un sens, le MI 6 n'a pas eu tort. Pas plus les Américains que les Français ou les Allemands n'avaient l'intention de respecter cet accord. Chacun filait le train à la Dunstone en cachette, tout en prétendant laisser le champ libre aux Britanniques… La Dunstone devait être démantelée. Il fallait démonter les éléments de sa puissance économique un par un, comme on détruit un édifice brique par brique. C'était la seule façon de satisfaire les marchés mondiaux. Mais il y a tellement de briques… Chaque gouvernement se disait que s'il pouvait arriver à pied d'œuvre avant les autres, être le premier à mettre la main sur la liste de la Dunstone, il pourrait négocier des accords, des arrangements financiers.

Hammond ne put garder le silence plus longtemps.

— Je vous rappelle, qui que vous soyez, que la logique nous désigne comme… premiers exécuteurs de cette mission.

— La logique et le mérite. C'est ce que je dirai pour votre défense. Dieu, la reine et l'Empire ont payé un lourd tribut au cours des dernières décennies. Parfois, même, beaucoup trop en comparaison de leurs fautes réelles. Mais ce n'est pas à vous d'en juger, commandant. Comme je l'ai déjà dit, vos instructions sont explicites : trouver à tout prix la liste de la Dunstone. À présent, vous connaissez le prix à payer. Nous vous donnons la liste, et vous quittez la Jamaïque. Voilà les termes du marché.

De nouveau, ce fut le silence ; et, une fois de plus, ils échangèrent des regards inquisiteurs. Un nuage masqua un instant la lune de Montego, projetant son ombre noire sur les visages. Hammond reprit la parole.

— Comment pouvons-nous être sûrs que cette liste est la bonne ?

— Douteriez-vous encore de nos capacités après ce qui s'est passé aujourd'hui ? Je vous rappelle que nous avons, l'un comme l'autre, intérêt à ce que la Dunstone disparaisse.

— Quelles garanties devrons-nous vous fournir ?

Daniel rit — un rire franc, né d'un réel amusement.

— Aucun besoin de garanties, commandant ! Nous serons forcément au courant. Je vois que vous n'avez pas encore bien saisi la situation. Notre île n'est pas un continent ; nous connaissons chacun de vos contacts, chaque maillon de vos chaînes d'informations. Puis il cessa de rire. Tout cela devra prendre fin sur-le-champ. Vous transmettrez vos dernières instructions et vous saborderez votre réseau… Il faudra rendre, rendre pour de vrai, la Jamaïque à ses propriétaires de droit. Et tant pis pour les luttes intestines, le chaos et tout ce qui s'ensuivra.

— Et si ces décisions étaient au-delà de mes compétences? demanda doucement Hammond.

— Ne jouez pas à ce petit jeu, commandant Hammond! lança Daniel d'un ton cinglant. Les exécutions d'aujourd'hui ont commencé à midi, heure londonienne. Chaque jour que Dieu fera, l'horloge de la tour du Parlement sonnera douze coups. Ce sera un rappel, un avertissement, ne vous y trompez pas; ce que nous pouvons faire aujourd'hui, nous pourrons le faire demain. Et nous aurions le droit pour nous. La Grande-Bretagne serait instantanément mise au ban de la communauté internationale. C'est un trop gros risque pour vous.

— Votre menace ne tient pas debout! contre-attaqua Hammond avec une égale fureur. Comme vous l'avez dit, cette île n'est pas un continent. Nous pourrions vous anéantir en un instant.

Daniel acquiesça et répliqua calmement :

— C'est fort possible. Mais vous devriez savoir que nous sommes préparés à cette éventualité. Et ce depuis deux cents ans. Étonnant non? Alors, je vous en conjure, Hammond, payez le prix; prenez cette liste et sauvez vos billes. Vous l'avez bien mérité. Il n'y aura certes pas grand-chose à récupérer; les vautours arriveront de partout et se disputeront la charogne de la Dunstone. Mais nous vous laisserons un peu de temps, peut-être un jour ou deux jours. À vous d'en tirer profit au maximum !

Une lumière rouge s'alluma sur le panneau de commande sous le tableau de bord, projetant une lueur incandescente sur le siège avant. Ils entendirent une série de bips aigus. Le conducteur décrocha le combiné et le porta à son oreille quelques secondes, avant de tendre l'appareil à Daniel.

Le président du «Halidon» écouta. Alexander voyait son visage dans le rétroviseur. Daniel ne parvint pas à dissimuler son angoisse. Puis sa colère.

— Faites ce que vous pouvez, mais ne mettez aucune vie en danger. Rappelez nos hommes. Personne ne doit quitter la communauté. C'est un ordre absolu.

Daniel raccrocha le combiné d'un geste agacé et pivota sur son siège. Il regarda d'abord Alexander puis Hammond. Il se mit à parler sur un ton sarcastique sans le lâcher du regard.

— Et voilà le fameux savoir-faire britannique, commandant ! Mr. le grand expert… Vos spécialistes des Antilles viennent de recevoir leurs ordres de la Dunstone. Ils doivent aller dans le Cockpit pour rejoindre l'équipe de prospection. Et s'assurer qu'ils ne sortiront pas vivants de la jungle.

— Oh, mon Dieu ! dit McAuliff, qui se redressa sur le bord de son siège. Ils peuvent vraiment les retrouver ?

— Posez donc la question au grand chef, répondit Daniel amèrement, le regard fixé sur Hammond. Ce sont ses hommes.

L'agent se tenait immobile, comme s'il avait retenu son souffle. Il était visiblement en pleine concentration, réfléchissant vite et en silence.

— Ils ont les transmissions radio…, les signaux émis du camp. Ils peuvent les localiser.

— Dans un rayon d'un kilomètre, l'interrompit Alex pour compléter les explications de Hammond.

— C'est exact.

— Il faut les arrêter !

— Je ne vois pas trop comment.

— Nom de Dieu, trouvez une solution, ils vont se faire tuer ! McAuliff agrippa Hammond par le revers de sa veste. Et vite ! Sinon, je vous fais la peau !

— Enlevez vos…

Avant que l'agent ait pu finir sa phrase, Alexander lui avait envoyé sa main droite à travers la figure et lui avait ouvert la lèvre.

— Je ne veux plus rien entendre, commandant ! À vous de respecter votre part du marché ! Et tout de suite !

Du sang perlait au coin de la bouche de l'agent.

— Je ferai ce que je pourrai. Tout ce que je vous ai promis, c'est… de faire de mon mieux.

— Espèce de salaud ! s'exclama McAuliff en le frappant de nouveau.

Le chauffeur et Daniel s'interposèrent.

— McAuliff ! Vous n'arriverez à rien comme ça ! hurla le président du « Halidon ».

— Alors dites-lui de se bouger ! Alex lâcha l'Anglais pour se tourner vers Daniel. Vous avez des hommes sur place.

Il se remémora soudain les mots que Daniel avait prononcés au téléphone : « Ne mettez aucune vie en danger. Rappelez nos hommes… Personne ne doit quitter la communauté. »

— Décrochez ce téléphone ! Donnez un contrordre. Il faut les sauver !

— Essayez donc de comprendre, répondit Daniel calmement.

374

Nous avons nos traditions, nos secrets…, notre mode de vie depuis deux cents ans. Nous ne pouvons pas risquer de tout perdre.

Alexander vrilla ses yeux dans ceux du Noir.

— Vous allez les regarder mourir sans rien faire ? C'est impossible, vous ne pouvez pas faire ça !

— Malheureusement, si. Et nous devrons ensuite nous charger de mettre fin à vos jours…, une mort rapide et indolore… Il retourna le col de sa chemise, laissant apparaître un petit renflement sous le tissu. Des cachets. Cousus dans la doublure… aussi rapide que celle qui m'est réservée en cas de nécessité. Et je n'hésiterai pas une seule seconde à les avaler.

— Bon sang, les membres de l'équipe n'ont rien à voir avec vous ; ils ne font pas partie de votre communauté. Ils ne vous connaissent même pas. Pourquoi devraient-ils sacrifier leurs vies ?

La voix de Hammond résonna d'un ton sans appel, à glacer le sang.

— Question de priorités, McAuliff. Je vous l'ai déjà expliqué. Pour eux… comme pour nous.

— Chaque guerre a ses aléas, Mr. McAuliff. Le massacre d'innocents en fait partie, parfois. Daniel prenait le ton d'une conversation anodine qui contrastait avec la gravité du sujet. Il y a la grande et la petite histoire…

— Foutaises ! s'emporta McAuliff.

Le chauffeur dégaina un pistolet de sa ceinture ; son intention était claire. Alexander regarda alternativement le président du « Halidon » et l'officier des services britanniques.

— Tout à l'heure, au téléphone, reprit Alex, vous leur avez demandé de faire ce qu'ils pouvaient. Et vous, Hammond, vous avez une fois de plus parlé de… faire votre possible. Très bien. Alors laissez-moi une chance, à moi aussi !

— Que comptez-vous faire ? demanda Daniel. La police jamaïquaine ne peut pas être mêlée à ça, pas plus que l'armée régulière.

Des mots revinrent à l'esprit d'Alexander. Des mots prononcés par Sam Tucker à la lueur d'un feu de camp — une simple constatation, en regardant les silhouettes de Charles Whitehall et de Lawrence, le géant noir, en train de discuter. « Ce sont eux, tes anges gardiens… L'un comme l'autre. »

« Tes anges gardiens. »

McAuliff se tourna brusquement vers Hammond.

— Combien de traîtres y a-t-il dans votre équipe ?

— J'ai fait venir six spécialistes de Londres.

— Ils ont tous été achetés par la Dunstone, sauf un, l'interrompit Daniel.

— Ce qui fait cinq. Combien d'autres hommes pourraient-ils recruter ? demanda McAuliff au Halidonite.

— Dans ce laps de temps, trois ou quatre peut-être ; des mercenaires, probablement. Mais ce n'est qu'une supposition... Ils préféreront faire vite plutôt qu'être nombreux. Un seul soldat, armé d'un pistolet-mitrailleur...

— Quand ont-ils reçu leurs ordres de la Dunstone ? demanda McAuliff rapidement, coupant court aux remarques superflues de Daniel.

— Ce doit être récent. Au maximum une heure, pas plus.

— Est-ce qu'ils peuvent prendre un avion ?

— Oui. Les pilotes de contrebande sont toujours prêts à louer leurs services. Cela prendra quand même un peu de temps ; ces gars-là sont du genre suspicieux, mais ça devrait tout de même être possible.

Alex se retourna vers Hammond. L'agent s'essuyait les lèvres du bout des doigts comme s'il chassait des miettes de gâteau devant une tasse de thé au Savoy ! Maudite distinction britannique !

— Peut-on joindre les gens qui reçoivent les signaux du campement ? Avec cette radio ? précisa McAuliff en désignant l'appareil sous le tableau de bord.

— Je connais la fréquence.

— Ça veut dire oui ?

Hammond acquiesça.

— Pour quoi faire ? s'enquit Daniel.

— Pour savoir si ces salauds les ont déjà rejoints et connaître l'endroit où...

— Vous comptez y aller avec notre avion ? l'interrompit le président du « Halidon », sachant déjà quelle allait être la réponse.

— Évidemment !

Daniel ordonna au chauffeur de démarrer.

— Inutile de chercher leur position. Il n'y a qu'un lieu possible : des prairies à trois kilomètres au sud-ouest du campement. Nous avons leurs coordonnées.

Le véhicule bondit hors du parking, rejoignit la piste et fendit la pénombre en direction de la nationale.

Hammond indiqua la fréquence à Daniel ; le Halidonite la programma et tendit le micro à l'agent britannique.

Ils ne recevaient aucun signal.

Aucune réponse.

— Il y en a pour un bout de temps avant d'arriver à l'avion, dit calmement Daniel, tandis que le bolide filait sur l'asphalte.

— Votre *runner*, celui qui se fait appeler Marcus ! lança soudain

Alex en posant la main sur l'épaule de Daniel. Dites-lui d'aller prévenir Sam Tucker.

— J'ai ordonné le repli à mes hommes, rétorqua Daniel d'un ton glacial. Rappelez-vous ce que je vous ai dit.

— Par pitié, demandez-lui d'y retourner. Laissez-leur une chance !

— Vous ne voulez pas dire plutôt... laissez-lui une chance, à elle ?

— En quoi ça vous regarde ? lança McAuliff avec une envie furieuse de le tuer.

— Il se trouve, répondit Daniel en se retournant, pour regarder McAuliff dans les yeux, que sa condition est intimement liée au prêt de notre avion. Si vous échouez, si la femme est tuée, vous mourrez aussi. Vous serez exécuté. Pour une raison élémentaire : après sa mort vous ne serez plus fiable, on ne pourra plus vous faire confiance.

McAuliff renvoya à Daniel son regard pénétrant.

— Je vous faciliterai encore la tâche, dans ce cas, rétorqua-t-il. Parce que je donnerai moi-même l'ordre au peloton de tirer.

R.C. Hammond se pencha vers lui. Comme d'habitude, ses mots étaient mesurés et précis.

— Je vous accompagne, McAuliff.

Daniel et Alex le regardèrent, interdits. Hammond, en quelques mots tranquilles, leur offrait sa vie ; ni McAuliff ni le Halidonite ne s'attendaient à un tel revirement.

— Merci, articula simplement McAuliff, profondément touché.

— Je crains que cela ne soit impossible, commandant, annonça Daniel. Vous et moi... avons des choses à faire ensemble. Si McAuliff y va, il part seul.

— Vous n'êtes qu'un barbare, lança Hammond d'un ton cinglant.

— Je suis le « Halidon ». Et nous avons effectivement des priorités. Vous comme moi.

33.

McAuliff pilotait le petit avion à l'aveuglette à travers les nuages. Il se débarrassa de la veste de brousse que lui avait donnée le chauffeur de la voiture. Il faisait chaud dans l'étroite cabine. L'avion du « Halidon » était différent de celui que Malcolm et lui avaient emprunté à l'ouest d'Accompong. Il ressemblait aux Comanche biplaces par sa taille et son allure, mais son poids et sa maniabilité étaient nettement supérieurs.

McAuliff n'était pas un bon pilote. Il avait vaguement appris à maîtriser un appareil, non par goût mais par nécessité. Dix ans plus tôt, quand il avait pris la décision de travailler pour le privé, il s'était dit que ce devait être un jeu d'enfant d'apprendre à piloter. Il avait donc souscrit au forfait minimum imposé pour obtenir une licence de base.

Ce qui lui sauva la mise. Sur des dizaines de missions à travers le globe. À bord de petits avions.

Il pria pour que ce fût encore le cas aujourd'hui. Sinon, plus rien n'aurait d'importance pour lui.

Sur le siège, à côté de lui, était posé un petit tableau noir, une ardoise avec un contour de bois comme on en voyait autrefois dans les écoles. Dessus était inscrit à la craie un vague plan de vol, les inscriptions blanches luisant faiblement sous l'éclairage des instruments de bord.

Vitesse, cap, altitude et repères visuels — si la chance et la lune étaient de la partie.

De la piste d'envol à la périphérie d'Unity Hall, il devait monter à mille pieds en tournant en rond au-dessus de l'aérodrome. Une fois le palier atteint, il devait se diriger au sud-est à cent quinze degrés à la vitesse de cent quarante kilomètres à l'heure. En quelques minutes, il aurait atteint Mount Carey — deux torches seraient allumées dans un champ ; il devait les repérer. C'est ce qu'il fit.

À partir de Mount Carey, il devait maintenir sa vitesse et descendre à sept cents pieds, mettre cap au quatre-vingt-quatre est-nord-est et continuer jusqu'à Kempshot Hill. Une voiture avec un phare directionnel garée dans une rue en contrebas ; le phare clignoterait, son faisceau dirigé vers le ciel.

Il le vit et suivit les instructions inscrites sur l'ardoise. Le changement de cap était infime — huit degrés de plus, soit, au total quatre-vingt-douze, en conservant la même altitude et la même vitesse. Trois minutes et demie plus tard, il survolait Amity Hall. De nouveau, des torches allumées et un autre changement de cap, infime également.

Est-nord-est à quatre-vingt-sept degrés vers Weston Favel.

Réduire ensuite l'altitude à cinq cents pieds, maintenir la vitesse, repérer deux voitures se faisant face, leurs phares clignotant, au sud de la ville. Ensuite, s'aligner précisément au quatre-vingt-dix et ralentir à cent vingt kilomètres à l'heure.

Arrivé à la Martha Brae, McAuliff devait virer de trente-cinq degrés au sud-est, cap au cent vingt-deux.

À partir de là, il devrait se débrouiller seul. Il n'aurait plus aucun signal terrestre et, bien sûr, plus aucun contact radio.

La coordination de la vitesse, de la direction et du temps de vol était son seul repère…, c'était tout ce qui lui restait. Il devrait piloter à vue — aussi bas que possible, en suivant les reliefs des collines. Il se pouvait qu'il aperçoive des feux de camp, mais ceux-ci n'étaient pas nécessairement liés à l'équipe de prospection. Il pouvait s'agir d'autochtones, qui se déplaçaient fréquemment pour des chasses nocturnes. Il devait continuer de voler pendant exactement quatre minutes et quinze secondes.

S'il suivait avec précision les instructions et ne rencontrait pas d'ennuis majeurs tels qu'une soudaine levée de vents ou une forte pluie, il parviendrait aux environs de la prairie. Avec un ciel dégagé et un clair de lune suffisant, il pourrait la distinguer dans la pénombre.

Et — détail très important — il devrait incliner son aile droite à deux reprises s'il croisait un autre avion. Cela signifiait qu'il était lui aussi un trafiquant de drogue. C'était le signe de reconnaissance pratiqué par ces gentlemen des airs.

Il vit soudain les collines se dresser devant lui, bien plus abruptement qu'il ne l'avait prévu. Il tira le manche à lui et sentit l'attraction des vents le soulever quasi à la verticale. Il réduisit la poussée et reprit son assiette ; les turbulences continuaient, les vents se faisaient de plus en plus violents.

Puis il comprit la cause de ces soudaines turbulences. Il venait de pénétrer dans une zone de pluies torrentielles. L'eau cognait le pare-brise et martelait le fuselage avec fracas ; les essuie-glaces ne servaient plus à rien. Face à lui, il ne voyait qu'une masse grise striée, complètement opaque. Il ouvrit la vitre de gauche, inclina l'avion sur l'aile et regarda en bas. Son altimètre indiquait six cent cinquante pieds ; sous lui, un amas noir…, la jungle à perte de vue, sans la moindre trouée. Il retraça en pensée le chemin parcouru depuis la Martha Brae. Une bouffée de panique l'étreignit. Sa vitesse avait été maintenue ainsi que son cap. Mais il avait dérivé, peut-être pas beaucoup mais sensiblement. Il était décidément un piètre pilote — il n'avait volé de nuit que deux fois auparavant ; sa licence sommaire ne l'y autorisait pas —, et les dérives étaient des problèmes liés au pilotage ou à la déficience d'instruments qui se résolvaient généralement par des calculs, des points de repère au sol ou un radioguidage.

Quoi qu'il en soit, il avait bel et bien dévié. Sur tribord. Tribord ! Mon Dieu, il était meilleur marin qu'aviateur ! Il redressa l'avion puis l'inclina doucement sur la droite pour scruter à nouveau le rideau de pluie. Le pare-brise ne lui servait à rien ; il se pencha pour ouvrir la vitre de droite. Il y eut un vacarme assourdissant lié au choc des courants contraires dans la minuscule cabine. Le vent hurlait, balayant tout sur son passage, et l'eau s'engouffrait par trombes, recouvrant les sièges, le sol de la cabine et le tableau de bord. L'ardoise était trempée, sa surface luisante, les marques de craies étaient grossies, dans un effet de loupe, par l'eau prisonnière qui clapotait sur les bords.

C'est à ce moment-là qu'il aperçut quelque chose… Elle était là, enfin, la prairie ! Par la fenêtre tribord. Non, pas tribord, la fenêtre de droite. Une plage de clarté au cœur de la noirceur totale. Une tache grise au centre de la forêt enveloppée de ténèbres.

Il avait dépassé la zone d'atterrissage sur la gauche d'environ deux ou trois kilomètres.

Mais il l'avait trouvée. C'était tout ce qui comptait pour le moment. Il descendit rapidement, amorçant une boucle vers la gauche au-dessus des arbres. Il fit une approche à deux cent quatre-vingt degrés et poussa le manche pour atterrir.

Il était à cinquante pieds d'altitude quand, derrière lui, à l'ouest, il y eut un éclair lumineux. Il fut heureux de ce bref instant de lumière au milieu des ténèbres. Il se fiait, certes, aux instruments de bord et pouvait distinguer à la lueur de ses phares la piste d'herbe dont il s'approchait, mais la soudaine clarté provoquée par l'éclair lui redonna un surcroît de confiance.

Et lui permit aussi d'apercevoir la silhouette d'un autre avion, garé au sol, stationné à la lisière nord de la prairie.

Au bord du vallon qui menait au campement, trois kilomètres plus loin.

Nom de Dieu ! Il avait échoué. Il était trop tard !

Il toucha le sol et roula en direction de l'avion immobile tout en sortant son arme.

Un homme apparut dans le faisceau de ses phares. Il n'était pas armé ; il ne cherchait visiblement ni à fuir ni à se cacher. Alex en fut étonné. Cela ne tenait pas debout ; il savait que les hommes de la Dunstone étaient des tueurs. Mais l'homme ne montrait aucun signe d'hostilité. Au lieu de ça, il se mit à gesticuler de façon bizarre. Bras tendus à hauteur des épaules, il baissait le droit tout en levant le gauche. Il répéta ce petit manège à plusieurs reprises tandis que McAuliff approchait.

Alex se souvint alors des instructions qu'on lui avait données sur le terrain à Unity Hall. Si vous croisez un autre avion, inclinez l'aile. Baissez l'aile droite…, le bras droit.

L'homme gesticulant dans la lumière des phares était un pilote des narcotrafiquants !

McAuliff s'arrêta et coupa le moteur. Il tenait fermement la crosse de son pistolet, le doigt prêt à appuyer sur la gâchette.

L'homme s'avança sous l'aile et cria sous le torrent de pluie à l'attention de McAuliff. Il était blanc, le visage protégé par une épaisse capuche. Il parlait américain… avec un fort accent du Sud. Sans doute était-il originaire du Delta.

— Nom d'un chien ! Y a foule, par ici ! Ça fait du bien de voir un Blanc ! Je les trimballe en avion mais je les emmerde, je peux pas les sacquer !

Sa voix aiguë et stridente traversait aisément l'écran de pluie. Il était de taille moyenne, et son visage, bien que mince, était flasque ; un type maigrelet supportant mal les années. McAuliff lui donnait la quarantaine.

— Depuis quand êtes-vous ici ? lui demanda Alex en essayant de masquer son anxiété.

— Y a environ dix minutes que j'suis arrivé avec six Noirs. Dix minutes. Un peu plus peut-être, mais pas beaucoup. Vous êtes avec eux, hein ? C'est vous leur chef ?

— Oui.

— Y font pas tant les fiers quand y a du grabuge, hein ? Y a que des problèmes, dans ce coin. Dans ces moments-là, y sont bien contents de trouver des Blancs pour les tirer de leur merde !

McAuliff remit discrètement son pistolet à sa ceinture, caché par le panneau de commande. Il lui fallait faire vite à présent. D'abord, se débarrasser de ce pilote.

— Ils ont dit qu'il y avait du grabuge ? demanda-t-il d'un air détaché tandis qu'il ouvrait la portière et marchait sur l'aile pour sauter sur le sol détrempé.

— J'pense bien ! D'après ce que j'ai compris, ils se sont fait arnaquer par une bande de connards planqués par là. Ils vont les réduire en poussière dès qu'ils auront récupéré leur fric. J'peux vous dire qu'ils sont armés jusqu'aux dents, les négros !

— Ils vont faire une connerie, s'exclama McAuliff avec conviction. Quelle bande d'idiots !

— Ils ont envie de sang noir, mon pote ! Y vont s'entre-tuer entre frères ! Youpi !

— S'ils le font, ça va mettre le feu aux poudres à La Nouvelle-Orléans !... Nom de Dieu !

Alexander savait que la ville de Louisiane était la grande plaque tournante de la drogue à destination de tout le sud des États-Unis. Ce pilote le savait forcément aussi.

— Ils sont descendus par là ? demanda McAuliff en désignant sciemment un point à une centaine de mètres vers la droite, loin du chemin qu'il se souvenait avoir emprunté.

— J' crois bien qu'ils étaient foutrement paumés ! Ils avaient une espèce de compteur Geiger, comme un miniradar, mais pas si puissant. Y sont partis plutôt par là, déclara le pilote.

Il désigna un endroit à gauche de la piste camouflée dans la jungle.

Alex fit un rapide calcul. Le scanner utilisé par les hommes de la Dunstone n'était totalement fiable qu'à moins d'un kilomètre de la zone émettrice. Au-delà, le signal pouvait être perçu, mais sans aucune indication de direction. C'était la faiblesse de ces radars miniaturisés, qui fonctionnaient sur des axes verticaux.

Un kilomètre — mille mètres, dix fois cent mètres à parcourir dans cette jungle dense, quasi impénétrable, qu'était le Cockpit. Même si les types de la Dunstone avaient une avance de dix minutes, tout espoir n'était pas perdu. Ils ne connaissaient pas la piste — lui non plus, certes, mais il l'avait déjà empruntée. À deux reprises. Ils perdraient donc un peu de temps. Pour peu qu'ils ne soient pas pile dans la bonne direction — ce qui semblait être le cas, selon les dires du pilote — et à supposer qu'ils progressent en ligne droite, ils devraient obliquer à un certain moment, ce qui achèverait d'annuler leur avance.

À condition, toutefois, qu'Alex arrive à trouver le chemin et à ne pas le perdre.

Il remonta le col de sa veste de brousse pour se protéger de la pluie et se tourna vers la portière au-dessus de l'aile. Il l'ouvrit et se hissa par-dessus la traverse de l'aile pour atteindre le petit compartiment à bagages derrière le siège. Il saisit un pistolet-mitrailleur à canon scié — un de ceux qui étaient fixés sous les sièges de la voiture de Daniel. Le chargeur était engagé, la sécurité enclenchée. Il avait dans ses poches quatre autres chargeurs, chacun d'eux contenant vingt cartouches.

Cent cartouches au total.

Son artillerie.

— Il faut que je les en empêche ! hurla-t-il au pilote sous les trombes d'eau. Je n'ai aucune envie d'avoir toute La Nouvelle-Orléans sur le dos !

— C'est vrai que ce sont pas des rigolos, les gars de La Nouvelle-Orléans. Je travaille pour eux seulement si j'ai rien d'autre. Ils n'aiment rien ni personne !

Sans répondre, McAuliff courut jusqu'au bord du versant herbeux. Le chemin se situait à droite d'un gigantesque buisson de fougères au feuillage urticant, comme des orties — il s'en souvenait ; son visage en avait fait les frais la dernière fois qu'il était entré sur la piste avec le *runner* du « Halidon », parce qu'il n'avait pas tendu le bras à temps pour retenir les feuillages.

Bon sang ! Où donc était-ce ?

Il commença à tâter les buissons trempés, agrippant chaque feuille, chaque branchage, espérant sentir une irritation. Il fallait qu'il trouve cette entrée, qu'il pénètre dans la jungle par ce point précis. Il n'avait pas droit à l'erreur. Sinon, l'avantage des hommes de la Dunstone s'avérerait fatal ; il ne pourrait jamais les rattraper.

— Qu'est-ce que vous cherchez ?

— Quoi ?

Alex fit volte face d'un bond ; il était pris dans le faisceau lumineux d'une lampe. Il était tellement concentré sur sa recherche que son premier réflexe fut d'enlever la sécurité du pistolet. Sous le choc, il avait bien failli tirer.

C'était le pilote, qui l'avait rejoint.

— Nom d'un chien ! Vous z'avez donc pas de lampe ? Comment comptez-vous trouver quoi que ce soit, dans ce bordel, sans lumière ?

Il avait laissé sa lampe torche dans l'avion du Halidon. Daniel lui avait suggéré d'être prudent…, de se montrer discret. Alors il ne l'avait pas prise !

— Je l'ai oubliée. J'en ai une dans l'avion.

— J'espère bien pour vous ! répondit le pilote.

— Prenez la mienne et prêtez-moi la vôtre, d'accord ?

— Si vous me promettez de buter quelques négros, elle est à vous, rétorqua le pilote en lui tendant sa lampe. Cette foutue pluie pénètre partout, je retourne m'abriter. Bonne chasse, mon pote !

McAuliff regarda le pilote rejoindre son avion en courant, puis il reprit ses recherches. Il était à moins de deux mètres du massif de fougères ; il apercevait l'herbe foulée au départ du chemin caché.

Il s'y élança.

Il courut aussi vite qu'il put, ses pieds heurtant les racines, son visage et son corps fouettés par les tentacules invisibles de la végétation. Le chemin virait sans cesse — droite, gauche, droite, droite, droite, Nom de Dieu, il faisait des boucles !—, puis il y eut une petite longueur en ligne droite au bas d'une pente.

Mais il ne s'était pas trompé. Il était toujours sur la piste. C'était tout ce qui comptait.

Puis il perdit soudain sa trace. Il avait dévié, sans doute. Il avait quitté le chemin !

Il y eut un cri déchirant dans l'obscurité, amplifié par l'averse. À la lueur de la lampe, dans une trouée de feuilles de palmiers, il vit une laie allaitant ses petits. L'animal velu à la gueule monstrueuse laissa échapper un grognement suivi d'un cri perçant et se remit sur ses pattes, se secouant pour décrocher de ses mamelles sa progéniture criarde. McAuliff se précipita vers la gauche, à travers le mur de feuillages. Il trébucha sur un rocher. Il y en avait deux ou trois à cet endroit. Il s'écroula sur le sol détrempé ; la lampe roula loin de lui. La zone était aplanie, défrichée.

Il avait retrouvé le chemin !

Il se releva, récupéra la lampe, prit son arme sous le bras et fonça à travers la jungle dans l'étroit couloir à demi dégagé.

Dégagé sur cent mètres tout au plus, au bout desquels il était traversé par un ruisseau bordé de vase où les pieds s'embourbaient. Il se souvenait de ce cours d'eau. Le guide qui se faisait appeler Marcus avait alors tourné à gauche. À gauche, vraiment ? Ou à droite ?... Non, il avait bel et bien pris à gauche. Ils se souvenait de troncs de palmiers et de pierres affleurant à la surface. Il courut vers la gauche, dirigeant le faisceau de la lampe sur le milieu de l'eau.

Les troncs étaient là ! Ainsi que les pierres. Un gué construit à la hâte pour éviter les trous de vase.

Et, sur le tronc de droite, deux serpents se dirigeaient lentement vers lui dans un mouvement latéral.

Même les mangoustes jamaïquaines n'étaient pas assez résistantes pour se mesurer à la faune du Cockpit !

Alexander connaissait ces serpents. Il en avait vu de semblables au Brésil. Une variété d'anaconda. Aveugles, agressifs et sournois. Leur morsure n'était pas mortelle mais pouvait provoquer une paralysie pendant plusieurs jours. Si ces serpents à tête plate sentaient la chair à moins d'un mètre ou deux, l'attaque devenait inévitable.

Il retourna vers la végétation, balayant les alentours du faisceau de sa lampe. Il repéra une branche basse de kapokier mesurant à peu près deux mètres. Il se précipita sur elle et la balança d'avant en arrière jusqu'à ce qu'elle cède. Puis il retourna près des troncs. Les serpents se tenaient, immobiles, sur la défensive, leurs corps luisants entrelacés. Ils tenaient leurs têtes plates en équilibre, leurs pupilles comme de minuscules fentes sondant fixement l'air vers l'odeur de leur proie. Vers lui.

Alex posa la branche sur le tronc de la main gauche, tenant comme il le pouvait le pistolet et la lampe dans la droite.

Les deux serpents s'élancèrent en même temps, quittèrent d'un bond le tronc, s'agrippant à la branche en s'enroulant fortement autour, leurs têtes tendues en direction de la main de McAuliff, progressant entre les feuilles.

Alex jeta — ou laissa tomber ? impossible de le savoir — le bout de bois dans l'eau. Les serpents se débattirent à la surface ; la branche décrivit quelques cercles puis coula.

McAuliff traversa le gué et retrouva la terre ferme du chemin.

Il n'avait pas parcouru plus d'un kilomètre. À sa montre, douze minutes s'étaient écoulées. D'après ses souvenirs, la piste formait un virage en épingle à cheveux vers la droite à travers une zone de fougères particulièrement dense, qui débouchait sur une petite clairière ayant récemment servi de campement à des chasseurs venus des collines. C'était Marcus qui lui en avait fait la remarque.

De la clairière, il restait environ un kilomètre à parcourir pour rejoindre les rives de la Martha Brae et le camp de base. Il fallait réduire l'avance des tueurs de la Dunstone.

Coûte que coûte.

Il atteignit la zone de végétation quasi impénétrable. La lumière de sa lampe orientée au plus près du sol, il inspectait la terre à la recherche de traces de passage. S'il perdait la piste maintenant, en pénétrant dans un endroit inexploré des fourrés, il lui faudrait des heures pour la retrouver. Ce ne serait probablement pas possible avant l'aube — ou tout au moins avant la fin de l'orage.

Sa progression était d'une lenteur douloureuse, chaque pas nécessitant une extrême concentration. Des herbes couchées, des petites brindilles cassées, de minuscules bourrelets de terre humide laissés par un pied humain — voilà quels étaient ses seuls indices, ses points de repère. Il n'avait pas droit à l'erreur.

— Hé, vieux ! s'écria soudain une voix étouffée.

McAuliff se jeta à terre, retenant son souffle. Derrière lui, sur sa gauche, il aperçut le rayon lumineux d'une autre lampe torche. Il coupa instantanément la sienne.

— Hé, où es-tu ? Demande contact. Soit tu es hors de ton secteur, soit c'est moi qui me suis trompé.

« Demande contact »…, « secteur ». C'était le langage d'un agent, pas celui d'un porteur. Cet homme était du MI 6.

Du moins, autrefois.

À présent, il travaillait pour la Dunstone.

Les membres de l'escouade s'étaient séparés, chacun d'entre eux suivait sa ligne, son secteur. Cela signifiait qu'ils étaient en contact radio.

Six hommes équipés de radios !

Nom de Dieu !

Le faisceau de la lampe se rapprochait, apparaissant par intermittence à travers le feuillage luxuriant.

— Par ici ! chuchota Alex d'une voix gutturale, espérant sans trop y croire que, grâce à la pluie et à sa voix déguisée, l'homme ne se douterait de rien.

— Allume donc ta lampe !

— J'y arrive pas.

Il ne fallait plus parler, pensa Alex. Plus un mot.

Le faisceau dansant faisait naître des milliers de minuscules reflets luisant dans l'obscurité, décomposant la lumière en des scintillement envoûtants.

Ça s'approchait.

Alex roula silencieusement hors de la piste pour aller se faufiler dans les fourrées, sur le sol mou et la végétation détrempée. Il tenait son pistolet-mitrailleur sous lui, en travers des cuisses.

Le rayon lumineux était presque arrivé à sa hauteur, et plus aucun obstacle ne les séparait. Dans le halo lumineux, il distingua la silhouette d'un homme au-dessus de lui. Sa poitrine était traversée par deux larges sangles : la première soutenant la radio et son étui, la seconde servant à accueillir un fusil dont il apercevait le canon par-dessus l'épaule de l'homme. La lampe était dans sa main gauche ; dans la droite, il tenait un gros pistolet à l'air menaçant.

Le transfuge du MI 6 était un agent prudent. Il avait senti le danger.

McAuliff devait s'emparer du pistolet : il ne fallait pas lui laisser le temps de faire feu. Il ne savait pas à quelle distance se trouvaient les autres ni quelle était l'étendue de chaque secteur.

Maintenant !

Il leva la main droite en direction du canon du pistolet pour glisser son pouce derrière la gâchette, tandis qu'il assenait à l'homme un grand coup d'épaule en plein visage et projetait son genou gauche dans ses testicules. Sous l'impact, l'homme se tordit en deux en poussant un hoquet de douleur ; sa poigne se ramollit momentanément, et Alex en profita pour lui arracher le pistolet et le jeter au loin dans l'obscurité.

Accroupi au sol, le Jamaïquain tentait de le regarder. Il tenait toujours la lampe dans sa main gauche, son faisceau vacillant éclairant le sol. Le visage déformé par la douleur, il cherchait de l'air... pour pouvoir crier.

McAuliff enfonça les doigts dans la bouche de l'homme, tirant de toutes ses forces sa mâchoire vers le bas. L'inconnu, dans un sursaut, assena sur le crâne d'Alex un violent coup avec la lampe de métal, lui ouvrant le cuir chevelu. McAuliff ne lâcha pas la bouche du Noir, bien qu'il sentît ses dents s'enfoncer dans sa chair. Il percevait dans ses phalanges les vibrations des cris étouffés.

Ils s'écroulèrent tous deux dans les feuillages en roulant au sol. Le Jamaïquain continuait de frapper Alex sur la tempe avec sa lampe ; Alex de son côté, tirait toujours sur sa bouche de façon démoniaque et grotesque pour empêcher l'homme de donner l'alarme.

Ils roulèrent ainsi jusqu'à une flaque de boue. McAuliff sentit une pierre sous sa main gauche ; il la ramassa et la laissa retomber violemment sur la mâchoire du Noir, à côté de ses propres doigts. Les dents de l'homme se brisèrent. Alex retira sa main en sang et le saisit immédiatement par les cheveux pour lui plonger la tête dans le bourbier. Il y eut un son sourd de bataille sous la fange. Des petites bulles éclatèrent silencieusement à la surface de la mare de boue, éclairées par le faisceau de la lampe tombée à terre.

Puis ce fut le silence.

L'homme était mort.

Sans avoir pu donner l'alarme.

Alexander se pencha, ramassa la lampe torche pour examiner les doigts de sa main droite. La peau, coupée, portait l'empreinte des dents, mais les entailles n'étaient pas profondes ; il pouvait bouger sa main librement, et c'était tout ce qui lui importait.

Un filet de sang s'écoulait de sa tempe gauche ; la douleur était vive, mais pas paralysante. L'un comme l'autre finiraient bien par s'estomper.

Il regarda le cadavre du Jamaïquain et se sentit gagné par la nausée. Ce n'était pas le moment de s'attarder. Il rampa pour rejoindre la piste et reprit sa progression laborieuse. Il scruta également les abords de la jungle. À deux reprises, derrière l'épaisseur de feuillage, il aperçut des faisceaux lumineux.

L'équipe de la Dunstone continuait sa progression, elle aussi. Et se rapprochait du but.

Il n'avait plus le temps d'hésiter.

Huit minutes plus tard, il atteignait la clairière. Il sentit son cœur battre la chamade dans sa poitrine : il ne lui restait plus qu'un kilomètre environ à parcourir. La partie la plus facile de son périple.

Il consulta sa montre. Minuit quatre.

Minuit, les aiguilles à la même place que pour midi.

Quatre, le chiffre symbolique des Arawak.

La Grande Épreuve commençait…

La lutte pour la vie.

Il retrouva la piste de l'autre côté de la petite clairière et se mit à courir, de plus en vite à mesure qu'il se rapprochait des berges de la Martha Brae. Il était à bout de souffle, il n'arrivait plus à respirer ; ses veines battaient dans sa gorge, le sang et la sueur coulaient sur son visage, ruisselaient le long de son cou et de sa poitrine.

La rivière était là. Enfin !

Ce fut seulement à ce moment qu'il s'aperçut que l'orage avait cessé. Il projeta le faisceau de sa lampe sur sa gauche ; il repéra les pierres bordant la dernière portion du chemin, les derniers cent mètres le séparant du campement.

Il n'avait pas entendu de fusillade. Aucun coup de feu n'avait été tiré. Cinq tueurs expérimentés étaient derrière lui, dans l'obscurité, et la nuit était loin d'être finie…, mais il lui restait une chance de réussir.

C'était tout ce qu'il avait demandé, tout ce qu'il avait souhaité en contrepartie du risque de se retrouver face à un peloton d'exécution chargé de le tuer.

En cas d'échec, c'est lui qui donnerait l'ordre. Volontairement, parce qu'il ne voulait pas d'une vie sans Alison.

Il parcourut les cinquante mètres restants aussi rapidement que ses membres endoloris le lui permettaient. Il dirigeait le faisceau de sa lampe droit devant lui : la première chose qu'il vit à la lueur de sa torche fut l'auvent protégeant le matériel à l'entrée du campement. Il s'élança dans la clairière.

Il n'y avait pas de feu allumé, aucun signe de vie. Juste des milliers de gouttes d'eau retombant une à une des feuillages et des toits de toile, en souvenir du récent orage. Et les tentes, silencieuses, dressées là comme des monuments, vestiges d'une autre vie.

Sa respiration s'arrêta. La terreur l'étreignit comme un étau de glace, accentuée par le silence implacable.

— Alison ! Alison ! hurla-t-il en se précipitant vers les tentes. Sam ! Sam !

Lorsque la nuit lui renvoya enfin une réponse, il eut l'impression de ressusciter.

— Alexander..., tu as été à deux doigts de te faire tuer, mon gars ! annonça la voix de Sam Tucker montant des profondeurs obscures de la jungle.

34.

Sam Tucker et le *runner* du nom de Marcus sortirent des fourrés. McAuliff fixait du regard le Halidonite, médusé. Le *runner* s'en aperçut et prit la parole.

— Ne nous éternisons pas en explications. J'ai fait un choix, c'est tout.

Le *runner* désigna l'envers du col de sa veste. C'était on ne peut plus clair pour Alex. Des cachets étaient cousus dans le tissu, semblables à ceux qu'ils avait vus sous une lune orangée, sur la petite route de campagne dominant Lucea Harbour.

« Je n'hésiterai pas une seule seconde », c'est ce qu'avait déclaré Daniel.

— Où est Alison ?

— Elle est avec Lawrence et Whitehall. Un peu plus loin, près de la rivière, répondit Sam.

— Et les Jensen ?

Tucker hésita avant de répondre.

— Je n'en sais rien, Alexander.

— Quoi ?

— Ils ont disparu. C'est tout ce que je sais... Hier, Peter s'est perdu ; son porteur est revenu au camp, il n'avait pas réussi à le retrouver. Ruth se faisait un sang d'encre, la pauvre... Elle était bouleversée. Nous avons envoyé des gens à sa recherche. Mais rien à faire. Et ce matin, va savoir pourquoi, je suis allé à la tente des Jensen. Ruth n'y était plus, elle était partie. Et elle n'est pas réapparue depuis.

McAuliff se posait des questions. Peter Jensen avait-il vu quelque chose ? Ou senti quelque chose ? Avait-il pris la fuite avec sa femme ? En déjouant les limiers de la tribu d'Acquaba ?

Il réfléchirait à tout cela plus tard.

— Et les porteurs ? demanda Alex avec appréhension.

— Vois ça avec notre ami, répondit Tucker en désignant le Halidonite.

— Ils ont été conduits au nord de la rivière, sous escorte, annonça le faux Marcus. Les Jamaïquains ne donneront pas leur vie cette nuit, parce qu'ils ne sauraient pas pourquoi ils meurent. Ce n'est pas leur combat.

— Et vous ? Pourquoi restez-vous ? Ce combat est le vôtre, peut-être ?

— Je connais les hommes qui ont été envoyés pour vous tuer. J'ai le choix de me battre.

— Les fameuses libertés orientées d'Acquaba ? railla doucement Alex.

Marcus haussa les épaules sans sourciller.

— Simple choix personnel, docteur McAuliff.

Il y eut un cri d'oiseau, presque imperceptible — ou peut-être était-ce celui d'une chauve-souris —, montant de la jungle insondable. Puis un autre cri répondit au premier. Et un autre encore. En d'autres temps, McAuliff n'y aurait pas fait attention. Tant de sons différents hantaient les frondaisons et les sous-bois. Une symphonie nocturne incessante — agréable à l'oreille, mais signifiant le plus souvent mort et souffrance.

À présent, il était obligé d'écouter le moindre son.

Marcus releva brusquement la tête, intrigué lui aussi. Il arracha la lampe des mains d'Alex tout en poussant Tucker d'un coup d'épaule.

— Couchez-vous ! hurla-t-il en projetant violemment McAuliff à terre et en l'entraînant à l'écart.

Sept détonations résonnèrent dans la nuit, certaines balles allant exploser sur des troncs d'arbres, d'autres se perdre au loin dans la jungle. Deux d'entre elles atterrirent sur le tapis boueux de la clairière.

Alex roula au sol, arma son pistolet-mitrailleur et le pointa dans la direction de l'attaque. Il maintint son doigt appuyé sur la gâchette ; une décharge de vingt projectiles balaya la zone. Cela ne dura que quelques secondes. Puis ce fut à nouveau le silence.

Il sentit une main lui agripper la jambe. C'était Marcus.

— Mettez-vous à couvert. Descendez jusqu'à la rivière, murmura-t-il sèchement.

McAuliff se mit à ramper dans le noir. D'autres coups de feu furent tirés des fourrés : les balles sifflèrent à droite au-dessus de sa tête.

Soudain, il entendit tirer une rafale à quelques pas seulement. Marcus avait surgi sur sa gauche et faisait feu, attirant les tirs vers lui. Le *runner* le couvrait. Alex se précipita à droite, à la lisière de la clairière. Il entendit la voix de Sam Tucker.

— McAuliff ! Par ici !

Tandis qu'il s'engouffrait dans les broussailles, il reconnut la silhouette de Sam. Il se tenait accroupi, son arme pointée devant lui.

— Nom de Dieu, où est Alison ? Où est-elle ? Et les autres ?

— File à la rivière, mon gars ! Puis vers le sud, sur trois cents mètres environ. Préviens-les. Nous, on reste ici.

— Non, Sam ! Viens avec moi... Ne me fais pas ça.

— Ne t'inquiète pas, on se retrouvera...

Une nouvelle rafale de balles jaillit de la jungle. Marcus contre-attaqua du côté opposé de la clairière. Tucker agrippa la veste de brousse d'Alex et le poussa au loin.

— Cet imbécile de Noir risque de se prendre du plomb aux fesses pour nous ! Il veut me donner le temps de m'enfuir, et je ne mérite pas ce sacrifice. C'est mon compatriote. Mon nouveau *Landsmann*. Nom de Dieu ! Je savais bien que j'avais raison d'aimer cette île. Maintenant, fiche-moi le camp d'ici et va retrouver ta belle. Ne t'en fais pas, on vous rejoindra. Occupe-toi d'elle, Alexander !

— Il y a cinq types en face, Sam. J'ai tué l'un des leurs un kilomètre plus loin. Ils ont dû repérer la lumière de ma lampe quand je me suis mis à courir. Je suis désolé...

À ces mots, McAuliff plongea dans la végétation humide et se fraya un passage vers la rivière. Il trébucha sur la berge, son pistolet-mitrailleur percuta les boutons de sa veste avec un bruit métallique, et il tomba à l'eau.

Il devait aller vers le sud. Donc, à gauche.

Sur trois cents mètres. Trois centaines de mètres interminables..., un continent.

Il restait le long des berges, là où sa progression était le plus rapide. Tandis qu'il pataugeait dans la boue, évitant les racines et les branches mortes, il se souvint que son pistolet-mitrailleur était vide. Sans interrompre sa course, il saisit dans sa poche un nouveau chargeur et l'engagea dans son logement en remplacement de l'ancien. Avec un claquement métallique, les premières balles s'insérèrent dans la culasse.

Des coups de feu interrompirent le cours chaotique de ses pensées. Derrière lui, des hommes tentaient de s'entre-tuer.

La rivière faisait un coude. Il avait déjà parcouru près de deux cents mètres, songea-t-il.

… « mon nouveau Landsmann »… Incroyable ! Sam Tucker, un aventurier parcourant sans cesse le monde, ami des indigènes, amoureux de chaque région — à la recherche d'un frère d'âme, au soir de sa vie. Et il l'avait trouvé au moment le plus critique, dans la jungle sauvage du Cockpit — à l'heure du sacrifice.

Soudain, dans un éclair de terreur absolue, une gigantesque silhouette noire surgit des ténèbres au-dessus de lui. Un bras d'acier se referma autour de son cou comme un étau ; des doigts lui écorchèrent le visage tandis qu'un poing rageur et puissant lui martelait les reins. Alex asséna un grand coup de crosse au corps derrière lui, mordit violemment la chair du bras serré juste sous sa bouche et plongea dans l'eau.

— Arrêtez ! Nom de Dieu ! C'est moi !

La voix de Lawrence résonna tandis qu'il rouait de coups l'épaule de McAuliff. Abasourdis, les deux hommes lâchèrent prise en même temps, chacun levant les mains au ciel en signe de paix. Alex abaissa maladroitement son arme. Lawrence avait un couteau à la main.

— Bon sang ! J'aurais pu te tuer ! lança McAuliff.

Ils entendirent un nouvel échange de coups de feu vers le nord.

— J'aurais pu aussi frapper avec la lame… au lieu du manche, répondit le géant noir, enfoncé dans l'eau jusqu'à la ceinture. Nous cherchions à prendre un otage.

Le moment était mal choisi pour se perdre en explications.

— Où vous êtes-vous cachés ? Où sont Alison et Whitehall ?

— Plus loin en aval. Pas très loin d'ici.

— Comment va-t-elle ?

— Elle est terrorisée…, mais courageuse. Elle tient bien le coup pour une Blanche. Vous voyez ce que je veux dire ?

— Je vois, répondit Alexander. Allons-y.

Lawrence ouvrit la route. Il sortit de l'eau, à une trentaine de mètres de leur point de rencontre qui avait bien failli leur être fatale. Le guérillero avait noué un bout de tissu autour de son avant-bras ; lorsqu'il s'en aperçut, Alex sentit le goût du sang dans sa bouche et cracha un jet de salive rouge ; puis il se massa ostensiblement les reins comme pour se justifier de l'avoir mordu.

Le Noir désigna le versant de sa main gauche, en faisant signe à McAuliff de se taire, et porta la main droite à sa bouche. Un sifflement aigu en sortit. Le cri d'un perroquet, d'une chauve-souris, d'un hibou ? Peu importait. Le même son leur répondit des hauteurs de la colline enfouie dans la jungle.

— Allez-y. Je vous attends ici, annonça Lawrence.

McAuliff ne sut jamais s'il avait cédé à la panique ou si la sagesse l'avait subitement inspiré, mais il saisit l'épaule du révolutionnaire noir et le poussa devant lui.

— Ne me donne plus jamais d'ordre. Tu ne sais pas ce qui se passe derrière nous. Moi, si ! Alors, marche !

De longues rafales d'armes automatiques éclatèrent en amont.

Lawrence cligna des yeux, ébloui par le clair de lune se reflétant sur le bras de la Martha Brae.

— Ça va ! Ça va ! Pas la peine de me pousser.

Ils rampèrent jusqu'à la berge et s'enfoncèrent dans les taillis.

La silhouette surgit brutalement de la nuit, forme noire émergeant d'un trou encore plus noir. C'était Alison. Lawrence se retourna vers McAuliff pour lui enlever des mains sa lampe torche. Un vrai geste d'amitié.

Elle se précipita dans ses bras. Le monde…, l'univers entier cessa pour un instant sa course folle. La paix régnait. Tout n'était que douceur. Une seconde d'éternité.

Ils n'avaient pas le temps de se poser des questions. Ni de réfléchir.

Pas le temps de se parler non plus.

Pas même quelques mots.

Ils s'étreignirent puis se regardèrent à la faible lueur de la nouvelle lune, dans cet espace isolé devenu leur territoire, sur les rives de la Martha Brae.

Au cœur du danger et de la violence. Et du sacrifice.

Charles Whitehall arriva soudain, l'immuable Charley. Il s'approcha, dans son costume de safari aux plis toujours impeccables, le visage lisse et le regard pénétrant.

— Nous avions décidé que Lawrence resterait en bas, près de la rivière. Pourquoi avez-vous modifié nos plans ?

— Vous me tapez sur les nerfs, Charley.

— J'en ai autant à votre service, McAuliff, répliqua Whitehall. Il y a eu une fusillade, là-haut.

— Je sais, j'étais en plein milieu, espèce de connard de nègre ! (Nom de Dieu, pourquoi avait-il dit ça ?) Je vais vous faire redescendre sur terre, vite fait !

— Allez-y, Bouana, je suis tout ouïe, rétorqua Whitehall dans un sourire.

Alison se dégagea brutalement des bras de McAuliff et regarda tour à tour les deux hommes.

— Ça suffit, vous deux !

— Je suis désolé, lâcha Alex rapidement.

— Pas moi, répliqua Whitehall. C'était un moment criant de vérité. Vous ne trouvez pas, miss Alison ?

Lawrence s'interposa entre les deux hommes et les repoussa sans ménagement. Sa voix résonna avec un ton de colère enfantine.

— Ne recommencez pas ! McAuliff, dites-nous ce que vous savez et finissons-en !

Alexander s'exécuta. Il leur parla de la prairie, de l'avion, — l'autre avion, pas celui du Halidon —, du convoyeur de drogue, ce pilote qui avait conduit dans le Cockpit six hommes chargés de massacrer l'équipe de prospection, de la course vers le campement, du combat violent au milieu de la jungle qui s'était soldé par la mort de l'homme dans une flaque de boue. Et, enfin, il leur raconta les minutes qui avaient précédé, quand le *runner* appelé Marcus leur avait sauvé la vie en repérant un cri venant d'un buisson.

— Cinq hommes, répéta Lawrence avant d'être interrompu par une nouvelle fusillade, venant toujours du nord, mais plus proches d'eux. Il s'adressa à Whitehall. De combien d'entre eux veux-tu t'occuper, le facho ?

— Dis un chiffre, l'écolo.

— Bon sang ! hurla McAuliff. Arrêtez. Ce n'est pas le moment de se chamailler. Il y a mieux à faire.

— Détrompez-vous, répliqua Whitehall. Rien d'autre ne compte, au contraire. Les combattants sont prêts. Nous sommes les seuls prétendants viables. Cela se passe bien ainsi, dans les films ou les romans ? Un dernier combat à la loyale, un contre un, et le vainqueur prend le pouvoir.

« … les figures charismatiques ne sont pas les soldats… Elles changent ou sont remplacées… » Les mots de Daniel, chef de la tribu d'Acquaba.

— Vous êtes des dingues, déclara Alex en s'étonnant lui-même de sa retenue. Vous me rendez malade. Allez au diable…

— Alexander ! Alexander !

L'appel venait du bord de la rivière, à moins de vingt mètres d'eux. C'était la voix de Sam Tucker.

McAuliff s'élança au milieu des fourrés. Lawrence était parti en tête, son corps robuste ouvrant un chemin à travers les feuillages ; il lançait parfois brusquement ses mains en diagonale devant lui, pulvérisant tout sur son passage.

Le géant noir sauta d'un bond dans la rivière ; Alexander s'immobilisa au-dessus de la berge.

Sam Tucker berçait doucement dans ses bras le corps de Marcus le *runner*. La tête émergeant de l'eau était couverte de sang, le crâne avait explosé sous l'impact des balles.

Mais Sam Tucker refusait de l'abandonner.

— L'un d'entre eux a fait le tour et nous avons été coincés sur la rive. Moi, j'étais coincé…, Marcus a bondi pour s'interposer, et c'est lui qui a été touché. Il a descendu ce salaud : il a marché droit sur lui, droit sur les balles.

Tucker reposa le corps sur la berge boueuse.

McAuliff réfléchit. Il restait encore quatre hommes, quatre tueurs de l'équipe de la Dunstone.

Eux, ils étaient cinq. Mais il ne fallait pas compter Alison en cette circonstance.

Cela faisait donc quatre partout.

Des tueurs.

Quatre. Le chiffre arawak.

La Grande Épreuve.

Alex sentit les mains d'Alison posées sur ses épaules, son visage contre son dos, sous le clair de lune.

La prairie !

La prairie et les deux avions ! C'était là leur salut. Le moyen de quitter le Cockpit.

Mais Marcus avait laissé entendre qu'il n'existait pas d'autre passage que le chemin tortueux — et hasardeux — qu'Alex venait d'emprunter.

L'entrée du chemin se situait à l'est de la rivière, de l'autre côté de la clairière. Elle était sans doute surveillée ; les traîtres du MI 6 étaient des agents expérimentés. La fuite étant la priorité absolue pour le groupe, tous les canons des fusils devaient être braqués sur cette seule issue.

De plus, les tueurs de la Dunstone savaient leurs proies en aval. Ils allaient sans doute chercher à les pister, mais ils n'abandonneraient pas la place stratégique qu'était l'entrée cachée de la piste.

Ils devraient toutefois se séparer. Ils ne pouvaient prendre le risque, même mineur, de laisser les membres de l'équipe de prospection tenter leur chance à travers la brousse et leur filer entre les doigts.

C'est cette déduction qui poussa McAuliff et Sam Tucker à adopter une nouvelle stratégie — une variante de celle proposée par Lawrence et Charles Whitehall. Alex et Alison resteraient ensemble. Les autres partiraient. Chacun de leur côté. Au-devant de l'ennemi.

Les règles du jeu étaient simples : tuer ou être tué.

Lawrence immergea son corps robuste dans les eaux saumâtres. Il longea ainsi la rive à contre-courant, son pistolet frôlant la surface, son long poignard glissé dans son étui de ceinture, à portée de main.

La lune était plus lumineuse. Les nuages orageux étaient loin, à présent ; l'immense végétation faisait écran à la lumière, sans toutefois la masquer totalement. Le courant de la rivière était violent ; des petits tourbillons se formaient autour des branches tombées dans l'eau et des rochers affleurants, dont le sommet luisant était coiffé de mousse et d'algues vertes.

Lawrence s'arrêta ; il s'enfonça plus profondément dans l'eau, retenant son souffle, gardant juste les yeux à la surface. Vers l'autre berge, en diagonale, dans cet étroit bras de rivière, un homme était en train de faire exactement la même chose. Mais lui, détail d'importance, avait été repéré.

L'homme, de l'eau jusqu'à la ceinture, sondait l'obscurité de son arme, l'air vengeur. Il faisait de grandes enjambées et se maintenait en équilibre en s'agrippant aux branches basses, regardant droit devant lui.

Dans un instant, il allait se trouver juste en face de Lawrence, sur la berge opposée.

Lawrence posa son pistolet sur un lit de mousse humide et saisit son couteau à sa ceinture.

Il disparut de la surface et commença à nager sous l'eau.

Sam Tucker rampa jusqu'au sommet de la colline surplombant la rivière et se laissa rouler au pied d'un kapokier. Le poids de son corps fit s'abattre une liane ; elle tomba, tel un serpent ondulant, sur sa poitrine, ce qui l'effraya.

Il était maintenant à la lisière nord du campement ; il l'avait contourné en décrivant un large demi-cercle par l'ouest, sur la rive gauche de la rivière. Son idée était simple, à tel point qu'il espérait qu'elle ne soit pas simpliste. L'équipe de la Dunstone devait se tenir postée en aval ; le chemin se trouvait à l'est de la clairière. Ils devaient surveiller les environs, s'attendant que quiconque voulant rejoindre la piste arrive par le bas, et non au-dessus de l'entrée connue.

Tucker se redressa le long de l'arbre et s'adossa au tronc. Il desserra la sangle de son fusil et plaça l'arme en diagonale dans son dos. Il retendit la sangle. Il était hors de question de tirer, sauf en dernière extrémité, ce qui sonnerait, selon toute probabilité, l'heure de sa fin.

C'était une éventualité, songea Sam, mais, avant, il défendrait chèrement sa peau.

Il se plaqua de nouveau à terre et continua à serpenter dans la luxuriance tropicale.

Il entendit l'homme avant de le voir. C'était un son typiquement humain, anodin et fortuit, qui laissait à penser que l'ennemi était décontracté, en rien préparé à une attaque — un homme sûr d'être à l'abri, surveillant un coin tranquille loin de la zone de combat.

L'agent avait reniflé à deux reprises. Une narine bouchée, peut-être les deux. Une simple gêne qu'il avait voulu atténuer par un brusque appel d'air.

Et cela avait suffi.

Sam concentra son attention sur l'endroit d'où était venu le son. Ses yeux de quinquagénaire étaient fatigués, épuisés par le manque de sommeil, les heures d'insomnie à vouloir percer l'obscurité des tropiques. Mais il pouvait encore compter sur eux.

L'homme était accroupi derrière une fougère géante, son pistolet-mitrailleur entre les jambes, la crosse calée sur le sol. Plus loin, Tucker apercevait à la lueur de la lune les contours de l'auvent à l'extrême gauche de la clairière. Quiconque tentait de traverser le campement se trouvait dans la ligne de mire de l'homme.

La fougère gênait une attaque au couteau. Si la lame déviait un tant soit peu du point vital, l'homme pourrait saisir son arme et crier. Son dos était trop abrité par la végétation. L'opération était possible, mais risquée.

Il existait un meilleur moyen. Sam se souvint de la liane qui s'était décrochée du tronc du kapokier.

Il fouilla dans sa poche à la recherche d'une bobine de fil de fer, celle dont il se servait régulièrement pour la prospection. Un fil d'acier gainé de Nylon qui lui rendait de multiples services…

Il rampa silencieusement en direction de la grande fougère aux feuilles minuscules.

Son ennemi renifla à nouveau.

Sam avançait, centimètre par centimètre, derrière la plante. À présent, plus rien n'entravait sa progression ; le cou et la tête de son ennemi étaient là, devant lui.

Lentement, Sam écarta ses mains larges et rugueuses. Entre les deux, il y avait le fil d'acier gainé de Nylon.

Charles Whitehall était furieux. Il voulait passer par la rivière ; c'était la voie la plus rapide, bien plus directe que les passages tortueux dans des entrelacs de végétation. Mais il avait été décidé que ce serait le secteur réservé de Lawrence, puisque, ayant été de garde sur les berges, le guérillero connaissait l'endroit comme sa poche.

Whitehall jeta un coup d'œil au cadran lumineux de sa montre : encore douze minutes avant le premier signal. Si tant est qu'il y en aurait un.

Le code était simple.

Un silence : rien à signaler.

Un petit cri guttural de cochon sauvage : gagné. Un tueur de moins.

Deux petits cris, deux morts.

Un jeu d'enfant.

Si on l'avait laissé emprunter le chemin de la rivière, Charles était convaincu que c'était lui qui aurait poussé le premier cri. Si ce n'étaient les deux ou trois suivants.

Au lieu de ça, il devait prendre la route du sud-ouest, celle où il avait le moins de chances de tomber sur quelqu'un. Tucker était plein de ressources, mais il avait cinquante ans et tombait de fatigue ; le lancer en première ligne était une folie ! Quant à Lawrence... Un balourd mal dégrossi ! Sa stature et ses quelques potentialités ne comblaient pas son manque d'expérience.

Du gâchis ! Voilà ce qui le rendait furieux.

Pas aussi furieux cependant que le brusque contact du métal à la base de son crâne, ni les mots qui suivirent, un ordre chuchoté à ses oreilles d'un ton sans appel.

— Un seul mot et je te fais sauter la cervelle !

Il s'était laissé prendre ! Sa colère l'avait déconcentré.

Ridicule.

Mais son adversaire n'avait pas tiré. Il ne souhaitait pas plus que lui alerter les autres. L'homme continuait d'enfoncer sans ménagement le canon de l'arme dans sa nuque, entraînant Charles sur la droite, loin de son trajet supposé. De toute évidence, il voulait l'interroger pour connaître le plan de route des autres membres du groupe.

Ridicule.

Il connaissait une parade contre ce type d'attaque. Pour la réaliser, il avait besoin qu'une surface rigide se trouve derrière son agresseur.

Une parade mortelle.

Il était nécessaire que la victime rebondisse juste après la prise, que l'onde de choc ne soit pas absorbée par un espace vide ou une surface molle. L'impact devait être violent : s'il ne l'était pas, l'homme pourrait tirer un coup de feu. Il y avait un risque à prendre — rien n'était jamais fiable à cent pour cent —, mais le brusque contrecoup dans l'arme de l'assaillant lui permettrait de placer sa clé de bras qui, elle, était infaillible pour désarmer un adversaire.

Idéalement, la clé de bras devait être réalisée au moment du choc.

Cette parade était décrite clairement dans tous les manuels d'arts martiaux.

Devant eux, sur la gauche, Whitehall distingua, dans l'obscurité de la jungle, un petit morne. L'une de ces buttes de terre si fréquentes dans le Cockpit. À sa base, il y avait un rocher où se reflétaient, filtrés par les arbres, les rayons de lune.

Ce serait suffisant…, voire idéal.

Whitehall fit mine de trébucher, comme s'il s'était pris le pied dans une racine en surface. Il sentit l'à-coup du canon dans sa nuque. Maintenant !

Il renvoya sa tête en arrière, sur l'arme, et se retourna brusquement sur sa droite. Il saisit le canon de ses deux mains et enfonça le fusil dans le thorax de son assaillant. Tandis que l'homme heurtait violemment le rocher, Whitehall, d'une torsion des avant-bras, arracha l'arme des mains de son assaillant.

Alors que l'homme clignait des yeux sous le clair de lune, étourdi par le choc, Charles Whitehall leva les mains, doigts tendus, pour mettre un terme au combat avec précision et rapidité. Ses mains étaient des projectiles fondant l'une vers l'œil droit de sa victime, l'autre vers la portion de chair tendre sous la gorge.

McAuliff avait confié son arme à Alison. Il avait été sidéré par la dextérité avec laquelle elle avait vérifié le chargeur, l'enlevant de son logement, pressant le ressort pour contrôler son contenu, avant de le réinsérer d'une claque virile. Une vraie Bonnie Parker étonnant son Clyde ! Elle lui avait souri et annoncé que l'arme avait pris l'eau.

Ils devaient encore attendre huit minutes. Deux fois le chiffre quatre — signe de mauvais augure ?

Y aurait-il de petits cris transperçant la nuit ? Ou un silence profond, signifiant que le cauchemar continuait ?

Seraient-ils, chacun, capables de réussir ? Seraient-il assez rapides ? Assez rusés ?

— Alex ! murmura Alison d'une voix tendue en lui agrippant le bras.

400

Elle l'attira à terre et désigna quelque chose au milieu de la jungle, vers l'ouest.

Un faisceau de lumière apparut puis s'éteignit.

Deux fois de suite.

Quelqu'un approchait. Il y eut des bruissements d'ailes et une série de petits cris qui cessèrent aussi brusquement qu'ils avaient commencé.

La lumière réapparut une fois encore, l'espace d'une seconde, puis ce fut de nouveau l'obscurité.

L'intrus se trouvait à une trentaine de mètres devant eux. Difficile d'être plus précis dans cette végétation si dense. Mais c'était une chance à ne pas rater. Après ces semaines de folie, Alexander Tarquin McAuliff avait appris à saisir la moindre opportunité que le hasard lui offrait, sans trop se poser de questions.

Il attira Alison à lui et lui souffla ses instructions à l'oreille. Puis il fouilla le sol à tâtons, à la recherche de quelque chose. Quinze secondes plus tard, il grimpait en silence le long du tronc d'un kapokier. Son pistolet à la ceinture, testant sans faire de bruit la résistance des branches basses, gêné par le poids de l'objet coincé sous sa veste de brousse.

Une fois en place, il gratta à deux reprises l'écorce de la branche.

En dessous, Alison siffla — un sifflement très humain, quelques notes, comme un signal maladroit. Elle alluma ensuite une seconde sa lampe, l'éteignit et prit la fuite.

Moins d'une minute plus tard, la silhouette était juste sous Alex, marchant sur la pointe des pieds, le fusil tendu, prête à tirer.

McAuliff se laissa tomber de la branche du kapokier, avec dans les mains une grosse pierre, sa pointe acérée dirigée vers le sommet du crâne de l'intrus.

À sa montre, la grande aiguille était sur le chiffre 12, la petite braquée sur le 1. C'était l'heure convenue.

Le premier cri parvint de la rivière. Un cri très bien imité, celui d'un vrai cochon sauvage.

Le deuxième arriva du sud-ouest, lointain mais tout aussi crédible.

Le troisième vint du nord, un peu trop guttural, pas franchement ressemblant, mais suffisamment explicite en la circonstance.

McAuliff regarda Alison, son regard ravissant, ses yeux brillants qui paraissaient encore plus bleus sous le clair de lune.

Il leva son arme et brisa le silence nocturne d'une rafale de balles. Il s'imagina le pilote, le convoyeur de drogue, gloussant de satisfaction dans la prairie. Avec un peu de chance, une balle perdue lui retomberait peut-être sur le crâne !

Cela n'avait plus d'importance.

Tout ce qui comptait, c'était qu'ils avaient réussi. Ils étaient une bonne équipe, après tout.

Il prit Alison dans ses bras et poussa des cris de joie dans la nuit environnante — des cris qui ne ressemblaient en rien à ceux d'un cochon sauvage, mais qui s'en souciait à présent ?

35.

Ils s'assirent à une table sur la grande terrasse de la piscine qui surplombait la barrière de corail et les eaux bleues de l'océan. Le conflit entre les rochers et les vagues soulevait des arches d'écume rageuses qui retombaient en nappes blanches sur les arêtes acérées du récif.

Ils avaient quitté la jungle par avion pour atterrir directement à Port Antonio. Ils avaient réussi ce tour de force grâce à Robert Hanley, contacté par radio par Sam Tucker ; le pilote leur avait donné ses instructions et avait dirigé le vol à distance. Ils s'étaient posés sur le petit aérodrome de Sam Jones à deux heures trente-cinq du matin. Une limousine, envoyée par les villas Trident, les attendait.

Ainsi que Robert Hanley. Au moment où Sam Tucker avait sauté de l'avion, Hanley lui avait flanqué son poing sur la figure. Il l'aida aussitôt à se relever et lui souhaita la bienvenue, cette fois plus cordialement, tout en lui expliquant avec une colère froide qu'il n'avait guère apprécié toutes ces angoisses des dernières semaines et que la responsabilité en incombait totalement à Sam.

Les deux vieux amis finirent ensuite la nuit au bar du Trident. Timothy Durrell, le jeune directeur de l'hôtel, abdiqua à cinq heures dix du matin, renvoya le serveur et conduisit Hanley et Sam jusqu'à leurs chambres respectives. Durell ignorait que le plan machiavélique de la Dunstone avait été ourdi au Trident durant cette fameuse semaine où une brochette d'étrangers, venant des quatre coins du monde, s'étaient retrouvés dans son hôtel. Des étrangers se connaissant parfaitement entre eux... Une semaine qui n'était plus, pour le jeune directeur, qu'un mauvais souvenir.

Charles Whitehall s'en alla avec Lawrence, le guérillero. Les deux Noirs leur firent leurs adieux sur l'aérodrome, chacun d'eux ayant des choses à faire, des gens à voir. Personne ne posa de questions, sachant qu'aucune réponse ne serait donnée. Un accord tacite.

Les deux hommes se séparèrent rapidement.

Mais il y avait eu contact, ébauche de communication, et c'était peut-être là le plus important.

Alison et McAuliff avaient été conduits dans la dernière villa sur le rivage. Elle avait pansé la main d'Alex, désinfecté les coupures sur son visage et l'avait plongé dans un bon bain chaud pendant près d'une heure.

Ils occupaient la villa numéro vingt.

Ils avaient dormi enlacés jusqu'à midi.

Il était à présent une heure passée. Ils étaient seuls à la table — Sam Tucker avait laissé un mot. Sam et Robert Hanley s'envolaient pour Montego Bay pour rendre visite à un avocat. Ils voulaient devenir associés.

Que Dieu sauve l'île ! songea McAuliff.

À deux heures trente, Alison toucha le bras d'Alex et désigna du menton les arcades d'albâtre de l'autre côté de la pelouse. Deux hommes descendaient les marches de marbre — un Noir, un Blanc —, vêtus de costumes de ville.

R.C. Hammond et Daniel, le président du Conseil de la tribu d'Acquaba, cachée dans les monts Flagstaff.

— Nous n'en avons pas pour longtemps, dit Hammond en prenant la chaise que lui offrait Alex. Bonjour, Mrs. Booth. Je suis le commandant Hammond.

— Je m'en doutais, répondit Alison de sa voix douce, avec un sourire poli.

— J'aimerais, Mrs. Booth, vous présenter un... associé. Mr. Daniel, des Affaires jamaïquaines. Je crois savoir que vous vous êtes déjà rencontrés, McAuliff ?

— Exact.

Daniel les salua avec un sourire et s'assit. Il se tourna vers Alex.

— Je vous suis grandement reconnaissant, dit-il avec sincérité. C'est pour moi un grand soulagement.

— Et Malcolm ?

Un voile de tristesse obscurcit son regard.

— Il est mort. Je suis désolé.

— Moi aussi, répondit McAuliff. Il nous a sauvé la vie.

— C'était son travail, répliqua le président du « Halidon ».

— Dois-je comprendre, intervint Hammond, que Mrs. Booth est au courant... de tout ?

— C'est le cas, commandant, répondit Alison.

— Parfait. L'agent britannique plongea la main dans sa poche pour en sortir le feuillet jaune d'un télégramme. Il le tendit à Alexander. Il s'agissait d'un ordre de virement émanant de la banque Barclays, à Londres. Une somme de un million de dollars avait été déposée sur le compte de A. T. McAuliff, à la Chase Manhattan de New York. En outre, une attestation de paiement émanant du ministère des Finances des États-Unis confirmait que cette somme avait été dûment déclarée auprès du Trésor public et était nette d'impôts.

Alex relut le télégramme une nouvelle fois, s'étonnant de sa propre indifférence. Il donna le document à Alison. Elle en parcourut les premières lignes puis le glissa sous la soucoupe de McAuliff.

Elle resta silencieuse.

— Nous voilà quittes, McAuliff.

— Pas tout à fait, Hammond... Un dernier point ; je ne veux plus jamais entendre parler de vous, pas plus moi que Mrs. Booth. Si vous vous y risquez, vous aurez droit à la plus longue déposition de l'Histoire.

— Allons, mon cher, l'interrompit Hammond d'une voix lasse. Je vous rassure tout de suite. Ma gratitude et mon respect vous seront offerts à chaque fois que vous séjournerez à Londres. J'ajouterai même que vous pouvez vous montrer, parfois, un compagnon tout à fait agréable. Mais je peux vous certifier que, professionnellement, ce sera le silence radio de notre part. Les services de Sa Majesté n'ont aucune envie de se voir impliqués dans quelque irrégularité diplomatique que ce soit. C'est même leur hantise.

— Et pour Mrs. Booth ?

— Ce sera pareil, bien évidemment. Hammond tourna la tête vers Alison et la regarda avec quelque chose de douloureux. Sans compter qu'elle s'est sortie haut la main d'une épreuve difficile. Avec un brio dont nous lui serons éternellement reconnaissants. Le cauchemar est derrière vous, ma chère. Il ne peut être question, certes, d'une citation publique. Mais la plus haute distinction sera versée à votre dossier, ce qui entraînera, ipso facto, sa fermeture immédiate. Et définitive.

— J'aimerais tant pouvoir y croire, répondit Alison.

— Vous le pouvez, Mrs. Booth.

— Et pour la Dunstone ? s'enquit McAuliff. Que va-t-il se passer ?

— La Berezina a déjà commencé, répondit Hammond. La liste a été câblée tôt ce matin.

— Cela date déjà de plusieurs heures, précisa Daniel. Elle est arrivée à midi, heure de Londres.

— Sur toutes les places financières du monde, le processus est en marche, poursuivit Hammond. Tous les gouvernements mettent la main à la pâte… Tout le monde a à y gagner.

McAuliff leva les yeux vers Daniel.

— Vous pensez que cela va soulager la misère du monde ?

Daniel esquissa un sourire.

— Peut-être en tirera-t-on une petite leçon ? Nous le saurons dans quelques années.

— Et Piersall ? Qui l'a tué ?

Ce fut Hammond qui répondit.

— Des gens défendant des intérêts fonciers le long de la côte nord et voulant profiter du projet de la Dunstone. C'est son œuvre qui importe, et non l'identité de ces assassins, des individus sinistres et négligeables.

— Voilà, le danger est écarté, conclut Daniel en repoussant sa chaise. Tous les Westmore Tallon vont pouvoir retourner à leurs chers poissons, les disciples de Barak Moore vont se liguer contre Charles Whitehall et la roue chaotique de l'Histoire va pouvoir se remettre en branle. On s'en va, commandant ?

— On s'en va, Mr. Daniel.

Hammond et le président du Conseil de la tribu d'Acquaba se levèrent.

— Qu'est-il advenu des Jensen ? demanda McAuliff en s'adressant à Daniel, sachant que seul le Halidonite pouvait lui répondre.

— Nous avons laissé Peter Jensen s'échapper. Quitter le Cockpit. Nous savions que Julian Warfield se trouvait sur l'île, mais nous ignorions l'endroit. Peter Jensen nous y a conduits, sans le savoir. Warfield résidait à Oracabessa. Le P-D G de la Dunstone n'est plus, son cadavre gît sur le balcon d'une villa nommée Peale Court.

— Mais Ruth et Peter ? Qu'est-ce qui s'est passé pour eux ?

McAuliff se tourna vers Hammond.

Le commandant lança un regard furtif vers Daniel.

— Nous avons un indice. Un couple répondant à la description des Jensen a embarqué ce matin au Palisados pour un vol vers la Méditerranée. Tout porte à croire qu'ils ont pris leur retraite. Nous allons les laisser tranquilles. C'est Jensen qui a tué Julian Warfield parce que Warfield lui avait ordonné de tuer quelqu'un. Et c'était au-dessus de ses forces…

— Il est temps de partir, commandant, dit Daniel.

— Oui, tout de suite. Il y a une femme charmante à Londres que j'ai pas mal négligée ces derniers temps. Elle a fort apprécié votre compagnie, McAuliff, l'autre nuit, à Soho. Elle dit que vous êtes quelqu'un de très attentionné.

— Présentez-lui mes meilleurs souvenirs.

— Je n'y manquerai pas. L'agent britannique leva les yeux vers le ciel limpide des tropiques. Prendre sa retraite sur la Méditerranée. C'est une idée...

Hammond esquissa un sourire et rangea soigneusement sa chaise sous la table.

Alison et Alex traversèrent la pelouse qui faisait face au bungalow, pompeusement nommé villa, et contemplèrent l'océan. Une gerbe d'écume océane s'éleva au-dessus du récif, suspendue dans l'air, avec les flots turquoise en toile de fond, comme si elle ne leur appartenait plus. Puis l'arche blanche s'incurva avec lenteur et retomba en pluie sur les arêtes déchiquetées des coraux, pour disparaître et se fondre dans l'océan, ne faire plus qu'un avec lui, offrant à l'œil un nouvel émerveillement.

Alison prit la main de McAuliff.

Ils étaient libres.